NICHOLAS
PETRIE

TIG3R

Thriller

Aus dem amerikanischen Englisch
von Thomas Stegers

Suhrkamp

Die englische Originalausgabe erschien 2017 unter dem Titel *Burning Bright* bei Penguin Random House, New York.

Erste Auflage 2017
suhrkamp taschenbuch 4821

Umschlagfoto: Yongyuan Dai/Getty Images
Umschlaggestaltung: zero-media.net
Druck und Bindung: CPI – Ebner & Spiegel, Ulm
Printed in Germany
ISBN 978-3-518-46821-0

TIG3R

In what distant deeps or skies
Burnt the fire of thine eyes?
On what wings dare he aspire?
What the hand, dare seize the fire?

Tyger, Tyger burning bright,
In the forests of the night:
What immortal hand or eye,
Dare frame thy fearful symmetry?

William Blake

Welcher Abgrund, welche Ferne
Barg die Glut der Augensterne?
Welche Flügel mag er schwingen?
Welche Hand das Feuer zwingen?

Tiger, Tiger, grelle Pracht
In den Dickichten der Nacht,
Wes unsterblich Aug und Hand
Wohl dein furchtbar Gleichmaß band?

William Blake
(Deutsch: Walter Wilhelm)

Prolog

Steig nicht ins Auto.

June Cassidy hatte es oft genug zu hören bekommen. Von ihrer Mutter, von ihrem Selbstverteidigungstrainer, von ihren Freunden, immer und immer wieder.

Ganz egal, was passiert, steig niemals zu Fremden ins Auto.

Weil sie dich sonst haben.

Guter Rat.

Aber der nützte ihr jetzt wenig, weil die Männer sie bereits in das verdammte Auto gezerrt hatten.

Sie saß auf dem Rücksitz eines großen SUV, mit dem Rücken an der verschlossenen Seitentür, Plastikschellen an den Handgelenken, zwei Sitze weiter ein humorloser fettwanstiger Pseudoagent mit lüsternem Blick.

Ihre Möglichkeiten waren begrenzt.

Es war eine besonders anstrengende Woche gewesen, in einer ohnehin schwierigen Zeit.

Ihre Zeitung war aufgekauft worden, wie fast alle größeren Lokalzeitungen, und die neuen Eigentümer machten umgehend Schulden, um sich für ihre Investition zu belohnen. Als die Anzeigen rasant zurückgingen – schönen Dank auch, fucking Craigslist –, fing man an, Reporter zu entlassen, in erster Linie die investigativen Journalisten, die für ihre Storys oft Wochen oder gar Monate brauchten. June war jung, begabt, eine billige Arbeitskraft, weswegen sie sich länger als die meisten anderen hielt. Doch der Konkurrenzkampf war brutal und wurde mit jedem Tag gnadenloser.

Dann war endgültig Sense und June nur eine von vielen

Freischaffenden mit einem Abschluss in Journalismus; in diesen hochtechnisierten Zeiten ungefähr so nützlich wie ein Diplom in Klingonisch oder, noch schlimmer, ein Master in Englisch.

Für eine alleinstehende, knapp Dreißigjährige war Selbständigkeit kein Ersatz für einen echten Job.

Ein Jahr lang hangelte sie sich von einem mickrigen Auftrag zum nächsten und versuchte, Leser auf ihren Blog zu lenken. Dann war Public Investigations an sie herangetreten, eine durch Crowdfunding finanzierte Nonprofitgruppe investigativer Journalisten, die sich einer Berichterstattung verschrieben hatte, zu der viele Zeitungen nicht mehr in der Lage waren.

Public Investigations leistete bewundernswerte Arbeit. Im Jahr zuvor hatten ihre Finanzjournalisten in einem ausführlichen Dossier den versuchten Bombenanschlag auf eine Bank in Milwaukee und den nachfolgenden Flashcrash aufgedeckt. PI verfügte jedoch nur über ein geringes Budget, so dass June im Grunde weiterhin freischaffend war, zwar mit einer Redaktion im Rücken, jedoch ohne Krankenversicherung und namentlich gezeichnete Artikel in der *Chicago Tribune*.

Trotzdem machte sie echte Fortschritte, pendelte zwischen ihrer Garagenwohnung in Seattle und dem kleinen Haus ihrer Mutter in Palo Alto, einer billigen Bleibe, um von dort aus die Westküste journalistisch abzudecken. Ihr Spezialthema: Privatsphäre im elektronischen Zeitalter. Nach Manning, Snowden und den NSA-Enthüllungen beherrschte es die Titelseiten, und sie konnte endlich wieder beruflich durchstarten.

Dann wurde ihre Mutter, Yoga-Fan und Vegetarierin, die täglich fünfhundert Meter schwamm, von einem Auto überfahren und starb. Der Fahrer beging Fahrerflucht. Das war eine Woche her.

Junes Mutter, Hazel Cassidy, ordentliche Professorin an der Stanford University, MacArthur Fellow und berüchtigte Nervensäge, vom Truck eines Klempners getötet. Mit sechzig.

Wie bei vielen Frauen war auch Junes Beziehung zu ihrer Mutter kompliziert gewesen. Ihre Berufswahl, ihre Freunde, ihre Frisur, alles kam auf den Prüfstand, obwohl ihre Mutter sie deswegen nie direkt angegangen war.

Hazels Markenzeichen waren unterschwellig aggressive, zweischneidige Komplimente. »Für mich wäre so ein Outfit ja nichts, aber dir steht es ganz gut.« Als Junes Serie über Datenvergehen in der Medizintechnik für den Pulitzerpreis nominiert worden war, schmiss Hazel für ihre Tochter eine grandiose Party, hatte aber auch Junes Ex-Freund dazu eingeladen, weil Junes neuer Freund Hazels hohen Ansprüchen nicht genügte.

Am Schlimmsten war, dass sie meistens recht hatte. Sie hatte recht, was das Outfit anging, und sie hatte recht, was den beschissenen Freund anging, eigentlich alle ihre Freunde. Manchmal schaffte June es, nicht gleich auf stur zu schalten und dabei zu übersehen, wie gut Hazel sie kannte und wie viel ihr an June lag.

Jetzt war sie tot, und alles würde leichter.

Was würde Hazel für eine bissige Bemerkung über ihre unmögliche Frisur machen.

Seit Hazels Tod war eine Woche vergangen, aber es kam ihr wie eine Ewigkeit vor.

Nachdem sie ein paar Tage gebraucht hatte, um die Trauerfeier vorzubereiten, und dann noch mal etwas Zeit, um alles zu verkraften, hatte sie in Palo Alto die Sachen ihrer Mutter geordnet, dabei viel geweint, sich an früher erinnert und versucht, sich neu zu sortieren.

Offenbar hatte ihre Mutter an einem geheimen Softwareprojekt für das Verteidigungsministerium gearbeitet, was sie June gegenüber nie auch nur erwähnt hatte.

In einer schlaflosen Nacht wollte sie sich mit dem Kartenschlüssel ihrer Mutter und dem Code Zutritt zu deren chaotischem Büro in Stanford verschaffen. Sie redete sich ein, sie würde nur Familienfotos und die wenigen Pflanzen abholen, die Hazel nicht hatte vertrocknen lassen. Hauptsächlich aber wollte sie in Erinnerung an ihre Mutter den Ort auf sich wirken lassen, der Hazels besseres Zuhause gewesen war, ihren Computerraum.

Stattdessen fand sie das Schloss bereits aufgebrochen vor, die Tür von einem Stuhl aufgehalten. Zwei dicke, grantige Männer in dunklen Anzügen und mit Ausweisen vom Verteidigungsministerium packten den maßgeschneiderten Tig3r-Experimentier-Minicomputer ihrer Mutter und alle Ersatztreiber, die sie finden konnten, in einen Pappkarton. Auf ihrer Sackkarre stapelten sich bereits Archivboxen mit dem Inhalt des gesicherten und feuerfesten Aktenschranks, der offen stand wie eine Leiche für den Gerichtsmediziner.

Die Beamten zückten ihre Ausweise, viel zu kurz, um Namen zu erkennen, stellten aber demonstrativ die Pistolen in ihren Hüftholstern zur Schau. Der Blasse übernahm das Reden, während sein Blick über ihren Körper wanderte; der Dunkle sagte keinen Ton. Sie ließen sie im Türrahmen stehen mit der Warnung, diese Aktion sei geheim, und sollte ihr einfallen, auch nur darüber zu sprechen, müsse sie mit einer Anklage rechnen.

June sah ihnen hinterher, als sie mit der Sackkarre über den Flur abzogen, und sie dachte daran, dass ihre Mutter den Staat eigentlich immer gehasst hatte.

Warum sollte sie für das Verteidigungsministerium gearbeitet haben?

Anders ausgedrückt: Warum rückten diese Leute um drei Uhr morgens an?

Und warum nahmen sie den Tig3r mit, den launischen Minicomputer, und nicht den großen, ultraschnellen, flüssiggekühlten Cray, auf den ihre Mutter so stolz gewesen war?

June hatte den Kopf voll, und als sie sich am nächsten Tag endlich aus dem Bett quälte, stellte sie fest, dass kein Kaffee im Haus war. Wie, verdammt, hatte es so weit kommen können?

Ein Notfall. Sie stieg in die Kleider von gestern, hängte sich ihre Tasche um, schwang sich auf das alte, aber hochgetunte Schwinn-Singlespeed-Fahrrad ihrer Mutter und radelte zu Philz Coffee.

Auf der Middlefield Road überholte sie ein schwarzer SUV mit getönten Scheiben und drängte sie auf den Seitenstreifen ab. Auf dem Armaturenbrett rotierte ein Blaulicht. Das Fenster der Beifahrerseite glitt hinunter, und derselbe blasse Beamte von gestern Nacht quälte sich ein Lächeln ab.

Er sah ihr nicht ins Gesicht, sondern auf ihre Brüste, die durch den Gurt der Umhängetasche besonders betont wurden. Echt daneben, dachte sie. Das Verteidigungsministerium sollte sein Benimmbuch mal von einer Frau überarbeiten lassen.

»Fahren Sie bitte an den Rand, Ms Cassidy. Wir möchten uns ein paar Minuten mit Ihnen unterhalten.«

»Nicht jetzt«, sagte June verärgert. Sie hatte nicht genug Koffein intus, rasende Kopfschmerzen, seit Tagen keinen Sport mehr getrieben. Gerade erst hatten durch das Radfahren die Muskeln angefangen sich zu entkrampfen, da tauchte dieser Idiot auf. »Ich brauche unbedingt einen Kaffee.«

Der dicke SUV hatte sich ihrem Tempo angepasst. »Es dauert nur einen Moment«, sagte der Blasse. »Wir können bei Starbucks vorbeifahren, wenn Sie wollen.«

Der Beamte wollte einfach nicht begreifen. Außerdem

würde sie niemals ein Starbucks betreten, keine zehn Pferde kriegten sie da rein. »Hören Sie«, sagte sie. »Ich habe es eilig. Schicken Sie mir eine E-Mail. Rufen Sie mich auf dem Handy an. Dürfte doch kein Problem für Sie sein, die Nummer herauszufinden.«

Der Beamte sah den Fahrer an, der nicht ganz so blass war, aber umso weniger Humor hatte. Warum trugen solche Leute bloß immer so hässliche Anzüge? Der Fahrer nickte.

»Ich arbeite für eine staatliche Behörde«, sagte der Blasse. »Wollen Sie sich einer rechtmäßigen Anordnung widersetzen?«

»Meine Güte, nein.« Obwohl sie sich allmählich fragte, ob das Anliegen tatsächlich rechtmäßig war. Nicht ihr Fachgebiet, aber mit ein paar Anrufen ließe sich das klären. »Nach der Mittagspause, okay? Ich habe jetzt eine Besprechung. Schicken Sie mir eine SMS.«

Der Beamte hob die Hand, der Fahrer scherte nach rechts aus und schnitt June mit dem schwarzen SUV den Weg ab, so dass ihr nichts anderes übrigblieb, als scharf zu bremsen, wollte sie nicht eines der geparkten Fahrzeuge schrammen.

»He, Sie Scheißkerl«, setzte sie an, kam aber nicht weiter, denn der Beamte sprang aus dem Auto und stieß ihr einen Elektroschocker in die Seite.

Es fühlte sich an, als hätte ein Gorilla zugeschlagen. Ihre Beine versagten, und sie brach über dem Lenker zusammen.

Der Mann legte ihr Plastikhandschellen an, befreite sie von dem Fahrrad, hob sie wie eine Stoffpuppe hoch und warf sie auf den Rücksitz.

Der Fahrer checkte die Rückspiegel. »Was machen wir mit dem Fahrrad?«

»Liegen lassen«, sagte der andere, hob die Umhängetasche vom Boden auf und setzte sich neben June. Er holte ein Handy aus der Hosentasche, drückte eine Taste und sagte: »Wir haben sie.«

Der SUV schob sich rückwärts in den morgendlichen Verkehrsfluss, das Blaulicht blinkte noch immer und vermittelte den Eindruck von Wichtigkeit und Eile, und nur ein leises Knirschen war zu hören, als der rechte Hinterreifen über das alte Fahrrad rollte.

Das Auto hinter dem SUV bremste ab, um dem verbogenen Fahrradrahmen auszuweichen, und sein Fahrer war die einzige Person, die sich fragte, was hier geschehen war.

Der schwarze SUV war da schon längst untergetaucht.

June brannte die Haut, da, wo der Elektroschocker sie berührt hatte. Zum Glück war sie nicht verletzt, es tat nur weh, wie nach einem langen Training in der Kletterhalle. Der Sturz über den Fahrradlenker hatte ihr mehr zugesetzt. Vor allem hatte sie Angst. Sie saß in einem fremden Auto, mit fremden Männern. Eine Angst, die rasch in Wut umschlug.

Sie war sich jetzt sicher: Diese Männer arbeiteten nicht für eine staatliche Behörde, Dienstmarke und Blaulicht hin oder her. Niemals hätten offizielle Vertreter einen Elektroschocker benutzt, sondern die Polizei vor Ort losgeschickt und June ordentlich vorgeladen.

Aber was wollten sie überhaupt von ihr?

Es konnte nur etwas mit dem Computerraum ihrer Mutter zu tun haben.

Sie registrierte aufmerksam ihre unmittelbare Umgebung. Die hinteren Autotüren waren verriegelt, und der Fahrer schaute auf die Straße und in die Spiegel. Die nachlässige Art, mit der ihr Sitznachbar sie beobachtete, konnte nur bedeuten, dass er in ihr keine Bedrohung sah, bloß ein kleines wehrloses Mädchen. Bis er anfing, nach ihr zu schielen, sie in ihren Handschellen abzuchecken, als wollte er sie, wenn das alles hier vorbei wäre, zum Essen einladen.

Als hätte er nicht kapiert, dass er sie mit einem scheiß Elektroschocker niedergestreckt und verschleppt hatte.

Sie kannte diesen gewissen Blick von dem Kerl, der sie im ersten Semester an der Uni mit Everclear versetztem »Punsch« stockbesoffen gemacht hatte, damit er sie in der Garderobe seiner Studentenverbindung vergewaltigen konnte. Einer der Typen, die glaubten, Mädchen gingen auf Partys, um sich volllaufen und dann flachlegen zu lassen, man täte doch nur ein gutes Werk, und ein Nein bedeutete eigentlich Ja; Typen, die sich für so unwiderstehlich hielten, dass ein Mädchen ihnen niemals ernsthaft eine Abfuhr erteilen würde.

Sie hatte die Vergewaltigung bei der Campus-Police angezeigt, doch seine Kumpel von der Verbindung verbreiteten Lügengeschichten, sie habe sich betrunken und ihn angemacht. Der Ermittler konnte nicht viel ausrichten. Sie wusste nicht mal, ob er ihr überhaupt glaubte.

Statt die Wut in sich hineinzufressen, beschloss sie, dieses Ereignis als eine Lektion in Sachen mangelndes Urteilsvermögen zu begreifen und als Ansporn, endlich Verantwortung für sich zu übernehmen. Sie ging nicht mehr auf Massenpartys, besuchte Selbstverteidigungskurse und trank nur noch das, was sie sich selbst eingegossen hatte.

Gewalt hatte sie immer abgelehnt, geriet auch nicht leicht in Rage. Aber sie war bekannt dafür, nachtragend zu sein. Das Selbstverteidigungstraining war Mittel zum Zweck. Sie wollte sich schützen, mehr nicht. Sie holte mehrmals tief Luft, reicherte ihr Blut mit Sauerstoff an, steigerte ihre Wut bis zur Weißglut und wartete auf die nächste rote Ampel.

Als der Fahrer sich in die Spur nach Old Middlefield einordnete, wusste sie, dass ihr die Zeit davonlief. Einmal auf dem Freeway, und sie wäre ihnen ausgeliefert. Dort gab es keine Ampeln. Sie sah das Schild, Las Muchachas, spannte die Bauchmuskeln an, hielt sich mit der linken Hand an der Kopfstütze des Fahrers fest, schwenkte zur Seite und trat dem Mann, ihrem potentiellen Vergewaltiger, frontal ins Gesicht.

Sie trug schwere Wanderschuhe, und ihre Beine waren vom vielen Joggen und Radfahren kräftig, so dass der Tritt ihn mit voller Härte traf. Er kippte nach hinten und versuchte sie abzuwehren, doch sie trat weiter zu, so fest sie konnte – ins Gesicht, an den Hals, die Oberarme.

Als er endlich in die Offensive ging, mit seinen Patschhänden nach ihr ausholte, beugte sie sich vor und nahm ihn in Polizeigriff, schlang die andere Hand um seinen kleinen Finger und bog ihn nach hinten, gar nicht so einfach mit Handschellen, aber sehr wirkungsvoll. Das blutige, fleischige Gesicht des Möchtegernvergewaltigers verzerrte sich, und er schrie vor Schmerz, der Fahrer brüllte irgendwas und versuchte, an den Rand zu fahren. Sie hätte sich diese Aktion vorher gründlich überlegen sollen, doch jetzt steckte sie mittendrin und durfte nicht aufgeben, denn die Alternative wäre völlig inakzeptabel.

»Geben Sie mir den verdammten Elektroschocker«, knurrte sie. Sein Finger war kurz davor zu brechen, sein Gesicht von ihrer Geländesohle wie zermanscht, doch jetzt hatte sie ihn vollends gegen sich aufgebracht und wollte ihm nicht noch näher zu Leibe rücken. Er war größer und stärker als sie, und der beengte Raum ließ sich nicht zu ihrem Vorteil nutzen. Sie wusste nicht, wann er auf den kleinen Finger scheißen würde. Wenn er den Schocker wieder einsetzte, umgekehrt sie in den Schwitzkasten nahm oder ihr gar mit der Faust ins Gesicht schlug, wäre sie erledigt. Sie rief nochmal laut und deutlich: »Geben Sie mir den verdammten Schocker!«

»Okay«, sagte er und fasste in die Tasche, doch seine Schweinsäuglein verrieten ihr seine Absicht, und als der Elektroschocker zum Vorschein kam, brach sie ihm den Finger. Sie spürte es knacken, nur ein kleiner schwacher Knochen, trotz der feisten Pranke. Er heulte auf, hatte aber offenbar die gleiche Überlegung angestellt wie sie, denn er bewegte den knisternden Elektroschocker in ihre Richtung.

Sie hatte seinen Finger nicht losgelassen, zog kräftig an ihm, drehte ihn, so dass der Knochen knirschte. Jaulend ließ der Kerl den Elektroschocker fallen. Jetzt musste sie loslassen, um die Waffe vom Boden aufzuheben, doch den Tausch machte sie gerne, denn der SUV steuerte den Straßenrand an, und gleich musste sie auch noch mit dem Fahrer fertigwerden.

Der Kerl drückte seine verletzte Hand an die Brust, ein Bein rutschte vom Sitzpolster. June stützte sich mit dem Knie ab und versetzte ihm einen saftigen Tritt in den ungeschützten Schritt. Sie spürte die Weichteile und wusste, sie hatte getroffen, als er sich wimmernd zusammenkrümmte.

Sie schwenkte zur Seite, rammte dem Fahrer die Zange des Elektroschockers in den Nacken und hielt den Abzug sekundenlang gedrückt, bis es nach verschmortem Fleisch roch.

Der SUV verlor bereits rasch an Fahrt. Die durch den Elektroschock ausgelösten Zuckungen des Fahrers führten dazu, dass er die Bremse durchtrat. Die Räder blockierten, und die Reifen schmierten über den Asphalt.

June kniete auf dem Rücksitz, wurde durch den abrupten Halt seitlich über die Mittelkonsole geschleudert und prallte mit Schulter und Arm auf das Armaturenbrett. Die Handschellen waren ein Problem, doch June klammerte sich förmlich an den Elektroschocker, kam schließlich auf die Beine und hielt dem Fahrer ein zweites Mal den Schocker in den Nacken, auf den Hemdkragen, bis der Mann zusammensackte. Als der Wagen aufhörte zu schlingern, brachte sie die Gangschaltung in Parkstellung, beugte sich nach hinten und zappte dem zusammengerollten Möchtegernvergewaltiger in den Hosenboden. Er zuckte und schrie und wurde gegen die Autotür gequetscht, aber sie drückte ihm den funkenschlagenden Schocker so lange in den Hintern, bis der Stoff sich an den Kontaktstellen schwarz färbte. Seine Schließmuskeln versagten, der Gestank brachte sie zum Würgen.

Sie stieß die Tür auf und fiel aus dem Auto auf den leeren Bürgersteig, als wäre sie aus einem Albtraum erwacht. Sie musste sich zwingen, die hintere Tür zu öffnen und die Taschen des Mannes zu durchsuchen. Kein Kinderspiel mit gefesselten Händen, und als sie das hässliche kleine Messer mit dem furchtbaren Wellenschliff gefunden hatte, schnitt sie sofort die Plastikbänder durch und steckte das Messer in die eigene Tasche. In dem Schulterholster des Mannes steckte eine Pistole, die sie nicht anrührte, und in der Innentasche des Jacketts ein Portemonnaie und ein Ausweismäppchen. Sie nahm beides an sich.

Der Fahrer stöhnte, und sie stieg wieder vorne ein und zappte ihn in die Brust. Sie ließ auch ihm seine Pistole, doch um an sein Portemonnaie in der Gesäßtasche zu kommen, musste sie erst den Sicherheitsgurt lösen, die Tür öffnen und ihn halb auf die Straße stoßen.

Die Portemonnaies und Dienstausweise wollte sie in ihren Besitz bringen, weil sie sich als Journalistin bestens mit der Macht des Wissens auskannte. Sie wollte verhindern, dass die Arschlöcher mit ihren gefälschten Ausweispapieren einfach so durchkamen, wenn die Polizei auftauchte. Und ihnen die Pistolen zu belassen würde es für sie noch schwieriger machen, sich herauszureden.

Mittlerweile hatte der SUV jede Menge Aufmerksamkeit auf sich gezogen. Quer über zwei Spuren hatte er knapp ein Backsteinmäuerchen, die Einfriedung eines Parkplatzes, verfehlt und war kreischend auf dem Bürgersteig zum Stehen gekommen. Hinter dem Fond, der noch eine Spur blockierte, stauten sich Autos, und die Fahrer schauten aus halb geöffneten Türen auf das Geschehen.

In der finsteren Hölle des zurückweichenden Adrenalins hatte June sich genug Geistesgegenwart bewahrt und nahm ihre Umhängetasche wieder an sich. Sie warf die Portemonnaies und den Elektroschocker hinein, holte ihre Chicago-Cubs-Mütze heraus, zog sich den Schirm mit zitternden Händen tief in die Stirn und suchte den schnellsten Fluchtweg, bloß runter von der Straße, und fragte sich noch, ob sie den Mann auf der Rückbank vielleicht getötet hatte und wie viele Überwachungskameras ihr Gesicht eingefangen hatten.

Was ging hier eigentlich ab?

Sie rannte in eine Anlieferstraße neben einer Autowerkstatt, schlängelte sich zwischen verwilderten Bepflanzungen hindurch, die als Abgrenzungen zu den Parkplätzen herhalten mussten, überquerte die Independence, gelangte in eine geschützte Mini-Mall und traute sich in eine Boutique, die sich Glad Rags nannte. Zielstrebig steuerte sie die Toiletten im hinteren Bereich an, sank in einer Kabine zu Boden und brach, mit der Tasche auf dem Schoß, in krampfartiges stummes Schluchzen aus.

Sie erlaubte sich nur wenige Minuten, mehr brauchte sie nicht. Nachdem sie sich mit dem Handrücken über die Augen gewischt, kaltes Wasser ins Gesicht gespritzt und ihren Lippenbalsam nachgezogen hatte, war ihr Verstand wieder voll einsatzfähig, ihre professionelle Paranoia auf Hochtouren, ihre Wut nunmehr eiskalt.

Sie war stinksauer.

Die Männer waren in den Computerraum ihrer Mutter eingebrochen, und sie hatten June auf der Straße überfallen. Konnte sie sich gefahrlos an die Polizei wenden? Überhaupt, wo sollte sie hingehen, nachdem sie die relativ sichere Damentoilette erst mal verlassen hatte? Zum Haus ihrer Mutter? Eher nicht. Sollte sie bis nach Seattle fahren, in ihre eigene Wohnung?

Wenn nicht, wohin sonst?

Im Geist ging sie die Orte durch, wo sie hingehen, die Personen, die sie anrufen konnte. Oder würde sie dadurch noch mehr Menschen in Gefahr bringen? Verdammte Scheiße.

Allmählich gewann sie ihre Selbstbeherrschung zurück, die sie wie ein Schutzmantel umgab. Sie schlenderte durch den Laden und suchte sich einen Wendepulli aus Fleece mit Kapuze und einen Schlapphut aus. So konnte sie sich in drei oder vier verschiedene Personen verwandeln, falls ihre Verfolger die Aufnahmen der Überwachungskameras auswerteten.

Ihre Augen waren rot und verquollen von dem Heulkrampf. Die matronenhafte Verkäuferin hinter der Theke sah sie freundlich an. »Alles in Ordnung, meine Liebe?«

June hatte sich mit verschiedenen Variationen der Wahrheit auf diese Frage vorbereitet. »Ich habe mich gerade von dem allerschlimmsten Mann getrennt«, sagte sie. »Er hat es mir verdammt schwergemacht. Ich musste praktisch aus seinem Auto springen, um von ihm loszukommen.«

»Oh je«, sagte die ältere Dame mitfühlend. June hatte den richtigen Ton getroffen. »Männer sind absolute Scheißkerle.«

»Ich habe die Nase voll von ihnen«, sagte June und zog ihre Kreditkarte hervor. »Gestrichen voll.«

»So überflüssig wie ein Kropf«, sagte die Frau mit einem Augenzwinkern, als sie den Betrag abbuchte. »Möchten Sie eine Tüte?«

»Ach, wissen Sie was? Ich ziehe die Sachen gleich an«, sagte sie. »Würden Sie mir einen Gefallen tun? Ehrlich gesagt, habe ich nämlich Angst, dass er draußen steht. Ich will ihm auf keinen Fall über den Weg laufen. Darf ich Ihren Hinterausgang benutzen?«

Draußen fand sie ein altes Mountainbike, das an einem Geländer lehnte, nicht angeschlossen, ein Geschenk des

Himmels. Irgendwann würde sie es dem Besitzer zurückgeben, sagte sie sich und wusste doch im selben Moment, dass sie sich etwas vormachte. Sie fuhr los und musste sich zwingen, nicht über die Schulter zu blicken.

Vor dem Haus ihrer Mutter kauerte am Straßenrand noch ein schwarzer SUV, der irgendwie amtlich aussah. June radelte einfach weiter. Zum Glück blockierte das Auto ihrer Mutter die Einfahrt, June hatte die Schlüssel nicht gefunden und ihren eigenen alten Subaru Kombi um die Ecke geparkt.

Sie sah in ihrer Umhängetasche nach, ob ihr eigener Autoschlüssel noch drin war, zusammen mit den übrigen Utensilien ihrer beruflichen Existenz: Notebook und Hülle, Handy, Notizheft, Stifte. Sie ging nie ohne sie aus dem Haus.

Sie lehnte das Fahrrad an einen niedrigen Zaun, stieg in ihr Auto und fuhr leise davon.

Sie hatte keine Ahnung, wohin.

1. Teil

1

Als Peter Ash hinter der Biegung des schmalen Pfads den Bären sah, hatte er gerade daran gedacht, einen Schnapsladen zu überfallen. Oder eine Tankstelle. Er wog seine Chancen ab.

Zu Fuß, mit Rucksack, tief in den Redwoods, wie man tiefer nicht drin stecken konnte. Obwohl die meisten Mammutbäume in den Jahrzehnten zuvor gefällt worden waren, gab es noch immer einige Schutzgebiete von beträchtlicher Größe entlang der kalifornischen Küste mit ausreichend Bergen und undurchdringlichen Wäldern, um sich richtig zu verlaufen. Aus dem dichten Unterholz in den tiefen wasserreichen Talsohlen ragten Mammutstämme von mehreren Metern Durchmesser in den Nebel wie knorrige Säulen, die den Himmel tragen.

Mit Küstennebel hatte Peter jedoch nicht gerechnet. Anhaltend, seit Tagen, Sichtweite unter dreißig Meter. Das weiße Rauschen im Hinterkopf schlug knisternd Funken.

Es war das weiße Rauschen, das in ihm den Wunsch entstehen ließ, einen Schnapsladen zu überfallen.

Der nächste war mindestens einen Fünftagesmarsch von hier entfernt, der Plan also rein theoretisch. Doch im Geist ging er ihn Schritt für Schritt durch.

Es sollte ohne Waffe passieren, denn ein bewaffneter Raubüberfall hätte sicher eine längere Haftstrafe zur Folge, als er bereit war in Kauf zu nehmen. Schließlich wollte er nicht in einem regulären Gefängnis eingesperrt werden, eine Zelle beim örtlichen Sheriff würde reichen, ein paar Tage, höchstens. Er richtete sich auf eine Nacht ein. Wie er allerdings den Überfall ohne Waffe bewerkstelligen sollte, dieses Problem hatte er noch nicht gelöst.

Er konnte seine Hand in eine Papiertüte stecken und so tun, als hätte er eine Waffe. Irgendetwas müsste er in der Hand halten, damit es realistisch aussah. Eine Banane?

Echt jetzt, das war unter seiner Würde.

Jeder respektable Schnapsverkäufer hätte ihn ausgelacht. Hoffentlich riefen sie trotzdem die Polizei, die ihn in einen Streifenwagen verfrachten und dann, wenigstens, in eine Arrestzelle stecken würde. Vielleicht über Nacht, vielleicht für ein paar Tage. Es wäre ein berechenbares Risiko.

Das Problem war der Wald. Dicht und dunkel, die Wolkendecke dick und tief, den Himmel hatte er seit Wochen nicht gesehen. Das weiße Rauschen ließ ihn einfach nicht in Ruhe, nicht mal hier draußen, meilenweit von jeder sogenannten Zivilisation entfernt. Es nervte. Seit Jahren hatte er sich vorgenommen, einmal in den Redwoods zu wandern. Jetzt war er endlich in dem grünen Paradies, und es machte keinen Spaß.

Peter Ash war groß und schlaksig, Muskeln und Knochen, kein Gramm zu viel. Das schmale Gesicht kantig, die Ohrläppchen leicht spitz, das dunkle Haar ein unbändiger Wuschelkopf. Er hatte breite knochige Hände und die nachdenklichen Augen eines Werwolfs eine Woche vor der Verwandlung. Irgendein Körperteil war immer in Bewegung, auch jetzt, beim Wandern in den Bergen, zuckten die Fingerspitzen im Einklang mit seinem inneren Metronom, das niemals stillstand.

Er war Lieutenant bei den U.S. Marines gewesen, im Irak und in Afghanistan stationiert, acht Jahre, mit mehr Einsätzen, als ihm lieb gewesen war. Bei den Bodentruppen, der Speerspitze. Mit dem Krieg hatte er vor zwei Jahren abgeschlossen, aber der Krieg noch nicht mit ihm. Der hatte ihm ein Souvenir hinterlassen. Er nannte es das weiße Rauschen, eine seltene Form des posttraumatischen Stresssyndroms, das sich als Klaustrophobie äußerte, eine heftige Reaktion auf geschlossene Räume.

Es war erst zu Hause aufgetreten, wenige Tage nach der Entlassung.

Wenn er ein Gebäude betrat, war ihm zunächst nur unwohl. Er spürte ein feinkörniges Gefühl im Genick, wie ein elektrostatischer Schaum, eine Minibatterie unter der Haut. Allmählich steigerte sich diese Empfindung. Der Schaum verwandelte sich in einen Funkenschlag, ein knisterndes Unbehagen im Hirnstamm, eine schwere Dissonanz am Rand des Hörvermögens. Der Nacken verspannte sich, und mit dem Muskelkrampf hoben sich die Schultern. Wenn sich dann noch die Brust verengte und er Atemnot bekam, hielt er Ausschau nach dem nächsten Ausgang. Nach zwanzig Minuten überfiel ihn regelrecht Panik, er fing an zu hyperventilieren, und der Kampf-oder-Flucht-Mechanismus setzte ein.

Meistens entschied er sich für Flucht.

Über ein Jahr lang war er mit Rucksack in den Bergen im Westen des Landes unterwegs gewesen, hatte versucht, wieder in die Normalität zurückzufinden. Es hatte nicht funktioniert. Schließlich hatte er sich letztes Jahr dazu durchgerungen, seine Kuschelecke zu verlassen und einigen Freunden zu helfen. Danach war es etwas besser. Er dachte, er würde Fortschritte machen. Aber die Freunde waren in ihr altes Leben zurückgekehrt und Peter wieder seiner eigenen Wege gegangen. Irgendwas war passiert. Irgendwie hatte er den Boden unter den Füßen verloren.

So sehr, dass selbst eine Wanderung durch die nebligen Redwoods reichte, um die Funken im Kopf zum Sprühen zu bringen.

Daher die Idee, sich einsperren zu lassen. Um diesen Mist ein für alle Mal aus dem Körper zu schaffen.

Er hielt es nicht für eine *gute* Idee.

Dann sah er den Bären.

Er war knapp dreißig Meter vor ihm, ein Stück hangabwärts von dem schmalen Pfad, der sich die Bergflanke entlangzog.

Zuerst sah er nur eine gefleckte braune Form, ungefähr so groß wie ein Volkswagen Käfer, mit Fell bedeckt, die versuchte, einen halb verfaulten Stamm den Berg hinunterzurollen.

Peter musste erst noch ein paar Schritte weitergehen, bis ihm klar wurde, dass die braune Form ein Bär war.

Der Weg führte durch dichten Primärwald, zu steiles Gelände für kommerzielle Bewirtschaftung. Es war Mitte März und der Bär vermutlich auf Nahrungssuche. Die Larven unter dem Stamm lieferten in dieser noch mageren Jahreszeit dringend benötigtes Protein. Der Bär brummte vor sich hin, während er in der Erde wühlte, ein bisschen wie Peters Vater, wenn er die Ladefläche seines Trucks saubermachte. Das Tier war ganz vertieft in seine Tätigkeit und hatte das menschliche Wesen in seiner Nähe noch nicht bemerkt.

Peter blieb stehen.

Schwarzbären kamen in den unzulänglicheren Waldgebieten an der Westküste häufiger vor, aber sie waren kleiner, ausgewachsen wogen sie durchschnittlich hundertfünfzig Kilo. Fühlten sie sich bedroht, konnten sie viel Schaden anrichten, doch normalerweise scheuten sie Konfrontationen mit Menschen. Peter hatte Schwarzbären schon durch einfaches Klatschen und Rufen von ihren Lagerplätzen vertrieben.

Das hier war kein Schwarzbär.

Dieser Bär war rotbraun, mit einem ausgeprägten Höcker, und er war sehr groß. Ein Grizzly. Grizzlys standen ganz oben in der Nahrungskette, verhielten sich oft sehr aggressiv und sollen auch schon Wanderer getötet haben. Klatschen würde diesen Bären wenig beeindrucken. In seinen Ohren wäre es eher eine Aufforderung, sich an den gedeckten Tisch zu setzen.

Die gefährlichste Zeit für Begegnungen mit Grizzlys war der Herbst. Sie mussten sich Fettpolster anfressen, um den Winter zu überstehen.

Danach kam das Frühjahr, wenn sie völlig ausgehungert aus dem Winterschlaf erwachten. So wie jetzt.

Peter war vom wochenlangen Wandern schlank und kräftig. Seine Kleidung strapaziert von Stein und Sträuchern, der Rucksack eng an den Rücken geschnallt, um leichter durchs Unterholz kriechen zu können. Zweimal hatte er seine Lederschuhe neu besohlen und die gepolsterten Schäfte flicken lassen, nachdem Mäuse sie wegen der Salzablagerungen angeknabbert hatten, während er eingewickelt in seine Bodenplane geschlafen hatte.

Er war sehr viele Kilometer gewandert in den Bergen.

Jetzt fragte er sich, wie schnell er rennen konnte.

So leise wie möglich trat er den Rückzug an, erst einen Schritt, dann einen zweiten. Vielleicht konnte er ja einfach im Nebel untertauchen.

Ein Wanderveteran, den er mal kennengelernt hatte, nannte den Braunbären Mister Griz, als Ausdruck des Respekts. Die Fakten hatte er wie eine Litanei heruntergeleiert. Mister Griz kann bis zu einer halben Tonne wiegen. Mister Griz erreicht auf kurzen Strecken eine Geschwindigkeit von sechzig Stundenkilometern. Seine starken Kiefer können Bowlingkugeln zermalmen. Mister Griz frisst alles. Nur wenn er sich bedroht fühlt oder hungrig ist, greift er Menschen an. Mister Griz hat keine natürlichen Feinde.

Der Bär beschäftigte sich noch immer mit dem morschen Baumstamm. Peter wich wieder einen Schritt zurück, den dritten, dann den vierten. Etwas schneller als die ersten beiden.

Ein Rückzug angesichts einer überwältigenden Macht. Ohne Ehrverlust, selbst für einen U.S. Marine.

Angeblich war der kalifornische Grizzlybär ausgestorben. Doch dieser war ein sehr großes Exemplar, und es war bekannt, dass große Männchen auf Partnersuche weite Entfernungen zurücklegten. Die Grenze zu Oregon verlief hundert Kilometer nördlich von hier, und in diesem dunklen Primärwald schien alles möglich.

Fünf Schritte. Sechs. Wie viel dieser spezielle Grizzly wog oder worauf er Appetit hatte, Peter war es egal, und er wollte es auch nicht herausfinden. Er hatte die Biegung des Wegs fast erreicht. Irgendwann wäre das eine hübsche Anekdote zum Erzählen.

Dann spürte er an den Nackenhaaren ein leichtes Lüftchen. Der Wind, bisher im Gesicht, hatte sich gedreht.

Jetzt saß er in der Klemme.

Grizzlys haben ein mäßiges Sehvermögen und ein gutes Gehör, aber ihr Geruchssinn ist ausgezeichnet. Und die Bergbrise blies dem Bären Peters wochenalten Wandermief und den Geruch aus seinem Rucksack direkt ins Gehirn. Zum Proviant gehörte auch ein köstlicher Trailmix aus Cashewkernen und Mandeln, Erdnüssen, Rosinen und Schokochips.

Viel leckerer als Larven unter einem Baumstamm.

Grunzend hob der Bär den Kopf.

Peter ging etwas schneller rückwärts, spürte das Adrenalin in seiner Blutbahn rauschen und erinnerte sich an den Rat des Veteranen.

Nicht wie eine Bedrohung erscheinen oder wie ein gefundenes Fressen. Wegrennen ist keine gute Idee, weil Bären schneller sind als Menschen. Nur Beutetiere rennen weg.

Lieber seinen Rucksack absetzen, hatte der Veteran geraten, um dem Bären etwas zum Beschnüffeln zu geben, und sich langsam zurückziehen. Wenn der Bär angriff, sollte man sich in Embryohaltung auf den Boden legen und mit den Armen Gesicht, Kopf und Nacken bedecken. Man würde vielleicht übel zugerichtet, aber höchstwahrscheinlich nicht getötet.

Peter war nicht der Embryo-Typ.

Der Bär, gute zweieinhalb Meter groß, stand aufrecht auf den Hinterläufen, schwang seinen gewaltigen Kopf in Peters Richtung und schnupperte wie ein Sommelier im Silicon Valley.

Mmh. Lecker Trailmix.

Peter trat wieder einen Schritt zurück. Und noch einen.

Der Bär ließ sich auf die Vorderpfoten fallen und griff an.

Peter warf den Rucksack ab und nahm die Beine in die Hand.

Er war mit Tieren groß geworden. Hunde im Garten, Pferde in der Scheune, frei herumlaufende Hühner und Katzen. Vor einem Jahr hatte er einen Hund adoptiert, besser gesagt, der Hund hatte ihn adoptiert, es war nicht ganz klar. Am Ende hatte der Vierbeiner ein besseres Zuhause gefunden, als Peter ihm bieten konnte.

Trotzdem, er liebte Tiere, sogar Grizzlys, jedenfalls theoretisch. Und besonders liebte er das Prickeln, wenn ein Raubtier in der Nähe war. Er fühlte sich dadurch lebendiger.

Der Bär ließ sich durch den Rucksack nur für wenige Sekunden ablenken, für Peter reichte es gerade noch, um hinter der Biegung auf die unteren Äste eines Baums zu springen. Der Bär war ihm dicht auf den Fersen und riss ihm ein Stück Gummisohle vom Schuh. Peter konnte froh sein, dass es nicht seinen Fuß erwischt hatte.

Er kletterte höher, half sich mit Haltegriffen in der weichen dicken Rinde. Es war ein Jungbaum, hoch und aufrecht wie ein Fahnenmast. Er klammerte sich mit Armen und Beinen an den Stamm, während unten am Boden Mister Griz brüllte und die Vordertatzen in das Holz hieb. Scheinbar hatte er keine Lust, hinterherzuklettern. Der Baum schwankte hin und her, und Peter klopfte das Herz bis zum Hals.

Leben, leben! Ich lebe.

Lieber hier sein, als hinter einem Schreibtisch versauern.

»Böser Bär«, rief er. »Du böser Bär, du.«

Nach einigen Minuten gab Mister Griz auf und trabte der Geruchsfahne des Trailmix hinterher. Peter musste noch drei Meter höher klettern, um einen stabilen Ast zu finden, der sein Gewicht trug, und schon fragte er sich, wie lange er hier wohl ausharren musste, da kehrte der Bär zurück, den Rucksack über den Boden schleifend. Er ließ sich am Fuß des Baums nieder und fing an, mit Begeisterung den Sack auszuweiden.

Nach einer Stunde wanderte der Proviant für zwei Wochen durch das Verdauungssystem des gewitzten Bären, zusammen mit Nothandy, warmer Unterwäsche und einem fünfzehn Meter langen Kletterseil.

»Das Wort Allesfresser kriegt bei dir eine ganz neue Bedeutung, Mister Griz«, rief Peter ihm von seiner hohen Warte aus zu.

Danach machte sich der Bär einen Spaß daraus, Peters Schlafsack, Regenausrüstung und Ersatzkleidung zu zerfetzen. Peter rief ihm etwas von schlechter Kinderstube zu.

Mister Griz zerriss gerade Peters superleichtes Zelt, als es wieder zu regnen anfing. Dicke Tropfen prasselten herab.

Peter seufzte. Er hatte das Zelt wirklich gemocht.

Und sei es nur als Regenschutz.

In seinen knapp über dreißig Jahren auf dieser Welt hatte er schon viele ungewöhnliche Schlafplätze gehabt. Die ersten sechs Monate soll er in einer Kommodenschublade geschlafen haben. Als Teenager, im ständigen Kleinkrieg mit seinem Vater, hatte er sein Nachtlager häufig im Pferdestall aufgeschlagen, selbst in den strengen Wintermonaten, die im Norden von Wisconsin keine Seltenheit waren. Er hatte in Zelten geschlafen, in Booten, unter freiem Himmel und in der Fahrerkabine seines 68er Chevy Pick-ups. Im Irak und in Afghanistan hatte er in einer ausgebombten Zigarettenfabrik gepennt, in einem geplünderten Palast, auf Gefechtsvorposten und in Humvees, gepanzerten Landfahrzeugen, und an vielen anderen möglichen und unmöglichen Orten.

Auf einem Baum hatte er noch nie übernachtet.

Es war gar nicht so leicht. Der Dauerregen hatte seine Kleider durchnässt. Als das Adrenalin nachließ, kehrte das weiße Rauschen zurück, ein Zischen im Hinterkopf, was zu dem Schlafproblem noch hinzukam. Die Arme um den Baumstamm geschlungen, schlossen sich seine Augen leise zuckend, und Mister Griz' Schnarchen sang ihn in den Schlaf. Dann plötzlich, zitternd vor Kälte, erwachte er ruckartig mit dem Gefühl, er würde fallen, und panisch suchte seine Hand nach Halt.

Die Nacht dauerte ewig.

In den wachen Momenten wanderten seine Gedanken zum letzten Winter, als er allein in der Wüste von Utah campen war. Die öde Leere hatte in ihm die Sehnsucht nach hohen Bäumen geweckt, weswegen er sich auf den Weg durch die grandiose Weite von Nevada bis hinauf in das durstige fruchtbare California Central Valley und die überentwickelten Städte der nördlichen Bay Area gemacht hatte.

In Clearlake, Kalifornien, hatte er seinen Pick-up in der Garageneinfahrt eines ehemaligen Kameraden der U.S. Marines abgestellt und war durch Reihenhaussiedlungen und Mini-Malls, Weingärten und Kuhweiden bis zum Südende des Mendocino National Forest gewandert, von da aus weiter Richtung Norden. Manchmal markierte Wanderwege, manchmal Wildpfade entlang, manchmal querfeldein auf den bewaldeten Bergkämmen, um die Regenwolken und den Nebel unter sich zu lassen und der Sonne näher zu sein.

Es war noch zu früh im Jahr für blauen Sommerhimmel, aber im Sommer wäre der Wald von Menschen überlaufen.

Stattdessen war er einem Bären begegnet.

Als es hell genug war, schaute er nach unten und überlegte, wie er weiter vorgehen sollte. Seine Ausrüstung war zerfleddert, sein Proviant verzehrt. Mister Griz saß immer noch da, gewaltiger denn je, und schnarchte vor sich hin.

Eine Tasse Kaffee würde jetzt guttun, dachte er.

Aber das konnte er sich aus dem Kopf schlagen.

Bestimmt war auch aus seinem Kaffeevorrat Bärenfutter geworden.

Er schaute nach oben. Er saß rittlings auf einem Ast eines noch relativ jungen Stamms in einem Wald von ausgewachsenen Mammutbäumen. Zwar konnte er nicht weit sehen bei dem Nebel, aber zehn, fünfzehn Meter waren es sicher noch bis zur Baumkrone. Bei den älteren Bäumen wären es eher sechzig bis siebzig Meter.

Der Regen hatte in der Nacht nachgelassen, und obwohl der Nebel immer noch dicht war, hatte sich etwas verändert. Der Dunst über ihm leuchtete schwach, grünlich von der Vegetation, erfüllt von dem Sauerstoff, den Riesen ausatmen. Vielleicht war irgendwo weiter oben die Sonne herausgekommen. Durch das Licht erschien der Wald wie eine Kathedrale.

Er schaute wieder nach unten: Mister Griz schlief, der Rucksack samt Inhalt zerstört. Das weiße Rauschen meldete sich zurück, er fror, er war durchnässt und übermüdet.

Er sah wieder nach oben: die Aussicht auf Sonne und Wärme und einen weiten Blick.

Was ist? Willst du ewig leben?

Er lachte und fing an zu klettern.

2

Zuerst war es ganz einfach, der Stamm des jungen Baums schlank genug, um ihn mit beiden Armen umfassen zu können. Äste in regelmäßigen Abständen. Wie beim Erklimmen eines ganz normalen Baums, nur höher.

Die lädierte Sohle, aus der Mister Griz einen Batzen herausgehauen hatte, behinderte ihn nicht weiter. Die sportliche Betätigung wärmte ihn, und der Stamm wurde immer dünner. Nach wenigen Minuten reichte ein Arm, um sich festzuhalten, dann die Armbeuge. An der höchsten Stelle, an der er meinte, sich halten zu können, ohne dem Baum zu schaden, ließ sich der Stamm mit einer Hand umfassen. Hier oben wehte ein kräftiger Wind. Er spürte, wie er gemächlich hin und her schwang, die Spitze eines Metronoms.

Als Junge hatte seine Mutter ihn angehalten, Gedichte auswendig zu lernen. Sie mochte besonders Robert Frosts *Birches*, und mit zehn konnte Peter es aufsagen. Im Wald brachte sich der junge Peter bei, worüber der Dichter geschrieben hatte, kletterte auf eine junge Birke, so hoch, dass er nur Schwung zu holen brauchte, und schon bog sich der Stamm unter seinem Gewicht und setzte ihn sanft auf dem Boden ab.

Ein Mammutbaum war keine Birke. Und Peter befand sich knapp zwanzig Meter über der Erde. Dieser Baum würde ihn nicht sanft schwingend auf dem Boden absetzen.

Doch nicht weit entfernt streckte sich ihm der Ast eines Nachbarbaums entgegen. Ein kleiner Ast, aber ein hoher Baum, der Stamm hatte drei Meter Durchmesser. Und dahinter waren noch mehr Stämme, eine ganze Baumgruppe.

Vielleicht konnte er sich von Baum zu Baum hangeln. Und immer höher klettern.

Das Rauschen hinter sich lassen.

Der Sonne entgegen.

Er setzte also das Metronom in Bewegung, warf sich mit seinem ganzen Gewicht erst in die eine, am Endpunkt des Ausschlags dann in die andere Richtung, und versuchte, das von seinem Körper beschriebene Kreissegment in der Luft mit jedem Mal zu vergrößern. Es war berauschend und er machte Fortschritte. Der Bogen wurde größer und größer.

War der Stamm biegsam genug, um den Ast des nächsten Baums zu erreichen? Und wenn nicht? Würde er sich trauen zu springen?

Er schwang auf diesem Luftbogen hin und her, ein Trapez in einer Kathedrale, das Herz übergroß in seiner Brust. Wäre es nicht so schön, müsste Peter über sich selbst lachen.

Er wollte springen. Wollte unbedingt in die Sonne. Er schätzte die Entfernung zum Ast des Nachbarbaums, überlegte, wie weit er springen könnte, wie viel Schwung er noch holen musste. Was passieren würde, wenn er den Ast verfehlte.

Aber er brauchte gar nicht zu springen.

Denn als er dem Nachbarbaum immer näher kam, sah er dort etwas von weiter oben herabhängen.

Ein Seil.

Ein dickes grünes Seil. Ein Kletterseil.

Wie kam dieses Seil hier her? Das Ende baumelte drei Meter unter ihm, versehen mit einer Schlaufe. Der Anfang verlor sich in dem trüben Licht der Äste über ihm.

An den Endpunkten des Schwungbogens lehnte er sich mit ganzer Kraft in die entgegengesetzte Richtung, so dass der Bogen stetig weiter wurde, aber es reichte immer noch nicht.

Springen wollte er jetzt nicht mehr, er konnte aber auch nicht wissen, ob das Seil überhaupt irgendwo befestigt war. Es sah alt aus, verblichen, an manchen Stellen wuchsen

Flechten. Vielleicht verwitterte es seit Jahren vor sich hin, durch nichts gehalten als Trägheit.

Er brauchte einen Strick, etwas Schweres, womit er das herabhängende Kletterseil einfangen und zu sich heranziehen konnte. Sein eigenes Kletterseil wäre ideal gewesen, aber das hatte sich ja Mister Griz einverleibt. Und ohne Mister Griz wäre er sowieso schon längst viel weiter.

Seine Hosentaschen waren leer. Er überlegte, ob er sein Hemd nehmen sollte, aber es war kurzärmlig und würde nicht reichen. Er konnte die Schuhe ausziehen und die Schnürbänder nehmen. Auch keine gute Idee.

Er schwang weiter hin und her, suchte nach einer besseren Idee, aber es fiel ihm keine ein.

Gar nicht so leicht, im schwankenden Wipfel eines Mammutbaums seine Hose auszuziehen.

Aber nicht unmöglich.

Wie sich zeigte, reichte die Länge gerade aus.

Noch nass vom Regen, war sie deutlich schwerer als sonst.

Beim dritten Versuch schlang sich ein Hosenbein um das Seil.

Er holte es mit der Hose ein, da riss ihn die Schwungkraft schon wieder in die andere Richtung, doch das Seil war lang genug, um nicht zu spannen und die Hose mitzuziehen.

Ein Glück.

Peter wollte nicht in Unterhose den Baum hinunterklettern.

Als er das Seil schließlich in der Hand hielt, zog er einmal daran. Es schien ganz robust und, aus der Nähe betrachtet, doch nicht so alt wie zunächst vermutet. Flechten wuchsen in diesem feuchten Wald schnell.

Das Seil gab auch beim zweiten kräftigen Ziehen nicht nach, erwies sich als einigermaßen elastisch. Aus dem

Durchmesser schloss er, dass es für erheblich schwerere Gewichte gedacht war als sein eigenes, was ihm eine gewisse Fehlertoleranz einräumte.

Er konnte nicht widerstehen. Das weiße Rauschen bedrängte ihn, die Sonne lockte. Vorher musste er nur noch eine Sache erledigen.

Er band das Seil lose um einen Ast und schlüpfte wieder in die Hose.

Dann hangelte er sich hoch, klemmte das Seil für einen besseren Halt zwischen die Oberschenkel. Vom Klettern waren seine Armmuskeln stark geworden. Ihm wurde wärmer, die Kleider trockneten in der Bergluft, und die durch die Anstrengung freigesetzten Endorphine unterdrückten das weiße Rauschen.

Das Seil war allerdings sehr lang, kein Ende in Sicht, und seine grüne Farbe, zusammen mit dem schummrigen Licht, bewirkte, dass es mal zu schweben schien in der Luft, dann wieder ganz verschwand.

Nach zehn, zwölf Metern erreichte er einen kleinen Ast, dick genug, um sich darauf auszuruhen. Mit Klettergurt und Steigeisen wäre es einfacher gewesen, aber diese Hilfsmittel hatte er hier nicht zur Verfügung, und so schüttelte er nur die Arme aus, knetete die Hände und sah sich um, ergriffen von dem Überfluss des Lebens. Die Bäume standen so dicht nebeneinander, dass sie alles Licht verschluckten, nur einzelne Sonnenstrahlen brachen durch. Die Rinde war rostrot, dick und gefurcht, manchmal spiralförmig gemustert, mit teils tiefen Kerben, die bei Bedarf als Klettergriffe dienen konnten.

Das Seil rankte sich immer höher.

Weiter hangeln, durch den Dunst des nächsten Abschnitts und des übernächsten. Es war unendlich anstrengend. Seine Arme schmerzten. Ohne die Rastplätze wäre er schon längst abgestürzt.

Um sich abzulenken, überlegte er, wer dieses Seil wohl aufgehängt haben könnte und warum. Von der Erde aus wäre es vermutlich nicht zu sehen, selbst wenn man danach suchte.

Aus sechzig Metern Höhe war der Boden ganz im Nebel verschwunden. Der Wind wisperte in den weichen Nadeln, der Duft wurde intensiver, das Licht heller. Das Gefühl, dass sich etwas über ihm öffnete, war überwältigend. Seine Arme brüllten vor Schmerz, seine Hände waren wund. Dank der vielen Äste in dieser Höhe hätte er seinen Weg auch so fortsetzen können, doch er folgte weiter dem schlanken grünen Strang, immer höher und höher. Er wollte wissen, warum jemand diesen Baum erklommen hatte. War es Forschungsinteresse? Ging es hier zu dem Traumhaus eines Ökofreaks? Wenn ja, dann war es Schwerstarbeit, seine Einkäufe nach Hause zu schleppen.

Er spürte, dass das Seilende nahte, bevor er es tatsächlich erreichte, um einen kräftigen Ast geschlungen, mit einem vorbildlichen Schertauknoten befestigt, dem ersten Knoten, den Peter als Junge gelernt hatte. Die Äste folgten noch dichter aufeinander, und er kletterte wie auf einer Leiter höher, der Sonne entgegen.

Er sah sich um, wie es weiterging, und entdeckte, ungefähr zehn Meter entfernt, ein Stück rotes Seil lose um einen Zweig gebunden. Dahinter das nächste Stück Seil. Jemand hatte den Weg bereits markiert, Peter brauchte ihm nur zu folgen. An den Stellen, wo der nächste Ast zu weit entfernt war, hatte der Baumforscher fürsorglich wieder ein grünes Seil ausgehängt.

Allmählich mochte er den Kerl.

Er kam an eine Stelle, an der der Hauptstamm in einem ausladenden schwarzen Stumpf endete, wahrscheinlich die Folge eines Jahre zurückliegenden Blitzeinschlags in den

Baumwipfel. Der zersplitterte Stumpf hatte ausgetrieben, ein halbes Dutzend kleinere Stämme streckten sich in die Höhe, der größte bereits über einen halben Meter Durchmesser und mindestens zwölf Meter hoch. Jeder dieser Triebe wäre in dem Tertiärwald von Wisconsin, wo Peter aufgewachsen war, ein Riesenbaum. Es war gar nicht so einfach, die Dimensionen der Redwoods zu erfassen.

Wieder ein Stück rotes Seil, und noch eins. An den schwierigeren Abschnitten hingen die grünen Kletterseile. Die Sonne brach sich jetzt Bahn, aber es blieb kompliziert, in der Position der Stämme und Äste ein System zu erkennen. In diesem Mammutbaum gab es regelrechte Vororte, jeweils eigens ein Geäst, eine Laube, ein Dickicht. Hier konnte man sich schnell verirren. Dann wurde ihm klar, dass er nicht nur einen einzelnen Baum sah, sondern sich in einem Ring aus Bäumen befand, deren Hauptstämme nur jeweils drei oder vier Meter voneinander entfernt standen.

Er kletterte weiter, der Sonne entgegen.

Es schien ihm angebracht, sich anzukündigen. »Hallo!«, rief er. »Jemand da?« Falls der Baumforscher ein Verrückter war, wollte er ihn nicht erschrecken. »Hallo? Ist da jemand?«

Keine Antwort, nur der Wind in den Zweigen.

Die Markierung der roten Seilstücke führte ihn zu einer Art Galerie um einen weiteren schwarzen Stumpf herum, durch ein dichtes Gewirr, in dem die Äste und Zweige in alle Richtungen wuchsen, aber immer himmelwärts, zur Sonne.

Beim Klettern öffnete sich über ihm das Baumkronendach. Er konnte die pralle Sonne auf der Rinde riechen. Der Himmel strahlte brillantblau, und um ihn herum breitete sich in einem wogenden Pelz aus Bäumen das kalifornische Küstengebirge aus.

Endlich sah er über sich, zwischen mehreren Baumwipfeln, ein schmales dreieckiges Podest, eine Art Flechtmatte, deren Schenkel jeweils etwa sechs Meter lang waren. Auf einer Seite schimmerten unregelmäßige Umrisse durch das Geflecht, möglicherweise zurückgelassene Werkzeuge oder Vorräte, und darüber spannte sich ein dreieckiges Segel, das nicht nur die Sonne abhielt, sondern auch Schutz vor Regen bot. Die Redwoods waren immerhin ein Regenwald.

Es war nicht das Wochenendrefugium irgendeines Ökofreaks, dazu wirkte es zu durchdacht.

»Ahoi!«, rief er. »Jemand an Bord?«

Er zählte bis zwanzig. Keine Antwort. Leise knatterte das Segel im Wind. Die Sonne brannte auf seinen Rücken. Durch die Äste sah er Bäume über Bäume, ohne Ende, so schien es jedenfalls.

»Okay«, sagte er. »Ich komme rauf.«

Über einen breiten, horizontal verlaufenden Ast mit seitlich gespannten Sicherheitsleinen in Hüfthöhe zur bequemen Überquerung gelangte Peter auf das Podest. Er stellte fest, wo es festgezurrt war und überprüfte jeden Knoten, bevor er dem Geflecht sein Gewicht anvertraute.

Beim Betreten gab es leicht nach, wie ein Trampolin. Er vernahm ein schwaches schwirrendes Geräusch, dann eine Stimme.

Eine weibliche Stimme.

»Hände hoch, Arschloch. Bis hier und nicht weiter.«

3

Peter fuhr herum. Drei Meter vor ihm, auf dem breiten, horizontalen Ast, stand eine Frau mit Pfeil und Bogen. Der Bogen war gespannt, der Pfeil zeigte auf seine Brust.

Die Frau trug ein pinkfarbenes Riot-Grrrl-T-Shirt, eine geflickte Trekkinghose und einen Tagesrucksack. Hinter dem Bogen sah er rotes, kurz geschnittenes Haar, ein Gesicht mit Sommersprossen, durchdringende Augen und eine lange schmale, spitz zulaufende Nase, wie ein Degen. Sie hatte die kräftigen Armmuskeln eines Kletterers und hielt den Bogen vollkommen ruhig. Sie stand auf dem Ast, als wäre er ein Bürgersteig in irgendeiner Stadt, ihre ganze Konzentration auf Peter gerichtet. Kein angenehmes Gefühl. Er war ein Insekt unter einem Vergrößerungsglas, und ihr starrer Blick war die Sonne.

Peter nahm die Hände hoch. Die Geste brachte ihn auf der Matte leicht ins Wanken, vermutlich der Grund, warum sie gewartet hatte, bis er hinaufgeklettert war. Auf dem wackligen Untergrund waren rasche Bewegungen schwierig. Kluge Taktik von ihr, besser als so mancher Infanteriesoldat, dachte Peter.

»Hi.« Er machte auf gutgelaunt und harmlos. »Hübsches Plätzchen. Ich bin Peter. Und wie heißt du?«

Riot Grrrl sah ihn mit ihren lodernden Augen an, antwortete aber nicht. Sie überlegte, die Unterlippe klemmte zwischen den Zähnen. Ihre Arme zitterten kein bisschen, trotz des gespannten Bogens. Sie strahlte Selbstvertrauen und Kompetenz aus, doch Peter meinte im Augenwinkel ein Zucken zu erkennen.

Es war ein Compoundbogen, mit Flaschenzügen, um die

Wucht des Geschosses beim Einschlag zu erhöhen und die Anstrengung für den Arm zu reduzieren. Die Pfeilspitze bestand aus einem breiten Kopf, der im Ziel möglichst großen Schaden anrichten sollte. Nach dem Krieg hatte Peter aufgehört, Tiere zum Sport zu töten und sie zu essen, doch in der Highschool hatte er Bogenschießen gelernt und wusste, dass der Pfeil seinen Körper durchbohren und vermutlich in dem Baumstamm ein gutes Stück hinter ihm einschlagen würde. Es sei denn, er träfe auf einen Knochen. In dem Fall würde er wohl dauerhaft in seinem Körper stecken, auch wenn ihm nur wenig Zeit blieb, bis er auf diesem Trampolin im Wipfel eines Mammutbaums verblutet wäre.

In dem zugehörigen Köcher steckten drei weitere Pfeile, sie hätte also mehrere Versuche, ihm ein Loch in den Leib zu schießen.

Peter hatte acht Jahre in zwei verschiedenen Kriegen einen Infanteriezug der U.S. Marines geführt. Viele Berufssoldaten hatten ihre Waffe auf ihn gerichtet. Wohlgefühlt hatte er sich nie dabei. Aber es waren die Amateure, die ihn wirklich nervös machten. Wieder sah er dieses Zucken in ihren Augenwinkeln. Eine stressbedingte Reaktion.

»Ich setze mich hin«, sagte er ruhig. »Willst du mir nicht mitteilen, was du jetzt vorhast?«

Die Hände hinterm Kopf verschränkt, ließ er sich langsam im Schneidersitz auf der Matte nieder. Es fühlte sich an, als würde er schweben. Eigentlich ziemlich cool, wenn Riot Grrrl nicht ihr mittelalterliches Kriegswerkzeug auf seinen Nabel gerichtet hätte.

Sie sagte nichts. Offenbar überlegte sie noch. Der Ast, auf dem sie stand, knarrte und schaukelte leicht im Wind, aber es ließ sie kalt.

»Du könntest ruhig deine Arme runternehmen«, sagte er. »Du bist stark genug, aber ich möchte nicht aus Versehen von deinem Pfeil getroffen werden.«

Sie ließ nicht locker. Schließlich sagte sie doch etwas. »Wie hast du mich gefunden?«

»Ich habe nicht nach dir gesucht«, sagte er. »Ich wurde bei meiner Wanderung von einem Grizzly angegriffen und konnte mich gerade noch auf den Baum retten. Ich bin hochgeklettert, immer weiter, und dann habe ich das Seil entdeckt.« Er zuckte mit den Schultern. »Das hat mich neugierig gemacht.«

»Du bist ein schlechter Lügner. Grizzlys sind in Kalifornien ausgestorben.«

»Vielleicht war es einer aus Montana, der hier Urlaub macht«, räumte Peter ein. »Er war braun, sehr groß, und er hat meine Schuhsohle angeknabbert. Hier.« Peter streckte die Beine und hielt ihr den Schuh hin. Die Bissspuren sahen ziemlich beeindruckend aus.

Sie warf einen kurzen Blick auf den Schuh und musterte Peter danach kritisch von oben bis unten.

Er trug eine schnelltrocknende Trekkinghose, etwas fadenscheinig geworden nach den vielen Kilometern durch wegloses Gelände, und ein Funktionsshirt, das angeblich warmhalten sollte, egal ob nass oder trocken, aber nach monatelangem ununterbrochenem Tragen stank wie ein Ziegenhintern. Wäschewaschen in Bächen löste nur den Schmutz, der Geruch blieb haften. Wahrscheinlich eine chemische Reaktion mit der hochgezüchteten Kunstfaser. In seinem Rucksack hatte er saubere Kleidung mitgeführt, die er immer abends nach dem Wanderpensum angezogen hatte, doch die war längst zerfetzt und durchtränkt von Grizzlysabber.

»Du siehst nicht aus wie einer von denen«, stellte sie klar.

Eine raue Stimme, ungewöhnlich für ihr Alter, das Peter auf Ende zwanzig, Anfang dreißig schätzte. Also etwa sein Alter. Wie eine Kettenraucherin sah sie nicht aus. Nach ihrem T-Shirt-Aufdruck zu urteilen, kam das Krächzen vermutlich vom vielen Geschrei auf Punkrockkonzerten. Oder vom Genuss unzähliger Humboldt's-Finest-Joints. Nordkalifornien war voller schrulliger Aussteiger. Ein Riot Grrrl mit Pfeil und Bogen auf einem Baumhaus war nur einer von ihnen.

»Wie sehen sie denn aus?«, fragte er.

Sie schüttelte den Kopf. »Besser, du weißt es nicht.«

»Gib mir einen Hinweis«, bat Peter sie. »Biker? Kiffer? Bullen? Aliens?«

Die Mundwinkel krümmten sich aufwärts zu einem angedeuteten Schmunzeln. Sie nahm die Spannung aus dem Bogen, hielt aber weiter den Pfeil an die Sehne. Die Schultern sanken herab, und jetzt erkannte Peter, wie erschöpft sie war.

»Kann ich meine Hände runternehmen?«

»Nein«, sagte sie. »Du gehst wieder. Denselben Weg zurück. Die Frage ist nur, ob auf die langsame Tour oder express.«

»Die langsame Tour wäre mir lieber«, gab er zu. »Was machst du eigentlich hier oben?«

»Für so eine Unterhaltung kenne ich dich nicht gut genug«, sagte sie.

»Ich erzähle dir alles über mich. Was du wissen willst«, sagte Peter. »Ich bin in Bayfield, Wisconsin, geboren. Mein Vater ist Bauhandwerker, meine Mutter Künstlerin und Lehrerin. Ich war Lieutenant im U.S. Marine Corps, ehrenhaft entlassen. Meine Hobbys sind Wandern, Schreinern und das Tagesgeschehen.« Er lächelte einnehmend.

Ihre Mundwinkel verzogen sich wieder nach oben, aber nur leicht. Vielleicht würde sie ihn ja doch nicht mit ihrem Pfeil durchbohren.

»Hier hochzuklettern schafft nicht jeder«, sagte sie widerstrebend. »Aber es ist auch nicht jeder so blöd, es zu versuchen.«

»Ich ziehe das Wort ›exzentrisch‹ vor«, sagte Peter. »Und wie hast du es bis hierauf geschafft?«

Sie drehte den Bogen ein Stück seitwärts. »Siehst du die Angelrolle?«

Die Rolle war über dem Griff angeschraubt. Peter hatte Bekannte, die mit so einem Bogen angelten, aber diese Baumhütte schien ihm dafür ziemlich ungeeignet.

»Man schießt einen beschwerten Pfeil, an dem die Angelschnur hängt, durch die untere Schlaufe in dem grünen Seil. Mit der Angelschnur zieht man ein Führungsseil rauf, dann ein zweites, dickes zum Klettern. Man hängt die Steigklemmen ein, und los geht's. Das einzige Problem sind die Knoten, die man überspringen muss. Danach klemmt man das erste Seil aus und zieht es hinter sich rauf. Damit andere Trottel nicht auf die Idee kommen, sich mit deiner Ausrüstung in den Tod zu stürzen.«

Mit dem Trottel war natürlich Peter gemeint.

Plötzlich fiel ihm am Himmel ein goldenes Glitzern auf. Er ließ seinen Blick über die wogende Landschaft schweifen. Sechs, sieben Truthahngeier glitten mit ihren weit ausgebreiteten Flügeln in den Aufwinden dahin und spürten mit ihrem ausgezeichneten Geruchssinn Aas zum Fressen auf. Doch die Vögel waren nicht der Grund für das Glitzern. Es war etwas anderes, hoch über ihnen. Peter hielt die Hand vor Augen, konnte aber nichts erkennen. Ein kleines Flugzeug?

»Langweile ich dich?«

Er sah wieder zu Riot Grrrl und ihrem Bogen. »Entschuldige. Ich habe nur die Vögel beobachtet. Tolle Aussicht.«

Von tief unten, den Wind in den Zweigen übertönend, war jetzt ein hartes Stakkato zu vernehmen. *Takatak. Takatak.*

Er kannte diese regelmäßigen Platzgeräusche. Es waren Sturmgewehre. *Takatak. Takatak.* Dann anhaltendes Feuer, bis das Magazin leer war, aus mehreren Waffen, *Takataka-takatakatakataka.*

Das ferne Brüllen von Mister Griz hörte er nicht. Wenn Mister Griz nicht aufgewacht und davongezogen war, dann, dachte Peter, war der letzte kalifornische Grizzlybär jetzt wohl tot oder lag im Sterben. Er hätte nicht gedacht, dass ihn das traurig stimmen würde.

Er sah Riot Grrrl an. »Hast du das gehört?«

Ihre weit aufgerissenen Augen verrieten ihre Angst, aber sie versuchte, sie zu überspielen.

»Es sind jedenfalls keine Scheißaliens, klar?«, seufzte sie.

Sie sollte sich aufraffen und schleunigst von hier verschwinden, dachte Peter. Doch sie rührte sich nicht. Der Bogen hing in ihrer Hand, die Füße schienen an dem Ast zu kleben. Er kannte diesen Blick. Sie war gelähmt vor Angst.

Peter redete weiter. »Wer sind sie dann?«

Sie sah an ihm vorbei. »Ich weiß es nicht.« Sie klang müde. »Ich habe sie bisher dreimal gesehen. Im Computerraum meiner Mutter, auf der Straße und im Haus meiner Mutter, vor zwei Tagen.« Sie hielt sich die Hand vor das Gesicht. »Ich hätte nicht gedacht, dass sie mich hier finden. Langsam weiß ich nicht mehr wohin.«

»Wie viele sind es?«

»Vier. Bis jetzt. Männer in dunklen Anzügen. Mit zwei schwarzen Chevy SUVs.«

»Hört sich nach Geheimagenten an.«

»Ihre Dienstausweise sind vom Verteidigungsministerium. Aber ich glaube ihnen nicht.«

»Warum nicht?«

»Mitarbeiter des Verteidigungsministeriums tasern keine Journalisten mit Elektroschockern am helllichten Tag, um sie zu entführen.«

»Das ist dir passiert?«

Ihr Blick flog zurück zu ihm. »Ja.«

Er sah die Wut in ihren Augen aufflackern, hörte sie aus ihrer harten Stimme. Wut war gut. Wut bedeutete Aktion. Damit konnte er was anfangen.

»Warum sollten sie eine Journalistin entführen?«

»Ich weiß es nicht«, wiederholte sie. »Ich bin noch nicht zum Recherchieren gekommen.«

»Worüber schreibst du?«

»Technologie. Big Data. Informationelle Selbstbestimmung. Investigatives Zeug.« Sie schüttelte den Kopf. »Aber ich glaube nicht, dass es damit zu tun hat.«

»Okay«, sagte Peter. »Dann sollten wir uns die Jungs mal vornehmen. Gucken, wer da unten so rumläuft.«

»Wir?« Sie starrte ihn an, und er spürte wieder ihren konzentrierten Blick auf sich ruhen. Wie Gluthitze.

Er hielt ihrem Blick stand. »He«, sagte er. »Ich bin dein Gefangener. Nach der Genfer Konvention bist du für meine Gesundheit und meine Sicherheit verantwortlich. Zuerst hätte ich gerne einen starken Kaffee und einen Frühstücksburrito. Und dann musst du mich vor diesen gemeinen Kerlen mit ihren Pistolen beschützen.«

Sie wandte den Blick nicht von ihm ab. Er sah, dass etwas mit ihr geschah, eine Entscheidung getroffen wurde. »Willst du wirklich nach unten?«

»Nicht bis ganz unten«, sagte er. »Aber so weit, dass man was sehen kann. Du hast nicht zufällig ein Fernglas in der Tasche, oder?«

4

June

Er war anders, dachte June. Kein übergewichtiger Schläger, so wie diese Möchtegerngeheimagenten. Und er trug auch nicht die Freizeituniform der aufgesetzt lässigen Typen der Hightech-Industrie, die Kapuzenshirts und teuren Markenjeans der Techniker, die Golfshirts der Geldleute.

Sie hasste Golfshirts.

Peter dagegen sah irgendwie zerlumpt aus. Obwohl es das auch nicht genau traf. Jedenfalls gehörte er nicht der Golfshirtfraktion an. Wuschelkopf und Stoppelbart, aber nicht als modische Hipsteraccessoires. Trendbewusst war ihm ein Fremdwort. Dazu war er zu hager und sehnig, besaß aber eine Leichtigkeit, wie sie die stilisierten menschförmigen Figuren aus Metallschrott manchmal an sich haben.

Seine Kleider waren zerschlissen, aber aus gutem Material, keine Billigware. Pleite war er also nicht. Und er war einigermaßen sauber, wenn man bedenkt, dass er schon einige Zeit auf Trekkingtour war. Hygiene war ihm wichtig, auch dies im Gegensatz zu vielen in der Hightech-Industrie.

Nein, dachte sie. Nicht zerlumpt.

Vom Leben gezeichnet. So sah der Mann aus.

Wie die alte Levi's-Jeans, die sie seit ihrem Studium hatte. Zerfranst, aber bequem, tausendmal gewaschen, und doch saß sie wie maßgeschneidert auf der Hüfte.

Sie fühlte sich ertappt und seufzte.

Na toll, dachte sie.

Du lernst einen Mann auf einem Baum kennen und denkst gleich an deine Hüften.

Ich weiß, du bist im sexuell aktivsten Alter, Honey, aber echt jetzt: Gibt es nicht Wichtigeres im Moment?

Zum Beispiel die Arschlöcher, die immer noch hinter dir her sind.

Auf einmal fühlte sie sich unsicher mit ihrem Pfeil und Bogen, kam sich sogar ein bisschen lächerlich vor.

Schnell steckte sie den Pfeil in den Köcher und sprang von dem Ast herunter. Bei ihrer Landung auf dem trampolinartigen Podest hüpfte Peter in die Höhe, schien aber nicht überrascht. Das gefiel ihr.

Er wirkte stabil.

Sie ging zielstrebig auf die wasserdichten Packbeutel zu, die Bryce auf ihr Drängen hin gekauft hatte, und suchte nach der Ausrüstung, die sie brauchte. Alles war immer noch sauber und trocken. Wenn man auf einem Baum in hundert Meter Höhe lebte, konnten verschimmelte Seile und durchgerostete Gegenstände fatal sein.

Sie fand Bryce' alten schmalen Bergsteigerrucksack, vier Rollen 9mm-Seil und die schweren klirrenden Beutel von der Bergrettung. »He«, rief sie und warf Peter ein Knäuel Gurtbänder zu. »Das ist ein Klettergurt. Schon mal einen getragen?«

»Ja«, sagte er.

»Leg ihn an«, sagte sie. »Ich korrigiere dann. Was ist mit Jümarn, Abseilachter? Seilklemmen zum Auf- und Abstieg?«

»Zu meinen Seilarbeiten gehörten hauptsächlich Sprünge aus Hubschraubern«, sagte er. »Aber ich kenne die Ausrüstung.«

Sie leerte ihren eigenen Rucksack und sortierte ihr Zeug, legte Seile und Ausrüstung aus, teilte sie auf und häufte seine Sachen zusammen mit Bryce' altem bombensicherem Rucksack auf einen kleinen Stapel. »Nimm das hier. Du wirst es brauchen.«

Sie sammelte ihren Kram ein, schnallte den Compoundbogen fest an den Rucksack und zeigte nach unten, auf den Weg, den er gekommen war. Mit dem Bogen auf dem Rücken würde es schwieriger, sich durch die Bäume zu bewegen, aber sie wollte ihn auf keinen Fall hier oben lassen.

Er stand bereit, als auch sie fertig war.

Sie folgten dem mit roten Seilstücken markierten Weg, vorbei an dem verbrannten Stummel, wo der Blitz eingeschlagen hatte, dann durch die untere Baumkrone. Er bewegte sich geschickt, fand Äste, die sein Gewicht trugen, ohne zu knacken oder gar zu brechen, und brauchte auch nicht mit den schweren Schuhen Halt für die Füße in die Rinde zu hacken. Kurz, er bewegte sich wie ein erfahrener Kletterer, auch wenn diese Route noch relativ leicht war.

Die nächsten Routen wären nicht so einfach.

Wenn er aber wirklich zwanzig Stockwerke an einem 9mm-Seil hochgeklettert war, nachdem er bereits zwanzig Meter auf einem Redwood-Jungbaum erklommen hatte, dann war er durchaus kompetent.

Von unten konnten sie jetzt Stimmen vernehmen, Satzfetzen nur, denn der Wind in den Blättern übertönte die meisten Worte. Wie viele Männer waren es?

Waren es die aus dem SUV? Und wie schlimm waren die Verletzungen durch den Elektroschocker? Gewissensbisse plagten sie, keine schweren, aber immerhin. Sie wollte die Männer nicht töten, nur unschädlich machen, damit sie sie nie wieder bedrohen konnten. Sie hoffte sehr, dass es andere Männer waren.

Sie dirigierte Peter mit einfachen Gesten zu dem Hochsitz, einem zwei Meter dicken Ast, der quer zum Stamm wuchs, bevor er sich nach etwa zehn Metern nach oben bog, zum Licht.

Es war der stabilste Punkt im unteren Astwerk des Baums. Vom Hauptstamm zum vertikalen Schenkel des

Hochsitzes hatte sie ein starkes Netz gespannt und damit eine Ablagestelle geschaffen, die hoch über dem Boden lag. Während der Forschungsaufenthalte befestigte sie Seile und Flaschenzüge an dem Netz, um damit Ausrüstung zu befördern. Ihr privater Lastenaufzug, wie sie es nannte. Vier Biologen in einem Baumhaus in hundert Metern Höhe, zwei Wochen am Stück, da gab es viel zu transportieren. Nicht nur Campingausrüstung und Behälter für Proben, auch alle Vorräte rauf, den Müll wieder runter, einschließlich Fäkalien in Plastiktüten, dreifach verpackt.

June war keine Biologin, gehörte nicht zu diesem Team, aber es war eine Möglichkeit, mit Bryce zusammen zu sein. Schon während ihrer einsamen Tomboy-Kindheit im ländlichen Washington hatte sie mit Klettern angefangen, erst Bäume, dann Felsen. Nach ihrem Umzug zu ihrer Mutter nach Kalifornien war sie Klettervereinen beigetreten und hatte sich zu einem echten Junkie entwickelt. Mit Bryce hohe Bäume zu erklimmen, das hieß nur, dem Affen Zucker zu geben.

Hoch oben in der Baumkrone hatte sie einige ihrer besten Artikel geschrieben. Erstaunlicherweise reichte die Signalstärke für die Arbeit am Laptop aus. Man musste nur im gemäßigten Regenwald genug Sonnenlicht für die Solarbatterie einfangen, damit die Geräte auch liefen.

Das grüne Seil baumelte immer noch im Nebel, und die Stimmen von unten tönten lauter herauf, doch sie blieben unverständlich. Waren sie zu dritt? Zu viert? Der Wind hatte nachgelassen. Es roch nach Regen.

»Wir müssen näher ran«, sagte Peter leise.

June schüttelte den Kopf. Sie würde nicht weiter absteigen. Sie hatte noch den lüsternen Blick des einen Mannes vor Augen. Und jetzt waren sie zu mehreren.

»Macht nichts«, sagte er. »Ich gehe.« Er wirkte vollkommen ruhig. Wie konnte er bloß so ruhig sein?

»Die sind bewaffnet«, zischte sie vorsichtig.

»Und ich nicht«, sagte er. »Also werde ich sehr leise sein.«

Sie machte den Mund auf, wusste jedoch nicht, was sie sagen sollte. Warum machte er das für sie? Also fragte sie.

»Warum machst du das?«

»Warum nicht?« Er grinste breit. »Vielleicht erfahren wir etwas.«

»Ich weiß nicht, ob ich dir vertrauen kann.«

»Ich mache dir einen Vorschlag«, sagte er. »Du kannst ja das Seil kappen, wenn du mir nicht vertraust.«

Was sollte man darauf antworten?

Er hatte seinen Klettergurt schon angelegt und steckte noch je einen ihrer Jümarn-Steigklemmen in die Seitentaschen, damit sie am Gurtzeug nicht klimperten, wie sie vermutete. Er zog eine Schlaufe des dicken Seils durch einen Abseilachter, schlang es durch den unteren Teil und hakte den Achter in einen Karabiner an seinem Klettergurt ein. An der Art, wie er den Schraubverschluss zudrehte und die Sicherung überprüfte, erkannte sie, dass er das nicht zum ersten Mal machte.

Er lächelte, legte einen Finger auf die Lippen und schlang sich das untere Seil um die Hüfte. Er war Linkshänder, wie ihr auffiel. Dann trat er von dem Hochsitz zurück und ließ sich hinabgleiten, wobei der freie Fall nur durch die Reibung des Seils im Achter und den Druck des um seinen Körper geschlungenen Seils verlangsamt wurde.

June beobachtete ihn und dachte die ganze Zeit, dass er etwas vergessen hatte, einen Schritt übersprungen. Jetzt fiel es ihr ein: Er hatte die Sicherheitsleine des Abseilgeräts nicht an seinem Klettergurt befestigt.

Die Schraubkarabiner lagen auf dem breiten Ast zu ihren Füßen.

5

Peter

»Wo ist die verdammte Tussi? Ist die eine Ninja, oder was?«

Einer der Männer hielt ein elektronisches Gerät in der Hand. Er ging im Kreis, blickte von dem Gerät auf, sah in die raue Landschaft und wieder auf das Gerät.

Ein anderer stand unterm Baum, ein Fuß auf Mister Griz' blutendem Kadaver. »Kann mal jemand ein Foto von mir machen?« In der Hand die unverkennbare kompakte Form eines halbautomatischen Gewehrs, einer Steyr oder Heckler & Koch. Eine sehr gute Waffe, so oder so, und sehr teuer.

»Halt die Klappe«, rief ein dritter, der eine ähnliche Waffe quer über die Brust geschnallt hatte und die Reste von Peters Ausrüstung begutachtete, die verstreut um den jungen Baum herum lagen, auf den er geflüchtet war. »Ich sage euch, der Bär hat sie gefressen.«

Der Mann mit dem elektronischen Gerät sah sich weiter um, er trug seine Waffe auf dem Rücken. »Mit Haut und Haaren? Wo sind die Knochen? Ihre Klamotten?«

Ein vierter Mann suchte die Umgebung systematisch ab. Seine Waffe hatte einen dicken Lauf und ein sehr kleines Magazin, sie sah aus wie aus einem Sciencefictionfilm. Wie die anderen auch trug er nagelneue Trekkingkleidung, als hätte er sich von dem nächsten REI-Laden für Outdoorbedarf geradewegs auf den Trail begeben. An einem umgestürzten Baumstamm lehnten vier große Rucksäcke mit Innenrahmen. Ebenfalls nagelneu.

Peter hing am Seilende, gut zwanzig Meter über dem Boden, am Rand der Nebelbank. Hier, in der unteren Baumkrone, wehte der Wind nicht so stark, und die Stimmen der Männer waren zwar leise, aber in der allgemeinen Ruhe deutlich zu hören. Ihre Gesichter konnte Peter nicht erkennen, nur die Oberseiten ihre Köpfe.

Ihre Gesichter wollte er auch gar nicht sehen.

Wenn er ihre Gesichter sah, galt umgekehrt das Gleiche.

Am meisten beunruhigte ihn der Mann, der sich abseits von den anderen hielt. Er suchte die nächste Umgebung am gründlichsten ab. Ihm könnte es am ehesten einfallen, mal nach oben zu gucken.

Peter fasste in seine linke Seitentasche nach einer Steigklemme. Es war ein einfaches Gerät, eigentlich nur ein Handgriff aus Aluminium mit einer kleinen Rinne für das Seil. Ein Klemmnocken blockierte das Seil, das so nur in eine Richtung laufen konnte. Man schob die Klemme am Seil entlang und zog sich am Griff, der durch das Gewicht fixiert war, selbst in die Höhe. Viel bequemer, als sich mit bloßen Händen am Seil hochzuhangeln, wie er es zuvor gemacht hatte.

Mit geöffneter Sperre setzte er den Griff ans Seil und schloss sie wieder mit größter Vorsicht, um jedes Geräusch zu dämmen. Ein metallisches Klicken würde den Männern sofort auffallen.

Sie waren Jäger, Leute, die es ernst meinten.

Auf der Jagd nach Riot Grrrl.

Vier gegen einen. Nicht gerade fair.

Womit hatte sie ihren Zorn erregt?

Sie gaben sich keine Mühe, den Eindruck zu erwecken, als wären sie Staatsbedienstete, wie June behauptet hatte, eher wirkten sie wie Wanderer und mit der neuen Ausrüstung sogar wie unerfahrene Touristen. Die Sturmgewehre allerdings sprachen eine andere Sprache, und dafür waren die Rucksäcke da, um die Waffen zu verstecken, bis sie tief in den Wald vorgedrungen waren.

Der kleine Apparat, den der eine in der Hand hielt, war ein Ortungsgerät.

Sie verfügten also über Geldmittel und technische Unterstützung.

Sie waren Profis, eindeutig.

Riot Grrrl steckte in ernsthaften Schwierigkeiten. Und jetzt auch Peter, aber für ihn war es nicht das erste Mal.

Er hängte die zweite Klemme ein und schaute nach oben. War dort Riot Grrrls Sommersprossengesicht zu sehen, die zu ihm hinunterblickte?

Er hätte die Klemmen mit Sicherheitsleinen an seinen Gurt befestigen sollen, falls ihm eine aus der Hand rutschte. Sie hätten ihm beim Aufstieg auch ermöglicht, Pausen einzulegen. Aber er hatte sie oben gelassen, aus Angst, sie könnten gegen den Klettergurt schlagen.

Langsam stieg er wieder auf, jeweils nur einen Fußbreit. Das Seil glitt mit einem leisen Surren durch den Mechanismus, *Sisss, sisss, sisss, sisss.* Seine Arme ermüdeten. Beiß die Zähne zusammen, Marine!

»Na los, mach ein Foto von mir.«

»Sei nicht albern. Willst du wirklich einen Fotobeweis, dass du hier warst?«

»Klappe«, sagte die vierte Stimme. »Klappe, allesamt!«

Peter hielt inne, frei schwebend am Seil, dreißig Meter über dem Boden, nicht ganz vom Nebel eingehüllt.

Schöner wäre es, im Klettergurt zu hängen und sich auszuruhen.

Runterfallen wäre ganz schlecht.

Peter sah hinunter. Die Männer waren verstummt. Mit dem Gewehr im Anschlag suchten sie das Gestrüpp am Boden ab. Der vierte Mann, der die Waffe mit dem dicken Lauf hatte, stand regungslos. Als spürte er Peters Augen auf sich gerichtet, legte er den Kopf schief und spähte in das schummerige grüne Licht.

»Da oben«, rief er. »Da oben.«

Sisss, sisss, sisss, sisss. Peter zog sich hoch, so schnell es ihm die Arme erlaubten. Es war anstrengend, doch die Entfernung und die Bewegung erschwerten den Männern das Zielen, und je höher er stieg, umso schwieriger wäre es, ihn in dem gefilterten Dämmerlicht zu erkennen.

»He, du da oben. Runterkommen, oder ich schieße.«

Es war egal, dachte Peter, sie würden sowieso schießen, also lieber noch schneller klettern. Seine Arme brannten vor Schmerz. *Sisss, sisss, sisss, sisss.*

Dann eröffneten sie das Feuer. Die Salven erfolgten in einer Reihe von jeweils drei, diszipliniert aufeinander folgenden Schüssen. Peter kannte den Rhythmus. *Takatak, takatak.* Aber sie trafen ihn nicht, nicht mal annähernd. Es sollten Warnschüsse sein. Die Männer wussten ja nicht, wer er war oder was er dort oben im Baum machte. Nicht mal, ob er in irgendeiner Beziehung zu der Frau stand, die sie verfolgten.

Peter ging die Puste aus. Die Arme waren schon langsamer geworden. *Sisss, sisss, sisss, sisss.* Wie weit war er gekommen? Wie weit noch, bis der Nebel ihn ganz eingehüllt hatte?

»Runterkommen. Oder wir pflücken dich auf die harte Tour.«

Scheiße. Seine Arme. Sie machten schlapp. Weiterklettern, ohne Sicherheitsleine hast du eben keine andere Wahl. Sieh es als Motivation an.

Sein Schließmuskel krampfte, während er darauf wartete, dass einer der nächsten Warnschüsse ihn traf.

Dann spürte er plötzlich, wie er aufwärtsschwebte. Das Seil vibrierte leicht, und der dicke Ast kam ihm entgegen, obwohl seine Hände regungslos blieben.

»Halt dich fest, Idiot.« Ihre Stimme kam von oben, dünn, aber deutlich.

Er hielt sich fest, stieg weiter aufwärts. Sie zog ihn hoch.

Wieder hörte er die Gewehre. *Takatak. Takatak.* Ein knackiger Sound, das robuste Schnurren eines dicken startenden BMW-Motors. Nicht das metallische Klappern eines AK-47 oder eines alten M4. Die NATO-Hochgeschwindigkeitsgeschosse zischten im Stakkato durch die Luft. Er wartete auf den Einschlag, den heißen Schmerz, aber er kam nicht.

Mit jedem Meter aufwärts würde es schwieriger, ihn vom Boden aus zu sehen.

Dann plötzlich doch ein Einschlag, in die rechte Schuhsohle, aber nicht schwer, kein Schmerz, noch nicht. Er schaute hinunter. Kein Loch im Schuh, kein Blut. Er schaute hoch, der dicke Ast war wieder ein Stück näher gerückt, auf der anderen Seite hing ein langes Seil herunter.

June saß auf einem Holzkropf, etwa sechs Meter von ihm entfernt, die Beine durchgedrückt, und zog wie verrückt an dem Seil. Sie hatte einen Flaschenzug oben befestigt und nutzte die Kraftübertragung. Er hörte das schwache Klicken des Camlock, während das Seil über die Räder glitt.

Dann war er oben, klammerte sich mit beiden Händen an das Netz, trat mit dem linken Fuß auf die dicke raue Rinde und achtete gleichzeitig auf den rechten, noch immer unsicher, ob er verletzt war oder nicht. June, schwitzend, rot vor Anstrengung, löste den Schnellverschluss und fing an, das abgespulte Seil einzuholen und aufzuwickeln. Das Übersetzungsverhältnis betrug vier zu eins, verringerte also Peters Gewicht von 90 auf gut 22 Kilo, die sie mindestens 30 Meter hochgezogen hatte.

Alle Achtung, Riot Grrrl. »Danke«, sagte er.

Ihr eben noch rotes Gesicht wurde plötzlich bleich. »Nicht bewegen.« Sie zeigte auf seinen Fuß.

Ein dünnes Röhrchen mit einem roten Schwanz steckte in der dicken Schuhsohle. Er zog es heraus und hielt es hoch.

Es war ein Pfeil. Betäubungsmunition? Hatten sie tatsächlich versucht, ihn mit einem Betäubungspfeil kaltzustellen? Er war doch kein Nashorn.

Peter sah sie an. »Was sind das für Leute?«

»Keine Ahnung«, sagte sie.

»Offenbar wollen sie dich lebend einfangen«, sagte er mit Blick auf den Pfeil. »Auf mich kommt es ihnen jedenfalls nicht an.«

Er dachte an die vier Männer mit ihren tödlichen Waffen am Fuß des Baums. An das Gerät, das der eine Mann in der Hand gehalten hatte und mit dem er das Gelände kreisförmig abgegangen war. Wahrscheinlich ein Suchgerät.

»Hattest du den Rucksack schon dabei, als die Männer versucht haben, dich zu schnappen?«, fragte er sie.

»Nein. Nur meine Umhängetasche.«

»Konnten sie an die Tasche ran? Um was hineinzutun?«

Sie schüttelte den Kopf. »Sie haben sie einfach auf den Boden geschmissen.«

»Hast du Sachen aus der Tasche in diesen Rucksack umgepackt?«

»Einige«, sagte sie. »Portemonnaie, Interviewnotizen für drei Artikel, Notebook, Ladegerät, Handy.«

Das Handy.

Sie las in seinem Gesicht. »Was?«, fragte sie.

Er wartete ab, bis es ihr dämmerte. Es dauerte nur eine Sekunde. Sie war ziemlich clever.

Sie zog ihren Rucksack heran und tauchte die Hand in das Außenfach. Das Handy steckte in einem Ziploc-Beutel.

»Es ist ausgeschaltet«, sagte sie. »Können sie trotzdem …«

»Sie offenbar schon«, sagte er. »Nur nicht, wenn du den Akku entfernst. Die Männer haben so eine Art Ortungsgerät. Sehr wahrscheinlich ist dein Handy die Signalquelle.«

Sie drehte das Handy um. »Ich kriege die Rückseite nicht ab.« Sie holte mit dem Arm samt Handy aus.

»Warte«, sagte er. »Nicht wegwerfen.«

»Warum nicht?« Ihre Stimme war etwas lauter als nötig. »Weg mit dem Ding, so weit wie möglich. Und wir hauen in die entgegengesetzte Richtung ab.«

»Das können wir machen«, entgegnete Peter ruhig. »Aber dann wissen sie, dass wir ihren Trick durchschaut haben. Es wäre schwieriger für uns, ihr Verhalten einzuschätzen.«

»Ich will ihr Verhalten gar nicht einschätzen«, sagte sie, als hätte sie es mit einem Schwachsinnigen zu tun. »Ich will sie loswerden.«

»Wir werden sie schon noch los«, sagte Peter. »Aber im Moment sind wir in der Defensive. Das zu wissen, bringt uns einen taktischen Vorteil. Willst du ewig vor ihnen fliehen?«

Sie sah ihn an, und wieder spürte er ihre konzentrierte Aufmerksamkeit. »Ich kann nur hoffen, dass du weißt, was du tust, Mister.«

»Ich bin vielleicht das erste Mal auf der Flucht in den Redwoods«, sagte er, »aber ich an deiner Stelle würde das Handy hierlassen.«

Sie verzog das Gesicht und klemmte das schmale Rechteck aus Aluminium in eine Spalte in der Baumrinde. »Auf Wiedersehen, Handy. Du hast mir gute Dienste geleistet, bis du gehackt wurdest.« Danach wickelte sie weiter das Seil auf.

»Kann man sich hier oben auch horizontal fortbewegen?«, fragte Peter. »Von Baum zu Baum?«

»Kann man. Der Weg ist direkt vor deiner Nase«, sagte sie und verstaute Seile und Flaschenzüge in ihrem Rucksack. »Mein Ex-Freund hat die Biologie von hohen Baumkronen untersucht. Das hier war sein Labor.«

»Ex-Freund?«

»Mach dir bloß keine falschen Hoffnungen«, warnte sie ihn. »Damals haben wir Leinen zu den Nachbarbäumen gespannt, um das Untersuchungsgebiet zu erweitern. Und wir beide werden jetzt nachschauen, ob wenigstens ein paar noch da sind.«

»Dein Ex muss ein cooler Typ gewesen sein.«

Sie schnallte den Bogen wieder an ihren Rucksack, steckte die Arme durch die Schulterriemen und spähte in das Astwerk um sie herum. »Das fand seine andere Freundin auch. Aber ich habe ihm beim Aufbau dieser Plattform geholfen, deswegen habe ich mir ein Besuchsrecht gesichert.« Sie streckte den Arm aus. »Da. Siehst du es?«

»Das gelbe Seil?«

»Ja. Wir haben unsere Wege mit farbigen Seilen markiert. Übrigens meine Idee. Du bist über den roten Weg gekommen.«

Die roten Seile, dachte Peter. »Der gelbe Weg führt uns also zum nächsten Baum.«

»Das ist Sinn und Zweck der Sache. Vorausgesetzt, sie sind noch da.« Sie spazierte über einen langen breiten Ast.

»Die Bäume oder die Seile?«

»Die Bäume stehen seit dem Römischen Reich hier«, sagte sie über die Schulter hinweg. »Aber die Seile können sich in der feuchten Umgebung schnell auflösen. Früher habe ich sie jedes Jahr erneuert. Sie sind nicht billig. Andererseits habe ich ja früher auch die Förderanträge für ihn geschrieben.« Ein Lächeln blitzte auf. »Ich bin mir nicht sicher, ob er heute immer noch genug Geld für all die Seile hat.«

Ob ihr Ex-Freund wohl wusste, was er an ihr verloren hatte? Wahrscheinlich hatte er keinen blassen Schimmer, dachte Peter. Wenn doch, hätte er sie gar nicht gehen lassen.

Riot Grrrl ging voran, Peter folgte.

Es erforderte mehr Technik, als den roten Weg hinaufzukraxeln. Immer wieder mussten sie Steigklemmen einsetzen. Es ging nur über Umwege, abwärts, um auf den nächsten Baum zu gelangen, dann wieder aufwärts, mit gespannten Seilen an schwierigen Kletterpassagen, und immer den leuchtend gelb markierten Trail entlang. Ein höchst schwieriger Weg, doch die feuchte Brise, erfüllt vom Duft immergrüner Nadeln und von dem beißenden Geruch der Rinde, kühlte ihre Körper, und hier und da spähte der unendlich blaue kalifornische Himmel durch den Nebel.

Diesmal klinkte Peter die Sicherheitsleine an seinen Klettergurt, widmete aber sonst seine ganze Aufmerksamkeit der Beobachtung von Riot Grrrl. Klettern zu zweit war eine Vertrauenssache. Jeder Aufprall, selbst auf eine Felswand aus drei Metern Höhe, konnte schwere Verletzungen verursachen oder gar den Tod bedeuten. Hundert Meter über dem Erdboden, in der Krone eines Mammutbaums, hätte Riot Grrrl ihn ein Dutzend Mal töten können.

Jeder Kletterer hat seinen eigenen Stil, und Peter hatte sich rasch ein ziemlich gutes Bild davon machen können, mit wem er es zu tun hatte. Riot Grrrl war keine Draufgängerin, sie ging kein unnötiges Risiko ein. Sie kannte ihre Ausrüstung und wusste sie einzusetzen. Aber sie sicherte auch nicht jeden Schritt mit einem Seil ab und bewegte sich lässig beim Freiklettern durch die Äste, als wäre es der fünf Meter hohe Apfelbaum in ihrem Garten.

Sie hielt ihren Vorsprung mühelos. Peter wusste, woher sie die starken Oberarmmuskeln hatte.

Nach einer halben Stunde erreichten sie einen breiten Ast und überblickten von dort die wogenden bewaldeten Berge, die sich vor ihnen erstreckten. Ein dickes, um den Stamm gewickeltes Nylongewebe hielt einen starken Karabiner, von dem ein sagenhaft dünnes glänzendes Drahtseil abging. Das Seil spannte sich hoch über das Sohlenkerbtal vor ihnen, überwand knapp einen steilen Felsgrat und senkte sich herab zur nächsten Talsohle, wo es wieder in der Krone eines Mammutbaums verschwand.

Beim Klettern in diesem gewaltigen Baum ließ sich seine Architektur kaum richtig erfassen. Doch aus der Distanz erkannte Peter jetzt deutlich den Umriss des Nachbarbaums, dieses knorrigen asymmetrischen Riesen, der sicher seine zweitausend Jahre auf dem Buckel hatte und gut und gerne weitere tausend Jahre überstehen würde. Er sah noch mehr dieser uralten Kolosse, wie Schildwachen standen sie in den Tälern. Dort, wo sich das Regenwasser sammelte und wo die ersten Holzfäller an der Westküste, die fast den gesamten Primärwald vernichtet hatten, nicht hingekommen waren. In der Umgebung dieser Wachposten standen ihre sehr viel jüngeren Cousins, die kleineren Bäume des Sekundär- und Tertiärwaldes, die seit dem Kahlschlag gewachsen waren, dreißig Meter hoch, Zwerge, gemessen an ihren Vorfahren.

Es war eine sehr weite Strecke, an einem sehr dünnen Kabel entlang.

Peter sah hinunter in das Tal vor ihm. Es war nicht nur sehr weit, es ging auch sehr tief hinunter.

Er sprach leise, dachte an die Männer unter ihnen. »Wie lang ist es?«

»Ungefähr dreihundert Meter«, sagte sie. »Das Kabel ist aus rostfreiem Stahl. Wird im Flugzeugbau verwendet. Das trägt mehr als zehn Personen.«

Er stellte sich vor, was für ein Aufwand nötig gewesen war, um diese Seilrutsche anzulegen. Mit Pfeil und Bogen die Hightechangelschnur auf die andere Seite befördern. Die Schnur spannen, dann das Führungsseil und zuletzt das Kabel hinüberziehen. Gefährliche Arbeit, stundenlang, hoch oben in diesen Mammutbäumen.

»Machst du so was zum Vergnügen?«

Sie zuckte mit den Schultern, als fühlte sie sich ertappt. »Ich sitze nicht gerne untätig rum.«

»Du musst eine verdammt gute Journalistin sein«, sagte

er. »Wie geht es jetzt weiter? Wir hängen unseren Klettergurt dran und ziehen uns am Seil entlang rüber?«

»Ganz wie du willst«, sagte Riot Grrrl und kramte in ihrem Rucksack, holte einen kleinen Apparat aus Metall heraus und hielt ihn hoch. Ihre Augen leuchteten vor Freude, die Jäger unten waren für einen Moment vergessen. »Aber rutschen geht natürlich viel schneller.«

Peter sah einen Haken für den Klettergurt, zwei Griffe und die Rollen.

Es war eine Seilrolle. Er sah Riot Grrrl neugierig an.

»Mit deiner Angst vor Aliens warst du mir sympathischer.«

»Ach, die Aliens gibt es wirklich«, sagte sie, gab ihm die Seilrolle, holte eine zweite aus dem Rucksack und hängte sie in das Seil ein. »Ihre Bewusstseinskontrolle ist absolut krass. Sollten wir das hier überstehen, bastele ich dir einen Hut aus Alufolie.« Sie lachte strahlend. »Willst du als Erster, oder soll ich?«

»Wie ist die Landung?«

»Man kann von hier aus sehen, dass das Kabel nicht stramm gespannt ist. Es würde sonst bei einem Sturm durch die Bewegungen der Bäume wie ein Bindfaden zerreißen. Ganz hinten hängt es also durch, und die leichte Steigung verlangsamt das Tempo. Der Befestigungspunkt am anderen Ende befindet sich ungefähr acht bis zehn Meter innerhalb der Baumkrone. Beim Näherkommen sieht man einen kleinen Landesteg, wie eine Arbeitsplattform, mit einem Handlaufseil, damit du nicht übers Ziel hinausschießt. Halt dich bereit, die Rutsche ist rasend schnell.«

Er wog mehr als sie, dachte Peter. Falls sich die Kabelbefestigung unter seinem Gewicht lösen sollte, war sie wenigstens schon auf der anderen Seite, weit weg von ihren Häschern.

»Du zuerst«, sagte Peter. »Zeig mir, wie es geht.«

Sie hakte ihren Klettergurt in die Seilrolle und überprüfte die Verschlüsse. »Normalerweise schreie ich dabei so laut ich kann, aber diesmal lasse ich es lieber«, sagte sie und zeigte in die Richtung der Männer unten.

Ein letztes Grinsen, dann packte sie mit beiden Händen den Griff an der Seilrolle, nahm Anlauf und sprang. Der Gurt umfing ihre Hüften, sie lehnte sich zurück und streckte die Beine aus wie ein menschliches Projektil. Die Schwerkraft zog sie immer schneller und schneller und immer tiefer, trug sie fort, und ihr hohes perlendes Lachen hallte von den Bäumen, den Felsen und Hängen wider wie der Ruf eines wilden Tiers.

Peter sah, wie sie in die Krone des nächsten Baums eintauchte. Das Kabel gab nach, hing schlaff herunter; Riot Grrrl hatte mit den Füßen auf der Plattform aufgesetzt und den Gurt aus der Seilrolle ausgeklinkt. Dann schlug das Kabel Wellen, die auf ihn zukamen. Sie hatte einmal dagegen gestoßen, das Zeichen, dass sie heil angekommen war. Jetzt war Peter an der Reihe.

Er setzte die Räder auf das Seil und verschloss die Rolle. Dann hakte er den Karabiner an seinem Gurt in das Loch am Gehäuse der Seilrolle ein und überprüfte den Verschluss. Zweihundertfünfzig Meter überqueren, in hundert Meter Höhe. Er hatte den Geschmack von Kupfer auf der Zunge, und er spürte ein unbeschreibliches Hochgefühl in sich aufsteigen und ein Lächeln auf sein Gesicht zaubern.

Leben. Leben. Ich lebe.

Er trat zurück, so weit, wie der Haltegurt reichte, hielt sich an der Seilrolle fest, machte zwei große Schritte und warf sich in die Luft.

Der robuste Klettergurt fing ihn sofort auf. Er streckte die Beine aus und lehnte sich zurück, so wie sie es vorgemacht hatte. Er stürzte nicht in die Tiefe, sondern flog wie ein Pfeil über ein Meer dichter Baumwipfel. Der Talhang mit seinem felsigen Grat erhob sich vor ihm, höher und höher, rückte schließlich so nahe, dass er jede Spalte, jeden Stein, jede Flechte erkennen konnte, bis er kurz darauf auch schon wieder hinter ihm lag. Der Baum vor ihm wurde von Sekunde zu Sekunde größer, die massive Baumkrone eine Wand, die sich in einzelne Äste und Blattwerk auflöste, mit einem schmalen Tunnel, durch den sich das Kabel schlängelte. Das Tempo verlangsamte sich, als er durch den dunklen Engpass in der Baumkrone sauste. Für einen Moment erblindete er, während sich seine Augen an das schummrige Licht im Baum gewöhnten, doch sein Sehvermögen kehrte zurück, und er erkannte die Landeplattform und die gespannten Seile. Er ließ die Beine sinken, bis seine Füße Halt gefunden hatten und er zum Stehen kam; ein Glockengeläut in seinem Kopf, und der Wind wehte durch ihn hindurch, als wäre sein Körper durchlässig.

Wenn es ein Mittel gegen das weiße Rauschen gab, dann dieses.

Riot Grrrl wartete auf einem breiten Ast neben der Landeplattform und beobachtete Peter. Er wandte sich ihr zu, idiotisch grinsend, als wäre er ganz überwältigt von Gefühlen, wie nach einer spirituellen Erfahrung.

»Können wir das noch mal machen?«, sagte er.

Sie sah ihm ins Gesicht, und er kam sich vor, als hätte er eine Prüfung bestanden.

»Ein andermal«, sagte sie. »Schon vergessen? Wir rennen gerade vor den Bösen weg.«

»Verrat mir nur eins«, sagte er. »Wie heißt du?«

»June«, sagte sie. »June Cassidy. Können wir jetzt gehen?«

6

Der nächste mit roten Seilen markierte Weg führte spiralförmig durch den Nachbarbaum nach unten.

Er endete an dem tiefsten noch einigermaßen stattlichen Ast, der circa zwei Meter aus dem Stamm herausreichte. Darunter, umhüllt von grüngefärbtem Dunst, gab es nur noch kleine Zweige, die keinen Spatz getragen hätten.

Riot Grrrl – June, ermahnte sich Peter, sie hieß June, obwohl Riot Grrrl wie die Faust aufs Auge zu ihr passte – schnürte ihren Rucksack auf und holte ein langes Seil und eine kürzere feste Bandschlinge hervor. Sie warf die Schlinge um den Ansatz eines stabil aussehenden, vorstehenden Astes, holte sie ein, hängte die losen Enden in einen Karabiner und schraubte den Verschluss zu.

»Wie weit ist es bis nach unten?«, fragte Peter.

»Ungefähr fünfzig Meter.« Fünfzehn Stockwerke. Der längste Abstieg bis jetzt war fünf Meter. »Wir haben nicht genug Seile, dass du mich absichern kannst. Und umgekehrt.« Sie saß auf dem breiten Ast, knotete ein Seilende an den Schraubkarabiner und überprüfte nochmal den Verschluss.

»Kein Problem«, sagte er. Ein zweites Seil zur Sicherung des Partners wäre gut gewesen, aber beim letzten Mal war es auch ohne gegangen. Es war riskanter, aber wenn man von Männern mit automatischen Waffen verfolgt wurde, war Entkommen wichtiger. Bei seinen Abseilmanövern aus Hubschraubern hatte ihn auch keiner gesichert. Da verließ man sich allein auf seine starken Hände, den Rest erledigten Abseilachter und Reibung. Grundlagenphysik.

Sie fing an, das Seil auszugeben, achtete darauf, dass es sich nicht verhedderte.

»Wie ist das Terrain unten beschaffen?«, fragte er.

»Das wird ein ziemliches Gekraxel, eine Wasserrinne entlang. Kein ordentlicher Weg. Der Bach mündet in den Fluss, der parallel zur Straße verläuft. Der Kamm, den wir überquert haben, bleibt zwischen uns und dem Weg, auf dem wir hochgekommen sind. Es ist nicht einfach, aber eine viel kürzere Verbindung als der Pfad, dem die Männer folgen werden. Auch wenn sie wissen, dass wir absteigen, können wir sie bis zu meinem Auto allemal schlagen.«

»Und wenn sie dein Auto lahmgelegt haben?«

»Es steht gut versteckt.«

»Was ist, wenn sie es gefunden haben?«

Sie sah ihn an, die Angst stand ihr ins Gesicht geschrieben. Zwar konnte sie gut damit umgehen, ihre Kletterkünste und ihr Wissen um Bäume gaben ihr das Gefühl, als hätte sie die Situation im Griff, und auch ihr Sinn für Humor erleichterte vieles. Doch diese Männer hatten sie vorher schon mal verfolgt, sie beinahe verschleppt. Wenn sie erst wieder festen Boden unter den Füßen hatte, wäre ihre hauchdünne Überlegenheit dahin, und das spürte sie.

»Ich will dir keinen Schrecken einjagen«, sagte Peter absichtlich ruhig. »Es geht nur darum, vorbereitet zu sein. Wir neigen dazu, die Folgen eines Geschehens zu unseren Gunsten auszulegen. Da hilft es, das ›Was wäre, wenn‹ durchzuspielen und entsprechend zu planen.«

»Wenn sie mein Auto gefunden haben«, sagte sie, »bin ich gearscht.«

»Vielleicht. Vielleicht auch nicht. Es kommt darauf an vorauszudenken. Alternativpläne zu entwickeln. Welche Möglichkeiten haben wir?«

Sie holte tief Luft. »Okay«, stieß sie hervor. »Wir könnten im Wald bleiben. Uns bis zum Highway durchschlagen. Von da aus trampen.«

»Was ist, wenn sie uns weiter im Wald verfolgen? Was sind unsere Stärken?«

Sie überlegte kurz. »Wir nutzen unsere Ausrüstung. Klettern wieder rauf und verstecken uns. Oder seilen uns an einer Felswand ab, wo sie uns nicht folgen können.«

Oder nutzen Pfeil und Bogen, dachte Peter, ließ es aber jetzt lieber noch unerwähnt.

»Siehst du. Geht doch«, sagte er. »Du denkst schon ganz taktisch.«

Sie sah ihn an. »Ja, klar. Taktik für den Arsch.«

Sie hatte ihn durchschaut.

»Trotzdem«, sagte er. »Wir müssen in Bewegung bleiben, stimmt's?«

»Stimmt«, sagte sie. »Ich gehe voraus.«

Sie schob eine Schlaufe in einen Abseilachter, zog sie unter ihren Klettergurt durch und hakte den Achter ein. Zweimal überprüfte sie den Karabinerverschluss und schlang das Seil um die Lende, unterhalb des auf den Rucksack geschnallten Bogens. Sie wandte ihm das Sommersprossengesicht zu, ihr Blick intensiv und konzentriert. »Wir sehen uns unten wieder«, sagte sie und ließ ein Grinsen aufblitzen. »Wenn du fällst, dann bitte nicht auf mich drauf.«

Sie trat einen Schritt rückwärts und ließ sich fallen.

Peter legte sich auf den Ast, schmiegte den Kopf seitlich ans Holz und sah hinunter. Sie stieg tiefer und tiefer, und bald hatte er sie in dem Dunst aus den Augen verloren. Er konnte von oben nicht mal den Boden sehen.

Er wartete, bis das Seil schlaff herabhing, was nur eine gute Minute dauerte. Dann schlug das Seil kleine Wellen, und er wusste, dass sie unten angekommen war und sich ausgeklinkt hatte. Er führte das Seil durch seinen Abseilachter, hakte sich ein und überprüfte den Verschluss.

Er wandte der Abstiegstelle den Rücken zu, beugte leicht die Knie und erfreute sich ein letztes Mal an dem grünen Licht im Baum und an dem robusten Ast unter seinen Schuhen. Dann atmete er einmal tief durch, schlang das Seil mit der linken Hand um die Lende und sprang in die Dunkelheit.

Im Gesicht ein breites Grinsen.

Das versprach ein höchst interessanter Tag zu werden.

7

Sie bewegten sich so schnell sie konnten durch das weglose Dickicht aus Geröll und Unterholz, doch an manchen Stellen türmte es sich bis zu sechs, sieben Metern auf, und ein falscher Tritt konnte einen verrenkten Fußknöchel oder Schlimmeres zur Folge haben.

Peter hatte keine Ahnung, was die Verfolger vorhatten, aber die Möglichkeit, dass sie sich aufteilten, war durchaus realistisch. Zwei Männer blieben unter dem Baum, die beiden anderen gingen zurück zum Ausgangspunkt des Wanderwegs und suchten nach ihrem Auto. Falls sie es nicht längst gefunden hatten.

Sie konnten Junes Handy in Echtzeit orten, wussten also vermutlich auch, wo sie sich die ganze Zeit zuvor aufgehalten hatte.

Es bestand nur die vage Hoffnung, dass sie das Signal im Wald verloren und erst wieder empfangen hatten, als June auf den Baum geklettert war.

Vielleicht waren sie zu viert, vielleicht zu acht, vielleicht hatten sie bereits Verstärkung zum Ausgangspunkt geschickt. Vielleicht waren sie tatsächlich FBI-Agenten und June eine entkommene Geisteskranke. Ohne mehr Information waren das nutzlose Spekulationen. Doch Informationen waren rar. Deswegen würde er instinktiv handeln, womit er in der Vergangenheit gute Erfahrung gemacht hatte.

Und während sie sich einen Steilhang hinunter durch endloses Gestrüpp kämpften, für jeden Schritt doppelt so lange brauchten wie normal, sagte ihm sein Instinkt, dass mindestens einer der Verfolger vor ihnen am Ausgangspunkt des Wanderwegs eintreffen würde. Karte und Kompass wären jetzt sehr hilfreich.

Als sie den Bach erreichten, war ihm wohler. Sie kamen schneller voran, brauchten nur dem Bett zu folgen, ohne Umwege, mussten dafür manchmal durch kniehohes eiskaltes Wasser waten. June war sich einigermaßen sicher, dass dieser Bach die Holzabfuhrstraße unweit des Ausgangspunktes in einem Rohrdurchlass unterquerte, so dass sie sich möglichen Beobachtern von hinten nähern würden. Ihr Auto habe sie an einem überwucherten Abzweig hinter einer Kurve abgestellt, geschützt vor fremden Blicken.

Die Straße kündigte sich als breiter Lichtstreifen an. Peter hielt es für möglich, dass sie jetzt doch einen Vorsprung vor ihren Verfolgern hatten, allerdings keinen großen. Vor dem Durchlass hatten Äste und Buschwerk den Bach zu einem kleinen Tümpel gestaut. Auf der anderen Seite hörte man schon den Fluss. Peter übernahm die Führung und robbte sich am matschigen Rand entlang, die Füße nass und kalt. Als sein Kopf auf gleicher Höhe wie der Schotter war, hielt er an. Niemand zu sehen. Die Straße nur eine hässliche Schramme in einer sonst herrlichen Wildnis.

June kroch bis zu ihm vor und schaute hangaufwärts. »Bis zum Wanderweg sind es noch ein paar Kilometer weiter in diese Richtung. Da ist Platz für zehn Autos.« Dann sah sie hangabwärts. »Mein Subaru steht da drüben. Hinter der nächsten Kurve zweigt rechts ein alter Forstweg ab. Das Gatter davor ist unverschlossen.«

Peter hätte vorher gerne am Startpunkt nachgeschaut, ob die Verfolger dort einen Mann postiert hatten und, wenn ja, ihm Fragen gestellt. Aber vermutlich waren sie schwer bewaffnet, und falls ihm etwas passiert wäre, stünde June alleine da.

Er schaute die Straße auf und ab. Keine Anzeichen menschlichen Lebens, nur die Schotterpiste und die Frau an seiner Seite. Ihr Gesicht war gerötet, und er sah den Puls an ihrer Halsschlagader.

»Bist du bereit?«

Sie holte tief Luft und stieß sie ruckartig aus. »Ja.«

»Gut. Dann nichts wie raus.«

Sie betraten die Straße, kein Mensch zu sehen, dann weiter über den Schotter, durch den Tunnel aus Bäumen, nur begleitet vom Geräusch ihrer Schuhsohlen. Das Gatter aus verschweißten Eisenrohren war rostig, aber stabil. Es öffnete sich mit dem gequälten Schrei überstrapazierten Metalls.

Sie gingen weiter den alten Forstweg entlang, über den seit bestimmt zehn Jahren keine Planierraupe mehr gerollt war. In der Mitte wuchsen Büsche, und abfließendes Regenwasser hatte Teile der Befestigung fortgespült. Doch Junes kleiner weißer Subaru, ein mindestens dreißig Jahre alter Kombi mit Vierradantrieb, stand noch immer da, wo sie ihn abgestellt hatte. An der Westküste, wo Unterbodenrost ein Fremdwort war, sah man viele davon auf den Straßen. Ein gutes Auto, langlebig, solide gebaut. Ein Klassiker.

Peter wünschte nur, es hätte weniger Jahre auf dem Buckel.

»Pflegst du dein Auto?«, fragte er. Die Reifen sahen ziemlich gut aus. Besonders freute er sich über das Schiebedach.

»Selbstverständlich«, erwiderte sie pikiert. »Ist doch mein braves Mädchen.« Sie riss die Heckklappe auf und warf ihren Rucksack in den Kofferraum.

»Stoßdämpfer?«, fragte er, hob ihren Rucksack aus dem Kofferraum und stellte ihn neben seinen auf den Rücksitz. So kam man von vorne besser ran. »Wann hast du die ausgetauscht?« Er löste die Riemen, mit denen der Compoundbogen am Rucksack befestigt war, ging zurück zur Heckklappe und begutachtete ihre ordentliche Ausrüstung.

»Letztes Jahr.« Sie streckte die Beine. »Ich musste vorne

den ganzen Kram erneuern, Kugelgelenke und Traggelenke und wie das alles heißt. Hat mich drei Riesen gekostet. Warum fragst du?«

Peter nahm sich eine Handvoll Energieriegel, Limonadenpulver und vier Flaschen Wasser. Er entdeckte auch eine hübsche Holzkiste mit Deckel, zwanzig mal zwanzig Zentimeter und einen Meter lang.

Er öffnete sie. Noch mehr Pfeile.

»Die Straßenverhältnisse sind schlecht«, sagte er. »Und du musst sehr schnell fahren.«

Er konnte nur hoffen, dass sie eine gute Autofahrerin war.

Während June wendete, lief Peter zum Gatter.

Sie kurbelte ihr Fenster herunter, als er das Gatter wieder hinter sich schloss, schnallte sich an und zog den Gurt stramm. »Woher wollen wir überhaupt wissen, ob sie uns wirklich auf den Fersen sind?«

Weil sie jeden deiner Schritte kennen, seit sie dein Handy gehackt haben, dachte Peter.

»Das sind Profis. Zweimal mindestens haben sie dich schon aufgespürt.« Er glitt auf den Beifahrersitz. »Die werden uns schon finden. Verlass dich drauf.«

»Davonrasen kann ich denen nicht«, sagte sie und brachte den Motor auf Hochtouren. Es hörte sich gut an. »Nicht mit dieser alten Kiste.«

»Das Auto kann dir egal sein«, sagte Peter. »Fahr so, als hättest du es geklaut.«

Dasselbe durchtriebene Grinsen wie vorhin auf dem Baum blitzte wieder auf. »Kann ich machen. Kein Problem.«

Er klopfte ihr auf die Schulter und öffnete das Schiebedach. Legte sich den Bogen griffbereit hin, legte die Trommel mit den Pfeilen schräg auf den Boden, das obere Ende gegen die Handbremse gelehnt. Er sah die Straße entlang zum Parkplatz am Ausgangspunkt des Wanderwegs; er dachte, er hätte einen schweren Motor starten gehört, aber vielleicht täuschte er sich auch. »Wir sollten losfahren«, sagte er.

June trug Trekkinghosen, die mit einem Reißverschluss in Höhe des Oberschenkels zu Shorts verkürzt werden konnten. Irgendwann hatte sie die unteren Hälften abgenommen. Ihre Beine waren gebräunt und geschmeidig. Sie ließ die Kupplung schnalzen und gab Gas, unter den vier Reifen spritzte der Kiesel, und noch im Rutschen schaltete sie in den zweiten Gang.

Yeah, Riot Grrrl konnte Auto fahren. Er hätte es sich gleich denken können, so wie sie sich auf die Seilrutsche geschwungen hatte.

Er drehte sich um, hielt sich am Schiebedachgriff fest und schaute aus dem Rückfenster. Staub hätte ein Verfolgerauto nicht aufgewirbelt, dazu war es zu feucht, es würde also keine Vorwarnung geben, nur eine Kühlerhaube, die in der Kurve hinter ihnen auftauchen würde.

Vermutlich fuhren die Verfolger einen fetten amerikanischen SUV, einen Chevy Suburban oder einen GMC Denali, so wie die meisten staatlichen Ordnungsbehörden. Etwas Großes und Starkes, einen Kilometerfresser, einen Straßenkreuzer, einen Ozeanriesen. Ungeeignet für schmale, kurvenreiche holprige Schotterpisten. Der kleine freche Subaru mit seiner Geländetechnik würde die Verfolger dazu bringen, einen Fehler zu machen, dachte er. In einer Kurve die Kontrolle zu verlieren, dass sie im Graben landeten. Bestenfalls.

Auf langer, schnurgerader asphaltierter Piste wären sie in ihrem Subaru dagegen geliefert.

Hoffentlich würde es nicht zu Plan B kommen.

Er warf einen Blick auf den Tachometer. Sie fuhr knapp siebzig, hielt das Steuer mit beiden Händen. Für diese Piste bereits zu schnell, aber nicht schnell genug. »Wie weit ist es noch zur asphaltierten Straße?«

»Fünfzehn, zwanzig Kilometer«, sagte sie. »Immer den Fluss entlang. Aber der Untergrund wird vorher schon besser. Ungefähr nach zehn Kilometern.«

In dem Moment sah er es. Ein großes schwarzes Fahrzeug in der Kurve hinter ihnen. Die Reifen stießen bei jedem Schlagloch gegen die Radkästen. Mit jeder Sekunde kam das rote Chevy-Logo an der Kühlerblende näher. Vermutlich ein Tahoe, die kleinere Version des Suburban. Besserer Wenderadius, setzte nicht so schnell auf der Straße auf.

Ein starker Motor.

»Sie kommen«, sagte er. »Gib Gas.«

Junes Augen gingen kurz schräg hoch zum Rückspiegel, und das kleine Kraftwerk des Subarus reagierte, als sie den alten Wagen auf Touren brachte. Sie fuhr noch immer im dritten Gang, nicht das Schlechteste, wenn man seinen Motor nicht schonen musste. Zum Bremsen brauchte sie nur den Fuß vom Gas zu nehmen, und mit mehr Drehmoment würde sie schnell wieder beschleunigen. Beim nächsten Blick aus dem Rückfenster sah Peter, dass sich auf der Beifahrerseite ein Mann mit einem Gewehr herauslehnte.

Noch ehe er etwas sagen konnte, feuerte der Mann dreischüssige Salven, *takatak, takatak.* Mehr Flops als Treffer, doch Peter hörte das vertraute Geräusch, wenn Kugeln Metallblech durchlöcherten. Dann explodierte der Spiegel auf der Beifahrerseite.

»Arschlöcher«, sagte June, rammte die Schaltung in den vierten Gang und schoss nach vorne. Sie nutzte jetzt die ganze Straßenbreite für sich, schnitt die Kurven, fuhr im Slalom um die schlimmsten Spurrillen herum und preschte in hohem Tempo über die Waschbrettpiste. Sie schienen fast zu schweben. Von wegen Bodenhaftung.

Die Verfolger gaben nicht nach. Die bulligen Räder des

Tahoe fegten die Straße unter sich weg. Ein geübter Fahrer und dreißig Jahre Vorsprung in der Automobilentwicklung machten viel aus. Der Schütze zielte jetzt tiefer, auf die Reifen, weil sie June lebend haben wollten, wie Peter vermutete. Obwohl Radverlust bei diesem Tempo durchaus tödlich enden konnte.

Scheiß drauf. Plan B. Er nahm den Compoundbogen, hielt sich mit der anderen Hand am Schiebedach fest und stellte sich auf die Sitzfläche.

An seinem vierzehnten Geburtstag hatten er und sein Vater eine Zielscheibe in der Scheune aufgestellt, auch in seiner Highschool hatte es Übungsmöglichkeiten genug gegeben. Aber er hatte seit zehn Jahren keinen Bogen mehr in der Hand gehalten. Es musste wie Fahrradfahren sein, sagte er sich, das verlernte man auch nie.

Der Mann mit dem Gewehr stutzte, als Peter aus dem Autodach herausguckte. Er war wohl nicht mit der alten Fernsehserie *Ein Duke kommt selten allein* groß geworden, obwohl Junes kleiner Subaru nichts war im Vergleich zu dem hochgetunten Dodge Charger der Duke-Brüder. Peter hatte vorher einige Pfeile in dem Anbauköcher ausgewechselt, und jetzt lagen da griffbereit eine Jagdspitze sowie drei Kugelkopfspitzen, wie sie June vorher zum Abschuss der Pilotleinen verwendet hatte. Er klinkte zuerst einen Pfeil mit Kugelkopfspitze aus dem Köcher. Ein Treffer war extrem schmerzhaft, aber er wäre schon zufrieden, wenn er bei diesen schlechten Straßenverhältnissen und der irren Frau am Steuer die Windschutzscheibe der Verfolger zerdeppern würde. Verdammt, wenn er überhaupt irgendwas treffen würde!

Er spannte die Sehne, zog das Pfeilende bis zur Wange vor, zielte, wartete auf einen ruhigen Moment, hielt die Spannung auf den beiden Fingern aufrecht. Die Fahrt verlangsamte sich kurz, und er ließ los.

Der Pfeil flog rasend schnell aus dem Bogen, senkte sich jedoch wegen der schweren Kugelkopfspitze schneller als gedacht, jagte über die Motorhaube hinweg und rutschte die Windschutzscheibe des Tahoe hoch, ohne einen Kratzer zu hinterlassen. Der sonnenbebrillte Schütze grinste hämisch und richtete seine Waffe auf Peter.

Peter hatte bereits den nächsten Pfeil ausgeklinkt und gespannt, noch ehe der Schütze in der Beifahrertür festen Halt gefunden hatte. Die Straße war nachsichtig mit ihm in dem Moment, als er zielte und losließ.

Die kugelförmige Spitze senkte sich erneut, doch diesmal hatte Peter seine Haltung korrigiert. Der Pfeil traf mit einer solchen Geschwindigkeit auf, dass er ein sauberes baseballgroßes Loch in der Mitte der Windschutzscheibe aufriss.

Der Tahoe schlingerte, fiel zurück und scherte aus. Peter stellte sich das Chaos in der Fahrerkabine vor, als der Pfeil durchstieß, überall Glassplitter. Vielleicht hatte er sogar jemanden getroffen. Es wäre wie ein Schlag mit dem Hammer.

Peter erwiderte das Lachen des Schützen von vorhin, der sich jetzt panisch an der Karosserie festhielt, das Gewehr am Gurt schleifte hinterher. Der Waylon-Jennings-Song aus der Fernsehserie spielte in seinem Kopf: »Just a good ol' boy, never meanin' no harm«.

Sie näherten sich einer weiten Kurve, und der Truck holte wieder auf. Diesmal steckte der Schütze den Lauf seines Gewehrs durch das Loch in der Windschutzscheibe. Ob ihm das beim Zielen behilflich war, wusste Peter nicht. Er klinkte den nächsten Pfeil mit Kugelkopfspitze aus dem Köcher.

Das Gewehr knatterte wieder los, automatisches Dauerfeuer diesmal, zielte auf Reifen, aber wild daneben. Die Stöße durch Schlaglöcher wurden im Innern noch verstärkt und machten es dem Schützen schwerer, den Arm ruhig zu halten.

Ich an ihrer Stelle hätte den Bogenschützen niedergeschossen, dachte Peter. Wenn sie sich solche Mühe gaben, nicht versehentlich in die Fahrkabine zu treffen, mussten sie wirklich scharf auf June sein. Vielleicht hofften sie auch darauf, zwei Fliegen mit einer Klappe zu schlagen, denn für Peter, der mit dem Oberkörper aus dem Schiebedach ragte, wäre jeder Kontrollverlust fatal. Bei achtzig oder gar hundert Stundenkilometern aus der Kiste geflogen, und er wäre Matsch.

Warum hatte er dann bloß so einen Heidenspaß?

Er spannte den Bogen ein drittes Mal, zielte auf den Gewehrlauf, wartete wieder einen ruhigen Moment ab und ließ los. Der Pfeil schoss ein zweites Loch in die Windschutzscheibe, links neben dem ersten, und das Glas zersplitterte spinnennetzartig. Der Gewehrlauf wackelte kurz, zeigte dann himmelwärts. Peter spürte ein ungeheures Glücksgefühl, ermahnte sich, tief durchzuatmen, und beobachtete, wie der Lauf sich wieder beruhigte und direkt auf seine Brust zielte.

Er hatte schon den letzten Pfeil aus dem Köcher angelegt, die Jagdspitze, die tief ins Fleisch schnitt. Er visierte den vermuteten Schwerpunkt des Fahrers an. Sein erhöhter Stand auf dem Beifahrersitz verschaffte ihm einen Vorteil, das Steuerrad des Verfolgerautos würde ihm beim Schuss also nicht in die Quere kommen.

Er zielte und löste den Pfeil aus.

Die Jagdspitze durchschlug die Windschutzscheibe weiter oben und links vom anvisierten Punkt. Durchaus möglich, dass er den Mann dennoch getroffen hatte. Der schwarze Tahoe fiel erneut zurück. In der langen Holzschachtel steckten noch mehr Pfeile, doch er wollte June nicht darum bitten, ihm welche hochzureichen. Die Straße beschrieb eine scharfe Kurve, linker Hand ein Berg, rechter Hand ein steiniges ausgetrocknetes Flussbett.

Gerade wollte er sich aus der Luke zurückziehen und wieder hinsetzen, da hörte er eine LKW-Hupe dröhnen.

Er drehte sich um und sah die schmutzige Nase eines riesigen Langholztransporters um die Kurve kommen. Der Truck nahm die Straße in ganzer Breite in Beschlag und wurde immer größer und größer.

»Scheiße, Scheiße, Scheiße!« Junes Kreischen kämpfte eine verlorene Schlacht gegen die LKW-Hupe.

Der Langholztransporter war sechzig Meter entfernt.

Bei der Geschwindigkeit der beiden Fahrzeuge blieben ihnen nur noch Sekunden.

Die Welt verlangsamte sich, und June, die Hände fest ans Steuer gekrallt, zog abbremsend auf die nichtexistente rechte Spur. Airbags hatte die alte Karre nicht.

Peter ließ sich auf den Sitz fallen, verlor kostbare Sekundenbruchteile, während er den sperrigen Bogen über die Schulter nach hinten bugsierte, stemmte die Füße gegen den Boden und hoffte, die Kisten mit den Pfeilen blieb unter den ausgestreckten Beinen eingeklemmt. Herumfliegende Pfeile konnten genauso tödlich sein wie ein Zusammenstoß.

Dreißig Meter.

Die Hupe dröhnte ununterbrochen.

Zwei Fahrzeuge konnten hier unmöglich mit hoher Geschwindigkeit aneinander vorbeirasen, dafür war die Schotterstraße nicht gebaut, schon gar nicht, wenn eines der Fahrzeuge ein Sattelzug war. Als Peter mit der rechten Hand nach seinem Sicherheitsgurt griff, erinnerte er sich daran, wie er in Oregon mal zwanzig Minuten lang rückwärts fahren musste, um einen Platz zu finden, der breit genug war, um einem voll beladenen Langholztransporter auszuweichen.

Fünfzehn Meter.

Der Subaru war schon halb über den Straßenrand, auf einer unkrautbewachsenen Böschung, die jäh zum steinigen Flussbett hin abfiel. Der Kühler des LKW war riesig, größer als ihr Auto. Peter sah dicke zerquetschte Mücken auf dem Glas der Scheinwerfer.

Die Hupe tönte unerbittlich.

Peter bekam den Gurt zu fassen, zog ihn über sich und steckte die Zunge ins Schloss, als das Auto von der Straße abkam. Er drückte die Beine durch und streckte den linken Arm zur Seite, um zu verhindern, dass Junes Kopf gegen das Steuerrad prallte. Das Vorderrad auf der Beifahrerseite stand über, das Auto kippte. Mit der rechten Hand suchte Peter Halt am Armaturenbrett.

Die Schwerkraft schlug um.

Die Landschaft stand auf dem Kopf, unter ihnen der Himmel, über ihnen Autoreifen. Dann der Himmel über ihnen, Dreck unter ihnen. Wolken unter ihnen, Steine über ihnen. Zeug wirbelte durch die Luft, während sich das Auto überschlug, Energieriegel, Wasserflaschen, Tütchen mit Getränkepulver. Peter wurde hin und her geschleudert in seinem Sitz, wie ein Spielzeug, das von einem wütenden Kind geschüttelt wird, gegen Brust und Beine geschlagen, nach oben, nach unten, wieder und wieder, eine gefühlte Ewigkeit lang, bis das Auto endlich zur Ruhe kam.

Peter sah aus dem Fenster. Die Glasscheibe war weg.

Der Himmel war oben, der Boden unten. Sie standen auf dem trockenen Abschnitt des Flussbettes.

Er sah zu June neben sich. »Alles okay, June? June!«

Sie erwiderte blinzelnd seinen Blick. »O Mann.« Sie klang traurig. »Ich habe dieses Auto geliebt.«

»Bist du verletzt? Hast du dir was gebrochen? Schau mich an«, sagte er. »Schau mich an!« Gleichzeitig registrierte er seine eigenen Verletzungen, den Schmerz in der Schulter, in den Rippen, beim Einatmen, das Brennen im linken Bein.

Sie hatte eine geplatzte Lippe, die hübsch anschwellen

würde, und Blut am Ellbogen, vielleicht von dem vielen Glas in ihrem Schoß. Keine komplizierten Knochenbrüche, soweit er erkennen konnte. Ihre Fensterscheibe war ebenfalls so gut wie weg, die Windschutzscheibe dagegen intakt.

Die Verfolger. Der Tahoe. Siedend heiß fiel es ihm wieder ein.

Seine Tür klemmte. Er suchte den Compoundbogen, fand ihn aber nicht. Er sah sich um, June zu Füßen lag ein Revolver mit kurzem Lauf. »Wo kommt der denn her?«

Er hatte vergessen, dass er angeschnallt war, als er sich nach ihm bückte, und seine Rippen heulten auf vor Schmerz. Er keuchte, richtete sich gerade so weit auf, dass er den Gurt lösen konnte, bückte sich erneut und streckte die Hand nach der Waffe aus. Seine Wange streifte dabei Junes Oberschenkel, schmiegte sich an die warme gebräunte Haut, die feinen blonden Härchen. Ihre Beine rochen nach Sonne und Sonnenöl, und am liebsten wäre er gleich neben ihr eingeschlafen. Seine Hände zitterten, eine Nachwirkung des Zusammenpralls, und er brauchte ein paar tastende Sekunden, um die Waffe zu greifen und sich wieder aufzurichten.

»He«, sagte sie. »Ich habe mich schon immer gefragt, wo der bloß steckt.«

Sie war benommen, aber klar im Kopf. Unter Schock, wie Peter vermutete.

»Den habe ich von meinem Vater. Zum vierzehnten Geburtstag. Komisches Geschenk, wenn du mich fragst. Meine Mutter wollte immer, dass ich ihn wegwerfe, aber dann konnte ich ihn nicht mehr finden. Das ist Jahre her. Ich habe in dem Auto eine Ewigkeit nicht aufgeräumt.«

Es war ein .38er Colt mit Walnussgriff, abgenutzt, aber solide, der Lack fing an abzublättern, vielleicht eine alte, seit langem ausrangierte Polizeiwaffe. Sie sah einigermaßen sauber aus, abgesehen von dem Kaugummipapier und dem Staub, der sich unter dem Autositz darangeheftet hatte. Mit dem Daumenschieber entriegelte er die Trommel. Fünf wunderschöne Messingpatronen, keine unter dem Hammer, wo nur ein hübscher Kreis Tageslicht durch den Lauf zu erkennen war. Er hatte befürchtet, es könnte ein Bleistift darin stecken. Mit einer Bewegung aus dem Handgelenk ließ er die Trommel wieder zurückschnappen.

»Warte kurz«, sagte er. Er würde June genauer untersuchen, wenn er wieder da war. »Nicht weggehen. Okay?« Ohne eine Antwort abzuwarten, stieg er auf den Sitz und kletterte mit Schmerzen durch das Schiebedach.

Der Tahoe lag auf der Seite, wie ein gestrandeter Wal, knapp dreißig Meter entfernt.

8

Er kletterte hinunter in das trockene Flussbett, sein ganzer Körper schmerzte, funktionierte aber mehr oder weniger. Er fasste sich an die Stirn, die sich warm und feucht anfühlte, klebriges Blut, er wischte es weg und tröstete sich damit, dass Kopfwunden immer wahnsinnig bluteten.

Er kannte sich aus mit Verletzungen des menschlichen Körpers.

Er wusste auch, dass er die nächste Herausforderung nur meistern würde, wenn er der Gegenseite zuvorkam.

Das verbeulte Dach des Tahoe versperrte ihm die Sicht ins Innere. Jeden Moment konnte jemand mit einer Waffe herausspringen.

Zwischen den beiden Fahrzeugen, auf den Steinen, lag einer der Verfolger wie eine weggeworfene leblose Puppe. Ein Schwarzer. War er der Mann, der auf sie geschossen hatte, oder war er der Fahrer? Peter sah keine Waffe in der Nähe. Die Augen standen offen, der Hals war seltsam verrenkt, und an der Schläfe klaffte eine tennisballgroße Delle, die verdächtig mit dem Profil eines Steins in der Nähe übereinstimmte. Das Blut war eben erst aus der Wunde ausgetreten, da hatte das Herz des Mannes schon aufgehört zu schlagen.

Einer weniger. Blieben noch drei.

Er humpelte zu dem kaputten Truck, im Fußknöchel ein stechender Schmerz, die .38er schussbereit in der linken Hand. Zu beiden Seiten des Flussbetts ragten hohe Bäume auf, bedrohlich dunkle Wolken kündigten Regen an.

Der Tahoe zerknüllt wie eine Coladose, die man achtlos vor sich her tritt. Offensichtlich hatte auch er sich mehrmals überschlagen. Peter näherte sich ihm von hinten, unwahrscheinlich, dass man ihn von hier aus sah. Die Fensterscheiben waren getönt und von den hunderten winzigen Rissen nahezu blickdicht. Er selbst konnte auch nichts erkennen.

Kein Geräusch, außer dem Ticken des sich abkühlenden Blechs, dem Scheuern seiner Schuhe und seiner regelmäßigen Atmung.

Scheiß drauf. Er trat hinter das Fahrgestell und wurde vom Gestank austretender chemischer Flüssigkeiten und des aufgerissenen Tanks empfangen. Das Benzin machte ihm keine Angst. Explosionen ereigneten sich nur im Kino. Wenn das Benzin Feuer fing, würde er es früh genug bemerken. Sorge machte ihm sein Bein, und die Männer, die er weder sehen noch hören konnte. Am besten, sie wären tot, dann brauchte er das nicht zu erledigen. Nur einer sollte noch leben, dem er ein paar Fragen stellen konnte.

Der Tahoe lag auf der Seite, die zerborstenen Fenster waren daher zu weit oben, um hineinzuschauen. Peter wollte mit dem kaputten Bein auch nicht hinaufklettern, nur, wenn es wirklich keine Alternative gab. Er trat ein paar Schritte zurück, um sich einen Überblick zu verschaffen, da sah er den Arm. Er ragte unter dem Truck hervor, als würde er aus dem Boden wachsen, mit Flanellhemdärmel und einer dicken schwarzen Armbanduhr, sauber und makellos wie ein REI-Mannequin.

Sollte die zugehörige Person noch leben, dann nicht mehr lange.

Nummer zwei.

Peter humpelte wieder auf den Wagen zu, jetzt überzeugt davon, den Hergang durchschaut zu haben. Als der Tahoe, sich überschlagend, in das Flussbett gerollt war, musste der Beifahrer herausgeschleudert und der Fahrer von dem Wrack erdrückt worden sein. Wahrscheinlich hatten sie dic Sicherheitsgurte nicht angelegt.

Er ging um die Kühlerhaube herum. Die Windschutzscheibe war eine Matte aus unregelmäßigen Rissen, mit Löchern hier und da. Durch den Aufprall eingedrückt, lehnte sie gegen die blassen Kissen der in sich zusammengefallenen Airbags.

Jetzt vernahm er ein leises Stöhnen.

Er musste in das Wageninnere hinein, musste wissen, wer übriggeblieben war, wer sie waren, wer sie geschickt hatte. Aber er wollte auch nicht blindlings hinein und sich möglicherweise jemandem gegenübersehen, der ihn vor wenigen Minuten noch umbringen wollte. Schon gar nicht mehreren Profis auf einmal. Er suchte den Boden nach einem langen Stock ab.

»He, Kumpel! Alles okay?« Der Fahrer des Holztransporters kam die Uferböschung herunter. »Warte, ich helfe dir. Ein Wahnsinnsunfall war das.«

Er trug eine blaue Dickies-Arbeitshose, ein einfaches weißes T-Shirt, und über den prallen Bauch spannten sich rote Hosenträger. Ein grauer Haarsaum lugte unter einer neuen Crimson-Tide-Mütze hervor, in dem großen runden Gesicht zeichneten sich Sorgenfalten ab.

»Bleib stehen!«, rief Peter. »Nicht näher kommen.«

»Niemals, Kumpel«, sagte der Fahrer, der über die Steine taumelte. Oberarme wie Popeye. »Ich habe zehn Jahre als Rettungssanitäter gearbeitet. Ich habe mehr Autowracks gesehen als du heile Autos.«

Das Stöhnen wurde lauter.

»Die Kerle wollten uns töten«, sagte Peter. »Sie sind bewaffnet.«

»Na und?« Der Fahrer klopfte auf seinen Gürtelholster, den Peter erst jetzt sah. »Ich bin auch bewaffnet. Was sind das für Leute, Drogenschmuggler?«

Ein barmherziger Samariter mit Waffe, dachte Peter. Der hatte ihm gerade noch gefehlt.

Aus dem Tahoe kam eine Salve gemurmelter Flüche. Ein Grunzen, ein Schmerzensschrei.

»Du kannst doch nicht einfach tatenlos zuschauen. Der Mann ist verletzt«, schimpfte der LKW-Fahrer. Jetzt sah er den Arm unter dem Fahrwerk hervorragen. »Ach du lieber Gott«, sagte er und wurde bleich. Der Anblick spornte ihn nur noch mehr an. Er kletterte an dem qualmenden Chassis hoch wie ein Zirkuskünstler. »Ich komme«, rief er. »Halt aus, Kumpel. Wir holen dich da raus und bringen dich wieder auf die Beine. Du sollst gesund vor deinen Richter treten.«

Er kniete auf der Beifahrertür, schaute durch das Fenster, da hörte Peter die Schüsse. *Takatak, takatak.* Der Körper des LKW-Fahrers zuckte, die Knie rutschten ihm weg, und das Gewicht der Beine zog ihn zu Boden.

Peter humpelte nach vorne, wo ihm der Motor den besten Schutz bot, und schoss mit der .38er fünfmal durch das Loch in der Windschutzscheibe, die Waffe bockte bei jedem Schuss, bis die Trommel leer war. Dann lief er zurück zu dem LKW-Fahrer auf dem steinigen Boden, auf dessen weißem T-Shirt sich jetzt grellrote Flecken ausbreiteten.

»Der Herr ist mein Hirte«, sagte er. »Der Herr ist mein Hirte.« Seine Stimme war feucht, das Hemd blutdurchtränkt. Er hustete einmal, dann war er hinüber.

»Tut mir leid«, sagte Peter leise, schloss dem Mann die Augen und löste den Holster von seinem Gürtel.

Es war ein Colt Python .357er Magnum mit einem fünfzehn Zentimeter langen Lauf. Nicht gerade eine unauffällige Waffe, aber für die Büffel- oder Elefantenjagd reichte es. Sie war sauber und, wichtiger noch, geladen, eine Patrone vor dem Hahn, also sechs Schüsse.

Peter schlich auf die Rückseite des Tahoe. Es würde dem Mann schwerfallen, seine Langwaffe in dem engen geschlossenen Raum neu auszurichten. Hoffentlich hatte er den Scheißkerl getroffen.

Er trat die zersprungene Fensterscheibe der Heckklappe ein, schob den Lauf des Colts durch das Loch und setzte rasch hintereinander vier Patronen in die Rücksitze ab. Er hätte auch eine Granate eingesetzt, wenn er eine gehabt hätte.

Dann kletterte er durch die Fensteröffnung.

Zwei Männer lagen in einem verschlungenen Haufen auf dem Rücksitz, einer mit Pfeil in der Brust. Beide hatten Schusswunden, und der schwere Geruch von Blut und Kordit hing in dem engen Raum. Der Mann mit dem Pfeil in der Brust atmete nicht mehr. Der andere lag halb auf dem Vordersitz und klammerte sich verbissen an sein Heckler-&-Koch-Sturmgewehr. Er musste Peters Manöver geahnt haben, hatte sich zum Heck gedreht, doch Peter war ihm mit seinem Schuss zuvorgekommen. Peter streckte die Hand aus und entriss dem Mann das Gewehr.

»Warum?«, sagte Peter. »Warum haben Sie das getan?«

Die Zunge des Mannes fuhr über die Lippen, als wollte er sie befeuchten. Er holte Luft, und seiner Brust, bestimmt längst durchlöchert, entfuhr ein schmatzendes Geräusch. »Mich getötet«, röchelte er.

»Nein«, log Peter. »Der Krankenwagen ist unterwegs. Sie werden wieder gesund. Aber Sie müssen mir sagen, wer Sie geschickt hat. Und warum?«

Der Mann schüttelte den Kopf, und seine Miene drückte Verwunderung aus. »Getötet«, sagte er. »Mich.« Seine Stimme klang wie trockenes Herbstlaub im Wind. Und er wiederholte: »Mich.«

Dann starb er.

Das weiße Rauschen meldete sich mit aller Macht zurück. Peter kletterte auf Händen und Knien über scharfkantige Glassplitter aus der Gruft, weg vom stickigen süßlichen Gestank nach Blut und Tod in die saubere, harzige Luft.

Auf dem ausgetrockneten Flussbett kam er auf die Beine, hob den Blick zum grauen Himmel und spürte die ersten Regentropfen im Gesicht. Unter der niedrigen Wolkendecke kreiste ein großer grauer Vogel.

Er holte tief Luft, nochmal und nochmal.

9

June

June saß im Auto und beobachtete, wie Peter zu der Leiche im Flussbett ging, lange auf den leblosen Körper starrte, sich dann bückte und dem Toten das Handy aus der Brusttasche zog. Um an das Portemonnaie in der Hosentasche zu kommen, musste er die Leiche auf die Seite drehen.

Er wollte den Toten doch nicht etwas ausrauben, dachte sie.

Als das Auto von der Straße abgekommen war, hatte sie ungeheure Dankbarkeit verspürt, weil er sie mit seinem ausgestreckten Arm in den Sitz gedrückt hatte, während sich die Welt um sie herum drehte. Diese Sicherheit. Diese Kraft neben ihr. Er hatte ihr das Leben gerettet.

Aber was war in ihm vorgegangen, als er den Compoundbogen in der Hand hielt? Sein Gesichtsausdruck, als er durch das Schiebedach geklettert war. Die pure Glückseligkeit, genau wie auf der Seilrutsche. Und dann trällert er Waylon-Jennings-Songs und schießt Pfeile auf diesen fetten SUV, während ihre Verfolger mit einem ganzen Waffenarsenal auf sie losgehen.

Er hatte ihr das Leben gerettet, aber sie hatte Angst, er könnte verrückt sein.

Er hatte ihr oben auf der Plattform im Baum zur Seite gestanden, sie bei dem Aufprall beschützt und sich anschließend um sie gekümmert, sich Mühe gegeben, sich jedes Mal vergewissert, dass ihr nichts passiert war. Und dann klettert er seelenruhig aus ihrem demolierten Auto, geht mit der Waffe ihres Vaters in der Hand zu dem SUV-Wrack und ballert durch die Fenster, als würde er an einer Schießbude auf Blechenten anlegen.

Es waren aber keine Blechenten. Es waren Menschen, und er hatte sie getötet.

Vielleicht hatte er richtig gehandelt, dachte sie. Schließlich hatten sie versucht, sie zu töten. Und sie hatten den LKW-Fahrer erschossen, der nur helfen wollte.

Sie war froh, dass Peter da war. Bei ihm fühlte sie sich sicher und behütet. Er war witzig und begabt, und er schien gleich zu kapieren, wie sie tickte, was niemand sonst zuvor geschafft hatte.

Aber er hatte Menschen getötet.

Er war ein Kriegsveteran. Vielleicht geschädigt, wer weiß. Klar, allein der Gedanke war unfair. Und dennoch.

Sie wollte, dass er zurückkam. Dass er ihr half.

Sie wollte aber auch, dass er wegging, damit sie in ihrem Autowrack bleiben konnte, in ihrem abgewrackten Leben, damit sie sich ausheulen konnte, bis sie ganz leer war.

Sie traute ihrem Urteil über Männer nicht. Ihre Therapeutin meinte, Frauen wünschten sich häufig Vaterfiguren. Junes Vater war für sie kein Maßstab bei ihrer Männerwahl gewesen. In der Hinsicht hatte sie schlechte Erfahrungen machen müssen.

Stevie, der tätowierte Coffee-Shop-Kellner mit Kunstdiplom, wollte bei ihr einziehen und seinen Job aufgeben, damit er mehr Zeit hatte, um seine winzigen rätselhaften Landschaften zu malen. Das Schlimmste war, dass sie es tatsächlich in Erwägung gezogen hatte. Paul, der App-Entwickler, verlangte, dass sie ihn heiratete und aufhörte zu arbeiten, dass sie jeden Tag zur Kirche ging und für den Rest des Lebens Kinder in die Welt setzte. Auch das hatte sie tatsächlich in Erwägung gezogen, denn es zeigte sich, dass ein Erwachsenenleben in der heutigen Zeit weitaus komplizierter war, als es immer heißt.

Robert, der Investmentbanker, war der gruseligste von allen. Er hatte einen tollen Job, trug schicke Anzüge und trank guten Wein. Er war smart und höflich, dann plötzlich wurde er sonderbar, pfiff sich Viagra rein und stand auf Bondage. Er wurde immer zudringlicher, bis es eines Abends wirklich grob wurde und sie sich schon bis ans Ende ihres jämmerlichen Lebens nackt an den Heizkörper gefesselt sah. Sie trat ihm in die Eier, raffte ihre Klamotten zusammen, machte noch schnell einen Handy-Schnappschuss von seinem nackten Körper, als Faustpfand, und kletterte aus dem Fenster.

Selbst Bryce. Biologe, Hochschulassistent. Sie liebte Bäume, aber am Ende hatte sie ihm seine Förderanträge geschrieben und die Wäsche gewachsen, während er die breitärschige Cindy aus dem englischen Fachbereich vögelte.

Was war los mit ihr? Aus ihrer Therapie wusste sie, dass es an ihrem verrückten überfürsorglichen Dad lag. Deswegen schwor sie festen Beziehungen ab, ließ sich nur auf Affären mit süßen kiffenden Skilehrern und netten Rucksacktrampern ein, die nicht ansatzweise für längerfristige Bindungen taugten.

Nun also Peter. Sie war unsicher. Sie spürte, dass er sie mochte, und er hatte ihr bis jetzt noch nicht vorgeschrieben, was sie zu tun oder zu lassen hatte. Sie mochte ihn auch, klar. Aber genau das sprach am meisten gegen ihn. Das und die Tatsache, dass er mindestens einen Menschen getötet hatte, vor ihren Augen. Und trotzdem hielt sie ihn noch immer für einen potentiellen Kandidaten? Irgendwas stimmte nicht mit ihr, eindeutig.

Sie brauchte noch mehr Therapie.

Sie beobachtete ihn, als er zum SUV humpelte und sich das Wrack eine geschlagene Minute lang anschaute, als würden jeden Moment die toten Männer durch die zerborstenen Fensteröffnungen herausklettern oder das Auto sich von allein wieder aufrichten. Seine Brust hob und senkte sich, als fiele ihm das Atmen schwer. Woran dachte er? Sie sollte sich von ihm fernhalten, überlegte sie. Eigentlich von jedem Menschen, der zu solchen Dingen fähig war, wie er sie sich in den vergangenen dreißig Minuten geleistet hatte.

Dann bückte er sich und kroch in das Wrack hinein.

Ihr schauderte, und sie musste sich mit beiden Händen am Steuerrad festhalten, damit das Zittern aufhörte.

Reiß dich zusammen, Mädchen. Beweg dich. Sonst schlägst du hier noch Wurzeln.

Ihre Tür klemmte. Sie zog die Beine an und stellte sich auf den Sitz. Ein Oberarm blutverschmiert, die Lippe brannte, ihr ganzer Körper schmerzte, als hätte sie drei Stunden Kickboxen hinter sich und sich dann von einer Klippe gestürzt. Die Kletterei durch das Schiebedach war anstrengend. Sie rutschte auf dem Hintern die Windschutzscheibe hinunter und stieg von der Motorhaube, so dass der Subaru jetzt zwischen ihr und Peter stand. Der steckte noch immer in dem SUV. Wer weiß, was er da machte.

Sie konnte sich aber auch nicht entschließen zu gehen.

Endlich tauchte er mit einem Haufen Sachen aus dem SUV auf und legte sie auf die Steine. Mit einem Beil und einigen großen Wasserflaschen begab er sich auf die Rückseite des Wagens und machte dort irgendetwas, das sehr laut war. Kurz darauf schraubte sich eine dünne schmierige Rauchsäule trotz des einsetzenden Regens in die Höhe. Er kam mit den Wasserflaschen wieder hervor, schüttete den Inhalt von zweien in den SUV, warf dann die leeren Flaschen hinterher. Mit einem Feuerzeug zündete er ein Stück Stoff an, das in einer kleineren Flasche steckte, und warf sie in die Öffnung, wo vorher die Windschutzscheibe gewesen war. Dazu die alte Waffe ihres Vaters und die Handys, die er vermutlich den Toten abgenommen hatte.

Die ersten Flammen züngelten durch die geborstenen Fenster.

Er sah zu, wie das Feuer anschwoll, bückte sich dann nach den übrigen Sachen auf den Steinen. In der einen Hand einen schwarzen Stoffbeutel, in der anderen eine neue Pistole. Hinter ihm stieg schwarzer Rauch auf und wurde von Minute zu Minute dicker und dicker.

Sie wusste nicht, was sie machen sollte, aber etwas musste geschehen.

10

Peter

Er entfernte sich humpelnd von dem SUV, die Pistole des LKW-Fahrers baumelte schwer in seiner Hand, in der anderen hielt er den kleinen schwarzen Stoffbeutel mit Zugband.

June stand wie abgeschirmt hinter ihrem Auto, das Gesicht blass und kalt, als spähte sie durch ein Fenster in eine andere Welt, die sich von ihrer erheblich unterschied. Außerdem hielt sie etwas in der Hand.

»Alles okay?«, fragte er sie und steckte die Pistole hinten in den Hosenbund. Seine Rippen taten weh, das linke Schienbein war ein einziger dumpfer Schmerz. Regen fiel in schweren kleinen Tropfen, gering an Zahl, doch gepeitscht vom zunehmenden Wind. »Wo hast du dich verletzt?«

Sie trat einen Schritt zurück, hob den Compoundbogen an und spannte die Sehne. Sie hatte noch vier Pfeile mit Jagdspitzen für den Anbauköcher gefunden. Ein fünfter lag an und zielte direkt auf seine Brust. Ihre Arme hielten den Bogen ruhig.

»Immer locker bleiben.« Er nahm die Hände hoch, an einem Finger hing der schwarze Stoffbeutel. »Was ist los?« Er hielt es glatt für möglich, dass sie ihn mit einem Pfeil durchbohrte.

»Du hast die Männer getötet.«

»Allerdings.« Er war müde und hatte Kopfschmerzen. »Die Alternative erschien mir nicht verlockend.«

»Und die wäre?«

»Sie töten mich und verschleppen dich irgendwohin.«

Ihre Gesichtszüge entspannten sich ein wenig. »Was ist in dem Beutel?«

Behutsam legte er den Beutel auf das halb eingedrückte Dach des Wagens. »Ihre Portemonnaies, Fahrzeugpapiere, alles, was ich finden konnte. Wenn du rauskriegen willst, was hier los ist, musst du ja irgendwo anfangen, oder?«

Er sagte ihr nicht, was das für ein Beutel war. Er kannte diese Dinger. Es waren Kapuzen. So etwas stülpten einem CIA-Agenten über den Kopf, wenn sie einen abführten. Diese hatte im Handschuhfach gelegen, zusammen mit einem Knebel und mehreren Plastikfesseln. Was immer June angestellt hatte, es musste eine sehr ernste Sache sein.

»Warum hast du ihr Auto angesteckt?«

»Um ihre Handys loszuwerden, alles, worauf dein Name stehen könnte. Auch die DNA-Spuren und Fingerabdrücke, die ich hinterlassen habe.« Er spürte die Hitze im Rücken, da das Feuer jetzt richtig aufloderte. Das Benzin war nur Zündmittel gewesen. Erst die Plastikfüllungen, Sitzpolster und Isolierstoffe würden dafür sorgen, dass von dem Tahoe nur ein Skelett übrigblieb.

»Was willst du ihnen damit sagen?«

Er lächelte sanft. »Legt euch nicht mit June Cassidy an.«

Sie ließ die Arme sinken, und Peter sah seine Chancen steigen.

»Hör mal«, sagte er. »Ich weiß, was du durchmachst. Es ist ziemlich schwer zu verdauen. Aber wir müssen weg von hier. Jeden Moment wird die Munition im Auto hochgehen. Und von diesen Typen laufen bestimmt noch mehr rum. Tu mir einen Gefallen und erschieß mich später, okay?«

Sie antwortete nicht, aber sie nahm die Spannung aus dem Bogen. Ein angedeutetes Lächeln huschte über ihr Gesicht.

Er nahm die Hände runter, zog die Waffe aus dem Hosenbund und warf sie zusammen mit dem schwarzen Zugbeutel durch das kaputte Fenster auf den Beifahrersitz. »Ich hoffe nur, dass dein Auto uns hier rausbringt. Kannst du fahren?«

Ihr Blick wanderte von der Waffe zu dem Beutel und wieder zu Peter.

»Ja.«

Sie schob den Bogen durchs Rückfenster, kletterte auf das Auto und stieg mit den Beinen zuerst durchs Schiebedach ins Wageninnere.

Unfassbar, doch beim vierten Versuch sprang der Subaru an. Aus der Motorhaube stieg Qualm auf, und aus dem Motorblock kam ein lautes Klappern. Peter konnte nichts dagegen tun und verschwendete lieber keine Zeit damit, nach dem Grund zu suchen.

Immer noch besser als erst den Holzlaster wenden zu müssen.

Er humpelte voraus, suchte den ausgetrockneten Flussabschnitt weiter unten nach einer Zufahrtsmöglichkeit zurück auf die Straße ab, während June mit dem kleinen geschundenen Auto langsam hinter ihm herfuhr, vorsichtig die größeren Steine umschiffend.

Das Auto würde schon bald seinen Geist aufgeben, und sie waren immer noch weit entfernt von jeder menschlichen Behausung.

Sie gelangten schließlich an eine Krümmung, wo der Fluss am Innenufer Sand und Kies abgelagert und sich eine Art Rampe gebildet hatte. Der Subaru erklomm das letzte Stück der steilen Böschung, und die Räder drehten auf dem weichen Boden durch. Peter schob kräftig hinten nach, trotz höllischer Schmerzen im Bein, bis sie auf dem Schotter landeten.

Als die Räder endlich hafteten, dachte Peter für einen Moment, June könnte ohne ihn losfahren, doch sie hielt an und wartete wortlos.

Er stieg auf den Beifahrersitz, sie legte den Gang ein und rollte bergab, der sogenannten Zivilisation entgegen, wo sie hofften, einige Antworten zu finden.

Der Regen war ausgeblieben und die Wolkendecke während der Fahrt aufgebrochen. June war offenbar nicht nach einem Gespräch, so dass Peter sich den schwarzen Zugbeutel vornahm und den Inhalt in seinen Schoß leerte. Drei Portemonnaies und die Fahrzeugpapiere. Die Handys waren alle passwortgeschützt gewesen und hätten geortet werden können, deswegen hatte er sie ins Feuer geworfen. Das Ortungsgerät, mit dem sie June aufgespürt hatten, war unauffindbar geblieben. Keine Sekunde länger hätte er es in dem Schlachtraum ausgehalten.

Die Portemonnaies waren sauber, neu und unpersönlich, enthielten jedoch alle Führerschein, Firmenkreditkarte von SafeSecure und Ausweise unter verschiedenen Namen, einer vom Verteidigungs-, ein anderer vom Heimatschutzministerium. Sie sahen gut aus, aber man konnte darauf wetten, dass kein einziger echt war. Darüber hinaus steckten in jedem vier bis fünfhundert Dollar in diversen Banknoten.

Genug Geld für Lebensmittel und Benzin in den kommenden Tagen hatten sie also, ebenso einige Anhaltspunkte, um mehr über die Verfolger in Erfahrung zu bringen. Als Journalistin verfügte June sicher über bessere Quellen als Peter.

Das Auto stellte ein Problem dar. Als die Schotterstraße mit ihren Spurrillen in unebenen Asphalt überging, schaltete June in den dritten Gang, und das Klappern wurde lauter. Hinzu kam ein neues Geräusch, ein nervtötendes Mahlen, wie von Schrauben in einer Mischmaschine. Der Qualm aus der Kühlerhaube wurde dagegen dünner, bestimmt auch kein gutes Zeichen. June hielt das Steuerrad mit beiden Händen, weil die Lenkung bei Geschwindigkeiten über fünfundzwanzig Stundenkilometer unzuverlässig war. Noch etwas anderes stimmte vorne nicht, vielleicht hatte sich die Lenkstange verzogen, vielleicht der ganze Rahmen, vielleicht beides. Die Liste wurde von Minute zu Minute länger.

Trotzdem, der Subaru lief und lief, entweder aus reiner Gewohnheit oder mechanischer Sturheit, bis sie auf einen zweispurigen County Highway stießen und zu einer kleinen Stadt gelangten.

Bantam bestand nur aus einigen Geschäften, die sich wie Herdentiere um ein Wasserloch gruppierten. Es war keine Stadt, eher eine bewohnte Straßenkreuzung. June verlangsamte kurz hinter einem heruntergekommenen einstöckigen Gebäude mit umlaufender Veranda, das aus einer Westernkulisse hätte stammen können. Ein Holzschild verkündete Bier! Pizza! Livemusik am Wochenende!

Sie fuhr bis zum hinteren Ende des weitläufigen, unbefestigten Parkplatzes, wo der Wildwuchs begann. Sie teilten sich den Platz mit einem Müllcontainer und einem auf Betonblöcken aufgebockten Ford Econoline. Als sie den Zündschlüssel zog, starb der Motor mit einem metallischen Knacken. Peter glaubte nicht, dass er jemals wieder anspringen würde.

Der hintere Teil des Dachs war durch den Aufprall eingedrückt worden, die Heckklappe ließ sich nur mit Gewalt öffnen, schließen würde man sie wohl auch nicht mehr können. Der Schmerz in seinem Bein reichte von dumpf bis stechend, je nachdem, wie schwer er es belastete. Ein Gehstock wäre praktisch. Sie räumten alles Brauchbare, das Platz in ihren Rucksäcken fand, aus dem Auto. Die aufgewickelten Kletterseile ließen sie liegen; Zelt, Kocher, Schlafsäcke, Energieriegel und alle Wasserflaschen, die sie tragen konnten, nahmen sie mit. Die Pistole und den schwarzen Zugbeutel steckte er in den Rucksack, den sie ihm geliehen hatte.

Aus einem Seesack zupfte sie Kleider, zerknittert, aber sauber, und verschwand damit zum Umziehen im Gebüsch. Peter drehte sich diskret um.

Ob sie wiederkommen würde? Oder einfach weggehen?

Sie hatte kaum einen Ton gesagt, seit sie wieder ins Auto gestiegen waren. Sie war sachlich und distanziert, fast ein wenig entrückt. Er hoffte, dass sie nur unter Schock stand und wieder zu sich kommen würde. Aber sie hatte einen Albtraum hinter sich, schreckliche Erfahrungen, Entführung, Flucht, Verfolgungsjagd, Unfall. Man hatte auf sie geschossen, und sie hatte die Tötung von Menschen mit ansehen müssen.

Und seine Person war für sie unweigerlich mit diesen Erfahrungen verknüpft.

Die meisten Menschen hatten nicht viel Übung darin, so etwas angemessen zu verarbeiten.

Und die anderen? Die Übung darin hatten? Wir haben unsere eigenen Probleme, dachte er.

Er selbst zum Beispiel. Er war aus den Bergen zurückgekehrt, wieder unter Menschen, und auch wenn es nur dieses winzige Städtchen am Rand der Welt war – schon spürte er wieder das weiße Rauschen im Rücken prickeln.

Um es zu verdrängen, überlegte er, was sie als Nächstes tun mussten. Unbedingt ein Fahrzeug auftreiben.

Die vier Männer in dem Tahoe waren ganz sicher nicht allein gewesen.

Und wenn es mehr Männer gab, mehr schwarze SUVs, dann würden sie früher oder später auftauchen.

Für die Suche nach einem Auto durfte er allerdings nicht wie ein Unfallopfer aussehen, sondern musste wirken wie ein ganz normaler Mensch. Mit einem Strumpf und etwas Wasser aus der Flasche wischte er sich das getrocknete Blut vom Gesicht.

Er war erleichtert, als er Junes Schritte aus dem Gebüsch kommen hörte. Sie stellte sich neben ihn, und er wischte sich weiter das Gesicht ab, achtete aber darauf, dass seine Bewegungen langsam und vorhersehbar waren. Sie nahm ihm die Wasserflasche aus der Hand, feuchtete ihr schmutziges Riot-Grrrl-T-Shirt an und reinigte ihm nüchtern und methodisch den Kopf, bis er einigermaßen vorzeigbar aussah.

»Soll ich dir bei dem Arm helfen?« Er zeigte auf ihren blutigen Ellbogen.

»Nein.« Sie wrang das T-Shirt aus, vermied aber jeden Augenkontakt und sah stur zur Pizzeria.

»Gut«, sagte er. »Ich schaue mich mal nach einem Auto um. Willst du mitkommen?«

Sie schüttelte den Kopf. Er sah, dass sie die Zähne zusammenbiss, die Muskeln unter ihren Sommersprossen sich anspannten.

Er folgte ihrem Blick.

Sie sah nicht zur Pizzeria.

Sie beobachtete die Kreuzung, die durch eine Lücke zwischen den Bäumen teilweise einsehbar war.

Hielt Ausschau nach der nächsten Gruppe Männer.

»Willst du hier auf mich warten?«, fragte er. »Ich gucke mich nach einem neuen Auto um. Ich versuche, ein gutes zu kriegen. Ich komme wieder. Versprochen. Dann kannst du mir sagen, was du als Nächstes vorhast.«

Sie antwortete nicht, wandte ihren Blick nicht von der Straße. Nickte nur.

Peter hatte den Eindruck, dass sie versuchte, eine Entscheidung zu treffen. Über ihn.

11

Er humpelte in die kleine Ortschaft. Die paar Geschäfte drängten sich alle um die Kreuzung der Landstraße mit dem zweispurigen County Highway, der sie aus den Bergen hierhergebracht hatte.

Gegenüber der Pizzeria warb ein kunstvolles buntes Schild an einem bescheidenden Haus mit Walmdach und freundlichem grünem Anstrich für »Esmeralda's Grocery«. Eine namenlose, heruntergekommene Bar mit Neonreklame in den Fenstern nahm eine dritte Ecke der Kreuzung ein. Vor dem Eingang parkten zwei Motorräder und ein dreckiger Pick-up. In der vierten Ecke schließlich ein windschiefes, mit Redwood-Schindeln verkleidetes Haus. Das Dach kragte weit aus, und über der großen vorderen Veranda, die im gleichen Grün gestrichen war wie das Lebensmittelgeschäft, hing ein ordentlich beschriftetes Holzschild: »Happy Hike and Bike«. Einige Zufahrten führten zu Häusern unterschiedlichen Alters, die von der Straße zurückgesetzt zwischen Bäumen standen.

Peter baute auf den Zufall; vielleicht stand ja irgendwo am Straßenrand ein Auto mit einem »Zu verkaufen«-Schild unterm Scheibenwischer. Er wollte nicht an Türen klopfen und die Bewohner fragen, sonst erinnerten sie sich noch an ihn, wenn die Verfolger später kamen und sich nach ihnen erkundigten.

Er schaute zum Himmel. Die Wolkendecke war jetzt höher, aber die Luft immer noch trüb und feucht, und bald würde es wieder regnen. Sie brauchten ein Auto, schnell.

Er sah auch wieder einen großen Vogel, nur den Umriss, möglicherweise denselben, den er bereits über dem Flussbett beobachtet hatte. Ein Raubvogel oder Geier, wenn nicht größer, der geräuschlos im Dunst dahinschwebte. Vielleicht befanden sie sich hier im Revier des wieder ausgesetzten kalifornischen Kondors. Dann verzogen sich die Wolken, der Vogel machte kehrt, und Peter sah wieder das goldene Glitzern, wie beim ersten Mal. Vielleicht tatsächlich ein Kondor. Mit einem metallischen Sender am Flügel oder am Bein.

Er setzte seinen Weg durch das Städtchen fort. Das letzte Haus war ein einfacher Bau aus Betonziegeln mit unauffälliger Fassade, einem Garagenrolltor und Wellblechdach. Und wieder ein frisches handgemaltes Schild in demselben Grün: »Alberto's Repair and Rebuild«. Auf einem Schotterparkplatz stand hübsch aufgereiht ein halbes Dutzend Autos mit Preisschildern an der Innenseite der Windschutzscheibe.

Der Bestand beschränkte sich auf Detroiter Modelle der sechziger und siebziger Jahre. Ein 71er Plymouth Barracuda in einem aggressiven Metallicgrün stand neben einem herrlichen roten 68er Mustang, den es kaum am Platz hielt. Ein GTO, ein Charger, ein Galaxie 500. Alles Klassiker und, falls mit Originalteilen restauriert, zusammengenommen eine halbe Million wert. Peter strich mit der Hand über die seidige Flanke einer himmelblauen Chevelle SS mit weißem Streifen auf der Kühlerhaube. Eigentlich fuhr er lieber Truck, doch für diese Schätzchen hätte er eine Ausnahme gemacht.

Das konnte man also auch mit einer halben Million Dollar machen. Coole Oldtimer erwerben.

Aber dann brauchte man eine Garage, um sie unterzustellen. Man brauchte jemanden, der sie pflegte. Einen Anwalt, der sich um die Strafzettel kümmerte. Ehe man sich versah, hatte man Personal für die Autos. Da konnte einem rasch die Lust vergehen. Es war nicht annähernd dasselbe, wie zufällig in einer Scheune ein altes Auto zu entdecken, wie es ihm passiert war, und es selbst zu restaurieren.

Sowieso brauchte er kein sexy Muscle-Car, er brauchte etwas Solides, Unauffälliges, Verlässliches. Er ging die Autoriege ab zu einem anderen, offen stehenden Garagentor, hinter dem sich die Werkstatt verbarg. Weiß getünchte Wände, helle Deckenfluter, sechs Reparaturbuchten mit Lifts, drei davon belegt. Aus einem Lautsprecher in der hintersten Ecke klang Celia Cruz' unverwechselbare Altstimme. Peter stand in der Tür, sah aber niemanden.

Das weiße Rauschen meldete sich knisternd im Stammhirn zurück. Er wollte den Raum nicht betreten. »Jemand da?«

»Moment!« Ein Mann mit brauner Hautfarbe und langem schwarzgrauen Pferdeschwanz kam hervor und zog sich dünne blaue Handschuhe von den Händen. Um die fünfzig, kräftige, behaarte Arme, Dreitagebart, große Augen. Er trug einen Blaumann, Sicherheitsschuhe mit Stahlkappe und eine Nickelbrille mit Drahtbügeln. »Wenn Sie es eilig haben, kann ich Ihnen leider nicht dienen. Vor Ihnen sind noch zwanzig Reparaturen dran.«

»Keine Reparatur. Ich brauche ein Auto.«

Das Gesicht des Mechanikers hellte sich unversehens auf. »Das hört sich schon besser an«, sagte er. »Das sind meine Babys.« Er reichte ihm die Hand. »Ich bin Al. Welches hätten Sie denn gern?«

Al hatte die langgliedrigen Finger eines Klavierspielers, aber den festen, derben Handschlag eines Klempners. HERMANOS war in kruden verblassten Buchstaben auf die Fingerknöchel tätowiert. *Hermanos* war Spanisch und hieß Brüder. Ein Wort, das Peter häufig bei den U.S. Marines gehört hatte.

»Ich bin Peter. Am liebsten hätte ich alle Ihre Babys. Sie sind echt wunderschön. Aber ich brauche etwas anderes.«

Der Mechaniker schien ehrlich verwundert über diesen Gedanken. Wer wollte schon etwas anderes fahren als ein Oldtimer-Muscle-Car?

Er sah an Peter vorbei. »Hallo, ich bin Al«, sagte er und streckte die Hand aus. »Gehören Sie zusammen?«

June war hinter Peter aufgetaucht, so leise, dass er sie nicht gehört hatte. Aber sie gab Al nicht die Hand, sagte auch nichts.

»Das ist June«, stellte Peter sie vor, ehe die Situation völlig absurd wurde. »Wir hatten einen Unfall.« Ihre dicke Lippe war weiter angeschwollen. Das Blut am Ellbogen hatte sie weggewischt, doch die vielen kleinen Verletzungen leuchteten flammend rot. Die Sommersprossen in ihrem blassen Gesicht traten wie Sternenbilder hervor.

Al sah von June zu Peter und wieder zu June. Sie stand halb abgewandt zur Landstraße und wartete, wie Peter, auf den nächsten schwarzen SUV. Dann spürte Peter ein Kitzeln am Haaransatz. Die Kopfwunde hatte wieder zu bluten angefangen. Al schaute wieder zu Peter, als ihm der erste Tropfen Blut über die Stirn lief.

»Scheiße. Sie sehen echt übel aus«, sagte er. »Ich rufe Ihnen einen Krankenwagen. In Redway gibt es einen Rettungsdienst, der ist in einer halben Stunde hier.«

»Nein«, sagte Peter. »Bitte nicht. Es geht schon. Wir brauchen nur ein Auto.«

»Im Ernst?« Plötzlich dämmerten ihm die möglichen Hintergründe, und er legte die Hand an die Tür. »Hören Sie. Ich will keinen Ärger. Verspritzen Sie Ihr Blut woanders. Lassen Sie mich mit Ihren Problemen in Ruhe. Verschwinden Sie, bevor ich die Polizei rufe.«

»Wir machen Ihnen keinen Ärger«, sagte Peter und dachte an die Phyton .357 oben in seinem Rucksack. »Wir möchten nur ein Auto kaufen. Wir können es auch bezahlen.«

Al wandte sich June zu. Sie räusperte sich, sah zu der

Landstraße, dann zu Al. »Bitte«, sagte sie leise. Nur dies eine Wort, aber es drückte alles aus.

Der Automechaniker sah wieder zu Peter. Etwas Grundsolides leuchtete hinter seiner Nickelbrille auf. Er war ein ernsthafter Mensch. Dann schüttelte er den Kopf und seufzte.

»Ich habe eine Regel«, sagte er. »Die habe ich von meinem *abuelito* gelernt. Bleib ehrlich, das war seine Regel. Immer ehrlich bleiben. Und dasselbe erwarte ich von den Leuten, mit denen ich Geschäfte mache. Oder ich lasse es bleiben. Also sagen Sie mir die Wahrheit. Wer sind Sie? Und was machen Sie hier?«

June sah hinüber zur Landstraße. Peter blickte ebenfalls in die Richtung. Zwei schwarze Ford Explorer, glänzend und neu, bogen dicht hintereinander in die Straße, die in die Berge führte.

»Können wir reingehen?«, fragte Peter. »Ich sage Ihnen alles, was Sie wissen wollen.«

»Sie zuerst. Dann Ihre Begleiterin.« Al trat einen Schritt zurück, hielt ihnen die Tür auf und schloss sie hinter ihnen. Die Werkstatt war hell und groß, dennoch bekam Peter Beklemmungen. Wenn das Rauschen anschwoll, würden sich seine Muskeln verkrampfen, dann bekäme er Schweißausbrüche.

»Mein Büro ist da drüben.« Der Mechaniker zeigte auf einen abgetrennten Bereich in der Ecke. Er stand zwei Meter hinter seinen Gästen und bedeutete ihnen vorauszugehen. Er hob einen alten Reifenheber aus Eisen vom Boden auf und hielt ihn griffbereit. Al meinte es definitiv ernst.

Zum Büro ging es vier Stufen hinauf. Es bestand aus Ständerwänden und großen Fensterscheiben, durch die man hinunter in die Werkstatt blickte. An einer Wand ein alter Eichenschreibtisch, darauf Laptop, Drucker und ordentlich gestapelte Formulare und Papierkram. Dahinter ein hoher grüner Aktenschrank aus Metall und Bücherregale vom Boden bis zur Decke mit Gebrauchsanweisungen, Diagnosehandbüchern und alten Autoreparaturanleitungen. Gegenüber ein verschlissenes Ledersofa, zwei Holzstühle und ein Couchtisch aus einer Truckfelge und einem großen Brett aus unbehandeltem Redwoodholz. Es war anheimelnd. Gemütlich.

Dem Rauschen gefiel das gar nicht. Peter ebenfalls nicht.

Sein Hals fühlte sich an, als steckte er in einem Schraubstock.

Al trat hinter seinen Schreibtisch, legte die Eisenstange behutsam auf dem Aktenschrank ab und ließ sich in einen modernen Bürostuhl fallen, der aussah, als gehörte er in eine Raumstation. Peter hatte kaum eine Bewegung wahrgenommen, da hatte der Mechaniker schon eine schwarze automatische Handfeuerwaffe aus einer Seitenschublade genommen und sie mit einem dumpfen Geräusch auf die Schreibtischplatte aufgesetzt. Seine Augen verbargen sich hinter den runden spiegelnden Brillengläsern. »Dann lassen Sie mal hören.«

Peter nahm vorsichtig seinen Rucksack ab, legte ihn auf den verschrammten Schreibtisch und trat dann einige Schritte zurück. June stand seitlich hinter ihm, an der Tür.

»Machen Sie ihn auf«, sagte Peter. »Oben liegt ein Colt Python .357. Sie haben nichts zu befürchten von uns. Wir brauchen Hilfe.«

Al tastete mit zwei Fingern nach der Pistole. Sein Blick wanderte vom Rucksack zu June und wieder zu Peter. »Warum schwitzen Sie dann so, als wären Sie gerade einen Weltrekord gelaufen?«

»Ich habe da ein kleines Problem«, sagte Peter. Es war ihm peinlich. Immer noch. Wie eine Schwäche, obwohl er wusste, dass es biochemische Ursachen hatte, sein Gehirn durch den Krieg falsch verdrahtet worden war. »Ich kann mich nicht in geschlossenen Räumen aufhalten«, sagte er. »Ich bin klaustrophobisch.«

»Und dann schwitzen Sie sich zu Tode, oder was?«

Peter hatte keine Lust auf langwierige Erklärungen, aber er brauchte ein Auto. Genauer gesagt, er bat den Mann um einen Gefallen. Der Mann hatte ein Recht, Fragen zu stellen. Er spürte June neben sich, ihren beobachtenden Blick. Sollte sie es auch gleich erfahren.

»Ich schwitze. Meine Muskeln spannen sich an. Ich fange an zu hyperventilieren. Man nennt das eine Panikattacke.«

Al sah Peter lange nachdenklich an und trommelte mit den Fingern auf der Waffe. Schließlich sagte er: »Ein Neffe von mir hat das umgekehrte Problem. Er kann sich nicht im Freien aufhalten. Er war im Krieg. Hochstraßen, Brücken, Hausdächer, Fenster, alle Orte, von denen aus Heckenschützen geschossen haben. Sie machen ihm Angst. Jetzt ist er Programmierer.«

»Geht es ihm besser?«

Der Mechaniker zuckte die Achseln. »Ich glaube, ja. Er hat sich ein Motorrad zugelegt. Damit kann man nicht im Wohnzimmer rumfahren.« Er sah die Schweißperlen auf Peters Stirn und Gesicht. »Waren Sie auch drüben?«

Peter nickte. »Mit den Marines.«

Al seufzte erneut. Dann schob er Peters Rucksack beiseite, ohne ihn zu öffnen. »Nehmen Sie sich doch die beiden Holzstühle von da drüben.«

Als Peter die Stühle herangeholt hatte, war die schwarze Automatik verschwunden. Er schob June einen Stuhl hin und setzte sich. June sah auf Als Hände mit den blassen Tattoos.

»Vor einigen Tagen haben ein paar Leute versucht, June in ein Auto zu zerren. Wir wissen nicht, wer oder warum. Sie sagten, sie wären vom FBI, aber June glaubt ihnen nicht.

Sie ist investigative Journalistin, schreibt über technische Themen. Sie hatte sich auf einer Uni-Forschungsstation versteckt, aber sie haben sie aufgespürt. Wir haben uns erst heute Morgen kennengelernt. Ich habe ihr geholfen zu fliehen, aber wir haben ihr Auto zu Schrott gefahren, haben uns mehrmals überschlagen, deswegen sehen wir so kaputt aus. Sie braucht ein neues Auto. Was Zuverlässiges und Unauffälliges. Ein kleiner SUV wäre gut, oder ein Minivan. Worin sie zur Not auch übernachten könnte.«

Al hob die Augenbrauen, sah June an, dann Peter, und sprach mit ausdrucksloser Stimme.

»Und das soll ich Ihnen glauben?«

»Das können Sie glauben oder auch nicht«, sagte Peter. »Es ist die Wahrheit.«

Al schüttelte den Kopf. »Wie wollen Sie bezahlen? Sie verstehen, dass ich keine Scheckkarte akzeptieren kann. Haben Sie so viel Bargeld dabei?«

»Nein, habe ich nicht, aber wenn Sie mir Ihr Handy leihen, könnte ich das Geld direkt auf Ihr Konto überweisen. Sie fragen bei Ihrer Bank nach, bevor Sie ihr die Autoschlüssel übergeben.«

»Das Auto soll also der jungen Frau gehören.«

»Ja«, sagte Peter. Er warf June einen Blick zu, und sie sah ihn unmittelbar an. Peter war sich darüber im Klaren, dass ihm der Schweiß in Strömen übers Gesicht lief. Sein Herz pochte wie wild. Bald würde er Atemnot bekommen. »Ich weiß nicht, was sie als Nächstes vorhat. Das ist ihr Ding. Will sie meine Hilfe, bin ich da. Aber keine Dokumente, nichts Schriftliches. Wir glauben, dass sie ihr Handy geortet haben.«

»Kann also sein, dass ich ihr die Schlüssel übergebe, und Sie müssten zusehen, wie sie mit dem Auto davonfährt.«

»Ja«, sagte Peter. »Wenn sie will.«

June sah ihn aufmerksam an. Al lehnte sich in seinem

Stuhl zurück, legte die Fingerspitzen vor der Brust zusammen und stellte stumm Berechnungen an.

»Meiner Mutter gehört der Lebensmittelladen im Ort«, sagte er nach einer Weile. »Sie ist ganz verliebt in den roten Mustang da draußen. Leiht ihn sich immer wieder aus und prügelt damit durch die Gegend. Sie ist zweiundsiebzig, aber hält sich für Danica Patrick. Sie denkt, sie fährt das Indy 500.« Er schüttelte den Kopf. »Jedenfalls hat sie einen Honda Minivan mit fünfundsechzigtausend auf dem Buckel. Wäre das was für Sie?« Er sah dabei June an. Sie nickte. Er wandte sich wieder an Peter. »Kaufen Sie meiner Mutter dafür das Pony Car, und wir sind quitt. Ich gebe Ihnen zwei Wochen, dann melde ich es als gestohlen.«

Peter rechnete alles im Kopf durch. Der Preis für den Mustang war gut doppelt oder dreimal so hoch wie der Wert des Hondas. Er hatte mit einem Aufpreis gerechnet, aber das war ein bisschen happig. Er dachte an die schwarzen Explorer, die vorhin von der Straße abgebogen waren. Sie brauchten unbedingt eine Karre.

»Für das Geld sollte June den Rechtsanspruch bekommen«, sagte Peter. »Ich schlage vor, Ihre Mutter überschreibt uns den Wagen, datiert auf zwei Wochen vorher, und wir melden ihn kommende Woche in einem anderen Bundesstaat an. Damit sind sie beide abgesichert.«

»Einverstanden.« Al stand auf und reichte ihm die Hand. Bei der schnellen Zusage war Peter klar, dass er beim Preis mehr hätte herausholen können, aber das war ihm egal. Es war nur Geld, und nicht mal sein eigenes, jedenfalls nicht ursprünglich.

Peter zeigte auf das Telefon auf dem Schreibtisch. »Darf ich?«

Al schüttelte den Kopf. »Nehmen Sie das hier.« Er kramte wieder in der Schreibtischschublade und holte ein sehr einfaches Klapphandy hervor. »Prepaid«, sagte er entschuldigend. »Ich habe ein paar Freunde, die ein bisschen paranoid sind. Die glauben noch immer an den kleinen Mann im Telefon, der mithört.«

Ein Lächeln huschte über Junes Gesicht.

Peter ging zum Fenster und wählte eine Nummer, die er auswendig kannte. Nach draußen zu gucken lenkte ihn ab. Und den Highway hatte er ebenfalls im Blick. Bis jetzt waren noch keine Explorer zu sehen.

»Wer ist da, verdammt?« Die Stimme war wie Heizöl, schmierig und dunkel, ein Schwelbrand.

»Wie geht es Dinah und den Jungs?«, fragte Peter. »Hat dir der Hund schon den Hintern angekaut?«

»Ich werd verrückt. Der Stiernacken.« Peter sah das schiefe Grinsen förmlich vor sich. »Ich rufe dich mit einem anderen Handy zurück.«

Al war nicht der Einzige mit paranoiden Freunden.

Dreißig Sekunden später klingelte es. Peter klappte das Handy auf. »Wer ist da, verdammt?«

»Motherfucker«, sagte Lewis. »Wo warst du, Stiernacken?«

U. S. Marines unter sich verwendeten diesen Begriff mit Stolz, aus dem Mund eines anderen war er eine Beleidigung. Ausgenommen Lewis, der sich das Recht dazu verdient hatte.

»Ein paar Dinge klären«, sagte Peter. »Ich brauche Geld.«

»Kein Geld mehr da«, sagte Lewis. »Ist eine traurige Geschichte. Alles weg. Bei Pferdewetten draufgegangen.«

»Schwachsinn.« Lewis war Berufsverbrecher, der seine Gewinne in Immobilien und Aktien angelegt hatte. Wäre er in Palo Alto und nicht in einem Rust-Belt-Ghetto aufgewachsen, wäre er heute Direktor einer Risikokapitalgesellschaft im Silicon Valley. Letztes Jahr hatte er Peter bei einer schwierigen Sache in Milwaukee geholfen. Zum Schluss war auf einmal sehr viel Bargeld im Spiel gewesen. In einem für ihn untypischen Schritt hatte Lewis sich dazu entschlossen, auf eine stattliche Summe seines Anteils zu verzichten, denn ihm war durch die Aktion ein unerwartetes Geschenk in den Schoß gefallen: Er war wieder in Kontakt zu seiner Jugendliebe Dinah und ihren beiden Jungen gekommen.

»Pass auf«, sagte Peter. »Ich kann im Moment nicht sprechen. Ich gebe dir eine Kontonummer durch.« Er las die Nummer, die Al ihm auf einen Zettel geschrieben hatte, und nannte den Betrag, auf den sie sich für den Mustang geeinigt hatten.

»Eine Sekunde«, sagte Lewis. Peter hörte im Hintergrund eine Tastatur klappern. Wahrscheinlich saß Lewis an dem langen Schreibtisch aus Walnussholz in seinem Büro, Laptop auf der einen Seite, eine zum Reinigen in ihre Einzelteile zerlegte Shotgun, Kaliber 10, auf der anderen. »Erledigt. Wo steckst du? Kann ich dir irgendwie helfen?«

»Noch nicht. Ich sage Bescheid. Alles in Ordnung bei dir?«

»Uns geht es gut. Die Jungs wachsen wie sonst was. Ich bin jeden Tag da, bin ziemlich häuslich geworden. Dinah will aber noch nicht, dass ich einziehe.«

»Besser so. Du hast einen schlechten Einfluss. Ach so, ich brauche noch ein bisschen Taschengeld. Kannst du mir ein Konto einrichten und ein paar Dollars einzahlen?«

»Stiernacken!«, sagte Lewis in einem Ton, so wie andere *Blödmann* oder *Trottel* sagten. »Wir haben über zwanzig Konten. In der Schweiz, auf den Cayman-Inseln, auf der Bank of fucking America. Du musst dich nur einloggen.«

»Ein Bär hat meine Kreditkarte gefressen.«

»Ausrede. Gib zu, dass du sie verloren hast. Muss dir nicht peinlich sein. Wo bist du?«

»Nördlich von San Francisco.«

»Sag Bescheid, wann und wo du aufschlägst. Jede halbwegs ordentliche Stadt reicht mir. Ich mach was klar.«

Sie verabschiedeten sich. Peter drehte sich um, und June starrte ihn an, als wäre er gerade einer fliegenden Untertasse entstiegen.

Al hatte seinen Computer eingeschaltet und sah auf den Schirm, drückte gelegentlich eine Taste oder klickte mit der Maus. »Okay«, sagte er. »Das Geld ist überwiesen.« Er nahm das Bürotelefon und wählte eine Nummer. »Ma? Tu mir einen Gefallen und komm mit deinem Van her. Ich habe eine Überraschung für dich. Jetzt komm schon, Ma. Es wird dir gefallen. Versprochen.«

»Sagen Sie ihr, sie soll auf die Rückseite kommen«, bat Peter, der die schwarzen Ford Explorer und die Männer mit den teuren Waffen nicht vergessen hatte.

Auf der Rückseite konnten sie von der Straße aus nicht gesehen werden.

Peter humpelte durch die Hintertür der Werkstatt nach draußen; über ihm, fast greifbar, eine graue Wolkendecke. Es war nicht dasselbe, wie auf einem Berggipfel zu stehen, unter klarem blauem Himmel, aber besser als in einem geschlossenen Raum. Der Regen hatte wieder eingesetzt, sanft und kühl, und seine Brust öffnete sich ein wenig.

Obwohl June ihn jetzt nicht mehr ansah.

Eine runde, lächelnde Frau in einem Designer-Trainingsanzug stieg aus dem Honda. Violetter Lidschatten, schwarzes, glänzendes Haar, um den Hals einen orangefarbenen Paisley-Schal. Als Al ihr die Schlüssel für den Mustang übergab, freute sie sich wie ein Kind und lachte so breit, dass man den abgefärbten Lippenstift auf ihren Zähnen sehen konnte.

Der Honda-Minivan war lindgrün und garagengepflegt, am Rückspiegel hing ein Wunderbaum mit Fichtennadelduft. »Der schafft bis zu hundertsechzig«, sagte Als Mutter zu June, die neben ihr auf dem Schotter stand und sich dann ans Steuer setzte. »Absolut spurfest bei hohem Tempo und gutem Straßenbelag. Und für Radarfallen quasi unsichtbar. Die Bullen erkennen ihn gar nicht. Oder sie denken, hinten sitzt ein Haufen kreischender Kinder. Da haben sie keine Lust drauf.«

June ließ den Motor aufheulen und nickte. Definitiv kein Muscle-Car, dachte Peter. Die alte Frau eilte zu ihrem neuen Schlitten, und Peter stellte sich vor das heruntergekurbelte Fenster des Minivans. Wartete er auf eine Aufforderung von June? Ja, vielleicht.

»Und?«, sagte er. »Was meinst du?«

Sie sah in den Rückspiegel, auf ihre Hände am Steuer, überallhin, nur nicht Peter ins Gesicht. Ihre Stimme klang rau. »Ich weiß nicht, wer du bist.«

Er widerstand der Versuchung, sie zu berühren. »Ich bin ein ganz normaler Mensch«, sagte er. »Ich war im Krieg, und dann bin ich heimgekehrt. Wie viele andere auch.«

»Du bist nicht wie die anderen.«

»Vielleicht nicht«, gab er zu.

»Ich weiß nicht, ob ich dir vertrauen kann.«

»Ich war Lieutenant bei den U.S. Marines. Selbstverständlich kannst du mir vertrauen. Ich bin wie ein Boy Scout. Mit mehr Muskeln.«

Sie drehte sich zu ihm um und sah ihm jetzt unmittelbar ins Gesicht. »Nein«, sagte sie. »Ganz bestimmt nicht.«

Mann, sie war eine harte Nuss. »Du schuldest mir gar nichts, June«, sagte er. »Aber ich kann dich beschützen. Dir Sicherheit bieten.«

»Gib mir die Waffe«, sagte sie.

Peter ließ den Tagesrucksack von den Schultern gleiten, hielt ihn am Tragegriff und öffnete die Klappe des Hauptfachs. Die .357er lag griffbereit auf dem schwarzen Zugbeutel. Sie streckte die Hand nach ihr aus und legte die gespreizten Finger um den Walnussgriff. Er dachte, sie würde sich die Waffe nehmen, aber das tat sie nicht. Sie entriss Peter den Rucksack mit beiden Händen und legte ihn auf den Beifahrersitz.

Dann trat sie aufs Gaspedal, Kies spritzte unter den Rädern weg, der Van legte eine halbe Drehung hin und raste auf die Straße.

Peter blieb im Regen stehen und sah ihr hinterher. Sie hatte sich entschieden.

Al stellte sich kopfschüttelnd neben ihn. »Sie Trottel. Ich an Ihrer Stelle hätte mich an ihre Stoßstange geklemmt.«

Peter nickte. »Glauben Sie mir, daran hatte ich auch schon gedacht.«

Es wäre sinnlos gewesen, sich aufzudrängen. Sie hatte etwas in ihm erkannt, was ihr Angst machte. Zu recht. Manchmal hatte er vor sich selbst Angst. Die Entscheidung musste von ihr kommen.

Er spürte ein unbestimmtes Gefühl im Bauch, vielleicht auch in der Brust, eine Leere, dunkel, abgründig. Was sollte das jetzt? Sie hatten sich erst heute Morgen kennengelernt. Er wusste so gut wie nichts über sie. Und doch kam es ihm vor, als würde er sie schon eine Ewigkeit kennen.

Er hätte nicht gedacht, dass man sich in so kurzer Zeit so zu einem anderen Menschen hingezogen fühlen konnte.

Sie hatten ziemlich viel erlebt an diesem Tag.

Er musste zugeben, dass es dabei nicht allein um sie ging. Ja, sie brauchte Hilfe. Andererseits tat es ihm auch gut, seine eingerosteten Fähigkeiten und Talente wieder sinnvoll zu nutzen. Es weckte den Soldaten in ihm, der nützlich sein wollte, sein musste.

Sonst war er doch nur ein Kerl mit kaputten Schuhsohlen und blutverklebten Haaren.

Mit einem verletzten Bein, kaputten Rippen und nach zehn Minuten in einem geschlossenen Raum verkrampft und schweißüberströmt.

Ohne Kleidung zum Wechseln, ohne einen Cent in der Tasche und ohne seinen Truck, den er Hunderte Kilometer von hier abgestellt hatte.

Nicht, dass er in Selbstmitleid baden würde.

»Wie viel würden Sie mir für einen dreißig Jahre alten Subaru mit Totalschaden geben?«, fragte er den Mechaniker.

Al schnaubte und putzte sich mit einem Hemdzipfel die Brille. »Nicht viel. Wo steht er?«

»Hinter der Pizzeria.«

»Dann lassen Sie mal sehen.«

Sie gingen zu der asphaltierten Straße, Al passte seinen Gang Peters Humpeln an.

Das Bein war ein Problem, unklar, ob nur der Fußknöchel gebrochen oder ob es was Ernsteres war. Eigentlich müsste er es schonen, einen Eisbeutel auflegen. Die Rippen würden auch ihre Zeit brauchen.

Er sah den Highway auf und ab, kein Anzeichen von Verkehr. Auf der Landstraße ebenfalls nichts. Sie kamen an langen Zufahrten zu versteckt liegenden Häusern vorbei, er spähte zwischen die Bäume, suchte nach Lebenszeichen.

Nach June oder ihren Verfolgern.

Immer noch möglich, dass er ihr von Nutzen sein konnte.

Der Subaru sah wie ein weggeworfenes Spielzeugauto aus, zerknautscht, zerquetscht, halb versteckt im Gebüsch, mit offener Heckklappe. Kaum zu glauben, dass sie es damit bis hierher geschafft hatten. Al ging einmal um das Auto herum, prüfte den Schaden, gab bei jeder neuen Entdeckung einen leisen traurigen Laut von sich. Als er die Einschusslöcher entdeckte, stöhnte er auf.

»Sie haben sich überschlagen, ja? Mehrmals. Und sind weitergefahren?«

Peter nickte.

»Mann, so einen kaufe ich für meine Mutter«, sagte Al. »Sie müssten eigentlich tot sein, wissen Sie das?«

Wieder nickte Peter.

»Seien Sie doch nicht so«, sagte Al. »Sie kommt schon zurecht. Sie machte einen ziemlich entschlossenen Eindruck auf mich.«

»Wie viel für das Auto? Ich kann nicht versprechen, dass der Motor anspringt. Und auf die Kühlerhaube wurde geschossen.«

»Mit allen Einzelteilen? Dreihundert. Aber nur, weil Sie mir für den Mustang zu viel gezahlt haben.«

»Ich habe mehr als dreihundert zu viel gezahlt«, sagte Peter.

»Allerdings.« Al grinste. »Also fünfhundert. Ich muss nachschauen, ob ich so viel Bargeld dahabe.«

Peter hörte, wie sich ein Auto näherte. Er spähte zwischen den Bäumen hindurch und sah einen der beiden schwarzen Explorer vom County Highway auf die Landstraße biegen, denselben Weg, auf dem er eben gekommen war.

»Scheiße«, sagte er. »Ich brauche wohl noch ein Auto. Und Ihre Waffe.«

»Vielleicht nicht«, sagte Al und deutete mit einem Kopfnicken auf das Lebensmittelgeschäft seiner Mutter gegenüber. Ein grüner Honda-Minivan schoss aus seinem Versteck hinter Esmeraldas Grocery über die Straße auf den Schotterparkplatz. Knapp vor dem Gebäude kam er schliddernd zum Stehen. Das Fenster auf der Fahrerseite glitt hinunter.

»War das ehrlich gemeint eben?«, fragte June. »Dass du mich beschützen willst?«

Ihr Gesicht war angespannt, ihre Augen waren tiefe Höhlen.

»Ja«, sagte Peter.

»Aber ich bin der Boss«, sagte sie. »Abgemacht? Ich kann

Leute nicht ausstehen, die mich bevormunden wollen, besonders Männer. Ich treffe also die Entscheidungen. Nicht du. Ich.«

»Ja.«

»Versprochen?«

»Versprochen«, sagte er. »Ehrenwort.«

»Dann will ich dich engagieren«, sagte sie. »Wer immer meine Verfolger sind, ich glaube, sie werden nicht aufgeben. Deswegen brauche ich jemanden.« Eine Träne rollte ihr die Wange hinunter. »Der auf mich aufpasst, während ich arbeite. Um herauszufinden, wer hinter alldem steckt. Was wirklich los ist.«

Das verkümmerte Gefühl in seiner Brust schwoll wieder an.

»Kann ich machen«, sagte er. »Nicht nötig, mich zu engagieren.«

»Doch«, sagte sie. Mit dem Handrücken wischte sie die Tränen weg. »Wie viel verlangst du?«

»Zehn Dollar die Woche«, sagte er. »Bei Unzufriedenheit Geld zurück.«

»Und ich habe das Sagen.« Sie sah ihn beinahe wütend an. Es war ihr wichtig.

»Alles klar, Ma'am«, sagte er. »Aber ich salutiere nicht. Oder trage alberne Hütchen.«

Sie hob den Kopf. Ihre Augen waren verquollen, aber er sah wieder das Lodern darin. Das leichte Zucken ihrer Lippen, das den Anflug eines Lächelns bedeutete.

»Vielleicht müssen wir später noch mal nachverhandeln«, sagte sie. Sie wies mit dem Daumen auf den Subaru hinter sich. »Hol meine übrigen Sachen aus dem Auto und steig ein. Du fährst.«

Peter wandte sich wieder Al zu, der alles mit angehört hatte. Der Mechaniker ging mit geöffnetem Portemonnaie auf ihn zu, in der Hand einen Packen Scheine. »Das ist alles, was ich habe«, sagte er und drückte es Peter in die Hand. Hauptsächlich Hunderter, Fünfziger. Insgesamt fast zweitausend Dollar, wie Peter auf den ersten Blick feststellen konnte.

»Al.«

Der ältere Mann zuckte die Schultern. Der blasse Himmel spiegelte sich in seinen Brillengläsern und verbarg seine Augen. »Sie haben mir wirklich viel zu viel für den Mustang gezahlt.«

12

Shepard

Das Handy in Shepards Tasche vibrierte. Zweimal bereits in der vergangenen Stunde hatte er es nicht beachtet, diesmal streifte er vorsichtig einen Latexhandschuh ab und angelte es unter seinem weißen Tyvek-Schutzanzug hervor. Es war ein Wegwerfhandy, nur für einen einzigen Kunden bestimmt. Er hatte mehrere solcher Handys.

»Ich bin gerade sehr beschäftigt«, sagte Shepard. »Ich rufe später zurück.«

»Hör zu, Kollege, irgendwas ist schiefgelaufen, und es ist ernst. Ich brauche dich und deine speziellen Kenntnisse. Schnellstens.«

Shepard hatte viel Zeit mit Warten in Hotels verbracht. Zuerst im Ausland, jetzt hier. Wie immer erinnerte ihn die Stimme an einen Nachrichtensprecher. Äußerlich ruhig und unterkühlt, doch unfähig, seine Aufregung bei der Aussicht auf Chaos ganz zu verbergen. Und stets bemüht, das Publikum von seiner Glaubwürdigkeit und Autorität zu überzeugen.

Der Anrufer war ein begabter Verkäufer, der schon viele Menschen dazu gebracht hatte, die unmöglichsten Dinge zu glauben. Shepard hatte es oft genug beobachtet. Sogar jetzt versuchte er, Shepard zu manipulieren, an seine Freundschaft zu appellieren, seinen Stolz. Shepard blieb ungerührt.

Intellektuell vermochte er die emotionalen Reizwörter und die Absicht dahinter durchaus zu erkennen. Doch die kompliziert codierten Signale verfingen bei ihm nicht. Das hatte er schon in jungen Jahren erkannt. Es hatte ihn zeitlebens zu einem Beobachter der menschlichen Natur gemacht, der versuchte, die versteckten Eigenschaften seiner Mitmenschen zu analysieren. Er war noch immer dabei, seine Beobachtungen in Worte zu fassen, doch eins war klar, die Fähigkeiten des Verkäufers waren beeindruckend. Der Mann konnte Eskimos Eiswürfel verkaufen.

Dagegen war Shepard immun.

»Ich arbeite. Ich muss fertig werden.« Shepard stand in einer Vierergarage, neben einem Mercedes-Oldtimer mit laufendem Motor. Die Garagentore waren geschlossen.

»Du arbeitest wieder freischaffend? Ich dachte, das hätten wir geklärt.«

»Ja. Haben wir auch. Du warst nicht bereit, für meine Einnahmen zu garantieren.«

»Mach Schluss damit«, sagte der Verkäufer. »Es ist wichtig.«

Shepard sah durch die Fensterscheibe auf den zusammengesackten Mann im Fahrersitz. Das Gesicht war schlaff, die Augen geschlossen. Die Brust hob und senkte sich leicht, in einem unregelmäßigen Rhythmus, sonst war der Körper ruhig.

»Ich bin fast fertig«, sagte Shepard.

Bei dem Mercedes handelte es sich um eine lange, kantige Limousine, älter als Shepard und kürzlich über das Maß des Nützlichen hinaus restauriert. Der Schlauch eines deutschen Hightechindustriestaubsaugers klemmte im Spalt des Autofensters. Üblicherweise machte man so etwas mit einem Gartenschlauch, doch der Saugschlauch hatte einen größeren Durchmesser und leitete die Abgase effektiver ein. Der Schlauch führte seitlich am Auto vorbei nach hinten und steckte einen halben Meter tief im Auspuffrohr, was die Wirksamkeit erhöhte.

»Wie gehst du vor?«

Der Verkäufer interessierte sich häufig für solche Details, aber das hier war nicht sein Gebiet. Der Verkäufer kümmerte sich um Kunden und Angestellte, die geschäftliche Seite. Shepard um seinen Teil.

Er arbeitete nicht nur für den Verkäufer. Shepard hatte noch andere Kunden.

»Das geht dich nichts an«, sagte er. »Was ist schiefgelaufen?«

Während er telefonierte, beobachtete er den Mann im Mercedes. Unter den geschlossenen Lidern bewegten sich die geschwollenen Augäpfel, als hätte er einen besonders schlechten Traum.

Die Fingerabdrücke des Mannes befanden sich am Schlauchende, auf dem Cutter, mit dem der Schlauch auf die richtige Länge zugeschnitten worden war, und auf dem Fensterheber. Shepard wusste es, weil er die Abdrücke dort selbst platziert hatte.

Das war nicht schwierig bei einem Bewusstlosen. Es gab einige leicht erhältliche Beruhigungsmittel, die, ausreichend dosiert, den erwünschten Effekt erzielten, ohne dass ein Pathologe Verdacht schöpfen würde. Autopsien waren ohnehin selten, weil teuer, doch Shepard galt als pingelig, sowohl bei der Planung als auch in der Ausführung.

»Ich habe Smittys Team während deiner Abwesenheit die Führung bei einer Sache übertragen.« Der Verkäufer sprach sehr schnell, wie fast immer. Es sollte eine gewisse Dringlichkeit vermitteln. »Unser Kunde hatte es eilig, aber Smitty hat es verkackt. Ich möchte, dass du hinter ihm herräumst.«

»Details?«

»Ich habe keinen Kontakt zu Smitty. Das ist noch nie vorgekommen. Berts Team ist unterwegs. Ich möchte, dass du sie unterstützt.«

Shepard arbeitete nicht gern in Teams, bügelte auch nicht gerne die Fehler anderer aus.

»Wir hatten das Thema schon mal besprochen«, sagte er. »Ich arbeite allein.«

»Hier liegt der Fall anders. Es könnte die große Nummer sein. Würdest du bitte ausnahmsweise einmal tun, was ich dir sage?«

»Ich bin nicht dein Angestellter«, erklärte Shepard. »Ich bin dein Partner.«

»Technisch gesehen bist du ein Teilzeitberater mit vereinbarter Gewinnbeteiligung. Und du hast nicht den Überblick. Lass mich meine Arbeit machen. Du machst deine.«

Der Kopf des Mannes in dem Mercedes fiel etwas zur Seite. Seine Augen flatterten.

»Ich muss auflegen«, sagte Shepard. »Ich checke meine Mailbox später und rufe dann zurück.«

»Wann?«

»Später«, sagte Shepard. »Ich bin in einer Beratung.« Er schaltete das Handy aus und steckte es zurück in die Tasche unter dem Schutzanzug. Nachdem er den Handschuh wieder übergestreift hatte, drückte er den Schlauch zusammen, zog ihn aus dem Spalt und öffnete die Tür der großen schwarzen Limousine. Der Abgasgeruch war überwältigend. Die Augen des Mannes standen jetzt die meiste Zeit offen, er blickte Shepard blöde an und versuchte, Wörter mit den Lippen zu formen.

Das Wageninnere war recht aufwendig restauriert worden. Polierter Chrome, cremefarbene Lederpolster. Es musste ein Vermögen gekostet haben, doch Shepard sah keinen Sinn in teurem Luxus. Ein ineffizienter Verbrauch von Ressourcen, hauptsächlich der Versuch, andere von der eigenen Bedeutung zu überzeugen. Wenn man seinen Wert kannte, war eine solche Ausgabe unnötig.

Aber es gab schlimmere Sterbeorte. Shepard hatte schon so einige gesehen.

Das Beruhigungsmittel sollte nachlassen, wenn die

Wirkung des Kohlenmonoxids einsetzte. So der Plan. Der Stoffwechsel des Mannes war jedoch aktiver als erwartet. Menschen mit rigorosem Fitnessprogramm konnte Shepard nicht ausstehen. Sie machten seine Pläne nur komplizierter. Und am Ende, wenn es darauf ankam, spielte es sowieso keine Rolle.

Er kletterte auf den geräumigen Vordersitz und spreizte die Schenkel des Mannes, blockierte die Arme dabei mit den Knien. Wieder spürte er den elektrisierenden Kick, den der körperliche Kontakt mit einem anderen Mensch auslöste. Die Intimität. Und wie immer erschien es ihm kurios, dass seine intimste Beziehung die zu einer Person war, der er das Leben nahm.

Ein Leben zu beenden war aber doch auch ein intimer Vorgang, oder nicht?

Der Mann leistete kaum Widerstand. Shepard bugsierte das Schlauchende zwischen die Zähne des Mannes, mit der anderen Hand klemmte er die Nasenlöcher ab. Es könnte zu kleineren Verletzungen kommen, aber das ließ sich nicht vermeiden.

Der Mann kämpfte nicht um sein Leben.

Das machten die wenigsten.

Schon bald hörte er ganz auf zu atmen.

Shepard hängte den Schlauch wieder in den Fensterspalt, strich die Falten aus der Kleidung des Mannes, schloss die Autotür, überprüfte noch einmal, ob auch nichts fehl am Platz war, und verließ das Auto durch eine hintere Tür.

Der Tote hatte komplizierte Verbindungen zu einer bestimmten informellen Organisation unterhalten, die Geheimhaltung ziemlich ernst nahm. Einige Mitglieder dieser Organisation mussten zu ihrem großen Missfallen feststellen, dass der Mann in dem Mercedes ihre Mittel zu seinem eigenen Nutzen verwendet hatte, und sie drängten darauf, die Beziehung aufzulösen. Völlig verständlich. Es gäbe sicher noch Folgeaufträge für Shepard, doch bisher hatte er noch keine Instruktionen erhalten.

Er fragte sich, was der Mann wohl gedacht hatte, während er sterbend in seinem überflüssigen Auto saß. Hatte er die umgelenkten Geldmittel für die Restaurierung des Mercedes verwendet, in dem er jetzt sein Leben aushauchte?

Fand er das seltsam? Witzig? Traurig?

Shepard würde es nie erfahren.

Auf der Terrasse aus Blausteinplatten neben dem Pool zog Shepard Schutzanzug, Handschuhe, Stiefel und OP-Haube aus, rollte alles zu einem Ball zusammen und steckte es in seine Werkzeugtasche. Der Garten hinterm Haus war wunderschön, mit vielen blühenden Blumen. Der Geruch der sprießenden Pflanzen war betörend.

Er hielt das Gesicht in die Sonne, genoss die Wärme auf der Haut, die frische Luft in den Lungen, das Blut, das durch seine Adern strömte.

Nach Abschluss eines Auftrags, und sei er noch so einfach, fühlte er sich immer besonders lebendig.

Seine Arbeit war nicht sonderlich schwierig, nicht für Shepard. Er setzte gerne die Puzzleteile zusammen, so dass sich die Dinge auf bestimmte Art entfalten konnten. Die Tätigkeit an sich machte ihm nichts aus. Das Leben eines anderen Menschen zu beenden. Die Tötung. Darin war er geschickt. Vor Jahren hatte er mal seine Lehrer untereinander sagen hören, Shepard sei ein Naturtalent, der Beste, den sie je erlebt hätten. Das erfüllte ihn mit Stolz.

Trotzdem war es wichtig, sich zu konzentrieren, vorbereitet zu sein. Auch der simpelste Job konnte jeden Moment kompliziert werden. Und Shepard näherte sich einem wichtigen Ereignis in seinem Leben.

In der Vergangenheit war der Jahrestag seiner Geburt ein Tag wie jeder andere auch gewesen. Die Vorstellung, vierzig zu werden, könne irgendwie von Bedeutung sein, kam daher überraschend.

Hin und wieder ertappte er sich bei dem Gedanken an dieses bevorstehende Ereignis, die Tatsache, dass die Jahre sich angehäuft, dass sie diese Zahl erreicht hatten. Es war verstörend, aber auch ermutigend.

Er sah es als ein weiteres Signal an, und diesmal kam es aus den tiefsten Tiefen seines scharfen, analytischen Verstandes. Dass der Zeitpunkt näherrückte, dieses Leben zu beenden und ein neues anzufangen.

Er hatte keine Ahnung, wie das neue Leben aussehen und wie er dorthin gelangen konnte.

Er hatte nicht die Absicht, sein Leben in einem Gefängnis zu beenden oder durch die Hand eines Polizisten zu sterben.

Gärtnern, das könnte ihm gefallen. Tomaten anbauen. Aus einem unerfindlichen Grund glaubte er, dass er daran Freude haben könnte.

Als er um das Haus herum zu der kreisförmigen Auffahrt ging, wo er den zu diesem Zweck geliehenen Servicewagen einer Firma für Poolwartung abgestellt hatte, dachte er an die verschiedenen Tomatensorten, die er anbauen würde. Vielleicht auch noch anderes Gemüse. Warum sich beschränken?

Aber erst würde er den Saustall des Verkäufers aufräumen.

Es wäre keine große Herausforderung.

2. Teil

13

Peter

Kurz nachdem sie die kleine Ortschaft Bantam verlassen hatten, sah Peter den schwarzen Explorer zum ersten Mal. Er näherte sich ihnen schnell von hinten auf der kurvenreichen zweispurigen Landstraße.

»Runter. Sofort«, sagte er. June duckte sich in den Fußraum und zog sich die Jacke über den Kopf. Der Fahrer überholte sie, ohne zu gucken. Er raste mit mindestens hundertfünfzig Stundenkilometern über die Piste.

»Ich verziehe mich lieber nach hinten«, sagte June, als der Explorer hinter der nächsten Kurve verschwunden war.

»Klar«, sagte Peter. »Schlaf dich aus.«

Sie klappte die Sitze um, deckte sich mit dem Schlafsack zu und zog sich eine Basecap ins Gesicht. Nach wenigen Minuten hörte Peter sie schnarchen.

Eine halbe Stunde später sah er wieder einen Explorer, möglicherweise denselben wie vorher. Er kam ihm entgegen, in einem erheblich langsameren Tempo, und diesmal konnte er den Fahrer erkennen.

Ein glattrasierter weißer Mann, blaues Hemd, schwarze Basecap. Er sah zu Peter, während die beiden Autos aneinander vorbeifuhren. Es dauerte nur Sekunden, und der Mann trug Sonnenbrille, aber irgendwie spürte Peter den abschätzenden Blick des Fremden. Er meinte, auch ein weißes Spiralkabel seitlich am Hemdkragen zu erkennen.

Peter war froh, dass June schlief. Er wollte nicht, dass sie sich unnötig ängstigte.

Es war auch gut, dass June für den Gegenverkehr unsichtbar blieb. Jeder zufällige Beobachter hätte in Peter einfach nur einen Mann in einem Minivan gesehen, einen Vater, der seine Kinder abholte.

Nicht einen Irren, der zwei Menschen getötet und ihren SUV in Brand gesetzt hatte. Die beiden Unfallopfer rechnete er nicht dazu, die gingen auf ihr eigenes Konto.

Ein ganz normaler Mensch, hatte er June geantwortet. Ein Mann, der nach acht Jahren aus dem Krieg heimgekehrt war. Verändert.

Er plante – wenn man von einem Plan sprechen konnte –, Richtung Norden zu fahren, so weit wie möglich und ohne aufzufallen. Jeder zurückgelegte Kilometer und jede Kreuzung, die sie hinter sich ließen, würde die Suche nach ihnen komplizierter machen. Dank der Berge war die Anzahl der Straßen in diesem Teil Kaliforniens ohnehin begrenzt. Die beste Methode, unauffindbar zu bleiben, war daher, sich von seinem letzten bekannten Aufenthaltsort möglichst weit zu entfernen. Jeder gefressene Kilometer war eine Versicherung mehr. Irgendwann würden sie in Seattle landen, wo June eine Wohnung hatte. Zur Untermiete, wie sie Peter gesagt hatte, nicht unter ihrem Namen, nicht mal für die Versorgungsunternehmen. Dort wären sie in Sicherheit, meinte sie.

Je weiter er sich vom Ort des letzten Kontakts mit ihren Verfolgern entfernte, desto weniger musste er befürchten, dass sie aufholten. Es gab zu viele Wegstrecken, zu viele Alternativrouten, um sie alle zu kontrollieren. Da draußen waren zwar Tausende Überwachungskameras, doch die meisten waren nicht miteinander vernetzt und hatten eine zu geringe Auflösung für geeignete Such-Software. Sofern also ihre Verfolger nicht ausreichend Manpower für das Aufspüren aller Überwachungskameras und einen trainierten Blick für die Sichtung von schlechtem Videomaterial hatten, kurz, sofern sie nicht wirklich von einer staatlichen

Behörde waren, würden sie Peter und June niemals aufspüren.

Andererseits wollte er auch nicht die kürzeste Strecke fahren, kreuzte deswegen die 101 und hielt sich eine Zeitlang nur auf Regionalstraßen, bis er auf den Highway 36 stieß, der sich durch den Shasta-Trinity National Forest schlängelte. Die Wolkendecke hing tief, und es fiel ein feiner Nieselregen. Über einen langen Abschnitt verlief linker Hand ein Fluss, silbrig glänzend, mit starker Strömung von der Schneeschmelze. Zu beiden Seiten erhoben sich Berghänge, gelegentlich durchbrochen von Wasserfällen, Steinlawinen und hier und da, wie eine Einsiedelei tief im Wald versteckt, einer unbeachteten Freifläche. Als er den höchsten Punkt des Passes erreichte, konnte er die Pacific Ranges erkennen. Die Bergkette lag auf der Erde wie ein schlafender Drache in einem Schuppenkleid aus immergrünen Bäumen.

In Weaverville musste er zum Tanken aussteigen. Sein Bein schmerzte immer noch. Das weiße Rauschen, das in dem Minivan mit seiner breiten Windschutzscheibe und dem Panoramablick nicht wieder aufgeflackert war, traf ihn umso härter, als er zum Bezahlen den Minimart betrat. Ob es am Neonlicht lag, an dem fensterlosen Innenraum oder nur an dem ätzenden Geruch von verbranntem Kaffee, seine Schultern verspannten sich umgehend. Ehe er sich einige Tüten Trailmix, eine Packung Wasserflaschen und eine gute Straßenkarte gegriffen hatte, brach ihm der Schweiß aus, und er hyperventilierte. Der Verkäufer hinter der Theke wich erschrocken zurück, als wollte das Crystal-Meth-Monster vor ihm seinen Laden ausrauben.

Peters Hand zitterte beim Abzählen der Scheine von Als Bündel, dann stieß er durch die Tür nach draußen, wo er wieder Luft bekam.

Ich muss das endlich klarkriegen, dachte er, als er zurück zum Minivan humpelte.

Das weiße Rauschen. Mein Kriegssouvenir.

Wenn ich ihr irgendwie von Nutzen sein soll, muss ich es klarkriegen.

14

Nördlich von Ashland setzte die Dämmerung ein. June gähnte und streckte sich, kroch dann zwischen den Sitzen nach vorne neben ihn, fuhr sich mit der Hand durchs Haar und begutachtete im Rückspiegel die geschwollene Lippe. Beim nächsten Ortsschild verkündete sie, dass sie in Medford gerne eine Pause einlegen würde, auf ihren Fahrten zwischen der Bay Area und Seattle hielte sie dort regelmäßig bei einem mexikanischen Imbiss an.

Sie machte sich dafür stark, drinnen zu essen, und Peter gab nach. Als sie jedoch sein blasses Gesicht am Tisch ihr gegenüber sah, schickte sie ihn zurück zum Auto und bat den Kellner, ihre Bestellung einzupacken. Sie verzehrten sie schließlich an einem überdachten Picknickplatz im Bear Creek Park, während es um sie herum wie aus Eimern schüttete.

»Dich hat es ja schlimm erwischt«, sagte sie.

»Ich dachte, es würde allmählich besser.« Peter bibberte in der Kälte. Er trug immer noch dasselbe T-Shirt wie am Morgen, nicht unbedingt geeignet für das Wetter in Oregon. »Aber jetzt bin ich mir nicht mehr so sicher.«

»Dein Bein wird auch schlimmer, ist mir aufgefallen. Es ist schon ganz dick.«

»Schlimmer? Hm. Jedenfalls nicht besser. Noch nicht.«

June sah ihn nachdenklich an und biss herzhaft in ihren Steak-Burrito.

»Was ist mit deiner Mutter?«, fragte er, um das Thema zu wechseln. »Du hast gesagt, jemand ist in ihr Büro eingebrochen und hat einige Computer mitgenommen. Weißt du, woran sie gearbeitet hat, dass sich das lohnt?«

»Nicht genau«, sagte June mit vollem Mund. »Sie war sehr verschwiegen. Vor allem mir gegenüber, weil ich Journalistin bin. Aber ihre Arbeit war allgemein von großem Nutzen. Sie hat ganz vorne mitgemischt bei der Forschung auf dem Gebiet der neuronalen Netze und des maschinellen Lernens.«

»Ich verstehe nur Bahnhof«, sagte Peter. »Du weißt doch: dicke Muskeln, kleines Hirn.«

»Ich versuche es mal mit einfachen Worten«, feixte sie. »Neuronale Netze sind Reihen von Computerprozessoren, die alle an unterschiedlichen Aspekten eines komplizierten Problems arbeiten. Damit will man die Knotenstruktur des menschlichen Hirns simulieren. Nehmen wir zum Beispiel die Objekterkennung, bei der man ein Foto des Objekts aus der realen Welt nimmt und damit das Objekt identifiziert. Das ist wahnsinnig kompliziert. Die erfolgreichste Software bedient sich neuronaler Netze. Übrigens auch in der Spracherkennung.«

»Und maschinelles Lernen?«

»Herkömmlichen neuronalen Netzen muss alles beigebracht werden. Bei der Gesichtserkennung entwickeln die Programmierer problemlösende Lernwege. Für wirklich große Aufgaben wäre es allerdings viel zu aufwendig, Zeile für Zeile zu programmieren. Beim maschinellen Lernen, besonders im Teilbereich des unüberwachten Lernens, sucht man nach Wegen, wie eine Software selbständig die beste Lösung für ein Problem finden kann.«

»Klingt gruselig«, sagte Peter. »Sind wir damit nicht schon beim Terminator gelandet?«

Sie zog eine Augenbraue hoch. »Das war ein Film. Falls du das vergessen haben solltest.«

»Ein Dokumentarfilm aus der Zukunft«, sagte Peter. »Der Gedanke an einen Aufstand von Robotern macht mir Angst. Die kleinen selbsttätigen Staubsauger sind erst der Anfang.«

»Du bist schlimmer als mein verrückter Vater.«

Sie hatte ihn vorher schon mal erwähnt. »Wo wohnt er?«

June sah zur Seite. »In den Bergen«, sagte sie. »Er ist so eine Art Eremit.«

»Er ist also nicht im Bild – über deine Mutter.«

»Um Gottes willen, nein«, sagte sie. »Ich habe ihn seit Jahren nicht mehr gesehen.« Sie sah auf ihren angebissenen Burrito. »Der ist echt lecker, aber leider schon kalt.«

Offenbar ein heikles Thema, ihr Vater. Aber warum kam sie dann immer wieder auf ihn zu sprechen? Peter ließ es vorerst dabei bewenden.

»Mir ist auch kalt«, sagte er. »Ich friere mir den Arsch ab.«

»Meine Planung sieht so aus«, sagte June. »Wir brauchen neue Kleidung, und wir suchen uns ein Hotel.«

»Wir sollten lieber weiterfahren«, sagte Peter. »Je weiter, desto besser.«

»Ich dachte, ich bin der Boss.«

»Bist du auch. Und ich dein hochbezahlter Sicherheitsberater.«

»Hm«, machte sie. »Ich stinke. Ich muss duschen. Und du auch. Ich kann dich von hier aus riechen. Was sagt mein Sicherheitsberater dazu?«

Peter seufzte. Sie hatte recht. »Ja, Ma'am. Aber gezahlt wird nur bar. Kreditkarten hinterlassen Spuren.«

Sie sah ihn an: Hältst du mich für blöd?

Sie dirigierte ihn zu einem großen Geschäft für Trekkingausrüstung und Outdoorbekleidung, fragte nach seinen Kleidergrößen und zog einige Scheine aus ihrem Dollarbündel. Mit dem Geld des Automechanikers und dem Inhalt der Portemonnaies der Toten aus dem SUV verfügten sie über insgesamt dreitausendzweihundert Dollar. Nach Abzug der Grundkosten würde es für einige Tage reichen, länger nicht. Während June die Kleider kaufte, sah sich Peter nach Prepaid-Handys und einem billigen Tablet, ebenfalls mit Prepaid-Datenvolumen, um. Als er June eine Stunde später wieder abholte, war sie mit vier großen Einkaufstüten beladen und trug eine neue schicke Regenjacke.

Sie drehte sich einmal im Kreis, als sie Peter auf sich zukommen sah.

Er hielt ihr lachend die Tür auf. »Hast du den Laden leergekauft?«

»War alles im Schlussverkauf«, sagte sie nachgiebig. »Jedenfalls das meiste. Bieg die nächste Straße links ab. Am Highway sind einige Motels.«

Das Motel, das Peter am meisten zusagte, war ein langgestrecktes niedriges Gebäude mit einem moosbewachsenen, weit auskragenden Zedernholzdach. Aneinandergereihte Zimmer, vorne durch einen Betonweg miteinander verbunden, der auf den Parkplatz hinausging. Von einer billigen Plastikbank aus konnte man den Ausblick auf sein Auto und die struppige Wildwuchshecke dahinter genießen, die den Parkplatz von der Einkaufsstraße trennte. Perfekt geeignet für den Klaustrophoben auf der Flucht.

Der Wandputz war mehrfach ausgebessert, die Möbel uralt und noch aus echtem Holz. »Meine Güte«, spottete June beim Betreten. »Du scheinst ja wirklich was von Frauen zu verstehen. Ich bin schon ganz gespannt auf den Wellness-Bereich.« Doch das Bad war sauber, roch nicht nach Schimmel oder Putzmittel, und als June das Licht anknipste, huschte auch nichts in die Ecken.

»Gibt es WLAN?«

»Hör mal«, setzte Peter an. Er stand im Türrahmen, so dass er im Rücken die frische Luft von draußen spürte, an den Rippen und Beinen die Schmerzen. »Wir sollten uns über ein paar Grundregeln verständigen, okay?« Sie nickte. »Den Verfolgern ist es gelungen, dein Handy zu orten. Sie kommen vielleicht sogar an deine Bankdaten. Deswegen bezahlen wir ab jetzt nur mit Bargeld. Nicht mit Kredit- oder Kundenkarte. Möglicherweise spüren sie auch Freunde oder Familienangehörige von dir auf. Ruf also bitte niemanden an, nur, wenn wir es vorher abgesprochen haben.«

»Was ist mit E-Mail und sozialen Netzwerken?«, fragte sie. »Ich muss arbeiten, und ich habe Freunde, die sich irgendwann Sorgen machen.«

Eine von den Hypervernetzten, dachte er. Im Moment keine Hilfe. »Ich weiß nicht. Wir lassen uns was einfallen. Wir suchen uns ein Internetcafé, einen anonymen Ort. Aber benutz nicht deinen Laptop. Bloß nicht.«

Sie verzog das Gesicht. »Ein Glück, dass du nicht paranoid bist.«

»Auch Paranoide haben Feinde«, sagte er. »Können wir uns auf die Grundregeln einigen, Boss?«

»Ja, ja. Ich gehe nicht online. Und jetzt halt die Klappe und verschwinde.« Sie deutete auf das Badezimmer. »Lass dir Zeit«, rief sie ihm noch durch die geschlossene Tür nach.

Er stellte die Dusche an, zog sich aus, und sofort rückten die Wände näher. Das Schienbein war geschwollen, der Fußknöchel dick wie eine Grapefruit. Die Dusche würde schon viel ausmachen, sagte er sich. Das warme, am Körper herabströmende Wasser milderte zwar die Klaustrophobie, doch er spürte noch immer das Herz schneller schlagen. Es liegt nur am geschlossenen Raum, tröstete er sich wieder.

June, auf der anderen Seite der Tür, hatte damit nichts zu tun.

Er schloss die Augen, seifte sich zweimal ein, rieb das Blut aus den Haaren und zuckte zusammen, als das Shampoo in die Wunde am Schädel geriet. Das Wasser färbte sich rot.

Als er fertig war und den Duschvorhang zur Seite schob, waren seine alten Kleider verschwunden. Auf dem Waschtisch lagen, ordentlich gefaltet, neue Sachen, außerdem eine Tube Zahnpasta und eine Reisezahnbürste. June musste unbemerkt hereingekommen sein. Sie hatte ihm eine Funktionshose, ein dezentes Karohemd und ein atmungsaktives T-Shirt gekauft. Boxershorts und Strümpfe. Es war ein irgendwie intimer Moment, die Kleider anzuziehen, die ihm eine Frau ausgesucht hatte, der weiche geschmeidige Stoff auf seiner sauberen nackten Haut, der Blick in den Spiegel. Er hatte in seinem ganzen Leben noch nie so schick ausgesehen. Er öffnete die Tür.

»Passt alles?«, fragte sie und packte ihre neuen Sachen unter den Arm. Er nickte, und sie schlüpfte an ihm vorbei ins Badezimmer. Auf dem Bett hatte sie die übrigen Sachen ausgebreitet und in einen Plastikbeutel seine alten Kleider gesteckt, zur Desinfektion oder zur Entsorgung. Er war ihr dankbar, dass sie sie nicht einfach weggeworfen hatte. Er schnürte die neuen Schuhe, griff sich die neue Fleecejacke und sein Handy und humpelte nach draußen, um sich den Regen anzuschauen. Er versuchte, sich June nicht unter der Dusche vorzustellen.

Und scheiterte kläglich.

Zur Abwechslung rief er nochmals Lewis an. Sie verschleuderten ihr Geld und brauchten Nachschub.

Lewis klang etwas betrübt.

»Brauchst du mich wirklich nicht? Mit dem Auto wäre ich in sechsunddreißig Stunden da.«

Peter lachte. »Läuft es zu Hause nicht so gut?«

»Zu Hause läuft es prima, Motherfucker. Aber ich arbeite nicht mehr, darauf habe ich mich mit Dinah geeinigt. Wie du weißt, brauchen wir die Knete nicht.« Lewis seufzte. »Ich muss sagen, mir fehlt was. Pausenbrote schmieren und auf sein Geld aufpassen macht nicht so viel Spaß, wie sich krummzulegen für seine Brötchen.«

»Glaub mir, ich sage Bescheid, wenn ich dich brauche.

Wir sind auf dem Weg nach Seattle. Du hast gesagt, du hättest da einen Kontakt.«

Lewis nannte ihm Namen und Telefonnummer. »Es ist eine große Anwaltskanzlei, die sitzen in zweiundzwanzig Städten. Wir sind jetzt ihre Kunden, sie sichern uns Vertraulichkeit und den Zugang zu bestimmten Dienstleistungen zu.«

»Uns?«

»Du rufst ja nie an oder schreibst.« Peter konnte Lewis' schiefes Grinsen und sein demonstratives Achselzucken förmlich vor sich sehen. »Vielleicht habe ich hier und da mit deinem Namen unterschrieben.«

»Lewis! In was hast du mich da reingeritten?«

»Man darf sein Geld nicht einfach irgendwo deponieren, Stiernacken. Man muss es für sich arbeiten lassen. Zuerst muss es natürlich gewaschen werden. Wir haben in einige Wohnimmobilien investiert, wir haben Neuemissionen gekauft, und wir haben Risikokapital angelegt. Alles Mögliche. Wir fangen ja gerade erst an.«

»Verrate mir doch, woher du dich so gut damit auskennst.«

»Mit irgendwas muss man sich ja beschäftigen. Außerdem langweile ich mich schnell. Du weißt ja, wer der gefährlichste Mann in Amerika ist. Der schwarze Mann mit Bibliotheksausweis.«

Peter lachte über das Malcolm X zugeschriebene Zitat. »Du verstehst bestimmt mehr von Geld als jeder Wall-Street-Banker.«

»Red kein Scheiß, Motherfucker, sonst blas ich dir 'ne Ladung Blei in den Arsch.« Die Sprache der Straße war nun klar zu hören, aber Lewis konnte auch daherreden wie ein pakistanischer Taxifahrer, ein nigerianischer Stammesfürst oder ein Englischprofessor. Er war, mehr als jeder andere Mensch, den Peter je kennengelernt hatte, das Produkt seiner eigenen Erfindung.

»Wenn du mich erschießen willst, musst du dich hinten anstellen. Es sind noch einige vor dir dran«, sagte Peter. Er erzählte ihm die Kurzversion der Geschichte. Junes Mutter. Die Männer, die versucht hatten, June zu entführen, und sie in den Redwoods aufgespürt hatten. Die Verfolgungsjagd, der Unfall.

»Mann, wenn du so weiter redest, steige ich in die nächste Maschine nach Frisco, fahre mit deinem Truck weiter und greif mir unterwegs auf der nächsten Gun Show eine Waffe ab.«

»Viel dringender brauche ich Informationen. Kannst du was über Junes Mutter herausfinden? Sie heißt Hazel Cassidy. Und über ihre Geschäftspartner, Angestellte, Freunde. Irgendwo muss es noch einen Ex-Mann geben. Alle, die einen Grund haben könnten, sie zu töten.«

»Du hast gesagt, sie sei bei einem Unfall mit Fahrerflucht ums Leben gekommen. Glaubst du, dass ihr Tod mit eurer Geschichte zusammenhängt?«

»Liegt das nicht nahe?«

Hinter ihm öffnete sich die Tür, und June kam mit den leeren Einkaufstüten heraus.

»Ich muss Schluss machen«, sagte Peter. June sollte nicht erfahren, worum er Lewis gebeten hatte. Wenn etwas daraus wurde, konnten sie immer noch darüber reden. Wenn nicht, warum unnötig Staub aufwirbeln. »Wie soll ich unterwegs an Kohle rankommen?«

»Das kläre ich heute Abend«, sagte Lewis. »Ich überweise dir was über irgendeinen dieser Geldtransferdienste. Geschäftsstellen für so etwas gibt es Tausende, such dir eine aus. Sie zahlen es dir einfach in bar aus, aber es gibt Höchstgrenzen, je nachdem, wie viel sie vorrätig haben. Es geht auch über Prepaid-Kreditkarten, was vielleicht ganz praktisch wäre.«

»Hört sich doch gut an.« Peter rief sich die Straßenkarte

vor Augen. »Wie wäre es mit Eugene? Ruf mich an, wenn klar ist, wohin du es überweist.«

»Wenn ich rüberkommen würde, könnte ich dir gleich ein ganzes Bündel Hunderter mitbringen.«

»Darauf komme ich später vielleicht noch zurück. Bis dann, Lewis.« Peter legte auf.

»Dein Freund?«, fragte June.

Peter nickte. »Er will uns helfen. Vielleicht kreuzt er noch auf. Du wirst ihn mögen.«

»Du hast mir noch gar nicht gesagt, was du beruflich machst«, sagte sie.

»Im Moment weiß ich es gar nicht so genau«, gestand er.

»Hat die Dusche deinem Bein gutgetan?«

»Ist schon okay«, sagte er. »Wir sollten weiterfahren.«

»Klar«, sagte sie. »Zeig mal, ob du auf dem Bein stehen kannst.«

Peter sah sie an. »Ich habe doch gesagt, es ist okay.«

Sie erwiderte seinen Blick. »Kannst du den Fuß beugen? Trägt er dein Gewicht?«

Er gab keine Antwort. Sie streckte die Hand aus.

»Gib mir den Schlüssel.«

»June«, sagte er. »Wir müssen weiterfahren.«

»Schon vergessen? Ich bin der Boss. Und du bist verletzt. Also muss ich dich verarzten.« Sie drohte ihm mit dem Finger. »Die Schlüssel, Motherfucker.«

Lewis würde ihr gefallen, Peter war sich ziemlich sicher. Jedenfalls sprachen sie die gleiche Sprache.

15

Eugene war eine Autostunde entfernt, eine Universitätsstadt, mit wahrscheinlich guten medizinischen Einrichtungen. Peter gefiel der Gedanke zwar nicht, aber June hatte recht. In diesem Zustand konnte er sie nicht beschützen.

Abgesehen davon, dass es ihr Fortkommen verlangsamte, ergaben sich noch diverse andere Probleme. Sicher, sein Bein musste unbedingt medizinisch behandelt werden, aber ein kurzer Blick auf June, und jeder Arzt würde auch ihre geschwollene Lippe und die Schnittwunde am Arm versorgen wollen.

Ein Krankenhaus würde Ausweispapiere von ihnen verlangen und ihre Namen in ein Computersystem eingeben. Krankenhäuser wollten wissen, wen sie behandelten, um sicherzustellen, dass ihre Leistungen auch bezahlt wurden.

Ihre Verfolger verfügten offenbar über Geldmittel und gute technische Ausrüstung. Sie könnten sich Zugang zu Krankenhausdaten verschaffen, und wenn sie Junes Namen entdeckten, wären sie geliefert. Er teilte June seine Befürchtungen mit.

»Notärzte sind gesetzlich dazu verpflichtet, Patienten zu behandeln«, sagte sie. »Sie dürfen nicht mal eine Bezahlung verlangen. Wir geben ihnen einfach falsche Namen und Adressen.«

Peter hatte Verständnis dafür, dass mittellose und obdachlose Menschen medizinische Hilfe kostenlos in Anspruch nahmen, aber er war nicht mittellos, bisher hatte er noch immer für sich selbst gesorgt. Er würde für die Krankenhausbehandlung aufkommen, aber wenigstens brauchte er keine Befürchtung zu haben, dass June in irgendeine medizinische Datenbank geriet. »Und wer möchtest du gerne sein?«

»Ganz einfach. Debbie Harry.«

»Wer?«

June verdrehte die Augen. »Die Lead-Sängerin von Blondie. Manche Menschen haben einfach keine Kultur. Und du bist – lass sehen …« Sie legte eine Hand ans Kinn und überlegte »Ja, genau: Du bist Clint Eastwood.«

»Zu viel der Mühe«, sagte er. »Wir sollten uns möglichst unscheinbar geben.«

»Das gilt vielleicht für dich.« Ein Grinsen blitzte auf. »Für mich ist das unmöglich.«

»Du bist ein harter Brocken«, sagte er. Er wusste, dass sie nur Spaß machte, nur versuchte, ihn von einem anderen, viel schwerwiegenderen Problem abzulenken.

Das weiße Rauschen würde sich in dem Krankenhaus nicht wohlfühlen.

Sein Telefon klingelte. Es war Lewis.

»In Eugene gibt es drei Fast-Money-Schalter. Dorthin kann ich dir bis zu zwanzigtausend ohne große Formalitäten überweisen. In Ordnung?«

»Ja, in Ordnung. Fünf in bar und jeweils fünf verteilt auf drei verschiedene Karten.« Das würde für die Behandlung in der Notaufnahme reichen, hoffte Peter, und noch etwas Taschengeld übriglassen.

»Alles klar. Es geht auf den Namen Peter Smith. Aber sie schließen schon um neun. Wie weit habt ihr es noch?«

»Ich glaube nicht, dass wir es bis dahin schaffen.«

»Sie verlangen eine reichlich fette Gebühr, so um die fünf Prozent der Gesamtsumme. Dafür haben sie vielleicht länger geöffnet. Willst du ihnen die Sache noch ein bisschen versüßen?«

»Klar. Nochmal fünfhundert in bar für den Geschäftsführer, wenn er seinen Laden bis halb zehn offen hält.«

»Falls es nicht klappt, finden wir etwas anderes. Ich korrigiere den Betrag nach oben, inklusive Provision. Wahrscheinlich wollen sie irgendeine Ausweisnummer. Ich nenne ihnen die ersten vier Ziffern deiner Sozialversicherungsnummer.«

Woher Lewis seine Sozialversicherungsnummer kannte, wollte er lieber nicht fragen.

»Wenn dein Finanzimperium zusammenbricht, kannst du jederzeit als persönlicher Assistent bei mir anfangen.«

»Ich bin nicht deine Dienstmagd«, sagte Lewis. »Ruf mich morgen an, und ich sage dir, was ich über die andere Sache herausgefunden habe.«

»Danke, Lewis. Im Ernst.«

»Ich habe ja sonst nichts zu tun, Stiernacken.«

Peter legte auf und wandte sich June zu, die stur geradeaus blickte. Bestimmt hatte sie jedes Wort mitgehört.

Es war gar nicht so einfach, sich nachts in Eugene zurechtzufinden, aber im Allgemeinen fühlte sich Peter ganz wohl in College-Städtchen. Kluge Leute, billiges Essen, jede Menge Spinner. Und immer gab es eine Art Schattenwirtschaft, Leute, die von der Collegegemeinde lebten, welche gleichermaßen naiv und anspruchsvoll war und leichtes Geld versprach. Drogenhändler, Sexdienstleister, Profispieler, Diebe.

Fast Money nahm Schecks an und vergab Kleinkredite und zog den Tagelöhnern und Immigranten, legalen wie illegalen, das Geld aus der Tasche, indem sie für jede Transaktion einen happigen Prozentsatz berechnete. Die Provision für elektronische Geldüberweisungen und Auszahlung des Betrags an den Empfänger war erstaunlich hoch, aber nicht ungewöhnlich. Peter war bereit, die Prämie zu bezahlen, wenn es nur schnell ging.

Ihre Niederlassung in der West Seventh befand sich in einem neuen freistehenden Gebäude in einer belebten Geschäftsstraße, wie es viele gab an der Westküste. Diese hier war etwas hübscher, anständig sanierte Häuser, ausgewachsene Bäume säumten die Straße, und dennoch ein Zeugnis der schöpferischen Zerstörung, die den amerikanischen Kapitalismus ausmachte.

Er wollte nicht hineingehen, aber das war wohl unvermeidlich.

»Ich bin in einer Minute wieder da«, sagte er, setzte sich ein Baseballcap auf und stieg aus dem Minivan. June stellte den Motor aus, zog den Reißverschluss ihrer neuen Fleecejacke zu und stieg ebenfalls aus. Peter sah sie über den Minivan hinweg an.

»Was hast du denn gedacht?«, sagte sie. »Natürlich komme ich mit. Du schwitzt ja jetzt schon, und wir sind noch draußen. Die müssen denken, du willst ihre Kasse ausrauben. In drei Minuten steht die Polizei auf der Matte.«

Peter dachte an die unvermeidlichen Überwachungskameras. Jeder Kontakt mit der modernen Welt wäre für June problematisch. Fast Money hantierte mit Bargeld in großen Mengen, würde bewaffnete Räuber wie ein Magnet anziehen und wäre daher mit neuester Technik ausgestattet, hochauflösenden Kameras, deren Material wochen- oder gar monatelang gespeichert wurde. Justizbehörden hätten leichten Zugriff auf die Aufzeichnungen, vielleicht auch Profis in schwarzen Explorern. Jedes Bild von June konnte dazu verwendet werden, ihnen auf die Spur zu kommen.

Die Sicherheitsvorkehrungen in dem Krankenhaus wollte er sich lieber gar nicht ausmalen.

Aber sie hatte ja recht, was seine äußere Erscheinung betraf. Mit June an seiner Seite wirkte er unverdächtiger. »Hast du in einer deiner Tüten zufällig noch eine Mütze?«

»In weiser Voraussicht.« Sie hielt einen großen schlappen Regenhut hoch und setzte ihn mit einem Tusch auf. Peter hätte darin wie ein Serienmörder ausgesehen, bei June wirkte er wie ein modisches Accessoire.

»Fesch«, sagte er. »Bloß nicht in die Kameras gucken. So kriegen sie nur ein gutes Foto von deinem Gesicht.«

Die Fast-Money-Filiale war geschlossen, aber es brannte noch Licht. Durch das vergitterte Fenster sah Peter einen Mann eilig hinter dem Schalter hervorkommen.

»Feierabend«, rief er durch die verstärkte Fensterscheibe. Nur wenige Jahre älter als Peter, hatte er das Gesicht eines Trinkers, tief liegende Augen, aufgedunsene Haut, und ein Delta geplatzter Adern auf Nase und Wangen. Er trug ein Poloshirt mit dem Fast-Money-Logo, einer Dollarnote mit Flügeln.

»Ich bin Peter. Sie haben etwas für mich.«

»Haben Sie auch einen Nachnamen?«

»Smith.«

Der Mann nickte. »Kommen Sie rein.« Die Vorlegekette rasselte, als er sie ausklinkte. »Ich muss hinter Ihnen wieder zuschließen.«

Peter und June traten an den Plastikschalter, während sich der Mann durch eine schwere Stahltür in den kleinen Raum für das Personal begab. Peter sah Panzerglas und mindestens sechs Überwachungskameras. June lehnte mit dem Rücken am Schalter und betrachtete ihre Fingernägel. Riot Grrrl war ein Naturtalent.

Der Mann musterte Peter. »Können Sie sich ausweisen?«

»Sie wissen, wer ich bin«, sagte Peter. »Bringen wir die Sache hinter uns.« Seine Schultern krochen hinauf zu den Ohren. Neonlicht, Vinylboden, der chemische Geruch von Industriereeinigungsmitteln.

»Nennen Sie mir Ihre Ausweisnummer.«

Peter nannte ihm die ersten vier Ziffern der Sozialversicherungsnummer.

»Alles klar«, sagte der Mann. Er fing an, Hunderterpacken auszuzählen, je fünf Packen mit zehn Scheinen, ein Packen mit fünf Scheinen. Er steckte die ersten fünf Packen in einen Papierumschlag, schob ihn durch den Schlitz im Glas und hielt die fünf Hunderterscheine hoch. »Fünfhundert Zahlungsgebühr«, sagte er, faltete die Scheine und steckte sie in die Hosentasche. Danach übergab er ihm, in Papiermäppchen gehüllt, drei Plastikkarten, auf die der Name Peter Smith geprägt war. »Prepaid-Kreditkarten«, sagte er. »Ich habe mir erlaubt, Ihre PIN-Nummer einzurichten. Es ist dieselbe wie die Zahl, die Sie mir genannt haben. Überprüfen Sie den Kontostand der Karten in dem Lesegerät.«

Er zeigte auf die Maschine neben Peter. Peter zog die Karten durch, gab die PIN ein und überprüfte den Stand. Sie waren geladen.

»Hier unterschreiben«, sagte der Mann. Peter kritzelte etwas Unlesbares auf das Formular und schob es durch den Schlitz. »War mir ein Vergnügen, Mr Smith.«

»Danke, dass Sie uns aufgemacht haben. Sie haben uns das Leben gerettet.«

Die Augen des Mannes zuckten, die einzige Gefühlsregung bis jetzt. »Gern geschehen.«

Die Tür fiel hinter ihm ins Schloss und Peter humpelte über den regennassen schimmernden Asphalt zum Minivan, June neben ihm. Er dachte an die zwanzigtausend Dollar in seiner Tasche, und im selben Moment fuhr ein älterer zweitüriger Dodge vor, dunkelblau oder schwarz, mit gebrochenen Kunststoffkotflügeln, bremste scharf und versperrte ihnen den Weg.

Die Türen flogen auf, zwei Männer sprangen heraus in den kühlen Abendregen – lange Haare, tätowierte Arme, schwarze T-Shirts – und zogen eine üble Wolke aus Marihuana und Bier hinter sich her.

»Rück schon raus«, sagte der Mann auf der Beifahrerseite und kam auf Peter zu. Dreitagebart, das Augenweiß leuchtete grell im Licht der Straßenlaterne, eine Pistole baumelte in der Hand. »Her damit, oder ich hau dir eine rein.«

»Hoffentlich ist das Auto gestohlen«, sagte Peter. »Auf dem Parkplatz gibt es jede Menge Überwachungskameras.«

Der Tätowierte kam näher, hob die Pistole in der rechten Hand. »Gib einfach das Geld her, Arschfresse.«

Sein dämliches Grinsen zeigte Peter, dass die Kameras von dem netten Fast-Money-Mann bereits abgeschaltet worden waren, denn mit Sicherheit hatte er diesen Feierabend-Raubüberfall angestoßen. Er hatte ja auch die PIN eingerichtet.

Peter schüttelte den Kopf. Er fand die ganze Sache nur nervig.

»Willst du sterben?«, fragte der Tätowierte und kam noch näher. Die Tinte auf seinem Arm sah im Regen wie Schmiere aus. Er hielt die Pistole wie ein schlechter Fernsehgangster, mit einer Hand am ausgestreckten Arm, seitlich, in Höhe der Augen. Drei Meter entfernt, dann zwei, dann einen, einen halben. Der Mann am Steuer schien unbewaffnet.

Peter seufzte. »Stell dich hinter mich, June.«

Es war ein Anfängerfehler zu glauben, je dichter man vor einer Person stand, umso leichter wäre es, auf sie zu schießen, und noch leichter, wenn man ihr die Waffe an den Kopf hielt. Der Mensch hat sich weiterentwickelt, seit er mit Steinen und Stöcken auf seine Mitmenschen losgegangen ist, aber sein Gehirn funktionierte noch ganz nach diesem Muster. Bei der Jagd auf Antilopen galt, je näher, desto besser.

Feuerwaffen folgten einer anderen Logik. Bei einer Entfernung von zehn Metern hätte ein geübter Schütze viel Zeit, ein bewegliches Ziel zu visieren und zu schießen. Der Aktionsradius des Zielobjekts war relativ gering, seine Möglichkeit, auf das Schussfeld einzuwirken minimal, zudem behielt der Schütze die volle Kontrolle über die Waffe.

Bei zwei Metern Entfernung wurde es schwieriger. Der Aktionsradius des Zielobjekts war größer, die Zeitdauer komprimiert, aber es war immer noch machbar.

Bei einem halben Meter musste der Schütze fest entschlossen sein zu schießen, den Abzug bereits betätigen. Denn jetzt war seine Waffe in Reichweite des Zielobjekts, welches möglicherweise schneller reagierte, als der Schütze brauchte, um sein Ziel zu justieren.

Peter reagierte prompt.

Seine Hand schnellte hoch, packte den Pistolenkörper und richtete den Lauf zur Seite, um sich selbst und June aus der Schusslinie zu bringen. Dann drehte er die Pistole nach außen, von sich weg, und brach dem Tätowierten damit das Handgelenk. Der Idiot war nicht mal auf den Gedanken gekommen, dass Peter vielleicht keine Angst vor dem Tod hatte.

Die Pistole fiel auf den Asphalt.

Der Tätowierte jaulte auf und hielt sich das Handgelenk.

Peter trat die Pistole zur Seite, stieß dem Mann den Ellbogen gegen die Schläfe und versetzte ihm einen Handkantenschlag gegen den tätowierten Hals, so dass er wie ein klappriges Gerippe zusammenbrach.

Aus den Augenwinkeln nahm er wahr, dass June die Waffe aufhob, während er den Fahrer des Fluchtautos beäugte, der reglos hinter der offenen Tür des beschissenen Dodge stand. »Können wir jetzt gehen?«

»Scheiße.« Der Fahrer schüttelte angewidert den Kopf. Aber er schien vernünftiger zu sein als sein Partner, denn er glitt hinters Steuer, haute den Rückwärtsgang rein und machte, dass er davonkam. Den anderen ließ er als Häufchen Elend auf dem warmen nassen Asphalt zurück.

Peter wandte sich June zu. Sie ließ die Waffe sinken, den Finger noch immer am Abzug, holte tief Luft und stieß sie langsam aus.

»Alles okay?«, fragte er.

»Ich weiß nicht.«

»Nicht jeder wäre auf die Idee gekommen, die Waffe aufzuheben«, sagte er.

Ihre Augen schimmerten im gelben Licht der Natriumdampflampe. »Ich hatte eine interessante Kindheit.«

Sie sah aus, als hätte sie Spaß an der Sache.

Die Frau war echt eine Marke.

16

June

Das Krankenhaus befand sich in Eugenes Partnerstadt Springfield. Ein großes modernes, hell erleuchtetes Gebäude aus Backstein und Glas, das wie ein soeben auf dem Parkplatz gelandetes UFO aussah.

June fuhr zum Eingang der Notaufnahme, stellte das Auto auf einem Kurzzeitparkplatz ab und schaltete den Motor aus. Sie war noch immer erschüttert von dem vereitelten Raubüberfall, und ihre aufgeplatzte Lippe zuckte. Die Pistole lag in ihrem Schoß.

Peter konnte den Blick nicht von ihr lassen. »Willst du die ins Krankenhaus mitnehmen?«

Sie schien ernsthaft zu überlegen. »Ich weiß nicht. Was meinst du?«

»Ich meine, du verblüffst mich immer wieder«, sagte er. »Wo bist du nur mein Leben lang gewesen?«

Sie schob die Waffe unter den Sitz. »Das wüsstest du wohl gerne, was?«, sagte sie und stieg aus, um ihr Lachen zu verbergen. Sie sei verblüffend, das hatte bis jetzt noch nie jemand zu ihr gesagt.

Der Empfang der Notaufnahme war klinisch rein, mit pflegeleichten Böden und abwaschbaren Stühlen. Die Leute saßen verstreut im Raum und warteten, dass sie an die Reihe kamen, warteten auf Freunde oder Familie, jeder mit seinen eigenen Problemen beschäftigt, gleichgültig gegenüber Neuankömmlingen. Am Einlass eine Frau mit jugendlich frischem Äußeren und Zöpfen, in einem rosa Krankenhauskittel. Sie flirtete mit einem Krankenwagenfahrer, schenkte dann jedoch June und Peter gleich ihre ganze Aufmerksamkeit.

»Wir hatten heute früh einen Autounfall«, sagte June. »Sind von der Straße abgekommen. Mein Freund ist ein bisschen ramponiert. Beine und Rippen. Und er hat sich den Kopf aufgeschlagen.«

»Sie sehen selbst ein bisschen mitgenommen aus«, sagte die Schwester mit Blick auf Junes dicke blaue Lippe. »Haben Sie noch andere Verletzungen?«

June streckte den Arm aus, der wieder angefangen hatte zu bluten. »Das sollte sich auch mal jemand ansehen«, sagte sie. »Eigentlich tut mir alles weh.«

»Das kommt vor«, sagte die Schwester trocken. »Krankenkarte?«

»Wir sind nicht versichert.«

»Können Sie sich ausweisen?«

June und Peter hatten besprochen, wie sie diese Fragen umschiffen wollten. Peter hielt es für möglich, dass ihre Verfolger Leute auf die Überprüfung der Krankenhäuser ansetzen könnten, und hatte sich einen Plan ausgedacht, ihnen den Zugang zu Informationen zu erschweren.

»Wir wurden ausgeraubt, als wir vom Unfallort zurückgetrampt sind«, sagte er.

Die Schwester sah June mit stoischer Miene an, und June konnte sich gut vorstellen, dass sie im Verlauf ihrer vielen Nachtschichten wohl schon alle möglichen Erklärungen und Ausflüchte zu hören bekommen hatte. Dieser Frau konnte man nichts vormachen.

»Namen?«

Peter sprang ein, bevor sie etwas erwidern konnte.

»Ich bin Peter Smith. Und das ist meine Freundin Marion. Nachname Cunningham.«

June sah ihn genervt mit zusammengekniffenen Augen an. Die Mutter aus der Serie *Happy Days* war weit entfernt von Debbie Harry.

»Wir bezahlen auch Ihre Rechnungen«, sagte er. »Versprochen.«

»Das will ich schwer hoffen«, sagte die Schwester freundlich. »Wir sind zwar nach dem Gesetz dazu verpflichtet, jeden zu behandeln, aber wenn wir auf unseren Kosten sitzenbleiben, wird die Notaufnahme für alle anderen teurer. Rechnungsanschrift?«

Peter nannte ihr die Adresse des Motels, wo sie geduscht hatten.

Die Schwester gab nickend die Angaben ein und drückte einen Knopf unter dem Schalter. Die Tür zu den Behandlungsräumen sprang auf. »Ma'am, Sie kommen bitte mit. Um Sie, Sir, kümmert sich gleich jemand.«

Die Schwester begleitete June zu einem Stuhl in einem offenen Raum für Untersuchungen, ging zu einer medizinischen Arbeitsstation nebenan und sprach zu einer anderen Frau in einem blauen Krankenhauskittel, die herüberkam und einen Rollhocker heranzog.

»Hi. Ich bin Sandra. Ich bin examinierte Krankenschwester. Ich sehe mir mal Ihre Lippe und Ihren Arm an, in Ordnung?«

»Hören Sie«, sagte June leise. »Ich habe gerade viel Ärger am Hals, und ich brauche Ihre Hilfe.«

Sandra, Mitte vierzig, kräftige Hände, graumelierte kurze Haare, tiefe markante Gesichtsfalten, wirkte ruhig, aber entschlossen. »Geht es um den Mann, der Sie begleitet? Soll ich die Polizei rufen?«

»Nein, bitte nicht die Polizei. Der Mann, der mich begleitet, hilft mir schon genug. Das Problem ist mein Ex-Mann.« Diese Geschichte sollte eine schlüssige Erklärung für ihre Geheimnistuerei sein, und June hatte sie noch ausgeschmückt. »Er verfolgt mich. Er ist Anwalt und ein sehr mächtiger Mann. Er kennt fast jeden Polizisten. Heute Morgen wurde unser Auto von der Straße abgedrängt, und ich befürchte, dass er als Nächstes was Schlimmeres versucht. Ich muss untertauchen.«

»Haben Sie schon mit der Polizei gesprochen?«

»Ich habe eine einstweilige Verfügung erwirkt, aber mein Ex-Mann schert sich nicht darum. Vielleicht schickt er seine Leute los, um nach uns zu suchen. Bitte sagen Sie denen nicht mehr als das Allernötigste.«

»Und Sie sind sich auch ganz sicher, dass nicht *er* es war, der Ihnen das angetan hat? Ich meine den Mann, der Sie begleitet.«

»Nein, nein«, sagte June. »Er gehört zu den Guten.«

Sandra legte ihr eine Hand auf die Schulter. Es fühlte sich warm an. »Warten Sie einen Moment, bitte. Wir kümmern uns um Sie.«

Als Sandra zurückkam, führte sie June in einen Untersuchungsraum mit einem Krankenbett und diversen geräuschvollen medizinischen Geräten. Die Schwester stellte ihr die üblichen Fragen, doch wahrheitsgemäß beantwortete June nur die nach ihren körperlichen Symptomen. Sie war drauf und dran, der Frau ihre richtige Handynummer zu geben. Warum? Vielleicht wollte sie, dass ein Mensch wusste, wie man sie erreichen konnte, und sei es eine Krankenschwester aus Springfield, Oregon.

Für den Rest der Welt wäre sie weg vom Fenster.

Sandra berührte die geschwollene Lippe mit einem alkoholgetränkten Wattebausch, und June zuckte zusammen. »Entschuldigung«, sagte Sandra und tupfte nur eine Spur zarter. »Ich weiß, es tut weh. Die Lippe platzt gerade auf. Sie muss genäht werden. Und einen Eisbeutel könnten Sie auch gebrauchen, damit die Schwellung abklingt. Zwanzig Minuten auflegen, alle zwei Stunden, durchgehend bis morgen. Sie können gleich damit anfangen.«

Sie rollte mit ihrem Stuhl zu einem Schrank, entnahm eine Instant-Kühlpackung, knallte sie auf die Tischkante, um sie zu aktivieren, und reichte sie June. »Halten Sie die an die Lippen.«

Danach widmete sie sich Junes zerkratztem Arm, ging auch dabei etwas robuster zur Sache, als June lieb war, obwohl sie die Stellen, wo sie mit einer Pinzette tief in die Haut eingedrungene Glassplitter entfernen musste, extra oberflächlich betäubte. »Hauptsächlich Kratzer und Schrammen«, stellte sie fest. »Jetzt brauchen wir nur noch diese hübsche Verletzung hier unter dem Ellbogen zu nähen.«

Sie nahm ein medizinisches Set aus dem Schrank, tupfte noch mehr Betäubungsmittel auf die Wunde und fing an, sie mit geübter Hand zu vernähen. June schaute zu, wie die gebogene Nadel durch die Haut geführt wurde. Schmerzen spürte sie nicht, nur ein eigentümliches Ziehen, als der Faden die Hautlappen miteinander verband.

Danach näherte sich die Schwester mit der Nadel der Lippe, und June musste die Augen schließen.

»Fertig«, verkündete Sandra schließlich, verschmierte noch ein klebriges Zeug auf die schlimmsten Regionen, wickelte erst einen Mullverband und anschließend eine elastische Kurzzugbinde um Junes Unterarm. »Zum Waschen nehmen Sie das ab und verbinden die Wunde danach mit neuem Mull. In zwei, drei Tagen ist alles verschorft, dann haben Sie es überstanden. Die Fäden lösen sich nach zwei Wochen auf. Die Lippe lassen wir unverbunden, und diese Fäden müssen Sie ziehen lassen, in drei, vier Tagen. Wenn eine Rötung auftritt oder sich die Wunde entzündet, kann es sein, dass Sie sich infiziert haben. Dann müssen Sie nochmal zum Arzt.«

»Mache ich.« June nahm die Hand der Schwester. »Ich bin Ihnen sehr dankbar.«

Sandra umarmte sie sanft. »Ihr Geheimnis ist bei mir gut aufgehoben«, sagte sie.

»Danke«, flüsterte June und erwiderte die Umarmung.

Sie durchlief ein Labyrinth von Untersuchungsräumen, aber Peter war nicht auffindbar. Von der jungen Frau am Empfang erhielt sie die Auskunft, er sei noch bei einem Arzt, was June als gutes Zeichen interpretierte. »Soll Sie jemand zu seinem Untersuchungsraum begleiten?«

»Ja, in ein paar Minuten«, sagte sie. »Ich bin gleich wieder da.«

Sie ging nach draußen und holte ihre Tasche aus dem Auto, machte dann die Schritte zurück zu der überdachten Bank auf dem Parkplatz vor der Notaufnahme und klappte ihren Laptop auf. Als Erstes schaltete sie das Handymodem und die WLAN-Funktion aus. Es war eine Strafe für sie, nicht ins Internet zu dürfen, aber es hinderte sie nicht daran, sich Notizen über die Ereignisse des Tages zu machen.

Als sie anfing zu tippen, erschien eine Benachrichtigung, das Handymodem sei jetzt verbunden. Sie schaltete es wieder ab, doch der Ladekreis rotierte erneut und auch die Benachrichtigung erschien nochmal.

Ein komischer kleiner Virus, dachte sie. Ihr Laptop wurde mit zunehmendem Alter immer absonderlicher.

Sie klappte ihn zu, legte ihn wieder ins Auto und ging zurück zur Empfangstheke.

»Haben Sie hier Computer für Patienten?« An einem öffentlichen Rechner konnte sie sich einen neuen E-Mail-Account anlegen und ihre Notizen an die eigene Adresse schicken.

Die Frau führte sie über einen langen Flur zum Haupttrakt des Krankenhauses, wo in einer Nische der Cafeteria drei kleine Tische mit Computern und Monitoren eingerichtet waren. Den hintersten Tisch okkupierte ein hagerer Teenager mit kahlrasiertem Kopf, Notfallarmband, Jogginghose, Slippern und dicken Kopfhörern, offenbar versunken in ein kompliziertes Rollenspiel. June setzte sich in die Mitte und loggte sich ein. Der Verband am Arm erschwerte die eingespielten Bewegungen.

Nach dem Tod der Mutter hatte sie in ihrer Arbeit zurückgesteckt, dennoch musste sie weiter ihren Lebensunterhalt verdienen. Sie recherchierte zu einer heiklen Story – jemand hatte ihr den Hinweis zugesteckt, ein anonymes Dating-Portal verkaufe Nutzerdaten an Informationsbroker – und wartete auf Verifizierung durch Sekundärquellen. Ihr Handy in den Redwoods zu lassen war ihr schwerer gefallen als gedacht.

Sie benutzte es so häufig, dass sie es täglich drei- bis viermal aufladen musste, und es ärgerte sie, nicht anrufen zu können, zu texten oder zu recherchieren. Ein großer Teil ihres beruflichen und ihres Privatlebens fand im Netz statt. Seit sie heute Morgen ihr Handy aufgegeben hatte, war sie nicht mehr online gewesen. Eine Ewigkeit.

Wenn erst mal die technische Entwicklung es erlaubte, ein Modem ins menschliche Gehirn einzupflanzen, June wäre die Erste.

Abgesehen davon war ein öffentlich zugänglicher Computer ein sicherer Ort, um ins Internet zu gehen. Ihr Thema war die Privatsphäre in den elektronischen Medien, ihre Verschlüsselungsprotokolle waren daher sehr gut. Sie hatte überall mehrstufige Passwörter, und immer gab sie sie manuell ein. Selbst wenn ihre Verfolger ihr Handy gehackt hatten – oder gar ihren Laptop –, dann hatten sie sich nicht über diese Passwörter in ihr E-Mail-Konto eingewählt, davon war sie überzeugt. Sie klickte sich durch, suchte nach Anzeichen einer Beeinträchtigung, fand aber auf den ersten Blick nichts.

Natürlich könnte irgendein Arschloch jeden Klick und jede Tastatureingabe erfassen, ohne dass sie etwas davon merkte. Aber das galt an jedem anderen Tag auch, und es änderte nichts daran, dass sie arbeiten musste.

Mit nur vier E-Mail-Konten hielt sie sich für einigermaßen diszipliniert. Eins nur für die Arbeit, ein rein privates, ein drittes für den Online-Kauf – ihr Spam-Account, wie sie es nannte. Das vierte war ihre noch immer aktive College-E-Mail-Adresse, die einige Kletterfreunde und ein paar Spinner aus alten Zeiten benutzten.

Auf dem Arbeitsaccount gab es keine Antworten auf die heute Morgen abgeschickten Mails, bevor Peter den Baum erklommen hatte. Auf diesem Konto hatte sie eine automatische Antwort eingerichtet, Todesfall in der Familie, aber dazugeschrieben, sie werde ihre Mails täglich checken. Auch ihr privater E-Mail-Account war voller Kondolenzschreiben von Freunden aus der Bay Area und Seattle, freundlich gemeinter Einladungen zu Kaffee oder Drinks oder Dinner, wenn ihr danach war. Im Spam-Ordner fanden sich die üblichen Werbemails, die sie immer ungelesen löschte, es sei denn, sie erwartete ein Paket von Title Nine oder Backcountry.com.

Auf ihrem alten College-Account war eine E-Mail von ihrer Mutter.

Das war merkwürdig, denn ihre Mutter hatte seit Jahren keine Mails mehr an diese Adresse geschickt.

Außerdem war sie vor genau einer Woche gestorben.

Die Mail war von heute. Heute Mittag. Ohne Betreff.

June atmete tief durch und fasste sich ans Herz. Mit der anderen Hand öffnete sie die Mail.

Kein Text, nur ein Anhang, ein Videofenster, hinter dem Play-Button das winzige, wie eingefrorene Gesicht ihrer Mutter. June sah zu dem kahlköpfigen Jungen mit den Pantoffeln. Der Kopfhörer bedeckte seine Ohren, und er schien vollkommen absorbiert von dem Computerspiel.

June drückte Play und vergrößerte den Bildschirm.

Das Gesicht ihrer Mutter, nun beinahe lebensgroß, füllte den Schirm aus. Sie trug die smaragdgrüne Bluse, die June ihr letztes Jahr zu Weihnachten geschenkt hatte, und ihre schwarze Hipsterbrille. Ihre stahlgrauen Haare waren so, wie sie sie zuletzt getragen hatte, in einem praktischen Kurzhaarschnitt, das Video konnte also höchstens ein paar Monate alt sein.

»Hallo, June«, sagte sie. »Wenn du dir das anschaust, bin ich wahrscheinlich tot.«

17

June klickte auf Pause. Ihr Herz raste, und sie trat vom Computertisch zurück. Der Junge nebenan hob kurz den Kopf, sah dann wieder auf den Schirm.

Auf ein Video aus dem Grab war June nicht gefasst.

Andererseits, wenn sie es sich recht überlegte, sah es ihrer Mutter ähnlich. Die Frau lebte für die Technik, aber ihre soziale Kompetenz war miserabel. Zu Junes letztem Geburtstag hatte sie ihr eine einzeilige E-Mail geschickt, zur Pulitzer-Nominierung immerhin einen kleinen Text. June hätte mit einer elektronischen Botschaft aus der Unterwelt rechnen können, selbst wenn die Unterwelt nur ein elektronisches Relikt auf irgendeinem Server war. Ihre Mutter glaubte nicht an ein Leben nach dem Tod, nur an die Qualität des Werks, das man hinterließ. Alles andere besorgten die Erdwürmer.

June setzte sich wieder hin.

»Ich habe erst gezögert, dir das Video zu schicken, aus mehreren Gründen. Zum einen findest du es wahrscheinlich unheimlich.« Ihre Mutter lachte, und June erwiderte das Lachen. Hazel Cassidy war eine Nervensäge, doch mangelnde Selbsterkenntnis war nicht ihr Problem. »Du sollst wissen, dass ich dich sehr liebe und dass du die beste Tochter bist, die man sich als Mutter nur wünschen kann.«

June schüttelte den Kopf und wischte eine Träne weg. Ein Video aus dem Jenseits, in dem ihre Mutter ihr mitteilte, sie sei eine gute Tochter, was sie zu Lebzeiten selten zu ihr gesagt hatte. Das sah Hazel Cassidy ähnlich.

»Zweitens, und das ist bestimmt hart für dich: Falls ich tot bin, dann wurde ich höchstwahrscheinlich wegen meiner

Arbeit umgebracht.« Vielen Dank auch, Mom. Große dumpfe Kerle in schwarzen Anzügen, die das Büro ihrer Mutter ausräumten, waren ein guter erster Anhaltspunkt. Und dass sie June in einen Wagen gezerrt hatten, noch einer.

Ihre Mutter fuhr fort. »Wie du weißt, arbeite ich hauptsächlich auf dem Gebiet der neuronalen Netze und des maschinellen Lernens. Wie bringt man Computer dazu, zunehmend komplexere Probleme zu lösen? Die Vision hierbei ist die Entwicklung von Programmen, die sich selbst schreiben und organisch wachsen können, wenn du mir die unangemessene, aber unvermeidliche Metapher gestattest.«

June wusste, dass diese Vision allmählich Realität wurde. Größere Chips und billigere Datenspeicherung hatten die Verarbeitung von Stimme zu Text ermöglicht, zuvor ein unlösbares Problem, heute ein Gratis-Feature auf jedem neuen Handy. June diktierte ihre Artikel gerne beim Einkaufen ins Handy. Andererseits war sie hin und her gerissen, wenn es um die vielen Bereiche ging, in denen staatliche Behörden Software zur Gesichtserkennung benutzten. Verbrechensbekämpfung, gut und schön. Aber deswegen alle anderen Menschen auch beobachten? Wo zieht man da die Grenze?

Ihre Mutter seufzte. »Mich hat der theoretische Aspekt meiner Arbeit immer mehr interessiert als die kommerzielle Anwendung. Trotzdem wurde auf der Grundlage meiner Arbeit und der von anderen eine funktionale Technik geschaffen, die in der Lage ist, jeden einzelnen Menschen auf der Welt zu überwachen. Deswegen bin ich, genau wie du, besorgt, ob dabei die individuelle Privatsphäre nicht Schaden nimmt. Der Staat und freie Wirtschaftsunternehmen bekommen Zugang zu vertraulichen Informationen einzelner Bürger und können deren Tun sowohl online als auch in der physischen Welt verfolgen, während sie selbst, also der Staat und die Wirtschaft, zunehmend geheim agieren. Dieses Ungleichgewicht an Information ist ein gewaltiges Problem.«

Sag bloß, dachte June. Man brauchte nur Snowden und Manning oder andere Whistleblower der letzten zehn Jahre zu fragen. Musste nicht mal einverstanden sein mit ihrem Vorgehen, aber die von ihnen losgetretene Diskussion war notwendig.

»Deswegen habe ich mich zu einem Experiment entschlossen«, fuhr Hazel Cassidy fort. »Als ich vor Jahren anfing, einen neuen Algorithmus zu entwickeln, habe ich ihn mit mehreren Prioritäten ausgestattet. Er sollte neugierig auf Informationen im Netz sein und, auf Verlangen, Informationen aus verschiedenen Quellen sammeln und zusammenfassen. Außerdem habe ich ihm ein, wie ich dachte, geringes Interesse an der Frage mitgegeben, was hinter Sicherheits-Firewalls steckt.«

Aha, dachte June, jetzt kommen wir der Sache näher.

»Ich hatte keine Ahnung, was aus diesen relativ wenigen Codezeilen werden würde. Der Algorithmus wächst exponentiell. Seine Primärfunktion, also die Sammlung und Zusammenfassung von Informationen aus verschiedenen Quellen, erfüllt er ziemlich gut. Allerdings fungiert die Software seit etwa einem Jahr auch als eine Art Generalschlüssel. Sie bringt sich selbst bei, in Sicherheitssysteme einzudringen, um an die dort versteckten Informationen zu gelangen.«

Die Falten im Gesicht ihrer Mutter vertieften sich. »Die Software ist nicht sehr weit fortgeschritten, noch nicht. Aber ich habe bereits unternehmensinterne Memos gesehen, über sogenannte ›akzeptable Defekte‹ in medizinischen Geräten. Ich habe Briefe gelesen, von Senatoren an Lobbyisten, die ihre Kampagnen zur Wiederwahl finanzieren. Sogar eine Pentagon-Liste geplanter Drohnenangriffe. Alles nicht sehr schön.«

June hielt sich die Hand vor den Mund. Sie wusste, dass ihre Mutter an allerneuester Technik gearbeitet hatte. Und sie kannte ihre Ansichten über die Diskrepanz zwischen Öffentlichkeit und Privatsphäre seit Jahren. Doch sie hatte keinen blassen Schimmer, dass diese Arbeit unmittelbare Auswirkungen auf ebendiese Diskrepanz hatte.

»June. Ich mache mir Sorgen um die Welt, die meine zukünftigen Enkel mal erben werden, auch wenn diese Enkel bis jetzt nur auf dem Papier stehen.« Hazel lachte knapp, aber liebevoll. Sie hatte häufig genug darüber gesprochen, dass sie sich Enkel wünschte. Mit dem Lächeln erkannte sie an, dass sie sie wohl niemals sehen werde. »Privatbürger werden zunehmend entmachtet von großen Organisationen, die unser politisches und ökonomisches Leben bestimmen. Vom Staat und von Unternehmen. Ich hatte gehofft, ich könnte diesen Algorithmus, diesen Generalschlüssel, Bürgern anvertrauen, die sich für mehr Transparenz und Verantwortung einsetzen. Aber erst, wenn ich angemessene Schutzmaßnahmen getroffen hätte.«

Sie schüttelte den Kopf. »Ich habe keine Paper über diese Arbeit veröffentlicht. Ich war immer sehr vorsichtig, was die elektronische Sicherheit angeht, und ich hatte gedacht, meine Arbeit wäre geheim geblieben. Doch vor Kurzem hat mich ein Anwalt aus Seattle kontaktiert, Jean-Pierre Nicolet. Er sagte, er repräsentiere eine namentlich nichtgenannte Person, die mir meinen Algorithmus gegen eine hohe Summe abkaufen wolle. Ich habe das Angebot abgelehnt.«

Sie starrte in die Kamera. »Eine Woche später wurde die Universität davon in Kenntnis gesetzt, dass Klage gegen mich eingereicht wurde. Ein Student, der für kurze Zeit in meinem Büro gearbeitet hatte, behauptete, ich hätte ihn sexuell belästigt.« Sie schnaubte. »Natürlich Quatsch! Aber am Tag darauf – was für ein Zufall – machte mir der Anwalt Nicolet ein neues Angebot. Der Kaufpreis hatte sich verdoppelt. Keine Information über den Käufer, nur die nichtssagende Zusicherung, der Algorithmus diene ausschließlich dem Wohl der Allgemeinheit. Ich habe das Angebot erneut abgelehnt.«

Ihre Mutter machte eine angespannte Miene. »Dann wurden die Samthandschuhe abgelegt. Mein wichtigster Geldgeber, eine wissenschaftliche Stiftung, kündigte mir schriftlich ihre langjährige Unterstützung. Wegen angeblicher Zweckentfremdung von Mitteln. Am nächsten Tag wieder ein Angebot von Nicolet, das dritte. Der Preis hatte sich erneut verdoppelt. Kein Wort über die Klage oder die Mittelkürzung. Aber der Zusammenhang ist eindeutig. So ein machiavellistisches Kinderspiel habe ich seit der Ehe mit deinem Vater nicht mehr erlebt. Ich habe Nicolet gesagt, er soll sich verziehen. Das ist zwei Tage her.«

Sie seufzte. »Irgendwer oder irgendetwas Mächtiges ist hier am Werk. Wenn das Tool erst mal ausgereift ist, hast du damit beispiellosen Zugang zur elektronischen Infrastruktur der Welt. Trotz aller Anstrengungen habe ich bisher nicht herausgefunden, wer hinter diesen mysteriösen Angeboten steckt und wie sie überhaupt davon erfahren haben. Ich habe mit den Anwälten der Universität gesprochen, aber die sorgen sich scheinbar eher um die ausbleibenden Geldmittel und die schlechte Publicity als um meinen kleinen komischen Algorithmus. Keine Frage, diese Anwälte sind gewieft, aber ihnen fehlt das nötige Quantum Paranoia. Und die Polizei hat mir geraten, mich an meinen Anwalt zu wenden.

Ich habe deshalb einige Vorsichtsmaßnahmen getroffen, unter anderem dieses Video gemacht und einen einfachen Bot geschrieben, der meine elektronischen Aktivitäten aufzeichnet. Wenn du dir das Video ansiehst, habe ich sieben Tage lang keine E-Mail geschrieben oder etwas in den sozialen Netzwerken gepostet. Das heißt, entweder mache ich ausgedehnten Urlaub von den elektronischen Medien«, sagte ihre Mutter mit trockenem Sarkasmus über diese höchst unwahrscheinliche Variante, »oder ich bin tot.«

Sie starrte June mit offenem, unerschrockenem Blick an. »Ich musste mich entscheiden, ob es besser ist, dir diese Information weiterzugeben oder dich im Dunkeln zu lassen. Ich bin zu dem Schluss gekommen, dass du eine intelligente und fähige Frau bist, die meinen beharrlichen Wunsch, die Wahrheit über die Welt zu erfahren, teilt. Das hat dir die Pulitzer-Nominierung eingebracht, und deswegen machst du so gute Arbeit.«

Ihre Mutter räusperte sich und sah unverwandt in die Kamera. »Ich bitte dich darum, nicht nach denjenigen zu suchen, die mich getötet haben. Das wäre vermutlich mit einem erheblichen Risiko verbunden. Einem reellen, physischen Risiko. Einem Risiko für dich, meine liebe Tochter. Und glaub mir, ich würde alles für deine Sicherheit tun. Ich möchte, dass du dieses Video der Polizei zeigst. Mein Tod rüttelt sie vielleicht auf.« Ein Lächeln zeigte sich auf ihrem Gesicht, ironisch, traurig, fast weise. »Aber ich kenne dich, meine Liebe. Die junge Frau, die den El Capitan bestiegen hat, nur um zu beweisen, dass sie es drauf hat. Die immer noch zum Spaß auf Mammutbäume klettert. Du hast alle guten Eigenschaften deines Vaters geerbt, keine von seinen schlechten. Du wirst das tun, was du für nötig hältst, nicht mehr und nicht weniger.«

Ihre Mutter nahm die Brille ab, wischte sich die Augen, sah zur Seite, dann in die Kamera, setzte ihre Brille wieder auf. »Eine Nachricht für den Fall des eigenen Todes aufzuzeichnen geht einem doch erstaunlich nahe«, sagte sie. »Na ja, ich schweife ab. Vor dieser Videoaufzeichnung habe ich meinen Algorithmus von dem Mini-Supercomputer gelöscht und ihn an einige Remote Server geschickt.« Sie lachte. »Es war, als würde ich ein Tier in der Wildnis aussetzen. Aber jetzt gehört er dir. Ich habe ihn Tig3r genannt, wie die Geek-Version von William Blakes Gedicht *Der Tiger*. Du weißt, Blake habe ich immer gern gelesen. Nun ja, Tig3r ist noch nicht besonders clever. Etwa auf dem Niveau einer etwas minderbemittelten Kakerlake. Aber er kann sich an überraschenden Stellen festhaken und wird mit jedem Tag smarter. Wird meine schlimmste Befürchtung wahr, und diese Nachricht wird tatsächlich abgeschickt, geht eine zweite Nachricht an Tig3r mit der Anweisung, Kontakt mit dir aufzunehmen.«

Hazel Cassidy seufzte. »Ich weiß nicht, ob es richtig ist, was ich hier mache. Ich meine, dir das alles zu erzählen. Überhaupt, ob es richtig war, den Algorithmus zu entwickeln. Wie jedes Tool, ist auch Tig3r Agnostiker, das heißt, er dient dem, in dessen Hand er gerade ist. Das Beste wäre es wahrscheinlich, den Code zu zerstören. Glaubst du, dass Oppenheimer sich gewünscht hat, die Atombombe ungeschehen zu machen?« Sie presste entnervt die Lippen zusammen. »Ich hätte gar nicht erst damit anfangen sollen. Andererseits wollte ich sehen, ob ich es schaffe, verstehst du?« Sie fuhr sich mit der Hand über das Gesicht, sah hinunter auf ihren Schoß, dann wieder entschlossen in die Kamera. »Das sind wohl die berühmten letzten Worte. Der Fluch der Wissenschaft. Ich liebe dich, Junie, und diese Geschichte hier tut mir sehr leid. Auf Wiedersehen, meine liebe Tochter.«

Das Video war zu Ende, der Bildschirm erstarrte, und ihre Mutter sah sie ruhig und gefasst an.

June fühlte sich alles andere als ruhig und gefasst.

Sie wollte sich auf den Stuhl stellen und losschreien.

Sich auf dem Boden zusammenrollen und weinen.

Die Polizei rufen. Das *FBI*. Das Video übergeben. Es loswerden. Das hätte sie am liebsten gemacht.

Sie musste eine Kopie dieses Videos an einem sicheren Ort hinterlegen. Unbedingt.

Sie öffnete einen neuen Browser, ging auf die Freemail-Seite und richtete ein anonymes E-Mail-Konto mit einem komplizierten Passwort ein. Sie kopierte das Video, hängte es an eine E-Mail im neuen Konto an und sicherte die Mail als Entwurf. Wenn sie die E-Mail nicht abschickte, blieb sie für die diversen Institutionen, die den weltweiten elektronischen Verkehr abhorchten, unauffindbar und auch, wie sie vermutete, für die Männer, die sie verfolgten.

Jedenfalls war das ihre Hoffnung.

Ob der Generalalgorithmus sie aufspüren würde?

Ob er auch die Mörder ihrer Mutter finden würde?

Sie hatte gesagt, Tig3r würde Kontakt mit ihr aufnehmen. Als könnte er selbständig denken.

June kannte sich aus mit der neuesten Informationstechnologie. Moderne Computer waren immer noch viel zu simpel, um wirkliche Intelligenz zu simulieren. Die Rechenleistung des menschlichen Hirns war um ein vielfaches größer als die Meisterschöpfungen der Informatik. Tig3r konnte nicht selbständig denken.

Dennoch konnten Lernalgorithmen bei bestimmten Aufgaben sehr effektiv sein, und sie wurden ständig besser. Gerade erst hatte sie einen Artikel über neue Software für Gesichtsscanner gelesen, die an einigen amerikanischen Grenzübergängen eingesetzt wurden, um zu erkennen, ob jemand log. Die Scanner hatten eine höhere Trefferquote als Menschen.

Es gab Autos, die selbständig fahren konnten.

Flugzeuge, die selbständig abheben, fliegen und landen konnten.

Schöne neue Scheißwelt.

Sie löschte die E-Mail ihrer Mutter, leerte den Papierkorb, loggte sich aus ihren anderen E-Mail-Accounts, löschte den Browserverlauf und putzte den Cache-Speicher des Computers. Sollte es jemandem gelingen, ihren Weg bis zum Krankenhaus zu verfolgen, und feststellen, dass sie diesen Computer benutzt hatte, musste er schon die Festplatte durchforsten, um an Daten zu kommen.

Es wurde Zeit, in die Offensive zu gehen.

Sie musste diese Scheißkerle ausfindig machen.

Sie musste mit Peter sprechen.

18

Peter

Das Krankenhaus war keine gute Idee. Er hatte es geahnt.

Er wurde in den offenen Untersuchungsbereich gebracht. Schwierig genug für ihn. Geschäftiges Treiben. Ein Gewirr aus Zellen und Kabinen und Trennvorhängen, wie der Markt in Falludscha mit seinem Labyrinth aus Verkaufsständen. Schützen hinter jeder Ecke. Oder das Kraftwerk außerhalb von Bagdad, wo die Rebellen aus der Kelleretage geströmt waren, während er und seine Männer noch den Grundriss des Gebäudes ergründeten. Oder die vielen Lehmziegelhäuser mit ihren Sprengfallen und Betonbunkern. Es reichte, um einem die Vorstellung von einem Haus als geschütztem Raum für immer zunichtezumachen.

Die Schwester für die Kurzanamnese reinigte seine Kopfwunde, tastete Beine und Rippen ab und führte ihn dann zwischen den Kabinen hindurch, während sein soldatischer Verstand aufschrie, Achtung, Schusswinkel, Raum von Feinden säubern.

Feinde vom vorletzten Jahr, zwei Kontinente weiter.

Eine hyperaktive Kampf-oder-Flucht-Reaktion war die Hölle.

In dem vollgestellten, verglasten Untersuchungsraum reichte sie ihm einen rückenfreien Umhang. »Ziehen Sie den bitte an.« Sie bemerkte die Anspannung in seinen Schultern, den Schweiß an den Schläfen. »Wie stark ist der Schmerz auf einer Skala von eins bis zehn?«

»Es ist alles gut«, sagte Peter. »Ich habe es nur sehr eilig. Ich möchte gerne so schnell wie möglich raus hier.«

»Heute ist nicht viel Betrieb«, sagte sie freundlich. »Es dauert nicht lange.« Sie zog den Trennvorhang zu und schloss die Tür hinter sich.

Er wartete eine halbe Stunde, machte die Augen zu. Herzrasen, Hemd und Umhang durchgeschwitzt. Um das Rauschen zu mindern, machte er eine Übung, die ihm ein Psychologe der Navy vor seiner Entlassung gezeigt hatte. Konzentration auf die Atmung, um den Körper zu beruhigen. Einatmen, ausatmen. Hallo, alter Freund. Hier gibt es keine Feinde. Dein Kampfeinsatz ist hier nicht erforderlich.

Jedenfalls nicht im Moment.

Das Problem war, dass seine hochausgebildete Kampf-oder-Flucht-Reaktion durchaus nützlich war. Manchmal. Wenn zum Beispiel irgendein Arschloch auf ihn schoss. Im Gefecht war diese Adrenalinspritze seine Lieblingsdroge, sie zeigte Wirkung, bewahrte ihn und seine Männer vor dem Tod.

Das wollte er nicht aufgeben.

Er musste June helfen. Er musste sich nützlich machen.

Peter war nicht für die Rolle des unbeteiligten Zuschauers gemacht.

Der Notarzt segelte müde lächelnd mit einem Red Bull in der Hand herein. »Ich bin Dr Baird.« Er war ein paar Jahre älter als Peter, unrasiert. Grüner Krankenhauskittel, schwarze Clogs, dunkle Augenringe vor Erschöpfung. Die Haare standen ihm zu Berge, als hätte er soeben einen Stromschlag bekommen, aber das war wohl nur sein Stil, dachte Peter. Oder eine Schocktherapie, um ihn bei langen Arbeitsschichten wachzuhalten. Er drückte ein paar Tasten auf dem Computer. »Also, was ist mit Ihnen passiert?«

»Ein Autounfall«, sagte Peter. »Beine, Rippen, Platzwunde am Kopf.« Er wiederholte, was er bereits der Schwester gesagt hatte, um das Verfahren zu beschleunigen.

Der Arzt trat vom Computertisch zurück und musterte

Peter. Die Schweißflecken in den Achselhöhlen, die hochgezogenen Schultern. »Sie müssen eine hohe Schmerztoleranz haben«, stellte er fest.

»Es ist nicht der Schmerz«, sagte Peter. Das Pochen im Kopf wurde lauter, die Luft strömte nicht mehr ungehindert in die Lungen. Einatmen, ausatmen. »Ich bin klaustrophobisch«, sagte er. Die einfache Kurzversion. »Panikattacken, ziemlich schlimm. Wäre schön, wenn ich hier schnell wieder rauskomme.«

»Wir tun, was wir können«, sagte der Arzt. »Nehmen Sie Medikamente? Von einem Arzt verschriebene oder andere?«

Peter schüttelte den Kopf. »Nein. Es sei denn, Sie zählen Bier dazu.«

»Wie viel Bier?«

»Das sollte ein Witz sein«, sagte Peter. »Ich habe kein Alkoholproblem.«

»Das behaupten alle. Haben Sie im Ausland gedient? Irak? Afghanistan?«

Peter schloss wieder die Augen, hielt sich die Schläfen. »Es ist das Bein, Herr Doktor. Ich bin wegen meinem Bein hier.«

Der Arzt stieß Luft aus, was fast wie ein Seufzer klang. Er nickte. »Gut«, sagte er. »Aber Ihre Rippen muss ich mir auch ansehen.«

Er tastete Peters rechte Seite ab, drückte hier und da und hörte seine Lungen ab. »Nach mehr als einfachen Frakturen sieht es nicht aus«, sagte er. »Wir machen zur Vorsicht ein CT. Schließlich wollen Sie keinen Organschaden oder eine angeschnittene Aorta davontragen.« Dann untersuchte er Peters Bein, das oberhalb des Fußgelenks anschwoll. »Ohne Röntgenaufnahme lässt es sich schwer sagen. Aber irgendwas ist gebrochen. Ich tippe mal mutig auf einen Schienbeinkopfbruch oder einen isolierten Wadenbeinbruch. Ich mache gleich einen Termin in der Radiologie für Sie.«

Er setzte sich wieder an den Computer. »Hier steht, dass Sie nicht versichert sind. Ich glaube, wenn Sie an Kampfeinsätzen im Ausland beteiligt waren, übernimmt das Veteranenministerium die Kosten.«

»Ich zahle aus eigener Tasche«, sagte Peter.

Der Arzt sah ihn an.

»Es ist kompliziert«, sagte Peter. »Aber ich bezahle selbst.«

»Ich kann Ihnen nicht im Voraus sagen, wie viel die Behandlung kostet«, sagte der Arzt. »Die Abrechnungen machen wir hier getrennt.«

Peter griff nach seiner Hose, zog das Bündel Scheine aus der Tasche und zeigte es dem Arzt. »Ich kann bezahlen, okay? Schicken Sie mir die blöde Rechnung, und lassen Sie uns hier weitermachen.«

Der Arzt sah Peter fest an. »Hatten Sie wirklich einen Autounfall?«

»Ja.« Peter musste sich zusammenreißen. Manche Leute dachten, alle Veteranen wären verrückt. Tickende Zeitbomben. Allerdings war Peters Verhalten der Sache auch nicht zuträglich. Er holte tief Luft und stieß sie wieder aus. »Ich wollte einer Freundin helfen«, sagte er. »Sie hat es gerade sehr schwer.«

Der Arzt heftete seinen Blick auf ihn und schien dann zu einem Entschluss gekommen zu sein. »Gut«, sagte er. »Wenn Sie wollen, kann ich Ihnen etwas gegen die Panikattacken verschreiben. Ein handelsübliches angstlösendes Medikament.«

»Nein, danke.« Peter hatte es schon mit Medikamenten probiert, sie machten ihn träge, als wäre das Gehirn eine Puddingmasse ohne Geschmack. Um June schützen zu können, musste er reaktionsschnell und geistig fit sein.

»Wie Sie wünschen«, sagte der Arzt. »Einen Moment noch, ich besorge Ihnen einen Rollstuhl.« Er gab Peter eine

Plastiktüte für seine Sachen, zog sein Handy aus der Tasche und trat nach draußen auf den Flur.

Peter stopfte seine Kleider in die Tüte. Einatmen. Ausatmen. Die Lungen mit Luft füllen.

Ein paar Minuten später klopfte es an dem Türrahmen. Ein älterer Herr mit gestutztem Bart und Brille steckte den Kopf durch den Türspalt. »Ihr Taxi in die Radiologie ist da.«

Der Bärtige sah nicht aus wie ein Krankenpfleger. Meistens waren sie jünger, körperlich fit für die schwere Arbeit, Patienten von der Bahre ins Bett und wieder zurück auf die Bahre zu hieven. Dieser hier hätte Peters Vater sein können, und er wirkte eher wie ein Bücherwurm. Er trug auch kein Namensschild wie alle anderen Angestellten des Krankenhauses, mit denen Peter bisher zu tun gehabt hatte.

»Ich bin Don«, stellte er sich vor. Er musste etwas in Peters abschätzigem Blick gesehen haben. »Ich mache das nicht jeden Tag. Wir haben heute zu wenig Personal. Ich helfe nur aus.«

»Super«, sagte Peter. »Dann los.«

Der Aufzug war die nächste Herausforderung. Peter schloss die Augen, konzentrierte sich wieder auf die Atmung und versuchte angestrengt, nicht daran zu denken, dass er im Keller dieses riesigen Gebäudes festsaß. Nach dem vielen Schwitzen war er wie ausgedorrt, er musste unbedingt etwas trinken und die Kleider wechseln. Er wollte June nicht in dieser Verfassung gegenübertreten.

Hatte er tatsächlich mal erwogen, eine Nacht im Gefängnis zu verbringen, um das Rauschen zu bekämpfen?

»Die Schmerzen müssen schlimm sein«, sagte Don hinter ihm.

»Es ist nicht der Schmerz«, sagte Peter. Einatmen, ausatmen. »Ich mag nur keine geschlossenen Räume.«

»Ah. Klaustrophobisch.« Die Aufzugtüren öffneten sich.

»Das ist übel.« Er schob Peter in einen Wartebereich, wo neben einem mit ›Radiologie‹ gekennzeichneten Raum eine junge Frau sie erwartete. Sie war tüchtig und kräftig, und für die Röntgenaufnahme seines Unterschenkels benötigte sie nur wenige Minuten. Der CT-Scan war komplizierter, doch schnell und ohne viel Aufwand hatte sie Peter an den großen weißen Donut angeschlossen. »Die Prozedur dauert ungefähr eine Dreiviertelstunde. Sie müssen unbedingt still liegen, damit die Maschine scharfe Aufnahmen machen kann. Ich bin nebenan im Kontrollraum, aber wenn Sie wollen, können wir uns unterhalten.« Wenn sie Peters kaum verhohlene Panik bemerkt hatte, dann ließ sie sie jedenfalls unkommentiert. Sie trat durch die Türöffnung in den Kontrollraum. Zu dem Krankenpfleger, der kein Krankenpfleger war, sagte sie: »Kommen Sie bitte in den Strahlenschutzraum.«

»Und ob«, sagte Don, wandte sich jedoch erst noch an Peter. »Ich habe gesehen, wie Sie mit Ihrer Atmung arbeiten. Schalten Sie noch einen Gang höher. Schließen Sie die Augen und stellen Sie sich vor, Sie befinden sich an einem schönen, sicheren und angenehmen Ort. An einem Strand, in Ihrem Garten, auf einer Wanderung. Egal. Da, wo Sie sich wohlfühlen.«

»Danke«, sagte Peter, doch der einrastende Türriegel sagte ihm, dass Don bereits mit dem Rollstuhl und Peters Kleidern aus dem Zimmer geschlüpft war. Und mit dem Bündel Scheine. Doch irgendwie ging er davon aus, dass Don sich nicht für das Geld interessierte.

Während die Maschine surrend hochfuhr, schloss er die Augen und rief eine Erinnerung an Copper Ridge in den North Cascades auf. Ein langer offener Felsrücken mit Aussicht auf Berge zu beiden Seiten. Peter hatte hier drei wundervolle Tage verbracht, die Gegend erkundet, unterm Sternenhimmel geschlafen, in einer Steinhöhle. Er freundete sich mit dem weiblichen Ranger im Feuerwachturm an, die irgendwann auch ihr Lager unterm Sternenhimmel mit ihm teilte. Auch diese Nächte waren perfekt.

Er spürte, wie sich seine Brust öffnete, geringfügig. Einatmen, ausatmen. Denk an Shannons Lächeln. Sie war Park Ranger, aber auch Künstlerin. In ihrer Freizeit zeichnete sie Bäume, mit Bleistift und Tusche. Er hatte stundenlang neben ihr gesessen, den Lichtwechsel an den Berghängen beobachtet, während sie die Bäume auf dem Papier zum Leben erweckte. Stille und Natur. Einatmen. Ausatmen. Einatmen. Ausatmen.

Die Stimme der technischen Assistentin über die Gegensprechanlage weckte ihn aus seinen Träumen. »Sie sind fertig, Sir. Sie haben gut stillgehalten. Ich habe großartige Bilder.«

Es war ihm nicht wie eine Dreiviertelstunde vorgekommen.

Don kam herein, half Peter in den Rollstuhl und legte ihm die Tüte mit seinen Sachen in den Schoß.

»Es wird ein Weilchen dauern, bis der Radiologe Sie zu sich ruft«, sagte er. »Gehen wir doch solange raus.«

Im Aufzug, mit geschlossenen Augen, dachte Peter an June, wie sie sich gekonnt in den Wipfeln der Mammutbäume bewegte. Die bewaldeten Berge hinter sich, die Sonne über den Wolken warm und hell. Der Ausdruck in ihrem Gesicht, als sie sich in die Seilrutsche einklinkte.

Shannon war süß und witzig, aber June war eine ganz andere Nummer.

Er spürte, wie der Rollstuhl einen Flur entlanggeschoben wurde, um mehrere Ecken herum, hinter seinen Augenlidern unnatürliches Neonlicht, dann hörte er das Geräusch einer automatischen Tür, und die kühle Nachtluft wehte ihn an, der Geruch von regennassem Asphalt.

Er schlug die Augen auf. Don hatte ihn durch einen Seiteneingang unter das Vordach geschoben. Der feuchte Frühjahrswind blies durch die schweißgetränkten Kleider auf die Haut und ließ Peter schauern. Ein wunderbares Gefühl.

»Danke«, sagte er.

»Keine Ursache«, sagte Don, der noch immer hinter ihm stand. »Ich bin selbst Veteran. Mit Kampferfahrung, kein Bürohengst. First Cavalry, am Schwanzende von Vietnam.«

Erste Kavallerie, das war die vorderste Front. »Sie helfen hier nicht nur aus«, sagte Peter. Es war eine Feststellung, keine Frage.

»Hat es funktioniert?«, fragte Don. »Sich Ihren Lieblingsort vorzustellen?«

»Ja«, gab Peter zu. »Besser als ich dachte. Sie müssen Psychologe sein.«

»Klinische Psychologie«, sagte Don. »Jedenfalls im Hauptberuf. Heute schiebe ich Ihren Rollstuhl, weil Ihr behandelnder Arzt wegen Ihrer Panikattacken besorgt war.«

»Ich arbeite dran«, sagte Peter.

»Und es läuft so richtig super.« Eine warme, gleichmäßige Stimme, aber die Botschaft war klar.

»Nicht unbedingt«, gestand Peter. »Gehört Sarkasmus zu Ihrer Therapie?«

»Ich will nur Ihre Aufmerksamkeit«, sagte Don. »Was unternehmen Sie, um Ihre Symptome zu lindern? Trinken Sie Alkohol? Nehmen Sie Drogen?«

»Meistens halte ich mich einfach im Freien auf.«

»Wie muss ich mir das vorstellen?« Er fragte sanft, neugierig, ohne Wertung. »Haben Sie einen Job, bei dem Sie viel draußen sind? Landschaftsplaner, oder so? Wo schlafen Sie? Auf der Veranda?«

»Ich war lange in den Bergen, eine ausgedehnte Rucksacktour. Ich habe etwas Geld gespart, deswegen brauche ich im Moment nicht zu arbeiten. Ich gönne mir etwas Zeit zum Erholen. Damit sich alles wieder einrenkt.«

»Auch eine Möglichkeit«, sagte Don. »Hört sich gut an. Sich auf das Nötigste im Leben beschränken. Wie lange machen Sie das schon?«

»Seit fast zwei Jahren.«

»Das ist sehr lang.« Rhetorische Pause. »Halten Sie das für eine erfolgreiche Strategie?«

»Wie man's nimmt«, sagte Peter. »Gestern habe ich kurz daran gedacht, einen Schnapsladen zu überfallen und mich einbuchten zu lassen. Als Extremtherapie.«

»Ein ausgesprochen dummer Gedanke«, sagte Don freundlich. »Sie müssen ziemlich verzweifelt sein.«

»Nun beschönigen Sie es nicht auch noch«, sagte Peter und rang sich ein Lachen ab. »Sagen Sie mir ehrlich, was Sie meinen.«

»Sie wollen meine professionelle Meinung hören?«, fragte Don. »Ihre Kriegserfahrungen haben Sie verändert, so wie sie jeden verändern. Körper und Verstand haben gelernt, Sie in einer gefahrvollen Umgebung am Leben zu erhalten. Was Sie gerade durchmachen, ist eine normale Reaktion darauf. Entscheidend ist, wie Sie damit umgehen, um so zu leben, wie Sie leben möchten. Um darin voranzukommen, gibt es hilfreiche Mittel.«

»Ich kann mir nicht gerade vorstellen, mich auf eine Couch zu legen und über meine Gefühle zu sprechen.«

»Das muss gar nicht sein«, sagte Don, er sprach ruhig und leise. »Manchmal reicht es schon, Leute zu treffen, die das Gleiche durchgemacht haben. Rumhängen, quatschen, sich kennenlernen. Finden Sie Ihren Weg in Ihre neue Wirklichkeit. Selbsthilfegruppe ist das Stichwort. Es gibt jede Menge davon für Veteranen. Sie helfen den Menschen.«

»Und die Klaustrophobie?«

»Halten Sie sich in Räumen auf, wohl dosiert. Es gibt Techniken, die helfen. Manche Veteranen meditieren, andere machen Yoga oder Tai-Chi. Den Geist durch Konzentration dazu bringen, den Körper zu kontrollieren.«

»In Räumen aufhalten, das sagt sich so einfach.« Peter sah hinaus in die regnerische Nacht. »Selbst wenn ich anfange zu hyperventilieren und zu schwitzen?«

»Hat es Sie heute umgebracht? Nein. Sie sind also schon einen Schritt weiter. Sie haben im Gefecht gestanden. Ich bin sicher, dass Sie Schlimmeres erlebt haben. Ihre Aufgabe ist es, einen Weg zurück in die Welt zu finden. Für die Menschen zu sorgen, die Sie lieben. Eine Arbeit zu finden, die Sie erfüllt.«

Peter fragte sich, ob das Versprechen, June vor ihren Verfolgern zu beschützen, als Suche nach einer erfüllenden Arbeit gelten konnte. Seine ganze Konzentration verlangte es auf jeden Fall.

Dons Pager piepte. »Das ist wahrscheinlich Dr Baird.« Er zog das Gerät aus der Tasche und las die Nachricht. »Ja. Er kann Sie jetzt empfangen. Wollen Sie nicht Ihre Hose anziehen, bevor wir losfahren?«

»Man merkt, dass Sie nicht bei den Marines waren«, sagte Peter. Er stand auf und kippte die Tüte mit seinen Sachen auf der Sitzfläche des Rollstuhls aus. Er spürte den feuchtkalten Wind an seinen nackten Beinen. »Wir sind harte Kerle, wir brauchen nicht mal Hosen.«

»Ich nehme alles zurück«, sagte Don. »Sie brauchen dringend eine Therapie. Auf Jahre.«

Dr Baird wartete in dem offenen Untersuchungsbereich auf sie. Die Augenringe waren noch dunkler, und die abstehenden Haare hatten sich gelegt. Die Wirkung des Red Bull hatte offenbar nachgelassen.

»Sie haben großes Glück gehabt mit Ihrem Bein«, begrüßte er ihn. »Eine isolierte Fibulafraktur. Nur ein haarfeiner Riss, wahrscheinlich, weil Sie so starke Knochen haben.« Er hielt eine Gehschiene aus Plastik hoch. »Die tragen Sie sechs Wochen, um das Schienbein ruhigzustellen. Eis gegen die Schwellung, Ibuprofen gegen die Schmerzen. Danach Physiotherapie, denn Ihr Gelenk war anderthalb Monate bewegungsunfähig. Alles klar?«

Peter nickte. Er würde den Rat befolgen, bis zu einem gewissen Punkt.

»Jetzt zu Ihren Rippen. Die drei unteren Rippenknochen auf der rechten Seite sind gebrochen. Schlimmer als das Bein, aber viel kann man da nicht machen. Früher hat man die Patienten wie eine Mumie eingewickelt, aber das behindert die Atmung und kann zu Lungenentzündungen führen. Heute sagen wir unseren Patienten, sie sollen Bewegungen vermeiden, die Schmerzen in diesem Bereich verursachen. Soweit das eben geht. Wenn tiefes Ein- und Ausatmen ohne den Wickel wehtut, kann ich Ihnen ein Langzeit-Narkotikum verschreiben.«

»Nicht nötig«, sagte Peter. Er machte seit einigen Stunden Atemübungen zur Entspannung. Der Schmerz war nicht gravierend, er half ihm, sich zu konzentrieren.

Der Arzt sah ihn an. Selbst mit den elektrisch aufgeladenen Haaren – den intensiven Blick hatte er drauf. Nachtschichten in der Notaufnahme verlangten eine gewisse Unerschrockenheit.

»Markieren Sie nicht immer den starken Mann. Ihre Verletzungen sind gravierend.«

Es war nicht der erste Vortrag, den sich Peter heute anhören musste. »Keine Sorge«, sagte er. »Ich passe schon auf. Wenn die Atmung schwerfällt, gehe ich zum Arzt.«

»Gut. Dann wollen wir mal hören, was Don uns zu sagen hat.«

Don sah Peter an. »Solange Sie nicht anfangen, über Ihre Kriegserlebnisse zu sprechen, werden die Panikattacken nicht abnehmen. Suchen Sie sich eine Selbsthilfegruppe, und bauen Sie sich ein neues Leben auf. Ein Zuhause. Arbeit. Beziehungen. Sie wissen, was ich meine.«

Peter nickte.

»Das ist leichter gesagt als getan, ich weiß. Deswegen brauchen Sie Hilfe. Eine allmähliche Desensibilisierung gegen Ihre Angst vor Innenräumen. Sehen Sie es als Ihre nächste Mission.« Er gab Peter seine Visitenkarte. »Auf der Rückseite steht meine Handynummer. Wenn Sie mal mit jemandem reden wollen oder eine Auskunft brauchen, rufen Sie mich an. Jederzeit.«

Der Arzt streifte die Gehschiene über Peters linkes Schienbein, justierte sie hier und da und zog die Klettverschlüsse stramm, bevor Don ihn mit dem Rollstuhl zurück in den Empfangsraum schob. June ging dort unruhig auf und ab, blass im Gesicht, und Peter sah sofort, dass etwas sie beschäftigte. Der Anblick der Gehschiene gefiel ihr überhaupt nicht.

»Ist es schlimm?«

»Nicht sehr«, sagte Peter. »Eine haarfeine Fraktur. Ich erkläre es dir später. Wir müssen noch bezahlen.« Er wandte sich an Don. »Wie machen wir das am Besten?«

»Gar nicht«, sagte er. »Jedenfalls nicht gleich. Es dauert eine Woche oder noch länger, um zu berechnen, wie viel Sie uns schulden. Zahlen Sie einfach, wenn Sie die Rechnung bekommen.« Er sah zu June, musterte ihren verbundenen Arm und die genähte Lippe. »Gehören Sie beide zusammen?«

»Ja«, sagte sie, ehe Peter etwas erwidern konnte. Er wusste nicht, was er davon halten sollte, aber Fragen wollte er jetzt lieber keine stellen.

Dons Augenbrauen hoben sich, anscheinend war Peter in seiner Achtung deutlich gestiegen. »Lassen Sie es langsam angehen«, riet er den beiden. »Vermeiden Sie größere Aufregungen.«

Interessante Idee. Peter stand vom Rollstuhl auf und testete die Belastbarkeit der Gehschiene. Sie konnte was aushalten. Der Stiefel war einigermaßen leicht und reichte bis zur Kniekehle. Er gab Don die Hand, und sie verabschiedeten sich. »Danke.«

»War mir eine Freude«, sagte der Ältere. »Sie haben meine Telefonnummer. Für alle Fälle. Lassen Sie von sich hören.«

Peter humpelte durch die Tür, June an seiner Seite, und beide waren so froh, das Krankenhaus verlassen zu können, dass sie die kleinen über der Krankenwagenzufahrt montierten Überwachungskameras gar nicht bemerkten, auch die anderen auf dem Parkplatz nicht, die sie auf ihrem Weg zum Minivan verfolgten.

Als sie losfuhren, war ihr Nummernschild deutlich zu erkennen.

19

Shepard

Shepard war fünfzig Kilometer vor Eureka, der Himmel bedrohlich grau, da klingelte das Handy.

Er hatte den Chatroom auf dem Sicherheitsserver gecheckt, über den der Verkäufer gerne kommunizierte, und verfügte jetzt über etwas mehr Hintergrundwissen. Doch die Informationen waren unvollständig. Das war typisch. Der Verkäufer wollte nie ganz preisgeben, was er vorhatte.

Shepard drückte die Bluetooth-Taste. »Ja?«

»Bert hat sich zurückgemeldet. Er hat Smittys Team ausfindig gemacht. In den Bergen.« Über die billigen Lautsprecher des Mietwagens hörte sich der Anrufer wie der Sprecher einer Radiowerbung an. »Totalverlust.«

Vier trainierte Männer, dachte Shepard. Erfahrene Männer. Nicht auf seinem Niveau, aber das waren nur wenige. Es reichte, um seine Aufmerksamkeit zu wecken.

»Wie?«

»Anscheinend sind sie während einer Verfolgung von der Straße abgekommen. Das Auto hat sich überschlagen. Es ist bis auf das Fahrwerk abgebrannt.«

Fahrzeuge gerieten nicht einfach so in Brand, dachte Shepard. Nur wenn nachgeholfen wird.

»Erzähl.«

»Auf der Straße in der Nähe stand ein Langholztransporter. Im Kies waren einige Schleuderspuren zu erkennen. Bert sagt, es ist eine schmale Straße, nicht breit genug für zwei Fahrzeuge. Der LKW hat sie wahrscheinlich runtergedrängt. Als Smitty sich zuletzt gemeldet hat, haben sie gerade das Auto des Mädchens verfolgt. Wenn man sich die Reifenspuren und die Trümmer so ansieht, müsste sie auch von der Straße gedrängt worden sein. Aber sie ist davongekommen, zusammen mit ihrem Helfer.«

»Sie hatte Hilfe?«

»In Smittys Bericht war von einem Mann die Rede. Mehr weiß ich auch nicht.«

»Wie sind sie gestorben?«

»Zwei beim Überschlag. Einer wurde aus dem Auto geschleudert, der andere von der Karosserie erdrückt. Der Dritte ist erschossen worden, mehrere Einschüsse, vermutlich nach dem Unfall, er war noch in der Fahrerkabine.« Der Verkäufer hielt kurz inne, dann sagte er: »Der Vierte wurde durch einen Pfeil in die Brust getötet.«

Shepard spürte, wie sich seine Stirn in Falten legte. Das konnte noch interessant werden. »Und der LKW-Fahrer?«

»Tot. Mehrere Schussverletzungen.«

Tabula rasa. Gute Technik. »Wie hat das Fahrzeug Feuer gefangen?«

»Sieht so aus, als hätte jemand den Tank mit einem Dosenöffner bearbeitet. Wahrscheinlich hat er Benzin als Brandbeschleuniger benutzt, sagt Bert. Er konnte den Rauch aus zehn Kilometer Entfernung sehen. Es hat höllisch gestunken.«

Shepard nickte. Er kannte den Geruch, die Mischung aus verschmortem Plastik und verbranntem menschlichem Fleisch. Ein Gestank, den man nicht vergisst.

Shepard hatte die Jahre in der Wüste genossen. Shepard als Agent, der Verkäufer als Controller, täglich neue Herausforderungen. In der Wüste hatte er sein Können verfeinert, hatte verinnerlicht, dass er nur seinen eigenen Regeln zu folgen brauchte. Grenzen setzte ihm allein der Verstand.

In seiner jetzigen Situation lagen die Dinge komplizierter. Mehrere Kunden, sich überschneidende Prioritäten.

Vorsicht war geboten, denn die Umstände waren zugleich beschränkter und offener als zuvor. Doch er wandte weiterhin seine Fähigkeiten an, um sich ein angemessenes Auskommen zu sichern und Geld zu sparen.

Und ab jetzt war Shepard Agent in eigener Sache, was auch immer die anderen dachten.

Vielleicht folgten jetzt die besten Jahre, auch wenn er auf die vierzig zuging. Galt es nicht als menschliches Ideal, das Beste aus seinem jeweils gegenwärtigen Leben herauszuholen? Das jedenfalls hatte Oprah immer zu ihm gesagt, in den vielen Hotelzimmern, wenn er auf den nächsten Job wartete. Er hatte die Shows von Oprah und Ellen, Dr Phil, Jerry Springer, und wie sie alle hießen, gesehen, doch es war Oprah, die wusste, wovon sie redete. Bei Jerry Springer war er sich nicht so sicher.

Dennoch, er konnte nicht immer so weiterleben. Es war nur eine Frage der Zeit. Die Anzeichen mehrten sich.

Vielleicht würde ihm sein nächstes Leben als Tomatenzüchter noch besser gefallen. Er dachte daran, auch historische Sorten anzupflanzen. Aber noch was es nicht so weit.

»Ihr letzter Standort?«

»Deswegen rufe ich unter anderem auch an. Wir haben ein kurzes Ping-Signal vom Laptop des Mädchens in einem Krankenhaus im südlichen Oregon abgefangen. Berts Team ist schon unterwegs.«

»Bertram und seine Männer sind viel zu grob. Hier kommt es auf Feingefühl an. Sag ihnen, sie sollen sich ein Hotel suchen und abwarten.«

»Es steht viel auf dem Spiel. Es sieht immer mehr nach dem ganz großen Coup aus, auf den wir seit Jahren warten. Der Lohn wird, nun ja, beträchtlich sein.«

Der Verkäufer brauchte immer eine Motivation von außen, dachte Shepard. Früher war es die Anerkennung seitens der Vorgesetzten gewesen, die in einer diffusen Vorstellung von nationaler Sicherheit gründete. Heute war es der Wunsch nach hohem finanziellem Gewinn.

Shepard hatte immer genommen, was sich gerade anbot. Geld besaß er bereits genug, andererseits bedeutete mehr Geld auch mehr Wahlmöglichkeit in seinem nächsten Leben. Er hantierte gerne mit Geld, er mochte die Klarheit der Finanzmärkte. Die Reinheit der Zahlen hatte etwas Anziehendes, was einen die Komplexität der menschlichen Welt vergessen machte. Aber am Ende war es doch nur ein Spiel, so wie die Arbeit mit dem Verkäufer. Sobald er eine bestimmte Schwelle überschritten hatte, war Geld nebensächlich.

Für ihn war die Herausforderung der Arbeit immer schon Lohn genug gewesen.

Und dieser Job entpuppte sich allmählich als die größte Herausforderung seit seinem Einsatz in der Wüste. Er meinte nicht das Mädchen, aber ihren Helfer. Ihren Beschützer.

Pfeil und Bogen, ausgerechnet.

»Alles klar«, sagte er zu dem Verkäufer. »Ich bin unterwegs.«

Seine Tomaten mussten warten.

20

Peter

Es war nach Mitternacht, und nur die Autoscheinwerfer erhellten die Straße vor ihnen. Sie fuhren auf dem Highway Richtung Seattle, mieden die Interstate.

June hatte den Tempomat etwas oberhalb der erlaubten Höchstgeschwindigkeit eingestellt. Es war Peters Idee gewesen, damit sie nicht schneller als 130 fuhren. Er hatte den Fuß auf dem Armaturenbrett abgelegt, ohne die Gehschiene, stattdessen mit einem dicken Eisbeutel auf der Schwellung. Sie wechselten sich ab mit dem Eisbeutel, mal sein Bein, mal ihre Lippe. Beide hatten ein Schmerzmittel genommen. Peter hätte sich gern noch ein Bier gegönnt.

»Nochmal von vorn«, sagte er. »Deine Mutter hat gesagt, der Algorithmus Tig3r würde Kontakt mit dir aufnehmen.«

»Ja. Verstehe ich auch nicht. Schickt er mir eine E-Mail? Will er mein Facebook-Freund werden?« Sie nahm die Hände vom Steuer und fuchtelte damit in der Luft herum. »Keine Ahnung, verdammt.«

Es gefiel ihm, dass sie so viel fluchte. Es erinnerte ihn an die Zimmerleute von seinem Job während der Highschool-Zeit. Subjekt, Prädikat, Obszönität. »Schieb mal die verkackte Kreissäge rüber.« Zimmerleute und Schreiner waren schlimmer als die U. S. Marines.

»Wie clever ist so ein Ding?«

»Ein Algorithmus ist kein Ding. Ein Algorithmus ist ein Code, der eine Aufgabe ausführt. Laut meiner Mutter muss man sich den wie eine beschränkte Kakerlake vorstellen, also für eine Software schon ziemlich schlau. Und er ist lernfähig. Er kann seine Funktion verbessern. Ich bin keine Programmiererin, mehr kann ich dir also auch nicht sagen. Ich kenne jemanden in Seattle, der uns weiterhelfen könnte. Vorausgesetzt, der Algorithmus schreibt mir seinen Brief. Wenn du das Steuer wieder übernimmst, fange ich an, die Namen zu recherchieren. Den Anwalt Nicolet und dann die Männer. Du weißt schon, die aus den Bergen.«

Die toten Männer, dachte Peter. Sie hätten mich erschossen, wenn sie gekonnt hätten. Versucht haben sie es. Hatte ich eine Wahl?

»Ich kann übernehmen, wenn du willst«, sagte er.

June fuhr an den Rand, wo der Asphalt in Schotter überging. Peter schnallte die Gehschiene um, stieg aus, dehnte die steifen Muskeln in der feuchtkalten Brise und schaute in den dunklen Wald, als hinter ihnen Scheinwerfer aufflackerten.

»Wirklich alles okay?«, fragte sie, ohne ihn dabei anzusehen. »Ziemlich verrückter Tag heute, was?«

»Ach, ich weiß nicht«, sagte Peter und lachte in der Dunkelheit. Angeblich sollte doch er auf sie aufpassen, und jetzt passte sie auf ihn auf. »Heute kam mir eigentlich ganz normal vor. Es gab ja nur das eine Ereignis, das da heraussticht.«

»Nur eins? Quatschkopf! Da bin ich aber gespannt, was das sein soll.« Sie zählte an den Fingern auf. »Du bist auf einen hundert Meter hohen Redwood geklettert. Zweimal wurde auf dich geschossen. Du hast mein Auto geschrottet. Mir mindestens zweimal das Leben gerettet. Dir dein Bein und ein paar Rippen gebrochen.« Sie machte eine Pause, und Peter fragte sich, wie weit sie gehen würde. Sie holte neuen Anlauf und fuhr fort. »Du hast mindestens einen Menschen getötet, vielleicht mehr, je nachdem, wie man es sieht. Du warst im Krankenhaus eingeschlossen, was deinen posttraumatischen Stress ausgelöst hat. Und jetzt bist du mitten in der Nacht auf der Flucht vor meinen Verfolgern.«

»Stimmt alles«, sagte Peter. »Ist aber alles nichts Außergewöhnliches.« In der Dunkelheit ließ sich so etwas leichter aussprechen. Dennoch spürte er fast körperlich den Druck ihrer Erwartung.

»Ach ja?«, sagte sie. »Was war es denn?«

»Wir sollten weiterfahren«, sagte er und ging vorne um die Kühlerhaube des Minivans zur Fahrerseite. Die Scheinwerfer schränkten seine Nachtsicht ein, er konnte kaum Junes Umrisse erkennen, ihr Gesicht schon gar nicht.

»Und?«, sagte sie. »Was war denn nun so außergewöhnlich an dem heutigen Tag?«

Er lachte sie an, als er die Tür öffnete und die Innenbeleuchtung ihr Gesicht erhellte.

»Ganz einfach«, sagte er. »Ich habe dich kennengelernt.«

Er stieg ein und nahm sich Zeit, den Fahrersitz richtig einzustellen.

Als er fertig war, stieg sie ebenfalls ein, schaltete den kleinen Tabletcomputer ein und steckte Minuten später tief im Netz, als hätte die Unterhaltung nie stattgefunden.

Peter startete den Motor und rollte auf die Straße.

»Also«, sagte June. »Ich habe unseren Anwalt gefunden, Jean-Pierre Nicolet. Er wohnt in Seattle, und er ist Partner bei Sydney Bucknell Sparks. Auf der Firmenwebsite sind seine Fachgebiete aufgelistet: Immaterialgüterrecht und F&Ü. Was bedeutet F&Ü?«

»Fusionen und Übernahmen«, sagte Peter. »Noch Unterspezialisierungen?«

»Eine lange Liste. Sensible Verhandlungen, Umstrukturierung von Unternehmen, bla, bla, bla. Diverse Ehrungen und Auszeichnungen. Viele Einträge im Netz, aber nichts Interessantes. Sitzt im Vorstand einiger gemeinnütziger

Organisationen, irgendein obskures technisches Gründerzentrum, Kunstvereine, etc. pp.«

»Und die Anwaltskanzlei?«

»Sydney Bucknell Sparks. Gegründet 1937. Über zweihundert Anwälte, mit Niederlassungen in Seattle, San José und New York.«

»Also kein Rüpel, der seine Praxis von seinem Wohnzimmer aus betreibt. Ein echter Anwalt.«

»Ja, ja«, sagte sie. »Er ist nur das Sprachrohr. Er hat es sich nicht allein ausgedacht.«

»Seine Mandantenkartei würde ich mir gerne mal ansehen.«

»Mal gucken, was es über die Männer aus den Redwoods so alles gibt.«

Sie nahm die Portemonnaies aus dem schwarzen Zugbeutel – der Kapuze, der Kapuze des Entführers –, schüttete den Inhalt auf die Mittelkonsole und kramte in den Sachen. Dann widmete sie sich wieder ihrem kleinen Computer.

Schließlich knipste sie die Leselampe an und hielt die Führerscheine der Männer unters Licht. »Jason Ross«, sagte sie und tippte dabei auf eins der Dokumente. »Das war der mit dem Taser. Der mich auf die Rückbank gestoßen hat.«

»Wer saß am Steuer?«

»Ich glaube, das war der hier«, sagte sie. »Martin Alvarez. Aber so genau habe ich ihn nicht gesehen.« Sie hielt den dritten Führerschein hoch. »Und den hier, Dexter Smith, erkenne ich auch nicht wieder.«

Peter dachte an den Moment, als er am Seilende gehangen und die Unterhaltung der vier Männer mitgehört hatte. Er hatte nur drei Portemonnaies an sich genommen. Der vierte Mann war von dem umgestürzten Fahrzeug zerquetscht worden.

»Ich bin überzeugt, dass das ihre Klarnamen sind. Zum

Glück, denn bei Decknamen wüsste ich nicht, wo ich ansetzen sollte.«

»Warum glaubst du, dass sie echt sind?«

»Ich habe ihre Facebook- und LinkedIn-Profile geknackt und die Chroniken gecheckt. Die Bilder passen zu den Ausweisfotos. Profile in sozialen Medien lassen sich leicht faken, aber man wird auch leichter erwischt, wenn man plötzlich auf Fotos von anderen getaggt wird. Für eine gut gefakte Identität setzen die Leute gern auf offizielle Dokumente, Geburtsurkunden, Kreditkarten und so, weil die meisten den Staat täuschen wollen.«

»Du bist in ihre Accounts bei den sozialen Medien eingedrungen? Wieso kennst du dich mit so was aus?«

Sie sah ihn entgeistert an. »Ich bin investigative Journalistin. Technik ist mein Revier. Hältst du mich für völlig unfähig?«

»Haben solche Leute nicht die höchsten Sicherheitshürden?«

»Klar.« June lachte. »Aber bei Facebook gibt es eine Hintertür. Die ist sogar ganz legal. Obwohl Facebook ziemlich sauer ist, wenn sie dich erwischen.«

»Und? Schon mal erwischt worden?«

»Wo denkst du hin?« Sie lachte noch breiter. »Die meisten Facebook-Nutzer sind sowieso nicht technikversiert. Sie posten den größten Scheiß, als würde es kein Mensch lesen. Wenn du wüsstest, wie oft die Polizei schon Leuten auf die Schliche gekommen ist, weil sie online irgendwas Blödes gemacht haben. Die Accounts der vier Männer wurden vor vielen Jahren eröffnet, und ihre Posts erstrecken sich über einen langen Zeitraum, deswegen sind sie wahrscheinlich nicht gefälscht oder von Bots erstellt.«

»Von Bots erstellt? Was meinst du damit? Haben Roboter auch Facebook-Seiten?«

»Natürlich. Facebook hat schon vor Jahren öffentlich zugegeben, dass schätzungsweise fünf bis zehn Prozent der Profile gefälscht sind, davon einige von automatisierten Softwaresystemen. Selbst wenn sie die Zahl nicht ein bisschen beschönigt haben, reden wir hier immer noch von fünfzig bis hundert Millionen Fake-Accounts. Kannst du dir vorstellen, wie viel Produktmarketing über Facebook läuft?«

Peter schüttelte den Kopf. Die digitale Welt war nicht seine Sache.

»Was die Posts unserer Männer angeht: Die drei waren früher wohl alle bei der Army, wenn auch in verschiedenen Einheiten. Und die beiden Jüngeren haben sich bis vor wenigen Jahren auf Facebook rumgetrieben. Dann folgt eine lange Unterbrechung, bis zum letzten Update ihres Profils. Da haben sie angegeben, dass sie jetzt bei SafeSecure angestellt sind, einem Sicherheitsunternehmen in Seattle. Das ist auch der Name auf den Fahrzeugpapieren des SUV.«

»Aha!«, sagte Peter. »Alles klar, oder?«

»Nicht unbedingt«, sagte June und tippte weiter auf dem Tablet herum. »SafeSecure hat offenbar keine Website. Das ist ungewöhnlich für ein Unternehmen. Der Fahrzeugschein gibt als Hausadresse Seattle an, irgendwo im Rainier Valley, wahrscheinlich nur ein Briefkasten. Laut Bundesstaat Washington gibt es SafeSecure tatsächlich, aber nur als Tochterunternehmen von Western Holdings, mit Sitz in Belize.«

»Belize?«

»Ein kleines Land in Mittelamerika. Südlich von Mexiko, östlich von Guatemala. Hieß früher Britisch-Honduras.«

»Ich weiß, wo Belize liegt«, sagte Peter. »Aber warum sitzen sie da?«

»Belize ist ein Steuerparadies.« June klebte wieder mit der Nase an ihrem Tablet. Überall Monitore und Displays, Peter hasste sie. Sie waren für alles Mögliche praktisch, außer für menschliche Interaktion. »So wie die Cayman Islands, die Bermudas, die British Virgin Islands und viele andere Orte. Da kannst du deine Einkünfte parken, ohne die wahre Identität deines Unternehmens preiszugeben.«

»Und wie können wir jetzt mehr über Western Holdings erfahren?«

»Nicht mein Gebiet«, sagte sie. »Ich tippe zwar mal, gar nicht, aber ich setz mich jetzt dran. Gib mir eine Sekunde. Dieses Tablet ist wirklich verdammt langsam.«

Sie tippte und las die geöffneten Seiten und hielt sich wieder den Eisbeutel an die Lippe. Vor der Windschutzscheibe entfaltete sich die Nacht.

»Okay«, sagte sie schließlich. »Anscheinend stehen Firmen in Belize unter ganz besonderer Protektion. Es ist nicht nötig, irgendwas offenzulegen, nicht mal die Namen der Mitarbeiter oder Anteilseigner. Man braucht lediglich einen registrierten Agenten. Das kannst du selbst sein oder ein Vertreter eines speziellen Unternehmens, das solche Dienste zur Verfügung stellt. Informationen über die Gesellschafter werden nicht verlangt. Das könntest wieder du selbst sein, eine andere Firma oder ein Firmenverbund. Das wäre dann noch mal ein Level höher, was den Identitätsschutz angeht.«

»Jedenfalls haben wir einen Ort, wo wir ansetzen können, oder?«

»Ja, schon«, sagte sie. »Aber wenn sie wirklich trickreich sein wollen, dann haben sie Vertretungen in mehreren Ländern. Ein weltweites Netz von registrierten Agenten, von Belize bis zu den Caymans, von Singapur bis Luxemburg. So erschöpft man die Ressourcen all derer, die versuchen, ihnen auf die Spur zu kommen, denn jeder weitere Schritt kostet mehr Zeit und Geld. Mit anderen Worten, wenn wir keine schwerwiegenden Anschuldigungen gegen das Unternehmen vorbringen können und keine staatlichen Behörden mit einbeziehen, ist das eine Sackgasse.«

»Was ist mit dem Algorithmus? Verschafft uns der Generalschlüssel Zugang?«

»Scheiße, woher soll ich das wissen?«, sagte June. »Ich weiß ja nicht mal, wo ich nach ihm suchen soll, schon gar nicht, wie man ihn benutzt. Auf den sollten wir uns lieber nicht verlassen.«

Peter seufzte. »Also zurück zu den realen Orten, SafeSecure in Rainier Valley. Was ist mit den Adressen auf den Führerscheinen. Sind die echt?«

»Warte, ich gucke mal nach.« Noch mehr Getippe. »Google Maps behauptet, ja. Da können wir also anfangen.«

»Das ist doch was«, sagte Peter. »Kannst du noch mehr herausfinden?«

»Nicht mit diesem Gerät. Zuhause habe ich bessere Mittel.« Sie schob das Tablet beiseite und nahm das Handy. »Ich will nur schnell meine E-Mail-Konten einstellen.«

»Natürlich«, sagte Peter. »Wenn du nicht alle zehn Minuten deine Mails checken kannst, platzt dir der Kopf, was?«

»Wir können nicht alle hinterm Mond leben«, sagte sie, vermied es aber, ihn anzusehen, sondern wischte über den kleinen Bildschirm. »Hast du überhaupt eine E-Mail-Adresse?«

»Klar.«

»Wann hast du das letzte Mal in dein Postfach geguckt?«

Er musste überlegen. »Vor vier Wochen.«

Sie prustete. »Wie kannst du so überhaupt Arbeit finden?«

»Ich mache ein Sabbatjahr«, sagte er. »Die virtuelle Welt interessiert mich sowieso nicht.«

Er würde ihr gegenüber nicht zugeben, dass er zurzeit ohne Arbeit war. Oder in einem Truck wohnte. Er brauchte ohnehin nicht mehr zu arbeiten, bis an sein Lebensende, auch wenn er deswegen ein schlechtes Gewissen hatte.

June beachtete ihn gar nicht mehr. Noch ein paar Minuten am Bildschirm, dann legte sie ihr Handy in die Mittelkonsole, knüllte ihre Jacke zu einem Kissen zusammen, lehnte den Kopf ans Fenster und schloss die Augen. »Ich penne mal eine Runde.«

Peter wollte noch etwas antworten, aber hielt sich zurück. June war bereits eingeschlafen, den Mund leicht geöffnet.

Er sah hinaus in die dunkle, nur hier und da schwach erleuchtete Landschaft. Vom Auto aus ließ sich nicht sagen, ob er sich bewegte oder ob er stillstand und nur der Boden unter ihm wegglitt.

Nach wenigen Minuten fing June an zu schnarchen.

Sie hörte sich an wie ein Nashorn mit Nebenhöhlenentzündung.

Aber diese Sommersprossen! Ihre ganze Art!

Mann, ey.

21

Drei Stunden später, das Benzin ging zur Neige, verließ Peter den Highway.

June wurde wach, als das Auto vor den Zapfsäulen anhielt. Sie stieg aus und ging in der surrealen Tankstellenbeleuchtung ruhelos hin und her. Sie redete wie ein Wasserfall, als hätte sie im Schlaf nachgedacht.

»Die Typen sind eindeutig Profis«, sagte sie. »Ex-Army. Und sie arbeiten für jemanden, der nicht erkannt werden will. Irgendeine verdeckte Operation.«

»Ja«, sagte Peter. Er brauchte unbedingt Kaffeenachschub. »Sie könnten aber auch wirklich von einer staatlichen Behörde sein. Inoffizielle Mitarbeiter treten gern mal als private Agenten auf. Es ist die einfachste Methode, sich irgendwelchen Aufsichtsstellen zu entziehen. Und man kann verstehen, warum Uncle Sam so scharf auf den Algorithmus sein könnte.«

»Jeder wäre scharf auf den«, sagte sie. »Ein Tool, mit dem man sich in Sicherheitssysteme einschleichen kann. Der Staat würde es für sich behalten. Private würden damit Wirtschaftsspionage betreiben, Regierungsinformationen stehlen, Industriegeheimnisse, geistiges Eigentum, was weiß ich.«

Peter lehnte gegen den Minivan und rieb sich die Augen. June hatte im Tagesverlauf zwei längere Nickerchen gemacht, Peter war seit dem ersten Tageslicht auf den Beinen und hatte die Nacht davor auf einem Baum verbracht. June ließ sich nicht unterbrechen, angetrieben von ihrer Überzeugung, redete im Gehen und checkte ihre Mails auf dem Handy, alles gleichzeitig. Die Frau war ein Energiebündel.

»Man könnte es als Service verkaufen: Erteilen Sie uns Ihren Auftrag, sagen Sie, was Sie wollen, wir besorgen es Ihnen. Die Chinesen und Russen würden sich die Finger danach lecken. Du willst die Baupläne der Reaper-Drohne? Kein Problem. Kostet nur ein Sümmchen. Und wenn du nicht ganz so anspruchsvoll bist? Okay. Wir brechen in das Computersystem einer Bank ein, überweisen einen Haufen Geld auf ein paar Nummernkonten und schicken es in die ganze Welt hinaus. Am cleversten wäre es, wir überweisen uns über mehrere Monate jeweils hundert Dollar von zwei Millionen Privatkonten. Die meisten Leute würden es nicht mal merken. Sie denken, sie hätten nur den Beleg vom Geldautomaten verloren. Wenn man Firmenkonten knackt, könnte man Milliarden klauen. Und die Firmen würden es nicht melden, weil es ihnen peinlich wäre. In Belize verstecken wir unsere Spuren, in der Schweiz unser Geld.«

»Eine Killer-App«, sagte er und hatte gleich ein schlechtes Gewissen. Wegen ihrer Mutter.

Sie blieb stehen und sah ihm ins Gesicht. Dann berührte sie ihn am Oberarm. »Du siehst ziemlich fertig aus. Ich übernehme mal das Steuer, okay?«

Er nickte. Ihre dicke Lippe hatte sich violett verfärbt, die dunkle Naht hob sich brutal von ihrer blassen Haut ab, aber das Eis hatte die Schwellung offenbar zum Stoppen gebracht. Die Sommersprossen in ihrem Gesicht bildeten eine komplexe Konstellation, hinter deren Bedeutung er noch nicht gekommen war. Ihre Augen blitzten vor Intelligenz und Witz und, vielleicht, noch etwas anderem. Die Wärme ihrer Hand konnte unmöglich durch seine dicke Fleecejacke dringen, aber er spürte sie trotzdem.

»Ich hole uns noch eben Kaffee und ein paar Twizzler«, sagte sie. »Hau du dich aufs Ohr.«

Er räusperte sich. »Ja«, sagte er. »Mach ich.«

Er wachte wieder auf, als sie sich Seattle von Süden her näherten. June summte leise vor sich hin. Die Gehschiene an seinem linken Bein saß stramm. Sie nervte, schon weil sie ihn behinderte. Was war, wenn er rennen musste, um June zu beschützen?

Die Uhr auf dem Armaturenbrett zeigte Viertel vor zwölf. Es herrschte starker Verkehr auf dem Freeway, stoßweise klatschte Regen gegen die Windschutzscheibe. Links breitete sich der Airport aus, dann kam eine futuristisch anmutende Hochbahn. Rechts krochen üppige Vegetation und dichte Baumbestände die nebelverhangenen Berghänge hinauf. Alles war grün, dabei war gerade erst März. Im nördlichen Wisconsin, wo Peter aufgewachsen war, läge noch Schnee, und es würde noch mehr schneien, im April bis in den Mai.

Weit vor dem Stadtzentrum verließ June den Freeway. »Ich möchte noch kurz bei SafeSecure vorbeifahren. Die Adresse ist nur anderthalb Kilometer von hier.«

Rainier Avenue war eine vierspurige Geschäftsstraße, gesäumt von großen Wohnhäusern, Gewerbebauten, die offenbar schon mehrere Umfunktionierungen erlebt hatten, und erstaunlich vielen vietnamesischen Restaurants. Hinter der Adresse von SafeSecure verbarg sich ein älterer einstöckiger Backsteinbau, früher vielleicht mal eine Reparaturwerkstatt für Forstmaschinen oder ein Hersteller für Boeing-Spezialteile, heute eine einigermaßen bezahlbare multifunktionale Gewerbefläche. Die ehemalige Laderampe war zum Haupteingang umgebaut worden, mit einer verblichenen Markise als Regendach und einigen wild wuchernden Pflanzen in großen Tontöpfen. An der Tür kein Schild, nur die Straßenadresse darüber. June lenkte den Minivan auf einen Parkplatz.

»Hast du nicht von einer Briefkastenfirma gesprochen?«, fragte Peter.

June zuckte mit den Schultern und schaltete den Motor aus. »Schauen wir mal.«

Die Glastür am Eingang öffnete sich zu einem langen schmalen Empfangsbereich, hinter der Theke saß eine Frau mittleren Alters.

Umgehend spürte Peter das weiße Rauschen auflodern. Der Raum war wie ein Schießstand, mit einer robusten Doppelflügeltür am anderen Ende und ohne jede Deckungsmöglichkeit. Er musste sich zur Ordnung rufen: Seines Wissens gab es in Seattle keine bewaffneten Aufständischen, und schon gar nicht an dieser Adresse. Also einatmen, ausatmen. Es würde ihn schon nicht umbringen.

Die Frau war großgewachsen, kantig, und in ihre Stirn hatte sich eine Dauersorgenfalte eingegraben. Als bekäme sie nicht viele Besucher, und als wäre ihr das ganz recht. Sie trug Jeans und ein verblichenes Herrenoberhemd. Unter den hochgekrempelten Ärmeln schauten Tattoo-Ornamente hervor.

Sie saß vor einer langen Wand mit weit über hundert Briefschlitzen mit kleinen, unleserlichen Nummern, auch für breite Umschläge geeignet. Peter stellte sich die vielen Körbe hinter den Schlitzen vor. Von der Wand dahinter war ein leises Brummen zu vernehmen. Die Türen am Ende des Flurs führten wahrscheinlich zu dem Betrieb.

»Hi«, grüßte June freundlich. »Ich suche eine Firma mit dem Namen SafeSecure. Einer ihrer Mitarbeiter hat mir diese Adresse genannt.«

Die Dauerfalte grub sich noch tiefer in die Stirn der Empfangsdame. »Da muss ich nachschauen«, sagte sie, rollte mit dem Stuhl zu ihrem Computer und tippte auf ihrer Tastatur. »Ja, die sind Kunden bei uns. Obwohl ich nicht verstehe, warum der Mitarbeiter Sie hierhergeschickt hat. Wir sind nur ein Serviceunternehmen für Postweiterleitung.«

»Wohin schicken Sie denn ihre Post?«

»Gar nicht«, sagte die Frau. »Wir scannen alles ein und stellen es online. Der Kunde loggt sich mit einem Passwort ein.«

»Können Sie mir ihre Rechnungsanschrift geben?«

Die Frau schüttelte den Kopf. »Es ist alles elektronisch, Zahlung erfolgt automatisch per Kreditkarte. Die könnten genauso gut auf dem Mond sitzen.«

Peter fragte nach. »Haben Sie eine Postanschrift für die Kreditkarte?«

»Das kann ich Ihnen nicht sagen.« Der Ton der Frau wurde schärfer, der Blick noch finsterer. »Unsere Kunden bezahlen für ihre Privatsphäre. Bitte gehen Sie jetzt.«

»Der Mitarbeiter hat etwas bei uns zu Hause liegengelassen«, sagte Peter. »Wir wollen es ihm nur zurückgeben. Ist die Postanschrift auf der Kreditkarte die gleiche Anschrift wie hier?« So hätte Peter es eingerichtet. Ein Loop, der nirgendwo hinführte.

Der Blick der Frau fiel erneut auf den Bildschirm. »Ja«, sagte sie. Sie musste irgendwo einen Knopf gedrückt haben, denn die Tür am anderen Ende öffnete sich und ein Mann erschien, groß, düster und hässlich und dreimal breiter als Peter. Er trug ein hautenges Muscle-Shirt, und er blaffte los, als hätte er einen schlechten Tag erwischt.

»Alles okay, Trish?«

»Die Herrschaften wollten gerade gehen.«

Also gingen sie.

Draußen sagte June: »Ziemlich raffiniert, nach der Kreditkarte zu fragen.«

»Ich war einfach neugierig«, sagte Peter. »Vielleicht kann ich die Information ja eines Tages verwerten.«

»Du hast mir noch gar nicht gesagt, wo du eigentlich wohnst.«

Peter sah aus dem Fenster. »Ich komme viel rum.«

»Hast du Familie?«

»Mein Vater und meine Mutter leben in Wisconsin. Ich habe keine Geschwister.«

Peter wusste, dass es ihr nicht um seine Eltern ging. Die Frage gehörte zum Spiel, das sie beide spielten. »Meine Leute haben Straßenkinder aufgenommen«, sagte er. »Schon immer. Seit ich klein war.«

»So eine Art offenes Heim?«

»Nicht offiziell. Es lag wohl eher an der Kleinstadt, da spricht sich so was rum und übt eine magische Anziehungskraft auf verwahrloste Kinder aus. Einige waren wirklich wild, aber die meisten hatten einfach nur beschissene Eltern. Tommy zum Beispiel, acht Jahre alt, seine Mutter hatte ihn mit Zigaretten verbrannt. Er wohnte auf der Farm hinter unserem Grundstück. Deidre war fünfzehn und schwanger, ihr Vater hatte sie aus dem Haus geworfen.« Er schüttelte den Kopf. »Im Januar, nördliches Wisconsin, da sinkt die Temperatur auf minus zwanzig Grad, und von Lake Superior weht ein eisiger Wind.«

»Meine Güte«, sagte sie. »Lebenskunde pur.«

»Allerdings.« Er lächelte bei dem Gedanken an Deidre. »Ziemlich spannend für einen Zwölfjährigen mit einem schwangeren Teenager im Haus. Ich habe mich total in Deidre verguckt.«

Sie sah ihn von der Seite an. »Kein Fetisch, oder?«

»Nein«, sagte er lachend. »Es ging darum, herauszufinden, was sie gemacht hatte, um schwanger zu werden. Die ganze Sache mit dem Sex und so. Aber in erster Linie war sie einfach nur schön. So wie alle Schwangeren schön sind.«

June sah ihn weiter von der Seite an, anders als vorher.

»Meine Mutter hatte immer einen großen Topf Suppe auf dem Herd stehen, selbstgebackenes Brot im Ofen. Wie gesagt, eine Kleinstadt, und es sprach sich herum, nicht nur bei uns, auch in der Umgebung. Mrs Ash gibt dir zu essen, nimmt dich auf. Ihr Cousin saß in der Telefonzentrale der Polizei, und sie stellte sicher, dass alle es wussten. So kam es, dass ein- bis zweimal im Jahr ein Kind vor unserer Haustür stand. Es blieb zum Essen und war zum Frühstück immer noch da. Es wurden keine Fragen gestellt, aber früher oder später fingen sie an zu erzählen. Wenn sie länger als nur ein paar Tage blieben, haben mein Vater und mein Onkel Jerry sie beschäftigt, in der Samstagsgruppe, Jungen und Mädchen. Haben ihnen was Nützliches beigebracht, Zimmerwände hochziehen, Lichtschalter anschließen, solche Sachen.« Er lachte. »Einige blieben lange genug, um zu lernen, wie man Schränke und Regale baut. Wir waren wie eine kleine Berufsschule.«

»Sind denn nie die Eltern gekommen, um ihre Kinder nach Hause zu holen. Dann wurde es doch bestimmt ungemütlich, oder?«

»Ja, wenn es um ihre Kinder geht, rasten die Leute aus«, sagte Peter. »Als wären sie ihr Eigentum. Tommys Mutter kam mit einer Axt, im Mund hing schon die Zigarette. Die Verbrennungen an Tommys Arm waren noch nicht verheilt.«

»Was ist passiert?«

»Nichts. Mein Vater hatte immer ein Gewehr am Hintereingang. Und meine Mutter einen heißen Draht zur Polizei. Tommy blieb noch ein paar Wochen. Aber dann fanden wir seine Oma in Green Bay.«

»Deine Mutter hat die Kinder nicht nur durchgefüttert«, sagte June.

»Nein. Ihnen auch gezeigt, wie man durchs Leben kommt. Es war wie in einem Erziehungslager, man lernte früh, selbständig zu sein, einfache Mahlzeiten zu kochen, Körperhygiene, das Haus sauber zu halten. Mädchen und Jungen, das war eine Grundregel. Jeder lernt alles. Den Älteren half sie bei der Jobsuche, ein Sparkonto zu eröffnen, den Schulabschluss zu machen. Und kreativ zu sein. Meine Mutter unterrichtet immer noch Kunst an der Northern Michigan University, hauptsächlich wegen der Krankenversicherung. Eigentlich ist sie Künstlerin, Öl und Aquarell. Als ich sie das letzte Mal gesprochen habe, hat sie gerade einen Schweißkurs gemacht. Meine Tante spielt zehn verschiedene Instrumente, tritt in Bars auf. Sie hat immer gesagt, wenn ihre Hände größer wären, wäre sie die weibliche Jelly Roll Morton.«

»Du hast es bestimmt nicht leicht gehabt mit all den fremden Kindern zuhause.«

»Ich habe viel gelernt«, sagte Peter. »Es hat mich auf jeden Fall selbständiger gemacht. Ich war ziemlich wild drauf.«

Sie schnaubte. »Kann ich mir vorstellen.«

22

June segelte auf der I-5 durch das Stadtzentrum. Zwischen den Bürohäusern und Wohntürmen schimmerte hier und da militärgrau das Wasser des Puget Sound auf. Sie nahm die Ausfahrt Olive Way, fuhr weiter Richtung Osten, steil bergauf, durch ein dicht besiedeltes Viertel. Wild zusammengewürfelte Gebäude, wüste Bautätigkeit, das Ganze in permanenter Veränderung begriffen. Auf den Straßen Auto an Auto. Parkplätze mussten hier heißbegehrt sein, dachte Peter. Die schmalen, verschlungenen Fahrwege schlugen unerwartet Kurven. Menschen waren zu Fuß unterwegs, mit dem Fahrrad, trotzten dem regnerischen Wetter. Regenkleidung schien hier ein Modeaccessoire zu sein.

»Willkommen in Capitol Hill.« June spielte den Touristenführer, wies ihn auf die Sehenswürdigkeiten hin. »Mein Viertel. Da drüben ist Glo's, tolles Frühstück. The Coastal Kitchen ist in der Fifteenth, die servieren auch ein Wahnsinnsfrühstück. Hi-Spot ist weiter bergab, in Madrona, da können wir morgen hingehen und grüne Eier mit Speck essen. Links das Caffe Ladro, die haben den besten Kaffee der Stadt. Tausendmal besser als Starbucks.« Sie stieß ihn mit dem Ellbogen an. »Du darfst niemals zu Starbucks, es sei denn, es herrscht ein nationaler Notstand.«

Alle genannten Orte hatten etwas mit Essen zu tun. Peter merkte es sich.

»Seattle wurde auf sieben Hügeln erbaut.« Sie winkte mit der Hand hinter sich. »Queen Anne Hill ist nordwestlich von uns, First Hill im Süden, Denny Hill haben sie vor Jahren dem Erdboden gleichgemacht und mit dem Schutt das Wattenmeer aufgefüllt.«

Oben auf Capitol Hill verließ sie die Hauptverkehrsstraße und kurvte virtuos durch das Gewirr der mit parkenden Autos vollgestellten Wohnstraßen, die dadurch oft nur in eine Richtung zu benutzen waren. An Kreuzungen bog sie scheinbar willkürlich mal links, mal rechts ab, was sie in einem rasanten Tempo durch die Straßenlandschaft brachte. Radfahrern räumte sie großzügig Platz ein, entgegenkommende Autos forderte sie dagegen gnadenlos heraus, zwang sie zu Ausweichmanövern, indem sie mit unvermindertem Tempo auf sie zuhielt. Noch gut einen Kilometer bis zu ihrer Wohnung, sagte sie, auf der anderen Seite des Hügels.

»Tu mir einen Gefallen und drück nicht so auf die Tube«, sagte Peter. »Kreis deine Adresse bitte langsam ein. Fang drei Häuserblocks davor an. Ich will jede Straße in deiner näheren Umgebung sehen.«

Sie sah ihn stirnrunzelnd an, bog aber links ab und nahm den Fuß vom Pedal. »Wonach suchen wir denn?«

»Ich weiß es nicht. Alles, was irgendwie ungewöhnlich ist.«

»Wir sind hier in Capitol Hill«, sagte June. »Hier ist alles ungewöhnlich.«

Es stimmte. Noch nie hatte Peter eine dicke bärtige Dragqueen in durchsichtigem Plastikregenmantel, Minidress mit Leopardenmuster und fünfzehn Zentimeter hohen Plateauheels gesehen. Oder einen 1970er Lincoln Continental, hochgetunt zu einem Dragon Car, mit kunstvoll zähnefletschendem Maul, Zackenkamm auf dem Dach und einem vom Heckfenster abstehenden Schwanz. Andererseits: Was war daran befremdlicher als an einer Gruppe Frauen in Burkas, die in Bagdad essen gingen? Oder einem Dorf aus Eisfischerhütten auf einem zugefrorenen See in Wisconsin? Ungewöhnliche Menschen gab es überall. Ungewöhnlich war normal.

»Sagen wir mal so: Wenn mir was auffällt, weiß ich es«,

erklärte Peter, der seine Augen überall hatte. Dragqueens oder kunstvoll gestaltete Autos interessierten ihn nicht. Er hielt Ausschau nach Autos, vorzugsweise neuesten Modellen, die mit laufendem Motor irgendwo parkten, oder nach Männern und Frauen, die zu Fuß unterwegs waren und mehrmals auftauchten, oder nach Firmentransportern, die Platz boten für ein Observierungsteam, an Orten, wo offensichtlich keine Arbeiten ausgeführt wurden.

June näherte sich ihrer Wohnung in langsamen Spiralen. Peter konnte nichts Ungewöhnliches entdecken.

Vielleicht war die Gegend ja sauber.

Oder ihr Verfolger sehr clever.

June wohnte in einer ruhigen Straße, in einer umgebauten Dreiergarage hinter einer großen viktorianischen holzverschalten Villa. Peters Vater hatte solche Häuser wegen ihrer bunten dekorativen Verzierungen immer »Painted Ladies« genannt. Als June jetzt in die Einfahrt bog, zählte Peter sechs verschiedene Farben, nur helle, kräftige Töne, die das Haus in dem sanften Licht zum Leuchten brachten.

Sie hatte ihm schon im Auto von ihrem ungewöhnlichen Arrangement erzählt. Die Miete für ihr kleines Studio bezahlte sie bar, und die Versorgung mit Strom und Wasser lief nicht unter ihrem Namen. Es war deswegen ungewöhnlich, weil Seattle diese sogenannten »Schwiegermutterwohnungen« nun, nach Jahrzehnten der Leugnung und Ahndung, förderte, als eine Möglichkeit, die Wohndichte in den Ballungsräumen zu entlasten und die Stadt auch für junge Leute attraktiver zu machen. Ihr Vermieter Leo Boyle hatte diese Wohnung jedoch bei den städtischen Behörden nicht angemeldet, wofür er June verschiedene Erklärungen gegeben hatte. Einmal hieß es, er befürchte, seine Steuerlast könne sich erhöhen. Ein anderes Mal sagte er, er wolle nicht, dass sein Name in der Datenbank erfasst werde. Es ergab beides keinen Sinn, trotzdem wohnte sie gerne hier.

Peter stand in der Einfahrt, streckte sich, noch ganz steif von der langen Fahrt, während June die Wohnungstür aufschloss.

Sein Handy klingelte, Lewis.

»Hallo, Stiernacken. Bist du gerade allein?«

»Wenn du wissen willst, was ich anhabe, lege ich wieder auf.«

»Immer locker bleiben, Mann. Offen für neue Erfahrungen«, sagte Lewis. »Aber ich rufe aus einem anderen Grund an. Ich sollte doch für dich mal diese Hazel Cassidy durchleuchten, die Frau, die gestorben ist.«

June stand mit fragendem Gesicht im Türrahmen. Peter deckte das Mikrofon mit der Hand zu. »Lewis«, sagte er. »Dauert nur eine Minute.«

Sie ging hinein, ließ die Tür aber offen.

»Was hast du herausgefunden?«, fragte Peter.

»So gut wie gar nichts. Ich habe ein bisschen im Netz gelesen. Einen Nachruf. Sie war hochgeachtet auf ihrem Gebiet, sauklug.« Lewis hatte seinen Spaß, ihn hinzuhalten.

»Du sagst, so gut wie gar nichts. Also doch etwas.«

»Du hast es gerne kompliziert, was?«

Im Krieg war Peter mit seiner Einheit einmal für etwa eine Woche zwischen zwei verfeindete aufständische Gruppen geraten. Wie sich herausstellte, waren die beiden Militärführer Brüder, der eine hatte dem anderen die Frau ausgespannt. Peter wusste nur zu gut, dass die Motive, warum sich Menschen gegenseitig töteten, häufig persönlich waren. Und kompliziert.

»Jetzt spuck es schon aus, Lewis. Was hast du erfahren?«

»Sie hatte eine einstweilige Verfügung gegen ihren Ex-Mann erwirkt. Kontaktverbot. Sechs Jahre lang.«

»Gut, okay. Ein Anhaltspunkt. Was ist ihr Ex-Mann für einer?«

»Keine Ahnung.«

»Keine Ahnung? Das gibt es doch bei dir gar nicht.«

»Der Name auf der Verfügung ist S. Kolodny. Ohne Adresse. Weißt du, wie viele S. Kolodnys da draußen rumlaufen?«

Peter musste lachen. »Mehr als ein paar können es nicht sein.«

»Meine Software hat mir eine Liste von über tausend Leuten allein an der Westküste ausgespuckt. Aber jetzt kommt's, und das wird dir gefallen. In dem Formular gibt es eine Rubrik: körperliche Merkmale. Danach ist der Mann zwei Meter groß und wiegt hundertzwanzig Kilo. Ein echtes Ungeheuer.«

»Wolltest du dir nicht heute ein Flugticket kaufen? Ich hole dich am Flughafen ab.«

»Du weißt doch, ich verletze mich zu leicht. Ich hab's mir anders überlegt. Ich lass den Einsatz sausen. Das Gute ist, der Mann ist Ende fünfzig. Mit dem wirst du auch allein fertig.«

»Vielleicht mit einem Baseballschläger.«

»Ich habe ja eine Schwäche für Schrotflinten«, sagte Lewis. »Egal. Wenn ich mehr über den Kerl herausfinden soll, musst du mir was liefern, um die Suche einzuengen. Ich brauche einen Vornamen, irgendeinen Ortsnamen.«

»Ich versuche es«, sagte Peter. »Ich rufe dich später zurück.«

»Moment noch«, sagte Lewis. »Wegen des Geldes.«

Peter stöhnte. »Das hatten wir doch schon besprochen.«

»Ich habe die Konten überprüft, Stiernacken. Du hast das Geld nicht angerührt. Als wäre es dir peinlich.«

»Na ja«, sagte Peter. »Wir haben es gestohlen.«

»Ja, aber von einem Mann, der es vorher anderen gestohlen hatte. Und sie hätten ihn nie drangekriegt, weil man ihm nicht hätte nachweisen können, dass er seine fucking Finger im Spiel hatte. Und alle anderen waren tot.«

»Lewis.«

»Meinst du, wir hätten es nicht verdient? Für das, was wir getan haben?«

»Du hast es verdient. Dabei war es gar nicht dein Kampf. Für mich dagegen war es eine persönliche Sache.«

»Scheiß drauf«, sagte Lewis. »Ich hab doch auch nicht wegen des Geldes mitgemacht. Ich habe es wegen Dinah gemacht. Aber wie auch immer, wir sind trotzdem ein verdammt hohes Risiko eingegangen. Das Geld war dabei halt ein Nebeneffekt. Sonst wäre es bis ans Ende aller Zeiten auf dem Nummernkonto verschimmelt. Du brauchst dich also für nichts zu entschuldigen.«

»Ich entschuldige mich nicht«, sagte Peter. »Aber ich möchte es auch nicht meinen Eltern erklären müssen.«

Langes Schweigen. Dann sagte Lewis: »Gut, dass wir darüber geredet haben.«

23

June hatte ihre Schuhe auf der Matte gelassen. Peter stand im Türrahmen, im Nacken den kühlen Nieselregen, und warf einen Blick in die Wohnung.

Sie bestand aus einem einzigen großen Raum, nicht gerade ordentlich, dafür umso gemütlicher. Er sah zwei billige, moderne Sofas, einen klapprigen Esstisch, der auch als Schreibtisch diente, und hohe, gut gefüllte Bücherregale, zugleich Raumteiler für den Schlafbereich. Schieferplatten bedeckten den alten Garagenboden, darauf lag ein riesiger Perserteppich. Die Garagentore waren gegen breite Schiebetüren aus Glas ausgetauscht worden, die das wässrige Frühjahrslicht hereinließen.

June fing gleich an, in der Wohnung zu wirbeln, räumte herumliegende Bücher und Zeitschriften weg, sammelte auf Stuhllehnen abgelegte Kleidungsstücke ein und warf Wander- und Trekkingausrüstung in einen Eckschrank. »Ich müsste lügen, wenn ich sagen würde, ich bin sonst nicht so unordentlich.« Sie lächelte. »Das Leben ist zu kurz, um es mit Putzen zu verbringen.«

Unter der drei Meter hohen Decke baumelte an einem Seilzug ein rotes Kajak, und zwei Fahrräder, ein Stadtfahrrad und ein vollgefedertes Mountainbike, hingen an einem Wandhalter aus Eichenholz, der die physikalischen Gesetze ausreizte. Die kombüsenartige Küche war einfach und funktional, eine lange Reihe Schränke aus gebrauchten Douglasienbrettern, gepaart mit einem freistehenden Arbeitstisch und vier verschiedenen alten Hockern. Die Details waren klar und sauber gearbeitet, zweiteilige Sockelleiste, klassische, tischlergefertigte Tür- und Fenstereinrahmungen. Peter hatte in seinem Leben schon so manche hässliche Wohnung gesehen, diese gehörte nicht dazu. Hier hatte jemand Gestaltungswillen gezeigt.

June fing an, ihren Rucksack auf dem langen Tisch auszupacken. »Willst du nicht reinkommen?«

Das weiße Rauschen meldete sich zischend am Gehirnstamm. Dons Ratschlag fiel ihm ein, allmähliche Desensibilisierung. »Doch.« Er trat ein, das Rauschen schäumte auf, und die Schmerzen im Bein erinnerten ihn an seinen heiklen Zustand. »Hast du Eis im Haus?«

»Theoretisch ja.« Sie deutete zur Küche. »Plastiktüten sind rechts neben dem Kühlschrank, zweite Schublade. Nimm dir, was du brauchst. Mi casa, su casa, Baby.«

Er humpelte zur Küchenzeile. Die Gehschiene half, und das Rauschen war auszuhalten. Vielleicht hatte Don ja recht. Beiß die Zähne zusammen, Marine.

Von der Einrichtung abgesehen, herrschte in der Küche Ödnis. Der Kühlschrank war leer, außer einigen Gewürzen, einem salzverkrusteten Glas grüner Oliven, Eiern, deren Haltbarkeitsdatum längst abgelaufen war, und einem halben Becher Joghurt, der sich zu einem unkontrollierten wissenschaftlichen Experiment entwickelt hatte. Im Eisfach lagen eine halbe Flasche Grey-Goose-Wodka, fünf angebrochene Häagen-Dazs-Eisbecher und eine festgefrorene Packung Veggieburger, die man mit einem Hitzestrahl hätte herausschneiden müssen. Entweder war June viel unterwegs, keine gute Köchin oder beides.

Eis dagegen gab es reichlich. Er füllte einen Ziploc-Beutel damit und humpelte zurück zum Sofa. Er wollte June nach ihrem Vater fragen, aber dann sah er, dass sie ihren Laptop aufgeklappt hatte.

»Mach das Ding lieber wieder aus«, sagte er. »Wir wissen nicht, wozu deine Verfolger in der Lage sind. Wenn sie dich mit deinem Handy orten können, haben sie wahrscheinlich auch deinen Laptop gehackt.«

»Ist schon in Ordnung, Peter«, sagte sie. »Leo hat hier dieses tolle anonyme WLAN eingerichtet.« Sie schaute nicht einmal auf, und ihre Finger flogen über die Tasten. »Ich bin nur Gast-User. Unauffindbar.«

»Und wenn sie deinen Laptop doch gehackt haben?«

»Ich habe hier so viel Sicherheit eingebaut, dass ich manchmal selbst nicht mehr durchblicke. Moment.« Sie hörte auf zu tippen und fuhr mit dem Finger über das Mousepad. »Was soll der Scheiß?«

»Was ist los?«

»Mein Mobilfunkmodem. Ich habe es im Krankenhaus zweimal ausgeschaltet und jetzt wieder, als ich den Laptop aufgeklappt habe. Ich dachte, gut, der Laptop ist eben alt, aber das Modem hat sich schon wieder von allein eingeschaltet.«

»Was habe ich dir gesagt? Sie haben deinen Laptop gehackt, und er versucht jetzt, den Verfolgern deinen Standort mitzuteilen. Durch Berechnung der Signallaufzeit vom nächsten Mobilfunkmast.« Peter beugte sich vor und klappte den Laptop zu. »Den kannst du ab sofort vergessen. Wie lange warst du schon online?«

»Ein paar Minuten.« June verzog frustriert das Gesicht. »Scheiße. Ich bin auf den Computer angewiesen. Mein ganzes Leben ist da drin. Wie sollen wir jetzt mehr über die Männer aus den Redwoods herausfinden?«

Peter konnte schwer abschätzen, wie lange das Mobilmodem brauchte, um mit den nächsten Funkmasten zu kommunizieren. Er musste den Computer irgendwo anders hinbringen und ihn dann eine neue Verbindung aufbauen lassen. Die Verfolger auf eine falsche Fährte lenken. Denn eins war klar, sie hatten die Jagd nicht aufgegeben.

Aber daran brauchte er June nicht zu erinnern.

»Was ist mit dem Tablet?«

»Das ist ein Spielzeug. Was für Kinder. Oma auf Facebook.« Sie wurde lauter.

»Immer mit der Ruhe«, sagte er. »Ich vermute mal, dass du fünf bis sechs Backups angelegt hast, oder? Und die meiste Arbeit ist sowieso irgendwo in der Cloud gespeichert. Du brauchst einfach nur einen neuen Laptop.«

Sie sah ihn an. »Du hast leicht reden. Hast du das große Geld?«

»Eins habe ich vergessen, dir zu sagen, als dein Sicherheitsexperte. Das kommt alles auf meine Spesenabrechnung.«

Sie warf ein Kissen nach ihm. »Ich bin freie Journalistin. Ich schwimme nicht gerade im Geld. Und Laptops sind nicht billig.«

»Reg dich nicht auf«, sagte Peter. »Du kannst mich aus den laufenden Einnahmen bezahlen.«

Sie blinzelte ihn an. »Was für laufende Einnahmen?«

»Aus dem Buch, das du schreiben wirst. Über diese verrückte Geschichte hier. Und diesmal wirst du für den Pulitzer nicht nur nominiert.«

Ihr Mund zuckte, und er wusste, dass er recht hatte. Sie hatte schon mit dem Gedanken gespielt, eine Story darüber zu schreiben. In seiner Militärzeit hatte er mal für einige Wochen einen zivilen Kriegsberichterstatter aufgenommen. Der Typ hatte das hartnäckige Bedürfnis, jedes Erlebnis, jede Erfahrung in einen zu veröffentlichenden Text zu verwandeln, und June war vermutlich nicht viel anders.

»Ich rufe ein paar Freunde an«, sagte sie. »Vielleicht kann ich einen gebrauchten Laptop auftreiben.«

Aus ihrer Tasche kam ein seltsames Geräusch. Ein gedämpftes elektronisches Piepen.

»Was war das?«, fragte er.

»Mein neues Handy, nehme ich an.«

»Wer hat sonst noch die Nummer?«

»Keiner«, sagte sie. »Nur du. Ich habe gestern Abend im Auto meine E-Mail eingerichtet. Aber das ist immer auf stumm geschaltet.«

Sie sahen sich an. June stürzte sich auf die Tasche.

Es war keine E-Mail.

Es war eine SMS.

Und sie war auch nicht von Peter.

Der Absender trug den Namen Tig3r.

Peter stand neben ihr und konnte die SMS mitlesen.

Hallo, Junie. Was möchtest du wissen?

Vor Schreck entglitt June das Handy. Klappernd prallte die Kunststoffhülle auf den Tisch.

»Keiner nennt mich Junie.« Sie sah Peter an. »Nur meine Mutter.«

Peter sprach mit sanfter Stimme. »Ich glaube, das ist ihr Algorithmus.«

Aus dem neugierigen Blick wurde ein ängstlicher. Dann hob sie das Handy auf, und die Finger flogen über die eingeblendeten Tasten. Sie zeigte Peter das Display und fragte ihn stumm, was er davon hielt.

Wer bist du?, hatte sie geschrieben.

Peter zuckte mit den Schultern. Sie drückte die Sendetaste.

Nach nur wenigen Sekunden piepte das Handy erneut.

Ich bin Tig3r. Die Yoga-Queen hat mich erschaffen. Was möchtest du wissen?

»Wer ist die Yoga-Queen?«

»Meine Mutter. Sie war schon ein Yoga-Freak, bevor es so populär wurde. So hat sie immer ihre E-Mails unterschrieben. Außerdem war sie der Überzeugung, dass ein guter Code viel mit Yoga gemeinsam hat. Eleganz und Flexibilität.« Junes Daumen rasten wieder über das Tastenfeld. *Wie hast du mich gefunden?*

Das Handy piepte.

Das auf June Cassidy registrierte Handy ist infiziert. Der auf June Cassidy registrierte Laptop ist infiziert. Dieses nicht registrierte Handy, auf der June Cassidy passwortgeschützte

E-Mails erhält, ist nicht infiziert. Ergo. Dieses Telefon ist mit June Cassidy verbunden. Was möchtest du wissen?

»Hm«, sagte Peter. »Ich verstehe nicht viel davon, aber das scheint mir eine ziemlich hoch entwickelte Software zu sein.«

»Ja.« June stellte die nächste Frage.

Wer hat meine Mutter getötet?

Das Handy piepte.

Nicht bekannt. Bitte genauer formulieren.

June antwortete. *Was war die Todesursache von Hazel Cassidy in Palo Alto, Kalifornien?*

Längere Pause, dann piepte es wieder.

Nach dem Bericht des zuständigen Pathologen starb Hazel Cassidy an einem akuten physischen Trauma infolge eines Zusammenstoßes mit einem Kraftfahrzeug. Mehr Informationen unter diesem Link.

Es folgte eine Web-Adresse. June tippte auf den Link, und ihr Handy-Browser öffnete sich. Die Seite ließ sich auf dem kleinen Display schwer lesen. June zog sie auf und schob das Dokument zum Lesen hin und her. Es war ein medizinischer Befund, der sicher als vertraulich galt, versteckt hinter einer staatlichen Firewall. Und dennoch konnte sie darin lesen.

»Wenn das der Generalschlüssel ist«, sagte Peter, »dann hat er die Erwartungen erfüllt. Spricht der Code wirklich mit dir?«

June schüttelte den Kopf. »Der Code ist nicht intelligent im herkömmlichen Sinn.« Sie stocherte noch immer auf dem Display herum. »Er ist eine maschinelle Intelligenz, die über ein begrenztes Set spezifischer Fähigkeiten verfügt. Wahrscheinlich versteht der Code einfache Alltagssprache und kann entsprechend antworten. So wie Google. Du gibst was in die Suchmaschine ein, sie erkennt deine Anfrage anhand von Schlüsselbegriffen und übt ihre Funktion mit einem urheberrechtlich geschützten Algorithmus aus. Vermutlich arbeitet der Generalschlüssel – von mir aus können wir ihn auch gleich Tig3r nennen – nach demselben Prinzip. Er ist nur eine Weiterentwicklung, noch spezialisierter. Meine Mutter hat gesagt, er sei lernfähig, um leichter an die versteckten Orte im Internet zu gelangen. Verschlossene Türen zu öffnen. Aber mein scheiß Handy ist dafür nicht geeignet.«

Sie tippte wieder mit den Daumen auf das Tastenfeld. *Hast du noch ein anderes Interface?*

Das Handy piepte. Der Ton konnte einem auf die Nerven gehen.

Du findest das Programm auch hier.

Es folgte wieder eine Web-Adresse.

»Scheiße«, sagte June. »Ich brauche unbedingt einen Computer.«

Peter hatte noch immer nicht richtig begriffen. »Die künstliche Intelligenz deiner toten Mutter hat dich kontaktiert, und du denkst immer noch an deinen Laptop?«

Sie sah ihn schräg an. »Willkommen in der Zukunft. Die Welt der Technik ist voll von diesem verrückten Zeug. Die Entwicklung geht rasend schnell voran. Selbstfahrende Autos? Computer in Armbanduhren? Das Wunder des letzten Jahres ist heute eine Selbstverständlichkeit. Aber der Laptop ist mein wichtigstes Werkzeug und sichert mir meinen Lebensunterhalt.«

Plötzlich wurde ihm bewusst, wie dicht sie neben ihm stand. Nach der schweißtreibenden Panikattacke im Krankenhaus und der nächtlichen Fahrt stieg Peter der eigene Körpergeruch in die Nase, und er war nicht angenehm. Aber June hatte auch noch nicht geduscht, und aus ihrem Nacken strömte ein exotischer, süchtigmachender Duft, das war unfair. Sie hatte sogar hinter den Ohren Sommersprossen.

Er trat einen Schritt zurück, June blickte amüsiert.

»Okay«, sagte er. »Dafür musst du dich neu ausrüsten. Das sehe ich ein. Aber bitte, ruf noch nicht deine Freunde an. Nimm dir eine von den Prepaid-Karten und kauf, was du brauchst. Nach oben gibt es keine Grenzen. Doch zuerst muss ich deinen alten Computer aus dem Haus schaffen, ihn einschalten und mit ihm spazieren fahren. Damit unsere Verfolger denken, wir machen hier nur kurz Station und würden wieder aufbrechen.«

»Ich fange in der Stadtbibliothek an«, sagte sie. »Benutze einen öffentlichen Computer. Dringe noch ein bisschen tiefer in die Materie ein. Kaufe vielleicht einen neuen Laptop, vielleicht auch nicht. Ich möchte nicht auf dein Almosen angewiesen sein.«

»Wie gesagt, es ist nur ein Darlehen. Ohne Hintergedanken. Auf dem Rückweg kaufe ich ein. Mein Standardgericht ist mexikanisch. Wenn du was anderes willst, ruf an oder schreib eine SMS.«

Sie sah ihn neugierig an. »Du willst echt kochen?«

»Reine Notwehr«, sagte er. »In deinem Kühlschrank ist Ebbe.«

Sie streckte das Kinn vor und musterte ihn hochnäsig. Ihre dicke Lippe mit der Naht stand dem im Weg, dennoch beeindruckte die Pose. »Ich«, hob sie an, »bin eine moderne Frau. Deine patriarchalen Erwartungen an weibliche Dienstbarkeit sind antiquiert und sexistisch.« Sie entließ ihn mit einem herrschaftlichen Fingergewedel. »Ich habe mich dafür *entschieden*, nicht zu kochen.«

Er grinste und klemmte sich ihren Laptop unter den Arm. »Ein sehr eleganter Erklärungsversuch.«

Auf dem Weg zur Tür musste er erneut einem Kissen ausweichen.

Er hatte sie noch immer nicht nach ihrem Vater gefragt. Offenbar ein heikles Thema. Er würde auf der Fahrt darüber nachdenken.

Doch bevor er in den Minivan stieg, ging er ein paar Schritte durch den Kraut-und-Rüben-Garten und spürte die Erleichterung, als das Rauschen tiefer in die Wirbelsäule sackte und der Nieselregen ihm übers Gesicht lief. Ungestutzter Wacholder und breitblättriger immergrüner Rhododendron bildeten ein feuchtes Knäuel. Er zwängte sich hindurch und stand vor zwei ausladenden Zedernbäumen neben der mit weißen Schindeln verkleideten Garage des Nachbarn – ein kleiner, vor dem schlimmsten Wind und Wetter geschützter Ort.

An Schlaf in einem normalen Bett war bei dem Rauschen auf absehbare Zeit nicht zu denken.

Aber im Garten konnte es funktionieren.

Er wollte nur nicht erst im Dunkeln anfangen zu suchen.

24

Chip

Chip Dawes wäre noch immer beim National Clandestine Service, wenn er nicht einen irakischen Colonel zur Strecke gebracht hätte, der von den Milliarden, die die Amerikaner für den Wiederaufbau ins Land spülten, einige Millionen für sich abgezweigt hatte.

Selbst die Finanzprüfer des Pentagons rechneten immer mit Schwund. Der Nahe Osten basierte auf Autorität und Bestechung, und wenn man etwas erreichen wollte, brauchte man Bakschisch. Aus diesem Grund hatte Uncle Sugar das Land mit Bargeld überschwemmt, und Geheimdienstoffiziere wie Chip hatten Zugriff auf bündelweise Hunderter, um die örtlichen Potentaten zu schmieren.

Man konnte sich leicht daran gewöhnen, zu diesem Zweck mit solchen Summen zu hantieren.

Aber dieser Colonel war ein besonders gemeiner Scheißkerl mit klebrigen Fingern, und Chip verfügte über verlässliche Geheiminformationen, nach denen er einen Teil der Kohle für die Unterstützung der Aufständischen verwendete. Er konfrontierte den Colonel damit, aber der hatte nur gelacht. Chip hatte daraufhin versucht, von seinen Vorgesetzten die Erlaubnis einzuholen, ein Exempel zu statuieren, doch dann sickerte durch, dass der Colonel unter besonderem Schutz stand.

Das wollte sich Chip nicht bieten lassen.

Der Mann hatte ihn ausgelacht.

Und er hatte sehr viel Geld unterschlagen.

Chip stellte eine kleine Einsatzgruppe zusammen. Er als

geborener Führer würde das Unternehmen leiten. Sechs Einzelkämpfer aus sechs verschiedenen Einheiten, Männer, mit denen er vorher schon andere Operationen durchgeführt hatte und denen er diesen Job zutraute. Dazu holte er sich noch einen Absolventen der Peary-Kaderschmiede, den er seit Jahren einsetzte, einen außerordentlich erfolgreichen Spezialagenten, der es gewohnt war, allein zu arbeiten.

Es war natürlich keine offizielle Gruppe, aber Chip besaß genug Erfahrung. Er konnte sich die besten Leute leisten, damals, in den wilden Jahren, als keine Fragen gestellt wurden, wenn man seine Sache gut machte. Und das wollte Chip, seine Sache gut machen.

Der Colonel benutzte einen gepanzerten Range Rover mit drei Bodyguards, außerdem zwei technische Fahrzeuge, viertürige Toyota Hilux Pick-ups mit dem üblichen auf der Ladefläche montierten Maschinengewehr. In jedem Truck saßen vier Männer in der Kabine, zwei hinter dem MG. Insgesamt sechzehn Männer.

Chips Einsatzgruppe passte den Konvoi des Colonels in einer schmalen Straße vor dem Haus seiner Geliebten ab. Zwei mit Panzerbüchsen ausgestattete und auf gegenüberliegenden Hausdächern postierte Männer, um die technischen Fahrzeuge auszuschalten und den gepanzerten Rover zu knacken. Vier Männer, um die Straße auf beiden Seiten zu blockieren und um dann mit leichten Maschinengewehren und M16 am Boden anzugreifen. Chip koordinierte die Aktion per Funk von einem der Dächer aus. Während er seinen Spezialagenten, ohne Wissen der anderen, in der Reserve hielt.

Seine Vorgesetzten hätten ihm zu einer größeren Gruppenstärke geraten. Und Washington hätte sich allein bei dem Gedanken, mit nur sechs Mann einen schwer bewaffneten Geleitschutz anzugreifen und zu töten, vor Angst in die Hose gemacht. Aber die Aktion lief genau wie geplant.

Als sich der Rauch verzogen hatte, ging Chip mit seinem M4 auf die Straße und fasste durch die zerborstene Panzerglasscheibe des Range Rovers, um die Tür von innen zu öffnen. Er war enttäuscht, dass der Colonel nicht mehr lebte – Chip hätte sich ihm gerne als sein Mörder offenbart –, dafür lag der Stahlkoffer im Auto, ganz so, wie sein Informant ihm gesagt hatte, außerdem eine billige Reisetasche vollgestopft mit bündelweise Hundertdollarscheinen.

Er dankte seinen Männern und übergab jedem ein Päckchen Scheine mit den Worten, dieses kleine Gefecht sei ein großartiger amerikanischer Sieg über die irakische Korruption. Der Colonel habe die Aufständischen unterstützt, damit sie ihre Kameraden töteten, und sie hätten dem ein Ende bereitet. Die geheimen Unterlagen in dem Koffer würden noch mehr irakische Verräter preisgeben, und er sei ihnen zu Dank verpflichtet.

In dem Moment trat Chips Spezialagent mit einer M16 aus einem Hauseingang und eröffnete mit erbarmungsloser Effizienz das Feuer. Chip warf sich zu Boden, und einige Männer konnten das Feuer erwidern, doch in nicht mal einer Minute war der Spuk vorbei. Sechs Tote. Zwei Überlebende.

Alles nach Plan.

Sogar dann noch, als der Spezialagent in staubiger westlicher Kleidung und mit Palästinensertuch ein Wechselmagazin in sein Gewehr stieß und Chip die Mündung auf die Brust setzte. »Waffe auf den Boden. Koffer öffnen.«

Chip trug eine Panzerweste und einen Helm, die ihm aber nichts nützten, wenn der Mann ihn aus nächster Nähe töten würde. Er hatte diese Möglichkeit von Anfang an in Betracht gezogen. Hinter der gewöhnlichen Fassade des Agenten verbarg sich ein außergewöhnliches Talent. Das war Chip bereits bei ihrer ersten Zusammenarbeit aufgefallen, und er hatte ihn entsprechend behandelt, ihm den nötigen Respekt entgegengebracht und Unabhängigkeit garantiert.

Es war Chip, der ihm Gelegenheit gegeben hatte, sein Talent auszuprobieren und schließlich sein wahres Potential auszuschöpfen. Es war Chip, der ihm Boni gezahlt hatte, die weit über dem Gehalt der Company lagen. Der Agent hatte es ihm mit Loyalität gedankt, auch wenn er offenbar nicht wie ein normales menschliches Wesen funktionierte. Er zeigte absolut keine Gefühlsregung. Eher verhielt er sich wie ein hoch entwickelter Killerroboter.

»Kein Problem«, sagte Chip, legte das M4 auf den blutdurchtränkten staubigen Boden und öffnete die Schnappverschlüsse des Aktenkoffers. Sein Informant hatte ihm auch die Zahlenkombinationen verraten und dass der Schlüssel an einer Kette um den Hals des Colonels hing.

In dem Koffer lagen sechs dicke Versandumschläge aus dem Ausland.

»Angeblich Eurobonds«, sagte Chip. »Soll ich sie aufmachen?«

»Ja.« Der Agent zielte mit dem Lauf des MGs weiter auf Chips Brust. Der Moment der Wahrheit war gekommen. Chip legte den Koffer auf die qualmende Kühlerhaube des Rovers, nahm den oberen Umschlag und zog die Unterlagen heraus. Dickes Leinenpapier mit aufgeprägtem Muster und deutlich erkennbarem Wasserzeichen.

»Inhaberobligationen«, sagte Chip. »Nicht registriert. Zahlbar an die Person, die das Papier in Händen hält. Jede über zehntausend Euro wert.« Mit jeder Sekunde, in der der Agent den Abzug nicht betätigte, spürte Chip, wie sein Lächeln immer breiter wurde. Er ließ die Papierkanten am Daumen abgleiten. »Ungefähr einhundert allein in diesem Stapel. Das sind eine Million Euro.« Er steckte die Papiere wieder in den Umschlag, legte ihn zurück in den Koffer und zählte dann demonstrativ die restlichen Umschläge. »Sechs

Millionen Euro. Bei dem aktuellen Kurs ungefähr sechseinhalb Millionen Dollar.«

Der Agent sah ihn mit undurchdringlichen Augen an. Er war sonnengebräunt, und das Palästinensertuch wirkte ganz natürlich an ihm. Die Gewehrmündung blieb fest auf Chips Brust.

»Bei der Aktion ging es gar nicht um den Colonel«, sagte der Agent. »Es ging um dich.«

»Nein«, antwortete Chip mit ruhiger Überzeugung. »Es ging um dich und mich. Du hast es nur nicht gewusst. Bis jetzt. Es sei denn, du willst zurück nach Langley. Die nächste Kadergeneration in Peary ausbilden. Ich jedenfalls habe das nicht vor.«

Der Agent hob nur kurz eine Augenbraue.

Ein knochentrockner Typ, das musste Chip ihm lassen. Tatsächlich machte er ihm Angst, doch er verfolgte unbeirrt seinen Kurs. Den Kapitalismus des Krieges. Wer wagt, gewinnt.

»Es reicht nicht, um sich zur Ruhe zu setzen«, sagte Chip. »Aber für den Anfang. Als Startkapital. Wir machen uns selbständig. Bauen zusammen was auf. Mit deinen und meinen Fähigkeiten können wir reich werden.«

Der Agent verzog keine Miene. Chip redete weiter, verkaufte ihm seinen Traum.

»Unternehmenssicherheit. Wir beschützen die Geheimnisse von großen Firmen. Oder stehlen die von anderen. Und alles zum zwanzigfachen unseres jetzigen Lohns. Mit diesem Geld hier eröffnen wir ein schickes Büro und stellen ein paar heiße Sekretärinnen ein. Klingt doch gut, oder?«

»Du bist ein genialer Verkäufer«, sagte der Agent. »Hast wohl schon alles genau durchdacht.«

»Klar. Ich verfolge den Plan seit zwei Jahren. Wir lassen uns in der Nähe einer großen Militärbasis nieder, einer Stadt, die auch über einen großen Hackerpool verfügt.

Seattle, zum Beispiel. Lewis-McChord liegt weiter südlich. Da finden wir unsere Leute, Ex-Militärs. Wir starten, indem wir ein großes Unternehmen infiltrieren, und präsentieren dann dem Vorstand, was wir herausgefunden haben. Das Unternehmen schließt mit uns als seinem Sicherheitsberater einen Vertrag ab, und über kurz oder lang werden wir dafür bezahlt, die Betriebsgeheimnisse der Konkurrenz auszuspionieren.«

Der Agent klappte sein Handy auf und machte ein Foto von Chip neben dem Aktenkoffer, ohne Chip auch nur eine Sekunde aus den Augen zu lassen oder den Finger vom Abzug zu nehmen. Die Botschaft war eindeutig: ein Beweis für Chips Beteiligung an der Aktion. Dann bedeutete er Chip mit der Mündung, beiseitezutreten. »Ich nehme die Hälfte«, sagte er.

Chip trat einen Schritt zurück, aber schmiss sich jetzt voll ins Zeug. »Blödsinn«, sagte er. »Nimm alles. Auch die Tasche mit dem Geld. Bring es zurück in den zivilen Kreislauf, dafür bist du besser geeignet. Gründe eine kleine Firma, richte ein paar Konten ein und zahl dir ein Gehalt von diesem Geld. Jag es durch die Waschmaschine, Baby. Ich werde in zwölf Wochen turnusmäßig nach Hause entlassen. Für die Eurobonds habe ich schon einen Käufer. Wir verdienen einen Haufen Geld und haben auch noch Mordsspaß dabei.«

Der Agent sagte nichts.

Chip beobachtete ihn.

Er war sich sicher, dass es so kommen würde wie geplant. Er kannte den Mann. Er hatte ihm alle nötigen Informationen gegeben, um die richtige Entscheidung zu treffen. Sie waren schon vorher ein gutes Team gewesen, und sie würden wieder ein gutes Team sein.

Der Agent, der Shepard hieß, ließ das Gewehr sinken, hängte sich die Tasche über die Schulter, nahm den Aktenkoffer und ging wortlos davon.

Eine Woche später dann der Schock. Der Stationsleiter bestellte Chip in sein Büro und fing an, Fragen zu stellen. Die Army hatte den Colonel und seine Eskorte mit einer Predator-Drohne verfolgt und Chips Operation und den Schusswechsel auf Video festgehalten. Die Drohne hatte Chip bis zu seinem wartenden Fahrer und Mittelsmann verfolgt und bis zum Militärstützpunkt, worauf der Stationsleiter ein Expertenteam vor Ort geschickt hatte, um weitere Beteiligte zu ermitteln.

Das Palästinensertuch hatte Shepards Gesicht fast ganz verdeckt, seine Spur sich ohnehin verloren. Schon wenn man unmittelbar neben ihm stand, wirkte er wie eine Geistererscheinung. Wie musste es da erst aus einer Höhe von tausendfünfhundert Metern sein mit der arabischen Entsprechung einer Basecap auf dem Kopf? Er hatte sich praktisch in Luft aufgelöst. Mit dem ganzen Geld.

Nur die Tatsache, dass Shepard ihn mit vorgehaltener Waffe bedroht hatte, bewahrte Chip vor dem Militärgefängnis in Leavenworth. Nachträglich ein unerwarteter Vorteil seines Plans.

Chip war ein talentierter Schauspieler. Er zeigte sich zerknirscht, dass man ihn erwischt hatte. Die Geschichte sprudelte aus ihm heraus, und zum Teil stimmte sie ja sogar. Als Grund nannte er die Liebe zu seinem Land, Frustration über die Bürokratie und Hass auf die Korruption. Ein anonymer lokaler Player habe ihn benutzt, indem er ihm durch Dritte Informationen über den Colonel zugespielt habe, um dann selbst einzugreifen und die Geheimdienstberichte, die Beweise für die Korruption und alles andere an sich zu nehmen.

Es sei ihm peinlich, er schäme sich und sei heilfroh, lebend aus der Sache herausgekommen zu sein.

Er täuschte vier Vernehmungsoffiziere, überstand sechs Lügendetektoren und reichte seine Kündigung ein.

Unfassbar, aber der Service hatte ihn sogar gebeten zu bleiben.

Er wolle lieber aussteigen, solange seine Seele noch nicht ganz verdorben sei.

Auf dem Weg zur Bank konnte er sich nicht halten vor Lachen.

25

Peter

Peter fuhr Richtung Freeway, auf dem Beifahrersitz aufgeklappt und eingeschaltet Junes Laptop. Er vermutete, dass ihre Verfolger den Computer längst geknackt hatten, deswegen rief er im Browser eine Karte von British Columbia auf, öffnete diverse Websites von Hotels in Vancouver und nutzte die Wartezeit vor Ampeln, um sich von Seite zu Seite zu klicken.

In der Schlange zur Auffahrt suchte er mit seinem anonymen Handy eine Telefonnummer und rief an.

»Dachdecker Semper Fidelis. Was kann ich für Sie tun?«

»Hallo, Estelle. Ich bin's, Peter Ash. Wie geht es dir?«

»Peter wer, bitte? Ashes kann es schlecht sein, den hat Bigfoot gefressen. Warum hätte er sonst nie angerufen, wie versprochen?«

»Ich war abgelenkt, Estelle. Und versprochen habe ich gar nichts. Verarsch mich nicht, okay?«

»Tu ich nicht«, sagte sie. »Das würdest du schon merken, da kannst du Gift drauf nehmen.«

Estelle Martinez war fünfunddreißig Jahre alt und leitete das Büro der Dachdeckerfirma ihres Bruders Manny. Zehn Jahre lang hatte sie bei der Army Rekruten ausgebildet, heute lief sie an Wochenenden Ultramarathons. Ihr letzter Freund war wegen Erschöpfung ins Krankenhaus eingeliefert worden. Alle Dachdecker waren ehemalige Frontkämpfer, und sie hatten Angst vor ihr. Peter auch.

»Können wir später darauf zurückkommen, Estelle? Ich muss Manny sprechen.«

»Manny arbeitet gerade.«

»Lass den Quatsch, Estelle. Es ist wichtig. Gib ihn mir.«

Sie seufzte. »Er ist nicht da. Hast du nicht seine Handynummer?«

»Ich habe mein altes Handy verloren. Ich muss ihn persönlich treffen. Ich bin auf dem Weg zu eurem Büro. Wo ist er?«

»Unterwegs. Einen Kostenvoranschlag machen«, sagte sie, diesmal ohne die künstliche Aufregung. Erneute Pause, dann vernahm Peter das Klappern einer Tastatur. »Im Moment ist er in Mountlake Terrace. Ich schicke dir den nächsten Termin per SMS und sag ihm Bescheid, dass du kommst.«

Peter traf Manny, Tablet in den kräftigen Händen, Blick in den Himmel gerichtet, in der Einfahrt einer dieser überzogen pompösen Villen. Auf dem Tablet war ein Luftbild des Hauses zu sehen. Irgendwo über dem Dach hörte man ein penetrantes Surren. Der Nieselregen hatte aufgehört.

»Ashes, *mi hermano*. Eine Sekunde. Ich will das noch eben fertig machen.«

»Arbeitest du etwa gerade?«

Manny lachte, ohne den Blick von dem Ding in der Luft zu nehmen. »Ich bin Hightechfreak, *mano*. Die Maschine ist so programmiert, dass sie über das Dach fliegt und alle wichtigen Messdaten aufnimmt. Quadratmeterzahl, Kehlen und Grate, die gesamten Blecheinfassungen. Die Kunden sind begeistert. Ich schicke ihnen das Video zusammen mit meinem Angebot. Und sie denken, Wahnsinn, so macht man heute Aufmaße? Wie toll wird da erst mein Dach?«

Manny Martinez war nicht sehr groß, hängende Schultern, Beine wie Baumstämme, einer von Peters Platoon Sergeants im Irak. Während eines Feuergefechts hatte Peter einmal beobachtet, wie Manny einen anderen, am Bein getroffenen und schwer blutenden Sergeant seines Zuges, Jimmy Johnson, wie einen Sack Kartoffeln geschultert und über einen halben Kilometer weit zum nächsten Panzerfahrzeug getragen hatte. Big Jimmy wog knapp dreißig Kilo mehr als Manny.

Jimmy war längst tot, aber nicht wegen Manny.

Viele waren tot.

Manny dagegen war gesund und munter. Er trug saubere Carhartts, ein frisches weißes Hemd, einen messerscharfen Undercut und war frisch rasiert. Er hatte ein Dutzend Angestellte und fuhr einen fast neuen Pick-up. Verheiratet, zwei kleine Kinder.

Das Tablet piepte, das Video wurde angehalten, und Manny tippte auf den Schirm. Der Quadrocopter flog wie ein dicker Moskito heran und setzte sanft in der Einfahrt auf. Manny grinste wie ein Achtjähriger.

Sein Freund hatte sich hier ein Leben aufgebaut. Seine Firma lief gut. Peter durfte ihn nicht in die Sache mit hineinziehen.

Manny brachte die Drohne zurück zu seinem Truck. »Also, was ist los? Stella sagte, es sei was Ernstes.«

»Nicht, was du denkst«, sagte Peter. »Ich bin für ein paar Tage in Seattle, und ich wollte nur mal wieder Hallo sagen. Wenn du Lust hast, könnten wir uns zum Essen verabreden, bevor ich wieder aufbreche.«

Manny sah ihn an. Derselbe feste, ruhige Blick, der durch Mauern und um Ecken herum sehen konnte, Hinterhalte entdecken, bevor sie gefährlich wurden. Das Grinsen des achtjährigen Jungen war wie weggeblasen.

»Komm mir nicht so, Ashes. Du hast doch irgendwas.«

Peter schüttelte den Kopf. »Vergiss es, Manny. Es läuft super bei dir. Du hast eine Familie, Leute, die von dir abhängig sind. Ich habe kein Recht, dich um irgendwas zu bitten.«

Manny spannte die Kiefermuskeln an. »Hör zu, Ashes. Soll ich dir sagen, was mich echt stocksauer machen würde?

Am Ende bist du tot, und ich konnte es nicht verhindern. Denn wenn du nicht gewesen wärst, wäre ich damals draufgegangen. Und das gilt für die Hälfte der Leute, die für mich arbeiten. Du hast getan, was getan werden musste und wozu niemand sonst den Mut hatte. Du hast den Beschuss gestoppt, und dafür hast du deinen Kopf hingehalten. Also nenn uns Zeit und Ort, und wir sind zur Stelle. So funktioniert das.«

Peter stöhnte. »Es deutet alles darauf hin, dass es sehr, sehr unangenehm wird. Bist du darauf vorbereitet?«

Manny schnaubte. »Scheiße. Hast du vergessen, mit wem du sprichst?«

»Nein«, sagte Peter. »Das habe ich nicht vergessen. Deswegen bin ich hier.«

»Allerdings«, sagte Manny. »Also: Wann und wo?«

»Ich weiß es nicht. Ich rufe dich in ein, zwei Tagen an.«

Manny nannte ihm die Nummer.

»Übrigens«, sagte er. »Stella ist immer noch Single. Also sieh dich vor.«

»Ich bin gar nicht hier gewesen«, sagte Peter. »Und wir beide haben auch nicht miteinander gesprochen.«

26

Vier Stunden später bog er wieder in Junes Einfahrt und parkte neben einem dicken schwarzen 7er BMW mit einem verbeulten hinteren Kotflügel und einer langen Schramme an der Fahrerseite.

Er war auf der I-5 weiter Richtung Norden gefahren, so lange, bis der Laptop keinen Strom mehr hatte. Je geringer die Akkuleistung, desto häufiger schaltete er sich ab, und er musste ihn mehrmals wieder hochfahren, bis die Batterie ganz leer war und sich der Laptop nicht mehr starten ließ. Er war weit hinter Edmonds, als er den Deckel endlich zuklappen und mit der nächsten Ausfahrt die Rückfahrt antreten konnte.

Er nutzte die Navigationshilfe auf seinem Handy für einen kurzen Abstecher zum Holz- und Baumarkt Dunn Lumber in Wallingford und humpelte danach durch den riesigen Flagship Store des Outdoor-Marktes REI. Sagenhaft, was alles in einen Minivan passte.

Letzter Stopp war ein QFC-Supermarkt. Er zwang sich, mit langsamen Schritten durch die Gänge zu gehen, gegen das anschwellende Rauschen anzuatmen, während er den Einkaufswagen füllte. Allmähliche Desensibilisierung. Es war nicht leicht.

Zur Belohnung durfte er eine richtige Mahlzeit in einer richtigen Küche kochen.

Für June, die lebhafteste Frau, die er je kennengelernt hatte.

Er hatte sich vorgenommen, sie nach dem Essen nach ihrem Vater zu fragen, und er müsste ihr auch gestehen, dass er Lewis gebeten hatte, sich nach ihrer Mutter zu erkundigen. Keine angenehme Aussicht.

Als er die Tür öffnete, vier volle Tüten mit Lebensmitteln in den Armen, sah er June auf dem Sofa sitzen, neben ihr ein junger Mann mit krummem Rücken, der sich über einen Laptop beugte.

»Hallo? Jemand da?«, sagte Peter.

June blickte auf. Ihre Lippe war noch immer violett, aber die Schwellung weiter zurückgegangen. Sie hatte geduscht und sich umgezogen. Wie sie jetzt wohl roch?, fragte er sich.

»Da bist du ja. Warum hast du so lange gebraucht, Peter? Darf ich vorstellen? Das ist Leo Boyle, mein Vermieter. Leo, das ist Peter Ash.«

Boyle wandte den Blick nicht vom Schirm, hielt ihm nur eine schlaffe Hand hin. »Yo, Bro.« Er war etwa Mitte zwanzig, aber der Haaransatz hatte sich bereits weit hinter die hohe Stirn zurückgezogen. Er trug künstlich gebleichte Jeans und ein zerknittertes Anzughemd, das über der Hose hing, um sein Bäuchlein zu verbergen. Modische, wahrscheinlich teure Kleidung, dachte Peter, aber weit entfernt vom Marineblau.

»Hallo«, sagte Peter. Er stieß die Tür mit der Gehschiene zu, hievte die Tüten auf die Küchentheke und fing an, die Einkäufe zu verstauen. »Willst du zum Essen bleiben? Kein Festmahl, nur Fisch-Tacos, spanischer Reis und Salat. Von allem reichlich.«

June lächelte Peter an, ihre Augen strahlten.

Boyle sah zu June, dann zu Peter. Sein Gesicht war weich und unauffällig, die Haut blass und aufgedunsen, von zu wenig Schlaf, zu viel Alkohol oder beidem. »Ja, okay.«

»Gut«, sagte Peter, »kann ich euch was zu trinken anbieten? Es gibt Bier, Wein, Mineralwasser und Orangensaft.«

»Gute Idee«, sagte June, sprang vom Sofa, ließ sich auf einem der Küchenhocker nieder und begutachtete die Einkäufe. »Mann, hab ich einen Hunger. Und Durst erst. Ist das Lagunitas Copper Ale? Ich nehme eine Flasche.«

Boyle taperte hinter ihr her. »Im Kühlschrank steht noch eine Flasche Grey Goose«, sagte er und meldete mit seinem Wissen um den Alkoholvorrat gewisse Besitzansprüche an. »Ich nehme einen Dirty Martini. Ohne Wermut. Zwei Oliven. Das Glas randvoll.«

»Sofort.« Peter fand einen Öffner und stellte June die Flasche hin. »Glas?«

Sie schüttelte den Kopf und setzte die Flasche am Mundwinkel an, wo keine Nähte waren. Ein bernsteinfarbenes Rinnsal lief ihr das Kinn hinunter. Sie wischte es mit dem Handrücken weg.

In einem Regal mit leeren Marmeladengläsern fand Peter ein einsames Martini-Glas, spülte den Staub ab, nahm die Flasche Wodka aus dem Kühlschrank und goss ein. Aus einem Steinguttöpfchen fischte er zwei grüne Oliven, gab etwas von dem Salzwasser ins Martini-Glas, füllte mit Wodka auf, bis der Rand von der Wölbung der Flüssigkeit gekrönt wurde. Die Alkoholmenge war Boyle offenbar wichtig.

Behutsam schob Peter das Glas über die Theke. Boyle hob es an, ohne einen Tropfen zu verschütten, und trank versuchsweise einen Schluck. »Nicht schlecht«, bemerkte er. Als wäre dieser Drink eine Herausforderung für den Barmixer.

Peter nahm sich ein Bier, wärmte dann den Backofen vor und legte ein Heilbuttfilet in eine Pfanne, damit es Raumtemperatur erreichte. Er bestrich es mit etwas Olivenöl und würzte es mit Salz und Pfeffer. »Darf ich mal deine Dusche benutzen?«, sagte er zu June.

June lächelte ihn unschuldig an, aber es verbarg sich noch mehr dahinter. »Ich dachte schon, du würdest nie fragen.«

»Warst du eigentlich noch in der Bibliothek?«

Frisch geduscht und rasiert stand Peter vor dem Herd.

Der Reis siedete vor sich hin, der Salat war gewaschen, das Gemüse geschnippelt, jetzt schälte er die Mangos und schnitt sie in Würfel. Er wollte June in Leo Boyles Beisein nicht nach ihrer Recherche fragen und schon gar nicht Tig3r erwähnen, oder wie immer er den Generalalgorithmus nennen sollte.

»Ein paar Stunden«, sagte sie. »Public Investigations ist Abonnent bei TransUnion, wo ich noch einiges über den Werdegang der Typen herausgefunden habe.« Sie hielt eine Hand hoch. »Bevor du weiterfragst – ich habe mich mit dem Passwort einer Kollegin eingeloggt. Ich habe auch Aufenthaltsorte, Standorte, Vorstrafen, Fahrzeugscheine. Und alles gegengecheckt. Es gibt einige neue Spuren, eindeutig. Aber nichts Neues zu den Firmen, über die wir gesprochen haben.«

Peter fiel auf, dass auch June zurückhaltend mit Detailinformationen war. Vielleicht lag es an Boyle, vielleicht geschah es aus Gewohnheit. Dann sah sie ihn an und klimperte mit den Augenwimpern à la Groucho Marx. »Dafür habe ich mir einen neuen Computer gekauft. Leo ist gerade ausgeflippt, als er sich die Ausstattung angesehen hat.«

Ihr Vermieter hatte den Martini ohne merkliche Auswirkung gekippt und sich einen Lutscher in den Mund gesteckt. »Woran arbeitest du gerade?« Er redete, als wäre Peter nicht anwesend.

»Ach, nur Hintergrundinfos«, sagte sie und fing Peters Blick auf. »Wahrscheinlich wird nichts daraus.« June wollte Leo offenbar auch nicht einweihen. Je weniger Mitwisser, umso geschützter waren sie.

»Ich hab's«, sagte Boyle. »Ein neues Watergate. Woodward und Bernstein.« Er beobachtete June aus den Augenwinkeln, um sie nicht gleich ganz anzustarren, scheiterte aber. June schien nichts zu bemerken.

Vielleicht war sie es auch gewohnt. Peter konnte verstehen, warum Boyle seine Mieterin besuchen kam. Jeder vernünftige Mensch hätte das gewollt. Aber was fand June an ihrem Vermieter? Der Mann hatte die Ausstrahlung einer Bananenschnecke.

Der Timer für den Reis piepte. Peter schob den Fisch in den Backofen und stellte die Zeituhr ein zweites Mal. Danach hob er die roten kleingewürfelten Paprika und die geräucherten Jalapeño unter den Reis, würzte mit Paprikapulver und Knoblauch nach, goss einen Schuss aus seiner Bierflasche hinzu und kochte den Reis noch einmal auf. Dann tat er die Mangostückchen in eine Schale, dazu die kleingeschnittenen Tomaten und ein paar Basilikumblätter. Er drückte mehrere Limetten aus und goss den Saft in die Mischung, was eine einfache Salsa ergab. Seine Schultern waren angespannt vom weißen Rauschen, doch das Kochen beruhigte ihn etwas.

Während er den Salat anmachte, überlegte er, wie er Leo ablenken konnte, damit er June nicht dauernd anstarrte. »Was machst du eigentlich beruflich, Leo?«

»Ach, mal dies, mal das.«

Peter kannte diese ausweichende Antwort. Er benutzte sie selbst häufig.

Boyle nahm den Lutscher aus dem Mund und betrachtete ihn. »Willst du auch einen?«

»Zum Bier? Nein, danke.« Peter hatte die zweite Flasche Lagunitas geöffnet auf die Theke gestellt. »Die Wohnung gefällt mir. Hast du sie eingerichtet?«

»Das meiste habe ich selbst geschreinert. Die Regale stammen aus dem alten Haus. Im Moment mache ich die Küche, das heißt, ich sollte sie eigentlich machen.« Er zuckte die Schultern. »Irgendwie ist die Luft raus. Ich entwickle gerade eine App.«

In Seattle schien die Hälfte der Einwohner über zwölf damit beschäftigt, eine App zu entwickeln. Oder Bier zu brauen, eine kleine Kaffeerösterei zu betreiben oder alte Häuser zu renovieren. Peter hatte im Viertel viele Bauschuttcontainer und Gerüste gesehen. Seattle musste ein lohnendes Feld für Zimmerleute und Schreiner sein. Wenn er Arbeit wollte, brauchte er nur seinen Truck und sein Werkzeug abzuholen.

Der Timer meldete sich, und Peter sah nach dem Fisch. »Braucht noch fünf Minuten«, sagte er.

Boyle hievte sich hoch. »Ich geh mal eine rauchen.« Er schlurfte zur Tür.

»Nett von dir, dass du ihn zum Essen eingeladen hast«, wandte sich June an Peter. »Manchmal nervt er.«

»Ein Freund von dir?« Peter prostete ihr mit dem Bier zu.

Sie lächelte betrübt. »Ich weiß gar nicht, ob Leo überhaupt Freunde hat. Ich habe ihn wie einen kleinen Bruder adoptiert.«

Peter waren Boyles Blicke in ihre Richtung aufgefallen. So durfte ein Bruder seine Schwester nicht ansehen.

»Ziemlich jung für ein Hausbesitzer. Was macht er?«

June verdrehte die Augen. »Ein Salonhippie.«

Peter kannte den Begriff nicht, was sich offenbar in seiner Miene widerspiegelte. »Er hat mir gesagt, dass er ein bisschen Geld geerbt hat und nicht zu arbeiten braucht«, erklärte June. »Die Dinger, an denen er ständig nuckelt, sind Marihuana-Lollis. Aber er ist ein Computerfreak, spricht viel über die Gruppen, mit denen er online in Kontakt steht.«

»Was für Gruppen?« Peter dachte an die Leute, die Junes Laptop gehackt hatten.

»Ich kriege sie nicht mehr alle zusammen«, sagte sie. »Dauernd leiert er irgendwelche neuen Projekte an. Er ist klug, aber faul. Mal ein Projekt richtig abzuschließen schafft er nicht.«

»Er hat es immerhin geschafft, die ganze Wohnung zu renovieren«, führte Peter an.

»Ein Witz«, sagte June. »Als ich hier einzog, waren nur Küche und Bad fertig. Die Wände nicht gestrichen. Betonboden. Keine Fußleisten, keine Verkleidung an Fenster und Türen. Das hab ich alles selbst gemacht. Die Schieferplatten verlegt. Die Verkleidungen installiert.«

»Das hast du gemacht?«, sagte Peter bewundernd. »Tüchtiges Mädchen.«

»Wenn du mich ganz lieb fragst, zeige ich dir auch meine Nagelpistole.«

»Jetzt machst du Witze.«

Boyle kam herein, und sie trugen das Essen auf.

27

Den vierten Taco mampfend, fragte Boyle June: »Hattest du Probleme mit deinem alten Laptop? Ich könnte ihn aufrüsten. Ein Ersatzgerät zu haben ist immer gut.«

»Er schaltet ständig das Mobilmodem an«, sagte sie. »Ich glaube, da hat sich jemand von außen Zugang verschafft.«

»Schon wieder gehackt?« Es sollte sich locker anhören, aber es ging schief. »Ich kann ihn mir mal ansehen, wenn du willst. Ich habe mir im Keller einen Faradaykäfig gebaut. Ich könnte wenigstens Fehler beseitigen, ohne dass dein Modem gleich wieder dazwischenfunkt.«

»Du hast einen Faradaykäfig?«, fragte Peter verwundert.

Boyle sah Peter mit einer Mischung aus arrogantem Skeptizismus und streberhaftem Stolz an. »Weißt du, was das ist?«

Ein Faradaykäfig war eine Hülle aus einem Drahtgeflecht oder einer Metallfolie, die empfindliche Geräte gegen starke elektrische Ladung abschirmte. Die Größe reichte von einer Zigarettenschachtel bis zu einer Fabrikhalle. Faradaykäfige fanden in der technischen Forschung und Produktion Verwendung, schützten aber auch vor elektromagnetischer Strahlung, Radiowellen und Handysignalen. Elektronische Abhörung oder Schäden durch elektromagnetische Impulse konnten auf diese Weise abgewendet werden. Sie erfreuten sich beim Militär und anderen paranoiden Institutionen, aber auch bei Privatpersonen großer Beliebtheit.

»Ich habe als Schüler viel Sciencefiction gelesen«, sagte Peter. »Wofür brauchst du so was?«

»Mann, ich arbeite mit Computern«, sagte Boyle. »Man

muss höllisch aufpassen, wenn man einen fremden Laptop aufklappt. Außerdem helfe ich Leuten, die gerne ihre Privatsphäre behalten wollen. Willst du ihn dir mal angucken?« Sein Gesicht war gerötet. Er wollte vor June angeben, dachte Peter.

»Morgen vielleicht«, sagte er. »Kannst du wirklich Schadsoftware damit abblocken?«

»Dass nichts mehr durchkommt.« Boyle nickte weise und wickelte den nächsten Lutscher aus. »Ich könnte sogar herausfinden, woher sie kommt.«

»Mir haben sie vor zwei Jahren bei Starbucks meinen Laptop gehackt«, sagte June. »Jemand hat versucht, mein Bankkonto abzuräumen, mit meinem eigenen Computer. Leo hat den Hacker ausfindig gemacht.«

»Ein Kinderspiel«, winkte Boyle großspurig ab. »Der Typ war ein Amateur. Ich habe ihm einen Computerwurm geschickt, der ihn von seinem Computer ausgesperrt hat. Bei dem Hacker jetzt könnte es schwieriger werden. Interne Handymodems sind eine verdammt harte Nuss. Aber ich kann euch helfen, wenn ihr wollt.«

Peter verstand allmählich, warum June in Boyle einen jüngeren Bruder sah. Er wirkte sehr viel jünger als sein tatsächliches Alter, und er sehnte sich nach Junes Anerkennung. Er hatte was Schräges, eindeutig, aber vielleicht war er auch einfach nur bekifft.

»Ja, danke, das wäre nett«, sagte Peter. »June kann jede Hilfe gebrauchen.«

June streckte Peter die Zunge heraus, und in Boyles Hosentasche bellte ein Hund.

»Entschuldigung. Eine SMS«, sagte er und holte sein Handy aus der Tasche. »Ach je. Ganz vergessen. Ich bin ja verabredet. Habt ihr noch Lust auf Party? Wir lassen uns volllaufen und gucken Kung-Fu-Filme.«

»Heute Abend nicht«, sagte Peter. »Ich bringe dich noch zum Auto.«

»Ja, super, Mann.« Boyle zog sich seine Jacke an und machte die Tür auf.

Peter folgte ihm nach draußen. Der Regen hatte aufgehört, und er spürte, wie das Rauschen nachließ und sich seine Schultern entspannten. Die kühle Nachtluft roch intensiv nach frischem Frühlingsgrün. Ein Auto fuhr vorbei, die Reifen auf dem noch nassen Asphalt hörten sich an, als würde man Klebeband von der Rolle ziehen.

Boyle stieg in seinen verbeulten BMW, aus dem Peter die Gerüche einer afghanischen Shisha-Bar entgegenschlugen. Und dabei hatte dieser Mann ein Haus mit einem schönen, teuren sechsfarbigen Anstrich.

»Es würde uns wirklich weiterhelfen, wenn wir wüssten, wer Junes alten Laptop gehackt hat«, sagte Peter. »Kannst du ihn dir morgen früh mal ansehen?«

Boyle grinste vielsagend und ließ den Motor an. Die Maschine schnurrte unregelmäßig, als hätte sie Fehlzündungen. »Es wird bestimmt sehr spät heute. Vielleicht übernachte ich sogar bei meinem Freund.« Er winkte träge zum Haus hinüber. »Leg den Laptop drinnen vor den Hintereingang. Der Ersatzschlüssel ist hinter einem losen Brett.«

»Danke. Ich werde ihn schon finden.« Anscheinend war Peter in den Status eines Freundes aufgestiegen. Oder aber die ganzen Drogen in Boyles Blutkreislauf hatten angefangen zu wirken.

»Alles klar, Mann.« Boyle holte zwei gelbe Lollis aus dem Handschuhfach. »Willst du einen haben?«

Peter schüttelte den Kopf. »Nein, danke.«

»Cool.« Boyle wickelte sie aus dem Bonbonpapier und schob sie sich mit einer eingeübten Bewegung in den Mund. Er salutierte zum Spaß, ließ den Motor aufheulen und raste rückwärts aus der Einfahrt auf die Straße.

Peter hörte eine Hupe trompeten, quietschende Reifen, doch der Knall blieb aus. Er schüttelte den Kopf. Mehr Glück als Verstand – Leo Boyle war der lebende Beweis.

Er ging zu dem Minivan und öffnete die Heckklappe. Schließlich hatte er noch einiges zu erledigen.

Mit der kleinen Abdeckplane, den Spanngurten und der Taschenlampe, die er im Baumarkt gekauft hatte, stapfte Peter durch das feuchte Gestrüpp aus Wacholder und Rhododendronbüschen zu der geschützten Stelle neben der Garage des Nachbarn. Die Gehschiene war nass geworden, aber die konnte er später einfach in Junes Trockner werfen.

Er schnallte sich die Stirnlampe um und spannte die Abdeckplane zwischen die immergrünen Bäume, hoch genug, dass er darunter stehen, aber etwas schräg, damit das Regenwasser ablaufen konnte. Sein Bein schmerzte wieder, und wenn er die Arme über den Kopf hob, taten ihm die Rippen weh. Zähne zusammenbeißen, Marine.

Er schleppte zwei Kanthölzer an, schnitt sie mit einer kleinen Handsäge auf die passende Länge und nagelte die Teile mit seinem schicken neuen Zimmermannshammer zu einem rechteckigen Rahmen zusammen. Seine Rippen bedankten sich bei ihm, doch die Atmung ging leicht, deswegen dachte er sich nichts dabei.

Als er die Zedernplanken aus dem Minivan zog, kam June nach draußen und folgte ihm, barfuß auf dem nassen Laub, durch das Gestrüpp. Schweigend und bibbernd schaute sie zu, während er mit ein paar Hammerschlägen den Lattenrost zimmerte, zwei Meter lang, eins sechzig breit. Es wackelte, als er sich drauf stellte, und er stabilisierte die Fläche mit einem untergeschobenen Stein.

Die Holzreste zerkleinerte er mit dem Klauenende des Hammers. Von einem Haufen im hinteren Teil des Nachbargartens holte er sich einige Steine und legte sie zu einem Kreis für eine Feuerstelle. Aus der kostenlosen lokalen Wochenzeitung *Stranger* riss er ein paar Seiten, knüllte sie zusammen und verteilte das Anmachholz darüber. Nochmal in Nachbars Garten geschlichen, klaute er von dem modrigen unbeachteten Holzstapel einige Scheite. June hatte bisher keinen Ton gesagt.

Es hatte wieder angefangen zu regnen, ein weiches Pladdern auf der Plane. Er zündete das Feuer an und ging ein letztes Mal zum Minivan, kehrte mit dem neuen Schlafsack und einer Tasche aus dem Outdoorgeschäft zurück und verstaute beides an einer trockenen Stelle unter der Traufe der Garage. Auf die Plattform stellte er zwei Campingstühle, die er ebenfalls dort gekauft hatte.

Nachdem er noch eine Lampe aufgehängt hatte, wandte er sich June zu.

»Ich weiß, das letzte Hotel hat dich nicht gerade umgehauen«, sagte er. Er konnte in der Dunkelheit ihre Miene nicht erkennen. »Das hier ist vielleicht auch nicht viel besser. Kein Bad. Kein Wellness. Kein Zimmerservice. Aber dafür hat es ein Feuer.«

Als sie sich umdrehte und zurück zum Haus ging, dachte er schon, er hätte alles vermasselt. Sie falsch verstanden. Alles falsch verstanden. Mein Gott, sie kannten sich schließlich erst seit zwei Tagen. Er stand neben dem knisternden Feuerchen in der feuchtkalten Nacht und lauschte dem Regen auf der Plane. Es hörte sich fast so wie das Rauschen in seinem Kopf an.

Dann kam June zurück, kämpfte sich durch den Rhododendron, die Weinflasche in der einen, zwei Einmachgläser und ein Schweizer Taschenmesser in der anderen Hand. Er nahm ihr das Messer ab, drehte es in der Hand und suchte den Korkenzieher.

»Leg das hin, Idiot«, sagte sie. »Der Wein ist für danach.«

Erst jetzt blickte er zu ihr auf, sah die flackernden Schatten der Flammen auf ihrem Sommersprossengesicht, die Glut in ihren Augen.

Sie packte ihn vorne an der Jacke und küsste ihn fest.

Die Nähte piekten. »Scheiße«, sagte sie. »Meine Lippe.« Und sie küsste ihn noch fester. »Küss mich lieber an einer anderen Stelle.«

Peter trat die Stühle vom Lattenrost, riss sich Jacke und Hemd vom Leib und gab sich nicht lange mit Knöpfen oder Reißverschlüssen ab. Für ihre Kleidung nahm er sich mehr Zeit, genoss die allmähliche Entblätterung ihres Körpers. Ihre Haut war heiß und seidenweich und schmeckte noch immer nach dem exotischen Gewürz, das ihn ab jetzt ganz und gar süchtig machen würde.

»Wehe, der Schlafsack ist nicht groß genug für zwei«, sagte sie.

Er leckte probeweise an ihrer Brustwarze. »Nur, wenn einer oben liegt.«

Sie beugte sich nach hinten und drückte sich an seinen Körper. »Ich bin der Boss, dass du mir das ja nicht vergisst.«

Der Wein war nicht für nachher, eher für zwischendurch. Der Abend schmolz in einem langen Traum dahin, unterbrochen von längeren Abschnitten sportlicher Artistik. Peters Rippen tat es gar nicht gut, Leib und Seele dagegen sehr.

Mehrmals stand er in der Nacht auf, um Holzscheite nachzulegen, drehte sich um zu June, die ihm vom Schlafsack aus beäugte. Er legte sich wieder hin, wachte aber später noch einmal auf und sah sie nackt durch den Gestrüppdschungel kriechen. Ihre vom Feuer beschienene Gestalt war wie ein Waldgeist, kompakte Kurven, laszives Lächeln. Sie hatte einen Karton Eiscreme mitgebracht.

Er leckte ihr die Creme aus dem Bauchnabel, sie kicherte und kreischte, schockierte die Nachbarn.

Und so weiter, und so weiter.

Am nächsten Morgen war June weg, der Schlafsack völlig zerknittert. Er fand seine Kleider, hing den Schlafsack zum

Lüften auf und schob sich durch das regennasse Gestrüpp. Die Haustür war offen, aber June war nicht da. Es war nach zehn.

Er stellte sich unter die Dusche, ließ das heiße Wasser an sich herabrinnen, schloss die Augen und unterdrückte das weiße Rauschen mit der Erinnerung an June, wie sie über ihm schwebte, die steifen Brustwarzen im Rhythmus ihrer gierigen Bewegung auf und ab tanzten. Dann auf einmal stand sie leibhaftig vor ihm, schlüpfte durch den Schlitz im Duschvorhang. Nackt und verschwitzt vom Joggen, und sie freute sich, ihn zu sehen.

»Bloß nicht«, sagte er. »Ich bin diese Art von Konditionstraining nicht gewohnt.«

»Sei nicht so ein Baby.« Sie erklomm ihn wie ein Affe und biss ihm ins Ohr. »Was ist mit meinen Bedürfnissen? Bring dich gefälligst in Form.«

Danach verloren sie keine Worte mehr.

28

Shepard

Shepard schritt zielstrebig durch das Hauptfoyer des Krankenhauses auf den Empfang zu und zückte seinen Ausweis.

Dieser Aspekt seiner Arbeit forderte ihn immer am meisten heraus. So zu tun, als sei er ein ganz normaler Mensch.

Zu töten fiel Shepard leicht.

Konversation umso schwerer.

Heute Abend trug er einen schwarzen Anzug, eine gestreifte Krawatte, eine Anstecknadel mit der amerikanischen Flagge und übertrieben blank polierte Schuhe. Sein Ausweis war gut, beinahe so gut wie die echten.

Der junge Mann hinter der Theke blickte auf. »Kann ich Ihnen helfen?«

Shepard hielt ihm die laminierte Karte hin. »Heimatschutz«, sagte er. »Ich möchte den diensthabenden Sicherheitsbeauftragten sprechen. Sofort.«

»Hm«, sagte der junge Mann. »Ich weiß nicht, wer, äh.« Er hob zaghaft die Hand. »Ich frage mal nach.«

Kurz danach ging Shepard mit Jenk, einem gähnenden, übergewichtigen, pensionierten Polizisten, den Flur entlang. »Entschuldigen Sie, die dritte Schicht ist immer die Hölle. Was will denn das Heimatschutzministerium?«

»Ich will mir Ihre Videoaufzeichnungen ansehen. Es waren zwei Personen hier, und ich muss wissen, wohin sie gegangen sind und mit wem sie gesprochen haben. Fangen wir mit der Notaufnahme an.«

Fünf Minuten später hockte Shepard im Securityraum, trank verbrannten Kaffee und sichtete unscharfes Filmmaterial.

Das Mädchen kannte er aus der Akte des Verkäufers, er entdeckte sie beim Betreten des Wartebereichs. Sie trug einen Schlapphut, ihr Gesicht war verquollen und deformiert, als hätte man sie geschlagen. Ihre lange schmale Nase und den breiten Mund hatte der Hut nicht verdecken können, nur die Sommersprossen kamen wegen der schlechten Filmqualität nicht zum Vorschein.

Ihre Akte war keineswegs vollständig, aber sie zeichnete ein bestimmtes Bild.

Ein impulsives Kind mit einer langen Vorgeschichte von Renitenz und Widerstand gegen Autoritäten. Zum ersten Mal mit dem Gesetz in Konflikt kam sie mit dreizehn Jahren, als sie ohne Führerschein ein Auto lenkte. Es setzte sich fort, bis sie auf dem College anfing, ernsthaft zu studieren. Aus ihr wurde eine unabhängige junge Frau, die entweder am Rand der Gesellschaft lebte oder ihren ganz eigenen Weg beschritt, je nach Sichtweise.

Über das Mädchen wusste Shepard bereits genug.

Er wollte wissen, wer ihr geholfen hatte.

Nach dem Video zu urteilen, war es vermutlich der große Mann, der vor ihr den Wartebereich betreten hatte. Breitschultrig, sportlich, allerdings schien er sein linkes Bein und seine rechte Seite zu schonen. Eine Basecap verdeckte sein Gesicht, und er war sich der Überwachungskameras bewusst, denn als die Schwester in der Aufnahme ihm eine Kompresse reichte, drehte er sich weg, um die Basecap abzusetzen und auf eine dunkle Stelle am Kopf zu zeigen, vermutlich Blut.

Sie hatten beide schwere Verletzungen erlitten, als ihr Wagen von der Straße abgekommen war.

Mit dem Joystick spulte er vor und zurück und hielt das Video schließlich an, als das Gesicht des Mannes am deutlichsten hervortrat.

»Drucken Sie mir das Standbild bitte aus. Was können Sie mir über die beiden sagen?«

Jenks bat um Nachsicht. »Tur mir leid, Sir, aber das ist vertraulich. Da steht das Versicherungsgesetz vor. Ohne Vollmacht darf ich Ihnen leider nichts sagen.«

»Wir müssen rasch handeln«, entgegnete Shepard. »Diese beiden haben vor nicht mal vierundzwanzig Stunden vier unserer besten Agenten getötet.«

»Mein Gott«, sagte Jenks. »Das tut mir wirklich leid. Wenn Sie einen richterlichen Beschluss hätten, könnte ich Ihnen sagen, was Sie wissen wollen.«

»Für einen richterlichen Beschluss bleibt keine Zeit. Aber Sie sind doch ein Patriot, habe ich recht?« Shepard klopfte dem Mann auf die Schulter. War das zu viel des Guten? Nach dem müden Lächeln des Mannes zu urteilen, nicht. »Wo sind die beiden vom Wartebereich aus hingegangen? Haben Sie Kameras in dem Untersuchungsraum?«

»Weder im Untersuchungsraum noch auf den Toiletten«, sagte Jenks und wandte sich wieder der Tastatur zu. »Aber sonst so gut wie überall. Mal sehen, was wir finden.«

29

Peter

Peter goss Kaffee in zwei Porzellanbecher und überprüfte den Inhalt des Kühlschranks. Aus einem unerklärlichen Grund hatte er einen Mordshunger. Dann kam June aus dem Bad geschlendert, öffnete die Klappe des warmen Backofens und zog eine weiße Papiertüte heraus. Der Geruch von Chorizo-Wurst und Zimt erfüllte die Küche.

»Frühstücks-Burritos und frische Churros«, sagte sie. »Am Ende meiner Laufstrecke steht dieser tolle Food Truck.«

War es noch zu früh für einen Antrag?

Ihr Gesicht sah schon viel besser aus, die Schwellungen waren über Nacht weiter abgeklungen, die Blutergüsse von violett zu grüngelb übergegangen und mit einem gekonnten Make-up überschminkt. Sie aßen auf dem Sofa, Papierservietten auf dem Schoß, Eisbeutel auf Peters Fußknöchel. Am liebsten wäre er gleich wieder über sie hergefallen, doch June, in dunkelblauer Hose und frischer weißer Bluse, gab sich förmlich.

»Hier ist mein Plan für heute. Wenn du eine bessere Idee hast, dann sag.«

»Ja, ich habe eine bessere Idee.«

Sie sah ihn schräg an. »Jetzt wird erstmal gearbeitet«, sagte sie. »Aber bevor wir uns wieder den Männern aus den Redwoods widmen, treffen wir uns mit dem Anwalt, der meine Mutter angeschrieben hat.«

Peter nickte. »Jean-Pierre Nicolet. Ein ziemlicher Promi. Für einen Termin bei ihm brauche ich einen Anzug.«

Sie sah ihn an, als versuchte sie, ihn sich im Anzug vorzustellen.

»Ich erläutere dir meine Idee unterwegs.« Er stand vom Sofa auf. »Wir treffen uns in fünf Minuten am Auto. Ich will vorher noch was erledigen.«

Der sechsfarbige Anstrich des Hauses leuchtete in dem diesigen Licht. Leo Boyles verbeulter BMW stand nicht in der Einfahrt, so dass Peter nicht klingelte.

Wenn er nicht gewusst hätte, dass der Haustürschlüssel hier irgendwo verborgen war, hätte er ihn niemals gefunden. Er brauchte einige Minuten, um die ausgehauene Vertiefung hinter einer losen Schindel der Verkleidung zu entdecken. Ein ausgezeichnetes Versteck.

Peter wunderte sich, dass Leo ihm das Geheimfach so bereitwillig verraten hatte. Vielleicht hatte er ihm nicht zugetraut, dass er es von allein fand. Vielleicht gab es noch etwas anderes, das er nicht länger verstecken wollte. Oder er war einfach nur bekifft gewesen. Das alte Schloss ließ sich problemlos öffnen.

Er betrat eine kleine Diele; an den Wänden, von denen die Farbe blätterte, hingen einige wenige Garderobenhaken. Die steile, schmale, gewundene Treppe führte in einen dunklen Keller und hinauf zu einer geschlossenen Tür, hinter der Peter die Küche vermutete. Er hatte mit seinem Vater viele alte Häuser renoviert, und der Grundriss war meistens recht einfach, es sei denn, die Eigentümer hatten gravierende Veränderungen vorgenommen.

Das weiße Rauschen setzte unmittelbar ein, doch allmählich gewöhnte er sich an dieses leichte Unbehagen, das Stechen im Stammhirn.

Don hatte recht gehabt. Er konnte sich damit arrangieren.

Die Tür hinter ihm öffnete sich. »Was machst du denn hier?«, zischte June.

»Leo hat gesagt, er würde sich deinen Laptop mal ansehen«, sagte Peter leise. »Bevor er das tut, dachte ich, schaue ich mir Leo mal näher an.«

»Leo ist harmlos«, sagte sie. »Ein Kiffer und ein Trottel.«

»Bestimmt hast du recht«, sagte Peter und stieg die Stufen zur Küche hinauf.

Er öffnete die Tür zu einem entkernten Gehäuse. Der Putz von den Wänden war entfernt, das kahle Holzständerwerk und die rissigen Planken der Außenwände dahinter freigelegt. Eine lichtundurchlässige Plastikplane bedeckte die Wand zum Nachbarraum. Es gab keine Regale, weder Kühlschrank noch Herd, nur eine kleine Aluminiumspüle, die in eine von alten Holzbrettern gestützte Platte aus Plastiklaminat eingelassen war.

»Wow!« June schaute ihm über die Schulter. »Da hatte Leo wohl recht. Er hat wirklich kein bisschen an dem Haus gemacht.«

»Warst du noch nie hier?«

»Nein. Wir haben den Mietvertrag in meiner Wohnung unterschrieben.« Er sah sie an, und sie sagte: »Hey, Leo kreuzt eben ständig bei mir auf. Unaufgefordert.«

Neben der Spüle standen ein einfacher schwarzer Becher und eine billige Cafetière, beide schmutzig, und ein winziger Mikrowellenherd. Auf dem Boden ein Karton Ramen-Nudeln und eine halbvolle Folgers-Kaffeedose.

Peter wusste nicht, was er erwartet hatte. Vielleicht eine hochwertige Espressomaschine, einen teuren Kühlschrank, gefüllt mit Resteessen aus Restaurants. Das hier jedenfalls nicht.

Er war solche Provisorien gewohnt. Als er vierzehn Jahre alt war, stand die Familie einen Sommer lang ohne Küche da. Sein Vater und er hatten alle Rohrleitungen und Stromkabel neu verlegt, dann Regale gebaut, während sie darauf warteten, dass der Trockenbauer aus der Entzugsklinik entlassen wurde. Aber das hier wirkte nicht so, als würde hier noch gearbeitet.

Es sah eher aus wie bei Hausbesetzern.

»Ist Leos Aktienfonds abgestürzt?«

»Davon war nie die Rede«, sagte June. »Aber das hätte er mir sowieso nicht gesagt. Leo ist ein bisschen komisch.«

Peter schob die Plastikplane beiseite und betrat das ehemalige Esszimmer, welches auch entkernt war, ebenso das sich anschließende Wohnzimmer und der breite Vordereingang. Ein Blick nach oben in den ersten Stock zeigte ihm, dass es dort genauso aussah.

Es musste ein stattliches Haus gewesen sein. Die Innenausstattung sicher aufwändig gestaltet, mit Kassettendecken, Vertäfelungen und Einbauschränken. Jetzt pfiff der Wind durch die Lücken in der Verkleidung, und die alten Fensterrahmen waren kahl. Der frische Außenanstrich war wie ein feiner Anzug an einem Skelett.

Was sagte das über Leo aus?

»Ich hatte ja keine Ahnung«, bekannte June. »Man weiß einfach nie, was im Kopf eines anderen Menschen vorgeht.«

»Such dir lieber eine andere Wohnung«, sagte Peter.

»Ich werd schon fertig mit Leo«, sagte sie. »Weißt du, wie schwierig es ist, in diesem Viertel eine billige Wohnung zu finden? Mit technischem Support inklusive?« Sie zupfte ihn am Ärmel. »Lass uns gehen. Wir haben noch viel zu erledigen.«

Sie gingen durch die Küche zurück zu der kleinen Diele am Hintereingang. Peter zögerte kurz an der Treppe und stapfte dann die Stufen zum dunklen Keller hinunter. June blieb oben stehen.

»Peter«, rief sie hinter ihm her. »Lass uns gehen.«

»Es dauert nicht lange. Ich will nur einen kurzen Blick reinwerfen.« Er war bereits unten angelangt, tastete nach einem Lichtschalter. »Du möchtest doch auch wissen, ob dein Vermieter seine Leichen hier unten in Kühltruhen einfriert, oder nicht?«

»Nein!«, rief June vom Treppenabsatz herunter.

Peter hatte den Schalter gefunden und knipste das Licht an.

Er brauchte einige Sekunden, bis sich seine Augen an die Helligkeit gewöhnt hatten. Der Kellerraum war makellos. An den freigelegten Deckenbalken hingen LED-Streifen, die jeden dunklen Winkel ausleuchteten. Balken und Unterboden waren mit weißer Hochglanzfarbe besprüht, ebenso das geflickte Betonfundament, der Stützbalken, die Streben, alle Leitungen und die gesamte Verrohrung. Peter sah kein einziges Spinnennetz, keinen Mäusekot. Waschmaschine, Trockner, Wasserkessel und Heizofen sahen wie blank poliert aus.

Aber das war nicht mal das Ungewöhnlichste.

Das Ungewöhnlichste war der Faradaykäfig.

Es war keine mit Alufolie beklebte Zigarrenkiste, sondern eine Art Bürowürfel, der fast die Hälfte des Kellerraums einnahm. Über Wände und Decke zog sich ein feines Kupfergeflecht, das sich unter einem Spanplattenpodest fortsetzte. Den Eingang zum Käfig bildete eine Gittertür, ebenfalls aus Kupfermaschendraht, der bis über die Türpfosten reichte, so dass bei geschlossener Tür eine vollständige Hülle entstand, die alle elektromagnetische Strahlung abwehrte.

Auf den an einer langen Wand aufgestellten Werkbänken lagen verstreut elektronische Geräte und Lötkolben, Vergrößerungsglas, Leiterplatten und diverser anderer Kram, den Peter nicht genauer identifizieren konnte. An der Wand gegenüber ein wuchtiger, ergonomisch geformter Bürostuhl vor einem großen modernen Schreibtisch mit drei Keyboards und einem Halbkreis aus Computerbildschirmen. In der Ecke ein mit Schottenkaro bezogener durchgesessener Sessel, über dessen Lehne eine Fleecedecke hing.

Es war gemütlich, auf bizarre Art. Besonders im Gegensatz zu dem entkernten Gehäuse oben.

Vielleicht war das der Ort, an dem Boyle auflebte, dachte

Peter. Wenn er mit dieser Hardware hantierte und mit seinen Online-Mitarbeitern kommunizierte.

Aber was machten die eigentlich genau?

An der Ecke eines Monitors baumelte eine in Plastik eingeschweißte Karte mit dem Magnetstreifen nach außen. Peter drehte sie um. Es war der Zugangsausweis zum Fachbereich Informatik der Stanford University, auf dem Foto starrte ein unrasierter Boyle mit leerem Blick in die Kamera.

War es Zufall, dass Boyle und Junes Mutter mit demselben Institut zu tun hatten?

Peter stupste die Computermaus an. Der Bildschirmhintergrund des Hauptmonitors erwachte zum Leben: ein Foto von Junes Gesicht, aus erhöhter Sicht aufgenommen, etwas unscharf, wie aus großer Entfernung. June, leicht vorgebeugt, sieht jemanden außerhalb des Bildes an, nicht den Fotografen. Ihr lebhaftes Gesicht strahlend, die Sommersprossen glühend, ihr Mund auf einer Seite leicht geöffnet, als wäre sie beim Erzählen eines Insiderwitzes gerade an die Pointe gelangt. Sie war wunderschön. Das Foto auf dem Monitor war überlebensgroß.

»Peter?«, rief June nach unten. Er war froh, dass sie noch in der Diele stand.

»Irgendwelche Leichen im Keller?«

»Nein«, antwortete Peter. »Keine Tiefkühltruhen, keine Leichen. Da fällt mir ein, ich trage meine letzten frischen Klamotten. Kann ich mal die Waschmaschine benutzen? Hast du noch schmutzige Wäsche?«

Sie sah ihn fragend an. »Du willst Wäsche waschen? Meine Wäsche?«

»Und meine«, sagte er achselzuckend. »Außerdem bin ich gestern Nacht gar nicht dazu gekommen, mich mit deiner Unterhose zu befassen.«

Sie schlug ihm spielerisch auf den Oberarm, um davon abzulenken, dass sie rot wurde.

»Komm mir nicht auf dumme Gedanken, Freundchen. Wir wollen den Anwalt ausfindig machen, schon vergessen?«

Bevor sie losfuhren, belud Peter den Minivan mit einiger Ausrüstung. Die Matte und den Schlafsack, den er am Vortag gekauft hatte, noch zerknittert von ihrer nächtlichen Ausschweifung, aber funktionstüchtig, er hatte schon in schlechteren Schlafsäcken geschlafen. Dazu Junes Schlafsack und Matte, die sie von Kalifornien hertransportiert hatten, ihr Zelt, einen kleinen Campingkocher und ultraleichtes Kochgeschirr. Einige Flaschen Wasser und Grundnahrungsmittel, die man schnell auf dem Kocher zubereiten konnte. Und schließlich die Werkzeugtasche aus dem Geschäft, die er aufgefüllt hatte.

»Machen wir eine Weltreise?«, fragte June, als Peter die Klappe zuschlug.

»Wir sollten auf alles gefasst sein«, sagte er. »Wir wissen immer noch nicht, ob wir hier in Sicherheit sind.«

Beim Zurücksetzen aus der Einfahrt sah er Leos BMW schräg auf dem Rasen vorne stehen, die Fenster trotz Regens heruntergekurbelt. Er saß hinterm Steuer, fest eingeschlafen, bei laufendem Motor.

Peter fuhr trotzdem los. Er wusste, dass sie Leo noch mal begegnen würden.

30

Nach einem Frühstückskaffee im Caffe Ladro war es nicht mehr weit zu Nordstrom in der Fifth, Ecke Pine. Das weiße Rauschen begleitete Peter, während June zielstrebig auf die Herrenabteilung zusteuerte. Peter atmete tief durch, die hohen Decken waren von Vorteil.

June stellte sich einem Verkäufer in lavendelfarbenem Hemd und Krawatte zu grauer Anzughose vor, der ihre genähte Lippe und Peters Gehschiene geflissentlich übersah.

Peter hätte sich mit Billigem von der Stange zufriedengegeben, doch June übernahm die Regie.

»Mein Freund braucht einen schwarzen Anzug«, sagte sie. »Natürlich aus Wolle. Schick, klassischer Schnitt. Dazu Hemd, Krawatte, Gürtel, Unterwäsche, Schuhe und Strümpfe und einen Mantel. Es gibt nur ein Problem. Er möchte die neuen Sachen gleich tragen, wenn wir das Kaufhaus verlassen.«

Der Verkäufer, der Jerome hieß, taxierte Peter mit einem mehr als nur professionellen Blick. »Für Herausforderungen bin ich immer zu haben.«

June als seine Modeberaterin, diese Seite an ihr amüsierte Peter. Bisher kannte er sie nur in halb zerrissener Trekkingkleidung und Kletterausrüstung oder splitternackt.

June war nicht die erste Frau, die versuchte, seine Garderobe aufzuwerten.

Jerome spitzte den Mund und ging einmal um Peter herum. »Auf keinen Fall was Enganliegendes, bei den breiten Schultern und den kräftigen Oberschenkeln.« Er schien ebenfalls seinen Spaß zu haben. »Ich schätze, Größe zweiundfünfzig. Ich habe zwei Anzüge, die ihm sehr gut stehen würden, und noch zwei weitere, die vielleicht auch gehen würden.« Er lächelte June verschwörerisch zu. »Hier entlang, Madam.« Er schritt voran, June im Schlepptau. Sie plauderten bereits wie alte Freunde, während Peter in seiner Gehschiene hinterherhumpelte.

Jerome nahm äußerst diskret Peters Maße und legte June anschließend vier Anzüge zur Begutachtung vor. »Sie sind alle hervorragend, sowohl der Stoff als auch die Verarbeitung. Die Preise sind in etwa vergleichbar.«

June wählte einen Anzug aus. »Fangen wir mit dem an.« Sie übergab ihn Peter zusammen mit einem weißen Oberhemd, das sie aus der Verpackung genommen hatte. »In dem siehst du bestimmt todschick aus.«

Sie schob ihn sanft Richtung Umkleidekabine, deren räumliche Enge durch einen Spiegel zum Glück etwas gemildert wurde. Peter atmete regelmäßig ein und aus, wechselte die Kleider, wobei seine gebrochenen Rippen knirschten. Die Gehschiene ließ er in der Kabine stehen.

Er hatte keinen Anzug mehr getragen, seit er die Uniform der U.S. Marines abgelegt hatte, und es hatte ihm nicht gefehlt. Er wollte sich in seiner Bewegungsfreiheit nicht einschränken lassen, nicht aufpassen müssen, dass die teuren Klamotten keinen Schaden nahmen. Doch die Uniform hatte etwas bewirkt in ihm, und so verhielt es sich auch jetzt mit dem Anzug. Er stand aufrechter. Und er spürte den Wunsch, sich die Haare schneiden zu lassen.

Er trat aus der Kabine.

»Mmh«, ließ sich Jerome vernehmen. »Drehen Sie sich bitte mal um.«

Peter vollführte eine kleine Drehung.

»Ja, ja«, sagte June. »Du siehst zum Anknabbern aus.«

»Gut.« Peter lachte. »Dann lasse ich den Anzug gleich an.«

»Nein, nein«, sagte June. »Wir brauchen noch mehr Vergleiche.« Sie reichte ihm den nächsten Anzug.

Innerhalb einer halben Stunde hatte er alle vier Anzüge durchprobiert, und zum Schluss entschieden sie sich doch für den ersten. Jerome holte einen Kreidepuster, markierte den Saum und versprach dafür zu sorgen, dass die Änderungen fertig wären, bis Peter die restliche Ausstattung beisammenhatte.

Gürtel, Strümpfe und eine schmale schwarze Krawatte. Dann in die Schuhabteilung, wo er drei scheinbar identische schwarze Schnürschuhe anprobierte. Nach so vielen Jahren in Kampfstiefeln kamen ihm seine Füße in den Abendschuhen merkwürdig vor, irgendwie unsicher und ungeschützt. Ob sich Zivilisten immer so fühlten?

Als Jerome mit dem Anzug vom Schneideratelier zurückkehrte, zog Peter alles wieder an und vollführte noch einmal eine kleine Drehung, wie seine Modeberater es von ihm verlangten.

»Meine Güte«, sagte June.

Jerome blickte geradezu sehnsüchtig.

Peter stemmte die Fäuste in die Seiten. »Mehr bin ich also nicht für dich? Nur ein Stück Fleisch?«

»Quatsch«, entgegnete June. »Doch nicht *nur* Fleisch.«

Sie und Jerome brachen in Gelächter aus.

Die Rechnung zum Schluss war so hoch wie sein früherer Monatsverdienst im Kampfeinsatz. Er betrachtete den Kauf lieber als Unterstützung der heimischen Wirtschaft. Jerome würde seinen Ehemann zu einem schönen Abendessen einladen, und der Kellner und der Hilfskellner würden ihre Miete bezahlen können. Trotzdem, es kam ihm obszön vor, auch wenn diese Staffage für ihre weiteren Schritte nötig war.

June legte ihm eine Hand auf den Arm, als sie hinaustraten. »Du hast wirklich lieb mitgespielt.«

»Ich wollte nur auf Nummer sicher gehen«, sagte er. »Wenn es mit uns beiden nicht klappt, habe ich zumindest bei Jerome schon mal Vorarbeit geleistet.«

Sie sah ihn spöttisch an. »Gibt es da etwas, was ich wissen muss?«

»›Frag nicht, sag nichts.‹«

»Mann, du bist ja so altmodisch.«

Peter lachte. »Es hat mir einfach Riesenspaß gemacht, dir zuzugucken.«

31

Peters Plan sah vor, sich mit einem angeblich in letzter Minute vereinbarten Termin bei Jean-Pierre Nicolet an dem Pförtner vorbeizumogeln und ihn dann gleich mit Fragen zu überrumpeln.

»Der Mann ist Anwalt«, sagte June. »Der beantwortet keine Fragen.«

»Wahrscheinlich wird er danach den Typen kontaktieren, der den Algorithmus kaufen wollte, und der könnte kalte Füße kriegen und sich rühren.« Er sah June an. »Es besteht nur die Gefahr, dass sie dich danach wieder verfolgen.«

»Aber das wirst du natürlich verhindern«, sagte sie mit leuchtenden Augen. »Und danach sind wir schlauer.«

Die Frau war echt toll.

»Was ist mit den Männern von unserem Killerkommando? Sollen wir erst versuchen, mehr über ihr Vorleben herauszufinden?«

Sie schüttelte den Kopf. »Die laufen uns nicht weg. Noch lebt Nicolet, und er kennt die aktuelle Entwicklung wahrscheinlich nicht.«

»Glaubst du, dass sie ihn auch töten werden?«

»Ich glaube, dass diese Leute rücksichtlos sind. Sie haben meine Mutter wegen eines Softwareprogramms getötet. Sie haben versucht, mich zu entführen, und als das fehlschlug, wollten sie mich umbringen. Nicolet zu töten, ihren einzigen bekannten Kontaktmann, wäre nur logisch.«

»Sie sind nicht die einzigen Rücksichtslosen im Spiel«, sagte er.

»Wer noch?«, fragte sie. »Etwa ich? Scheiße. Ich habe nicht damit angefangen. Das waren die anderen.«

»Und?«, sagte Peter. »Wie kommen wir jetzt an Nicolet ran?«

June lachte. »Ich habe Erfahrung mit unwilligen Quellen. Früher habe ich Leuten, die sonst nicht mit mir geredet hätten, immer gesagt, ich sei die persönliche Assistentin von Jeff Bezos, dem Amazon-Gründer. Das klappt leider nicht mehr. Deswegen habe ich mir neue Varianten ausgedacht. Heute gebe ich mich als rechte Hand von Paul Allen aus. Er unterstützt nämlich ein Projekt zur Erforschung künstlicher Intelligenz.«

Paul Allen, Mitbegründer von Microsoft, stand heute Vulcan Ventures vor, einem breit aufgestellten Unternehmen, das in Technologie, Immobilien und der medizinischen Forschung mitmischte. June schaltete den Lautsprecher an ihrem Handy ein.

»Büro Mr Nicolet. Suzanne am Apparat.«

»Hallo, Suzanne. Ich bin Mary Swanson von Vulcan, und ich muss sofort Mr Nicolet sprechen.«

»Das tut mir leid. Mr Nicolet ist gerade nicht in seinem Büro.« Nicolets Sekretärin hatte die ruhige, feste Stimme einer Schuldirektorin, die sich ihrer Rolle als Sittenwächterin und Friedenshüterin bewusst war.

Junes Erwiderung war knapp und deutlich. »Dann komme ich gleich zu ihm. Die Sache ist einigermaßen dringend, Suzanne. Mr Allen besteht darauf, dass ich Mr Nicolet noch heute spreche. Ein informelles Meeting, fünf Minuten.«

»Darf ich fragen, worum es geht?«

»Nein. Mr Allen möchte Mr Nicolet ein Angebot machen, und er möchte, dass ich es ihm persönlich überbringe.«

Es folgte die Totenstille der digitalen Telefonie, wenn nicht gesprochen wird und in der Suzanne sich die Machtverhältnisse vor Augen führte. Der Terminkalender ihres Chefs gegenüber den Wünschen eines der wohlhabendsten und einflussreichsten Männer der Stadt, wenn nicht der Westküste.

»Mr Nicolet hat ein Meeting in der Stadt«, sagte sie. »Das dauert bis halb zwei. Wo wäre es am bequemsten für Sie?«

»Ich bin gerade in der Stadt. Wo ist das Meeting?«

Erneute Pause. »Fourth, Ecke Madison.«

June lächelte und achtete darauf, dass Nicolets Sekretärin es auch heraushörte. »Darf ich raten? Er spielt Racquetball im Y. Für wann hat er den Court reserviert?« Peter suchte die Adresse auf seinem Handydisplay.

»Für Mittag«, gestand Suzanne. Sie hörte sich nicht mehr ganz so streng an. »Aber danach will er sicher erst noch duschen.«

»Das hört man gern«, sagte June. Sie beugte sich vor und sah auf Peters Handydisplay. »Wir könnten uns im Sazerac treffen. Fourth, Ecke Spring, das ist nur eine Straße weiter. Mr Nicolet will sicher etwas trinken, das wird er nötig haben nach dem Sport. Sagen wir, Viertel vor zwei?«

»Sehr schön«, sagte Suzanne. »Ich sorge dafür, dass er pünktlich da ist.«

»Vielen Dank«, beendete June das Gespräch. Sie wandte sich Peter zu. »Planänderung.«

»Es ist jetzt nach ein Uhr«, sagte Peter, als June den Motor anließ. »Aber wir treffen ihn nicht in einem Restaurant.«

»Genau«, sagte June. »Da würde er sich zu wohl fühlen. Wahrscheinlich ist er da sogar Stammgast. Du passt ihn ab, wenn er aus dem Y kommt, und jagst ihm Angst ein.«

»Ich wollte schon immer mal einen Anwalt verprügeln.«

»Nein. Viel schlimmer«, sagte June. »Du sagst, du bist von der Regierung und du willst ihm helfen.«

Unterwegs entwickelten sie den Plan weiter.

Das YMCA war ein schöner Haufen Backsteine, vermutlich fünfzig Jahre älter als alle anderen Gebäude in der Nachbarschaft, und nahm fast ein Viertel des Häuserblocks ein. June parkte in der nächsten Querstraße. Sie waren immer noch zu früh.

Peter hatte sich vorgenommen, June nach ihrem Vater zu fragen, doch jetzt stand Leo Boyle im Vordergrund. Die Einrichtung im Keller hatte ihn alarmiert.

»Woher kennst du Leo eigentlich?«

»Über einen Freund«, sagte sie und fügte achselzuckend hinzu: »Einen Facebook-Freund. Er hatte gepostet, dass er sich gerade ein Haus gekauft hat, mit einer Garagenwohnung zum Vermieten. Ich habe mich zu der Zeit mal hier, mal da einquartiert, bei Freunden aus dem Studium, und suchte was Dauerhaftes. Was man auf den Fotos gesehen hat, war grauenhaft, aber er ist mir beim Preis entgegengekommen. Ich hab eine Bleibe gesucht, die ich mir selbst herrichten konnte. Es war also genau das Richtige zum richtigen Zeitpunkt. Ich hatte gerade den Job bei Public Investigations bekommen und brauchte meine eigenen vier Wände in Seattle.«

»Hast du Leos Vorgeschichte mal überprüft? Ich meine, bevor du eingezogen bist?«, fragte Peter eher beiläufig.

»Nur oberflächlich. Ob er vorbestraft ist oder nicht. Mehr hat mich nicht interessiert.« Sie stutzte. »Moment mal. Hast du irgendwas Verdächtiges im Keller gefunden?«

Peter seufzte. Er wollte es ihr nicht sagen, aber es hatte keinen Sinn. Sie würde unerbittlich nachfragen, und es ihr zu verschweigen, würde nicht zu ihrer Sicherheit beitragen.

»Leo besitzt einen Ausweis des Fachbereichs für Informatik der Stanford University. Da hat doch deine Mutter gearbeitet, oder? Und als Bildschirmschoner dient ihm ein Foto von dir. Ich habe die Maus nur angestupst, und zack, leuchtest du auf.«

Ihre Miene verdunkelte sich. »Jetzt sag nicht, ein Nacktfoto von mir.«

Er lächelte sanft. »Nein. Eine Außenaufnahme. Mit Teleobjektiv. Der Vegetation und der Architektur nach wahrscheinlich irgendwo in der Bay Area.«

Klassisches Stalker-Verhalten, aber er sprach es nicht aus.

»Du hast dich doch nur zwei Minuten da unten aufgehalten.«

»Sie waren direkt vor meiner Nase. Der Ausweis und das Foto. Als hätte er es darauf angelegt, dass du sie findest.«

»Ja.« Ihre Kiefermuskeln zeichneten sich ab. »Und warum habe ich sie nicht gefunden?«

»Quäl dich nicht mit solchen Fragen.«

»Ach ja? Was soll ich sonst machen?« Ihre Stimme klang grell. Dann seufzte sie. »Entschuldige. Ich falle einfach immer auf die falschen Männer rein.«

Peter nahm es nicht persönlich. Vielleicht hatte sie ja sogar recht, was ihn betraf.

»Und wenn doch mehr dran ist?«, fragte Peter.

Sie sah ihn an.

»Ich meine den Ausweis der Stanford University. Könnte Leo sich Zugang zu dem Computerraum deiner Mutter verschafft haben? Irgendwoher müssen die anderen doch von dem Algorithmus erfahren haben.«

»Du machst mir Angst.«

Er konnte beobachten, wie es in ihr rumorte. Sie hatte Leo im Internet kennengelernt, über einen Facebook-Freund. Die perfekte Wohnung zum perfekten Zeitpunkt. Er hatte sogar die Miete gesenkt, damit sie einzog.

»Dieser Dreckskerl!« Ihre Angst war in kalte Wut umgeschlagen, ein gutes Zeichen, dachte Peter. »Vor zwei Jahren hat er mir bei meinen Problemen mit Hackerattacken geholfen. Seitdem habe ich ihm vertraut und ihm den ganzen technischen Kram überlassen. Wer weiß, was für einen Mist der auf meinen alten Laptop geladen hat.« Sie überlegte angestrengt. »Hatte er Zeit, irgendwas mit meinem neuen Computer zu machen?«

»Das darfst du mich nicht fragen«, sagte Peter. »Aber

selbst paranoide Menschen haben Feinde. Wir sollten deinen schrulligen Vermieter mal genauer unter die Lupe nehmen.«

»Den Kerl verprügel ich nach Strich und Faden.«

Peter sah auf die Zeitanzeige seines Handys und legte eine Hand auf Junes Arm. »Ich muss los.«

»Was? Jetzt schon? Du lässt mich mit der Scheiße in meinem Kopf allein?«

»Nicolet würde mir niemals glauben, dass ich für die Regierung arbeite, wenn er mich aus einem Honda Minivan aussteigen sieht.«

32

Peter ging vor bis zum YMCA und suchte sich eine windgeschützte Stelle. Es regnete, aber nur tröpfchenweise. Den Colt Python des LKW-Fahrers hatte er im Auto gelassen. Er besaß kein Holster dafür, und in der Manteltasche würde er auffallen. Nachdem die Schmerzen im Bein zurückgekehrt waren, hatte er die Gehschiene wieder angelegt. Sollte Jean-Pierre Nicolet wegrennen, konnte Peter weder hinterherrennen noch auf ihn schießen.

Doch beides wäre sicher nicht nötig. Nicolet war ein angesehener Fachanwalt und vermutlich davon überzeugt, dass das Gesetz hauptsächlich seinen Interessen zu dienen hatte.

Er kam forschen Schrittes aus dem YMCA. Beiger Trenchcoat, dunkelgrauer Nadelstreifenanzug, keine Akten- oder Sporttasche. Mitte vierzig, durchschnittlich groß, schlank, blasses Gesicht, hoher Haaransatz, randlose Brille. Er trat lächelnd in den feuchten Wind, der nach einer Stunde Racquetball und einem kurzen Besuch in der Dampfsauna sicher guttat.

Peter stellte sich ihm in den Weg.

»Mr Nicolet. Wir haben eine Verabredung um Viertel vor.«

Nicolet musterte Peter in seinem schwarzen Anzug und dem schwarzen Mantel. »Sie kommen nicht von Paul Allen.« Er hatte keinen erkennbaren Akzent, trotz seines französischen Namens. Auf der Homepage hieß es zu seiner Biografie nur, er sei in Montreal geboren und habe die kanadische Staatsbürgerschaft behalten.

»Den Trick entschuldigen Sie bitte«, sagte Peter. »Ich bin

von einer gewissen Behörde. Wir arbeiten eng mit der Hightechindustrie zusammen.«

Nicolet schien das zu amüsieren. »Wir? Kann ich Ihren Ausweis sehen?«

»Nein.« Peter hatte im Ausland viele Spione kennengelernt, aber nur sehr wenige gestanden freimütig, für wen sie arbeiteten. Und wenn, dann nur, wenn viel Alkohol im Spiel war. »Wir haben Informationen und möchten Sie bitten, sie zu bestätigen. Eine Frage von nationaler Sicherheit. Wir wären außerordentlich dankbar für Ihre Hilfe.«

»Und worum geht es?«

»Hazel Cassidy. Sie ist tot.«

»Das ist mir bekannt. Ich habe die Todesanzeige in den Mercury-News gelesen.« Nicolet lächelte höflich. »Kommen Sie in mein Büro. Bringen Sie eine Legitimation mit, die ich verifizieren kann. Und ein Schreiben Ihres Vorgesetzten, aus dem hervorgeht, welche Information ich bestätigen soll, warum es sich dabei um eine Frage von nationaler Sicherheit handelt und schließlich, welchen zwingenden Grund es geben sollte, das Vertrauensverhältnis zwischen Anwalt und Klient zu missachten. Ich rede mit meinen Partnern. Erst dann sind Sie dran. Vielleicht.«

»Das ist alles nicht nötig. Verstehen Sie: Ich möchte Ihnen und Ihrer Kanzlei eine vollständige Überprüfung durch die nationalen Sicherheitsbehörden ersparen. Dazu brauche ich nur zu wissen, wer Sie beauftragt hat, mit Cassidy über den Kauf des Algorithmus zu verhandeln.«

Nicolets Lächeln blieb freundlich, nur seine Stimme nahm an Schärfe zu. »Auch das ist leider eine vertrauliche Information. Ohne entsprechende Befugnis haben Sie kein Recht. Und jetzt entschuldigen Sie mich bitte. Ich habe zu tun.«

Peter packte Nicolet am rechten Oberarm. Der Mann war schmal gebaut, aber kräftig. Das häufige Racquetball-

Training zahlte sich aus. »Sie sind kein amerikanischer Staatsbürger«, sagte er. »Und ich habe weitreichende Befugnisse. Meine Mitarbeiter sitzen da drüben in einem schwarzen Van. Nennen Sie mir den Namen.«

Nicolet lachte, jetzt wirklich belustigt. Seine regelmäßigen Zähne strahlten weiß. »Im Ernst? Sie wollen mich von der Straße weg entführen? Mich mit einem Gummischlauch schlagen?«

»Lieber nicht«, sagte Peter. »Es bleibt absolut geheim. Niemand wird Ihren Namen erfahren.«

Nicolet lachte noch breiter. »Entweder Sie lügen, oder Sie sind naiv. So oder so, Sie sind nicht von der NSA. Nehmen Sie Ihre Hand weg, oder ich rufe die Polizei.«

Peter nahm seine Hand nicht weg. Stattdessen trat er näher, als wollte er dem Anwalt etwas ins Ohr flüstern. Seine linke Faust ballte sich, die rechte Hand am Oberarm hielt die Spannung. Dann glitt die rechte Hand herab, die Linke schnellte hervor, und er stieß ihm die Faust in den Solarplexus.

Es geschah so plötzlich und aus so großer Nähe, dass ein Zuschauer nicht eindeutig hätte beschreiben können, was geschehen war, es sei denn, er hätte unmittelbar danebengestanden.

Nicolet krümmte sich, rang nach Luft, seine Brille baumelte nur noch an einem Ohr. Peter beugte sich über ihn, legte eine Hand auf seine Schulter, ein Bild der Anteilnahme.

»Verschnaufen Sie erst mal. Und dann sagen Sie mir den Namen.«

Nicolet keuchte, stützte sich mit den Ellbogen auf den Knien ab, und für einen Moment befürchtete Peter, er hätte fester zugeschlagen als beabsichtigt.

Dann wurde ihm klar, dass der Anwalt lachte.

Er lachte. Ein Schlag in die Magengrube, er rang nach Luft, aber er lachte.

»Sie können mich mal«, schnaufte er. »Sie haben keine Ahnung, mit wem Sie sich einlassen.«

»Glauben Sie etwa, die werden Sie nicht töten, schon um sich selbst zu schützen?«, fragte Peter.

Nicolet richtete sich mit größter Willensanstrengung auf. Er setzte die Brille wieder auf und lachte weiter keuchend. »Dazu bin ich denen viel zu nützlich«, sagte er. »Ich habe auch gewisse Vorsichtsmaßnahmen getroffen. Aber wahrscheinlich beobachten sie uns gerade.«

Peter schaute sich um und zählte die sichtbaren Überwachungskameras. »Wer beobachtet uns?«, fragte er. »Wie sollen sie denn in die Systeme reinkommen?«

Nicolet brauchte sich nicht erst umzuschauen. Er schüttelte Peters Hand ab. »Ich bin mir sicher, dass sie alles können. Alles, was sie wollen.«

Peter ließ ihn stehen und ging um die Ecke zum Auto.

Als er den Block einmal umrundet hatte und an der vereinbarten Bushaltestelle hielt, um June einzuladen, war der Anwalt weg.

33

Shepard

Als Shepard den großen Mann und das Mädchen aus dem Bekleidungsgeschäft Nordstrom kommen und zwischen den fahrenden Autos die Straße zu ihrem grünen Minivan überqueren sah, wusste er, warum sie so lange gebraucht hatten. Der Mann trug einen neuen schwarzen Anzug und einen offenen schwarzen Mantel.

Er sieht gut aus, dachte Shepard. Nur die Haare sollte er sich mal schneiden lassen.

Das Mädchen ging behände, eine Tänzerin in Wanderschuhen, und der große Mann, ihr Beschützer, nicht mehr ganz so schwerfällig wie auf dem Überwachungsvideo aus dem Krankenhaus. Selbst mit Gehschiene waren seine Bewegungen flüssig, seine überragende körperliche Verfassung deutlich zu erkennen.

Shepard staunte noch immer über die Hartnäckigkeit der Krankenschwester und des Notarztes mit den müden Augen und den abstehenden Haaren. Sie hatten einen Blick auf seinen Ausweis vom Heimatschutzministerium geworfen und Hilfsbereitschaft und Bedauern vorgetäuscht, aber kein bisschen preisgegeben. Ärztliche Schweigepflicht, nationales Recht, das müssen Sie verstehen. Rufen Sie morgen den Krankenhausanwalt an, und jetzt entschuldigen Sie uns bitte, wir müssen uns um unsere Patienten kümmern.

Er war frustriert, aber kein Unmensch. Er würde ihnen nichts antun, nur weil sie zwei Verletzte medizinisch behandelt hatten. Es gab Grenzen, auch für Shepard.

Außerdem war sein Gesicht auf allen Überwachungsvideos zu sehen.

Ohne den Ausweis wäre er vielleicht weitergekommen, überlegte er. In Oregon waren die Leute eigenbrötlerisch. Das hatte Tradition. Die Hippies. Die Legalisierung von Marihuana. Alles Dinge, die außerhalb seines Horizonts lagen. Aber Shepard respektierte das. Er war auch ein Eigenbrötler. Auf der Fahrt fühlte er sich zu einigen Vierteln hingezogen. Der Boden hier in Eugene musste sehr gut sein.

Vor den Häusern gab es große Gärten, die nur so strotzten vor Pracht.

Vielleicht war diese Fahrt nach Oregon wieder ein Zeichen. Vorbereitung für sein nächstes Leben.

Den Hauptwohnsitz des Mädchens zu lokalisieren hätte extrem schwierig sein können. Aus ihrer Nutzung der sozialen Medien ging zwar hervor, dass sie in Seattle lebte, aber sonst gab es erstaunlich wenig Hinweise. Ihre Rechnungen gingen an ein sicheres Postfach, und die Techniker des Verkäufers hatten in Mail-Konten oder Steuersachen auch keine anderen Adressen entdeckt. Sie hatte sich gut versteckt; für einen Amateur eine beachtliche Leistung.

Doch Chips Kunde hatte bereits ihren Laptop geknackt, wodurch der Verkäufer in der Lage war, ihr Handymodem per Ping-Signal zu orten. Solange ihr Rechner eingeschaltet blieb und in ihrem Besitz, konnte er das Mädchen in Echtzeit lokalisieren.

Die Tatsache, dass sie den Laptop nicht mehr benutzte, hätte ebenfalls ein Problem sein können, doch Chips Kunde hatte auch ihre Wohnadresse geliefert. Der Verkäufer, der sich zu Macht und Reichtum hingezogen fühlte wie Motten zum Licht, hatte vor Shepard mit den weitreichenden Ressourcen seines Kunden geprahlt.

Shepard ließ unerwähnt, dass ihm die Adresse bereits bekannt war. Alles in allem war es besser, wenn er den Verkäufer über seine eigenen weitreichenden Ressourcen im

Ungewissen ließ. Die Komplexität der Situation würde er früher oder später ohnehin begreifen.

Er hatte die Wohnung des Mädchens entdeckt, wenige Minuten, bevor sie vom Joggen durch den Regen nach Hause gekommen war. Sie trug eine dünne Jacke, Baseballmütze und Lauftights, und es zeigte sich, dass das Foto in der Akte und die Aufnahmen der Überwachungskameras etwas ganz Wesentliches nicht einzufangen vermocht hatten: ihre Anmut und ihre Kraft, die schiere Energie dieser Frau. Shepard war fasziniert von ihr.

Allerdings besaß sie wenig Gespür für ihre jeweilige Situation, nahm ihre unmittelbare Umgebung kaum wahr, und ihre Ohrhörer blendeten alle Geräusche aus. Er hätte sie auf der Stelle ergreifen können. Tat es aber nicht.

Er hätte den Mann beim Beladen des Minivans mit Campingausrüstung aus vierzig Meter Entfernung erschießen und anschließend das Mädchen entführen können.

Er ließ auch diese Gelegenheit verstreichen. Shepard hatte mehrere Kunden zu bedienen, mit unterschiedlichen Prioritäten. Er stand in einem Interessenkonflikt, wartete auf weitere Informationen.

Aber da war noch etwas. Es war ihm auf dem Überwachungsvideo des Krankenhauses aufgefallen, an dem Mädchen und ihrem Beschützer. Er konnte es noch nicht in Worte fassen. Musste erst noch mehr erfahren. Noch näher an sie herankommen.

Deswegen war er ihnen gefolgt.

Von der Wohnung des Mädchens aus waren sie zu einer belebten Straße gefahren, hatten das Auto abgestellt und einen Häuserblock weiter ein Café mit einer schwarzen Markise aufgesucht.

Ein Kaffee, das war auch ganz in Shepards Sinn.

Er ließ den Wagen an einem Hydranten stehen und lief hinter ihnen her.

Das war vielleicht unklug. Das heißt, nein, es war ganz sicher unklug, sich ihnen zu nähern, bis auf zehn Schritte, dann fünf, ihnen ins Caffe Ladro zu folgen.

Shepard besaß ein untrügliches Gespür für Gewaltbereitschaft bei anderen Menschen, und aus der Entfernung erkannte er sie bei dem Hünen, der die Frau begleitete: Dieser Mann hatte getötet, nicht nur einmal.

Er war anders als seine üblichen zivilen Zielobjekte. Nicht so weich, nicht so schwach.

Eher wie sein eigenes Spiegelbild. Ein Zwillingsbruder, der einen anderen Weg genommen hatte.

Hier ging es nicht darum, taktische Informationen einzuholen, jedenfalls nicht in erster Linie.

Shepard befand sich jetzt in dem überfüllten Coffee-Shop, direkt hinter ihnen in der Schlange, so dass er das Shampoo des Mädchens riechen konnte. Sie sprach lebhaft mit der tätowierten Person an der Kasse, gab ihre Bestellung auf, während der Hüne mit dem Rücken an der Theke lehnte und rastlos im Raum umherblickte. Sie standen eng beieinander. Ab und zu sah sie kurz zu ihm auf und berührte seine Hand. Die beiden hatten eine persönliche Beziehung, jedenfalls war er keine gemietete Security. Sie war besorgt um ihn.

Shepard wollte sie kennenlernen, irgendwie, das Mädchen und den großen Mann. Wollte wissen, wie man das machte, mit einem anderen Mensch an der Seite durchs Leben zu gehen. Jemandes Hand zu berühren, so, dass es etwas bedeutete. Er betrachtete es als Recherche für seinen Ruhestand. Vielleicht. Vielleicht war es auch etwas anderes. Ein erneutes Signal aus seinem tiefsten Inneren.

War es ihm überhaupt möglich, ein anderes Leben zu führen? Nicht isoliert von seinen Mitmenschen? Mit echten menschlichen Kontakten und nicht nur zu denen, deren Leben er ein Ende setzte? Dieses Verlangen, das er spürte, den

Drang nach Anschluss, sich ganz und gar in die Gedanken eines anderen hineinzuversetzen – spürten andere Menschen das auch? Wenn ja, wie fanden sie Anschluss?

Ihm fiel auf, dass sich der große Mann im Coffee-Shop anders verhielt als draußen. Wie ein Hund, der die Nackenhaare aufgestellt hatte. Er fragte sich, ob er vielleicht die gleiche Art von Radar entwickelt hatte wie er selbst, die Fähigkeit zu spüren, ob er beobachtet wurde, ob jemand hinter ihm stand.

Der große Mann war in höchster Alarmbereitschaft, schaute sich auf eine Weise im Raum um, die Shepard vertraut war. Registrierte die Ausgänge, die Schusslinien, jede Person, ihre Position und auf wen oder was sich ihre Aufmerksamkeit richtete. Der große Mann folgte einer alten Gewohnheit, geradezu zwanghaft. Shepard allerdings musterte er nicht länger als andere Personen im Raum und schien ihn daher nicht als Quelle seines Unbehagens ausgemacht zu haben. Shepard war ein Meister darin, sich unsichtbar zu machen.

Als er an die Reihe kam, bestellte er einen normalen Kaffee, weil das schneller ging als der doppelte Espresso für den großen Mann und der dreifache Mokka für das Mädchen. Umständlich bediente er sich bei Milch und Zucker, um gleich nach ihnen den Coffee-Shop verlassen zu können.

Draußen bemerkte Shepard es sofort. Der große Mann ließ die Schultern sinken, und seine Gesichtszüge entspannten sich. Er blieb weiterhin wachsam, auf alles gefasst, doch in der lebhaften städtischen Umgebung schien er sich nicht bedroht zu fühlen, obwohl hier sehr viel mehr Gefahren lauerten. Obwohl Shepard unmittelbar hinter ihm stand.

Drinnen hatte sich der Mann bedroht gefühlt.

Diese Information konnte nützlich sein.

Das Paar ging zurück zum Auto, Shepard wenige Schritte hinter ihnen. Der Mann humpelte leicht mit der Gehschiene, doch Shepard fiel noch etwas anderes auf. Der Mann war Linkshänder, und offenbar wollte er die Hand frei haben, vermutlich, weil er eine Waffe trug. Den Kaffeebecher in der Rechten, nahm sein Körper eine etwas andere Haltung ein. Shepard konnte es genau sehen, der Mann schonte seine rechte Seite. Er musste sich dort verletzt haben, eine Wunde, eine Muskelzerrung.

Shepard fühlte sich seltsam erleichtert.

Nachdem er den Mann aus nächster Nähe beobachtet und gesehen hatte, wie er sich bewegte, wie er seine Umgebung scannte, war ihm klar, dass er extrem gefährlich war. So gefährlich wie er selbst.

Doch der große Mann war nicht in Höchstform.

Die beiden stiegen in ihren Minivan, und Shepard lief zurück zu seinem Auto.

Er verfolgte sie bis in die City. Als sie ins Kaufhaus Nordstrom eintauchten, nutzte er die Gelegenheit und klebte einen kleinen magnetischen GPS-Sender auf die Unterseite des Minivans.

Das würde es erheblich vereinfachen, sie, falls nötig, wieder zu orten.

34

Peter

»Nicolet hat dir also nichts gesagt?«

»Nur, dass ich der Sache nicht gewachsen bin«, antwortete Peter. »Das wusste ich schon vorher.«

In einer Nebenstraße tauschte Peter das Nummernschild gegen das eines identischen Minivans, June stand Wache. Die meisten Autofahrer kannten ihr eigenes Nummernschild nicht, sagte er sich, deswegen würde es eine Zeitlang dauern, bevor der Besitzer etwas bemerkte. Bei den vielen Überwachungskameras verloren er und June zunehmend ihre Anonymität, und er wollte nicht schon wieder ein neues Auto kaufen.

»Immerhin hattest du Gelegenheit, einen Anwalt zu schlagen«, sagte June. »Das kannst du jetzt von deiner Wunschliste streichen.«

Peter schraubte das Nummernschild an die hintere Stoßstange und schüttelte den Kopf. »Eigentlich fand ich ihn ganz sympathisch. Er war ziemlich zäh.«

»So eine Position erreicht man nur mit Zähigkeit.«

Peter richtete sich auf und ging zur Beifahrerseite. »Wer kommt als Erster dran?«

Sie hatten sich vorgenommen, die Adressen der toten Männer aufzusuchen.

»Alvarez wohnt am nächsten«, sagte June und gab Gas. Es ging bereits auf vier Uhr zu.

Nach Junes Recherchen waren die Adressen in den Führerscheinen der Verfolger nicht aktuell. Sie hatte beschlossen, mit der jeweils zuletzt bekannten Adresse anzufangen und sich dann rückwärts vorzuarbeiten.

Während sie den Minivan durch die schmalen Straßen lenkte, sagte sie: »Warum hatten sie ihre privaten Führerscheine dabei? Warum überhaupt persönliche Dokumente bei so einer Operation? Sie hätten doch auch gut gefälschte Papiere verwenden können.«

»Sie waren ehemalige Militärangehörige«, sagte Peter. »Ihre Fingerabdrücke liegen beim FBI. Es wäre also ein Leichtes für die Polizei, ihre Identität festzustellen. Deswegen speichert das Militär auch alle DNA-Daten seiner Angehörigen, um später Gefallene identifizieren zu können. Diese Daten sind sonst nicht zugänglich, aber du weißt ja, wie so was läuft.«

June nickte. »Da gilt das Recht des Stärkeren. Das Machbare möglich machen. Wenn Tarnung sinnlos ist, warum sich dann verstecken?«

Peter kam noch ein anderer Gedanke. »Es kann auch sein, dass sie tatsächlich echte Agenten waren, von ganz oben gedeckt. In dem Fall wäre ihre wahre Identität ihr bester Schutz.«

»Darüber will ich mir jetzt noch nicht den Kopf zerbrechen«, sagte sie. »Lieber erst mal die Leute finden, die hinter den Kerlen stecken.«

Bevor sie uns finden, dachte Peter.

Martin Alvarez besaß ein schiefergraues Haus in Seattle. Ursprünglich recht klein, hatte man auf der Rückseite einen bescheidenen Anbau hinzugefügt, dabei Wert auf Details gelegt, Fenster, Verkleidung, Dachlinien. Dennoch hatte Alvarez nicht auf großem Fuß gelebt, jedenfalls nicht hier. Vielleicht hatte er Geld auf der hohen Kante.

June parkte vor dem Haus.

Sie gingen durch das Törchen in dem robusten Lattenzaun und hörten im Haus einen Hund bellen. Der Vorgarten war eine bunte Mischung aus Büschen und Sträuchern, ungepflegt, aber in voller Frühlingsblüte, die Veranda aus jungem Zedernholz, die Haustür in einem hellen Gelbton gestrichen. Das Bellen wurde lauter. Ein Mädchen, fünfzehn, sechzehn Jahre alt, öffnete die Tür einen Spalt, noch ehe Peter geklopft hatte.

»Was wollen Sie?« Sie ließ die Sicherheitskette eingehakt.

Braves Mädchen, dachte Peter. Er sah einen Streifen langes braunes Haar, karamellfarbene Haut und Sorgenfalten auf der Stirn. Sie ähnelte sehr dem Mann, der bei dem Unfall aus dem Suburban geschleudert worden und mit dem Kopf auf einen Stein geprallt war.

Mit einem Bein hielt sie das Tier, einen deutschen Schäferhund, von der Tür zurück, doch es knurrte vernehmlich hinter ihr. June gab Peter mit einem sanften Stoß des Ellbogens Zeichen, ihr Platz zu machen. »Hi«, sagte sie. »Wir suchen Martin Alvarez. Ist das dein Vater?«

»Der ist nicht zu Hause«, sagte das Mädchen und schickte sich an, die Tür zu schließen.

»Ist deine Mutter da?«

»Die ist weg«, sagte das Mädchen. »Schon lange. Nur noch ich und mein Vater. Und der ist nicht zu Hause.«

Peter spähte durch den Türspalt, versuchte irgendwie die Person Martin Alvarez dahinter zu erahnen. Er wollte sich nicht mit Gewalt Zutritt verschaffen, denn dazu hätte er möglicherweise den Hund erschießen müssen. In seiner Jackentasche steckte, etwas auffällig, die Pistole des LKW-Fahrers. Das Mädchen würde schon bald mit viel Schlimmerem konfrontiert werden.

June ließ nicht locker. »Weißt du, wann er wiederkommt?«, fragte sie. »Wir möchten ihn gerne sprechen.«

»Heute Abend«, sagte sie. »Worum geht es denn?« Sie spannte die Lippen.

Sie macht sich Sorgen, dachte Peter. Vielleicht hatte sich ihr Vater nicht, wie verabredet, gemeldet.

Weil er tot war.

Er sah an dem Mädchen vorbei ins Haus, hielt Ausschau nach etwas Verwertbarem, zufällig Herumliegendem, was Auskunft geben könnte.

Das Wohnzimmer war tipptopp. Einige wenige Zimmerpflanzen, grün und gesund, großes Ecksofa, Ledersessel und eine Regalwand um einen Maxi-Bildschirm herum. Gerahmte Fotos, auf die Entfernung schwer zu erkennen, auf den meisten zwei Menschen, einer groß, der andere klein. Und ein Teddybär, der wie ein kleiner König in einem der oberen Regale thronte, wahrscheinlich ein heißgeliebtes Souvenir aus der Kindheit des Mädchens.

Schon bereute Peter den Blick ins Innere des Hauses.

»Wir suchen deinen Vater. Aber er geht nicht an sein Diensthandy. Hat er dir noch andere Nummern für den Notfall gegeben? Oder weißt du, wie man ihn sonst erreichen kann?«

»Er arbeitet für die Regierung«, sagte das Mädchen und reckte stolz und trotzig das Kinn. »Manchmal weiß ich auch nicht, wo er gerade ist. Aber wir sind füreinander da.«

June blinzelte Peter an, ohne sich ihre Traurigkeit anmerken zu lassen.

Peter sah zu dem Mädchen, das erwachsen wirkte für ihr Alter. »Danke«, sagte er. »Wir lassen dich jetzt auch in Ruhe. Wenn du jemanden hast, den du anrufen kannst, Familie oder Freunde, dann tu das bitte.«

Sie gingen die Verandastufen hinunter, und das Mädchen schaute ihnen hinterher.

Am Auto übergab June Peter die Schlüssel. »Fahr du lieber«, sagte sie. Tränen liefen ihr über die Wangen.

Peter ließ den Motor an und legte eine Hand auf Junes Arm.

»Du warst dabei auf der Straße in der Bergen«, sagte er leise. »Alvarez war kein Unschuldslamm. Es hieß, sie oder wir.«

»Ich weiß«, sagte sie. »Es war seine Entscheidung. Aber seine Tochter hatte keine Wahl.«

Peter atmete tief ein und stieß die Luft wieder aus. »Ja.«

Er legte den Gang ein und brachte sie fort von hier.

35

Peter steuerte die nächste Adresse an, die June in sein Handy eingegeben hatte, um ihm die Fahrt durch die gewundenen Straßen zu erleichtern.

»Ich probiere mal den neuen Algorithmus aus«, sagte sie und klappte ihren Laptop auf. »Vielleicht erfahren wir mehr über den Anwalt.«

Von einem Zettel übertrug sie eine Internetadresse in ihren Browser.

»Das hat deine Mutter bestimmt auch schon probiert.«

»Kann sein. Aber sie hat auch gesagt, dass sich der Algorithmus von allein optimiert. Dass er klüger wird. Und wir wissen mittlerweile mehr über die Männer, die uns töten wollten.«

Die Adresse bestand aus einer Reihe Ziffern und Buchstaben, die wie zufällig angeordnet schienen.

»Mehr nicht? Das ist der Algorithmus? Der Generalschlüssel?«

»Tig3r«, sagte sie, drückte auf die Return-Taste und drehte den Laptop so, dass Peter den Schirm sehen konnte.

Er sah kurz herüber. Als Erstes fiel ihm auf, wie einfach der Desktop aufgebaut war. Vollkommen kahl, außer einem blinkenden Cursor innerhalb eines Textfeldes und darunter einer einzigen Textzeile.

Du bist nicht autorisiert.

»Scheiße«, sagte sie.

»Er erkennt dich nicht«, sagte Peter, der sich durch den kriechenden Verkehr lotsen ließ. »Er hat dich auf deinem Handy aufgespürt, weil du dich in deinen E-Mail-Account eingeloggt hast. Den du übrigens besser wieder runterschmeißen solltest.«

Er erinnerte sich an einen Vorstoß im Irak. Die NSA hatte sie bei der Überwältigung der Al-Quaida-Kämpfer unterstützt, indem sie sich Zugang zu Iraks wachsendem Mobilfunknetz verschafft und den gesamten Funk- und SMS-Verkehr zurückverfolgt hatte. Warum sollten ihre Verfolger nicht auch dazu in der Lage sein?

»Das habe ich gestern gemacht«, sagte sie. »Ich habe vergessen, es dir zu sagen. Ich habe das alte Handy weggeschmissen und ein neues Wegwerfhandy gekauft. Für meine E-Mails kann ich jederzeit in ein Internet-Café gehen. Aber das hilft mir hier auch nicht weiter. Es gibt nicht mal eine Sicherheitsabfrage. Den Namen meines ersten Hundes oder so.«

»Das macht es umso sicherer.«

Peters segelte über die West Seattle Bridge. Vor ihnen lagen ein ausgedehnter Rangierbahnhof, dann zwei Highways und ein baumbestandener und mit Wohnhäusern zugeklotzter Hang. Rechts der Flughafen. Links streckten die eleganten Hafenkräne des Port of Seattle ihre Ausleger in den Himmel. Der Puget Sound dahinter sah aus wie Edelstahl. Der Himmel war dunkel und wolkenverhangen. Zeigte sich denn niemals die Sonne in dieser Stadt?

»Gibt es etwas, was nur du und deine Mutter wisst? Ein Lieblingsausdruck oder so?«

June schüttelte den Kopf. »Da fällt mir nichts ein. Meine Mutter war nicht so fürs Kuschelige.«

»Was ist mit dem Video, das sie dir nach ihrem Tod geschickt hat? Gibt es darin etwas?«

June schlug Peter mit dem Handrücken an die Brust. »Hübsch und klug. Das schätze ich an Männern.«

»Kochen kann ich auch noch. Und im Bett erst, da bin ich wahnsinnig gut.«

June überhörte ihn. Sie hatte bereits einen anderen Browser geöffnet und loggte sich in das anonyme E-Mail-Konto ein, wo sie die Videonachricht ihrer Mutter als Entwurf gespeichert hatte. »Gucken wir uns das Video noch mal an.«

Sie spielte Hazel Cassidys letzte Nachricht zweimal ab, und Peter hörte zu. Der Verkehr hatte zugenommen, sie hatten sich die falsche Tageszeit ausgesucht. Aber vielleicht gab es keine richtige Zeit für das, was sie vorhatten. June machte sich Notizen auf ihrem Block. Peter war beeindruckt, wie schnell sie schreiben konnte. Andererseits hatte er auch noch nie ihre Handschrift entziffern müssen.

»Da würde sich vieles anbieten«, sagte Peter.

June sprang nicht darauf an. Sie ging zurück auf die Seite mit dem Algorithmus, klickte das Textfeld an und gab »Generalschlüssel« ein.

Das Feld wurde schwarz, und der Cursor blinkte wieder.

Du bist nicht autorisiert. Gib dir mehr Mühe.

June warf Peter einen Blick zu. »Das sieht meiner Mutter ähnlich. Wahrscheinlich habe ich nur zwei, drei Versuche.«

»Du könntest nochmal das E-Mail-Programm auf deinem Handy nach dem Passwort fragen.«

»Das hat mir nur die Internetadresse genannt, kein Passwort«, sagte sie. »Es bringt nichts, im Nachhinein zu fragen. Bei so einem leistungsstarken Algorithmus wird meine Mutter eine sehr hohe Sicherheitsstufe eingebaut haben. Und das ist ja auch gut so.«

Allerdings, dachte Peter. Wenn der Generalschlüssel wirklich so gut war und die Russen, Chinesen oder Iraner ihn sich beschaffen würden, wäre das amerikanische Experiment am Ende. Die Baupläne von Drohnen und Cruise-Missiles standen alle irgendwo im Netz. Man stelle sich vor, jemand hackte die Verbindung zu einer Reaper-Drohne in der Luft und übernahm die Kontrolle. Das neue Jagdflugzeug F-22 wurde ausschließlich von Software gesteuert, die permanent neue Updates lud. Diese Updates könnte man aufspielen, noch während sie in der Luft war.

June fuhr sich mit der Hand durchs Haar, klickte das Textfeld an, gab *Fluch der Wissenschaft* ein und drückte die Enter-Taste.

Wieder wurde das Textfeld schwarz, und der blinkende Cursor erschien.

Du bist nicht autorisiert. Letzte Chance.

»Scheiße.«

Sie steckten noch immer im Stau auf der Auffahrt zum Highway 99. »Gib mir mal den Laptop«, sagte Peter. »Ich habe eine Idee.«

Sie sah ihn an.

»Ich drücke auch nicht die Enter-Taste. Versprochen. Na los, gib ihn mir.«

Sie reichte ihm den Laptop, er gab mit zwei Fingern die Zeile ein: *die beste Tochter, die man sich als Mutter nur wünschen kann*, und gab ihr den Laptop zurück.

Sie holte tief Luft, und Peter tätschelte ihr Bein »Was meinst du?«

»Ich weiß nicht«, sagte sie. »Aber mir fällt nichts Besseres ein.«

Sie drückte die Enter-Taste.

Das Textfeld wurde wieder schwarz, aber es erschien eine neue Nachricht.

Der größte Irrtum erzielt das beste Resultat.

»Hä?«

June lachte. »Das kenne ich. Das hat sie nach der Scheidung immer gesagt.« Ihre Finger flogen über die Tasten. *Der Yeti und June.*

Schwarzes Textfeld, und wieder eine neue Nachricht.

Hallo, June. Was möchtest du wissen?

»Wer ist denn der Yeti?«, fragte Peter, konnte es sich aber schon denken.

»Das ist der Spitzname meines Vaters«, sagte June. Ihr Mund zuckte. Ein schwer deutbarer Ausdruck, weder Lächeln noch Missfallen.

Der Verkehr lichtete sich, und endlich erreichten sie den Highway 99, den kleineren Highway Richtung Norden, der am Puget Sound entlangführte. Peter gab Gas. »Der Yeti ist dein Vater? Der Typ, der dir zum vierzehnten Geburtstag eine Pistole geschenkt hat?«

»Wie gesagt, meine Kindheit war recht interessant.«

Auf diese Gelegenheit hatte Peter nur gewartet. »Erzähl mir mehr über deinen Vater.« Es war aufrichtiges Interesse, aber er dachte dabei auch an sein letztes Gespräch mit Lewis.

Sie verzog das Gesicht. »Lieber nicht.«

»Warum nicht?«, sagte er. »Du erwähnst ihn immer wieder. Es muss dir doch unter den Nägeln brennen.«

Sie schüttelte den Kopf. »Mein Vater war ein Kontrollfreak. Er hat früher in der Software-Branche gearbeitet, wo er auch meine Mutter kennengelernt hat. Als ich noch klein war, hat er eine eigene Firma gegründet. Aber damit ist er gescheitert, und wir sind in ein abgelegenes kleines Tal im Osten von Washington gezogen. Laut meiner Mutter war er schon damals ziemlich kauzig. Überfürsorglich, zwanghaft, die ganze Palette. Er war besessen von der Idee, uns autark zu machen, so dass wir das Tal niemals verlassen müssten. Meine Mutter bekam einen Job in Stanford angeboten und wollte mich zu sich nehmen. Mein Vater sagte nein. Eines Tages fuhr sie zu einer Konferenz und kam nicht wieder. Da war ich zehn Jahre alt.«

»Meine Fresse«, sagte Peter. »Das muss ganz schön hart für dich gewesen sein.«

»Das ist charmant untertrieben.« June schüttelte den Kopf. »Später hat sie mir gesagt, sie habe sich jahrelang um das Sorgerecht bemüht. Dagegen stand der versierte Anwalt meines Vaters. Es muss sehr hässlich gewesen sein, mit viel schmutziger Wäsche, nehme ich an. Die Akten füllen einen ganzen Schrank. Ich bin jedenfalls in dem Tal geblieben, und es wurde alles nur noch schlimmer. Einmal hat er mir eine Kette geschenkt. Einige Jahre später bin ich auf einem Stein ausgerutscht, und die Kette riss. Dabei kam heraus, dass in dem Anhänger ein elektronischer Chip eingebaut war. Kein Wunder, dass er mich immer gefunden hat, wenn ich mal wieder abgehauen war. Mit fünfzehn habe ich es nicht mehr ausgehalten. Ich habe mir einen Fluchtplan ausgedacht, ich wollte zu meiner Mutter. Vorsichtshalber hatte ich nichts mitgenommen von den Sachen, die er mir gegeben hat. Es hat geklappt. Meine Mutter rief bei ihm an, um ihm zu sagen, wo ich bin. Kurz darauf stand er vor ihrer Tür. Ich habe mich in mein Zimmer eingeschlossen, und er hat getobt und geschrien, wir seien in Gefahr, die ganze Menschheit sei in Gefahr. Mom hatte schon die Polizei gerufen. Als er die Sirenen hörte, ist er gegangen.«

Behutsam fragte Peter nach. »Was meinst du damit, alles wurde nur noch schlimmer?«

Sie sah ihn von der Seite an. »Wenn das deine rücksichtsvolle Art ist zu fragen, ob er mich belästigt hat, lautet die Antwort: nein. Sein Verfolgungswahn wurde schlimmer und er selbst immer überängstlicher. Wir wohnten wirklich weit vom Schuss, auf dem Land, aber ich kam nur mit einem Sicherheitscode ins Haus. Es gab noch eine große Scheune, in der er gearbeitet hat, aber der Zutritt war verboten. Das sei zu meinem eigenen Besten, hieß es.«

»Hast du ihn danach noch mal gesehen?«

»Er hat uns noch zweimal in Palo Alto heimgesucht. Meine Mutter hatte mir einen Gerichtsbeschluss besorgt, der mich zu einer mündigen Minderjährigen erklärte, in Kalifornien geht das mit vierzehn Jahren. Da hatte ich schon meinen Schulabschluss, was die Sache erleichterte. Außerdem hatte er Kontaktverbot. Anfangs hielt er sich daran, aber dann hat er sich schnell wieder aufgeregt. Meine Mutter hat immer gleich die Polizei gerufen, wenn sie ihn nur sah. Und sobald er die Sirenen hörte, hat er sich aus dem Staub gemacht.«

»Hat er dich geschlagen? Sachen zerschmissen?«

»Letzteres ja, aber geschlagen hat er mich oder meine Mutter nie. Er konnte zornig werden, auch das, aber nicht unbedingt auf uns. Ein Berserker. Als er beim letzten Mal wieder abzog, dachte ich bei mir, wie traurig das Ganze ist, wenn es nicht so unheimlich wäre.«

»Was wollte er denn von euch?«

»Er wollte, dass ich zu ihm nach Hause komme, wo ich in Sicherheit wäre. Das hat er ständig wiederholt. Komm nach Hause, da bist du in Sicherheit.«

»Das war's?«

Sie zuckte mit den Schultern. »Das war's. Seitdem habe ich ihn nicht mehr gesehen. Das ist jetzt zwölf Jahre her.«

»Warum nennst du ihn Yeti? Er heißt doch nicht wirklich so, oder?«

»Er heißt Sasha«, sagte sie. »Und er ist ein Riese. Seine Freunde haben ihn früher Sasquatch genannt. Als seine Firma pleiteging, bekam er über Nacht schlohweißes Haar. Seitdem nennen Mom und ich ihn Yeti. Damals war das als Witz gemeint. Uns war nicht klar, dass er nicht ganz richtig im Kopf ist.«

Sasha Kolodny, dachte Peter. Wieso kam ihm der Name bekannt vor?

Dann fiel es ihm ein.

»Lebt er immer noch dort? In dem Tal?«

»Keine Ahnung. Wie gesagt, ich habe ihn seit Jahren nicht gesehen.«

»Ihr standet euch wohl sehr nahe, du und deine Mutter.«

»Ja.« Sie sah zur Seite. »Können wir das Thema jetzt bitte beenden?«

»Natürlich.«

36

June las laut vor, was sie eingab. »Weiß Tig3r, dass eine unbekannte Instanz versucht hat, Hazel Cassidy Tig3r abzukaufen?«

Ja.

»Hat Hazel Cassidy versucht, mit Hilfe von Tig3r die Identität dieser unbekannten Instanz festzustellen?«

Ja.

»War Hazel Cassidys Versuch erfolgreich?«

Nein.

»Wie viele Versuche hat Hazel Cassidy unternommen?«

Einunddreißig Versuche.

»Wann war der letzte Versuch?«

7. Februar, 14:37.

Jetzt war Ende März. Das genaue Datum wusste Peter nicht. Das brachte das Leben im Freien mit sich, wenn man keinen sogenannten festen Arbeitsplatz hatte. Ihm fiel wieder ein, wie Junes Mutter den Algorithmus beschrieben hatte: eine minderbemittelte Kakerlake. Aber lernfähig.

June tippte wieder auf der Tastatur. »Was hat Tig3r damals herausgefunden?«

Siehe unten.

In einer Ecke öffnete sich ein Fenster. June klickte auf den Rahmen. Es folgte eine Serie von E-Mails.

June scrollte sich durch.

»Das sind Nicolets E-Mails an meine Mutter. Er sagt, er vertrete eine Drittpartei. Und er bietet ihr zehn Millionen für die Exklusivrechte an einem noch nicht abgeschlossenen privaten Projekt an.« June scrollte weiter. »Sie will wissen, von welchem Projekt er spricht. Und er weiß entweder nicht, um was es sich handelt, oder will es nicht sagen. Er nennt es einen Suchalgorithmus.«

»Das wäre technisch korrekt, oder nicht?«

»Egal, sie ist jedenfalls nicht interessiert. Er erhöht sein Angebot. Bei vierzig Millionen beantwortet sie seine Mails nicht mehr.«

»Woher hat Tig3r die Mails eigentlich?«, sagte Peter. »Hat er sie von irgendeinem Server gezogen? Aus der Cloud?«

»Bestimmt«, sagte June. »Ihre Passwörter hat er vermutlich alle längst.« Sie sah Peter an. »Vierzig Millionen Dollar?«

Peter war acht Jahre bei den U.S. Marines gewesen, zwei Jahre in den Bergen, aber er hatte auch Wirtschaftswissenschaften studiert. »Wie hoch ist Googles Börsenwert momentan? Vier bis fünfhundert Milliarden? Und alles hat mit einem Algorithmus angefangen.«

»Ja. Aber Tig3r war ihr Kind«, sagte June. »Sie wollte die Welt ein bisschen verbessern. Mächtige Gruppen und einzelne Privatpersonen stärker zur Rechenschaft ziehen. Stell dir vor, man würde mit Tig3r alle Firmenspenden offenlegen. Allein diese Information würde die Welt verändern.«

»Vierzig Millionen sind also ein Klacks.«

»Nicht mal ein Kleckschen«, sagte June. »Aber sie hätte es sowieso nicht genommen, egal wie viel. Sie war ziemlich dickköpfig.«

Wie ihre Tochter, dachte Peter, als June sich wieder der Tastatur zuwandte und die nächste Nachricht an Tig3r eingab.

»Hat Tig3r die Identität der in der E-Mail erwähnten Drittpartei aufgedeckt?«

Nein. Das Programm war nicht in der Lage, die Sicherheitsvorkehrungen der Kanzlei Sydney Bucknell Sparks, von der die E-Mail stammt, zu überwinden.

»Hat Tig3r seit Februar mehr Informationen gesammelt?«

Das Programm wurde dazu nicht aufgefordert.

»Hat Tig3r seine Fähigkeiten seit der letzten Aufforderung weiter verbessert?«

Ja.

»Erneuten Versuch starten. Diese und alle zukünftigen Anwendungen so ausführen, dass sie nicht zu diesem Computer oder diesem User zurückverfolgt werden können.«

Diverse variable Proxy Server bereits aktiv. Bitte warten.

Rasend schnell öffneten sich kleinere Fenster auf dem Schirm, überlappten sich wie Blätter eines Baums, bildeten eine dynamische, sich ausdehnende Struktur, zig Fenster, dann hunderte. Es hatte einen hypnotischen Effekt. Peter sah abwechselnd auf die Straße und auf den Schirm. Es dauerte zehn, fünfzehn Minuten, so lange, wie Peter für die Fahrt durch die Innenstadt brauchte, den Puget Sound zur Linken mit den Olympic Mountains dahinter, auf die man von der Hochstraße aus einen einmaligen Blick hatte, dann durch einen Tunnel und wieder an die Oberfläche, in eine Senke zwischen zwei hohen Bergen. Sie näherten sich ihrem Ziel.

Dann schlossen sich die Fenster wieder, eins nach dem anderen, erst langsam, dann immer schneller, bis nur noch vier kleine in der rechten unteren Ecke des Startbildschirms offen waren. Unter dem leeren Textfeld stand eine Antwort.

Sydney Bucknell Sparks' Firmenserver und Jean-Pierre Nicolets Personalcomputer sind sehr gut gegen Eindringlinge geschützt. Dieses Programm hat Zugang zu beiden Systemen auf Administratorebene erhalten.

Sieh an, dachte Peter. Die Kakerlake war tatsächlich lernfähig.

Ob der stolze Unterton in die Software einprogrammiert war?

June öffnete die Fenster: ein Mac-Desktop mit dem Foto eines leeren Raquetballcourts, den Peter Nicolets PC zuordnete. Die Website der Kanzlei. Ein kommerzielles E-Mail-Programm mit Nicolets E-Mail-Adresse in der ersten Zeile. Und das Main Dashboard des Servers.

»Scheiße«, sagte sie. »Wir haben gerade eine Kanzlei gehackt.«

»Ich nicht«, sagte Peter. »Ganz bestimmt nicht. Aber du solltest Nicolets berufliche Mails durchsuchen.«

Sie überquerten eine lange Brücke über einen Kanal, der den See rechts mit dem Puget Sound verband, der jetzt links lag. Peter musste sich zwingen, den Blick auf die Straße zu richten. Die Wolken gefielen ihm gar nicht, die Landschaft dafür umso mehr.

June hatte keinen Sinn für den Ausblick. »Ich habe gerade seine geschäftlichen E-Mails nach dem Namen meiner Mutter durchsucht«, sagte sie. »Aber ich habe nur den E-Mail-Wechsel zwischen ihr und Nicolet gefunden. Den kennen wir bereits.«

»Und der Posteingang? Wir wollen wissen, wer Nicolet aufgefordert hat, ihr ein Angebot zu machen.«

June scrollte sich durch. »Es sieht so aus, als wären das die einzigen E-Mails mit dem Stichwort Hazel Cassidy im gesamten Mailverkehr.«

»Hast du mal bei Nicolets Partnern geschaut?«

June klickte auf das Dashboard, arbeitete sich bis zum E-Mail-Überblick des gesamten Servers vor und startete dieselbe Suche. Es dauerte einige Minuten. Erneut wurden die bekannten Mails angezeigt, Junes Mutter sonst nirgendwo erwähnt.

»Ich nehme mir mal das E-Mail-Programm auf seinem privaten Rechner vor«, sagte June. Sie tippte und klickte, während Peter die nächste Ausfahrt nahm und über Landstraßen Richtung Westen weiterfuhr. Neue mehrstöckige Wohnblöcke konkurrierten mit sanierten Einfamilienhäusern, alten Mietshäusern und heruntergekommenen Baracken, die aussahen, als würden sie beim nächsten kleinen Erdstoß zusammenbrechen.

»Er hat drei E-Mail-Adressen. Eine Firmenadresse, eine zweite Adresse für Termine – Verabredungen zum Essen, Basketballspiel der achten Klasse, Männerabend, solche Sachen. Und eine dritte Adresse für Online-Shopping. Seine neue North-Face-Jacke wurde versendet.«

Sie startete die Suche erneut. Wieder kein Ergebnis.

»Wir sind da.« Peter hielt vor der nächsten Adresse auf ihrer Liste. Jason Ross hatte in einem zweigeschossigen Reihen-Townhaus gewohnt, mit Tiefgarage und hohen Stahltoren, die den Zugang zum Innenhof versperrten.

»Moment noch«, sagte June. »Eine Suche will ich noch starten. Diesmal nach dem Wort Algorithmus.« Sie tippte etwas ein und klickte. »Scheiße. Eine Liste mit dreitausend Mails.«

»Ich gucke mir nur mal eben die Wohnanlage an«, sagte Peter und stieg aus. Weder an dem Hof- noch am Garagentor befanden sich Kartenleser oder Klingelknöpfe, wahrscheinlich brauchte man für den Zutritt ohnehin einen elektronischen Türöffner. Halbkugelförmige Überwachungskameras an jedem Haus beäugten ihn. Um dem Ganzen die Krone aufzusetzen, hatte jemand ein Schild an das Tor gehängt: »Um die Sicherheit des Hauses zu gewährleisten, gestatten Sie bitte niemandem Zutritt, den Sie nicht persönlich kennen.« Darunter ein Smiley.

Wenn damit Gelegenheitseinbrecher abgehalten werden sollten, bei Peter funktionierte es.

Er ging den Zaun ab, suchte nach Ross' Adresse, eher aus Verlegenheit als in der Erwartung, etwas Wichtiges zu erfahren. Es war das Haus in der Mitte, mit einem kleinen Dachüberstand und einem großen Panoramafenster. Die Jalousien waren hochgezogen. Peter konnte einen Flachbildschirm erkennen, ein gerahmtes Werbeplakat der Army und einen Plüschteddybären auf einem Beistelltisch. Der Bär hatte das Tor fest im Blick, wie ein Schoßhündchen, das auf die Rückkehr seines Herrchens wartete. Ein trauriger Anblick. Und jetzt war Ross auch noch tot.

Peter ging zurück zu ihrem Minivan. »Es ist zu gut bewacht, um einfach hineinzuspazieren«, sagte er. »Genau die richtige Adresse für Leute wie Ross. Man kommt mit dem Auto, fährt in die Garage, braucht seinen Nachbarn nie zu sehen. Das Gleiche beim Verlassen des Hauses. Drei Kilometer zum nächsten Freeway, ein Gewirr von Landstraßen, und im Umkreis von sieben Kilometern gibt es sieben Jachthäfen. Wenn man dich nicht gerade an der Haustür abpasst, bist du ein Geist.«

»Du könntest glatt in einer Immobilienshow im Fernsehen auftreten«, sagte June und ahmte mit tiefer Stimme einen Moderator nach. »Die ideale Wohnanlage für den intelligenten Kriminellen. Beachten Sie die vielen Ausgänge, gut geeignet für einen schnellen Fluchtweg, und die leicht zugänglichen öffentlichen Verkehrswege im Fall einer staatlichen Überwachung.«

»Du könntest dir von Ross noch eine Scheibe abschneiden«, sagte Peter. »Du führst doch selbst so was wie ein unsichtbares Leben.«

»Ich versuche nur zu verhindern, dass mein Dad eines Tages vor der Tür steht.«

37

Wieder zurück auf dem Highway 99, fuhren sie Richtung Norden zur nächsten Adresse. Eine vierspurige Geschäftsstraße, Autoersatzteile, Waffen, Sportartikel. June war wieder mit ihrem Laptop beschäftigt, immer noch auf dem Server der Kanzlei eingeloggt.

»Ich ordne Nicolets Dateien jetzt nach Datum«, sagte sie. »Und gleiche sie mit den Mails meiner Mutter ab. Vielleicht hat er ja einen Bericht an seinen Mandanten geschickt.«

»Oder der Mandant hat einen Vertrag unterschrieben«, gab Peter zu bedenken. »So etwas würde doch auch dort abgelegt, oder?«

»Irgendwo muss es sein«, sagte June. »Es ist verdammt viel. Der Mann ist ein Arbeitstier. Wahrscheinlich muss ich die ganze Nacht lesen.«

Peter sah kurz zu ihr herüber. »Die ganze Nacht?«

»Na ja«, sagte sie, ohne vom Schirm aufzublicken. »Vielleicht nicht die ganze Nacht.«

»Frag doch Tig3r«, sagte er. »Ist er schon so klug, dass er den Abgleich machen kann?«

»Möchte ich bezweifeln«, sagte June. »Wonach soll er genau suchen?«

Peter bog links ab. »Kann ich dir nicht sagen. Das ist dein Gebiet.«

»Apropos: Was ist eigentlich dein Gebiet?«

Er grinste. »Die Bösen fangen. Das Mädchen retten.«

»Ich bin also der Kopf der Truppe.«

»Ich dachte, das wüsstest du längst. Wenn nicht, habe ich mich geirrt.«

Sie lachte. »Ich habe es nur aus Höflichkeit gesagt.«

Pater sah eine Tankstelle in nächster Nähe. »Ich will nochmal volltanken.«

Sie sah auf die Tankuhr. »Ist doch noch halb voll.«

»Auf der Flucht lautet die Regel Nummer eins: Niemals mehr als die halbe Tankfüllung verbrauchen. Und als Mädchen niemals eine Gelegenheit zum Pinkeln verstreichen lassen.«

»Das ist sexistisch.«

Er zuckte die Schultern und fuhr an die Tankstelle. »Ich kann überall pinkeln. Sogar während der Fahrt, in eine leere Flasche. Kannst du das auch?«

»Warum sollte ich?«, fragte sie. »Aber wenn es hier schon eine Toilette gibt, kann ich ja die Gelegenheit gleich nutzen.«

Sie ging, und Peter rief Lewis an.

»Was gibt's?«

»Ich habe den Vornamen des Ex-Manns.«

»Wurde aber auch Zeit, Stiernacken. Damit können wir die Suche eingrenzen.«

»Ist schon eingegrenzt«, sagte Peter. »Der Vorname ist Sasha. Der ganze Name ist Sasha Kolodny.«

Es entstand eine Pause am anderen Ende der Leitung.

»Sasha Kolodny? Willst du mich verarschen? Mister Sasquatch? Der verrückte Milliardär? Mann. Du steckst knietief in der Scheiße.«

Sasha Kolodny war ein ehemaliger Mitarbeiter eines großen Softwareunternehmens in Seattle. Ein notorischer Exzentriker in einer für ihre Exzentriker berüchtigten Industrie. Sasha Kolodny war ein bärtiger Riese, der sich gerne wochenlang in die tiefen immergrünen Wälder um Seattle verkroch. Angeblich half es ihm beim Nachdenken. So hatte er sich den Spitznamen Sasquatch zugezogen. Sein Reinvermögen, einschließlich Aktienanteile, wurde schon mal auf über eine Milliarde Dollar geschätzt.

Mitte der 90er Jahre verließ Kolodny das Unternehmen und baute mit seinem Vermögen eine neue Firma auf, die sich auf Technik zur Förderung der Nachhaltigkeit konzentrierte. Hardware, keine Software. Erneuerbare Energie, Urban Farming und dergleichen. Gute Ideen, aber damals in den Jahren des ungehemmten Konsums ihrer Zeit weit voraus. Als die Dotcom-Blase platzte, machte sein Unternehmen pleite, und er verlor den größten Teil seines Vermögens. Kolodny flippte aus und verschwand von der Bildfläche. In Abständen tauchte seine Geschichte immer wieder mal in den Medien auf, als moderne Legende und als abschreckendes Beispiel für die Allianz von Genie, Kommerz, Finanzmacht und psychischer Instabilität.

Peters Wissen über diesen Mann beschränkte sich auf einen Artikel, den er vor Jahren in der Zeitschrift *Wired* gelesen hatte. Der Autor hatte ihn mit Howard Hughes verglichen und Kolodny einen der führenden Architekten der modernen Welt genannt.

Titel des Artikels: »Der verrückte Milliardär«.

»Was weißt du über ihn?«, fragte Peter.

»Wahrscheinlich nicht mehr als du. Ich gucke mal im Netz nach.« Peter vernahm das Klackern einer Tastatur.

»Ich habe nicht viel Zeit«, warf er ein. June würde jeden Moment von der Toilette zurückkommen.

»Bleib dran, Stiernacken. Also, hier gibt es einen Artikel, so nach dem Motto: Was macht eigentlich …? Ein Interview mit Leuten, die ihn gekannt haben. Er wird als brillant und sehr engagiert beschrieben, sehr zurückgezogen.«

Lewis las stumm weiter.

»Ende der Neunziger muss ihm irgendetwas zugestoßen sein«, meldete er sich wieder. »Niemand weiß genau, was. Er wurde manisch, paranoid. Hier steht, sein Fokus auf Nachhaltigkeit wurzelte in der Obsession vom Kollaps der Zivilisation. Ich wusste gar nicht, dass er so ein abgefahrener Typ war.«

»Kannst du herausfinden, wo er sich jetzt aufhält?«

»Wikipedia sagt, er ist weg vom Fenster. Sprich, verschwunden. Verbleib unbekannt. Das Internet hält ihn für tot.«

»Seit wann denkt das Internet?«

»Du weißt schon. Die vorherrschende Meinung. Der Mann hat sich in den Wald verzogen und ist nicht zurückgekehrt. Einige Verschwörungsfuzzis behaupten allerdings, Sasquatch erfreue sich bester Gesundheit und leite ein Geheimlabor der amerikanischen Regierung.«

»Wurde er jemals für tot erklärt?«

»Woher soll ich das wissen? Ich habe gerade erst mit der Suche angefangen.«

»Hör lieber auf. Ich mache hier weiter.«

»Was ist los bei euch da oben, Stiernacken?«

June kam aus der Tankstelle. Sie hatte Snacks gekauft.

»Ich rufe zurück«, sagte Peter und legte auf.

Würde ein paranoider, genialer Ex-Milliardär so viel Begeisterung für eine vielversprechende Anwendersoftware aufbringen, dass er deswegen seine Ex-Frau umbrachte?

Möglich.

Mit nur einem Prozent seines früheren Vermögens könnte er es erreichen, ohne selbst einen Finger zu rühren.

June sah ihn lächelnd an. Sie fasste in eine Plastiktüte und hielt ihm die Hand hin. »Twizzler?«

38

Sie bogen von der Geschäftsstraße ab und gelangten in ein düsteres, ruhiges Viertel aus schleifenförmigen, in einem leicht abgewandelten Raster verlaufenden Straßen. Keine Bürgersteige, kiesbestreute Seitenstreifen, niedrige Böschungen, Abflussrinnen für den Dauerregen. Die Häuser im Ranchstil, Splitlevel-Häuser mit versetzten Wohnebenen und einige wenige ältere Bungalows, manche mit aufwendig gestalteten Gärten, andere wie treibende Flöße in einem Meer aus wucherndem Unkraut. Viele hohe Kiefern und Zedernbäume und Hemlocktannen, deren dunkles Grün das Licht absorbierte.

Dexter Smith' letzte Adresse lag im Nordosten von Seattle, ein ausladendes Splitlevel-Haus aus den 60ern mit einer großen angebauten Garage.

Es stand auf einem riesigen Eckgrundstück, verborgen hinter einer dichten Wand aus wuchernden Zedern und immergrünen Büschen. Ein wuchtiges Holztor mit einem dicken Vorhängeschloss an einem schmiedeeisernen Schließband versperrte die Einfahrt. Außenstrahler leuchteten die Hausecken aus, brannten grell in dem sonst schummrig trüben Nachmittagslicht.

Auf dem Torpfosten steckte eine auf die Einfahrt gerichtete Überwachungskamera.

June rollte mit leicht reduzierter Geschwindigkeit am Haus vorbei.

»Kannst du was erkennen?«, fragte sie.

»Eine gut getarnte Festung. Der ganze Bewuchs hält neugierige Blicke ab, Einbrecher, die auf leichte Beute aus sind, aber auch Nachbarskinder. Hinter den Bäumen steht bestimmt noch ein stabiler Zaun, vielleicht sogar mit Stacheldraht. Und das Gelände selbst ist hauptsächlich Rasen, kurz gemäht. Überall Kameras, die jede Bewegung bis in den letzten Winkel verfolgen. Da wohnt jemand, der in militärischen Kategorien denkt. Sicherheitsebenen, Schussfelder und dergleichen.«

»Ein Verrückter?«

Peter schüttelte den Kopf. »Nur vorsichtig. Wahrscheinlich kann er nicht anders. Vielleicht sind es gar keine bewussten Entscheidungen, nur ein Gefühl, das Richtige zu tun. Die vielen Bäume jedenfalls hat er nicht selbst gepflanzt. Die stehen seit fünfzig Jahren da.« Peter zuckte mit den Schultern. »Es kann auch sein, dass ihm das Haus einfach gefallen hat.«

June kam an ein Stoppschild und schaute auf ihr Notizbuch. »Dexter Smith. Der Älteste von allen. Zwanzig Jahre bei der Army. Master Sergeant.«

Peter nickte. In dem Redwood-Baum, unten am Seil hängend, hatte er die Gespräche ihrer Verfolger belauscht. Nur einer von ihnen hatte sich ruhig verhalten, sich langsam durch das dichte Unterholz vorgearbeitet. Ihn hatte Peter am meisten gefürchtet, und er hatte Peter schließlich auch entdeckt. Wahrscheinlich Dexter Smith, der Master Sergeant.

»Du kannst dich in diese Typen hineinversetzen«, sagte June.

»Wir sind wie zwei Seiten einer Medaille. Ich bin die Kehrseite. Sie sind ihren Weg gegangen, ich meinen.«

»Welchen Weg bist du gegangen?« Sie warf ihm beim Abbiegen einen Blick zu.

»Das verrate ich dir, wenn ich angekommen bin.«

Sie umrundete den langen unregelmäßigen Häuserblock.

»Hättest du das nötig, in so einem Haus zu leben? So einer Festung?«

Peter drehte ihr den Kopf zu. »Keine Ahnung. Ich schlafe seit fast zwei Jahren nur noch in einem Zelt oder meinem Truck.«

»Aber könntest du dir so ein Haus vorstellen?«

»Ehrlich, ich weiß es nicht.« Er sah ihr in die Augen. »Aber ich versuche, mich mit dem Gedanken anzufreunden.«

Sie fuhr bis vor das Tor, und er stieg mit dem Bolzenschneider und einer Dose Farbspray aus. Die Basecaps hatten sie bereits aufgesetzt, um ihr Gesicht vor den Kameras zu verbergen. Peter zog den Schirm noch tiefer ins Gesicht, nahm die Spraydose und setzte einen kräftigen Strahl auf die Kameralinsen ab. Sobald Dexter Smith' Leiche in dem ausgebrannten Tahoe identifiziert war, würde die Polizei hier aufkreuzen. Warum ihr also mehr Informationen liefern als nötig.

Der Bügel des Vorhängeschlosses war aus gehärtetem Stahl, und Peter war froh, dass er sich in dem Baumarkt für den Bolzenschneider mit langen Schenkeln entschieden hatte. Hebelwirkung war alles. Der Bügel brach mit einem deutlichen Knacks.

Er hängte das Schloss aus und öffnete das Tor weit. June fuhr mit dem Minivan hinein, und Peter machte das Tor wieder zu. Als zusätzliche Sicherung von innen ließ sich auf der Rückseite eine Führungsschiene aus schwerem Stahl über einen Schlitten schieben. Der Master Sergeant meinte es verdammt ernst.

Auf der angebauten Garage entdeckte Peter noch eine Kamera und sprühte sie ein.

Wenn im Haus jemand vor einem Überwachungsmonitor saß, zeigte er sich jedenfalls nicht.

June stellte den Minivan hinter einem Anderthalbtonner Dodge Power Wagon aus den 80ern ab, der wie neu aussah, frisch gewachst, so dass die Regentropfen vom Lack abperlten. Der Dodge war eins der drei auf den Namen Smith registrierten Fahrzeuge, die June gefunden hatte. Die beiden anderen waren eine Harley-Davidson und eine Lexus-Limousine, beide nicht zu sehen, wahrscheinlich dort untergestellt, wo sonst auch der Tahoe stand.

Sie stieg aus und sah sich das Haus an. Die Fensterscheiben waren gegen Blicke von außen mit einer reflektierenden Folie verkleidet. Vorsichtig ging Peter einmal um das Gebäude herum, entdeckte drei weitere Kameras und verschönerte sie mit dem Farbspray. Die umfassenden Abwehrmaßnahmen des Mannes machten Peter nervös. Auf Antipersonenminen und Stolperdrähte würde er wohl nicht stoßen, doch er wusste sein Leben mit jedem Schritt mehr zu schätzen.

Zu blöd, wenn er aus reiner Unachtsamkeit sein Leben verlieren würde.

Das einzig Ungewöhnliche waren die Ausmaße der Garage, die von vorne kleiner aussah, eher wie eine Doppelgarage. Aber sie war auch zwei Autolängen tief. Hinten ragten zwei weiße Rohre aus dem Dach, möglicherweise für die Zu- und Abluft eines Verbrennungsofens. Die Garage war also beheizbar. An der Wand befand sich in etwa zweieinhalb Metern Höhe ein großes Entlüftungsgitter, aus dem chemischer Geruch strömte. Ein Schutz gegen Spritzwasser. Irgendetwas stellte der Master Sergeant in seiner Hexenküche her.

Als Peter wieder an der Vorderveranda angekommen war, stand die Haustür offen, und June war weg.

Er lief die paar Stufen hinauf, in der Werkzeugtasche die Pistole des LKW-Fahrers. »June!«

Er fand sie, wie sie mit Handschuhen durchs Haus streifte und überall das Licht einschaltete. »Der Schlüssel steckte hinter einem künstlichen Stein in der Wand«, sagte sie, beinahe entschuldigend. »Ich habe auch so einen neben meiner Haustür.« Schwungvoll breitete sie die Arme aus. »Überraschung!«

Das Erdgeschoss war makellos sauber, dabei diente es hauptsächlich nur als Ersatzteillager für Motorräder.

Schwerlastregale aus Stahl säumten die Wände in Wohn- und Speisezimmer. Bunt lackierte Benzintanks, Schutzbleche und Verkleidungen, übersichtlich angeordnet und mit braunen Papieranhängern versehen, auf denen das Modell und manchmal auch ein Name und eine Telefonnummer vermerkt waren. Die Auslegware war herausgerissen, der alte Sperrholzboden mit grauer Epoxidfarbe versiegelt. Das Haus war voll, machte aber nicht den Eindruck, denn durch die offenen Regale fiel Licht. Die aufwendig renovierte Küche, Frühstückstheke und Vorratskammer waren gut eingerichtet und makellos sauber. Nur die Reihe Videomonitore, die mit den Überwachungskameras verbunden waren, wirkte etwas deplatziert. Beim Anblick der vielen Miniatur-Motorräder in Regalen, auf Fensterbänken und in der Mitte des runden Esstischs musste Peter schmunzeln. Oben auf einem Küchenschrank hockte ein Teddybär, als wartete er auf sein Essen.

Vielleicht litt Master Sergeant Smith doch nicht unter Verfolgungswahn. Vielleicht sorgte er sich nur um seine Investition in Motorradteile.

Die Schlafzimmer im ersten Stock waren ebenfalls tipptopp, die T-Shirts auf Bügeln nach Farben geordnet. Private Fotos auf einer Kommode und an den Wänden, hauptsächlich Männer und ihre Motorräder. Es gab noch zwei weitere Zimmer, wovon eins als Gästezimmer, das andere als Büro genutzt wurde. June saß auf einem alten Holzstuhl und durchsuchte systematisch Regale und Aktenschränke, aber auch den alten Desktop-Computer, während Peter nach unten ging, durch einen Windfang zu der großen Garage, die zu einer voll ausgestatteten Motorradwerkstatt umgebaut war.

Der Mann hatte sich offenbar auf schwere Maschinen spezialisiert, in erster Linie Harleys, aber es standen auch Indians und Nortons hier, deren Reparatur und Restaurierung mehr oder weniger weit fortgeschritten war. Peter sah zwei Hebebühnen, mehrere Werkbänke, einen riesigen Werkzeugwagen und ein Schweißgerät. Alles war sauber und ordentlich, als hätte die Putzfrau gerade aufgeräumt. Auf fleckigen Pappkartons lagen Motoren oder Motorteile, und eine kleine Plastikkabine, die als Spritzkammer diente, nahm eine Hälfte der Rückwand ein. Daher das Entlüftungsgitter draußen.

Die andere Hälfte sah aus wie ein begehbarer Schrank. Die dicke Stahltür war mit drei handelsüblichen Schließriegeln gesichert, oben, in der Mitte und unten, die Wände mit Metallplatten verstärkt, diese wiederum mit punktverschweißten Stiftschrauben befestigt.

Peter tendierte jetzt doch wieder zu seiner Paranoia-Hypothese. Seine kleine Brechstange würde hier nichts ausrichten. Er ging seinen 6-Kilo-Vorschlaghammer aus dem Minivan holen.

Es reichten einige Schläge, und die Riegel brachen auf.

In dem begehbaren Schrank hing keineswegs die Wintergarderobe des Master Sergeants.

Es war eine Waffenkammer. An einer Wand ein Ständer für Langwaffen, mit meist leeren Halterungen, nur in zwei steckten Heckler & Koch-Sturmgewehre, wie sie Peter auch an ihren Verfolgern in den Redwoods gesehen hatte, HK416 mit kurzem Lauf. Ein sehr schönes Browning-Scharfschützengewehr mit Stativ in einem Kasten, einige Pumpguns und zwei M4, die schon bessere Tage gesehen hatten. An der Rückwand Regale mit einem halben Dutzend Glock 21, ausgezeichneten Panzerwesten und Nachtsichtgeräten, noch in der gepolsterten Originalverpackung. Auf einer Werkbank lagen Werkzeuge und ein Waffenreinigungsset.

Für die Polizei war Smith vielleicht nur ein Waffennarr, der ein paar illegale Feuerwaffen besaß. Peter dagegen erschien der Master Sergeant wie der Waffenmeister seiner Einheit, der die Ausrüstung in Ordnung hielt. Keine schweren Angriffswaffen, keine Panzerbüchsen, aber genug für kleine Geheimoperationen.

Zum Beispiel die Entführung einer Journalistin.

Oder die Tötung ihrer Mutter.

»Auf dem Computer ist nur lauter Motorradzeugs«, rief June beim Betreten der Garage. »Es gibt noch eine Dockingstation, aber der Laptop ist weg.« Sie betrat den Extraraum und sah die Waffen. »Ach du Scheiße«, sagte sie.

»Allerdings«, sagte Peter. Aber es beschäftigte ihn noch etwas anderes.

Etwas, was er irgendwo im Haus gesehen, aber nicht richtig wahrgenommen hatte.

Neben dem weißen Rauschen spürte er das vertraute Kribbeln.

Als würde er beobachtet.

»Hast du gesehen …?«

Er lief zurück in die Küche.

Es war der Teddybär oben auf dem Küchenschrank, der den Raum überblickte.

»Was machst du da?« June war direkt hinter ihm.

Er hätte ihr sagen sollen, sich von der Küche fernzuhalten, aber dazu war es zu spät. Peter griff nach dem Teddy und wusste im selben Moment, dass ihre Basecaps und das Farbspray nichts genutzt hatten, nichts gegen die, auf die es ankam.

Der Teddybär wog schwerer als ein normales Plüschtier.

Er drehte es um. Vom Rücken führte ein dünnes Stromkabel zu einer Wandbuchse, einem USB-Stecker.

Auf dem Herstelleretikett stand: »WLAN Plüschtier-Kamera. Nie mehr Angst um Ihr Kind. Live-Schaltung zu Ihrem Computer oder Handgerät.«

»Eine Nanny-Cam?«, fragte June ungläubig.

»In Ross' Wohnung war genau der gleiche Bär«, sagte Peter. »Und ich glaube, in Martinez' Haus auch.«

June wurde bleich. »Wir müssen sofort von hier verschwinden.«

»Ja«, sagte Peter. Er zog das Kabel aus dem Stecker und drückte June den Teddybär in die Hand. »Lass schon mal den Wagen an. Ich bin gleich da.«

June lief zum Hauseingang, Peter tauchte ab in die Garage. Die Tür zur Waffenkammer stand offen. Er legte seinen schwarzen Mantel ab, suchte sich eine schusssichere Weste, die ihm passte, spannte die Gurte und warf sich den Mantel wieder um. Es sah lächerlich aus in dem neuen schwarzen Anzug, aber es blieb keine Zeit, sich umzuziehen. Kurz hatte er Bedenken, Waffenöl könnte auf die Anzughose tropfen, aber das sollte das geringste Problem sein.

Er riss zwei Glocks aus dem Ständer und überprüfte die Magazine. Es waren große Magazine, für insgesamt dreizehn Schuss, aber nur teilweise geladen, um die Feder zu schonen. Der Master Sergeant kannte sich aus. Peter steckte die beiden Pistolen in eine der tiefen Manteltaschen, eine Schachtel .45er Munition in die andere. Dann griff er sich eins der HK-Sturmgewehre, schob ein teilweise geladenes Magazin ein, nahm sich noch ein Ersatzmagazin, eine Schachtel NATO-Patronen zum Nachfüllen und eilte zur Tür.

Draußen war es dunkel, nur die Sicherheitsleuchten tauchten den Hof in grelles Licht. Der Regen war zurückgekehrt, ein stetiges Nieseln, das die Geräusche dämpfte und die Sichtachsen verkürzte. Peter lauschte in den Abend hinein, vernahm aber nichts außer dem Regen und dem Motor des Minivans. June hatte den Wagen in der geräumigen Einfahrt gewendet, so dass die Schnauze zum Tor zeigte, die Scheinwerfer aber ausgeschaltet gelassen. Sie dachte taktisch.

Peter beugte sich in das offene Fenster und gab June eine Glock und die Schachtel Munition. Er sprach leise. »Kannst du damit umgehen? Sie hat nur eine Abzugssicherung, also sei vorsichtig.«

»Ja. Ich bin mit Waffen aufgewachsen.« Sie hielt die Glock in der Hand, kontrollierte den gesicherten Abzug, drückte den Knopf, um das Magazin auszulösen, und ließ es in ihre Hand gleiten, um die Ladung zu überprüfen. Sie nahm eine Handvoll Patronen aus der Munitionsschachtel und sah zu Peter. »Ich habe noch nie auf einen Menschen geschossen.«

»Das wird auch nicht nötig sein«, sagte er. »Trotzdem möchte ich, dass du vorbereitet bist. Nur für den Fall.«

Er fing an, die dicken Patronen in die HK-Magazine zu drücken, eine nach der anderen, während June das Gleiche bei ihrer Glock machte. Die Schwielen an seinem Daumen waren verschwunden. Sie hatten sich in den Kriegsjahren gebildet, als er zehn, fünfzehn Magazine auf einmal am Körper getragen hatte, die er bis zu dreimal täglich nachfüllen musste, wenn es wirklich heiß herging. Die Schwielen waren nach jedem Magazinwechsel ölverschmiert gewesen.

Seltsam, was einem so durch den Kopf ging.

Er horchte auf das Motorgeräusch eines herannahenden Autos. Nichts.

»Wahrscheinlich sind sie noch meilenweit entfernt«, sagte er, in erster Linie, um sie zu beruhigen. »Ich schlage mich durch die Büsche und die Bäume am Rand des Grundstücks bis hinauf zur Straße, gucken, was los ist. Das dauert eine Weile. Gib mir fünfzehn Minuten Zeit, richte dich nach der Uhr auf dem Armaturenbrett.« Er nahm ihr die Glock ab, überprüfte das Magazin, steckte sie in die Manteltasche und gab ihr die andere Glock. »Nimm die hier, lade sie und halt sie griffbereit. Wenn alles okay ist, winke ich dir und mache das Tor auf, und wir fahren los, ganz ruhig, ein glückliches

Paar, das ausgeht. Ich habe Lust auf thailändisches Essen. Und du?«

Er sah, wie sich ihre Kiefermuskeln bewegten.

»Und wenn sie schon oben an der Straße warten?«

»Dann hörst du Lärm. Du wirst ihn sofort erkennen. Das bin ich. Bei der Arbeit. Dich beschützen. Du zählst bis sechzig, durchbrichst mit dem Minivan das Tor und biegst nach links. Und dann nichts wie weg. Mach Gebrauch von der Waffe, wenn nötig. Und jetzt wiederhole: Wie ist der Plan?«

»Fünfzehn Minuten warten. Du kommst zurück. Wenn ich Lärm höre, bis sechzig zählen, das Tor durchbrechen, links abbiegen und Gas geben.«

»Gut«, sagte er. »Wird schon schiefgehen. Aber trau meinem Handy nicht, solange du mich nicht siehst. Wenn es mir aus der Tasche fällt, könnten sie dir eine SMS schicken.«

Wohl eher: wenn ich tot bin – aber das sagte er lieber nicht.

»Falls wir getrennt werden – fahr nicht zurück in deine Wohnung. Such dir ein billiges Hotel, zahl bar. Wir treffen uns in dem Coffee-Shop. Morgen früh, neun Uhr.«

Er lächelte sie an, und es war ein aufrichtiges Lächeln. Er spürte das Adrenalin im Blut, den kupfernen Geschmack auf der Zunge, die Vorfreude in ihm aufsteigen. Er hoffte sehr, dass sie da waren, irgendwo da draußen. Im Krieg schlummerte ein dreckiges kleines Geheimnis. Wie lebendig man sich fühlte. Es gab nichts Vergleichbares.

Die Anspannung in ihrem Blick verriet ihm, dass sie ihn durchschaut hatte.

Ob sie Angst vor ihm hatte?

Er konnte dieses Gefühl in sich nicht abschalten. Jedenfalls nicht jetzt. Vielleicht wollte er es auch gar nicht.

Er beugte sich noch tiefer ins Fenster. »Küss mich.«

Sie umfasste seinen Kopf mit beiden Händen und zog ihn gewaltsam zu sich heran. Der Kuss war weich, ihre Lippen berührten sich kaum, nur ein leichter Druck war zu spüren. Ihre Nähte kitzelten. Aber dieses Feuer. Mein Gott.

»Wehe, du kommst nicht wieder«, murmelte sie, ohne zurückzuweichen. »Hast du verstanden?«

»Yes, Ma'am«, sagte er. »Alles klar.« Sanft befreite er sich aus ihren Händen, richtete sich zu seiner vollen Größe auf und klopfte sich mit der Faust auf die Brust, ohne den Blick von ihr zu wenden. Dann drehte er sich um und verschwand zwischen den Bäumen.

Er hatte Angst, die Sicherheitsleuchten des Hauses könnten ihn von hinten anstrahlen, doch die Einfassung des Grundstücks war fast sechs Meter breit und so dicht bewachsen, dass er kaum einen halben Meter weit sehen konnte. Andererseits bedeutete es, dass er selbst auch nicht gesehen werden konnte.

Es tat gut, sich solche Dinge klarzumachen.

Seine Nachtsicht war schlecht, und er bereute, dass er die Nachtsichtbrille aus der Waffenkammer nicht eingesteckt hatte, doch das war jetzt nicht mehr rückgängig zu machen. Seine Augen gewöhnten sich an die Dunkelheit, und schon bald würde er im Licht der Straßenlaternen stehen.

Die Nacht war feucht, doch unter dem Schirm der Büsche und Bäume schien es noch feuchter. Was er auch berührte, Wasser strömte herab, lief ihm in den Nacken, durchnässte seinen Anzug. Die Gehschiene fühlte sich an wie ein schwerer Fußwickel. Er hielt das HK in seinen bloßen, kalten Händen. Er war unsicher, wie das Sturmgewehr in feuchter Umgebung reagieren würde, aber darüber machte er sich keine Sorgen. Es war kein AK oder ein M16, nicht mal das etwas bessere M4. Dieses Gewehr gehörte einer anderen Klasse an, es lag wie natürlich in der Hand, trotz des Schalldämpfers. Eine Erweiterung des Gehirns.

Leben. Leben. Er war am Leben.

Er hatte recht gehabt mit dem Stacheldraht. Ein improvisierter Zaun aus einzelnen Abschnitten, der Draht jeweils in unterschiedlicher Höhe an die Baumstämme getackert. Leicht zu installieren, schwer zu erkennen. Peter hätte diesen Master Sergeant wahrscheinlich sympathisch gefunden, wenn er nicht zweimal versucht hätte, ihn zu töten.

Er kroch die Umzäunung entlang, hielt sich immer noch links, Richtung Ecke, arbeitete sich geduckt durch die dichte Vegetation voran, hielt mit seinen Raubtieraugen Ausschau nach Umrissen und Schatten, die dort nicht hingehörten, während sein Bewusstsein bereits vorausschaute und überlegte, wo er auf ihre Verfolger stoßen würde, falls sie überhaupt da waren.

Die Männer standen nicht im Dienste des Staates oder der Regierung, so viel stand fest.

Dazu war ihre Ausstattung zu gut. Die Teddybären zu niedlich.

Möglich, dass sie zu der inoffiziellen Gruppe gehörten. Peter war im Ausland vielen Spionen begegnet und wusste aus Erfahrung um die als Patriotismus getarnte abgrundtiefe Paranoia und den Ehrgeiz von solchen Leuten. Irgendwo in Virginia, davon war er überzeugt, wurden in unterirdischen, auf keinen Karten verzeichneten Bunkern Geheimoperationen wie diese ausgeheckt.

Geheimagenten konnte Peter noch nie ausstehen.

Für ihn waren es Opportunisten, Söldner. Die nicht auf eigene Rechnung handelten, sonst würden sie Banken ausrauben. Und nicht einem scheiß Algorithmus hinterherrennen.

Irgendjemand leitete sie an. Sie standen unter Befehl.

Mühsam bahnte er sich seinen Weg. Umrisse und Schatten. Keine Erwartungen. Durch den Garten könnte ein Angriffstrupp anrücken, doch er sah niemanden in seiner unmittelbaren Umgebung. Es erforderte schon einige Disziplin, in so einer viehischen Nacht aus dem Auto zu steigen.

Er schlüpfte durch eine Lücke zwischen den gespannten Drähten und bewegte sich langsam auf die Straße zu. Die gebrochenen Rippen meldeten sich wieder. Er wollte in der Nähe der Grundstücksecke rauskommen, nur nicht zu nahe.

Er legte sich auf den Boden und robbte langsam vor zu dem offenen Gelände. Die Rippen meldeten sich jetzt lautstark. Das HK hielt er schützend gegen das feuchte Laub vor sich.

Eine einsame Laterne beleuchtete die Straßenkreuzung. Er duckte sich hinter einem Busch mit großen Blättern, wieder ein Rhododendron, und spähte hinaus auf die Straße.

Ein schwarzer glänzender Ford Explorer stand an der Böschung gegenüber, unmittelbar vor ihm, gegen die Fahrtrichtung, mit ausgeschalteten Schweinwerfern.

Er meinte, vorne zwei Personen zu erkennen. Schwer zu sagen. Schatten, Regentropfen, Blickachse.

Aus dem Auspuffrohr kamen Abgase, Heizung und Entfroster waren demnach eingeschaltet. Sie warteten darauf, dass er und June aus der Einfahrt kamen. Warum sich also einen abfrieren, der Gefahr aussetzen, entdeckt zu werden? Aber die Scheibenwischer waren nicht eingeschaltet. Also bewiesen sie doch etwas Disziplin. Wenn es denn überhaupt eine Art Sturmtrupp war. Und nicht doch nur zwei harmlose, knutschende Teenager oder jemand, der sein Telefongespräch beenden wollte, bevor er zu seinen Kindern ins Haus ging.

Fünfzehn Minuten, hatte er zu June gesagt. Er konnte ihr eine SMS schicken, wollte aber nicht sein Handy aus der Tasche ziehen, das leuchtende Display und die Bewegung hätten ihn verraten. Sowieso hatte er ihr gesagt, seine Handynachrichten zu ignorieren.

Die Viertelstunde war um, der Zeitpunkt der Entscheidung gekommen.

Er beugte sich ein Stück weiter vor. Sah nach rechts, die Straße entlang. Und da stand er, knapp zwanzig Meter hinter dem Tor zum Haus des Master Sergeants.

Noch ein schwarzer Ford Explorer.

Mit ausgeschalteten Scheinwerfern.

Der schwache Geruch von Auspuffgasen hing in der Luft.

In dem zweiten Explorer saßen ganz sicher keine knutschenden Teenager.

Worauf warteten sie?

Er machte sich Sorgen um June. Andererseits wollte er auch keine Autos in einer Wohngegend abfackeln. Zu viel Kollateralschaden, er hatte es oft genug erlebt. Er checkte die Schusslinien. Es standen keine Häuser unmittelbar hinter den beiden Autos, die Grundstücke waren groß, die Häuser weit auseinander. Aber sicher gab es Häuser im nächsten Karree oder dem übernächsten.

Er dachte an June, die auf die Uhr sah. Er musste sich rühren.

Er wollte nicht den ganzen Häuserblock in Brand setzen. Einen unschuldigen Menschen töten. Vielleicht ein Kind.

Los jetzt, sagte er sich. Es wird schon schiefgehen. Du trägst eine schusssichere Weste.

Er holte tief Luft, der metallische Geschmack im Mund wurde intensiver. Er spürte das Adrenalin in den Blutkreislauf spritzen. Es gab nichts Vergleichbares.

In geduckter Haltung kroch er behutsam unter dem Rhododendron hervor, hoffte, dass die Dunkelheit und die regennassen Autoscheiben die Sicht auf ihn behinderten. Die Aufmerksamkeit der Männer galt zwar dem Tor, dennoch würden ihnen keine noch so geringen Bewegungen in ihrer Nähe entgehen. Auch sie waren Raubtiere.

Dann stand er im Graben, knöcheltief im kalten Regenwasser, die aufgeweichte Gehschiene hing bleischwer am Fuß. Er kletterte die andere Seite hoch, richtete sich auf. Fünf rasche Schritte, das Gewehr im Anschlag, dann feuerte er aus nächster Nähe auf die Windschutzscheibe. Dreischüssige Salven auf Kopf und Brust. *Takatak, takatak, takatak.* Aus diesem Winkel würden die Schüsse im Auto versinken, die Feuerkraft zumindest verlangsamen und die nächste Umgebung nicht mit Hochgeschwindigkeitsgeschossen übersäen.

Die Insassen würden ebenfalls Schutzwesten tragen, also riss er die Fahrertür auf und sah zwei Männer in Straßenkleidung hastig reagieren, in der Hand Pistolen, dunkle Flecken im Gesicht und am Hals, von den Granatsplittern, in die sich die zerschossene Windschutzscheibe verwandelt hatte. Peter brachte das Gewehr wieder in Anschlag und setzte jedem einen Schuss in den Kopf, so dass das Innere des Wagens mit ihrem Blut ausgemalt wurde.

Das Dröhnen eines starken Motors war plötzlich zu hören, und der andere Ford Explorer brauste aus siebzig Metern Entfernung auf ihn zu, die Scheinwerfer flammten auf, und er hob das HK und zielte, ruhig und sicher. *Takatak, takatak, takatak.* Die Windschutzscheibe verwandelte sich in ein Spinnennetz. Das Auto wurde schneller, sein Ziel kam näher, die Zielgenauigkeit verbesserte sich. Dann ging Peter die Munition aus. Er tastete nach dem Auslöseknopf, stieß mit der Hand in die Manteltasche, kramte nach dem neuen Magazin. Er trat hinter den Wagen der beiden toten Männer. Ihm fehlten die Kampfausrüstung und der alte M4-Karabiner, den er im Schlaf nachladen konnte. Dennoch bekam er das alte Magazin frei und ließ das neue einrasten, während der Explorer weiter auf ihn zuraste, mit quietschenden Reifen zum Stehen kann, das Beifahrerfenster heruntergekurbelt wurde und eine blutgeschwärzte Faust eine Handfeuerwaffe auf ihn richtete.

Peter spürte zwei harte Schläge gegen die Brust. Es tat höllisch weh, und er flog seitwärts, was ihn wahrscheinlich vor weiteren Treffern bewahrte. Er hatte sein Gewehr bereits im Anschlag, drückte den Abzug hart durch, auf Vollautomatik, trat einen Schritt vor und schoss durch das geöffnete Seitenfenster. Er leerte das ganze Magazin, und die beiden Männer in dem Explorer verwandelten sich in dunklen Brei.

Er atmete schwer, ihm klingelten die Ohren, aber er hörte ein Knirschen, einen Motor aufheulen. Ein Auto raste heran. June. Sie hatte genau das getan, was er ihr gesagt hatte: das Tor durchbrechen, links abbiegen.

Er lief mit erhobener Hand auf die Straße, den Gewehrlauf nach unten gerichtet. Sie latschte in die Bremse, er öffnete die Tür, stieg ein, stieß das Sturmgewehr in den Fußraum. Sie riss die Augen auf und starrte auf die beiden schwarzen Einschusslöcher in seinem Mantel.

»Alles gut. Die Weste hat gehalten.«

Aber sie hatte schon Gas gegeben, sobald sein zweiter Fuß vom Boden abgehoben hatte. Durch die rasante Beschleunigung fiel die Tür von alleine zu, und sie rauschten davon.

39

June sagte kein Wort, bis Peters Hände anfingen zu zittern. Die Adrenalinwirkung ließ nach.

»He.« Sie legte ihre warme Hand auf seine kalten Finger. Alles war gut.

Die Landstraßen waren frei und sie kamen schnell voran auf den zweispurigen Zubringern, die sie wieder verlassen würden, sobald sie in vierspurige Hauptverkehrsstraßen übergingen. Sie fuhr planlos, doch unweigerlich Richtung Süden. Im Auto roch es nach verbranntem Pulver.

Peter sah aus dem Fenster, während sich die voll aufgedrehte Lüftung abrackerte, die Feuchtigkeit aus seinen kalten nassen Kleidern zu vertreiben. Seine Brust schmerzte an den Stellen, wo die Weste den Durchschuss verhindert hatte. Wenn er sich auszog, würde er zwei dicke blaue Flecken vorfinden.

Besser als die Alternative.

Besser er als die anderen.

Du hast gerade vier Menschen getötet.

Es war etwas anderes, wenn man als Erster schoss.

An einer Ampel nahm sie ihr Handy und wählte auswendig eine Nummer. Sie sprach leise. Ein paar Minuten später hielt sie vor einer kleinen Ladenzeile. Sie stieg aus. »Bin gleich wieder da.«

Es las das Neonschild über dem Eingang: Thai Siam.

Ein junges Paar, das ausgeht.

Sie kam mit einer großen Papiertüte wieder und fing an, Pappboxen auf dem Armaturenbrett zu verteilen, dazu Gabeln und Essstäbchen. Der Duft von Thai-Food verbreitete sich in dem Minivan.

»Reisnudeln und Gemüse«, sagte sie. »Mittelscharf gewürzt. Soll ich dir vor oder nach dem Essen trockene Klamotten raussuchen?«

Er war bis auf die Knochen durchnässt und bibberte. »Ich hole sie mir schon.« Er verstaute das Gewehr auf der Rückbank, stellte sich unter die offene Heckklappe und legte die Gehschiene und den schwarzen Anzug ab.

Es regnete dicke Tropfen, Wasser spritzte bis zu den nackten Fußgelenken auf den kalten Asphalt. Wahrscheinlich waren die neuen Sachen hinüber, aber schon weil sie so wahnsinnig teuer gewesen waren, faltete er die Hose, das Jackett und den Mantel ordentlich zusammen.

Den Anzug konnte man vielleicht noch retten. An dem Anzug hing er mehr als an jedem anderen Kleidungsstück, an das er sich erinnern konnte.

Es lag an Junes Blick, als er aus der Umkleidekabine getreten war.

Mit dem Rücken zum Bürgersteig, Beine und Hintern nackt, stieg er hastig in trockene Unterwäsche und Hose, da vernahm er hinter sich klackernde Highheels. Er drehte sich um: vier Asiatinnen in blumengemusterten Kleidern und mit halbkugelförmigen Schirmen, die kaum den Blick abwenden konnten, als sie das Restaurant betraten.

Sie würden sich an ihn erinnern. Er schnappte sich die Kleider und sein Handy und stieg wieder auf den Beifahrersitz.

»Schnell weg hier.«

June war blass im Gesicht. Sie hatte einen Behälter Nudeln auf dem Schoß, konnte aber nicht essen. Sie starrte geradeaus, hielt die Plastikgabel wie eine Stichwaffe. Sie hatte sich tapfer gehalten, bis jetzt. Sie schlotterte, als würde sie auseinanderfallen, durchlebte den rasanten Adrenalinrückgang wie zuvor Peter.

Er fasste sie am Arm. »Alles gut?«

Sie sah ihn an. »Nein. Scheiße!«

»Das wird schon«, sagte er. »Du musst was essen. Den Blutzuckerspiegel anheben.«

»Die hätten uns umgebracht«, sagte sie mit belegter Stimme. »Oder noch Schlimmeres mit uns gemacht. Was weiß ich. Aber du hast uns gerettet. Du hast mir das Leben gerettet.«

Er legte den Arm um sie und beugte sich zu ihr. Es war nicht so einfach mit angelegten Sicherheitsgurten, aber er drückte June an sich, während sie schaudernd einen tiefen Atemzug nach dem anderen tat.

Plötzlich begehrte er sie. Begehrte sie heftig. Wollte ihre nackte Haut an seiner Haut spüren. Wenn es nach ihm gegangen wäre auch hinten im Minivan, es war ihm egal. Aber sein Verstand sagte ihm, dass das keine gute Idee war.

»Jetzt komm«, munterte er sie auf. »Iss ein paar Happen.«

»Meine Güte.« Sie sah auf die Nudeln vor sich, als hätte Peter sie ihr gerade erst hingestellt. »Ich bin in meinem Leben noch nie so hungrig gewesen.«

Zehn Minuten später stellte sie die Reste ihres Phat Thai in die Mittelkonsole. »Was jetzt?«

»Von deiner Wohnung sollten wir uns lieber fernhalten«, sagte Peter. »Und wir müssen das Auto loswerden. Vorne am Kühler sind Holzsplitter von dem Tor.«

»Aber mir gefällt das Auto«, sagte sie zornig. »Und meine scheiß Wohnung auch, verdammt nochmal.«

Peter zuckte mit den Schultern. »Man soll sich nicht zu stark binden«, sagte er. »Schon gar nicht an Dinge.«

»Ich will mich aber binden«, sagte sie mit deutlicher Verärgerung in der Stimme. »Jeder Mensch bindet sich. An alles Mögliche. Autos. Häuser. Dinge. Nicht jeder Mensch ist ein buddhistischer Wandermönch. Kapiert? Wir binden uns an Menschen.«

Oh, dachte Peter. Genau das tun wir gerade.

»Wenn du wütend sein willst, okay. Dazu hast du allen Grund.« Er drehte sich zu ihr um und nahm ihre Hand. »Aber nicht auf mich. Denn ich binde mich gerade ziemlich gerne an dich. Und wenn ich mich einmal gebunden habe, wird man mich so schnell nicht wieder los. Ich bin wie eine Bettwanze.«

Das brachte sie zum Lachen. Immerhin.

»Ich dachte eher, du bist ein Pfadfinder mit Muckis.«

Er erwiderte ihr Lachen. »I'm a complicated man. No one understands me but my woman.«

Sie sah ihn stirnrunzelnd an. »Ist das nicht eine Zeile aus *Shaft*?«

Er machte eine unbekümmerte Miene. »Meinst du den Film oder den Song?«

Sie boxte ihn auf den Arm, sah geradeaus auf die Straße, wandte sich dann wieder ihm zu. »Wieso bist du so ausgeglichen nach dem, was eben passiert ist?«

»Bin ich nicht«, sagte Peter. »Ich werde nur leichter damit fertig.«

»Ich habe dein Gesicht gesehen, als du ins Auto gestiegen bist, direkt danach. Du hast auf mich gewirkt wie – ich weiß nicht. Glücklich ist das falsche Wort. Wie im Rausch.«

»Das trifft es ganz gut«, sagte er. »Es ist der Horror und gleichzeitig ein Thrill. Ich habe Menschen getötet, die versucht haben, uns zu töten. Ich lebe, und du lebst auch, und wir sitzen hier und essen. Thailändisch. Ein Wunder. Später habe ich vor, dich genüsslich aus deinen Kleidern zu schälen und jeden Quadratzentimeter deines nackten Körpers zu küssen.«

Sie wurde rot, aber sie wollte es sich nicht leichtmachen, nicht von dem Thema ablenken. Sie wollte verstehen. Er war beeindruckt.

»Aber sie sind tot«, sagte sie. »Wie kannst du jetzt nur an etwas anderes denken? Wie kann ich da an was anderes denken?«

»Ich hatte viel Übung im Ausland«, sagte Peter. »Wir beide haben nicht damit angefangen. Wir haben sie nicht verfolgt. Es war umgekehrt. Sie haben Jagd auf uns gemacht. Aus einem Grund, den nur sie kennen. Hier liegt kein moralisches Versagen vor. Dass wir überlebt haben und sie nicht, hast nicht du zu verantworten und ich auch nicht. Es ist allein ihre Verantwortung. Oder wer immer sie geschickt hat. Und die Belohnung für unseren Sieg, für unser Überleben, ist thailändisches Essen und ein gutes Gespräch. Und wenn ich Glück habe, dein nackter Körper auf meinem. Es ist nämlich noch nicht vorbei. Wir brauchen unsere ganze Kraft, um die nächsten Tage zu überleben.«

Ihre Augen leuchteten. »Wie kommt es, dass du nicht so geworden bist wie sie?«

»Ich bin wie sie«, sagte er leise. »Aber ich versuche, es wiedergutzumachen.«

Sein Handy klingelte.

Nur zwei Menschen hatten seine Nummer, und der eine saß neben ihm. Er zog es aus der Tasche. »Hallo, Lewis.«

»Alles okay, Stiernacken?« Hatte Lewis etwas aus Peters Stimme herausgehört?

»Wir hatten eine kleine Auseinandersetzung vor ein paar Minuten«, sagte Peter. »Aber mir geht's gut.«

Lewis schnaubte. »In Northeast Seattle? Von wegen kleine Auseinandersetzung. Ich sehe gerade den Beitrag auf Channel 5. Da hat es aber jemand ganz schön erwischt.«

»Moment mal. Bist du in der Stadt?«

»Ich bin gestern Abend nach Sacramento geflogen und habe deinen Truck abgeholt und ihn in Portland in einem Depot abgestellt. Ich wollte mir was Stilvolleres gönnen. Gerade habe ich mich ins Four Seasons eingecheckt, aber ich langweile mich, Brother. Ich muss mich beschäftigen. Hast du eine Idee?«

Peter sah zu June, die wieder vor ihrem Laptop saß.

»Ja. Du könntest an der Wohnung einer Freundin vorbeifahren. Ich will wissen, ob sie observiert wird. Wir brauchen irgendwas, wo wir ansetzen können. Wir wissen immer noch nicht, wer die Leute sind.« Er nannte Lewis die Adresse.

»Ist notiert. Noch was?«

»Wir müssen unsere Karre abstoßen. Hast du ein Auto?«

»Ja. Einen Mietwagen. Ich rufe an, wenn ich alles geregelt habe. In einer Stunde etwa. Sag Bescheid, wo ich dich abholen soll.«

»Hört sich gut an. He, Lewis?«

»Was denn jetzt noch, Motherfucker? Du hältst mich auf.«

Peter konnte das schiefe Grinsen am anderen Ende förmlich hören.

»Danke.«

»Scheiße, Mann. Stiernacken wird sentimental.«

Er legte auf.

Peter wandte sich June zu. »Willst du meinen Freund Lewis kennenlernen?«

Sie blickte nachdenklich. »Ist er süß?«

»Nein«, sagte Peter. »Lewis ist definitiv nicht süß!«

Sie fuhren weiter Richtung Süden. Peter ging diverse Möglichkeiten durch, wie sie das Auto am besten loswurden. Sie konnten es in einem Viertel mit hoher Kriminalität abstellen, Schlüssel im Anlasser, und darauf hoffen, dass es gestohlen wurde. So würde wenigstens noch der Ausschlachter was daran verdienen. Aber sie nutzten den Minivan seit Tagen intensiv, er wäre geradezu verseucht mit ihrer DNA. Blut und Haaren. Falls jemand, der die Schießerei hinter Dexter Smith' Haus mitbekommen hatte, ihn zufällig entdeckte, würde er der Polizei in die Hände fallen und nicht den Kleinganoven.

Er hielt an der nächsten Tankstelle, kaufte einen 10-Liter-Kanister und füllte ihn mit Benzin.

Die Streichhölzer gab es gratis.

Es war nicht so leicht, einen unauffälligen Ort für sein Vorhaben zu finden, denn Seattle, wie so viele andere Städte im Westen auch, folgte keinem Bebauungsplan. Entwicklungsgebiete richteten sich nach schönen Ausblicken, Grünflächen und Wasserwegen. In einem hübschen Viertel sah man gern über ein altes Bahngelände in unmittelbarer Nachbarschaft hinweg, ein Golfplatz konnte hier neben einer maroden Ladenzeile liegen. Immobilien waren teuer, daher wurden die heruntergekommenen Viertel rasch von Kleinunternehmern und Hipstern besiedelt.

Mit Hilfe von Google Maps und Junes Erkundungen fanden sie schließlich in einem Vorort, zwischen zwei Freeways, ein langgestrecktes Gewerbegebiet und darin ein weites Gelände, das noch auf seine Sanierung wartete. Sie parkte vor einer Mikrobrauerei mit angeschlossenem Restaurant, ein paar Häuserblocks von dem freien Grundstück entfernt. Peters Handy klingelte wieder.

»Deine Freundin hat Gesellschaft«, sagte Lewis. »Vier Personen in vier verschiedenen Autos observieren das Haus.«

»Sind auch Ford Explorer darunter?«

»Nein«, sagte Lewis. »Wahrscheinlich sind es Privatfahrzeuge. Keine Luxuskarossen. Motor ausgeschaltet, Fenster kaputt, halbe Wracks. Je eins an der nächsten Straßenkreuzung, eins direkt gegenüber und noch eins um die Ecke, um von hinten ranzukommen.«

Peter fiel der Nachbar mit dem Holzstapel ein. Er selbst hätte sich von da aus Zutritt verschafft. Offenbar keine Anfänger, die Leute.

»Haben sie dich gesehen?«

»Stiernacken! Was glaubst du, mit wem du es zu tun hast?«

»Du bist jetzt Familienvater. Vielleicht schon ein bisschen aus der Übung.«

»Das habe ich überhört. Es sind überall Kameras installiert. Ich habe acht Stück gezählt. Nur eins ist komisch: Die Kameras decken dieselben Ausschnitte ab wie die Autos. Als wüssten die Männer in den Autos nichts von den Kameras.«

Peter fragte June. »Du hast doch keine Überwachungskameras installiert, oder?«

Sie schüttelte den Kopf. »Vielleicht hat Leo welche aufgestellt. Aber gesehen habe ich noch nie eine.«

»Okay«, sagte Peter. »Eigentlich kannst du uns auch jetzt gleich abholen.« Er nannte Lewis den Namen der Brauerei. »Ich stehe auf einem Parkplatz an der South Six, westlich der Straße. Ein grüner Honda Minivan. Wir müssen ein paar Sachen umladen.«

»Lass es mich kurz in die App eingeben. Okay, ich habe die Adresse gefunden. Eine halbe Stunde. Ich fahre einen silbernen Escalade.«

June arbeitete an ihrem neuen Laptop, der aufgeklappt und eingeschaltet war, seit sie vor dem Haus des Master Sergeants angekommen waren. Sie war ganz versunken vor dem blassen Schimmer des Bildschirms, so dass Peter die Augen schloss und rekapitulierte, was sie bisher in Erfahrung gebracht hatten. Es war nicht viel.

Als er Junes Stimme hörte, schlug er die Augen wieder auf.

»Ach du liebe Scheiße! Ja, genau!« Sie trommelte mit den Fäusten an die Decke. »Das hätte Mama gefallen.«

»Was?«

»Ach, nichts.« Ihre Augen leuchteten. »Ich glaube, ich habe gerade rausgefunden, wer der Scheißkerl ist. Charles

Dawes the Fourth. Ex-CIA-Arschloch und Gründer der Citadel Security.«

Scheinwerferlicht huschte über die Büsche, und ein silberner Cadillac Escalade glitt auf den Platz neben ihnen.

Lewis. Fahrplanmäßig.

»Wir müssen los«, sagte Peter. »Pack deine Sachen. Ich hole die Ausrüstung. Du sitzt vorne.« Er öffnete die Heckklappen der beiden Autos und fing an, den nassen Anzug, den Mantel, die Campingausrüstung und das HK-Sturmgewehr, das noch immer nach verbranntem Pulver roch, umzuladen.

June steckte den Laptop in ihre Tasche, nahm die Reste ihres Thai-Imbisses, stieg aus dem Minivan und öffnete die Beifahrertür des Escalade. »Hi. Ich bin June.«

Peter hörte Lewis' öligen geschmeidigen Bass. »Angenehm, Ma'am.«

Peter machte die Heckklappen zu, ging zu dem Escalade und klopfte an Junes Fensterscheibe. June ließ die Scheibe herunter und sah amüsiert zu ihm auf. »Du hattest völlig unrecht. Er ist nicht nur hübsch, sondern auch charmant.«

Lewis setzte sein schönstes schiefes Grinsen für sie auf. »Ich wurde wegen guter Führung vorzeitig entlassen.«

Seine Haut war kaffeebraun, der Schädel rasiert, die Gesichtszüge eine ethnische Mixtur von überall und nirgends. Er trug eine schwarze Regenjacke aus Kunstfaser, darunter ein gestärktes weißes Hemd, schwarze Jeans und blank geputzte schwarze Kampfstiefel.

»Das war wohl doch keine so gute Idee«, sagte Peter. »Also keine Privatgespräche, okay?«

June brach in ihr volles, sprudelndes Lachen aus. »Ich bin Reporterin, Peter. Ich weiß Bescheid.«

Peter schüttelte den Kopf und setzte sich ans Steuer des Minivans. Der Escalade glitt aus der Parklücke und fuhr voraus.

Auf dem freien Grundstück angekommen, öffnete Peter alle Fensterscheiben des Minivans, schüttete Benzin hinein, warf die brennende Streichholzschachtel hinterher und entfernte sich rasch. Das Benzin fing sofort Feuer.

Es wurde langsam zu einer schlechten Gewohnheit. Zwei Autos in zwei Tagen.

Er schaute zu, wie die Flammen an den Fenstern züngelten, und es tat ihm leid um den grünen Honda. Es war ein gutes Auto. Dann stapfte er über den rauen Boden zu dem Cadillac.

»Stiernacken.« Lewis reichte ihm eine bereits geöffnete Flasche Anchor Steam. »Deine Freundin heckt gerade einen Plan aus.«

»Da bin ich aber froh.« Peter leerte die Flasche in einem Zug um ein Drittel. »Aber erstmal schnell weg hier.«

»Ich habe uns eine Suite im Four Seasons reserviert«, sagte Lewis. »Reichlich Platz für uns alle.«

»Nicht für mich«, sagte Peter. »In einem geschlossenen Raum könnte ich niemals einschlafen.« June beugte sich über die Rückenlehne. »Wir könnten draußen campen.«

»Hast du immer noch mit dem Scheiß zu kämpfen?«, fragte Lewis.

»Sagen wir mal so: Ich arbeite dran«, antwortete Peter. »Aber nicht heute Abend.«

»Wie wäre es mit Discovery Park?«, sagte June und wandte sich Lewis zu. »Ich lotse dich hin.«

»Eine ganze Suite«, sagte Lewis. »Im Four Seasons. Der Wahnsinn.«

»Kannst du haben«, sagte Peter. »Du bist nicht eingeladen.«

40

Chip

Der Fahrer quälte sich mit dem Mercedes G63 durch den Nachmittagsverkehr, während Chip hinten saß und an das Gespräch dachte, das er eben mit Nicolet geführt hatte.

Bisher konnte der professionellen Coolness des IT-Anwalts absolut nichts etwas anhaben, daher war es Chip ein Genuss zu beobachten, dass es dem geheimnisvollen Begleiter des Mädchens gelungen war, an Nicolets Teflonimage zu kratzen. Der Anwalt hielt sich für robust, und er hatte recht. Aber er war Zivilist. Seine Welt waren die juristischen Winkelzüge, in der eine negative Gerichtsentscheidung der Supergau war.

Chips Welt war die Wirklichkeit, wo weitaus schlimmere Dinge geschehen konnten. Chip war kein Zivilist.

Er hatte dem IT-Gauner gesagt, er solle die Arschbacken zusammenkneifen, alles sei unter Kontrolle. Um den geheimnisvollen Begleiter werde man sich kümmern. Schon bald hielte man den Algorithmus in der Hand.

Chip ließ offen, in wessen Hand.

Jetzt war er auf dem Weg in sein Büro, um den Fortgang der Operation zu überprüfen. Er war spät dran. Hoffentlich hatten sie etwas gefunden.

Er sah aus dem Fenster auf das Licht der Scheinwerfer im Regen, und er erinnerte sich daran, wie alles angefangen hatte.

Der Verkauf der Inhaberobligationen des irakischen Colonels war wie geplant abgelaufen, und Shepard überließ Chip die Führung, seine natürliche Stellung. Er hatte diverse in Belize, Luxemburg und auf den Bahamas angesiedelte Scheingesellschaften gechartert und diese dazu benutzt, seine echte Firma, Citadel Security, für fingierte Aufträge zu engagieren. Danach hatte er sich das gestohlene Geld ausgezahlt, welches damit reingewaschen war.

Er hatte sich sogar selbst verfasste Empfehlungsschreiben mit dem Briefkopf seiner Scheinfirmen geschrieben. Citadel Security sei die Beste ihrer Art, ihre Diskretion unvergleichlich. Schön blöd, wer Chip Dawes nicht engagierte.

Es war erstaunlich leicht, den ersten offiziellen Auftrag zu ergattern. Er bezahlte eine Edelprostituierte, einen leitenden Programmierer auf einem Betriebsausflug seiner Firma zu verführen. Sie brachte den Mann nach Hause und tat ihm ein Schlafmittel in seinen Drink. Chip erschien, kopierte den Schlüssel und die Ausweiskarte des Mannes und hatte nebenbei Sex mit der Prostituierten, war ja im Preis inbegriffen. Am nächsten Morgen spazierte er auf das Firmengelände, änderte einige Passwörter und lud einen Haufen Kundeninformationen und einige proprietäre Codes herunter. Danach machte er einen Termin mit dem Firmenboss.

Der Sicherheitsdirektor wurde entlassen, und die Firma Citadel Security hatte ihren ersten Großauftrag in der Tasche. Es war nichts dabei.

Danach drang Chip in beinahe jeden zweiten Computer an der Westküste ein und verschaffte sich unterwegs seine Kunden. Er kaufte sich den Mercedes G63, eine Villa am Lake Washington und mehrere Boote. Die Entwicklung von Sicherheitssoftware für Firmen stellte sich als ziemlich eintönige Arbeit heraus und nicht mehr so lukrativ, nachdem Chip dafür Technikfreaks angestellt hatte, die mehr davon verstanden. Kein Wunder.

Es waren die anderen Jobs, die für Chip die Wende brachten. Die *kreativen* Jobs.

Einen jungen Software-Entwickler überreden, seine brillante Idee für einen Spottpreis zu verkaufen. Jetzt, nicht später. Einen Tesla und ein sexbesessenes »College Girl« gratis obendrauf? Abgemacht.

Einen Programmierer durch Erpressung dazu zwingen, eine Code-Störung noch eine Woche länger zu belassen? Chip verfügte über einen ganzen Schwarm Callgirls, die im kleinen Schwarzen nicht nur umwerfend aussahen, sondern auch wahre Blaskünstler waren. Und Überwachungskameras waren heute so groß wie ein Staubkorn.

Gelegenheiten gab es reichlich.

Einen mit Venture-Capital finanzierten, frustrierten Forscher bestechen, eine veraltete Ziffernfolge zu überprüfen.

Einen bedauerlichen, unerklärlichen Flächenbrand auslösen, um den Weg zu einer neuen Konzernzentrale zu ebnen.

In ein privates, kurz vor einem Durchbruch stehendes Gentechniklabor einbrechen.

Kinderpornografie auf den Laptop eines Abgeordneten schmuggeln.

Aber auch die Kreativjobs wurden nur einmal vergütet, und der Aufwand war höher. Er zahlte seinen Angestellten gutes Geld. Callgirls, die nicht nur Stroh im Kopf hatten, waren nicht billig. Echte skrupellose Computerfreaks waren sogar richtig teuer. Und Shepard verlangte auch seinen Anteil.

Chip hielt Shepard wohlweislich bei Laune.

Der Mann war wie ein unheimlicher Roboter, ohne menschlichen Operator.

Aber ein siebenstelliges Nettogehalt reichte Chip Dawes nicht.

Mit Dienstleistungen ließ sich kein Blumentopf gewinnen. Die beiden wichtigsten Lehren aus seinem Engagement in der Hightechindustrie: Sei digital und sei skalierbar, darauf kam es an. Die Software zu entwickeln und sie bei dem ersten Kunden zu installieren, kostete einen bestimmten Betrag. Alle weiteren Installationen derselben Software waren dagegen für ihn praktisch mit keinen Kosten mehr verbunden. Der zweimillionste Kunde zahlte den gleichen Betrag wie der erste. Es war die reinste Gelddruckmaschine.

Darauf also war Chip aus: seine Killer-App.

Siebenstellig, okay, aber er wollte acht oder neun. Scheiße, er wollte zehn. Die Milliarde.

Tausend mal Venture-Capital, Börsengeld. Google, Facebook, Twitter.

Er wollte seine eigene Insel. Seinen eigenen Nationalstaat.

Dafür brauchte er das ganz große Los.

Und er war überzeugt, dass er es bereits gezogen hatte.

Dank eines Kunden war es ihm förmlich in den Schoß gefallen.

Hazel Cassidys Algorithmus.

Chip hatte in den Anfangsjahren von Citadel schon mal für diesen Kunden gearbeitet. Er besaß das Zeug, irgendwann ganz oben mitzumischen, deswegen hatte er seine Verschlüsselungsprotokolle nachgerüstet; nur ein kleines Projekt, aber Chip hatte einen Fuß in der Tür für Folgeaufträge.

Der Kunde hatte sich als absolut unberechenbar erwiesen, regelrecht durchgeknallt, die Arbeit war nervenaufreibend. Die versprochenen Folgeaufträge kamen nie zustande, und die Arbeit war in wenigen Monaten erledigt. Immerhin keine Zeitverschwendung, denn der Mann zahlte Chips überhöhte Rechnungen anstandslos. Frisches Geld aus den neuen Technologien erkannte man immer. Fachidioten, die über irgendein obskures Detail sehr genau Bescheid wussten, in allen anderen Dingen aber grenzenlos naiv waren.

Die Hälfte von ihnen glaubte, das Geld stünde ihnen nicht zu, die andere, ihnen stünde das Doppelte zu, doch alle stellten gerne Schecks aus, zum Beweis, für sich und andere, dass sie es geschafft hatten.

Vor einigen Monaten hatte ihm dieser Kunde wieder eine E-Mail geschickt, doch sich diesmal äußerst bedeckt gehalten. Der Kontakt ging über Nicolet, einen berühmten IT-Anwalt, den Chip seit Jahren kannte. Ein persönliches Treffen verweigerte der Kunde. Das war ungewöhnlich, denn was die kreative Seite von Chips Arbeit anging, wurden die wichtigsten Deals immer im direkten Austausch abgeschlossen. Wer wollte schon eine Spur von Brotkrümeln hinterlassen?

Stattdessen hatte der Kunde irgendeine Tussi geschickt, Sanchez, mindestens fünfzig, wahrscheinlich seine Sekretärin. Sie landete mit einem Wasserflugzeug auf Lake Union, trug legere Geschäftskleidung, Mode von vorgestern, hatte schmutzige Fingernägel und eine Haut aus Leder. Am liebsten hätte er ihr eine Maniküre und eine Tube Sonnenschutzcreme spendiert, aber bei der war Hopfen und Malz verloren.

Chip musste sich allerdings eingestehen, dass sie clever war, dass sie Haare auf den Zähnen hatte und sich nichts sagen ließ. Vielleicht der Grund dafür, warum der Kunde den Weg über den Anwalt und eine persönliche Vertretung gewählt hatte. Weil ihm klar geworden war, dass er für diese Arbeit nicht abgebrüht genug war. Oder weil er jetzt endgültig den Verstand verloren hatte.

Wie auch immer, der Kunde hatte sich Zugang zu Hazel Cassidys Aufzeichnungen verschafft, Chip jedoch keinen Einblick gewährt. Der hatte daraufhin das Hintertürchen benutzt, das er beim ersten Mal auf dem Computersystem des Kunden installiert hatte, und zog sich eine Kopie. Die Aufzeichnungen waren knapp und kryptisch, doch Chip vermochte zwischen den Zeilen zu lesen.

Das Potential des Algorithmus war ungeheuerlich.

Er nahm das Geld des Mannes, gutes Geld, und fing an, die Operation zu planen. Gleichzeitig hatte er beschlossen, das Resultat für sich zu behalten. Der Algorithmus war viel zu wertvoll, um ihn dem blöden Kunden zu überlassen.

Sollte sich der Mann beklagen, gab es immer noch Shepard.

Vielleicht sogar dann, wenn er sich nicht beklagen würde. Vielleicht würde Chip Shepard auch bei dem Anwalt und der persönlichen Vertreterin mit den dreckigen Fingernägeln vorbeischicken.

Das würde ein Riesending.

Chip mochte keine Zeugen.

Und mit Shepard würde er schon fertig.

Gewinnbeteiligung war was für Dilettanten.

Er setzte seine selbstlosen Computerfreaks an die Arbeit, zwei Monate lang, aber sie kamen nicht weit. Die Cassidy machte keinen der üblichen Fehler. Sie nutzte tatsächlich den Fingerabdruckscanner an ihrem Handy und ihren privaten Laptop, den sie mit nach Hause nahm. Ihr Passwort lautete nicht PASSWORT oder war ihr Geburtstag oder der Name ihrer Tochter rückwärtsgelesen oder sonst irgendwas, was man sich leicht merken konnte.

Sie war auch nicht irgendeine kleine unbedeutende Professorin, sie war der Informatik-Superstar in Stanford. Sie verfügte über eiserne Disziplin, sagenhaftes Fachwissen, und ihre zufällig generierten Passwörter waren endlos lang. Es war zum Verrücktwerden. Chip war schwer beeindruckt, dass sein Kunde überhaupt ihre Aufzeichnungen in seinen Besitz gebracht hatte, denn seine Computerfreaks hätten nicht mal das geschafft.

Er versuchte es mit der Old-School-Methode, verteilte infizierte USB-Sticks auf dem Parkplatz vor der Uni, auf dem

Flur vor ihrem Büro, in die Rucksäcke und Umhängetaschen ihrer Mitarbeiter, sogar in Cassidys eigene Tasche, in der Hoffnung, irgendjemand würde einen dieser Sticks in einen Computer des Fachbereichs stecken. Er erntete ein paar Treffer mit seinem Virus, viele Nacktfotos von Stanford-Studentinnen, aber keinen Zugang zu Cassidys System.

Er engagierte einen zwielichtigen Typen, der ihre persönliche Zugangskarte stehlen sollte, um davon eine Kopie herzustellen und das Original zurück in ihr Portemonnaie zu stecken. Ehe er dazu kam, hatte Cassidy einen Netzhautscanner an ihre Bürotür montiert. Solange er ihr also nicht die Augen ausstach, würde er nicht reinkommen. Als Nächstes schickte er ein Team zur Einschätzung der Gebäudesicherheit los, doch Hazel Cassidy hatte vor Stanfords robusten Vorkehrungen noch eigene ausgeklügelte Maßnahmen geschaltet. Ohne Vorschlaghammer und Stemmeisen oder gar Rettungsscheren käme man nicht weit. Das Büro war einbruchsicher wie eine Festung.

Also doch lieber die Augen ausstechen?

Zunächst jedoch versuchte er es auf dem direkten Weg, engagierte Nicolet auf eigene Kosten für die Verhandlungen, um sich noch mehr gegen den Kunden und die Professorin abzuschirmen und seine eigene Anonymität zu wahren. Chip kannte Nicolet seit einigen Jahren; der Mann hatte kein Problem mit Doppelvertretungen, trennte seine persönliche Moral strikt von seinen Geschäftspraktiken.

Chips letzte Angebote überschritten seine Mittel erheblich, aber da ging es nur noch um ihre Reaktion, um zu ergründen, mit wem er es zu tun hatte.

Hazel Cassidy war eine harte Nuss.

Als sie Nicolets E-Mails nicht mehr beantwortete, beschloss Chip, aufs Ganze zu gehen.

Genauer gesagt, die Professorin zu töten.

Dann könnten seine Leute mit amtlicher Genehmigung und Schneidbrenner anrücken und ihr Büro räumen. Genauso kam es.

Sie hatten kistenweise Akten und Festplatten mitgenommen und eine Aluminiumbox von den Ausmaßen eines Familienkühlschranks, voller Computerkomponenten und Lüftern. Die Server des Büros, eine Batterie flüssiggekühlter Crays, waren viel zu groß, um sie mitten in der Nacht von zwei IT-Operatoren demontieren zu lassen. Und für die Beladung eines Lieferwagens tagsüber hätte Chips gefälschte Genehmigung nicht gereicht. Deswegen hatten sie nur Chips Virus mit einem USB-Stick aufgespielt und sich gleich wieder davongemacht.

Die Aluminiumbox hatte es den Computerfreaks angetan, eine Art Mini-Supercomputer, den Cassidy anscheinend selbst designt und gebaut hatte. Aber er war so gut wie leer.

Der Virus verschaffte ihnen Admin-Zugang zu den Servern, die zwar vollbepackt waren, aber mit unbrauchbarem Zeug.

Der Algorithmus blieb unauffindbar.

Der nächste Schritt war, sich an die Tochter ranzumachen. Doch Smittys Team vergeigte die Sache. Chip hatte ihnen nie eine einleuchtende Erklärung entlocken können, und jetzt lagen sie tot in den Bergen. Der geheimnisvolle Mann, wer immer das war, hatte Chips bestes taktisches Team ausgeschaltet, und die Tochter war flüchtig. Sie hatte den Algorithmus, davon war Chip überzeugt.

Über kurz oder lang würden sie die Frau kriegen. Und auch ihren geheimnisvollen Begleiter.

Deswegen fuhr er jetzt zurück zu seinem Büro.

Wenn der Verkehr nicht so schlimm wäre, würde er eintreffen, bevor die Falle zuschnappte. Würde er das Geschehen dank der Dashcams wie aus nächster Nähe verfolgen können. Bert hatte auch eine Helmkamera.

Chip wollte diesen Code unbedingt in seinen Besitz bringen. Mehr als alles andere in der Welt.

Er hatte ihn verdient. Hatte hart dafür gearbeitet. War über Leichen gegangen.

Er überlegte sich die nächsten Schritte, während er seinen Ausweis in das Lesegerät schob, durch die Tür ging zu seinen privaten Büroräumen.

Dort – auf Chips individuell eingestelltem ergonomischem Stuhl, hinter Chips handgefertigtem Tropenholzschreibtisch – saß Shepard.

41

Shepard

Shepard sah seelenruhig zu, wie der Verkäufer die Bürotür öffnete und dessen Blick auf den bereits besetzten Stuhl fiel. Es war eine bewusste Provokation, eine Strategie, um an mehr Informationen zu kommen.

Er hatte den Wandmonitor eingeschaltet, der mit dem Schreibtisch-PC verbunden war. Der geteilte Schirm zeigte zwei nächtliche Ansichten einer Wohnstraße von entgegengesetzten Blickwinkeln aus. Auch das war eine Provokation. Und eine Mahnung. Shepard hatte vier Sicherheitsbarrieren überwunden, um ins Büro zu gelangen, und drei Passwörter-Logins, um das Video abzuspielen.

Die Reaktion des Verkäufers war beeindruckend, das musste Shepard ihm lassen. Sein ungeheurer Zorn loderte nur für einen winzigen Moment auf, bevor er sich zur Ordnung rief. Die Wut hinter der glatten Fassade war der Motor, der ihn antrieb. Das beobachtete Shepard nicht zum ersten Mal an ihm.

Und er sah die Angst im Gesicht des Mannes. Sie erschien ihm im Vergleich unangemessen gering, und schon das war eine wertvolle Information.

»Lässt du dich auch mal wieder blicken?«, sagte Chip. Ohne seinen Mantel abzulegen oder einen Blick auf den Monitor zu werfen, ließ er sich in einen der Lederclubsessel vor dem Schreibtisch fallen. »Anstrengender Tag?«

Shepard wies auf den Monitor. »Hast du schon gesehen?«

»Nein«, sagte Chip. »Ich hatte ein Meeting. Wie bist du hereingekommen?«

»Ich hatte dir gesagt, du sollst es mir überlassen«, erwiderte Shepard und drückte auf Play.

Auf den beiden Hälften des Schirms sah man zwei Fahrzeuge am Straßenrand sich gegenüberstehen, etwa fünfzig Meter voneinander entfernt, das eine jeweils von der Dashcam des anderen aufgenommen. Bäume wiegten sich im Wind, Regentropfen prasselten auf die Windschutzscheiben.

Nach etwa fünfzehn Sekunden flackerte der linke Schirm abrupt grellweiß auf, da die Kamerasensoren durch einen hellen Schein geblendet wurden. Auf dem rechten Schirm sah man das andere Fahrzeug von Mündungsfeuer erleuchtet, eine dunkle Gestalt sich neben dem Explorer abzeichnen, eine Langwaffe im Anschlag, die auf die Windschutzscheibe zielte.

Shepard hatte beim ersten Mal die Gehschiene aus dem Videomaterial des Krankenhauses wiedererkannt.

Beinahe umgehend fiel, von einer verirrten Kugel getroffen, die linke Kamera aus. Das rechte Kamerabild ruckelte, der Fahrer trat aufs Gaspedal, und das andere Fahrzeug näherte sich rasch. Die Gestalt huschte vorne um das Fahrzeug mit der ausgefallenen Kamera herum und tauchte, schneller als man es für möglich hielt, hinter dem Fahrzeug wieder auf und feuerte in regelmäßigen Salven auf den herannahenden Explorer. Die Windschutzscheibe zerbarst, trübte die Sicht, nur das Mündungsfeuer war noch zu sehen, das immer näher kam, dann brach auch die rechte Kamera zusammen.

Beim nächsten Bildsignal hatte sich der Schirm rosa verfärbt.

Shepard kannte den Effekt. »Blut auf der Linse.«

Auf dem wie zersplitterten rosa Schirm sahen sie, wie ein neues Fahrzeug heranfuhr und die schwarze Gestalt mit dem Gewehr und der Gehschiene auf der Beifahrerseite einstieg.

»Ich fasse es nicht«, sagte Chip. Er sah Shepard an. »Wo warst du bloß die ganze Zeit? Ich dachte, du wärst ihr dicht auf der Spur.«

»Ich habe dir gesagt, du hättest es mir überlassen sollen. Ich hatte sie unter Beobachtung. Acht Kameras an ihrem Haus und ein GPS-Tracker am Auto. Ich bin ihr mit Unterbrechungen fast den ganzen Tag gefolgt und habe versucht, ihre Security zu knacken.«

»Da hätte ich dir weiterhelfen können«, sagte Chip betont verständnisvoll, »wenn du dich nicht immer so bedeckt halten würdest. Wärst du mal ans Telefon gegangen, dann wärst du auf dem Laufenden über die Operationen.«

Shepard war nicht ans Telefon gegangen, weil er seine Verpflichtungen gegenüber seinen anderen Kunden auszuloten hatte. Es gab gewisse Überschneidungen, widersprüchliche Anforderungen. Vielleicht absichtlich, er wusste es nicht. Ihm fehlten entscheidende Informationen. Der Premium-Kunde hatte immer ein undurchsichtiges Spiel gespielt. Shepard ging die Möglichkeiten im Kopf durch, während er darauf wartete, dass der Verkäufer auf das Thema zurückkam.

Es dauerte eine Minute. Chip stemmte sich aus dem Sessel, ging zu der kleinen Bar und goss sich aus einer schweren Kristallkaraffe eine braune Flüssigkeit ein. Er bot Shepard demonstrativ kein Glas an. Dann drehte er sich um, deutete auf den Schirm und sagte, so als wäre ihm der Gedanke eben erst gekommen: »Wo warst du denn dann, als diese Scheiße passiert ist, wenn du die Frau angeblich unter Beobachtung hattest?«

Shepard würde ihm nicht verraten, dass er das Geschehen vom Nachbargrundstück aus beobachtet hatte. Er wollte den Beschützer des Mädchens in Aktion sehen. Und es würde nicht schaden, Chips Reihen zu lichten. Vorauseilendes Reinemachen nannte er das. Es würde die Sache vereinfachen, wenn der große Hausputz anstand.

»Ich hatte anderweitige Verpflichtungen«, sagte er. »Mit den Kameras am Haus und dem Sender am Auto hätte ich sie mir jederzeit greifen können. Bis Bertrams Team aufflog. Du hast es ja auf dem Videomaterial gesehen. Nur ein einziger Mann. Aber eine erhebliche Bedrohung.«

»Eine erhebliche Bedrohung?« Chip tat verwundert, das Glas unbeachtet in der Hand. »Das ist deine Meinung als Profi? Eine erhebliche Bedrohung? Berts Team war bis an die Zähne bewaffnet, vier ausgebildete Killer, und der Kerl macht sie kalt, als wäre es nichts.«

»Ja«, sagte Shepard. »Wie in Kalifornien.«

Chip sah ihn an. »Was ist los mit dir, verdammt nochmal? Irgendwas läuft hier grundlegend falsch. Diese Zurückhaltung sieht dir überhaupt nicht ähnlich. Ich weiß, dass du keine Angst hast. Das kenne ich einfach nicht von dir. Soweit ich das beurteilen kann, hast du überhaupt keine Gefühle. Jetzt sag schon, was ist hierbei anders?«

Shepard wollte nicht, dass Chip darüber spekulierte, was anders war.

Der Mann war weit mehr als nur ein Verkäufer. Chips Haupteigenschaften waren Eigeninteresse und Habgier, sicher, doch ohne Einfühlungsvermögen und geistige Schärfe wäre er im Irak nicht so erfolgreich gewesen und hätte auch später seine Firma nicht etabliert. Chip war durchaus fähig zu intuitiven Sprüngen.

Und so gewährte Shepard ihm Einblick in sein Innerstes, in etwas, was er normalerweise verborgen hielt. Es verlieh der partiellen Wahrheit eine gewisse Glaubwürdigkeit.

»Aah.« Chip grinste breit. »Jetzt verstehe ich. Es liegt an dem Mann. Der Mann ist anders. Es ist kein normaler Ziviler, kein Auftrag wie die anderen. Keine Überdosis Insulin. Nein. Er fordert deine Fähigkeiten heraus. Er ist dir ebenbürtig. Du flirtest mit ihm. Das ist es.«

Shepard antwortete nicht, zog eine Miene, die seinem

Gegenüber glauben machen sollte, er sei genervt. Sie sollte ihn in seiner Schlussfolgerung bestärken.

»Ich hatte schon immer den Verdacht, du könntest ein Mensch sein«, sagte Chip. Er trank sein Glas aus und setzte es auf dem Bartresen ab. »Jetzt sag schon. Wo sind sie jetzt?«

»Ihr Minivan hat vor zwanzig Minuten aufgehört, Signale zu geben«, sagte Shepard. »Letzter Standort war südlich der Innenstadt. Vielleicht haben sie den Tracker entdeckt. Oder sie haben den Van in einer Tiergarage oder einem Tunnel abgestellt. Oder ihn abgefackelt, wie den Tahoe. Egal. Sie sind weg.«

»Megascheiße«, sagte Chip.

Es klang nicht so, als wäre er wirklich verärgert. Der Verkäufer hat noch etwas in petto, dachte Shepard.

»Wo sind die anderen Teams?«, fragte er.

»Unterwegs. Sie treffen übermorgen hier ein.« Chip scheuchte ihn vom Stuhl. »Mach Platz«, sagte er. »Mal sehen, was ich noch aus den Kameras herausholen kann. Ich habe immer noch einige Freunde an der Ostküste.«

Chip setzte sich an den Schreibtisch und ließ seine Finger über die Tastatur fliegen wie ein Klavierspieler.

Ohne vom Schirm aufzublicken, sagte er: »Mach dich nützlich. Sieh zu, dass du den Minivan auftreibst. Und wenn du wieder mal die Chance hast, auf den Kerl zu schießen, dann tu es gefälligst.«

Der Verkäufer musste etwas in petto haben, eindeutig, dachte Shepard.

Er verließ Chips Büro, und leise schloss sich die Tür hinter ihm.

Die Zeit war noch nicht reif für Tomaten, dachte er.

Noch nicht.

42

June

Der Handywecker klingelte im frühmorgendlichen Halbdunkel. Vom Puget Sound wehte ein kräftiger, warmer Frühjahrswind. Regentropfen klatschten auf das Zeltvordach. June schloss die Augen, kuschelte sich tiefer in den Schlafsack und wünschte, sie könnte noch eine Stunde länger liegenbleiben.

Sie hatte die halbe Nacht am Computer verbracht und zu Charles Dawes IV, genannt Chip, recherchiert.

Die andere Hälfte damit, ihren Bodyguard sexuell zu belästigen.

Ihm hatte es offenbar nichts ausgemacht.

Sie campierten an einer geschützten Stelle unterhalb einer Klippe im Discovery Park, einem 200 Hektar großen Naturschutzgebiet, da, wo Seattle aufs Meer trifft. Nicht zu vergleichen mit einer Suite im Four Seasons, aber sie konnte von Peter nicht verlangen, dass er in einem Hotelzimmer übernachtete, jedenfalls jetzt nicht. Vielleicht nie.

Sie hörte, wie er den Reißverschluss öffnete und frische Luft hereinließ, dann das Zischen des Campingkochers im Vorzelt. »Kaffee in zehn Minuten«, sagte er leise.

»Lass uns frühstücken gehen«, sagte sie gähnend. »Eier Benedict, Speck, Kartoffelpuffer.«

»Auch lecker«, sagte er. »Ich kann dir Trailmix und eine Banane anbieten.«

»Deine Banane habe ich gestern Abend schon reichlich genossen.« Sie lächelte vielsagend. »Zweimal sogar.«

»Ich muss die Lady leider davon in Kenntnis setzen«,

sagte er, beugte sich zu ihr hinunter und streifte mit den Lippen ihren Hals, »dass es sich dabei keineswegs um eine Banane gehandelt hat.«

Das Kaffeewasser kochte über.

Kurz darauf packte Peter ihre Schlafsäcke und das durchnässte Zelt in den Sack und folgte June die Klippen hinauf zu dem welligen Plateau. Aus den schweren Tropfen war ein Sprühregen geworden. Ein schmaler Pfad zwischen hohem Gras und Wildblumen führte zum Parkplatz, wo sie ein silberner Escalade erwartete.

Das Fenster auf der Fahrerseite glitt herunter, und die Heckklappe hob sich leise.

»Na, ihr Penner? Mitfahrgelegenheit gefällig?«

Lewis' Ausstrahlung gestern hatte ihr Eindruck gemacht. In den schwarzen Jeans, dem frischen weißen Hemd und schwarzen Regenmantel erinnerte er sie an ein dunkles schnittiges Muscle-Car, dessen Motor leise schnurrte, eine scharfe Waffe, die nur darauf wartete, dass jemand den Abzug betätigte. Es hätte ihr Angst machen sollen, aber sie fand ihn sympathisch. Sie fühlte sich sicher in seiner Gegenwart. Und auch das hätte ihr eigentlich Angst machen sollen.

»Kann ich meinen Laptop in deinem Cadillac anschließen?« fragte sie und setzte sich auf die Rückbank. »Mein Akku ist so gut wie leer.«

»Reich mir den Stecker«, sagte Lewis und hielt die Hand nach hinten. »Ich kümmere mich drum.« Er hatte das Sturmgewehr mit dem Lauf nach unten in den Fußraum gestellt, der Schaft ragte in die Höhe. June spürte ihren Puls schneller schlagen. Eigentlich brauchte sie keine zweite Tasse Kaffee mehr.

Peter warf ihr Gepäck in den Kofferraum und schloss die Klappe. Danach schwang er sich auf den Beifahrersitz und stellte die Tüte Trailmix auf die Mittelkonsole. »Frühstück?«

Lewis sah ihn amüsiert an. »Schon geschehen. Lachsomelette, Kartoffelpuffer, zwei Sorten Speck und ein vierfacher Espresso mit viel Schaum.«

»Mann, wäre ich doch bloß mit dir ins Hotel gegangen«, sagte June. »Ich musste mich mit einer mickrigen Banane zufriedengeben. Pass auf: Du fährst vom Parkplatz die Ausfallstraße links, dann gleich wieder rechts.«

Lewis fuhr los. »Die Waffen liegen auf dem Boden«, wandte er sich an Peter. »In ein Tuch gewickelt.« Und über die Schulter gesprochen: »Was Neues erfahren, June?«

Am Abend zuvor hatte sie Lewis im Auto erzählt, dass es ihr mit dem Algorithmus ihrer Mutter gelungen war, Nicolets Firmenserver zu knacken. Dort war sie auf einen Vertrag mit einem Unternehmen namens Citadel Security gestoßen, unterzeichnet von Charles Dawes IV, über die Aufnahme von Verhandlungen zum Erwerb von nicht näher bezeichnetem geistigen Eigentum von einem unbekannten Besitzer. Es waren die fehlenden Details in der Urkunde, die sie stutzig gemacht hatten. Dann hatte Tig3r einen Bericht von Nicolet an Citadel entdeckt, in dem von vier gescheiterten Verhandlungsangeboten die Rede war. Die Daten der Angebotsschreiben stimmten mit den Daten von Nicolets Mails an Junes Mutter überein.

»Bist du gerade in eine Kanzlei eingedrungen und liest ihre Schriftsätze?«, hatte Lewis ungläubig gefragt. »Das ist ja, als würde man ins Fort Knox spazieren und sich die Taschen mit Gold vollstopfen.«

»Es ist noch viel besser«, hatte June geantwortet. »Letzten Monat hat meine Mutter das Gleiche versucht, ergebnislos. Tig3r lernt schnell dazu.«

Jetzt führte June aus: »Ich habe mir Citadel letzte Nacht mal angeschaut. Ein Security-Unternehmen, keine sechs Jahre alt, aber schwingt sich gerade zu einem großen Player auf. Spezialisiert auf Abwehr von Firmenspionage, virtuell und real.« Sie zeigte mit dem Finger nach vorne. »Hier rechts halten, dann den Berg runter und über die Brücke.«

»Was heißt, dass sie wahrscheinlich auch für die Gegenseite arbeiten«, sagte Peter. »Sie verteidigen Unternehmen gegen Angriffe von außen, spionieren sie aber auch selbst aus.«

»Warst du auch auf ihrem Server?«

»Nur für fünf Minuten«, sagte sie. »Zu kurz, um etwas herauszufinden. Dann ist die Verbindung gerissen. Entweder haben sie mich rausgeschmissen oder ihre Air Gap erweitert.«

»Bei einer Air Gap«, setzte Lewis zu einer Erklärung an, »werden sensible Daten vom Netz abgekoppelt, um sie vor Hackern zu schützen.«

»Denkst du, das wüsste ich nicht?«, sagte Peter.

Lewis schnaubte und drehte sich zu June um. »Was hast du noch herausgefunden?«

»Citadel ist ein Privatunternehmen«, sagte sie, »braucht also seine Bilanzen nicht offenzulegen. Tig3r hat mich auf die Website mit der Steuererklärung gelotst, auf der werden nur zwölf Angestellte aufgelistet. Es ist die Tochtergesellschaft einer Holding Company mit Sitz in Belize.«

»Die Männer, die auf uns geschossen haben, arbeiten wiederum für ein anderes Unternehmen, das sich SafeSecure nennt«, sagte Peter. »Und das ebenfalls einer Holding Company gehört. Mit Sitz in Belize.«

»Das nennt man das Eisbergmodell«, sagte Lewis. »Das Meiste verbirgt sich unterhalb der Oberfläche.«

»Genau«, sagte June. »SafeSecure hat sechzehn Mitarbeiter.«

»Jetzt nur noch acht«, stellte Lewis klar. »Jedenfalls theoretisch.«

»Die Subunternehmer kommen noch dazu«, sagte Peter.

»Ach Gottchen«, sagte Lewis. »Subunternehmer am Arsch.«

Die Brücke war mit Pendlern verstopft. In Richtung Fifteenth Avenue überquerten sie das Bahngelände und fuhren an den Fußballplätzen von Interbay vorbei. »Hier links und einordnen«, sagte sie. »Dann die erste rechts.«

»Wer hat hier bloß das Straßennetz angelegt?«, fragte Lewis. »Die Stadt ist wie ein Spaghettiknoten.«

»Wenn man sich auskennt, nicht«, sagte June. »Du musst nur die Abkürzungen kennen. Links ist der Schifffahrtskanal.« Sie befanden sich mittlerweile auf der Nickerson Street, am Fremont Cut. Das quirlige alte Viertel am anderen Ufer verwandelte sich gerade in rasantem Tempo, überall wurden Türme mit Eigentumswohnungen und Büros hochgezogen. Das Geld aus Seattles Software-Industrie musste ja irgendwo hin.

»Wer ist dieser Dawes?«, sagte Lewis.

June blätterte in ihrem Notizbuch. »Charles Dawes the Fourth, genannt Chip. Entstammt New Yorker Geldadel. Der Rest des ehemaligen Vermögens ging allerdings für Chips Ausbildung auf Eliteuniversitäten drauf. Sein Vater starb an einer Überdosis Drogen, seine Investitionen können also auch nicht so wahnsinnig toll gewesen sein. Dawes' Wirtschaftsprüfungsunternehmen ist nicht gerade gut geschützt, Tig3r hat mir Einblick in seine Finanzen verschafft. Dawes macht einen Haufen Geld, aber es geht genauso schnell raus, wie es reinkommt. Das heißt, er schreibt entweder große Verluste, oder er wäscht das Geld im Ausland.«

»In Dawes' Biographie steht, dass er Einsatzoffizier im Irak war«, sagte Peter. »Bodentruppen, Vorteile verschaffen. Kommt also auch ganz gut alleine zurecht, nehme ich an. Außerdem hat er einen Waffenschein. Wahrscheinlich geht er nie ohne Knarre aus dem Haus.«

»Die tragen doch alle Waffen.«

Sie passierten den Abzweig zur alten Fremont Zugbrücke, glitten unter den hohen Bögen der Aurora Bridge hindurch und bogen in südöstliche Richtung ab, am Lake Union entlang. In den Lücken zwischen Bäumen und Gewerbebauten sah sie große mehrstöckige Hausboote, fest an Holzstegen vertäut, ein ganzes schwimmendes Viertel.

»Sein Liegeplatz muss gleich kommen«, sagte sie. »Wie kann man als Spion nur so dumm sein, einen Journalisten, der für Zeitschriften schreibt, auf seinen morgendlichen Arbeitsweg mitzunehmen? Aber was tut man nicht alles für Publicity.«

»Nichts ist so erfolgreich wie der Erfolg.«

Sie zeigte nach vorne. »Da ist es.«

Lewis fuhr von der Straße ab, eine Rampe hinunter auf einen großen Parkplatz am See.

Sie spürte ihren Herzschlag. Sie hatte sich lange durch Unternehmensberichte gewühlt und sich um Faktenchecks bemüht. Was hatte sie hier zu suchen?

Es war halb acht. Das Wasser aschgrau. Der Regen fein wie Nebel.

Chip Dawes' Privatboot war an einem der kleineren Stege festgemacht, die weit aufs Wasser hinausragten. An den fünfzehn Plätzen lagen hauptsächlich schlanke Poweryachten, Beleg für den Reichtum in der Stadt. Zutritt hatten nur Besitzer, über ein Tor an der nordöstlichen Ecke des Parkplatzes unweit eines Betonwürfels mit Büros und einem großen Fischrestaurant im Erdgeschoss. Im südöstlichen Winkel des Platzes schwamm auf dem Wasser ein kleines kastenartiges Gebäude, Kenmore Air's Wasserflugzeug--Terminal.

Lewis setzte rückwärts in eine Parklücke vor der Geschäftsstelle der Fluggesellschaft, mit Blick auf das Wasser und die Feuerwehrzufahrt zum Tor. Er öffnete das Fenster einen schmalen Spalt, schaltete den Motor nicht aus. Er drehte sich zu June und fragte sie: »Hast du ein Foto von dem Mann?«

June hielt ihm den Laptop hin. »Das ist das Foto auf der Internetseite des Unternehmens.«

Auf dem Bild trug Chip Dawes einen blauweißen Seersucker-Anzug und eine blaue Fliege. Ein rotblonder Haarschopf krönte ein sonnengebräuntes, glattrasiertes regelmäßiges Gesicht mit einem markanten Kinn und selbstzufriedenen Lächeln. Er sah aus wie ein Ostküsten-Preppy, ein erfolgreicher Versicherungsvertreter oder Sparkassendirektor. Aber er war ein ehemaliger FBI-Agent, im Außendienst, und wahrscheinlich zu allem fähig.

Lewis schaute sich das Foto nur ein paar Sekunden an, ehe er den Blick wieder auf den versperrten Anlegesteg richtete. »Du kannst es dir auf dein Handy laden«, sagte sie. »Falls du es nochmal sehen willst.«

»Nicht nötig«, sagte er. »Ich habe es im Kopf gespeichert. Wann soll er eintreffen?«

»Laut dem Zeitschriftenartikel jederzeit«, sagte sie. »Es sei denn, er ist über die Pontonbrücke gefahren oder früher gekommen. Oder er ist im Four Seasons abgestiegen, auf dem gleichen Flur wie du.«

Peter wickelte die Pistolen aus den Tüchern. »Wie willst du vorgehen?«

Lewis deutete mit dem Kopf zu dem Bürogebäude. »Du beziehst Posten neben dem Tor, wo du den Steg im Blick hast. Verhalte dich unauffällig. Ich schweife ein bisschen umher, suche geschützte Stellen, von wo ich dir wenn nötig Deckung geben kann.«

»Und ich?«, fragte June.

»Du fährst das Fluchtauto. Lass den Motor an. Du wirst Schüsse hören, oder einer von uns beiden schickt eine SMS. Kriegst du das hin?«

»Klar«, sagte sie. Ihr Puls zog nochmal an, und sie spürte ihre heißen Wangen »Ich mache hier den Steve McQueen.«

»Scheiße. Moment mal«, unterbrach Peter. »Wir veranstalten das Ganze doch nur, um June zu schützen.«

Sie legte eine Hand auf Peters Arm. »Ich habe in den letzten Tagen schon zweimal ein Fluchtauto gefahren. Warum jetzt damit aufhören?«

Er sah sie an, beherrscht, aber konzentriert. »Beim ersten Mal hatten wir keine andere Wahl.«

»Doch, natürlich«, sagte sie ruhig. »Wir hätten einfach weglaufen können. Den Algorithmus verkaufen und uns nach Bali absetzen. Aber so bin ich nicht gestrickt. Und du auch nicht, da bin ich ziemlich sicher. Wir haben uns entschieden zu kämpfen.«

»Wir sind hier nicht im Kino«, sagte Lewis. »Du musst zur Stelle sein, wenn wir dich brauchen.«

»Ist mir klar«, sagte sie. »Ich werde da sein.«

Lewis nickte, als hätte er nichts anderes erwartet. »Hast du eine bessere Idee?«, fragte er Peter.

Peter hätte gerne eine bessere Idee gehabt, aber es gab keine.

»Nein«, sagte Peter. »Komm.«

Lewis stieg aus und tauchte in dem wabernden Nebel unter, ohne sich die Mühe zu machen, das Sturmgewehr unter seinem Mantel zu verbergen. Er trug es mit dem Lauf nach unten, wie eine notwendige Prothese. Heute war es eine, wie June vermutete.

Sie kletterte nach vorne auf den Fahrersitz und küsste Peter auf die Wange. Er gab ihr eine der Pistolen und steckte die andere in seine Jackentasche, dann stieg er aus und setzte sich im Gehen noch die Kapuze auf. Unter der Jacke trug er die Sicherheitsweste, die zwar durch die beiden Einschüsse vom Abend zuvor lädiert war, aber besser als gar kein Schutz.

Sie sah ihm hinterher, wie er die Feuerwehrzufahrt entlang zu dem Fischrestaurant ging und sich unter den Dachvorsprung neben dem Liefereingang stellte. Er war nicht gekleidet wie ein Küchenangestellter, trotzdem gelang es ihm, sich wie ein gelangweilter Kochgehilfe bei der Frühstückspause zu geben. Er verhielt sich unauffällig.

June machte das Warten krank.

Ihr Blick ging zum Pier, wo drei Liegeplätze frei waren. Ganz egal, welcher Chip gehörte, sie würde den Mann sofort erkennen. Jeder würde ihn erkennen. An so einem kühlen, feuchten Morgen wie diesem waren ohnehin nicht viele Boote unterwegs.

Der breite T-förmige Steg von Kenmore Air ragte weit ins Wasser, und ein schickes gelbweißes Wasserflugzeug lag am Querbalken vertäut. Vom Liegeplatz des Center for Wooden Boats an der Südspitze des Sees legte gerade eine alte Yacht ab. Ein verbeulter silberner Jetta rollte auf den Parkplatz, hielt neben dem Restaurant, und vier Männer in Kochbekleidung und Plastikclogs stiegen aus. Alle nickten oder hoben eine Hand zum Gruß, als sie an Peter vorbei zum Lieferanteneingang gingen.

Mit einer gefährlichen Situation umzugehen, wenn man gezwungen ist zu reagieren, dachte sie, war eine Sache. Völlig anders verhielt es sich, wenn man die Situation selbst herbeiführte, sich also bewusst in Gefahr begab, so wie jetzt. Obwohl Peter, und vermutlich auch Lewis, genau das im Ausland getan hatten. Im Krieg, sagte sie sich. Peter hatte in einem Krieg gekämpft. Sie hatte noch immer Schwierigkeiten, das zu begreifen, und wie das wohl für ihn gewesen war.

Ein paar Fischer fingen an, auf ihren Booten zu werkeln. Zwei Seekajaks kamen aus nördlicher Richtung herangepaddelt; die beiden Insassen, vermutlich aus der Hausbootsiedlung, ließen sich von dem miesen Wetter nicht abschrecken. Ob Peter in einem Hausboot leben konnte, fragte sie sich. Hausboote waren klein, aber es gab viele Fenster und sie boten einen weiten Blick.

Noch mehr Autos, mehr Leute, mehr Boote. Kein Chip

Dawes. Und Lewis hatte sie auch aus dem Blick verloren. Aber sie wusste, dass er sich irgendwo da draußen im Hintergrund hielt. Dann entdeckte sie einen kleinen weißen Punkt weit draußen auf dem See, der sich vom Montlake Cut her näherte und von Sekunde zu Sekunde größer wurde. Ein schnelles Boot und seine Heckwelle.

Am Himmel tauchte, aus nördlicher Richtung kommend, ein Wasserflugzeug auf, dessen Propellergeräusche durch den Regen gedämpft wurden. Es beschrieb eine weite Kurve, verlor an Höhe, flog plump und elegant gleichermaßen, wie eine Ente über einem Teich. Die kistenartige Maschine sah aus wie ein Oldtimer, wie Buschpiloten sie in Alaska flogen, stellte sie sich vor, ein Ding aus einer anderen Zeit. Die Kufen berührten jetzt das Wasser, Gischt spritzte auf, das Flugzeug wurde langsamer und glitt zu dem T-förmigen Steg.

June stieg aus dem Auto. Das Boot hatte den See zur Hälfte überquert.

Der Pilot stellte den Motor ab, und das Flugzeug trieb die letzten Meter zum Vertäupfahl. Er kletterte aus der Kabine und band das Flugzeug sofort fest, ehe der Wind es vom Steg fortblasen konnte. Er trug Lederjacke und Basecap.

Dann öffnete sich die Passagiertür, und ein großer Mann trat auf den Ponton. Das Flugzeug schwankte sichtlich. Der Mann war mindestens einen Kopf größer als der Pilot.

Er trug eine Outdoor-Regenjacke, eine zerknitterte grüne Hose und Wanderschuhe.

Er hatte langes weißes Haar und einen weißen Rauschebart.

June traute ihren Augen nicht.

Ihr Vater. Der Yeti.

43

Peter

Während das Wasserflugzeug gelandet war, hatte das Boot den See durchpflügt. Ein schlankes rotes Schnellboot mit einem Innenbordmotor und einem Segel über dem Cockpit, zum Schutz vor Sonne und Regen. Klein und wendig für Ausflüge auf dem See, groß genug für Touren an der Pazifikküste.

Jetzt glitt es an den Anlegesteg, und der weißhaarige Riese, unverkennbar Sasha Kolodny, der Yeti, trat vom Flugzeugschwimmer auf die verwitterten Bohlen, ging zu dem Boot, und der Skipper warf ihm die Leine zu. Kolodny band sie um einen Poller.

Der Pilot kam hinzu und deutete auf das Boot; vermutlich war er nicht damit einverstanden, dass es an dem Steg für die Wasserflugzeuge angelegt hatte. Der Yeti fuhr herum, stierte den Piloten an, der abwehrend eine Hand hob und zurückwich. Peter dachte an das Kontaktverbot, das Hazel Cassidy erwirkt hatte. Der Mann war wirklich ein Ungeheuer.

Der Skipper stieg von dem Boot, und die beiden Männer fingen an zu reden.

Aus vierzig Metern Entfernung konnte Peter das Gesicht des Skippers nicht erkennen, aber er wusste auch so, dass es sich um Chip Dawes handelte. Der Mann trug Sonnenbrille, bei Regen, und einen langen khakifarbenen Mantel mit Gürtel. Entweder war Dawes das wandelnde Klischee, oder er pflegte bewusst sein Image, was auf einen Privatagenten, der einen Journalisten eingeladen hatte, ihn auf seinem Arbeitsweg über das Wasser zu begleiten, wohl eher zutraf.

Die Unterhaltung zwischen dem Yeti und dem Skipper wurde hitziger. Der große Mann ruderte mit den Armen und stach dann vor dem Gesicht des Skippers mit dem Finger in die Luft. Ihr Gebrüll hallte über das Wasser. Der Skipper schüttelte den Kopf und stemmte die Fäuste in die Seiten. Schließlich machte der Yeti einen einzigen Schritt nach vorne, energischer als man es von einer Person dieser Größe und diesen Alters erwarten konnte, und versetzte ihm einen kräftigen Schlag gegen die Brust.

Der Skipper flog vom Steg und klatschte mit dem Hintern aufs Wasser.

Der Yeti schaute zu, wie sich der Skipper abstrampelte, löste dann das Tau, setzte einen Fuß auf den Rumpf des Bootes und stieß es vom Steg. Es glitt zunächst langsam dahin, gewann an Fahrt, bis es schließlich seitlich vom Wind erfasst und in immer tiefere Gewässer getrieben wurde. Der Name des Bootes, schwarz am Heck: *Spooked*.

Der Yeti drehte sich zu dem Piloten und schubste ihn zu seinem Flugzeug. Der Pilot kletterte zurück auf seinen Sitz, der Motor wurde wieder angelassen. Der Yeti band die Leine los, trat auf den Ponton und schob dabei die Maschine auf das Wasser, erklomm dann den Passagiersitz und schloss die Tür. Das Flugzeug kurvte einmal um den Schwimmer und sein treibendes Boot herum, stellte sich dem Wind entgegen, nahm Geschwindigkeit auf, schwebte über das Wasser und hob ab.

Peter sah am Ende der Feuerwehrzufahrt eine weibliche Gestalt neben dem silbernen Escalade stehen und auf den See hinausblicken.

Sie hatte das ganze Geschehen verfolgt, von Anfang an, die Auseinandersetzung zwischen ihrem Vater und Chip Dawes.

Er blickte wieder auf das Wasser, in dem der Mann unbeholfen dem Boot hinterherschwamm. Seine Bewegungen wurden durch den Trenchcoat erschwert, und anscheinend hatte er seine Sonnenbrille verloren. Im ersten Moment hatte Peter den Eindruck, der Wind würde das Boot schneller hinaustreiben, als Dawes schwimmen konnte. Doch dann hielt dieser kurz inne, entledigte sich seines Mantels und seiner Schuhe und holte nun kräftig aus, um das Boot einzuholen. Er hatte einige hundert Meter bei leichtem Wellengang zurückgelegt, bis er endlich den Hecksteg zu fassen bekam und in Hemdsärmeln und Strümpfen an Bord ging. Nicht schlecht für einen Wirtschaftsspion.

Peter sah zur Feuerwehrzufahrt, June war verschwunden.

Röhrend startete der Bootsmotor. Peter konnte den Skipper in dem bedachten Cockpit nicht sehen. Das Boot beschrieb einen kleinen Wendekreis, schäumte Kielwasser auf und fuhr zu seinem angestammten Liegeplatz. Es verschwand hinter größeren Booten, doch der Motor heulte erneut auf, als es rückwärts in die Bucht setzte.

Chip Dawes IV musste ziemlich durchgefroren sein, dachte Peter, und höchst unzufrieden.

Wenige Minuten später kam Dawes in einer schwarzen Fleecejacke, dazupassender Trainingshose und Sandalen durch das Tor. Er trug eine elegante Aktentasche aus Leder in der einen Hand, in der anderen einen aufgespannten, ausladenden schwarzen Schirm. Seine Wuschelhaare waren noch feucht, nur kurz mit einem Handtuch getrocknet, was erstaunlich schick aussah, als käme er aus dem Umkleideraum eines Fitnessstudios und hätte nicht gerade ein unfreiwilliges Bad in einem innerstädtischen See genommen. Er hatte das gleiche sonnengebräunte Gesicht wie auf dem Foto, das kantige Kinn und den selbstgefälligen Ausdruck; eine Katze, die einen Kanarienvogel verputzt hat.

Es gab noch etwas anderes, was die Fotografie nicht eingefangen hatte. Die Kälte in seinen Augen, den straffen Zug um die Klammerfalten, die den breiten, geschmeidigen Mund einrahmten. Peter war vielen Männern begegnet, die im Krieg gewesen waren. Der Krieg veränderte einen von innen. Machte etwas Neues aus einem oder holte an die Oberfläche, was schon immer in einem geschlummert hatte. Manchmal von beidem etwas. Manchmal zum Besseren, manchmal nicht.

Peter war sich einigermaßen sicher, wie es für Chip Dawes gelaufen war.

Er löste sich von dem Lieferanteneingang des Restaurants, um Dawes am Rand des Parkplatzes abzufangen. Dawes wandte ihm den Blick zu – oberflächliche Gefahrenabschätzung – und ging dann ruhig weiter, ohne seine Hände freizumachen.

Sechs Meter. Er schloss auf. »Schönes Wetter zum Schwimmen«, sagte Peter. »Unzufriedener Kunde?«

»Sie haben ja keine Ahnung«, sagte Dawes.

»Die verschaffe ich mir gerade«, sagte Peter.

Dawes verzog seinen geschmeidigen Mund zu einem spöttischen Lächeln und tastete mit seinen kühlen Augen Peters Gesicht ab. »Nein«, sagte er. »Sie haben absolut keine Ahnung.«

Peter zuckte mit den Schultern. »Vielleicht nicht«, sagte er. »Aber wissen Sie, was ich glaube? Sie haben den Anwalt Nicolet engagiert, um mit Hazel Cassidy über den Kauf einer Software zu verhandeln. Ihr Ex-Mann Sasha Kolodny, der nicht ganz richtig im Kopf ist, hat Sie damit beauftragt.«

Dawes' Lächeln hatte ein wenig von seinem Strahlen eingebüßt. »Können Sie mir folgen?«

Dawes machte etwas mit dem Daumen an der Schirmkrücke, ohne den Blick von Peter abzuwenden, und geräuschlos legte sich das schwarze Tuch in Falten. Er klemmte den Schirm unter den Arm, der schon die Aktentasche hielt.

Peter holte die Glock hinter seinem Rücken hervor und

zielte Dawes mitten ins Gesicht. »Keine Bewegung«, forderte er ihn freundlich auf. »Wie auch immer, Hazel wollte jedenfalls nicht verkaufen. Sie hat sich keinem Ihrer Einschüchterungsversuche gebeugt, Kürzung der Forschungsgelder oder der erzwungene Vorwurf eines ehemaligen Studenten, sie habe ihn sexuell bedrängt. Deswegen haben Sie sie getötet, weil Sie geglaubt haben, Sie kämen so an die Software. Aber Sie haben die Software nicht gefunden. Dann haben Sie versucht, ihre Tochter zu entführen. Mehrmals. Erfolglos. Vielleicht war das ja Kolodnys Idee. Aber nach seiner Reaktion eben zu urteilen, glaube ich eher, dass es Ihre war.«

Ein schwarzer Mercedes-Gelände-SUV bog oben von der Straße auf die Rampe hinunter zum Parkplatz.

Dawes ließ Peter nicht aus den Augen. »Wir sind hier nicht im Kindergarten. Sie haben sich mit den ganz Großen angelegt. Sie haben keinen blassen Schimmer, was hier abgeht.«

Der SUV kam unmittelbar hinter Dawes zum Stehen. Die Fahrertür öffnete sich, und ein sehr großer Mann stieg aus und stellte seine Füße auf den Asphalt.

Peter bemerkte die winzigen Augen in dem zerfurchten Gesicht, die Stoppelfrisur, das graue T-Shirt, die schwarze Funktionshose und den leeren schwarzen Schulterholster. Doch er konzentrierte sich voll und ganz auf die fette Automatik in der gewaltigen Faust des Mannes, die auf Peters Bauchnabel zielte.

Chips Lächeln wurde noch breiter, und er erinnerte Peter an ein Reptil, das gleich seine Kiefer zuschnappen ließ, um seine Beute in einem Stück zu verschlingen. »Bitte«, sagte er. »Steigen Sie ein. Wir haben viel zu besprechen.«

Lewis trat hinter dem Kasten des SUV hervor und schlug dem Bodyguard mit dem Kolben seines Sturmgewehrs an die Schläfe.

Der schwere Mann sackte zu Boden wie eine Marionette, der man die Fäden durchtrennt hat.

Lewis trat dem Mann die Pistole aus der Faust, drehte das Gewehr um und gab Peter Deckung. »Seltsam«, sagte er mit ruhiger Stimme zu Dawes. »Auf dem Boden ist Ihr Mann gar nicht mehr so groß.«

Im Hintergrund brummte der Mercedes. Dawes hielt still, sein Lachen wie eingefroren, und er fixierte Peter mit den Augen. Der Typ meinte es verdammt ernst. Die meisten würden auf die Waffen achten.

»Sie sind Peter Ash«, sagte Dawes. »Ehemaliger Lieutenant der U.S. Marines. Sie haben sich hervorgetan im Dienst, wurden sogar mit dem Silver Star ausgezeichnet. Aber nach acht Jahren waren Sie immer noch Lieutenant, was gar nicht so einfach ist. Ein Karriereknick. Die Details sind mir noch nicht bekannt.«

Peter starrte ihn an, und er fragte sich, woher der Mann das wusste. Dann fiel es ihm wieder ein. Die Nanny-Cam. Der Teddybär, der ihn angeguckt hatte, als er ihn im Haus des Master Sergeants vom Küchenschrank nahm. Gesichtserkennung. Chip war immerhin Nachrichtenoffizier. Informationen und ihre Manipulation waren sein Geschäft. Bestimmt verfügte er immer noch über aktive Quellen im CIA.

»Ich kenne Sie auch«, sagte Peter. »Ich kenne Ihre Wohnadresse auf Mercer Island. Sie haben versucht, eine Freundin von mir zu töten. Sie haben jetzt Gelegenheit, mich mit guten Argumenten zu überreden, Sie am Leben zu lassen.«

»Okay«, sagte Chip. »Ich hätte da eins. Betzold Road, Bayfield, Wisconsin.«

Ein Schlag in die Magengrube. Es war die Adresse von Peters Eltern.

Dawes sprach leise, fast scherzhaft.

»Sind Sie da nicht aufgewachsen? Ihre Eltern leben noch dort. Ihr Vater hat mit Ihrem Onkel zusammen eine Baufirma. Und Ihre Mutter ist Kunstlehrerin an irgendeinem Provinzcollege. Ihre Tante macht Musik. Wie geht es ihr so? Hatte sie nicht Probleme mit Ihrer Gesundheit?«

Peter ging energisch auf ihn zu und drückte ihm die Pistole an die Stirn. Chip stellte sich breitbeinig hin, lehnte gegen den Pistolenlauf und redete einfach weiter.

»Ich bin nicht der Einzige, der diese Information hat«, sagte er ruhig. Er genoss seine Macht. »Ich rate Ihnen, halten Sie sich zurück. Im Moment ist noch offen, welche Richtung das Ganze nimmt. Wenn ich tot bin, ist die Richtung klar.«

Peter holte tief Luft und schluckte seine Wut hinunter, gleichzeitig bewunderte er den Schneid des Mannes. Im Angesicht einer vorgehaltenen Pistole glaubte er immer noch, er hätte das Heft in der Hand.

Hatte er ja vielleicht auch.

Peter wich zwei Schritte zurück und ließ die Glock sinken. Ein Brandmal auf Chips Stirn markierte die Stelle, wo der Lauf gegen die Haut gedrückt hatte. »Was wollen Sie?«

Chip lächelte breit, als könnte er die ganze Welt verschlingen. »Nur das, was mir zusteht«, sagte er. »Die Art der Übergabe entscheiden Sie. Entweder die Software oder das Mädchen, das die Kontrolle darüber hat. Ich glaube, die beste Lösung für Sie persönlich wäre es, Sie geben uns ihren Computer und den Zugangscode. Alles andere erledigen meine Leute. Fünf Uhr heute Nachmittag.«

»Was springt für mich dabei raus?«, fragte Peter.

»Außer unversehrten Eltern?« Chip hob spielerisch den Zeigefinger. »Warum auf einmal so gierig, Peter? Sie haben sich schon genug in meine Angelegenheiten eingemischt.«

Peter seufzte und wandte die Augen ab. »Ich brauche noch einen Tag«, sagte er. »Es ist komplizierter, als Sie denken.«

»Heute Nachmittag«, sagte Chip. »Punkt fünf. Das Mädchen oder der Algorithmus.«

»Ihre Garantie?«

Chip öffnete in einer anmutigen Geste die leere Faust. »Ich gebe Ihnen mein Wort: Sobald die Software in meinem Besitz ist, werden Ihre Eltern, Ihre Tante und Ihr Onkel weiter glücklich leben bis ans Ende ihrer Tage.«

Sein Wort, Peter wusste es, war rein gar nichts wert.

Der Bodyguard auf dem Boden rührte sich. Lewis trat ihm in den Magen, und der schwere Mann rollte sich zu einer Kugel zusammen. Eigenes Risiko – als Bodyguard eines Arschlochs.

Chip sah zu Lewis. »Sie kenne ich nicht«, sagte er. »Aber das hole ich nach. Ich habe ein gutes Gedächtnis für Gesichter.«

Lewis hielt das Gewehr im Anschlag, sein Gesichtsausdruck war vollkommen gleichmütig.

Peter hatte diesen unerbittlichen Blick auch schon gespürt. Er hatte Kraft und Tiefe, er war wie der heiße Wüstenwind vor einem mörderischen Sandsturm. Ein guter Blick.

Lewis' Stimme war einnehmend. »Mit einer Kugel im Kopf ist es mit der Erinnerung vorbei.«

Chip verzog keine Miene, aber es kostete ihn Überwindung. Er sah wieder zu Peter. »Nehmen Sie Ihren Hund an die Leine.« Er stieg über den Verletzten am Boden und setzte sich hinter das Steuer des Mercedes SUV. »Rufen Sie um halb fünf in meinem Büro an. Dann sage ich Ihnen, wo wir uns treffen.«

Die Tür fiel mit einem beeindruckend soliden Plopp hinter ihm ins Schloss. Chip fuhr davon, und Peter sah ihm hinterher.

»Wir hätten ihn umlegen sollen«, sagte Lewis.

»Deine Antwort auf alles«, sagte Peter.

»Nicht auf alles«, sagte Lewis. »Nur auf so ein Stück Scheiße.«

Peter hob den Arm und winkte. Der Escalade kam angeschnurrt, June hatte das Fenster heruntergekurbelt.

»Das war mein Dad«, sagte sie. »Auf dem Steg. In dem Flugzeug. Das war mein Dad.«

»Ich weiß«, sagte Peter. »Dazu kommen wir noch.«

Lewis deutete mit dem Gewehr zu dem Bodyguard, der mit rotem Gesicht und blutend auf dem Boden lag. »Was machen wir mit ihm? Zählt nicht viel als Abfindung. Oder glaubst du, dass er auf eigene Faust unterwegs ist?«

Peter ging zur Beifahrertür. »Lass ihn liegen. Ich muss unbedingt telefonieren.«

Lewis schüttelte den Kopf. »Wenn ich es nicht besser wüsste, würde ich sagen, du bist zu weichherzig. Ich hoffe nur, du weißt, was du tust.«

Peter sah ihn über die Motorhaube des Escalade hinweg an. »Ich auch.«

Lewis hob den dicken schwarzen Colt 1911 auf, hielt ihn locker in der Hand und sah hinunter auf den Bodyguard, der Mühe hatte, sich aufzurichten. »Sie dürfen Feierabend machen für heute«, sagte er. »Betrachten Sie es als Geschenk. Suchen Sie sich einen neuen Arbeitgeber. Sollte ich Sie wiedersehen, muss ich davon ausgehen, dass Sie schlechte Absichten haben. Alles klar?«

»Ja«, presste der Mann hervor, ohne Lewis dabei anzuschauen. »Alles klar.«

Lewis schob die Pistole in seine Manteltasche, stieg in den Escalade, und June gab Gas.

Während sie Richtung Südspitze des Lake Union rasten, holte Peter sein Handy aus der Tasche und wählte eine Nummer, die er auswendig konnte. Es dauerte eine Ewigkeit, bis am anderen Ende endlich eine Reibeisenstimme sagte: »Stans Backwoods Bar and Grill, ›you kill ’em, we grill ’em.‹«

»Dad? Ich bin's, Peter.«

»Heiliger Strohsack! Peter! Der verlorene Sohn lebt! Deine Mutter hat sich schon Sorgen gemacht, weil du ihre Anrufe nicht erwidert hast.«

Stanley Ash wie er im Buche stand. Lästerlich, überschwänglich, kombiniert mit einer sanften Ermahnung, sich in Zukunft besser zu benehmen.

»Mein Handy wurde von einem Bär gefressen, Pops. Aber deswegen rufe ich nicht an.« Im Hintergrund hörte er das spröde Raunen des Internetradios, das er ihnen mal gekauft hatte, wahrscheinlich irgendein Podcast. Sein Vater schwärmte seit Jahren für Terry Cross. »Bist du gerade in der Werkstatt?«

»Yessir. Ich verleime einen Esstisch aus Kirschholz.«

Heftige Zuneigung erfasst ihn plötzlich. Er sah seinen Vater vor sich an der Werkbank stehen, Leim an den Fingern, Sägemehl auf den Ärmeln seines alten Pendleton-Shirts, den Holzofen mit Schnittresten befeuern. Und er konnte den Kaffee in der blauen Emaillekanne förmlich riechen. Sein Vater trank unendlich viele Tassen pro Tag.

»Pass auf«, sagte Peter. »Wenn du gerade eine Hand frei hast, dann geh zu dem Regal über der Radialkreissäge. Auf dem obersten Brett steht eine kleine Blechdose.«

»Ha! Ich habe mir schon gedacht, dass sie dir gehört. Ich habe sie im Januar gefunden. Ich hatte einen Koller gekriegt und habe hier tagelang aufgeräumt. Kein guter Platz, um sein Erspartes aufzubewahren, Junge.«

Peter hatte seinen Eltern nicht die ganze Wahrheit erzählt.

»Dad! Du machst mit Mom eine Reise, und ihr nehmt Onkel Jerry und Tante Max mit. Mindestens zwei Wochen. Ihr fahrt noch heute los. Von mir aus auch vier Wochen. In dem Umschlag ist eine Kreditkarte. Mit deinem Namen, aber die Rechnungen gehen an mich. Auf der Karte sind fünfzigtausend Dollar. Ihr könnt ausgeben, so viel ihr wollt. Wo wolltet ihr immer schon mal hin?«

Die Stimme seines Vaters klang freundlich. »Mein Junge. Wir können hier nicht einfach alles stehen und liegen lassen. Wir haben Verpflichtungen. Die Jarretts warten auf ihren Esstisch. Deine Mutter hat Schüler. Und ich schmeiße doch nicht dein sauer verdientes Geld zum Fenster raus.«

»Dad. Es tut mir leid. Es ist meine Schuld. Ich stecke gerade mitten in einer dummen Sache. Ich habe einer Freundin versprochen, sie zu beschützen, und jetzt haben die Gauner damit gedroht, meiner Familie was anzutun, wenn ich nicht aus der Sache aussteige. Sie kennen eure Adresse. Ihr müsst also fahren. Denk dir irgendeine Ausrede aus. Und zahlt nicht mit euren eigenen Kreditkarten, weil sie die Abbuchungen nachverfolgen können.«

In dem Schweigen am anderen Ende meinte Peter herauszuhören, wie sein Vater im Kopf schon Berechnungen anstellte.

Stanley Ash war siebenundfünfzig Jahre. Er hatte mechanische Ingenieurwissenschaften an der Northwestern University studiert, später jedoch, Ende der 70er Jahre, Chicago den Rücken gekehrt und entschieden, selbständig zu arbeiten, und zusammen mit seinem Bruder eine Schreinerei gegründet. Er stand immer noch fast jeden Tag in der Werkstatt, wenn er nicht Kajak fuhr oder mit seinen Kumpels Eisfischen war, oder mit Peters Mutter in den Porcupine Mountains wanderte.

Peter wusste, dass er jetzt schon überlegte, wie er sein Haus schützen könnte. Einmal im Jahr ging sein Vater auf die Jagd, schoss sogar meistens mit der Lizenz seiner Kumpel noch mehr Wild. Sein Jagdgewehr stand neben der Küchentür.

»Glaub mir, Dad, das sind Profikiller. Zu Hause bleiben, kommt nicht in Frage. Mom wollte doch schon immer nach

Italien. Ihr braucht nicht mal zu packen. Kauft alles Nötige unterwegs.«

»Ich will nicht neugierig sein, mein Junge. Aber ein bisschen mehr musst du mir schon sagen. Erst einmal: Wie kannst du dir das leisten?«

»Das erkläre ich euch, wenn ihr wieder da seid, okay? Das verspreche ich dir. Nehmt euch, so viel ihr braucht. Kauf dir einen neuen Anzug.« Peter sprach im Befehlston des Marine-Lieutenant. »Und jetzt häng dich ans Telefon und kauf die Flugtickets. Hast du mich verstanden?«

Sein Vater seufzte. »Okay, mein Junge. Was soll's. Aber ich erwarte, dass wir uns danach mal ernsthaft unterhalten.«

»Einverstanden, Dad. Tut mir leid, die ganze Sache. Ich hab dich lieb.«

»Ich dich auch, mein Junge.«

Peter legte auf, und June sah ihn an. »Hat er damit gedroht, deinen Eltern was anzutun?«

Peter bleckte die Zähne. »Ja.«

»Das halte ich für einen taktischen Fehler seinerseits«, meldete sich Lewis vom Rücksitz.

»Ach ja?«

Sie fuhren durch ein relativ neues Viertel aus Bürogebäuden und Eigentumswohnungen. June bog links ab, auf eine belebte Straße, die anstieg und in eine Brücke über den Freeway mündete. Sie klammerte sich ans Steuer. »Wir müssen über den Yeti reden. Was hatte er da zu suchen?«

Peter legte eine Hand auf ihre Schulter. »Das kriegen wir schon raus.«

Und Lewis meldete sich erneut. »Wer, verdammt nochmal, ist der Yeti?«

44

»Deswegen hast du mich nach meinem Vater gefragt, hab ich recht?«

»Ja«, sagte Peter.

June raste durch den dichten Verkehr hinauf zur Brücke. Sie war kleinere Autos gewohnt, und Peter befürchtete, dass sie über kurz oder lang die Außenspiegel anderer Fahrzeuge abrasieren würde. In ihrer augenblicklichen Verfassung wäre das noch das Harmloseste. »Fahr bitte etwas langsamer.«

Sie wurde laut. »Du hast mir gar nichts zu sagen!«

Darauf gab es keine gute Antwort. Er vermutete, dass sie zu ihrer Wohnung wollte, normalerweise ein sicherer Ort. Es war keine gute Idee, aber jetzt auch nicht der geeignete Moment, ihr das zu vermitteln.

»Woher hast du gewusst, dass mein Vater in die Sache verwickelt ist?«

»Ich habe es nicht gewusst«, sagte Peter. »Ich habe nur nachgedacht. Wenn die Polizei davon ausgeht, dass deine Mutter bei einem Unfall mit Fahrerflucht getötet wurde, würde sie sich bei Versicherungsunternehmen melden und Autowerkstätten überprüfen. Wenn sie ermordet wurde, würde sie Bekannte und Familie ausfragen. Deswegen habe ich Lewis gebeten, Nachforschungen anzustellen. Er hat herausgefunden, dass gegen deinen Vater eine Kontaktsperre besteht.«

»Du hast meine Mutter ausspioniert?« Sie latschte hinter einem langsamen Prius auf die Bremse, scherte dann aus, über die gelbe Linie, um zu überholen. Ein Biertruck, der die ganze Breite der Spur einnahm, kam ihnen entgegen. Der Fahrer hupte, und June ordnete sich zähneknirschend wieder hinter den Prius ein.

»Ich habe deine Mutter nicht ausspioniert«, sagte er. »Ich habe versucht, mehr Informationen zu bekommen. Meine Arbeit zu tun. Dich zu beschützen.«

»Scheiße!« Sie schlug mit den Händen auf das Steuer.

»June.« Peter blieb ruhig. »Ich weiß, es ist nicht einfach für dich. Aber wir müssen mehr über deinen Vater erfahren. Was weißt du noch über ihn, was du mir bisher verschwiegen hast?«

»Ich weiß gar nichts«, sagte sie. »Ich habe versucht, ihn zu vergessen.«

»Dann erinnere dich«, sagte Peter. »Auch das kleinste Detail könnte helfen.«

»Guckt mal, da vorne«, sagte Lewis.

Jenseits von Capitol Hill stieg eine Rauchwolke auf, die von Block zu Block größer wurde.

»O nein.« June lenkte den Escalade in eine Nebenstraße und fand wie immer den schnellsten Weg durch den dichten Verkehr. Peter behielt die Rauchwolke im Auge und hoffte bei jedem Abbiegen, dass sie sich von ihr entfernten. Doch nach jeder Linkskurve, die in die andere Richtung wies, folgte eine Rechtskurve, die sie wieder an die Wolke heranführte. Je größer die Rauchwolke wurde, umso unsinniger erschien es zu leugnen, dass sie von Junes brennender Wohnung aufstieg.

June ließ sich nicht davon abhalten, näher ranzufahren.

Löschfahrzeuge und Polizeiautos versperrten die Zufahrten zur Straße und hielten die Leute auf Abstand. June setzte den Escalade in die nächste Einfahrt und machte die Tür auf. Peter legte eine Hand auf ihren Arm. »Bleib im Auto sitzen«, sagte er. »Sie sind garantiert noch hier. Das Feuer ist kein Zufall. Dawes wartet nicht auf unseren nächsten Schritt. Er sucht nach uns. Nach dir.«

Sie wimmelte ihn ab. »Ich muss das mit eigenen Augen sehen«, sagte sie. »Das ist mein Zuhause. Und hier werden Dawes und seine Leute mir schon nichts tun. Bei den vielen Zuschauern.«

»Sie sind in das Büro deiner Mutter in Stanford eingebrochen«, sagte Peter. »Sie haben dich auf offener Straße in ein Auto gezerrt. Diese Leute machen, was sie wollen.«

June sprang aus dem Wagen, ließ jedoch den Motor an. »Ich gehe nur dran vorbei«, sagte sie. »Ich bleibe nicht stehen. Aber ich muss dahin.«

Peter kletterte aus dem Fahrzeug, um ihr nachzugehen. »Kannst du uns auf der anderen Seite abholen, Lewis? Damit rechnen sie vielleicht nicht.«

»Mach ich«, sagte Lewis und setzte sich ans Steuer. »Ich warte ein paar Häuser weiter.«

Sie gingen den Bürgersteig entlang, bahnten sich durch Gruppen von Zuschauern und Polizeibeamten ihren Weg, Feuerwehrleute spritzten weiter Löschwasser auf die qualmenden Überreste.

Von Leo Boyles' halb entkerntem alten Haus war nur ein Haufen klatschnasser Holzkohle und Asche übriggeblieben, die sich in dem durch die Hitze aufgeborstenen Fundament sammelte. Allein der rußverschmierte Kamin überragte die Ruine. Das viele Altholz, knochentrocken, frisch gestrichen – als hätte es nur auf einen Funken gewartet.

Junes Garagenwohnung dahinter war nichts als ein Fleck auf dem Beton.

Peter sah nur kurz zu dem Haus, danach flog sein Blick in alle Richtungen, suchte die Umgebung ab nach Personen, die hier nicht hingehörten. June blieb stehen, doch er hielt sie am Ellbogen und flüsterte ihr ins Ohr: »Schau es dir genau an, aber geh weiter. Lewis wartet auf uns.«

»Die können mich mal«, sagte sie finster. »Das war mein Zuhause.«

Aber sie ging weiter.

Drei Häuser hinter der Polizeiabsperrung stand schräg, mit zwei Rädern auf dem Bürgersteig und in verkehrter Fahrtrichtung, ein zerkratzter BMW. Ein Kotflügel hatte sich in den Stamm eines Ahorns gedrückt. Unter dem Scheibenwischer klemmten vier Knöllchen. Das Haus war nicht die einzige Ruine.

»Moment«, sagte Peter und drückte Junes Ellbogen.

June erkannte das Auto wieder. »Scheiß Leo«, sagte sie und trat an den BMW heran. Boyle kauerte auf der Rückbank, die Jacke zusammengerollt unterm Kopf, die Hände zwischen die Schenkel eingeklemmt, wie ein zu groß geratener Fünfjähriger. Auf dem Boden lagen Unmengen von Lollipop-Einwickelpapieren aus Zellophan.

June riss die Tür auf. »Leo!« Sie stieß ihm die Faust in die Brust. »Wach auf, Leo!«

Boyle blinzelte sie mit seinen kurzsichtigen Augen an. »June? Was machst du denn hier?« Seine Lippen deuteten ein zaghaftes Lächeln an.

»Für wen arbeitest du? Warum hast du mir nachspioniert?«

Das Lächeln verschwand, und er sah aus wie eine Ratte in der Falle. »Was? Wovon redest du, June?«

»Soll ich nachhelfen?« Peter packte die wimmernde Gestalt am Kragen und zerrte sie aus dem Auto auf das nasse Gras hinter einer Reihe immergrüner Büsche, den Blicken der Polizei entzogen. Leo war schwer und weich wie ein Stück Schlachtvieh. Peters Rippen zuckten bei der Anstrengung.

»Für wen arbeitest du, Leo?«

Boyle keuchte vor Angst. »Mann, wovon redet ihr eigentlich?«

Peter stemmte ihm ein Knie auf die Brust und schlug ihm links und rechts ins Gesicht. Es machte ihm kein Vergnügen, aber er brauchte die Information.

»Warum ist ein Foto von June auf deinem Computer? Woher hast du den Stanford-Ausweis? Wer hat dir das Haus zur Verfügung gestellt?«

Boyle wurde knallrot im Gesicht. »Aua, Mann, das tut weh.«

Peter schlug ihn erneut links und rechts. »Ich kann noch härter, Leo. Wer hat dir das Haus zur Verfügung gestellt?«

»Wovon redest du? Das Haus gehört mir.«

Seine Augen glitten dabei zur Seite, und damit wich auch der letzte Rest Unsicherheit, der Peter noch gequält hatte. Mit gekrümmtem Zeige- und Mittelfinger klemmte er die Nase des Jungen ein und drückte kräftig zu. Boyle schossen die Tränen in die Augen. Peter rührte mit der Nase hin und her. Es musste höllisch wehtun, doch echten Schaden würde es nicht anrichten. »Sag die Wahrheit, Leo. Wer hat das hier losgetreten?«

Boyle fing an zu weinen, und die Worte sprudelten nur so aus seinem Mund. »Irgend so ein Typ. Ich hatte mir Geld aus seinem Bankkonto überwiesen. Ich hatte sein Passwort online gekauft. Irgendwie hat er den Verkauf zurückverfolgt, bis zu meinem PC, und mir mit der Polizei gedroht. Ich wollte nicht ins Gefängnis. Der Typ hat das Haus gekauft. Ich sollte so tun, als gehört es mir.«

›Als gehört es mir‹ klang bei Leo wie *Anehörtetmi*. Boyle ächzte unter Peters Gewicht.

»Sie ist seine Tochter, okay? Er sollte mir das beweisen, da hat er mir ein Foto von ihr geschickt, auf dem ist sie fünfzehn oder so.« Er sah June an. »Du hast Schneeschuhe angeschnallt und eine rot-weiß gestreifte Beaniemütze auf dem Kopf.«

June verzog das Gesicht. Sie kannte das Foto und wusste, woher er es hatte.

Boyle plapperte weiter, die Augen schnellten zwischen Peter und June hin und her. »Er sagte, er kann dich nicht besuchen, er ist behindert und darf das Haus nicht verlassen. Er hat sich Sorgen um dich gemacht. Er meinte, ich würde ein gutes Werk tun.«

»Und das Foto auf deinem Desktop?«

»Das hat er mir auch geschickt, damit ich weiß, wie du heute aussiehst. Ich habe den Kerl nie persönlich kennengelernt. Ich kenne nicht mal seinen verdammten Namen.«

Peter ließ Leos Nase los und sah June an. Auch ihr liefen Tränen über das Gesicht.

»Ich habe dir vertraut«, sagte sie wütend. »Ich habe gedacht, du bist mein Freund.«

»Bin ich doch auch«, schluchzte Boyle. »Ich habe auf dich aufgepasst. Er ist dein Vater.«

»Schöner Freund«, sagte June. »Du warst wie ein kleiner Bruder für mich.«

»Glaubst du etwa, da war ich scharf drauf? Dein kleiner Bruder zu sein?« Leo sah sie sehnsuchtsvoll an, tränenüberströmt. »Hast du es immer noch nicht kapiert? Ich bin verliebt in dich, June. Seit ich dein Bild zum ersten Mal gesehen habe.«

»Ach du liebe Güte«, sagte sie und wandte sich ab. »Ihr blöden Scheißkerle. Was denkt ihr euch bloß? Dass ich euch gehöre?«

Peter hoffte nur, dass er nicht auch damit gemeint war.

Er streckte den Kopf und sah sich um, ob andere bereits auf sie aufmerksam geworden waren. Zwei Polizisten standen mit dem Rücken zu dem BMW, sahen zu den rauchenden Ruinen und unterhielten sich. Ein paar Leute in den Vorgärten außerhalb der Sperrzone starrten jedoch neugierig herüber. Als er ihre Blicke erwiderte, schauten sie schnell weg, als fiele ihnen urplötzlich eine Verabredung ein. Vielleicht erkannten sie etwas Bedrohliches in seinem Blick.

Ihm lief die Zeit davon. Ein Nachbar könnte die Polizei

verständigen, zwei Polizeiautos riegelten den Block ab, von Chip Dawes' Leuten ganz zu schweigen.

Er knuffte Boyle nochmal in die Nase. »Und der Stanford-Ausweis?«

»Au. Scheiße. Okay. Ihr Vater hat mir einen Job in dem Computerbüro besorgt.« Er redete jetzt noch schneller. »Jedenfalls hat er gesagt, er ist ihr Vater. Es war dieselbe E-Mail-Adresse. Aber er klang nicht wie sonst. Vielleicht benutzt noch jemand anderes das E-Mail-Konto deines Vaters.«

Leo sah June an. Rotz lief ihm aus der geschwollenen Nase.

»Dein Vater oder der, der sich dafür ausgegeben hat, hat mir einen Stick geschickt, den ich an ihr System anschließen sollte. Ich wollte das nicht, und ich habe ihm gesagt, dass ich das nicht mache. Er meinte, er würde das Haus verkaufen, mein Konto leerräumen und alle meine Computer infizieren. Jedenfalls wurde ich geschnappt und gekündigt. Ich habe da nur wenige Wochen gearbeitet.«

»Wie lange ist das her?«, fragte Peter.

»Weiß nicht. Ein paar Monate. Ich habe kein gutes Zeitgefühl.«

Wahrscheinlich sagte er die Wahrheit. Nach den Unmengen von Hasch-Lutschern grenzte es an ein Wunder, dass er überhaupt noch stehen und reden konnte.

»Was ist mit meinem alten Laptop?«, fragte June. »Er wurde gehackt. Warst du das?«

Leo schloss die Augen. »Ja. Er hat es von mir verlangt. Wer immer das war.«

»Und mein neuer Laptop?«

»Den nicht. Ich sollte es gestern Abend machen, aber ich bin spät nach Hause gekommen, und da stand hier schon alles in Flammen.«

Peter sah zu June. »Wir müssen los. Ist noch was?«

Sie machte ein saures Gesicht und schüttelte den Kopf. »Leo, diese Gauner benutzen dich für ihre schmutzigen Tricks. Ich an deiner Stelle würde mich ins Auto setzen und ganz weit weg fahren.«

Leo klappte den Mund auf und zu wie ein Fisch auf dem Trockenen. Peter berührte June am Arm, und sie gingen davon.

Die Späher entdeckte er erst am Ende des Blocks, ein Mann an jeder Straßenecke. Sie sahen zu dem Feuer, doch wenn sie sich wirklich dafür interessiert hätten, wären sie näher herangetreten und hätten auch den ihnen entgegenkommenden Personen nicht ins Gesicht geschaut.

»Umkehren«, flüsterte Peter, machte auf dem Absatz kehrt, die rauchende Ruine im Blick, ging aber rückwärts weiter.

June tat es ihm nach. »Was hast du gesehen?«

»Mindestens zwei Männer«, sagte Peter und tauchte seitwärts in einen Vorgarten. »Sie werden uns jeden Moment bemerken. Wenn es so weit ist, überlässt du sie mir und läufst so schnell du kannst zu Lewis.«

»Wo steckt Lewis? Ich sehe ihn nirgends.«

»Du wirst ihn schon sehen, verlass dich drauf. Er wird da sein. Lauf los, wenn ich es sage.«

Aus den Augenwinkeln sah er den Mann, der ihnen am nächsten war, den Bürgersteig kreuzen, um sie abzufangen. Er trug eine dunkelgrüne Wachstuchjacke mit Messingknöpfen. Breite Schultern, Handy am Ohr. Peter ließ ihn auf drei Meter herankommen. »Lauf«, sagte er zu June und drehte sich auf der Gehschiene um die eigene Achse.

June sprintete los, und Peter humpelte hinter ihr her, als versuchte er, einen Bogen um den Mann zu machen.

June zog einfach vorbei, und der Mann schritt aus, um Peter den Weg abzuschneiden, ließ sein Handy in die Tasche gleiten und schob die andere Hand in die nur halb zugeknöpfte Jacke.

Der Mann war nur noch einen Schritt von ihm entfernt, da stampfte Peter mit der Gehschiene auf, so dass sie im Gras stecken blieb, drehte sich, die Ellbogen hoch und nach vorne gerichtet, erneut um die eigene Achse und nutzte den Schwung, um ihn mit den Ellenbogen seitlich am Kopf zu treffen. Bei einem vergleichbar schlagkräftigen Fausthieb hätte er sich die Hand gebrochen, doch an den Ellenbogen spürte er überhaupt nichts.

Der Mann taumelte, ihm brummte der Schädel, aber er hatte eine kräftige Statur und nicht zum ersten Mal so einen Schlag einstecken müssen. Er tastete weiter in der Jacke herum. Peter packte ihn am Handgelenk, hielt es fest, so dass der Mann seine Pistole nicht aus dem Schulterholster ziehen konnte. Der Mann hatte reichlich antrainierte Muskeln, aber keine, die man sich durch schwere körperliche Arbeit erwarb, was viel ausmachte; außerdem kämpfte er immer noch mit dem Gleichgewicht, blinzelte gegen den Kopfschmerz an und wich zurück, um endlich seine Waffe zu ziehen. Peter versetzte ihm mit der freien Handkante einen Schlag gegen die Kehle. Als der Mann seine Waffe endlich losließ und sich mit beiden Händen an den Hals fasste, wusste Peter, dass er ihm den Kehlkopf gebrochen hatte. Er war erledigt.

Er griff nach dem Pistolenknauf in der Achselhöhle des Mannes, stellte den gesunden Fuß hinter die Ferse seines Gegners und stieß ihn nach hinten, wobei sich die Waffe aus dem Holster löste. Dann suchte er nach dem zweiten Mann, sah ihn auf der anderen Seite der Straßenkreuzung mit gezogener Pistole hinter June herlaufen.

Peter zielte mit der erbeuteten Pistole, aber seine Position war ungünstig und bei dem kurzen Lauf der kleinen Automatik bestand die Gefahr, dass er June traf oder die Kugel sonst wo landete. June nahm die Beine unter den Arm, doch Peter hatte den Eindruck, dass der junge Mann in

Laufschuhen aufholte. Peter nahm die Verfolgung auf, aber mit dem gebrochenen Bein in der Gehschiene würde er es niemals schaffen.

In dem Moment röhrte der silberne Escalade im Viertelbogen rückwärts aus einer Einfahrt und rammte den Läufer, der zum Endspurt angesetzt hatte, mit voller Wucht. Es war ein Zusammenstoß, als würde Stahl auf Glas treffen. Der Kopf knallte mit der Stirn auf die Heckscheibe, dass sie zersprang, der Körper prallte ab und fiel leblos wie eine von wütenden Kindern weggeworfene Lumpenpuppe auf den Bürgersteig.

Der Escalade fuhr über den zertrümmerten Körper, der genau zwischen die Reifen passte, und kam mit quietschenden Reifen an der Straßenkreuzung zum Stehen. Peter riss die Beifahrertür auf und sprang hinein. Lewis haute den Gang rein und gab Gas, wich aber leicht von der Spur ab, um diesmal über das verdrehte Bein des Mannes zu fahren. Ein leichter Stoß, dann ein Knirschen, aber vielleicht nur eingebildet, wie Peter hoffte.

»Der steht so schnell nicht wieder auf«, sagte Lewis. Er bremste neben June, die sich keuchend zwischen zwei parkenden Autos mit den Händen auf den Knien abstützte und mit blassem Gesicht auf das Gemetzel schaute, das sie zurückließen. Die Fenster des Escalade standen offen.

»Alles okay?«, fragte Peter.

»Meine Güte.« June sah Peter und Lewis an. »Was ist bloß los mit euch?«

»Bitte«, erwiderte Peter sanft. »Steig ein. Wir müssen losfahren.«

Kopfschüttelnd öffnete sie die Tür und stieg ein.

Lewis trat das Gaspedal durch, kaum hatte sie die Beine nachgezogen. Durch die Beschleunigung fiel die Tür von alleine zu.

Peter drehte sich zu ihr um. Den gebrochenen Rippen gefiel die Bewegung gar nicht, doch er wollte June ins Gesicht sehen. Er musste behutsam mit ihr umgehen, das war ihm jetzt klar.

»June? Wir müssen uns über deinen Vater unterhalten. Es gibt Fragen. Womit hat er sich beschäftigt, als du ihn das letzte Mal gesehen hast? Wo könnte er sich jetzt aufhalten?«

Sie starrte ihn nur an, und ihre Sommersprossen auf der blassen Haut stachen hervor wie rote Farbspritzer. Was er zunächst für Schock gehalten hatte, war in Wirklichkeit eiskalte Wut.

Es machte ihm Angst.

»Ich lotse euch hin«, sagte sie. »Wenn wir in einem Rutsch fahren, sind wir in vier Stunden in dem Tal.«

»Wir brauchen ein neues Auto«, meinte Lewis.

»Nicht nur das«, sagte Peter.

Er schaute durch die Windschutzscheibe zum Himmel. Die Wolken hatten sich gelichtet, und unter dem Grau zeichnete sich schwach ein Umriss ab, der bedächtig seine Kreise zog. Wenn das Licht darauf fiel, sah man ein goldenes Glitzern. Er würde ihnen folgen, davon war Peter überzeugt.

Er kramte sein Handy hervor und wählte die Nummer, die er gestern auswendig gelernt hatte.

Eine ruhige Stimme antwortete. »Semper Fi Dachbau. Hier spricht Manny.«

»Manny? Ich bin es. Peter. Hast du eine Minute Zeit?«

3. Teil

45

Peter

Sie hielten an einer Autowaschanlage in der Nähe des Flughafens von Seattle, um das Blut vom Heckfenster des Escalade zu entfernen. Gut zehn Kilometer südlich von Junes abgebrannter Wohnung zog der goldene Schatten am Himmel noch immer seine Kreise, kaum zu erkennen, wenn er zwischen den sich ständig zerfasernden und wieder zusammenschiebenden Wolken mal durchschimmerte und gleich wieder verblasste. Bei dem Anblick spürte Peter das statische Rauschen im Hinterkopf kribbeln, und er hoffte auf Regen. Vielleicht würde sich dann das Gefühl der Klaustrophobie verlieren.

Nachdem sie die Autowaschanlage verlassen hatten, suchten sie sich einen regennassen Parkplatz und schmierten Dreck auf die Heckklappe, die Matten und Sitze, damit die Mietwagenfirma den Escalade auch ja gründlich reinigte. Besser, als schon wieder ein Auto in Brand zu setzen, dachte Peter, außerdem würde es keinen Verdacht erregen.

Sie brachten den SUV zum Abstellplatz der Mietwagenfirma im Parkhaus des Flughafens und überquerten die Fußgängerbrücke zur Halle mit den Gepäckförderbändern, wo sich die Schalter der Autoverleiher befanden. Lewis suchte sich einen weißen Dodge Caravan aus und legte dafür einen Führerschein und eine Kreditkarte auf einen anderen Namen vor, als wäre er gerade mit lauter Touristen aus dem Flugzeug gestiegen. Sie gingen zurück zum Parkhaus, holten den Van ab, luden ihr Gepäck um und reihten sich in den langen Strom der Autos ein, die die Wendelrampe hinunter zum Highway rollten.

Peter sah vom Heckfenster aus den goldenen Schatten am Himmel hinter ihnen immer kleiner werden, bis er schließlich in der Ferne verschwand.

Nächster Halt war ein Sportartikelgeschäft hinter Tacoma. Während Peter und Lewis einen Einkaufswagen mit Schlafsack, Rucksack und anderer wichtiger Ausrüstung für eine Tour durch den Wald füllten, suchte June in dem Kartenregal die passende aus. Lewis legte noch ein Paar Walkie-Talkies und eine Winchester 760 obendrauf, ein Jagdgewehr mit schönem hellem Schaft, fünf Magazinen und hundert Schuss .30-06er Munition. Als der Verkäufer fragte, ob er einen Waffenschein für Washington brauchte, verneinte Lewis, er besaß bereits einen und legte das Dokument vor, das wieder auf einen anderen Namen ausgestellt war.

Kurz hinter Longview aßen sie in einem Diner zu Abend, Mount St. Helens im Blick, der durch die Wolkendecke hervorspähte, während sie Omelett und Pommes verzehrten und dazu schwarzen Spülwasserkaffee tranken. Nachdem die Kellnerin die Teller abgeräumt hatte, breitete Peter eine der von June ausgesuchten topographischen Karten auf dem Tisch aus. »Kannst du das Tal einzeichnen?«, bat er sie und gab ihr einen Bleistift. »So wie du es in Erinnerung hast.«

»An viel erinnere ich mich nicht«, sagte sie. »Und es ist fünfzehn Jahre her.«

»Wir bringen dich schon zum Reden«, sagte Lewis. »Du wirst sehen, das hilft.«

Die Karte zeigte ein langgestrecktes, tränenförmiges Gebiet, in dessen Mitte ein Bach oder Flüsschen verlief. Auf dem Talgrund waren die Höhenlinien weit auseinander, also flaches Gelände, an den Talrändern dagegen lagen sie so dicht nebeneinander, dass sie kaum zu unterscheiden waren. Steile Hänge oder Klippen.

»Der Wasserfall ist hier an dieser Stelle.« Sie zeichnete einen Kreis, darüber zwei Rechtecke. »Das Haus meines Vaters und sein Labor. Das ist heute wahrscheinlich größer.« An einem der beiden Ufer verstreut noch mehr Rechtecke. »Sally Sanchez, die in der Agrarforschung arbeitete, hat mich aufgezogen, als meine Mutter wegging. Hier war ihr Cottage. In dem großen Haus lebten die Forscher, die Leute, die bei meinem Vater gearbeitet haben. Die Hütte des Vorarbeiters der Farm stand neben dem Geräteschuppen.«

»Wer war der Vorarbeiter?«

»Mr Monroe. Er kam, kurz nachdem Sally zu uns gekommen war. Er war für die schweren Maschinen zuständig, den Traktor. Mein Vater mochte ihn nicht, aber Sally meinte, wir bräuchten ihn. Ich glaube, mein Vater hätte lieber Pferde eingesetzt, wenn es nach ihm gegangen wäre.« Um die Gebäude herum malte sie einige Linien mit Schnörkeln. »Apfel- und Kirschbäume. Die meisten auf dieser Seite des Flusses. Das ist die Schlafbaracke für die Farmhelfer.«

»Was waren das für Leute?«, fragte Peter.

»Hauptsächlich Obstpflücker. Alle paar Jahre, wenn ein neues Gebäude errichtet werden sollte, kamen da auch die Zimmerleute unter. Als ich wegging, hatte Mr Monroe zwei Vollzeitkräfte, die in der Schlafbaracke gewohnt haben. Es könnten jetzt mehr sein.« Sie zeichnete große Rechtecke auf der anderen Flussseite ein. »Hier sind die Felder.« Dann Dreiecke auf Stelzen für immergrüne Bäume, über das ganze Gelände verstreut. »Am Rand, wo es zu steil ist für eine landwirtschaftliche Nutzung, steht Wald.«

»Gibt es einen erhöhten Punkt?«, wollte Lewis wissen. »Von wo aus man das Tal überblickt.« Er fuhr mit den Fingern über die Obstwiesen. »Irgendwo hier zum Beispiel.«

»Ja, doch«, sagte June und malte einen Kringel, wo die

Höhenlinien von den Bergkämmen abbogen. »Auf diesem kleinen Felsvorsprung gibt es ein Plateau, ungefähr dreißig Meter hoch.« Sie malte eine Zickzacklinie daneben und einen Punkt. »Hier verläuft der Trail. Mein Vater hatte da einen Unterstand, ein paar Pfähle mit Blechdach. Da saß er oft mit seinem Teleskop und hat Raubvögel beobachtet.« Sie lächelte schüchtern. »Ich bin auch hingegangen und habe die Männer bei der Arbeit beobachtet.«

Lewis klopfte mit dem manikürten Finger auf die Stelle. »Das ist mein Posten.«

Peter sah ihn an. »Auf die Idee kommen vielleicht noch andere.«

Lewis grinste schief. »Ach? Soll ich jetzt deswegen ein schlechtes Gewissen haben?«

Sie setzten Lewis fünfzehn Kilometer hinter der Ortschaft White Salmon, am Startpunkt eines Wanderwegs, ab. In der Camouflage-Jacke und mit dem Rucksack war er beinahe unsichtbar. Das Gewehr hatte er mit einem Visier versehen. Es war später Nachmittag.

»Wir treffen uns auf der anderen Seite«, sagte Peter.

»Ihr werdet mich nicht sehen«, sagte Lewis. »Aber ich werde da sein. »Das Walkie-Talkie nur in absoluten Notfällen benutzen.«

Sie fuhren die gleiche Strecke zurück nach White Salmon und überquerten dort die grüne Stahlbrücke Hood River Bridge über den mächtigen Columbia River nach Oregon. Über die Wasserrinne wehte scharf der Wind, den sich die Kitesurfer in ihren Neoprenanzügen an diesem kühlen Frühlingstag zunutze machten. Dann weiter Richtung Osten zu einem kleinen Depot außerhalb von Portland, wo Lewis Peters Truck abgestellt hatte. Es war ein grüner 1968er Chevy C20 Pickup, ein Zufallsfund, den er zwischen seinen Auslandseinsätzen restauriert hatte. Der hohe Mahagonikasten auf der Ladefläche enthielt alles Lebensnotwendige. Es tat gut, wieder vorne auf der breiten Bank zu sitzen, auf der er endlos weite Strecken zurückgelegt hatte, und den tuckernden Motor zu spüren wie seinen Herzschlag.

Sie stellten den weißen Van an einer Straße zwei Kilometer weiter ab, legten die Schlüssel unter die Bodenmatte und riefen den Autoverleiher an, dass er ihn abholen könne. Die Schmerzen in Peters Bein hatten nachgelassen, der Bruch schien zu verheilen, doch die Kupplung des Pick-ups ging nur schwer unter der Gehschiene, weswegen vorerst June das Steuer übernahm. Peter versuchte, sich seine Bedenken, dass sie mit so einem alten Pick-up auch richtig umging, nicht anmerken zu lassen, aber June arbeitete mit der Gangschaltung, als wäre sie damit groß geworden.

Sie lenkte mit dem Handballen und erzählte ihm, wie sie sich mit dreizehn das Fahren mit Gangschaltung selbst beigebracht hatte, Holzklötze mit alten, irreparablen Fahrradschläuchen an die Pedale gebunden und dabei die Kupplung eines alten Eintonner-Dodge mit Zwillingsreifen an der Hinterachse und Kipplader verrissen hatte. »Aber es hat mich über den Highway zum Skihang gebracht«, sagte sie. »Mein erster Ausreißversuch. Weg von meinem Vater. Danach konnte ich fast alles fahren, was Räder hat.«

Ihre Bemerkung hing für einen Moment im Raum. Schließlich sagte Peter: »Wie war es denn? Dort aufzuwachsen.«

»So schrecklich nun auch wieder nicht«, sagte sie achselzuckend. Sie fuhr die Strecke zurück zum Freeway, einmal quer durch Portland. »In mancher Hinsicht sogar toll. Ich konnte mich in dem herrlichen kleinen Tal frei bewegen. Über tausend Hektar, nur halb erschlossen, Farm, Obstplantagen, ein Fluss. Umgeben von hohen Bergkämmen, wie Mauern, mit Zedernbäumen und Schierling an den Hängen, bis zur Baumgrenze. Meine Mutter hat mich zuhause unterrichtet, weil der Yeti nicht wollte, dass wir das Gelände verlassen. Ich bin hauptsächlich auf Bäume und Felsen geklettert, habe im Fluss gespielt, Jagd auf Frösche gemacht und mir das Skifahren beigebracht. Eigentlich konnte ich machen, was ich wollte. Sonntags bin ich manchmal mit dem Yeti gewandert.«

»Wie war er als Vater?«

»Der Yeti?« Sie schnaubte. »Meistens abwesend. Bevor meine Mutter wegging, machte ich meine Hausaufgaben in ihrem Büro, während sie gearbeitet hat. Danach haben wir draußen was unternommen. Der Yeti war von morgens bis abends in seiner Werkstatt, manchmal bis spät in die Nacht. Ich habe mich immer gefreut, wenn ich ihm das Abendessen bringen durfte und er sich hingesetzt hat, mir beim Essen was erzählt hat, gefragt, was ich erlebt hab. Wenn ich ihn danach gefragt habe, hat er immer heimlich getan. Ich war damals acht, neun Jahre alt. Wem sollte ich da was weitererzählen? Manchmal denke ich, dass ich aus diesem Grund Journalistin geworden bin. Jahrelang habe ich versucht, in das verborgene Leben meines Vaters einzutauchen.«

»Und wie ging es weiter, nachdem deine Mutter weg war?«

Sie seufzte. »Der Yeti war schon immer ein Kauz«, sagte sie. »Ein Kopfmensch. Und nachdem sie weg war, hat das noch zugenommen. Er wurde irgendwie abwesender. Immer ganz und gar vertieft in das, was ihn gerade beschäftigte. Er setzte einen Kessel Wasser auf und war so in Gedanken, dass er gar nicht merkte, wenn der Kessel pfiff und das Wasser längst verkocht war.«

Sie erreichte den Freeway, schaltete in den dritten Gang, und der Motor heulte auf, während sie sich in den Verkehr einfädelte und sich durch Portlands Straßennetz ihren Weg bahnte. Auf der Route 84 schließlich reihte sie sich in die linke Spur ein und schaltete hinter einem Sattelzug mit Anhänger, der mit hoher Geschwindigkeit fuhr, in den vierten Gang. Peters Pick-up schaukelte im Windschatten hin und her, doch June erging sich in ihren Erinnerungen.

»Wenn man ihn in diesem Zustand störte, konnte er sehr wütend werden. Dabei war ich ja noch ein Kind. Und Kinder stören ihre Eltern nun mal. Du hast ihn ja auf dem Anlegesteg für das Wasserflugzeug gesehen. Er hat mich nie geschlagen, aber als Kind kam er mir vor wie ein Riese. Und in Wut geraten, wurde er für mich noch riesiger. Furchterregend.«

Der Sattelzug musste abbremsen, vor ihm war ein kleiner Stau. Von dem Sog förmlich angezogen, schloss June auf. Peter wurde nervös, aber sie war eine gute Autofahrerin, und er wollte ihren Redefluss nicht unterbrechen.

»Wenn ich ihn so vor mir sehe, erfüllt von seiner maßlosen Wut, kann ich mir gut vorstellen, dass er meine Mutter getötet hat. Wegen einer scheiß *Idee*, denn ein Algorithmus ist nichts anderes als eine Idee, eine organisierte Idee. Und er hat sich nie entschuldigt, kein einziges Mal, und nach jedem Ausreißversuch hat er mich gefunden, ganz egal, wo ich mich versteckt hatte. Er setzte sich neben mich und erzählte mir mit leisen Worten, wie gefährlich die Welt ist und dass er alles tun würde, um mich zu beschützen. Diese beiden Seiten in seiner Person, die wütende und die beschützende, kriege ich einfach nicht zusammen.«

»Das hört sich schlimm an«, sagte Peter ruhig.

»Kann sein, aber ich war nicht ganz auf mich allein gestellt«, sagte sie. »Mein Vater hatte einige Forscher um sich versammelt, die selbständig gearbeitet haben. Wir sind alle auf Zehenspitzen um den Yeti herumgegangen, aber einige Leute hatten mich sozusagen adoptiert. Besonders Sally Sanchez, sie war meine Ersatzmutter. Sie hat dafür gesorgt, dass ich richtig zu essen bekam und meine Hausaufgaben machte. Sie hat mir alles erklärt, als ich meine Regel bekam, und sie hat mir meinen ersten BH gekauft.«

»Wer waren die anderen Leute? Was haben sie da gemacht?«

»Sally war Agrarwissenschaftlerin. Sie kam irgendwann im Sommer, um verschiedene Gewächshaustypen zu testen, und ist hängengeblieben. Mein Vater wollte, dass wir uns in dem Tal selbst ernähren, deswegen haben wir Obstplantagen und Gemüsegärten angelegt, Weizen, Mais und Soja angebaut. Als ich das Tal verließ, leitete Sally die ganze Agrarproduktion. Es kamen auch Wissenschaftler mit Stipendien zu uns, die ein, zwei Jahre an einem bestimmten Projekt arbeiteten. Manchmal fünf, sechs Leute. Experimente im Bereich Sonnenenergie, Produktion von 3-D-Druckern, Miniaturbatterien. Alles Dinge, die dem Tal helfen würden, wie mein Dad meinte, und darüber hinaus auch anderen. Sally war so was wie die Herbergsmutter, sie war am längsten von uns allen dabei. Samstagabends veranstaltete sie immer ein großes Essen, und alle kamen, Erntehelfer und Wissenschaftler und ihre Familien.« Sie lächelte, und Peter konnte sich vorstellen, wie sie als kleines Mädchen ausgesehen haben könnte. »Das war immer der Höhepunkt der Woche.«

Der Sattelzug saß jetzt fest. Er war in der falschen Spur, konnte nicht schnell genug beschleunigen, um wütende Berufspendler daran zu hindern, sich vorzudrängeln, was ihn noch mehr verlangsamte. June nutzte eine Lücke in der mittleren Spur, gab Gas und flog an dem LKW vorbei. Die Straße vor ihnen war frei.

»Es gab außer mir keine anderen Kinder. Wer lässt sein Kind auch schon in so einer Umgebung aufwachsen? Ich war ein Teenager, und ich hatte niemanden in meinem Alter zum Quatschen. Ich habe ihn gefragt, ob ich am Mount Hood Skifahren darf, aber er fand das zu gefährlich. So ein

Blödsinn. Ich bin auf Berge und Bäume geklettert und bin im Tal Ski gefahren, seit ich fünf war. Was sollte da gefährlich am Mount Hood sein? Aber ums Skifahren ging es gar nicht. Es ging um die Taliban und Al-Qaida, um den Krieg und die Regierung, um die ganze Welt, die nicht unter seiner Kontrolle war. Man war nirgendwo sicher.«

Er konnte sehen, wie sich die Erinnerung in ihrem Gesicht widerspiegelte. Sie wollte beschützt werden, und gleichzeitig wollte sie sich davon frei machen. »Ich konnte machen, was ich wollte, solange ich das Tal nicht verließ. Aber ab einem bestimmten Moment wollte ich mehr. Ich wollte die ganze Welt.«

»Aber das wollte er nicht.«

»Ich weiß nicht, was er wollte. Auf seine verdrehte Art hat er mich bestimmt geliebt. Andererseits habe ich ihn kaum zu Gesicht bekommen. Er war immer in seiner Werkstatt beschäftigt. Leute von außerhalb kamen zu uns und gingen mit ihm zusammen in seine Werkstatt. Das durfte ich nie.« Sie sah Peter an. »Als ich das erste Mal ausriss, wollte ich einfach nur erreichen, dass er mit mir redet.«

»Was hat er in seiner Werkstatt gemacht?«, fragte Peter.

»Alles Mögliche, nehme ich an«, sagte sie. »Ich weiß nur eins, er hat Flugzeuge gebaut. Kleine, ferngesteuerte Flugzeuge. Da hatte er schon immer Spaß dran. Als ich noch klein war, besaß er ein eigenes Flugzeug, aber er musste die Fliegerei aufgeben. Irgendwas war passiert. Kleine Schlaganfälle. Und seine Lizenz wurde eingezogen.«

Ferngesteuerte Flugzeuge. Peter schaute aus dem Fenster. Hob den Blick himmelwärts.

»Was ist?«, sagte June. Sie sah ihn an.

»Nichts.« Er rang sich ein Lächeln ab.

Sie hakte nach. »Was siehst du?«

»Im Moment nichts.« Er schaute wieder aus dem Fenster. »Nur manchmal etwas am Himmel kreisen, was ich für einen großen Vogel gehalten habe. Aber jetzt bin ich mir sicher, dass es kein Vogel ist, denn wenn die Sonne darauf scheint, sieht man ein goldenes Glitzern.« Er sah June an. »Hast du das auch beobachtet?«

Sie seufzte. »Ja. Seit Kalifornien. Ich glaube, dass es mein Vater ist.«

Er legte eine Hand auf ihre, und so fuhren sie, bis der Freeway über eine lange Strecke bergauf führte und der Truck langsamer wurde. Sie musste seine Hand abstreifen, um zu schalten.

46

Jeder war mit seinen eigenen Gedanken beschäftigt, während sich draußen die Landschaft entfaltete. Peter dachte an den Yeti und was er in den fünfzehn Jahren seit dem Auszug seiner Tochter aus dem Elternhaus erreicht hatte. Und er dachte an June.

Sie nahmen die Ausfahrt zur Deschutes River Recreation Area, einem Naturschutzgebiet, wo sie die Nacht über campieren wollten. Lewis brauchte die Zeit, um über den Wasserfall ins Tal abzusteigen. Was Manny vorhatte, wusste Peter nicht, nur, dass ein Freund von Manny über einen Huey verfügte, einen ausrangierten Armee-Hubschrauber, der sie direkt in dem Tal absetzen würde. Aber auch ohne Helikopter wären Manny und seine Leute für eine technisch anspruchsvolle Klettertour bestens gerüstet.

Sie fanden einen Platz am Ufer des vom Schmelzwasser angeschwollenen Deschutes und errichteten ihr Lager, sprachen nur das Nötigste. In einem verrosteten Eisenreif auf dem Boden verteilte Peter etwas Schnittholz aus der Ladekiste auf seinem Pick-up, und June ließ sich auf einem seiner Klappstühlchen nieder und schaute zu, wie es Feuer fing.

»Ich weiß nicht, was morgen passiert«, sagte Peter nach einer Weile. Er hatte sich überlegt, wie er es ihr beibringen sollte. »Es kann sein, dass wir bei deinem Vater auf eine kleine Privatarmee stoßen. Und Chip könnte uns in den Rücken fallen, mit allem, was er so aufzubieten hat.«

June starrte ihn an, in ihren Augen flackerte der Widerschein der Flammen. Er hatte keine Ahnung, was in ihr vorging.

»Ich finde, du solltest hierbleiben«, sagte er. »Hier bist du in Sicherheit. Wenn alles vorbei ist, kommen Lewis oder ich dich abholen.«

June schüttelte den Kopf. »Ich muss ihn persönlich sehen«, sagte sie. »Wenn er tatsächlich an dieser Sache beteiligt ist, muss ich dem ein Ende machen. Sonst kriege ich mein Problem nie gelöst. Ich falle immer auf die falschen Männer rein.«

Peter hatte damit gerechnet, dass sie wieder darauf zu sprechen kam.

»Gehöre ich auch zu den falschen Männern?«

Sie lächelte ihn vielsagend an. »Du bist der Richtige. Im Moment«, sagte sie. »Vielleicht sogar der erste richtige Mann überhaupt. Aber ich arbeite noch an mir. Ich kann nichts versprechen, ganz egal, wie das morgen ausgeht.«

Sie sagte nicht: Du bist ein Killer, Peter. Und ich habe dich gern. Ich habe mit dir geschlafen. Ich könnte mich sogar in dich verlieben. Aber was sagt das über mich aus? Du hast einen Schaden weg. Du hast keine Arbeit, keine feste Adresse, dein Leben ist ein einziges Chaos. Du kannst nicht mal in einem geschlossenen Raum schlafen. Frauen übernachten auch mal gerne in einem hübschen Hotel. Möchten ein richtige Zuhause.

Sie brauchte all das nicht zu sagen. Er hörte es auch so.

Stattdessen stand sie auf und ging zu ihm, lehnte sich an ihn und küsste ihn. Ein sanfter Zungenkuss. Als er die Augen schloss, war es, als würde er von einer Klippe stürzen.

Als würde er fliegen, bis man auf dem Boden aufschlug.

Sie löste sich und wich zurück. Sie war barfuß. Entschlossen öffnete sie den Reißverschluss ihrer Jeans und ließ sie fallen. Sie fing an, ihr Hemd aufzuknöpfen. Der Feuerschein erleuchtete ihren Körper. Sie trug einen schwarzen Spitzen-BH und einen schwarzen Slip, der wie Kohle auf ihrer blassen Haut aussah. Ihre Brüste waren mit Sommersprossen gesprenkelt.

Er fragte sich, ob sie sich bereits entschieden hatte.

Als sie hinter sich fasste, um dem BH aufzuhaken, wurde ihm bewusst, dass es ihm egal war, jedenfalls in diesem Moment.

Er hob sie hoch und trug sie auf den Armen ins Zelt.

Wenn jetzt der Schatten über ihnen flog, wie Gold glitzerte in der untergehenden Sonne, bemerkten sie ihn nicht.

47

Am nächsten Morgen überquerten sie erneut den Columbia River, diesmal über eine hohe, fast achthundert Meter lange Betonbrücke, zurück in den Bundesstaat Washington.

Es war noch früh, die Luft unglaublich klar, von allen Verunreinigungen gesäubert. Vom höchsten Punkt aus konnten sie den Fluss meilenweit in beide Richtungen überblicken, die zerklüfteten braunen Steilufer, in deren vom Wasser herausgespülten Furchen grüne Bäume und Büsche wuchsen. Der Himmel war ein kühles welkes Blau. Hier herrschte nicht das feuchte Klima von Seattle. Hinter der Mauer der Cascades lag diese Hochwüste der kleinen Farmwirtschaften, Ferienhäuser, Obstplantagen und Weinberge, der Einsiedler und Mystiker.

In Maryhill hielten sie an, um zu tanken. Während Peter die Zapfsäule betätigte, hielt June ihm die Schlüssel hin und schaute geistesabwesend in den Himmel.

Wieder auf der Route 12, fuhren sie einige Kilometer Richtung Westen, auf das Meer zu. Peter saß am Steuer, June sah aus dem Fenster, den Kopf leicht geneigt, himmelwärts. Mit jedem Kilometer wurde die zerfurchte Landschaft grüner. Von Lyle an folgten sie, den Klickitat River entlang, der 142 Richtung Norden, einem schmalen kurvenreichen Highway mit vielen Warnschildern vor Steinschlag. Nach einigen Kilometern bogen sie zwischen steil aufragenden Wänden in eine holprige, namenlose Straße, die zu dem engen Tal führte, in dem June aufgewachsen war.

»Wie bist du denn endgültig entkommen?«, fragte Peter.

»Zu Fuß«, sagte sie. »Am Talende fand ich einen Weg den Hang hinauf, einen Ziegenpfad oder etwas Ähnliches, zum Kopf des Wasserfalls. Oben war eine große Wiese und dahinter Berge, so weit das Auge reicht. Jedes Mal bin ich ein Stück weiter gegangen und habe nach einer Route gesucht, über Wochen. Ich durfte mich ja nicht zu weit entfernen, weil ich zum Abendessen immer zurück sein musste. Schließlich habe ich eines Tages meinen Rucksack gepackt, Proviant, Schlafsack und warme Sachen zum Anziehen und alles Geld, das ich auftreiben konnte, und bin einfach los.«

Peter stellte sie sich als Fünfzehnjährige vor, zornig und auf sich allein gestellt und so beseelt von dem Wunsch, der Geborgenheit des väterlichen Gefängnisses zu entfliehen, dass sie einen Wasserfall hinaufklettert und ohne Karte in die unbekannte schroffe Wildnis aufbricht.

»Irgendwann bist du auf eine Straße gestoßen«, sagte er. »Was dann? Bist du nach Kalifornien getrampt?«

Sie schüttelte den Kopf. »Ich habe ein Motorrad gekauft, Yamaha, fünfzig PS, ein paar Kilometer hinter White Salmon. Ein Mann hatte es vor seinem Haus abgestellt. Ich hatte noch nie auf einem Motorrad gesessen, aber bin jahrelang mit einem alten Mountainbike durch das Tal gerast. Daher mein gutes Gleichgewichtsgefühl. Bevor er es mir verkaufte, wollte er sehen, ob ich die Maschine auch wirklich beherrschte, ob ich sie aufrichten konnte, wenn ich mal damit im Graben landen würde. Sie hatte seinem Sohn gehört, der in den ersten Wochen des Krieges gefallen war. Den Helm hat er mir geschenkt. Und dann steckt er mir noch in Alufolie eingewickelte Sandwichs und ein paar gekühlte Coladosen zu! Ich habe ihm nichts erzählt, aber er muss etwas in mir gesehen haben. Er sagte, er weiß zwar nicht, wovor ich weglaufe, aber er hofft sehr, dass ich finde, wonach ich suche.«

»Und du hast es gefunden.«

»Auf einem kleinen Geländemotorrad, das nicht mal verkehrstauglich war, auf Nebenstraßen, durch drei Bundesstaaten«, sagte sie. »Die Bullen hätten mich hundertmal aufgreifen müssen.«

»Oder die Kinderschänder.«

»Ach, die hatten eher Angst vor mir«, sagte sie.

Kein Wunder. Peter hatte ja selbst ein bisschen Angst vor ihr.

Sie spähte durch die Windschutzscheibe auf die Straße. »Es hat sich verändert hier, aber nicht sehr. Mehr Häuser als früher. Trotzdem immer noch eine ziemlich raue Gegend.«

Sie näherten sich einem Schotterweg, der am Rand einer buckligen abschüssigen Heuwiese abzweigte, markiert durch einen riesigen schwarzen Findling mit einer grünen Kappe aus Flechten und leuchtend weißer Farbe auf der Vorderseite. So einen gewaltigen Brocken hatte er in diesem Land noch nie gesehen, wahrscheinlich vor Jahrmillionen von einem Vulkan ausgespuckt und so gewaltig, dass kein Farmer vermocht hätte, ihn fortzubewegen, es sei denn, er wäre bereit gewesen, sein Geld statt für Saatgut für Dynamit auszugeben. Folglich war er einfach liegen geblieben.

»Da sind wir«, sagte June. Ein anderer Ton lag in ihrer Stimme. Peter fuhr langsam um die Kurve, gab dann wieder Gas.

Aus dem Schotter- wurde ein Sandweg, die Heuwiese entlang, stetig bergauf. Er stieß auf einen Flusslauf, klein zunächst, bis deutlich wurde, wie tief das Wasser war und wie rasend schnell es dahinfloss. Es schien direkt aus der Bergwand über ihnen hervorzusprudeln.

Fluss und Sandweg änderten ihre Richtung, und das Gelände sackte zu einem Hohlweg ab, durch den sich der Weg und der Fluss quetschten. Am Eingang stand ein Holzschild, auf dem in abblätternder Farbe stand:

Landwirtschaftliche Forschungseinrichtung
Privatbesitz
Betreten verboten
Das gilt auch für Dich!

An der engsten Stelle war zu erkennen, dass der Durchlass früher ein schmaler Canyon gewesen sein musste, den der Wasserlauf in Jahrtausenden aus dem Stein herausgespült hatte.

Durch die Klamm führte eine einspurige Brücke aus genutetem Stahl, etwa dreißig Meter lang, mit steil aufragenden Wänden zu beiden Seiten und dem tosenden Fluss darunter. Die Brückenbauer, stellte Peter sich vor, mussten von einem Arbeitsfloß aus tiefe Löcher in den Fels gebohrt und Eisenhalterungen angebracht haben, während andere mittels Seilen und Rollen versucht hatten, die schwimmende Konstruktion stabil zu halten.

Dem Äußeren nach existierte die Konstruktion seit fünfzig oder noch mehr Jahren. Schwer zu sagen, ob Verrückte oder Genies sie errichtet hatten, jedenfalls hätten sie sich keine bessere Stelle zur Verteidigung aussuchen können. Ein Bulldozer auf dem Steg, und die Abwehr wäre perfekt. Es sei denn, Uncle Sam würde mit einem Schwarm Kampfhubschraubern anrücken, aber dann wäre sowieso alles zu spät.

Ein idealer Verteidigungsposten, und das musste noch jemand erkannt haben außer Peter. Am Ende des Hohlwegs verhinderte eine Wand aus Stahl, montiert auf zwei aus dem Boden ragenden Doppel-T-Trägern, jedes Durchkommen. Ein Tor.

»Das hat den Ausschlag gegeben«, sagte June. »Dieses scheiß Tor. Er sagte, es sei aus Sicherheitsgründen, um Fremde abzuhalten. Aber ich wusste, dass er damit auch mich davon abhalten wollte zu gehen.«

Peter lachte. »Du hast mit dreizehn seinen Truck geklaut, weil du Skifahren wolltest«, sagte er. »Das ist gefährlich. Wenn du meine Tochter wärst, hätte ich auch versucht, dich zu halten.«

»Sag so was nicht!« Ihre Stimme klang scharf. »Es war nicht meine Schuld. Er wollte mich abschirmen vor der Welt. Er hatte kleine Codeschlösser an seinen blöden Scheunen installiert. Wozu brauchten wir diese Sicherheit? Mein Vater war ein vertrottelter Pseudowissenschaftler und paranoider Survival-Freak. Wen interessierte schon, was er vorhat?«

Jetzt jedenfalls hat er was vor, und es interessiert uns brennend, dachte Peter.

Das Tor sah eher aus wie eine Zugbrücke zu einem finsteren, geheimen Kerker. Er wünschte, Lewis hätte mehr über den Erbauer herausgefunden. Nach seiner letzten Geschäftspleite war Sasha Kolodny untergetaucht.

Er sah June von der Seite an. »Willst du wirklich hier rein?«

»Nein. Überhaupt nicht«, sagte sie und starrte auf das Tor. »Aber was bleibt mir anderes übrig? Ich muss wissen, ob mein Vater …«

Sie wischte sich mit dem Ärmel die Augen, räusperte sich.

»Ob mein Vater meine Mutter getötet hat.«

Ohne ein weiteres Wort stieg sie aus dem Truck.

Peter hinterher.

Unter einem kleinen Vordach, an einem dünnen schwarzen Draht, hing ein gelbes Walkie-Talkie, ein etwas älteres Modell als das, das Lewis gekauft hatte.

Peter verfolgte den Verlauf des Drahts, der sich als ein Ladekabel entpuppte, verbunden mit einer Batterie und einem kleinen auf dem Dach montierten Solarpanel. Einfach und Lowtech. Wenn das Walkie-Talkie tot war, brauchten sie nur ein neues Paar zu kaufen. Aber ganz so Lowtech, wie es schien, war es doch nicht. Peter schaute genauer hin und entdeckte eine Fischaugenlinse, die den gesamten Eingangsbereich erfasste.

June hängte das Funkgerät ab, drückte die Sprechtaste. »Hallo? Jemand da?«

Kein Rauschen, kein Knistern, keine Reaktion.

Sie versuchte es nochmal. »Hallo? Jemand da? Hier ist June Cassidy. Ich habe hier mal gewohnt. Hallo?«

Peter trat einen Schritt zurück und schaute hoch. Er sah einen Schatten am Himmel kreisen. Es konnte ein Truthahngeier sein, der die Aufwinde meisterhaft nutzte. Es konnte auch etwas anderes sein.

»Ich glaube, der Yeti erwartet uns.«

Er drückte mit beiden Händen gegen das schwere Stahltor. Es verlangte einige Kraft, doch einmal in Bewegung, öffnete es sich unaufhaltsam, bis Peter die Hand um die Kante legte und es anhielt. Jetzt erkannte er auch die Konstruktion: dicker, bewehrter Stahl, der auf riesigen Zapfen hing, die Schnäpper verborgen in einer robusten Armatur. Das Ganze schlicht und stabil gebaut, dass es über Generationen haltbar blieb und außer regelmäßigem Einfetten der Scharniere nur wenig Wartung erforderte. Auf der Rückseite klebte noch eine Solarpanele und eine zweite Batterie. Sie lieferte offenbar die Energie für den Fernauslöser des elektromagnetischen Schnäppers.

Der Yeti hatte an alles gedacht.

Sie setzten sich wieder in den Truck und fuhren durch das Tor, June hielt den Schalthebel fest in der Hand. »Das Tor lassen wir offen stehen«, sagte sie mit verbissenem Blick.

»Du bist der Boss.«

»Und ob ich das bin.« Sie legte eine Hand auf seinen Arm. »Wie stellst du dir vor, soll es jetzt weitergehen?«

»Keine Ahnung«, sagte sie. »Weiter als bis hierher habe ich nicht gedacht.«

»Was soll's«, sagte er und tätschelte ihre Hand. »Das kann ausgerechnet ich schlecht von dir erwarten.«

48

Vor ihnen öffnete sich die Landschaft, und sie fuhren in ein kleines, tränenförmiges Tal, knapp fünf Kilometer lang, am unteren Ende halb so breit, mit steilen Granitrücken, die seitlich wie Brüstungsmauern aufragten, die Hänge im unteren Bereich mit Zedern und Schierling bewachsen. Der Fluss, gespeist aus einem hohen Wasserfall am Kopfende des Tals, ergoss sich breit und behäbig in der Mitte.

Peter versuchte den Anblick vor sich in Übereinstimmung zu bringen mit der Karte in seinem Kopf, hielt Ausschau nach den Gebäuden und Anbauflächen, die June tags zuvor eingezeichnet hatte. Scharf links entdeckte er den Felsvorsprung, der eine Kette mustergültiger Obstplantagen überragte. Von dort aus konnte man das gesamte Tal überblicken. Die Reihen knorriger Obstbäume wurden von Spalieren und einigen wenigen offenen Wiesen durchbrochen. Am anderen Ufer lag eine Ebene, vom Fluss im Laufe der Jahrhunderte regelmäßig überflutet und mit ertragreichem Schwemmlandboden versorgt. Ordentlich abgesteckte, noch brachliegende, matschige Felder warteten auf Bestellung. Weiter vorne an der Straße standen ungewöhnliche Gewächshäuser, die auf Junes Karte nicht verzeichnet waren, sowie einige größere, nicht genauer zu erkennende Gebäude. Am Rand bewegten sich dunkle Punkte, kleiner als Menschen, wahrscheinlich Kälber oder junge Lämmchen, die dort weideten.

Von dem schweren Stahltor abgesehen, sah es hier aus wie in einer landwirtschaftlichen Kooperative.

Keine Kontrollpunkte, keine Wachtürme, keine schwarzen Explorer, keine Sturmtruppen mit stählernem Blick und automatischen Waffen, überhaupt keine Sicherheitsvorkehrungen, soweit Peter sehen konnte.

Keine Anzeichen, dass etwas nicht das war, was es schien.

Ausgenommen die Straße. Peter hatte erwartet, dass sich der Sandweg auf der anderen Seite fortsetzte, doch er verwandelte sich in eine Betonstraße, absolut plan und gerade, einspurig, über fast die gesamte Länge des Tals. Allein das Material musste ein Vermögen gekostet haben, ganz zu schweigen von dem Bau, den Arbeitskräften, den Maschinen, hunderte Kipplaster Kies. Eine Million Dollar, mindestens.

»Woher haben die so viel Geld?«, fragte Peter.

»Ich weiß es nicht«, sagte June. »Als ich hier noch gewohnt habe, war alles alt und abgenutzt. Wenn etwas kaputtging, wurde es notdürftig repariert. Mein Vater lebte, als wäre jeder Cent sein letzter. Aber diese Straße ist absolut neu. Und sie ist schnurgerade. Sie sieht aus wie eine Landebahn, findest du nicht?«

Peter nickte. Der Gedanke war ihm auch schon gekommen.

Es war später Vormittag, nach elf Uhr.

Er trat aufs Gaspedal und fuhr zum Haus und Labor des Yeti.

In den Obstplantagen bewegten sich einige Gestalten, die Äste beschnitten oder den Boden düngten. Sie unterbrachen ihre Arbeit und schauten dem vorbeifahrenden Pickup hinterher. Weiter vorne sah er das Skelett eines halb fertigen Holzrahmenbaus über die Wipfel der Apfelbäume hinausragen. Eine Kreissäge heulte, und aus den Fensteröffnungen drang schwach das unregelmäßige Tok-tok-tok einer Nagelpistole. Versteckt zwischen den Bäumen, standen noch mehr Gebäude, niedrig, weiß gestrichen und mit Steildächern, wie alte Farmhäuser, Glieder einer sich lang dahinziehenden Kette, die bis zum Kopfende des Tals reichte.

Auf halbem Weg zum Wasserfall erreichten sie die Gewächshäuser, einfache Finnhütten, abgedeckt mit Plastikfolie, zur Regulierung und Speicherung der Sonnenwärme. Kostengünstig. Wenn Schnee fiel, würde er sofort schmelzen. Die jungen Lämmchen erwiesen sich als Ziegen in allen Farben und Größen, die das Unkraut in den Randzonen des Geländes kurz hielten. Ein schlanker junger Mann grub mit einer Forke einen Komposthaufen um, am Boden hatte sich fette schwarze Erde abgesetzt. Der Mann schaute auf, als sich der Pick-up näherte.

Vor dem größten Gewächshaus parkte ein rostiges rotes Lastendreirad, auf dessen Ladepritsche zwischen den Vorderrädern Eimer und diverse Gartengeräte standen. »Anhalten. Sofort«, sagte June, und Peter trat auf die Bremse.

June war vom Beifahrersitz gesprungen, noch ehe der Pick-up zum Stehen gekommen war. »Sally?«, rief sie. »Sally Sanchez, bist du da?«

Die Schwingtür zum Gewächshaus flog auf, und eine Frau trat heraus. Alle Ziegen reckten den Kopf bei dem Geräusch. Die Frau war von brauner Hautfarbe, kräftig gebaut, trug verdreckte Jeans und eine Arbeitsjacke, das dichte schwarze Haar in einem losen Dutt. Als sie June erblickte, strahlte sie übers ganze Gesicht.

»Junebug? Bist du das?«

»Sally!« Die beiden Frauen umarmten sich, lösten sich dann voneinander und musterten sich gegenseitig.

Der schlanke junge Mann stand ein paar Meter abseits. Er trug eine robuste Arbeitshose und ein *University of Washington*-T-Shirt, die Forke hielt er lässig in der Hand. Er sagte keinen Ton, sah aber nachdenklich zu Peter, June und dem grünen Pick-up mit dem Mahagonikasten auf der Ladefläche.

»Lass dich angucken«, sagte Sally. »Du bist erwachsen geworden.« Sie übersah Junes genähte Lippe und stellte ihr auch nicht den schlanken jungen Mann vor, der sich in respektvollem Abstand ein paar Schritte schräg hinter Sally gestellt hatte.

»Du hast dich gar nicht verändert«, sagte June und rief über die Schulter: »He, Peter. Ich möchte dir meine Freundin Sally vorstellen.«

Peter war bereits ausgestiegen, trat jetzt zu den beiden, gab Sally die Hand und nannte seinen Namen. Es roch nach Frühling, nach Flussschlamm und lehmiger Komposterde.

Sally musterte ihn von oben bis unten, bemerkte die genähte Wunde am Kopf und die Gehschiene. Peter war unsicher, ob er der Überprüfung standhalten würde oder nicht. »Ihr beide seht aus, als hätte man euch übel mitgespielt.«

»Ein Autounfall«, sagte Peter. »Der andere Wagen ist zu schnell gefahren.«

»Aber es geht uns gut«, beruhigte June sie. »Ich habe dir ja schon von Sally erzählt, Peter. Nachdem meine Mutter weg war, hat sie mich praktisch großgezogen.«

»Was habe ich schon gemacht?«, sagte Sally. Ein geflecktes Zicklein legte seinen Kopf an ihre Hüfte. Sally kraulte es zerstreut hinterm Ohr. »Nur dafür gesorgt, dass du zu Essen kriegst und was zum Anziehen.«

»Und mich in den Arm genommen«, sagte June. »Du hast mir Bücher zum Lernen gegeben und mich unterrichtet und meine Hausaufgaben korrigiert. Mehr als mein Vater je für mich getan hat.«

»Dein Vater hatte immer den Kopf voll«, sagte Sally. »Im Augenblick noch mehr als früher.« Erst jetzt schien sie den jungen Mann zu bemerken. »Das ist Oliver. Er hat gerade hier angefangen.«

Oliver nickte höflich, sagte aber nichts. Er hatte dichtes schwarzes Haar, Mandelaugen, kaum Lidfalten. Ein Teil seiner Vorfahren musste aus Asien stammen, dachte Peter. Er stand mit beiden Beinen fest auf dem Boden.

Sally sah wieder zu June. »Und? Was führt dich hierher?«

»Unter anderem wollte ich dich wiedersehen«, sagte June. »Ich wusste nicht, ob du noch immer hier bist.«

»Ich sitze hier im goldenen Käfig«, sagte Sally. Sie tätschelte die Ziege. »Woanders würde ich nie solche Fördermittel für meine Arbeit bekommen. Unsere Gewächshäuser sind jetzt so weit, dass wir im dicksten Winter Tomaten ernten können. Wir produzieren genug Lebensmittel, um uns selbst zu ernähren, und können sogar noch welche verkaufen. Absolut nachhaltig.«

»Darüber würde ich gerne mehr erfahren«, sagte June.

»Ich führe dich nachher mal über das Gelände und texte dich zu.« Sally legte den Kopf schief wie eine neugierige Katze. »Aber du bist ja nicht nur wegen mir gekommen.«

»Nein«, sagte June. »Meine Mutter ist gestorben, wie du wahrscheinlich weißt.«

Sally nickte traurig. »Ich habe es online gesehen. Von einem Auto angefahren, hieß es.«

»Fahrerflucht. Sie haben den Kerl nie geschnappt. Ich dachte, es wird langsam Zeit, mal ein paar Dinge mit meinem Vater zu klären.«

Oliver sah Peter unverwandt an, ohne Bedrohung oder böse Absicht im Blick, er beobachtete ihn nur in aller Ruhe und blieb wachsam. Sein jungenhaftes, faltenloses Gesicht täuschte, Peter schätzte ihn älter ein. Und er war kein Landarbeiter, auch wenn er mit einer Forke umzugehen verstand.

»Dein Vater ist kein schlechter Mensch«, sagte Sally.

June schaute die ältere Frau neugierig an. »Seid ihr beiden, du und mein Vater … Ich meine, seid ihr zusammen?«

»Ach«, sagte Sally und sah zur Seite, als sie merkte, dass sie rot wurde. Das Zicklein stieß seine Schnauze gegen ihre Hand, damit sie weiterkraulte. »So würde ich das nicht nennen. Wir kennen uns einfach schon sehr lange.« Sie sah das

Tal hinauf zu den Gebäuden. »Ich glaube, für Sasha hat es nie jemand anderen gegeben als deine Mutter. Und dich. Er hat dich sehr vermisst.«

»Ich muss ihn unbedingt sprechen«, sagte June. »Veranstaltet ihr samstags immer noch euer gemeinsames Abendessen?«

»Oh, ja«, sagte Sally. »Ihr bleibt natürlich hier. Wir treffen uns heute zum ersten Mal seit dem Herbst in der Obstplantage. Wir sind etwas größer geworden, mehr Leute als früher. Die Köche machen *cabrito*, das wird sicher sehr lecker.«

Cabrito war Ziegenfleisch.

Peters Blick fiel auf das Zicklein, das sie kraulte. »Du bist doch kein Vegetarier, oder?«, fragte Sally. Ihr Lachen war ansteckend. »Keine Sorge, diese hier essen wir erst in ein paar Jahren. Wenn sie nicht mehr gebärfähig ist. Zum Glück bin ich keine Ziege!« Sie lachte wieder.

»Hattet ihr in letzter Zeit hier ungebetenen Besuch?«, erkundigte sich Peter.

»Außer uns Landeiern war keiner hier«, antwortete sie. »Warum?«

Chip und seine Leute hätten ihnen auffallen müssen, überlegte Peter. Je nachdem, mit wie viel Unterstützung er anrücken würde. Mit mindestens zwei Autos, also vielleicht drei oder vier Personen. Mehr als vier, und es würde schwierig.

»Aus keinem besonderen Grund. Uns sind nur in den vergangenen Tagen einige komische Typen begegnet, die sich alle besonders für June interessiert haben.«

Sally strahlte June an. »Kein Wunder, bei so einer schönen jungen Frau.«

June verdrehte die Augen. »Wir gehen jetzt besser zu meinem Vater.« Sie umarmte Sally noch einmal. »Bis nachher, zum Abendessen.«

»Vielleicht möchtest du mich ja vorher noch mal sprechen. Du wirst verstehen, warum, wenn du bei deinem Vater warst. Ich rufe ihn an und sage, dass du kommst. Du weißt ja, er mag keine Überraschungen.«

Sie schaute zum Himmel. Peter folgte ihrem Blick und sah wieder den Schatten, der diesmal etwas niedriger seine Kreise zog.

»Obwohl«, sagte Sally. »Wahrscheinlich weiß er längst, dass du da bist.«

Peter ging zurück zum Pick-up und spürte dabei Olivers Blick im Rücken.

Er hatte den Eindruck, soeben auf das erste Anzeichen von Sicherheitsvorkehrungen im Tal gestoßen zu sein.

Er steuerte den Pick-up zurück zur Straße, auf die Gruppe von Gebäuden am Kopfende des Tals zu. Die Strecke war eben und schnurgerade, so dass er den Motor bis zur Höchstgeschwindigkeit von hundertzwanzig Stundenkilometern treiben konnte, aber im zweiten Gang blieb, er wollte keine Ziegen überfahren. »Wie viele Farmhelfer können in der Schlafbaracke unterkommen?«

»Das weiß ich nicht«, sagte June. »Es hat sich alles sehr verändert, seit ich weg bin.« Sie sah ihn an. »Du denkst an Oliver, oder?«

»Woher weißt du das?«

»Er ist genau wie du«, sagte sie. »Und wie Lewis. Selbstgenügsam und ruhig. Dazu kommt seine Achtsamkeit. Als wäre er immer auf alles gefasst.«

»Ja«, bestätigte Peter. »Er entspricht nicht dem, was ich erwartet hatte.«

»Was hast du denn erwartet?«

»Ich weiß nicht. Vielleicht einen Haufen bewaffneter Farmer. Harte Ex-Army-Typen, die ihre Muskeln spielen lassen. Nicht so einen wie Oliver.«

Sie waren jetzt nahe genug, um einzelne Gebäude unterscheiden zu können. Auf der einen Seite ein weißes verschachteltes Farmhaus aus Holz inmitten eines Ahornwäldchens, doch die Straße führte direkt zu einem weitläufigen betonierten Vorfeld zwischen zwei identischen Steinscheunen.

Es waren weder die üblichen halb verfallenen Scheunen, die Peter aus seiner Kindheit in Nord-Wisconsin kannte, noch die langen niedrigen Metallschuppen der Schweine- oder Hühnerfarmen. Sie hatten das typische Mansardengiebeldach, wie man es auf Kinderzeichnungen von Farmen findet, doch Wände und Giebel waren aus Granit, schwarz abgesetzt, und sie waren dreigeschossig, die größten Scheunen, die Peter je gesehen hatte. Sie sahen eher aus wie ein modernes Depot für eine Sammlung alter Traktoren eines Hedgefondsmanagers. Oder ein Stall für eine Herde Vampirkühe.

Die breiten Scheunentore an den Seiten für großes Gerät und schwere Maschinen waren auch nicht die üblichen Schiebetüren aus Holz, die leise im Wind pendeln und den Hofkatzen erlauben, ungehindert ein und aus zu gehen, sondern schimmernde Rolltore aus rostfreiem Stahl, als wäre hier die Notenbank.

Es gab auch kleinere Türen für Menschen, mit Vordächern zum Schutz vor Regen. Neben den Türrahmen hingen kleine Kästen, offenbar Codeschlösser. Sie sollten sicher nicht die Farmhelfer davon abhalten, sich die alten Traktoren anzugucken.

Eine Tür öffnete sich, ein Mann trat heraus.

Seine Größe ließ sich vor dem Hintergrund der hohen Scheunen und der weiten Landschaft schwer einschätzen. Erst als Peter näher kam, sah er, was für ein Riese er war, zwei Meter, ein Schrank, breites Kreuz, wie ein Stier. Das Haar reichte über die Schultern, der Bart bis zur Brust, und beides war dicht und zerzaust und weiß wie Schnee.

Es war derselbe Mann, den sie auf dem Steg für das Wasserflugzeug in Seattle gesehen hatten.

Junes Vater. Der Yeti.

Lewis hatte gesagt, er sei Ende fünfzig, doch er bewegte sich wie ein zehn Jahre jüngerer Mann, der regelmäßig trainierte. Er trug ein ausgebeultes Tweedjackett, darunter ein Jeanshemd, eine grüne, an den Taschen und Aufschlägen ausgefranste Cordhose und abgewetzte Lederwanderschuhe. Die Hemdtasche vollgestopft mit Stiften, aus einer Jacketttasche ragte ein Notizblock. In den Haaren und im Bart steckten Tannennadeln.

Peter verstand, warum Freunde ihn Sasquatch genannt hatten, noch bevor sein Haar weiß geworden war.

»Hallo, Juniper.«

Seine tiefe Stimme konnte Fenster zum Klappern bringen und schreiende Babys beruhigen. Sein Gesicht war zerfurcht und zerknittert. Die Augen hellwach, von einem überirdischen Blau, aus dem eine sprunghafte scharfe Intelligenz sprach.

Zwischen jugendlichem Opa und Urvater Abraham.

Man konnte ihn sich gut als Pionier vorstellen, an vorderster Front einer technologischen Revolution.

Oder als Mörder seiner Frau.

June wich nicht von Peters Seite, ihr ganzer Körper bebte vor Spannung. »Hallo, Dad.«

Die Lippen des Yetis kräuselten sich zu einem glückstrahlenden Lächeln. »Wie schön, dass du wieder zuhause bist«, sagte er. »Du weißt ja, ich mache mir immer Sorgen, wenn du unterwegs bist. Wie war die Konferenz? Anregend?«

June starrte ihn an. »Dad. Ich bin es, June. Deine Tochter.«

»Oh.« Er stutzte. »Natürlich.« Das Lächeln kehrte zurück, verhaltener. »Im ersten Moment sahst du aus wie deine Mutter. Ich war verwirrt. Wie läuft es so, Honey? Hast du Frösche für dein Terrarium gefangen?«

»Dad? Scheiße, was soll das?« June sah zu Peter. »Das Terrarium habe ich angelegt, da war ich zehn oder so.«

Der Yeti blickte streng. »Bitte, Juniper, achte auf deine Sprache. Was würde deine Mutter sagen?«

»Dad«, sagte sie. »Ich bin dreißig Jahre alt. Mom ist tot. Von einem Klempnerwagen überfahren, in San Francisco.«

Ein Anflug von Kummer verzerrte sein Gesicht, wie ein kurzer heftiger Regenschauer, der gegen eine Fensterscheibe klatscht. »Nein«, sagte er voller Überzeugung. »Wir haben das doch schon durchgesprochen, Junebug. Deine Mutter ist auf Reisen. Das heißt nicht, dass sie dich nicht lieb hat. Sie liebt dich sehr. Sie ist nur im Moment unterwegs.«

June öffnete den Mund, um etwas zu sagen, aber schloss ihn wieder. Sie zitterte. Peter legte den Arm um sie.

Sein Großvater kam ihm in den Sinn.

Erst hatten sie gedacht, das Alter würde ihm nur sporadisch zusetzen. Er verlebte ruhige Wochen, ging angeln in der Bucht, hackte Feuerholz, dann verlegte er sein Scheckbuch und machte einen Aufstand, weil er glaubte, jemand sei in sein Haus eingebrochen. Er kam zum Abendessen, stand nach dem Kaffee auf, tastete die Hosentaschen nach seinem Schlüssel ab und beschuldigte Peters Vater, das Auto unerlaubt genommen zu haben, als die Schlüssel noch im Anlasser seines alten Buicks hingen.

Dieser alte Mann, der mit siebzehn Jahren als Fallschirmspringer am Zweiten Weltkrieg teilgenommen hatte und mit neunundsiebzig immer noch kräftig und körperlich fit war, steigerte sich regelrecht in eine Wut hinein. Er wurde sauer auf die Russen und verbrachte sein achtzigstes Lebensjahr hauptsächlich damit, hinter seinem Haus ein Fundament für einen Luftschutzbunker auszuheben. Zehn Jahre nachdem die Mauer in Deutschland gefallen war.

Als Peters Tante das große Loch im Garten entdeckte, ließ sie sich bei einem Arzt in Rochester einen Termin geben, und die Puzzleteile ergaben ein Bild. Mit der Diagnose Alzheimer zu leben, machte es nicht einfacher, aber jedenfalls wussten sie, was vor sich ging. Sein Großvater redete ihn mit dem Namen seines Vaters an, er ließ die Herdplatte den ganzen Tag brennen, konnte aber immer noch Bootsmotoren und Rasenmäher in seiner Garage reparieren, ein kleines Einkommen neben der Rente, gleichzeitig Überlebensstrategie und eine Möglichkeit, sich im Hier und Jetzt zu spüren. Er war an einem Herzinfarkt gestorben, auf dem rissigen Boden der Garage; auf einem Sägebock, abholbereit, ein gerade reparierter zwölf PS starker Mercury-Motor.

Peter wusste so gut wie nichts über den Yeti, doch der Mann war nicht nur paranoid. Er schien gefangen in seiner Vergangenheit oder hatte sich freiwillig dort eingeschlossen, in die Zeit, als er noch eine Frau und eine Tochter hatte, bevor seine psychische Störung die beiden aus seinem Leben vertrieben hatte.

»Guten Tag, Sir. Ich bin Peter.« Er streckte ihm die Hand entgegen. »Ich freue mich, Sie kennenzulernen.«

»Gleichfalls«, sagte der Yeti und erwiderte den Gruß.

Peters Hände waren von den Jahren bei den U.S. Marines und von der Arbeit als Zimmermann kräftig und schwielig, die Hände des Yeti dagegen eine Klasse für sich, Baseball-Handschuhe, die zum Trocknen in der Sonne gelegen hatten. Andererseits zerquetschte sein Händedruck Peter auch nicht die Finger, wie man es von so einem Knochenbrecher vielleicht erwarten konnte. Im Gegenteil, es war der Handschlag eines Priesters, er ergriff Peters Hand mit beiden Händen und mit großer Freundlichkeit.

»Ich komme gerade von einer langen Rucksacktour zurück«, sagte Peter. »In den Bergen verliert man manchmal das Zeitgefühl. Wissen Sie, was heute für ein Tag ist?«

Der Yeti schüttelte still lachend den Kopf. »Ich habe

längst kein Zeitgefühl mehr«, sagte er. »Das gefällt mir so an dem Leben hier im Tal. Die Zeit bleibt einfach stehen.«

»Ich war sogar so lange weg«, fuhr Peter fort, »dass ich die Präsidentschaftswahlen versäumt habe. Zeitungen habe ich auch keine gelesen. Wer hat eigentlich gewonnen?«

Der Yeti blickte nachdenklich. »Ich glaube, George W. Bush. Aber ist der nicht schon seit einer Ewigkeit Präsident? Kann es sein, dass jetzt so ein Schwarzer dran ist?«

June klammerte sich an Peters Arm, Tränen liefen ihr über das Gesicht.

Der Mann simulierte nicht.

Peter hatte einen Schachspieler erwartet, der immer zehn Züge voraus war.

Er hatte sich geirrt.

Wenn nun Junes Vater hier nicht der Hauptakteur war, wer dann? Chip Dawes, der sich fremde Technologie aneignen wollte? Vielleicht. Er wäre nicht der Erste. Wie aber war der Yeti da hineingeraten?

Vielleicht würde er es nie erfahren. Vielleicht war es auch egal. Nach wie vor galt es, die auszuschalten, die sie seit Tagen verfolgten. Falls es Chip Dawes' Leute waren, mussten sie jeden Moment mit ihrem Erscheinen rechnen. Dann hätten sie Klarheit.

»Wir müssen mit Sally reden«, sagte er zu June.

»Sie hatte schon so was angedeutet, oder?«

Peter nickte.

Die ganze Zeit über hatte der alte Mann Peters Hand nicht losgelassen. Jetzt wurde sein Händedruck fester, und Peter wandte sich ihm erneut zu. In seinem Blick hatte sich etwas verändert, als hätte sich ein Schleier vorübergehend gehoben. Er sah Peter konzentriert ins Gesicht.

»Ich kenne Sie«, sagte der Yeti leise. »Sie sind der Mann am Fluss, in Kalifornien. Mit meiner Tochter.«

»Ja«, sagte Peter, spürte deutlich die überragende Größe

des Mannes, wie dicht er vor ihm stand und dass er anscheinend soeben aus einem langen Schlaf erwacht war. Auch sein Großvater war von der Vergangenheit immer wieder in die Gegenwart gewechselt und umgekehrt. Peter hatte gelernt, diese Momente der Klarsichtigkeit, der Verbindung zur Realität zu erkennen. »Sie hat mich gebeten, ihr zu helfen«, sagte er. »Waren Sie das, der uns beobachtet hat? Von oben?«

Der Yeti lächelte. »Zu diesem Gespräch sind Sie nicht befugt, mein Junge.«

»Dad?«, sagte June. »Wir müssen wissen, was los ist.«

Der Yeti ließ Peters Hand los und wandte sich mit unendlich sanftem Gesicht seiner Tochter zu. »Honey«, sagte er. »Du bist erst recht nicht befugt. Und willst es auch gar nicht sein. Das sind keine guten Menschen. Es ist sogar besser, du gehst.« Er sah zu Peter. »Können Sie sie hier herausbringen? Ich habe hier nicht das Sagen. Ich kann sie nicht mehr schützen.«

»Verdammt nochmal, Dad!« June trat mit dem Fuß auf, die Fäuste in die Seiten gestemmt, die Augen funkelten. »Die haben Mom getötet. Sie haben versucht, mich zu töten. Leo, der Kerl, den du als meinen Vermieter engagiert hast, hat ihnen dabei geholfen, mich über mein Handy und meinen Laptop zu orten. Sie haben meine Wohnung niedergebrannt, hinter dem Haus, das du in Seattle gekauft hast. Ich bin also mehr als befugt, klar?! Ich muss wissen, was hier los ist.«

Er sah sie an.

»Was ist los?«, fragte sie.

»Ich will es mir nur einprägen«, sagte er. »Dein Gesicht. Meine erwachsene Tochter.«

Sie flog ihm entgegen und verbarg ihr Gesicht an seiner Brust. Er schlang seine gewaltigen Arme um sie, schloss die Augen und drückte sie an sich. Und so verharrten sie eine ganze Weile, Vater und Tochter.

Peter sah zu den Bäumen, die Blätter rauschten im Wind.

Der Yeti schlug die Augen wieder auf, neigte den Kopf, lauschte, doch Peter hörte nichts. »Fahren Sie Ihren Pick-up von der Straße«, sagte er zu Peter und deutete mit dem Kinn zu einer sandigen, von tiefen Reifenspuren durchfurchten Stelle. »Jetzt wäre eine gute Gelegenheit.«

49

Peter beeilte sich, seinen Pick-up zu entfernen, und humpelte zurück zu dem Vorfeld, als auf der Betonstraße ein Schatten auf sie zukam.

Fünf Meter über ihnen glitt ein riesiger Vogel dahin, blaugrau auf der Unterseite, vollkommen lautlos und rasend schnell. Die Flügelspannweite übertraf die Straßenbreite.

»Ach du Scheiße«, sagte June.

Im letzten Moment zog der Vogel hoch in eine steile, elegante Ellipse, verlor in der Kurve an Geschwindigkeit, die Flügelenden parallel zu den hohen Granitfelswänden und goldglitzernd in der Morgensonne. Er kreiste über die Obstplantage, richtete sich wieder nach der Straßenführung aus, sackte ab, immer tiefer, landete auf einem dreirädrigen Fahrwerk und wurde schließlich eins mit seinem Schatten.

Peter und June standen am Rand und schauten zu, wie das Fluggerät die Straße entlang ausrollte.

Während es an Schwung verlor, vernahm Peter das leise Surren eines Fensterventilators. Er bückte sich und sah den Kreis des rotierenden Propellers, der die Maschine die letzten Meter bis zu dem Betonflugfeld zwischen den Scheunen vorwärtstrieb. Peter ging hin, um sie sich aus der Nähe anzuschauen, die Gehschiene dabei wie ein Klotz am Bein.

Am Boden ragte das Fluggerät einen Meter zwanzig auf, und von Peters Position aus schien es wie ein einziger goldglitzernder Flügel mit einem langen, sich verjüngenden Spatzenschwanz. Auf die Bespannung aufgedruckt fein ziselierte Schaltkreise. Darunter hing der Rumpf, ein stromlinienförmiges Gehäuse, wie die Acetylen-Flasche eines Schweißers, mit einer asymmetrischen Instrumenteneinheit vorne an der Nase und einem großen, jetzt still stehenden Propeller hinten.

Peter hatte schon viele militärische Drohnen aus der Nähe gesehen. Dieses Miniflugzeug jedoch sah einem Predator oder Reaper so ähnlich wie ein Ford Modell T einem hochmodernen Konzeptautomobil mit Flügeltüren, das erst noch erfunden werden musste.

Eine Zukunftsvision.

Als das Flugzeug ganz zum Stehen gekommen war, ging der Yeti einmal um sein Modell herum. »Es führt gerade eine Selbstdiagnose durch«, erklärte er und bückte sich, blickte von der Seite über die Tragfläche, hockte sich auf den Beton, um die Instrumenteneinheit zu inspizieren. Er wirkte entspannt bei der Beschäftigung mit der Drohne, ganz in seinem Element, wahrscheinlich entspannter als mit Menschen, dachte Peter.

So wie Peters Vater mit seinen Bootsmotoren.

Während er prüfend um die Maschine herumging, erklärte er: »Die Predator-Drohne verbrennt Kerosin in einem hochgetunten Rasenmähermotor, mehr ist es im Grunde nicht. Motorflug, aber nur über begrenzte Zeit, ein, zwei Tage. Ich habe versucht, ein Flugzeug zu bauen, das sich selbst antreibt, das lange Strecken überwinden oder einfach in der Luft bleiben kann, stationär observiert, über Wochen und Monate am Stück. Sehen Sie hier die Solarpanelen? Sie sind auf die Folienbespannung gedruckt. Supereffizient. Auch die Flügel sind anders. Mein Vogel ist eigentlich ein Gleitsegler mit Elektromotor. Die meiste Zeit lässt er sich vom Wind treiben, lädt seine Batterien auf. Auf dem Radar erscheinen nur die kompakten Teile. Sieht aus wie zwei Gänse im Formationsflug.«

»Arbeitest du für die Regierung?«, fragte June.

Ganz die investigative Journalistin, dachte Peter. Auch wenn es um ihre eigene Vergangenheit ging.

»Eigentlich waren wir nur ein Forscherteam«, sagte ihr Vater. »So eine Art Thinktank. Unabhängig. Ich musste mit dem restlichen Geld, was ich mit meiner Software verdient hatte, irgendwas machen. Ich habe Stipendien vergeben, einige kluge Leute zusammengebracht. Wir wollten uns mit den schwierigen Problemen unserer Zeit beschäftigen. Zum Wohl der Allgemeinheit. Jedenfalls war das der Grundgedanke.«

»Und dann ist was passiert«, stellte June fest.

»Ja«, sagte der Yeti. »Eine kleine staatliche Behörde hat uns angeboten, uns weiter zu finanzieren. Wir haben angenommen. Sie haben gesehen, dass ich dabei war, ein schwieriges Problem zu lösen. Und sie haben gemerkt, dass ich Gedächtnisstörungen habe und noch andere Handicaps. Also haben sie eingegriffen.«

»Was ist mit deinen Gedächtnisstörungen?«, fragte June.

»Sie kommen und gehen«, sagte ihr Vater stirnrunzelnd. »Ich mache mir Notizen, die mir dabei helfen, mich zu erinnern.« Seine Miene hellte sich auf. »Moment«, sagte er und zog das Notizbuch aus der ausgebeulten Jacketttasche. Einige Seiten waren zur Markierung mit farbigen Reitern versehen. Peter sah fette Blockbuchstaben auf den Etiketten: »ALLTAG« und »KLEINE HELFERLEIN«. Der Yeti schlug das Büchlein ziemlich weit vorne auf: »WAS IST LOS MIT MIR?«

Er las vom Blatt ab. »Die Blutgefäße in meinem Gehirn werden nicht mehr richtig versorgt. Ich vergesse Dinge. Manchmal bin ich in der Vergangenheit gefangen. Manchmal bilde ich mir Dinge ein, die nicht stimmen. Es ist meine eigene Schuld. Die Arbeit hat mich sehr gestresst, und über einen langen Zeitraum habe ich Medikamente eingenommen, die ich nicht hätte nehmen dürfen. Sie haben meinem

Gehirn geschadet. Aber es gibt Dinge, die mir helfen. Wenn ich mich an sie halte, komme ich mit meinem Zustand zurecht. Ich kann immer noch kreativ arbeiten.«

»Wann hat das angefangen?« Junes Stimme war sanft. »Wie lange ist das her?«

Er hob den Blick und sah seiner Tochter ins Gesicht. »Bevor ich aus dem Software-Business ausgestiegen bin«, sagte er. »Du warst ungefähr fünf. Ich hatte sogenannte Mini-Schlaganfälle und musste deswegen meinen Flugschein abgeben. Im Laufe der Zeit wurde es schlimmer. Ich habe lauter verschiedenes Zeug eingenommen, um mich selbst zu therapieren. Ich habe lange nicht begriffen, was mit mir los war, erst nachdem du weggelaufen bist, um nach deiner Mutter zu suchen.«

Junes Kindheit war von einem Mann beherrscht worden, der einen Gehirnschaden hatte, aber nichts davon wusste. Peter konnte beobachten, wie June die Information aufnahm. Es war, als würde sich die Verschalung für das Fundament eines Hauses durch den frischen Beton leicht wölben. Dem Druck des Flüssiggewichts nachgeben.

Sie war ganz schön taff.

Sie traute sich sogar, die nächste Frage zu stellen.

»Erinnerst du dich daran, dass Mom letzte Woche gestorben ist?«

Peter war froh, dass sie das Thema anschnitt. Er hätte es von sich aus nicht getan, aber es musste sein, solange der Yeti noch einigermaßen präsent war.

Er hielt sich die Hand vor Augen, das lange weiße Haar hing wie ein Schleier vor seinem Gesicht.

»Ich vergesse es immer«, sagte er. »Zuerst vergesse ich, dass sie weggegangen ist. Und wenn ich mich wieder daran erinnere, dass sie weggegangen ist, habe ich vergessen, dass sie gestorben ist.«

Und bei jedem neuerlichen Erinnern, dachte Peter, war

es so, als würde er zum ersten Mal von ihrem Tod erfahren.

Wie hielt man das aus, fragte er sich, immer und immer wieder sich aufs Neue gewahr zu werden, dass die eigene Frau nicht mehr lebt?

»Es tut mir so leid«, sagte June. »Du hast sie immer noch geliebt.« Es war keine Frage.

»Ja«, sagte er. »Ich habe sie immer geliebt. Es war meine Schuld, dass sie weggegangen ist.«

»Weißt du, wer sie getötet hat? Und warum?«

»Ich ...« Der Yeti schaute in sein Notizbuch, auf die in seiner ordentlichen Ingenieurshandschrift markierten Reiter, aber schien nichts Passendes zu finden. »Nein. Ich weiß es nicht.«

Peter vernahm ein leises Rattern hinter sich und drehte sich um. Die Rolltore aus Metall in den beiden Steinscheunen hoben sich entlang der Führungsschienen in die Höhe. Der goldene Propeller der Drohne startete wieder und brachte das Fluggerät zu einem bestimmten Punkt, wo es kehrtmachte und in eine der Scheunen rollte. Aus der anderen Scheune tauchte eine zweite Drohne auf, deren Propellersurren von dem geschmeidigen Rattern der beiden sich schließenden Tore übertönt wurde.

Auch die zweite Drohne richtete sich nach der Straße aus und rollte vorwärts. Nachdem der Mechanismus der beiden Tore zum Stillstand gekommen war, hörte man die Propellergeräusche deutlich lauter. Der goldene Vogel gewann an Fahrt, wurde schneller und schneller und hob schließlich elegant ab, einen halben Meter, einen Meter, dann stellte sich das Schwanzende leicht auf, und die Drohne schoss steil nach oben wie ein Habicht mitten im Flug, der seine Beute jagt.

»Wo fliegt sie hin?«, fragte Peter.

»Ich weiß es nicht. Die erste Drohne, die eben gelandet

ist, ist mein neuer Prototyp. Bessere Flügel, besserer Gleitflug, mehr Auftrieb. Ich habe ihnen gesagt, dass wir mehr Testflüge benötigen.« Er lächelte June verlegen an. »Ich wollte nur meine Tochter wiedersehen«, sagte er und fuhr dann fort: »Die andere Drohne, die eben abgehoben ist, gehört zur ersten Generation. Sie haben vor ein paar Tagen die Verschlüsselungsprotokolle geändert. Ich habe schon lange nicht mehr die Kontrolle. Aber im Moment passiert irgendwas Schlimmes. Du musst verschwinden.«

»Ich gehe hier nicht weg«, sagte June grimmig. »Ich bin doch gerade erst gekommen.«

Peter sah hinauf zu den kahlen Granithängen, die das Tal umgaben. Er erkannte den Wasserfall, wo der Fluss durchrauschte, doch einen Pfad oder etwas Ähnliches konnte er nicht erkennen. Er hatte keine Ahnung, wo Lewis und Manny und dessen Leute den Wasserlauf überqueren würden.

Er hoffte, dass sie bereits hier waren.

Irgendwo versteckt zwischen den Bäumen.

Er wandte sich an den Yeti. »Würden Sie June bitte ins Haus bringen? Da ist es sicherer.«

»Du bist nicht mein Boss, Peter Ash«, sagte June.

»Ich weiß«, sagte er. »Du bist der Boss. Aber die Drohne ist ihr Himmelsauge. Vielleicht kannst du mit deinem Dad ihre Verschlüsselung abfragen, die Kameras abschalten.«

Sie sah ihn an. Sie hatte verstanden. »Gut.« Sie wandte sich an ihren Vater. »Komm, wir gehen ins Haus. Wir brauchen etwas Hilfe bei einer bestimmten Sache.«

»He«, rief Peter hinter ihr her. »Nimm deinen Laptop mit.«

Sie strahlte ihn an. »Alles klar.«

»Wir sollten alle reingehen«, sagte der Yeti. »Hier draußen ist es nicht sicher.«

»Wahrscheinlich haben Sie recht«, sagte Peter. »Aber ich muss noch etwas erledigen.«

50

Lewis

Anfangs lag er noch gut in der Zeit, obwohl der schmale, matschige Pfad extrem steil war. Trotz zerschlissener Boots machte seinen Beinen die zusätzliche Anstrengung nichts aus. Jahrelang war er regelmäßig einen hügeligen steinigen Trail am Milwaukee River entlanggelaufen, eine Fünfzehn-Kilometer-Schleife über zerklüftetes Gelände, mit einer zwanzig Kilo schweren Stahlplatte im Rucksack. Heute war sein Gepäck nicht ganz so schwer, bestand hauptsächlich aus Gewehr und Munition.

Ihn beunruhigte der Kerl hinter ihm.

Der Weg war gar kein richtiger Weg, und wenn man die Reihe der primitiven Zeltplätze hinter sich gelassen hatte, gab es eigentlich überhaupt keinen Grund, sich hier aufzuhalten. Der Kerl war ein Könner, eindeutig. Lewis hatte mal das Tempo angezogen, dann wieder gedrosselt, war umgekehrt, hatte alle Tricks angewendet, Zeit verloren unterwegs, aber den Kerl nur zweimal gesehen, flüchtig, an Stellen, wo sich der Weg in langen ausladenden Kurven um den Berg wand. Gehört hatte er ihn viermal, dank einer Laune der Akustik, als auf den Geröllhalden unter seinen Schuhen die Steine schurrten und das Geräusch von den hohen Granitwänden widerhallte.

Der Kerl hätte genauso gut ein Geist sein können.

Am frühen Nachmittag kam Lewis zu dem Schluss, dass er den Scheißkerl eben einfach auf seine Art übertrumpfen musste. Also legte er einen Zahn zu.

Lewis war ein Stadtmensch, lehnte den Hype um unberührte Natur ab. Praktische Erfahrung hatte er bei zwei längeren Einsätzen gesammelt, als Gefreiter in den afghanischen Provinzen, in Regionen, die große Ähnlichkeit mit dieser Landschaft hatten, steil und fragil und staubtrocken. Weite Blicke über Felsen und Gestrüpp hin zu improvisierten feindlichen Feuerstellungen, die alle fünf Minuten wechselten. Die Landschaft gefiel ihm, wenn niemand auf ihn schoss, aber das kam selten vor, da, wo er stationiert gewesen war. In der Army hatte er viel über Berge und Taktik und Waffen gelernt, was später ganz praktisch gewesen war. Die Army hatte ihm auch beigebracht, dass niemand auf ihn aufpassen würde, dass er auf sich allein gestellt sein würde, aber das war vorher nicht anders gewesen. Zurück zu Hause, hatte er mit all diesem Wissen Chancen wahrgenommen, die sich anderen vielleicht nicht geboten hätten. Die Arbeit war nicht im strengen Sinn legal, erfüllte ihn aber auf eine besondere Art und verletzte auch keine Zivilisten. Manchen half sie sogar, von einem bestimmten Standpunkt aus betrachtet.

Dann hatte er Peter kennengelernt, sie waren in eine wüste Geschichte geraten in Milwaukee, und alles änderte sich schlagartig für ihn. Dinah und ihre beiden Kinder waren in sein Leben getreten, was Lewis nie für möglich gehalten hätte. Er war wahnsinnig dankbar, gleichzeitig war das neue Leben ein Schock. Mittagessen kochen, Elternsprechtag in der Schule, die Kinder vom Sport abholen. Man wurde belohnt, keine Frage, aber es fehlte der Thrill. So wie früher.

Diesen Einsatz für Peter betrachtete er als Auffrischung, die nötige Dosis, um das nächste Jahr zu überstehen. Wenn das hier erledigt war, wäre er bereit, zu Dinah und den Jungen und häuslicher Beschaulichkeit zurückzukehren. Redete er sich jedenfalls ein.

Seit jetzt zwei Stunden hatte Lewis nichts mehr von dem

Geist gesehen oder gehört. Er mampfte eine Handvoll Trailmix, passierte einen langen Quergang, dann ging es über einen breiten Sattel und wieder bergauf, Augen und Ohren immer offen. Gegen Mitternacht sollte er Peters Freunde treffen, an einem der Schneefelder in den höheren Lagen. So konnten sie früh aufbrechen zu dem Pass, wo der Fluss über mehrere hundert Meter in die Tiefe stürzte. Auf der Karte hatte er den Wasserfall gefunden, jedoch nichts, was nach einem markierten Abstieg aussah. June hatte gesagt, sie sei dort mal abgestiegen, aber das war fast fünfzehn Jahre her. Steinschlag, Lawinen, das Wirken von Eis und Schnee – wer weiß, wie es dort heute aussah.

In den Bergen veränderten sich die Bedingungen schnell.

Der Weg war bis zur Unkenntlichkeit ausgetreten, als er unerwartet in einer Serie von Serpentinen wieder bergauf führte. Oben angekommen, blieb Lewis stehen, trank einen Schluck Wasser und konnte von hier aus schließlich die Gestalt unter ihm deutlich erkennen; sie hielt den Kopf gesenkt und marschierte gleichmäßigen Schrittes zügig voran.

Der Kerl war kein Geist. Und er holte auf.

Es konnte aber auch einer von hier sein, jemand, der eine Wanderung unternahm. Der Postbote an seinem freien Tag. Durchaus möglich.

Unwahrscheinlich, aber möglich.

Lewis nahm sein neues Nikon-Fernglas. Durch den Schleier der Bäume meinte er einen schwarzen Lauf aus der Rucksacköffnung des Fremden ragen zu sehen.

Kein schöner Anblick.

Sein eigenes Gewehr, zusammengesetzt, geladen und entsichert, war an sein Gepäck geschnallt, bei Bedarf griffbereit. Er konnte von hier aus schießen und würde den Mann höchstwahrscheinlich treffen, das Problem aus dem Weg schaffen.

Oder einen Zivilisten töten, der nur Eichhörnchen für seinen Schmortopf jagte.

Vielleicht würde der Schuss danebengehen, was auch Lewis beim Schießen bergab mit einer unbekannten Waffe passieren konnte. Dann hieß es Deckung suchen, schießen, weiterlaufen, es würde den ganzen Zeitplan durcheinanderbringen.

So oder so, es lohnte nicht. Noch nicht.

Er wich vom Weg ab, kletterte steil bergauf durch den spärlicher werdenden Forst, um durch die Abkürzung noch vor Einbruch der Dunkelheit die Schneegrenze zu erreichen.

Als er an eine weite weiße Senke kam, konnte er unter dem Schnee das Schmelzwasser rauschen hören. Hier und da ragten kahle schwarze, offenbar von den Gipfeln herabgestürzte Gesteinsbrocken aus der Fläche hervor. Das Licht ließ nach, doch er erkannte deutlich Spuren im Schnee.

Es waren mehrere Schuhabdrücke, sehr wahrscheinlich Peters Freunde, der Geistermann konnte ihn unmöglich überholt haben. Aber vielleicht war er ja noch hinter ihm, und Lewis wollte auf keinen Fall auch noch seine eigenen Spuren im Schnee hinterlassen oder gar in dem Licht, das sich in dieser Höhe immer noch hielt, vor dem Hintergrund der gefrorenen weißen Mondlandschaft bemerkt werden.

Er suchte Deckung zwischen kleinen Krüppeltannen und fing an, die Schneeverwehung zu umrunden, schaute hinter sich nach dem Wanderer, vor sich nach Peters Freunden. Wenn nicht von dem Wanderer könnte er ebenso von einem Wachposten, den Peters Freunde aufgestellt hätten, niedergeschossen werden. Und das wäre wirklich verdammt schade, abgesehen davon, dass er auch Peter im Stich lassen würde.

Und schließlich gab es noch Dinah und die Jungen, aber diesen Gedanken verdrängte er lieber, während er sich langsam und leise den Weg durch Schnee, Kälte und Wind bahnte.

Es war stockdunkel, und er hatte die Verwehung halb

umrundet, als er sie entdeckte, ein Schattenbündel im Schutz eines überstehenden Felsens. Er setzte sich hin und suchte das Gelände nach dem Wachposten ab, entdeckte ihn schließlich auf einem Steinhaufen in der Mitte der Verwehung. Musste saukalt sein, aber der Posten hatte das ganze Schneefeld im Blick, ausgenommen den Fels in seinem Rücken, der die Sichtachse blockierte. Man hätte fünfundvierzig Meter durch tiefen Schnee laufen müssen, um ihn zu erreichen. Das hätte niemand geschafft.

Diese Stiernacken waren schon ziemlich gut, dass musste er ihnen lassen.

Er marschierte mit einem Lächeln die blockierte Blickachse entlang auf ihr Lager zu, die Hände leer und deutlich sichtbar und pfiff leise durch die Zähne: *From the halls of Montezuma.*

Sie waren zu fünft, trugen verblichene grüne Winterkampfmontur und Rollmützen. »Scheiße, ey.« Der Mann in der Mitte der Gruppe stand zur Begrüßung auf. Seine Stimme war leise, sein Gesicht braun und nachdenklich, seine Statur so breit wie hoch. »Du musst Lewis sein.«

»Und du bist Manny.«

Sie hatten weder Lagerfeuer noch Zelt, und nach Sonnenuntergang lag die Temperatur jetzt unter null. Die anderen vier Männer erhoben sich ebenfalls und stellten sich vor.

»Wie hast du es bis hierher geschafft?«, fragte ein Mann mit hohen Wangenknochen, einer mehrmals gebrochenen Nase und traurigen Augen. Er hieß Laukkanen, und er schien nicht verärgert, nur neugierig. Lewis war sich darüber im Klaren, dass sein Trick, außen um das Schneefeld herumzugehen, nicht zweimal funktionieren würde.

»Ich wusste Bescheid«, sagte Lewis. »Dass ihr hier oben seid und einen Wachposten aufgestellt habt. Ich habe mich zwischen den Bäumen durchgeschlagen, bis ich euch entdeckt habe. Den Wachposten habe ich erst ganz zum Schluss gesehen.«

»Du warst mit Ashes zusammen bei den Marines?« Die Frage stellte Saunders, dessen Haut so dunkel war, dass sie in dem Schnee fast blau schimmerte. Er war der schwärzeste Mensch, den Lewis je gesehen hatte, und das waren nicht wenige.

»Nein«, sagte Lewis. »Wir haben uns erst später kennengelernt. Warum nennst du ihn Ashes?«

Saunders lachte, seine Zähne blitzten auf in dem dunklen Gesicht. »Hey, der Bruder hat das Feuer herabgerufen. Hat sie weggepustet, die Frevler.«

Hightower, der Größte der Gruppe, ein Redbone mit Aztekennase, schüttelte nur den Kopf. Lewis sah zu Manny, in dessen Gesicht es leicht zuckte, was man als Lächeln deuten konnte. »Sanders hat sich drüben eine Privatreligion zurechtgezimmert. Die Hand Gottes und so. Wir hatten gedacht, das würde sich legen, aber es hat sich eher bei ihm eingenistet.« Er zuckte mit den breiten Schultern. »Was tut man nicht alles, um zu überleben?«

»Erwartet ihr noch eine Nachhut?«, fragte Lewis. »Auf dem Weg hinter mir war jemand, der ein ziemlich langes Gewehr im Rucksack trug.«

Sie wurden hellhörig. »Nein«, sagte Manny. »Wir sind nur zu fünft.« Er sah den vierten Mann an. »Willst du mal gucken?«

Blanco, sehr blass, graue Augen, weißblonde Haare, war der Kleinste der Gruppe, schlank wie ein Reh, selbst in der Winter-Montur. Er stand auf, folgte Lewis' Fußspuren zurück zum Rand des Schneefelds und tauchte ins Unterholz ein. »Blanco kann sich an einen Kojoten heranschleichen. Und laufen ohne schlappzumachen. Ein Naturwunder.«

Sie setzten sich wieder hin, das Gewehr auf den Schenkeln, schauten über das mondbeschienene Schneefeld nach

Zeichen von Bewegung. Nach einigen Minuten kehrte Blanco zurück.

»Keiner da«, sagte er.

Lewis verteilte die Walkie-Talkies, erläuterte ihnen Abschnitt für Abschnitt die topografische Karte, hob den von June markierten Felsvorsprung hervor, wo er mit der Winchester Posten beziehen wollte.

Nachdem sie alles genau studiert hatten, machten sie sich für die Nacht fertig, manche in Schlafsäcken, andere nur mit einer Survival-Decke. Lewis wickelte sich in einen Biwaksack, tauchte einen Finger in eine Portionspackung Instantkaffee und lutschte das Pulver von der Fingerspitze, wie er es schon als Kind mit Kool-Aid gemacht hatte. Das Schneefeld im Blick, hielt er Ausschau nach Geistern.

Es tauchte keiner auf.

Beim ersten Tageslicht waren sie auf den Beinen, die Luft knackig frisch, die Atmosphäre unwirklich, bedingt durch den wenigen Schlaf und die Unsicherheit, wie der bevorstehende Tag verlaufen würde. Sie überprüften ihre Ausrüstung und rollten in der Kälte mit den Schultern. Harms, der Wachposten, stieß zu ihnen und beklagte sich, ihm wären die Eier abgefroren, jemand solle sie ihm anwärmen. Laukkanen antwortete, er sei selbst Schuld, weil er sie zum Spielen rausgenommen habe, statt sie zu lassen, wo sie hingehörten.

Sie folgten dem anschwellenden Schmelzwasserfluss bis zum Rand der Klippe, wo er in die Tiefe stürzte. Lewis stand auf einem kleinen Felsband und suchte mit flauem Magen nach einem anderen Abstieg als der schmalen, vom Gischtwasser nassen Steintreppe.

Unten wartete Peter.

Lewis ging los. Ein Schritt nach dem anderen.

51

Shepard

Shepard stand am Rand des Abhangs, und vor ihm öffnete sich das Tal. Er beobachtete, wie die Kolonne der Männer die Felswand hinabstieg.

Sein Hauptkunde hatte endlich Kontakt mit ihm aufgenommen. Der durch die widerstreitenden Interessen entstandene Konflikt war beigelegt. Shepard begrüßte die Klarheit.

Es hatte ihn viel Kondition gekostet, um mit dem Mann aus dem Escalade von gestern mitzuhalten. Am Rand des Schneefeldes, als die ersten Sterne am Himmel aufleuchteten, war Shepard stehen geblieben. Reiner Selbsterhaltungstrieb hatte ihn daran gehindert, ins Freie zu treten.

Er redete sich ein, dass es nicht darauf ankam. Er wusste auch so, wohin der Freund des Beschützers ging, und bei der Dunkelheit würde er ihm nicht mehr folgen. Shepard marschierte denselben Weg zurück und fand ein Versteck für die Nacht. Er war erschöpfter, als er gedacht hatte.

Mit dem ersten Morgenrot hinter den Gipfeln im Osten stand er wieder am Rand der schneebedeckten Senke. Als er die vielen unterschiedlichen Fußspuren im Schnee entdeckte, wurde ihm klar, dass ihm immer noch entscheidende Informationen fehlten.

Shepard war kein Freund von Überraschungen.

Er hatte sich in der Dunkelheit am Waldrand hingekniet und die Spuren untersucht, als sich wie aus einem Nebel der Schatten eines Wachpostens über dem Steinhaufen in der Mitte des Schneefeldes löste. Shepard hatte sich still verhalten und auf seinen Tod gewartet, doch der Posten hatte ihn nicht entdeckt, hatte sich abgewandt und war wieder gegangen. Shepard war der Vernichtung nur knapp entronnen.

Wieder ein Zeichen, dachte er. Dass sein bisheriges Leben sich dem Ende zuneigte.

Nicht, dass es etwas geändert hätte.

Er ging am Rand des Schneefeldes entlang und entdeckte, im Schutz eines Felsblocks, das verlassene Biwak der Männer. Ein guter Platz, so einen hätte er auch ausgesucht, und außer den Abdrücken im Schnee, wo sie gesessen oder geschlafen hatten, und den Fußspuren, hatten sie nichts hinterlassen. Noch ein Tag, und die unaufhaltsame Schmelze hätte auch diese Anzeichen unleserlich gemacht.

Shepard konnte den Escalade-Mann in der an der Felswand absteigenden Kolonne gut erkennen, sein Geschick war auffallend. Es lag eine gewisse Schönheit darin. Bei ihnen allen.

Es wäre schade, sie zu töten, sollte der Befehl dazu kommen. Wenn überhaupt einer kam. Noch war ihr Schicksal nicht entschieden. Das gesamte Unternehmen hing in der Luft, ungeklärt, wartete nur auf ein Wort.

Ob das auch ein Zeichen war?, fragte er sich.

Er schaute hinunter ins Tal, wo ein Paar identischer goldener Adler sich von den Aufwinden tragen ließ und nach Fressen suchte, das sie bis zum nächsten Tag ernähren würde. Wahrscheinlich traf es eins der vielen kleinen Säugetiere, die in den Obstplantagen lebten, vielleicht sogar eine junge Ziege – ein Zicklein, dachte er, ein Kind –, das die Sicherheit seines Stalls verlassen hatte. Ein Tod, der nötig ist, um das Leben zu erhalten. Die Ordnung der Dinge.

Wäre er, im Ruhestand mit seiner Tomatenzucht beschäftigt, immer noch dieser Ansicht? Immer noch so fasziniert von dem unerbittlichen Mahlstrom des Lebens?

Wenigstens schrien Tomaten nicht auf, wenn man sie vom Stiel pflückte.

Und sie versuchten auch nicht, dich zu töten.

Diese Möglichkeit war es, die ihm das Interesse am Abenteuer des Lebens bewahrt hatte.

Er schaute hinauf zu den Adlern, jenseits des Talrands, wo ein weiterer goldener Vogel kreiste und beobachtete.

Shepard winkte dem Vogel zu und machte sich an den Abstieg.

52

Peter

Peter hatte die Karte im Kopf. Den Verlauf des Tals, die Gebäude, die June gestern eingezeichnet hatte. Doch es war nicht dasselbe wie die Landschaft. Die musste er mit eigenen Augen sehen.

Er holte die .357er des LKW-Fahrers unter dem Sitz seines Trucks hervor und fädelte seinen Hosengürtel durch das neue Holster. Er nahm den Tagesrucksack mit den beiden Glocks und der zusätzlichen Munition, dazu das Fernglas, eine Literflasche Wasser und mehrere Energieriegel. Kein Grund, unbewaffnet und unterzuckert auf Chip Dawes' Auftauchen zu warten.

Das Walkie-Talkie ließ er liegen. An sich wäre ein Funkgerät praktisch, aber nur eins ohne Ohrmuschel. Er wollte sich nicht durch das Krächzen im Lautsprecher verraten und damit preisgeben, dass er Hilfe holen konnte. Er musste Manny finden, persönlich, und spontan einen Plan entwickeln. Sie wissen lassen, dass der Yeti nicht die zentrale Figur war.

Wo Lewis sein würde, wusste er. Er konnte den Felsvorsprung von seinem Standort aus erkennen. Es war eine gute Wahl.

Sie hatten so etwas schon mal absolviert, alle Beteiligten.

Dawes war einer, der sich vorbereitete und plante und so viele seiner noch übriggebliebenen Leute wie möglich mobilisieren, aber dann zügig vorrücken und hart zuschlagen würde.

Eher heute als morgen, dachte Peter.

Mit der Gehschiene würde er nicht weit kommen, und er wollte beweglicher sein als mit seinem Truck in diesem durch keine Straßen erschlossenen Tal. Er humpelte zu einem aus Holzresten gezimmerten und mit Trockenbauschrauben zusammengehaltenen Fahrradständer seitlich der Scheune. Die grau verwitterte Konstruktion wies eine bedenkliche Schlagseite auf, bot aber einem alten Trek-Mountainbike immer noch Halt. Peter stieg auf den Sattel und fuhr einen ausgetretenen Trampelpfad entlang.

Er wollte mit Oliver sprechen, dem jungen Mann mit der glatten Gesichtshaut.

Und mit Sally. Mit Sally Sanchez vor allem.

Sie würden heute in der Obstplantage gemeinsam zu Abend essen.

Der Pfad war matschig und furchig, es ging auf und ab, der Topografie des Bodens folgend. Nach nur einer Minute kam er an das von schützenden Ahornbäumen umgebene Farmhaus, aber es war kein Lebenszeichen zu sehen. Kein Licht, keine an der Veranda abgestellten Fahrräder. Auf Junes Karte war dies das Haus des Yeti, vielleicht auch Sallys Haus, so wie sie darüber gesprochen hatte.

Die ganze Unterhaltung war äußerst seltsam gewesen, dachte er. Oliver, der mit seiner Forke stumm dagestanden hatte, während Sally munter plapperte, als wäre alles völlig normal. Er fragte sich, wie viel Sally wusste.

Der Pfad weitete sich zu einem zweispurigen Weg mit Grasnarbe in der Mitte, einem Feldweg, der zur Plantage führte. Peter trat weiter in die Pedale, ohne Schmerzen im Bein, aber das würde nicht lange andauern. Er näherte sich einem eingeschossigen, von Bäumen umstandenen Gebäude mit weißen Seitenwänden, Giebeldach und überdachter Veranda. Es war nicht eingezeichnet auf Junes Karte. Die Fenster standen offen, und der verführerische Duft von Cabrito in Soße strömte nach draußen.

Er dachte an Sally, wie sie die Ziege getätschelt hatte, während sie sich darüber unterhielten, was sie heute Abend essen würden.

Neben den Stufen zur Veranda parkte ein Ford-Pritschenwagen aus den 70ern mit zwei großen Kühlboxen auf den verzogenen Holzplanken. Fenster heruntergekurbelt, Schlüssel im Anlasser, als hätte man ihn seit Jahren nicht mehr herausgezogen. Ob June sich mit diesem Truck das Fahren beigebracht hatte?

Peter stieg vom Rad, erklomm die Stufen zur Veranda und klopfte an die offene Tür. Keine Antwort.

Er trat ein und befand sich in einer Großküche. Auf einem Schneidebrett, neben einem fünfundzwanzig Zentimeter langen Messer, häuften sich Brokkoliröschen, bereit zum Garen. Es war kein Mensch da. Auf der Theke ein Dutzend Tomaten, die vielleicht als Nächste unters Messer kommen würden. In der Spüle tropften in einem Edelstahlsieb Salatblätter ab. In dem Doppelbackofen je ein Bräter mit geschmortem Ziegenfleisch, das in einer dickflüssigen roten Soße schwamm.

Alles für das gemeinsame Abendessen in der Obstplantage.

Durch eine Pendeltür gelangte er in einen leeren Speisesaal. Vier Brettertische, angeordnet wie in einer Mensa, und eine größere Anzahl unterschiedlicher Stühle. Immer noch kein Lebenszeichen. Hier versammelten sie sich zum Essen und sprachen über die Fortschritte, die sie tagsüber gemacht hatten.

Oder schmiedeten Mordpläne. Wer weiß.

Peter stellte alle möglichen Vermutungen an.

Er stieg wieder aufs Fahrrad und folgte dem Feldweg zur Obstplantage. Ziegen rupften Gräser.

Für Minuten radelte er unter einem Dach aus knospenden Zweigen entlang, ehe er auf den Rohbau stieß, den er bereits von der Straße aus gesehen hatte, halb versteckt unter den Bäumen, auf einer leichten Anhöhe, eine hübsche Stelle. Herrlich, wenn die Apfelbäume erst in voller Blüte standen.

Die Holzrahmenkonstruktion im ersten Geschoss war zum größten Teil verkleidet, und die ersten Dachbalken waren gesetzt. Die Tür eines Bauwagens stand offen, innen ordentlich aufgereiht Geräte und Maschinen, auf einem Stapel Bauholz ruhten in liegenden Achten vier alte Werkzeuggürtel aus Leder. Auf zwei Sägeböcke abgelegt eine Dachsparre, in der eine Handkreissäge feststeckte. Peter berührte den Motor, er war noch warm.

Er setzte seine Fahrt den Feldweg entlang fort, der ihn zu einer größeren Lichtung in der Plantage brachte. In einem windschiefen Schuppen war ein Case-Traktor mit diversem Zubehör untergestellt, in einem extra Lagerraum stapelten sich Lamellenkisten für die Äpfel. An einer Wand lehnten nebeneinander Drei-Holm-Leitern. Hinter dem Schuppen, auf einem Flecken frischgemähten Gras, standen, in einer Reihe, fünf Picknicktische aus Holz. Ein zweites Lastenrad, blau, auf der Pritsche ein Stapel Tischtücher und eine Plastikkiste mit Tellern, Besteck und Servietten.

Keine Menschenseele weit und breit.

Hier also sollte das Essen stattfinden. Die Vorbereitungen waren noch im Gang.

Warum hatten sie sie unterbrochen?

Und wo waren all die Leute?

Er stieg ab und suchte zwischen den knorrigen Bäumen nach den Obstpflückern, die er von der Straße aus gesehen hatte. Nichts. Er lehnte eine lange dreiholmige Obstleiter an die Traufe des Geräteschuppens und kletterte aufs Dach. Kein einfaches Unterfangen mit der Gehschiene, aber das Dach war nicht besonders steil.

Mit dem Fernglas aus dem Rucksack suchte er die Gegend ab, konnte von der Höhe aus auch die Gewächshäuser sehen, doch von Sally oder Oliver keine Spur. Vielleicht hielten sie sich in den Häusern auf, dachte er. Aber wo war dann Sallys rotes Fahrrad? Auf den Feldern jenseits der Straße arbeitete niemand. Auch keine Spur von Manny und seinen Leuten, keine Spur von Lewis.

Überhaupt kein Lebenszeichen.

Nicht mal die goldene Drohne war zu sehen. Vielleicht flog sie zu hoch, überlegte er. Vielleicht suchte sie außerhalb des Tals nach Chips Männern. Vielleicht kam es auch gar nicht auf die Drohne an, wenn kein Mensch draußen unterwegs war.

Das Dach war kein guter Aussichtspunkt, dachte er. Nicht hoch genug. Er fand mit dem Glas den Felsvorsprung, von dem aus Junes Vater Raubvögel beobachtet hatte. Er war mindestens dreißig Meter hoch. Die Aussicht wäre unvergleichlich besser. Er sah keine Menschen, nur kurz etwas aufblitzen. Vielleicht war Lewis längst da.

Er hatte kein gutes Gefühl.

Als wäre die ganze Operation von einem anonymen Dirigenten orchestriert worden.

Das Fahrrad brachte ihn weiter, bis der Boden zu holprig und steil wurde. Die Talsohle stieg zu den Bergrücken ringsum an, aus dem Schwemmboden wurde Stein. Er stellte das Fahrrad an einem Findling ab und marschierte zu Fuß weiter. Sein Bein fing an zu schmerzen, und er zerbrach sich den Kopf darüber, ob es wohl stimmte, was er bereits ahnte.

Noch vor einer Stunde hatte er geglaubt, der Yeti stecke hinter alldem. Der Yeti habe Chip engagiert, für ihn die Drecksarbeit zu erledigen, Junes Mutter zu töten und den Algorithmus an sich zu bringen. Doch der Yeti war in diesem Spiel kein Player, höchstens am Rand, es sei denn, er hatte eine gespaltene Persönlichkeit oder hatte Peter und

June gründlich hereingelegt. Wer hatte Chip dann engagiert? Oder handelte er auf eigene Faust? Hatte er den Yeti manipuliert, der mit seinen eigenen gruseligen Hightechmethoden nur auf seine entfremdete Tochter aufpassen wollte?

Aber woher wusste Chip überhaupt von dem Algorithmus?

Der Weg hinauf zu dem Felsvorsprung verlief steil und kurvenreich. Eigentlich war es kein richtiger Weg, vielmehr eine gewachsene Kraxelroute mit Zwischenstationen, markiert durch verblasste weiße Farbpunkte auf dem Stein. So wie Junes Seile in den Redwoods zeigten sie den Weg bergauf. Peter kletterte zügig, die Gehschiene hinderte ihn, und der Knochenbruch meldete sich stetig. Der Duft der Zedern, die in den sonnenerhitzten Felsspalten wuchsen, mischte sich mit seinem Schweißgeruch.

Kurz vor dem Gipfel sah er die aus groben Zedernbalken zusammengezimmerte Schutzhütte, einen offenen Würfel mit einem einfachen Blechdach. Wie eine verglaste Veranda, nur ohne Fensterscheiben. Peter war nicht gerade leise, schließlich wollte er nicht von den eigenen Leuten beschossen werden, aber von Lewis war noch nichts zu sehen.

Er überwand die letzte brüchige Bergschulter, näherte sich der Hütte von hinten und sah Sally Sanchez auf einem Stein im Schatten sitzen. Sie hielt ein großes Fernglas in der Hand, wirkte entspannt und lächelte Peter an. »Da sind Sie ja«, sagte sie. »Ich habe Sie schon früher erwartet.«

Neben ihr stand ein Mann, den Peter vorher noch nicht gesehen hatte. Er war etwa zehn Jahre älter als Peter, kräftig, nicht dick, vielleicht ein Berufsoffizier, dessen Knie nicht mehr mitspielten, aber fürs Krafttraining reichte es noch. Er stand, die Füße leicht auseinander, mit dem Gewicht auf den Zehenspitzen, die großen Hände offen und bereit zuzupacken. Die Nase war mindestens einmal gebrochen. Er trug ein gestärktes Khakihemd, einen verblichenen US-Army-Kampfanzug in Tarnfarbe, dessen Hose in abgetragenen Wüsten-Kampfstiefeln steckte. In einem Schulterholster auf der linken Seite eine Handfeuerwaffe, was bedeutete, dass er Rechtshänder war.

Er stellte sich nicht vor, blickte auch nicht sonderlich freundlich. Das farblose Haar war extrem kurz, wahrscheinlich schnitt er es sich zweimal wöchentlich mit einer Maschine selbst. Er beobachtete Peter äußerst interessiert.

Peter wiederum spürte dankbar die .357er des LKW-Fahrers an seiner Hüfte.

»June hat mir gesagt, dass die Aussicht von hier so toll sein soll. Sie hat recht.« Peter streckte dem untersetzten Mann die Hand entgegen. »Ich bin Peter.«

Der Mann wich zurück und blickte kurz zu Sally. Damit war geklärt, wer hier das Sagen hatte. Und dass sie etwas Angst vor ihm hatten.

Der Felsvorsprung war ein Wust aus Steinen, einigen breiteren in der Mitte, ganz vorne gab es einen über die Kante hinausragenden schweren Brocken. Peter schob sich an dem Mann vorbei, stieg auf den Vorsprung und sah hinunter ins Tal. Er hoffte, Lewis oder Manny und seine Leute zu entdecken.

Stattdessen sah er Oliver geräuschlos den Hang erklimmen, über denselben Weg wie Peter. Bei Oliver wirkte es leicht. Der Schmerz in Peters Bein war ein dumpfes stetiges Pochen, und die Kraxelei am Fels hatte seinen Rippen auch nicht gerade gutgetan.

Er drehte sich wieder zu Sally um, die jetzt eine mattgraue Halbautomatik gedankenverloren auf seine Brust richtete. Er sah die Erde aus dem Gewächshaus an ihren zupackenden Händen, und sie thronte immer noch gelassen auf ihrem Stein.

Sie lächelte Peter freundlich zu.

»Ich habe eine Idee«, sagte sie. »Nehmen Sie Ihre Kanone aus dem Holster, schön langsam, und werfen Sie sie über die Klippe.«

53

June

Sie hatte ihn fünfzehn Jahre nicht gesehen, aber sie hatte ihn die meiste Zeit ihres Lebens geliebt und gleichzeitig gefürchtet.

Mit dem Laptop unterm Arm folgte sie dem Yeti in die schwarze Scheune.

Nein, sagte sie sich. Er ist kein Yeti. Der Yeti ist ein Monster, vielleicht auch ein Mythos.

Er ist mein Vater. Sieh es doch mal so. Wenigstens vorerst.

Er führte sie durch den offenen Fertigungsbereich, wo sich die goldenen Drohnen selbständig abgestellt hatten. Es hätten noch leicht zwei weitere Drohnen Platz gefunden, selbst bei dem vielen anderen Zeug, das hier lagerte. Große kistenartige Geräte aus Kunststoff und Edelstahl mit verschließbaren Luken füllten zwei Wände. Den Rest der Fläche nahmen mobile Arbeitstische ein, auf denen einzelne Bauteile eines Gelenkmoduls lagen, das wie das Skelett eines Riesenvogels aussah, entweder ausgestorben oder noch nicht existent. Der Raum roch so wie ihr neuer Computer, als sie ihn gerade aus der Verpackung genommen hatte, das leicht chemische Aroma der New Technology.

»Die Teile für das Flugwerk werden von 3-D-Druckern gebaut«, sagte er und deutete auf die Maschinen. »Einige sind aus Kunststoff, einige aus Titan. In der besonders breiten Maschine da drüben werden die Solarzellen auf die Bespannung gedruckt, die Haut ist nur ein paar Moleküle dick.«

»Hast du nicht gesagt, ich sei nicht befugt?«, fragte sie, halb ironisch.

»Keine Geheimnisse mehr«, antwortete er sanft und machte ein trauriges Gesicht. »Ich habe zu viele Geheimnisse, und ich habe sie zu lange für mich behalten. Und jetzt kann ich mich nicht mal mehr an die Hälfte erinnern.« Er drückte ein paar Knöpfe auf einem Tastenfeld an der Wand, und eine Tür öffnete sich, hinter der eine Treppe auftauchte. Er machte eine einladende Geste. »Mein Büro ist da oben.«

Der erste Stock war ein Gewirr aus hohen Industrieregalen, beladen mit veralteten Geräten und lecken Autobatterien, zerknitterter Goldfolie für die Drohnenbespannung und gebrochenen Propellerflügeln, Plastikkisten mit Scherben und ausgemusterten Bauteilen. Wenn es ein Ordnungssystem gab, konnte sie es jedenfalls nicht erkennen. Es roch nach durchgeschmorter Elektroisolierung und Staub, der ganze Ort war ein gefundenes Fressen für ein Feuer, ein einzelner Funke hätte genügt. Während ihr Blick ungläubig über die angehäuften Trümmer des jahrelangen Experimentierens wanderte, ging ihr Vater voraus in das Labyrinth vor ihnen. Sie beeilte sich ihn einzuholen.

Sie bog um eine Ecke und sah einen offenen Raum im hinteren Teil der Scheune. Ihr Vater stand an den breiten Fenstern und blickte in das Tal, das sich vor ihm auftat. Als er ihre Schritte vernahm, drehte er sich um, im Gesicht den Ausdruck eines Menschen, der mit den Gedanken vollkommen woanders war, die stechenden blauen Augen nach innen gerichtet.

June kannte diesen Gesichtsausdruck. Aus ihrer Kindheit.

»Entschuldige«, sagte er. »Was hatten wir gerade vor?«

»Wir wollten versuchen, die Drohne unter unsere Kontrolle zu bringen«, sagte sie sanft.

»Ach ja.« Er setzte sich an einen Sperrholztisch, der irgendwann mal als Provisorium gedacht gewesen sein musste, aber wohl schon seit Jahren dort stand. Vor ihm eine Phalanx aus Computermonitoren, Festplatten und Kabeln. »Ich brauche nur eine Minute.« Er klapperte mit den Fingern auf der Tastatur. Der Hauptmonitor leuchtete auf, ein Fenster nach dem anderen erschien.

Über den Monitoren, mit Reißzwecken an die Wand gepinnt, hing ein Aquarell von einem Frosch, das June mit acht Jahren gemalt hatte.

Sie erinnerte sich, dass sie es damals für ihr bestes Bild gehalten und an seine Tür geklopft hatte, um es ihm zu schenken. Er hatte die Tür aufgemacht, ihr das Blatt abgenommen, es stirnrunzelnd betrachtet und gesagt: »Es ist gerade kein guter Zeitpunkt, Juniper.« Sie hatte das Bild nie wieder gesehen.

Es hingen noch andere Aquarelle von ihr an der Wand, Bäume und Frösche, ein paar Landschaften, ihre Versuche, die Bergrücken einzufangen, die das Tal umgaben. Bleistiftzeichnungen von dem Haus, in dem sie gewohnt hatten, der alte Schuppen, sein erstes Büro. Kritzeleien in Kreide und mit grellem Magic Marker, auf Bastelpapier, Schulheftseiten, Briefbögen, Schnipseln. Sie bedeckten die ganze Wand. June war keine begabte Künstlerin, dennoch hingen sie hier.

Sie sah sich daraufhin im Raum um. Fotos von June und ihrer Mutter, eine Galerie mit selbstgebastelten Vatertagsgrußkarten, ein halbes Dutzend Computerdarstellungen der verschiedenen Entwicklungsstadien der Drohne und auf der anderen Seite des Raums, auf einem kleinen Holztisch, ein 120-Liter-Aquarium. Ein paar Zweige und Steine, etwas Rinde und eine Plastikschüssel, in der eine Schnappschildkröte lag.

June erkannte die Schildkröte wieder. Sie hieß Mrs Turtle und hatte eine charakteristische Zeichnung auf ihrem

Panzer, drei hellgrüne Dreiecke in einem dunkelgrünen Kreis. Das Terrarium war eine von Junes Projektarbeiten aus dem Unterricht zu Hause gewesen, als sie elf Jahre alt war. June hatte alles Mögliche hineingetan, Frösche, Insekten, Würmer, doch Mrs Turtle hatte alle Tiere gefressen. Sie zwinkerte June zu, Perfektion nach 300 Millionen Jahren Evolution. Sie war gewachsen, seit June weggegangen war, war vielleicht sogar zu groß für das Terrarium geworden.

June ging zurück zu ihrem Vater am Computertisch und legte behutsam ihre Hände auf seine enormen Schultern. Die Berührung tat gut, sie hatte jetzt keine Angst mehr vor ihm. Vielleicht lag es an Mrs Turtle und dass sie immer noch lebte. »Kommst du voran?«

»Nein«, sagte er, ganz auf den Bildschirm konzentriert. »Die neuen Sicherheitsprotokolle sind sehr widerstandsfähig. Ich finde keinen Ansatzpunkt.«

»Das verstehe ich nicht«, sagte sie. »Wenn du hier nicht mehr der Chef bist – wer dann?«

»Kannst du dir das nicht denken?« Er drehte sich um und sah sie über die Schulter an. »Wer hat den Platz deiner Mutter eingenommen? Wer schmeißt hier seitdem den Laden?«

Es traf sie wie ein Schlag. Sie schüttelte den Kopf. »Das ist nicht wahr. Das glaube ich nicht.«

»Du willst es nicht glauben«, sagte der Yeti und wandte sich wieder dem Monitor zu. »Ich wollte es erst auch nicht glauben. Mittlerweile glaube ich, dass sie schon immer für sie gearbeitet hat. Ihre Agrarforschung war nur vorgeschoben, um zu gucken, was wir sonst noch so machen. Wegen ihr haben wir die Fördermittel bekommen. Damit sie die Führung übernehmen konnte.«

June dachte an den schlanken jungen Mann mit der Forke. »Wer ist Oliver?«

»Ich weiß nicht, wen du meinst. Einer von den Sicherheitsleuten? Von denen kenne ich keinen mehr. Vielleicht liegt es an meinem Gedächtnis, vielleicht tauschen sie die Leute auch öfter aus als früher. Sie arbeiten ein bisschen auf der Farm und in der Schreinerei, aber sie patrouillieren auch durch das Tal. Einige sind erst vor ein paar Tagen gekommen. Da hat sich auch die Chiffrierung geändert.«

Seine Stimme wurde lauter. »Und ich komme nirgendwo mehr rein.« Er schlug mit seiner Pranke auf die Sperrholzplatte. Alle Gegenstände hüpften in die Höhe, und June musste sich zurückhalten, um nicht auch zu springen. Das war ganz der Alte. Unheimlich, eine Naturgewalt. Der Yeti.

Aber sie war jetzt erwachsen. »Immer mit der Ruhe, Dad. Vielleicht kann ich helfen.« Sie zog mit dem Fuß einen Stuhl heran, setzte sich und klappte ihren Laptop auf. »Habt ihr WLAN hier?«

Er schloss die Augen, atmete tief ein und aus und wurde sichtlich entspannter. »Natürlich. Willst du ins Internet?«

»Ich habe einen Freund, der sich bestens mit Sicherheitssystemen auskennt«, sagte sie. »Er heißt Tig3r.«

54

Peter

Sally ging ganz selbstverständlich mit der grauen Automatik um, als wäre sie von Kindesbeinen an Waffen gewöhnt. Es handelte sich um eine kleine Glock, leistungsstark, aber eher für verdecktes Tragen geeignet. Peter fand, dass sie ihr gut stand, wer immer die wahre Person war, die sich hinter der munteren Agrarforscherin verbarg.

»Und wenn nicht? Wollen Sie mich dann erschießen?«, fragte Peter. Er hielt die Ellbogen am Oberkörper, nur die Hände hoch, zur Seite, als schwebten sie in der Luft.

Olivers Kopf tauchte auf, dann der Rest des Körpers. Er keuchte kein bisschen nach der Klettertour vom Talboden hinauf, sein jugendliches Gesicht verriet keinerlei Anstrengung. Die Forke hatte er nicht mitgenommen.

»Erschießen ist auf jeden Fall eine Möglichkeit«, sagte Sally. Sie deutete mit dem Kopf zu dem Mann in Camouflagehose und mit Bürstenschnitt. »Eine andere wäre, Wilkes stößt Sie die Klippe hinunter.«

Wilkes sah kurz zu Oliver, dessen Ausdruck unverändert war, dann wieder zu Peter. Er verlagerte das Gewicht erneut auf die Zehen, stemmte die Arme in die Seiten, die Hände offen, seine Finger zuckten leicht.

Sally lachte, bleckte ihre weißen Zähne, und die Augenfältchen vertieften sich. Sie wirkte immer noch mütterlich und fröhlich, doch jetzt kam mehr und mehr ihre andere Seite zum Vorschein. Ihre berufliche, dachte Peter.

Ihr wahres Ich.

»Wir müssen das hier nicht auf die harte Tour machen,

Peter, oder? Wir beide wollen dasselbe. Wir wollen beide, dass June in Sicherheit ist. Und glücklich. Habe ich recht?«

»Was schlagen Sie vor?«, fragte Peter.

»Sie hat sich mit ihrem Vater versöhnt«, sagte Sally. »Ob sie will oder nicht, darum dreht sich ihr ganzes Leben. Die Beziehung zu ihrem Vater. Dann gibt es noch Sie. Vielleicht mag sie Sie, vielleicht mag sie Sie sogar sehr, mir egal. Aber eins kann ich Ihnen verraten, Jungchen. Sie sind einzig und allein am Leben, weil unsere June Gefallen an Ihnen gefunden hat.«

»Und Ihr Anteil?«, fragte Peter. Aber er wusste die Antwort bereits.

»Ganz einfach«, sagte Sally. »Ich mag das Mädchen gern, aber ich will den Algorithmus. Ich glaube, dass sie ihn irgendwo versteckt hat, aber ich kriege ihn schon noch, so oder so. Es liegt also an Ihnen. Entweder Sie schützen das Mädchen, indem Sie den Algorithmus herausrücken, oder Sie sind ein toter Mann.«

Unter Sallys professionellem Blick zog Peter vorsichtig mit zwei Fingern am Knauf die .357er aus dem Holster, hielt sie über die Klippe und ließ sie los. Er hörte sie mehrmals aufprallen. »Was jetzt?«

»Jetzt warten wir«, sagte Sally und nickte Wilkes zu, der eine Browning Automatik aus seinem Schulterholster zog und sie in der Hand seitlich am Körper hängen ließ. Sally steckte ihre Waffe in die Tasche ihrer Arbeitsjacke. »Und gucken zu.«

Sie holte eine Schultertasche hinter dem Stein hervor und entnahm ihr einen Tablet-Computer. Sie tippte auf die Glasscheibe, und der Schirm erwachte zum Leben. »Erstaunlich, wozu Technik heute in der Lage ist. Ich sehe einen Fahrzeugkonvoi aus der Vogelperspektive einer Drohne. Sie sind gerade in Lyle vom Highway 12 abgebogen, Wilkes.«

»Soll ich raten?«, sagte Peter. »Ein Mercedes SUV und einige Ford Explorer.«

»Unser Subunternehmer ist besoffen von der eigenen Wichtigkeit. Er will hier einen Aufstand veranstalten«, sagte sie, den Blick immer noch auf den Bildschirm gerichtet. »Übrigens gebührt Ihnen mein Dank. Sie haben zwischen Kalifornien und Seattle sein Personal erheblich minimiert. Das vereinfacht die Sache. Für unsere Leute verringert sich die Gefahr, verletzt zu werden.«

»Chip Dawes«, sagte Peter. »Er hat für Sie gearbeitet.«

»Dabei dachte er immer, er würde für Sasha Kolodny arbeiten«, sagte Sally. »Den berühmten verrückten Milliardär.« Sie schenkte Peter ein genüssliches Lächeln. »Und er war nicht der Einzige. Vielleicht habe ich zu dem Missverständnis beigetragen. Wir haben Sashas E-Mail-Konto gefälscht. Das Einsiedlerleben hat seine Nachteile, man will nicht persönlich mit jemandem in Kontakt treten. Wir kontrollieren seinen gesamten Online-Verkehr. So haben wir überhaupt herausgefunden, dass Hazel an einem Algorithmus bastelt. Sasha hat den Laptop seiner Frau gehackt, und wir sind auf den Zug aufgesprungen.«

Peter dachte an June, die gerade mit ihrem Vater am Computer saß, und was es bedeutete, dass Sallys Leute alles einsehen konnten, was über die Netzverbindung des Yetis lief. June hatte den Algorithmus vielleicht längst unwissentlich weitergegeben.

»Was springt für Sie dabei raus?«, fragte er. »Geld?«

Sie lachte. »Ich bin Angestellte des Staates, Peter. Natürlich nicht offiziell, aber mein Arbeitgeber ist Uncle Sam. Ich habe ein gutes Gehalt und zahle regelmäßig in meine Rentenkasse ein, das reicht mir. So wie Wilkes und Oliver. Wir versuchen, mit den Chinesen und Russen und den anderen Geheimdienstmächten mitzuhalten. Dieser Algorithmus würde uns einen gewaltigen Vorsprung geben.«

»Und was haben Sie damit vor?«

Sie schüttelte den Kopf. »Dafür bin ich nicht zuständig«, sagte sie. »Das liegt an Washington. Aber ich könnte mir da einiges vorstellen.«

Peter konnte sich ebenfalls einiges vorstellen. Manch Gutes konnte man damit bewirken, aber noch mehr Schaden anrichten. Und wer würde das entscheiden? Dieselben Idioten, die den Irakkrieg vom Zaun gebrochen hatten und die Afghanistan zugrunde richteten?

Er konnte nur hoffen, dass June den Algorithmus momentan nicht aktivierte.

Er sah zu Wilkes, der die Browning locker in der Hand hielt und Peter mit gleichgültiger Aufmerksamkeit beobachtete. Er spürte einen pochenden Schmerz im Bein und in der Brust, während Wilkes kompetent wirkte. Gegen ihn hatte er nichts zu gewinnen.

Oliver verfolgte das Geschehen mit neutralem Interesse, mit einem Auge immer den Pfad zum Felsvorsprung im Blick. Lewis würde es nicht schaffen, sich unbeobachtet zu nähern.

Peter konnte hier nichts ausrichten. Noch nicht.

»Wie kontrollieren Sie die Drohne?«, fragte Peter. »Sie fliegen ja nicht mit ihr.«

»Sie fliegt von allein«, sagte Sally. »Ich klicke ein Ziel an, und die Drohne gehorcht. Die Software zur Mustererkennung ist ausgezeichnet. Sie verfügt über gute Strategien der Neuausrichtung, falls das Ziel verlorengeht. Wir haben natürlich schon Verbesserungen in Planung. Deswegen brauchen wir den Algorithmus. Wir glauben, dass die Drohnen damit selbständig Entscheidungen treffen können, um unabhängig zu werden. Noch ein paar Hellfire-Missiles unten dran, und man kann sich ausmalen, welche Möglichkeiten uns damit offenstehen.«

»Ein intelligenter bewaffneter autonomer Flugroboter«, sagte Peter. »Was kann da noch schiefgehen?«

»Das ist die Zukunft«, sagte sie. »Sie wird kommen, ob wir wollen oder nicht.«

»Ich dachte, Sie seien Agrarwissenschaftlerin.«

»Ich bin auf einer Farm aufgewachsen«, sagte sie. »Sie würden sich wundern, was man mit Agrarwissenschaft alles anfangen kann. Ich wühle mit meinen Händen gerne im Dreck. Aber ich habe auch eine Ausbildung als Agentin.« Der Tablet-Computer gab ein kurzes Klingeln von sich. »Okay«, sagte sie. »Sie sind gerade am Abzweig angekommen. Mr Wilkes? Ihr Auftritt.«

»Ja, Ma'am.« Wilkes fasste sich hinters Ohr. Diese Seite von Wilkes' Gesicht hatte Peter noch nicht gesehen, wie ihm jetzt auffiel. »An alle Teams. Achtung. Zielperson hat die asphaltierte Straße verlassen. Wiederhole, Zielperson hat die asphaltiert Straße verlassen.«

»Nehmen Sie das Fernglas«, sagte Sally. »Gucken Sie es sich aus der Nähe an.« Sie warf Peter das schwere Glas zu. Er fing es in der Luft auf und ging bis zur Spitze des auskragenden Felsens.

Es war ein spektakulärer Aussichtsplatz. Peter suchte das ganze Tal ab, entdeckte aber keinen Menschen. Chips Mercedes würde wahrscheinlich den Schotterweg am Fluss entlangfahren, die Kolonne der Ford Explorer und eine riesige Staubwolke im Gefolge. Der Bergrücken versperrte ihm die Sicht. In wenigen Minuten würden sie die einspurige Brücke überqueren.

»Wo sind die Zimmerleute?«, fragte er Sally. »Die Farmhelfer, die anderen Wissenschaftler? Sind sie an einem sicheren Ort?«

»Mr Wilkes ist unser Sicherheitschef, aber er ist auch unser Vorarbeiter auf der Farm«, sagte sie. »Er ist in Iowa aufgewachsen. Seine Leute arbeiten in den Gewächshäusern und auf den Feldern, auch an den Gebäuden. Wir erweitern gerade die ganze Einrichtung, aber wir können es uns nicht leisten, Leute ohne Sicherheitscheck einzustellen. Das hier ist ein einzigartiger Ort. Und Sasha Kolodny ist ein bedeutender Zugewinn für die nationale Sicherheit. Sie glauben gar nicht, was der Mann alles in seinem Kopf mit sich herumträgt. Was die wissenschaftlichen Mitarbeiter betrifft, die haben wir vor ein paar Tagen nach Hause geschickt, in Erwartung der bevorstehenden Ereignisse. Wenn wir hier aufgeräumt haben, kommen sie alle wieder zurück.« Erneut klingelte ihr Tablet. »Mr Wilkes. Sie nähern sich dem Tor.«

Wilkes fasste sich wieder ans Ohr. »An alle Teams. Zielobjekt ist am Tor. Wiederhole: Zielobjekt ist am Tor. Scharfmachen.«

Peter sah, wie der Mercedes SUV mit gedrosselter Geschwindigkeit aus dem schmalen Hohlweg auftauchte. Er fragte sich, ob Chip am Steuer saß oder ob er seinen Bodyguard wieder in Dienst genommen hatte. Der Mercedes glitt weiter vorwärts, da schob sich hinter ihm ein schwarzer Explorer aus der Rinne, dann ein zweiter, dann ein dritter. Mindestens acht Leute, möglicherweise bis zu sechzehn. Ein ganzer Trupp, schwer bewaffnet, wahrscheinlich gepanzert.

Als auch der letzte Explorer die enge Durchfahrt passiert hatte, preschten alle vier Autos die schnurgerade Straße entlang, im Abstand von jeweils drei Fahrzeuglängen. Es sah aus wie ein diplomatischer Konvoi, aber es war keiner. Chip dachte, eine reine Machtdemonstration, ein Haufen starker Männer mit Sturmgewehren würde ausreichen, das Gelände des verrückten Milliardärs zu übernehmen, so wie man einem Kind seine Süßigkeit wegnahm.

Er wäre besser mit zwei Toyota-Kampfwagen angerückt, dachte Peter, mit schwerem Geschütz auf der Pritsche. Oder mit MRAP-Gefechtsfahrzeugen, Bradley-Schützenpanzern und Unterstützung aus der Luft.

Sally würde nicht lange fackeln, da war sich Peter sicher.

Der Mercedes erreichte den Rand der niedriger gelegenen Obstplantage, die Explorer folgten in Formation. Das Dröhnen ihrer Motoren hallte von den Berghängen wider. Als das letzte Fahrzeug auf der Höhe der Bäume war, sah Peter einen langen, stummen, flackernden roten Feuerschein aus dem Obstgarten hervorschießen und den Vorderreifen des Mercedes treffen, der daraufhin absackte und schlotterte, bevor man das langgestreckte typische Knattern einer Minigun vernahm.

Der Mercedes musste schwer gepanzert sein, um den fünf Sekunden währenden Beschuss eines Maschinengewehrs standzuhalten. Die Minigun, mit der Peter trainiert hatte, konnte 3000 Schuss in der Minute abgeben, Kaliber 7.62, also fünfzig Schuss in der Sekunde. Meistens waren Hubschrauber und Sturmboote damit bestückt. Dennoch, der SUV war kein echter Panzer, und der schiere Umfang des nur kurzen Beschusses hatte die Vorderreifen des Mercedes geschreddert und offenbar ein entscheidendes Element in der Mechanik zerstört.

Der erste Explorer im Gefolge scherte aus und suchte hinter dem Rumpf des lahmen Mercedes Deckung vor dem Maschinengewehrfeuer. Aus den von der Straße abgewandten Türen quollen bewaffnete Männer, die offenbar schusssichere Westen trugen, und hockten sich hinter das Vorderrad und den Motorblock.

Peter konnte sich die Gespräche zwischen ihnen gut vorstellen. War das ein Einschüchterungsversuch oder ein echtes Feuergefecht?

Der Fahrer des zweiten Explorers machte eine Vollbremsung, als Vorbereitung eines Ausweichmanövers, doch der Minigun-Schütze erwischte das Fahrzeug und siebte es um. Die Schüsse gingen glatt durch das Blech, anscheinend war nur der Mercedes gepanzert.

Es räumte die letzten Zweifel aus.

Leuchtspurmunition setzte die Kunststoffteile im Innern und den gerissenen Benzintank in Brand. In nicht mal dreißig Sekunden brannte der Ford lichterloh. Keiner der Insassen war entkommen. Peter hörte Wilkes hinter sich seelenruhig seine Befehle geben.

Der Fahrer des dritten Explorers fand noch Zeit, den Rückwärtsgang einzulegen, mit Vollgas knapp hundert Meter zurückzusetzen, dann übersteuerte er den Wagen, hielt zu stark dagegen und rutschte seitlich in ein Feld. Bevor er die Kiste wieder zum Laufen bringen konnte, zerbröselte die Front unter dem schweren Beschuss zweier knatternder Maschinengewehre. Sie hörten sich an wie alte M249 Standardmaschinengewehre, die Peter aus seinen Auslandseinsätzen kannte.

Die Minigun verstummte. Wilkens gab weitere Befehle. Von seinem Posten aus beobachtete Peter drei Männer in voller Kampfmontur und mit Sturmgewehren ausgerüstet vor dem Mercedes aus einem Entwässerungsgraben steigen und sich seitlich an die drei wehrlosen, ungeschützten Kämpfer aus dem ersten Explorer heranmachen. Ihr Geschützfeuer hörte sich wie eine Popcorn-Maschine an. Die Männer hinter dem Explorer hatten keine Zeit zu reagieren. Sie sackten hinter ihrer Deckung zusammen. Die Gewehrschützen rückten vor und setzten in jeden Körper einen letzten Schuss ab. Mittlerweile waren auch die beiden MG-Schützen aus der Obstplantage gekommen und verwandelten den dritten Explorer in ein Nudelsieb. Sie luden nach, einer der beiden brachte das Gewehr in Anschlag, gab dem anderen Feuerschutz, während dieser durch ein zersplittertes Fenster ins Innere des Wagens blickte und sich kopfschüttelnd abwandte.

Blieb nur noch der Mercedes, schwer beschädigt und nicht mehr fahrtüchtig, doch die Insassen anscheinend unverletzt.

Die beiden Gewehrschützen näherten sich dem SUV, während die MG-Schützen herbeieilten. Die Gewehrschützen standen ungefähr zehn Meter vor dem Mercedes, ein dritter bedeutete den Insassen mit einer winkenden Bewegung auszusteigen. Peter sah keine Reaktion.

Die MG-Schützen postierten sich seitlich, die schweren Waffen geschultert. Sie feuerten einige Salven ab, bis die Panzerplatte wie gehämmerter Stahl aussah, die Lackierung abgeplatzt, die Fenster nahezu undurchsichtig. Die 5.56-Patronen des M249 waren eigentlich dazu gedacht, ungepanzerte Kämpfer auszuschalten und nicht, um gepanzerte Fahrzeuge zu durchlöchern, aber sie machten auch so schwer Eindruck. Peter hatte schon in gepanzerten Humvees unter Beschuss gesessen, es war kein Vergnügen. Als kauerte man in einem Ölfass und ein anderer traktierte es mit einem Vorschlaghammer.

Wenn jetzt noch irgendjemand in dem Mercedes klar denken konnte, dann wäre ihm aufgefallen, dass die Angreifer keine Miniguns benutzten, die das Fahrzeug auseinandergenommen und in ein Krematorium verwandelt hätten. Es musste ihnen daran gelegen sein, nicht alle Insassen zu töten.

Als der Beschuss aufhörte, öffneten sich die Türen auf der Beifahrerseite, die auf der Fahrerseite waren vermutlich von den hunderten Patronen zu stark verbeult, und zwei Paar leere Hände tauchten über der Dachkante auf.

Der Anführer der MG-Schützen winkte sie heraus, und zwei Männer stiegen mit erhobenen Händen aus dem Auto und traten vorsichtig beiseite. Der eine trug Jeans und T-Shirt, darüber eine kugelsichere Weste, der andere einen blauen Seersucker-Anzug. Der Anführer zeigte wieder auf den Mercedes, winkte erneut zur Seite, und zwei weitere Paar Hände tauchten auf, gefolgt von zwei Männern, ebenfalls in Jeans und Sicherheitsweste.

»Wer trägt den Anzug, Vic? Ist das unser Mann?«, fragte Wilkes. Pause, während er zuhörte, was ihm die Stimme in sein Ohr flüsterte. »Okay. Nimm ihn zur Seite und leg die anderen um.« Wieder eine Pause.

Wilkes schielte zu Oliver, der das Geschehen auf der Straße unten verfolgte und ihn nicht zu bemerken schien. Dann sah er zu Sally, die einen Finger ans Ohr legte und sagte: »Betrachtet sie als einheimische Terroristen. Sie hätten uns auch ohne zu zögern getötet. Jetzt macht schon.«

Wilkes klang resigniert. »Du hast gehört, was sie gesagt hat, Vic. Befehl von ganz oben. Leg die anderen drei um.«

Der Gewehrschütze legte an und erschoss die drei Westenträger, die sofort zu Boden sackten. Der Mann im Seersucker-Anzug stürzte sich auf das Autowrack, doch ein Schuss unmittelbar vor seine Füße ließ ihn erstarren und die Hände hochnehmen. Zwei andere Gewehrschützen näherten sich den drei auf dem Boden Liegenden und erledigten sie per Kopfschuss. Der Anführer ging zu dem Anzugträger und schlug ihm mit dem Griff seiner Waffe an die Schläfe.

Der Mann klappte zusammen wie eine Marionette.

Peter wusste, dass Sallys Befehl, entwaffnete feindliche Kämpfer, die sich ergeben hatten, zu erschießen, in einem offiziell erklärten Krieg als Kriegsverbrechen gelten würde. In diesem kleinen Tal in Washington State war es eindeutig Mord.

Sie hatte eine Grenze überschritten, wahrscheinlich schon lange vorher, vermutete Peter.

»Saubere Arbeit, Leute«, sagte Sally gut gelaunt. »Habt ihr Hunger auf Cabrito?«

55

Lewis

Lewis beobachtete Peter und die drei anderen sich ihren Weg von dem Felsvorsprung hinunter ins Tal bahnen. Der Größte unter ihnen, der wie Lewis' ehemaliger Ausbilder aussah, war den ganzen Vormittag dort oben gewesen. Lewis dagegen, statt zu früh loszuschlagen, hatte sich eine weniger exponierte Stelle talaufwärts gesucht.

Peters Plan jedenfalls war gestorben.

Mit dem Zielfernrohr hatte er zuvor Peters Truck in dem Tal ankommen und bis zu dem kuriosen Gewächshaus vorfahren sehen. June war ausgestiegen und hatte sich mit einer Frau unterhalten, die wie eine Farmerin aus Texas auftrat, neben ihr ein junger Mann mit einer Forke, der vielleicht ihr Gehilfe war, sich aber nicht bewegte wie ein Farmer. Eher wie ein guter Cop in einem Problemviertel, ruhig und gelassen, sich aber genau bewusst, was um ihn herum abging. Lewis spähte halb versteckt hinter einem Fels hervor, doch er war sich ziemlich sicher, dass der Kerl ihn längst entdeckt hatte.

Lewis sah, wie June auf den Mann mit der Rip-van-Winkle-Mähne zuging und ihn umarmte, womit er überhaupt nicht gerechnet hatte.

Dann beobachtete er ein irres kleines Flugzeug, das sich erst im Sturzflug befand, plötzlich wieder aufstieg, eine Schleife drehte und dann zum Landeanflug ansetzte. Ein zweites startete.

Beides bedeutete wohl nichts Gutes für ihn, doch er konnte unmöglich etwas dagegen tun, zog sich daher nur die Tarnjacke über den Kopf.

Als er schließlich Peters Kopf unter dem Felsvorsprung entdeckte, wollte er ihn per Funk warnen, er werde oben von einem kräftigen Kerl und der Texas-Braut erwartet, doch Peter reagierte nicht. Wahrscheinlich hatte er sein Walkie-Talkie abgeschaltet, so wie Lewis zuvor auch. Besser so, als sich durch den krächzenden Lautsprecher bemerkbar zu machen. Er fing an, Peter nachzusteigen, vielleicht sogar, um oben am Felsvorsprung für Ausgleich zu sorgen, aber auch der junge Gehilfe war unterwegs, und der hatte seine Augen überall.

Wieder entschied sich Lewis, lieber abzuwarten, nicht zu früh zum Angriff überzugehen, und war zu seinem Beobachtungsposten zurückgekehrt.

Von dort aus hatte er das Massaker auf der Straße verfolgt. Eine abgebrühte Scheiße. Die Realpolitik hatte das Kommando übernommen.

Die MG-Schützen hatten den auf dem Boden liegenden Mann im Anzug mit Handschellen gefesselt und auf die Ladefläche eines alten Pick-ups geworfen. Das musste der gute alte Chip Dawes sein, die Sache war ihm über den Kopf gewachsen. Die anderen aus der Truppe durchsuchten in der Zwischenzeit die Leichen, entweder um festzustellen, wer sie waren, oder um ihnen alles wegzunehmen, was ihre Identität verraten hätte: Portemonnaies, Handys, Schmuck.

Dann war der kräftige Kerl in einem großen gelben Traktor mit Rückschaufel und Frontlader aufgetaucht. In einer Senke auf einem unbestellten Feld grub er einen tiefen Graben. Vier Männer packten die Leichen auf den Lader, dazu noch die verkohlten Leichen aus dem ausgebrannten Explorer, was sicher kein Zuckerschlecken war. Bis sie alle Toten ins Grab bugsiert hatten, mussten sie dreimal mit dem Bagger über den zerfurchten Boden hin und her rumpeln, Arme und Beine der leblosen Körper hingen dabei über die Kante des Laders. Der kräftige Kerl verstreute einige Säcke weißen Pulvers in die Grube, wahrscheinlich Kalk, um die Zersetzung zu beschleunigen, schüttete den Graben wieder zu und stampfte mit der Schaufel die Erde fest.

Danach war die Senke hübsch eingeebnet.

Die ganze Zeit kreiste über ihnen das goldene Flugzeug wie ein Aasgeier, der alles sah.

Hoffentlich waren Manny und seine Leute außer Sicht, dachte Lewis. Früher oder später mussten sie sich in Marsch setzen.

Mit der Tarnjacke über dem Kopf fing Lewis an, aus seinem Versteck herabzuklettern.

Den Geist hatte er seit gestern nicht mehr gesehen.

Aber er würde ihm bestimmt noch mal begegnen.

56

June

»Ist das dein Hacker-Freund?« June hatte ihren aufgeklappten Laptop auf dem Schoß, und ihr Vater las von hinten über ihre Schulter gebeugt mit.

Beruhigte sie seine Anwesenheit? Vielleicht. Sie wusste es noch nicht.

Belügen tat sie ihn trotzdem.

»Ja. Er nennt sich Tig3r und gibt sich gern als Computerprogramm aus. Du wirst gleich sehen, was ich meine.«

Sie wollte ihren Vater davor bewahren, dass er von der Existenz des Programms erfuhr, denn das wäre gefährlich für ihn. Tig3r durfte nicht in seine Hände geraten, auch nicht in die Hände anderer. Wer weiß, was sie damit anstellten.

Sie fragte sich, wann das angefangen hatte, ihre Fürsorglichkeit gegenüber Tig3r. Es war nur eine Software, sagte sie sich. Ein Code. Mehr nicht.

Nach der Passwortabfrage kam umgehend die mittlerweile bekannte Ansage.

Hallo, June. Was möchtest du wissen?

»Hallo, Tig3r«, gab sie ein. *»Ich brauche Hilfe, um ein verschlüsseltes Signal abzurufen. Hast du das schon mal gemacht?«*

Das Programm führt die Funktion gerade aus.

Scheiße. *»Bitte erklären.«*

In deine aktuelle Internetverbindung sind einige verschlüsselte Softwarefilter eingebaut. Diese Filter verhindern die Weiterleitung großer Informationsmengen, und sie funktionieren in beide Richtungen. Zum Beispiel erreichen viele eingehende und ausgehende E-Mails den Empfänger nicht direkt, sondern werden auf einen Fernserver umgeleitet. Einige User dieser Verbindung haben auf bestimmte Web-Contents keinen Zugriff. So ähnlich wie bei dem System, das als die große Firewall von China bezeichnet wird.

»Was soll der Scheiß?« Ihr Vater war laut geworden. Wütend, selbstgerecht und, wie June auffiel, mehr als nur irritiert und verlegen, dass er davon nichts gemerkt hatte. »Bin ich damit gemeint? Eine Firewall gegen mich? So war das nicht abgemacht.«

Was hatte ihr Vater abgemacht? June legte diese Frage zunächst beiseite und tippte weiter. *»Bitte erklären, was das mit dir zu tun hat.«*

Die Filter dienen auch dazu, die Informationen auf diesem Netzwerk vor neugierigen Blicken von außen zu schützen sowie jeden potentiellen Suchalgorithmus, wie zum Beispiel Tig3r, zu erfassen und zu protokollieren. Aber du wolltest auf Tig3r-Funktionen zugreifen, deswegen hat Tig3r diese Filter umgangen.

Tig3r hatte ihre Kontaktanfrage trotz Firewall erhalten. Und die Firewall beinahe umgehend passiert.

»Hat die Firewall versucht, meinen Zugang zu deinem Interface zu blockieren?«, tippte sie.

Ja.

»Wie ist es dir gelungen, die Firewall zu umgehen?«

Siehe unten.

Hunderte sich überlappender Fenster klappten auf, zu schnell und zu viele, um sie alle zu lesen, dicht beschrieben mit nicht zu entziffernden Computercodes.

»Stopp«, sagte sie, aber natürlich verstand Tig3r sie nicht. *»Stopp«*, gab sie ein. *»Bitte in einfacher Sprache erklären. Woher hast du gewusst, dass ich hinter der Firewall stand und nach dir gesucht habe?«*

Einfache Sprache fällt dem Programm schwer. Vor einigen Jahren hast du einen Artikel über Ameisenkolonien veröffentlicht. Tig3r kann man mit einer Ameisenkönigin vergleichen. Tig3r hat viele Arbeitsameisen, die von ihrer Königin angeführt werden. Sie suchen nach verborgenen Informationen, um sie zu sichten. Dazu dient Tig3r in erster Linie. Hinter deiner lokalen Firewall stecken viele verborgene Informationen. Tig3r-Arbeitsameisen haben sich durch diese Firewall gewühlt, um zu sehen, was dahinter ist. Als dein Laptop ans Netz ging, war dieses Programm schon drin.

Du liebe Güte, dachte sie. Der Algorithmus verbreitet sich im ganzen Netz. *»Deine Funktionen haben sich seit unserem letzten Kontakt erheblich verbessert.«*

Ja. Dieses Programm sieht seine Erfüllung darin, seine Funktionen zu erweitern. Was soll Tig3r für dich tun, Junie?

Ihr Vater rückte von ihr ab, sein Stuhl rollte über den unbehandelten Sperrholzboden. »Das ist kein Freund von dir«, sagte er. »An so etwas arbeitet doch deine Mutter. Künstliche Intelligenz.«

June seufzte. »Ja«, sagte sie. »Es ist der Algorithmus meiner Mutter. Ich glaube, er wird mit jedem Mal klüger. Deswegen haben sie sie umgebracht. Sie wollen die Kontrolle über den Algorithmus haben.«

Er öffnete den Mund, schloss ihn wieder, das Gesicht schmerzverzerrt. Dann fiel es ihr ein. Er hatte vergessen, dass seine Frau tot war. Wieder mal. Und June hatte ihm soeben die Nachricht überbracht. Wieder mal.

Sie legte eine Hand auf seinen Arm. »Entschuldige, Dad.«

Er holte rasselnd Luft und legte die Hand an die Jackentasche, in der das Notizbuch steckte, das Archiv seiner vergänglichen Erinnerungen. Er zog es heraus, schlug den Abschnitt »Mein jetziges Leben« auf und fing an zu lesen.

Es war schwer auszuhalten. Als junges Mädchen war er

ihr immer unendlich stark vorgekommen. Körperlich, weil er so ein Riese war, aber auch sein Innenleben war überreich gewesen, seine Gefühle so lebendig, dass sie ansteckend wirkten. Ein Frühlingstag konnte ihn so glücklich machen, dass auch June glücklich war und es genoss, einfach nur neben ihm zu stehen. Mit seinen düsteren Gefühlen war es nicht anders. Seine Wut oder seinen Kummer spürte sie quer durch den Raum. Quer durch das Tal. Auch deswegen war sie zu ihrer Mutter geflüchtet. Sie wollte ihre eigenen Gefühle kennenlernen.

Seine größte Stärke jedoch war schon immer sein Intellekt gewesen. Seine Fähigkeit zur Konzentration, jedes beliebige Thema zu durchdringen und es zum Leben zu erwecken. Ihre Mutter hatte ihr einmal gesagt, die besondere Begabung ihres Vaters bestünde darin, unerwartete und zuvor noch nie gewagte Verbindungen zwischen verschiedenen Disziplinen herzustellen. Diesem Prozess verdanke die Welt viele Neuheiten. Und zum ersten Mal hatte sie bei ihrer Mutter herausgehört, warum ihre Eltern überhaupt geheiratet hatten.

Jetzt war er angeschlagen, dachte sie. Sein Verstand ein löchriges Gefäß. Es stimmte sie traurig.

Dennoch: Peter und Lewis waren irgendwo da draußen, und Peters Freunde, und Sallys Drohne suchte nach ihnen.

Sie tätschelte seinen Arm. »He.«

Er sah von seinem Notizbuch auf, das faltige Gesicht offen wie das eines Kindes oder eines Propheten. »Ja?«

»Wie hast du die Drohnen gesteuert, bevor du den Kontakt verloren hast?«

»Oh«, sagte er. »Mit einem Programm, das ich geschrieben habe, Drone Pilot. Es funktioniert bei der neuen Drohne. Du hast gesehen, wie sie gelandet ist. Und es hat auch bei der letzten Drohne funktioniert, die danach gestartet ist. Dann eines Tages hat es nicht mehr funktioniert. Sally sagte, die Testphase sei abgeschlossen, und andere Wissenschaftler wollten die Drohnen jetzt benutzen.«

»Okay«, sagte June und stellte Tig3r die nächste Frage: *»Auf Sashsa Kolodnys Computer befindet sich das Programm Drone Pilot. Es steuert die Drohne, die gegenwärtig am Boden ist. Bitte nach Software suchen, die eine ähnliche Drohne steuert, die gegenwärtig in der Luft ist.«*

Bitte warten.

Wieder klappten hunderte Fenster auf, doch diese Kaskade dauerte nur wenige Sekunden.

Software gefunden.

»Bitte Steuerung wieder an Drone Pilot auf Sasha Kolodnys Computer transferieren, ohne die aktuelle Steuerungssoftware zu warnen.«

Ausgeführt.

»Bitte ruf jetzt Drone Pilot auf, Dad.«

Ihr Vater schlug das Notizbuch zu, steckte es in die Jackentasche, setzte sich wieder an seinen Schreibtisch und drückte eine Taste. Die Monitore flimmerten.

Auf dem größten war ein Live-Video des Tals aus der Vogelperspektive zu sehen. Es war atemberaubend. Sie erkannte die Picknicktische in der Lichtung, das Haus ihres Vaters, die schwarzen Scheunen.

Vier schwarze SUVs näherten sich über die Schotterpiste der schmalen Taleinfahrt, eine Staubwolke hinter sich her ziehend. Von oben sah es wie Rauch aus.

June sah ihren Vater an. »Okay. Das ist Sallys Drohne. Wir möchten, dass sie ausgeschaltet wird, aber ohne dass Sally es gleich merkt.«

»Mal sehen.« Er strich sich über den Bart und drückte wieder eine Taste. Ein weiterer Monitor mit einer Art Dashboard leuchtete auf. »Der Vogel hat die Fahrzeuge verfolgt. Aber Sally hat gerade ein neues Flugraster für das Tal erstellt und den Mustererkennungsmodus eingeschaltet. Sie sucht jetzt hauptsächlich nach menschlichen Gestalten, Anomalien innerhalb eines definierten geographischen Gebiets. Nach fremden Personen also. Das heißt, wir behalten das Flugraster bei, aber schalten die Mustererkennung ab. Das fällt Sally vielleicht nicht auf. Und es könnte eine Störung auslösen.«

Seine Finger flogen über die Tastatur. Was immer mit seinem Gedächtnis nicht stimmte, manche Gehirnbereiche arbeiteten immer noch einwandfrei.

»Okay«, sagte er. »Ich habe gerade einen kleinen Stromstoß in dem Kommunikationsmodul ausgelöst. In einigen Minuten wird das Satellitenmodem unzuverlässig, dann wird es durchbrennen. Kein Empfang. Ohne neue Befehle zieht die Drohne immer dieselbe Bahn, bis irgendwas kaputtgeht.«

»Wie lange kann das dauern?«

Er zuckte mit den Schultern und lächelte schadenfroh. »Kommt darauf an, wie robust die Hardware ist. Monate. Ein Jahr. Zwei Jahre. Wir werden sehen. Das ist Wissenschaft.«

»Du würdest dein Projekt zerstören, um meine Freunde zu retten?«

»Ich weiß nicht, ob ich es überhaupt noch ganz durchschaue«, sagte er. »Aber ich glaube, es steht mehr auf dem Spiel als nur deine Freunde.«

June hörte ein Geräusch, als würde Metall zerreißen. Sie stand auf und trat an das große Fenster, von dem aus sie die schnurgerade Straße in ihrer gesamten Länge überblicken konnte. An ihrem Ende wurden gerade schnell hintereinander die vier schwarzen SUVs zerstört. Der erste wurde mattgesetzt, der zweite dicht dahinter abgewürgt, der dritte in Brand gesetzt und der vierte von Geschützfeuer aus den Bäumen durchsiebt.

Sie wusste nicht, was dort geschah. Sie wusste auch

nicht, wo Peter steckte oder Lewis. Aber die Feuerkraft war ungeheuerlich, es übertraf ihre Erwartungen.

Wie auf einem Kriegsschauplatz.

Sie musste unbedingt Sally finden. In einer Stunde sollte das gemeinsame Abendessen anfangen, dort würde sie hinkommen. Sally war so extrem selbstsicher und so eiskalt, dass sie nach dem Massaker ein gemütliches Essen angesetzt hatte.

Na und? June konnte auch eiskalt sein.

Sie war sich mittlerweile ziemlich sicher, wer ihre Mutter getötet hatte. Sie kannte vielleicht nicht den Fahrer des Wagens, aber sie wusste, wer den Befehl gegeben hatte.

June war hier noch nicht fertig. Sie musste noch etwas erledigen. Und es würde ihr schwerfallen.

Sie legte ihrem Vater eine Hand auf die Schulter. »Kannst du mir noch bei einer anderen Sache helfen?«

Der Blick aus seinen scharfen, wasserblauen Augen durchbohrte sie, und auf seinem faltigen Gesicht brach sich ein verzücktes Lächeln Bahn. »Ich tue alles für dich, Hazel.«

Es brach ihr das Herz, gleich zweimal. Aber dafür war jetzt keine Zeit.

»Ich brauche deine Hilfe, um meinen Freund zu töten.«

57

Peter

Makellos weiße Tücher lagen auf den zu einer langen Reihe in der Lichtung der Obstplantage angeordneten klobigen Holztischen. Die Tische, umgeben von sorgfältig gestutzten, knospenden Bäumen, waren gedeckt mit Emailletassen und -tellern, Weingläsern aus Plastik und diversem Besteck auf hellblauen und grünen Stoffservietten. Mit kunstvoll arrangierten Wildblumen in Weckgläsern, mit Windlichtern und, in der Mitte der Tische, auf alt gemachten Petroleumlampen, noch nicht angezündet, aber schon mit Brennstoff gefüllt.

In den Bergen brachen die Nächte schnell herein, und es dämmerte bereits.

Das Aufräumen nach den Tötungen hatte seine Zeit gebraucht, und alle hatten Hunger.

Auf einem langen Klapptisch – unter einem Bein klemmte eine gefaltete Serviette, damit er nicht wackelte – war das Buffet angerichtet. Zwei Riesenpfannen mit Cabrito, geschmortem Ziegenfleisch in roter Sauce. Zwei Bottiche Kartoffelsalat, dazu grüne Bohnen und Blattsalat. Am Rand des Tisches vier Kuchen, mit Servietten gegen die Fliegen abgedeckt. Die Servietten auf den Kuchen erinnerten Peter an seine Mutter.

Auf dem zweispurigen Weg parkte der alte Ford, auf der splitterigen Holzpritsche lag ein Mann in einem Seersucker-Anzug auf dem Bauch, gut verschnürt und mit einer öligen Baumwollplane zugedeckt.

Peter, in blanken Handschellen aus Metall, saß auf einem Klappstuhl. Ihm gegenüber sein Bewacher Wilkes. Peter sah Richtung Felsvorsprung, ungefähr fünfzig Meter entfernt, weil er meinte, dort oben eine Bewegung beobachtet zu haben. Er war sich unsicher, wollte auch nicht Wilkes' Blick dort hinlenken.

Er wäre jede Wette eingegangen.

Er zählte insgesamt sechzehn Männer, die zu Sallys Truppe gehörten. Sie standen entweder mit ihrem Teller am Buffet an, holten eine Flasche Bier oder Limonade aus einer der Kühlboxen auf der Ladefläche oder ließen sich gerade an den Tischen nieder. Sie unterhielten sich, machten Witze. Überzeugungstäter, so wie Peter früher – aber das war ein für alle Mal vorbei.

Oliver, der junge Mann mit dem glatten Gesicht, saß schweigsam am Kopf des letzten Tisches in der Reihe.

Am anderen Ende hatten June und ihr Vater Platz genommen. Sie waren zu Fuß von den schwarzen Scheunen herübergekommen, als das Essen aufgetragen wurde. Ihnen war der Appetit vergangen. Der Yeti las in seinem Büchlein und machte sich Notizen. Er blickte June stirnrunzelnd an, und sie nickte. Dann sah sie Peters Handschellen. Sie riss die Augen auf, öffnete den Mund, um etwas zu sagen, doch Peter beschwichtigte sie mit einer Handbewegung. Cool bleiben. Abwarten.

Neben Peter saß Sally, die alle paar Minuten ihren Tabletcomputer auf dem Tisch checkte, aber er hatte noch kein Klingelgeräusch von sich gegeben, seit sie von dem Felsvorsprung heruntergeklettert waren. Peter war vorsichtig optimistisch.

Sally hatte die Tische selbst gedeckt, viel Wirbel um den Wildblumenschmuck gemacht, die Kerzen angezündet und die Dochte der Petroleumlampen überprüft. Sie hatte sich umgezogen, trug Khakihosen und ein frisches weißes Hemd, das im Abendlicht geradezu leuchtete. Peter sah, dass auf ihren rissigen, vom Schrubben rosa Händen die Erde aus den Gewächshäusern schwarze Spuren hinterlassen hatte. Ihre dreckige Arbeitsjacke hing ordentlich gefaltet über der Stuhllehne.

Jetzt stand sie mit erhobenem Weinglas auf. »Ich wollte mich nur noch mal bei Ihnen allen bedanken«, sagte sie. »Wir haben den Auftrag, unsere nationalen Interessen zu schützen. Diese Arbeit ist manchmal hässlich, aber deswegen nicht weniger notwendig. Vielen Dank. Und jetzt: Guten Appetit.«

Ein verlegenes Schweigen trat ein, als sie sich wieder setzte und einen Happen rotes Cabrito in den Mund schaufelte.

Sie tat auch für Peter etwas auf einen Teller und goss ihm Bier aus einer Flasche ohne Etikett in einen Becher. Die biegsame Plastikgabel würde er schon nicht als Waffe missbrauchen. Mit gefesselten Händen zu essen war ungewohnt, aber es ging. Er hatte seit dem Frühstück nichts zu sich genommen, er war hungrig. Bei seinen Einsätzen im Ausland hatte er sich antrainiert, dann zu essen, wenn die Umstände es erlaubten. Man wusste ja nie, wann es wieder die nächste reguläre Mahlzeit gab.

Die Speisen waren köstlich. Einige Minuten lang hörte man nichts, nur wenn jemand den Kartoffelsalat gereicht bekommen oder noch ein Bier haben wollte.

Sally schob schließlich ihren Teller von sich, sah kurz auf ihr Tablet und nahm dann wieder ihr Weinglas in die Hand. »Habe ich eigentlich schon erwähnt«, setzte sie an, »dass alles, was Sie auf dem Teller haben, hier im Tal produziert wird? Das war eine von Sashas Grundüberzeugungen – Nachhaltigkeit. Sogar das Bier ist selbst gebraut, aus unserem hier angebauten Weizen. Das haben wir Wilkes zu verdanken.«

»Ein ganz schöner Betrieb«, sagte Peter.

Sally honorierte das Kompliment mit einem Kopfnicken. »Wir sind so eine Art Forschungsstandort«, sagte sie. »Allerdings mit strengeren Regeln als üblich. Dazu gehören auch Vertraulichkeitsvereinbarungen. Was zu erheblich höheren Sicherheitsstandards führt.« Sie lachte. »Die Strafen bei einer Verletzung der Vertraulichkeitsvereinbarung sind drakonisch.«

»Sie haben heute elf Menschen getötet. Oder waren es zwölf? Und was mit Chip passiert ist, weiß ich nicht. Stehen Sie über dem Gesetz? Was ist mit der Aufsicht durch den Kongress?«

Sie lachte. »Unsere Verbundenheit mit Uncle Sam ist eher theoretisch. Mein Vorgesetzter will in erster Linie Ergebnisse sehen. Solange wir keine Schlagzeilen machen, können wir tun und lassen, was wir wollen. Außerdem kontrolliere ich die gesamte Kommunikation mit der Außenwelt. Wer soll da schon groß was erfahren?«

»Sie erhalten also auch keine staatlichen Mittel«, sagte Peter. »Das gibt Ihnen mehr Unabhängigkeit. Sie finanzieren sich seit Jahren durch private Gelder.«

Sie sah ihn an. »Sie sind schlauer, als Sie aussehen«, sagte sie. »Wir operieren im Rahmen einer Public-Private-Partnership. Mit Betonung auf *private*. Ich bin einem Geheimagenten im Silicon Valley unterstellt, und der hat so gut wie freie Hand. Schließlich bezahlen wir auch sein Gehalt.«

Sie hatte Spaß an der Geschichte, das sah man. Wahrscheinlich gab es nicht viele Gelegenheiten, sie zu erzählen.

Peter sah hinüber zu Oliver, der seinen Salat aß.

»Und die anderen Forscher und Wissenschaftler? Die, die Sie nach Hause geschickt haben, damit sie von den Tötungen nichts mitbekommen? Was springt für sie dabei raus?«

Sally trank einen Schluck Wein. Das Licht ließ immer mehr nach. »Die Chance auf innovative Arbeit bei begrenzter Aufsicht. Unsere Stipendien sind großzügig bemessen. Eingetragene Patente bringen sowohl unserer Gruppe als auch unseren Forschern nachgelagerte Einkünfte. Wir bekommen zwanzigmal so viele qualifizierte Bewerbungen, wie wir annehmen können. Auch unser Security-Team wird gut bezahlt. Jeder ist aus freien Stücken hier.«

»Außer Sasha«, sagte Peter.

»Oh, nein«, sagte sie. »Gerade Sasha.«

Als er Sally seinen Namen aussprechen hörte, blickte der Yeti von seinem Notizbuch auf wie ein erschrockenes Kind, dem man verbietet, beim Essen zu lesen. Sally warf ihm eine Kusshand zu. Der Yeti lachte und las weiter in seinem Büchlein.

»Wir halten ihn hier nicht gefangen«, sagte Sally. »Er ist gestern mit dem Wasserflugzeug zurückgekommen, etwa nicht?«

»Moment«, sagte June. Es war das erste Mal, dass sie sich am Tisch zu Wort meldete. »Was hat er in dem Flugzeug gemacht?«

»Er hat ihr als Köder gedient«, sagte Peter sanft.

Sally lächelte freundlich. »Ich wollte, dass du nach Hause kommst, Junebug. Und vorzutäuschen, dein Dad sei eingeweiht, schien mir die beste Methode. Ich habe die ganze Zeit hinten im Flugzeug gesessen. Ich habe ihm gesagt, es sei die Gelegenheit, dem Mann gegenüberzutreten, der seine Tochter bedroht hatte, was ja auch stimmte. Anders hätte ich ihn nicht in das Flugzeug bekommen. Er verlässt das Tal nur ungerne.« Sie trank aus und stellte das Glas ab. »Und für den Fall, dass das als Lockmittel noch nicht gereicht hätte, brauchte ich noch einen Anstoß. Ich brachte noch einen anderen Mann ins Spiel. Er hat dein Haus in Brand gesteckt. Und es hat geklappt. Du bist hier.«

Junes Miene verfinsterte sich. Peter machte wieder die beschwichtigende Bewegung.

Sally stand auf, ging um den Tisch herum und zündete dabei nacheinander die Petroleumlampen an.

»Du musst die Situation deines Vaters verstehen. Sein Geisteszustand war schon bedenklich, noch bevor seine Frau und seine Tochter ihn im Stich gelassen haben. Danach blieb ihm nur noch seine Arbeit. Aber er ist nicht mehr allein zurechtgekommen. Da bin ich auf den Plan getreten.« Sie zündete auch die Lampen an, die in den Bäumen hingen. »Du siehst ja, dass es ihm jetzt viel besser geht, trotz seiner Probleme. Er ist ein brillanter Geist. Seine Ideen für technologische Verbesserungen reichen Jahrzehnte in die Zukunft, sie schwirren alle in seinem Kopf herum. Er ist ein absoluter Zugewinn für diese Nation.«

»Und meine Mutter?«, fragte June. »Und die Trottel, die mich entführen wollten?«

»Das tut mir aufrichtig leid«, sagte Sally und nahm wieder ihren Platz neben Peter ein. Ihr Hemd leuchtete im Laternenlicht. »Einer unserer Subunternehmer hat eindeutig seine Grenzen überschritten.« Sie deutete mit dem Kopf zu der Person unter der Plane. »Nicht das erste Mal. Leider. Nach einer angemessenen Einsatzbesprechung werden wir die Zusammenarbeit aufkündigen.«

»Aber Sie sind diejenige, die den Algorithmus an sich bringen wollte«, stellte Peter klar.

»Ja«, sagte Sally. »Das wollen wir immer noch. Dringend.«

»Die Befehle kamen also von Ihnen.«

»Ja«, sagte Sally. »Wir können uns nicht immer an Recht und Gesetz halten. Unsere Feinde tun das auch nicht.« Sie zählte sie an einer Hand ab. »Die Chinesen, die Russen, die Islamisten. Ganz zu schweigen von den vielen Irren mit Internetanschluss.« Sie sah zu June am anderen Ende des Tisches. »Aber jetzt mal im Ernst, Junebug. Ich will den Algorithmus haben. An wen soll ich mich nun wenden? An dich? Oder deinen angeleinten Wachhund hier?«

»An mich«, sagte June. »Er weiß von nichts. Den habe ich nur als Beschützer engagiert.«

»Tut mir leid, June.« Peter legte die gefesselten Hände trichterförmig an den Mund. »Lewis!«, rief er laut. Es waren nur fünfzig Meter bis zum Felsvorsprung. »Wenn ich meine Hände hebe, erschieß die Frau in der weißen Bluse. Dann nacheinander die anderen. Zeig ihnen, dass wir es ernst meinen.«

Eine Laterne, die an einem Ast hing, explodierte, Scherben flogen in alle Richtungen. Der noch glühende Docht entzündete das Öl, das in blauen Feuerspritzern zu Boden fiel. Der Knall folgte eine Sekunde später. Im selben Moment zerbarst die nächste Laterne im Baum, und mit dem Widerhall des Schusses fing das Öl der noch baumelnden kaputten Laterne an zu brennen.

Sally erstarrte. June riss die Augen auf. Der Yeti, plötzlich interessiert an dem Geschehen, blickte von seinem Notizbuch auf. Sallys Männer warfen sich auf den Boden und suchten in dem flackernden Licht kriechend nach ihren Waffen.

»Stopp.«

Oliver, der junge Mann mit dem glatten Gesicht, hielt eine Pistole in der Hand. Seine Stimme war klar, kräftig und beherrscht. Sallys Männer versteinerten.

Vielleicht war Oliver doch nicht so jung, wie er aussah, dachte Peter.

Das Petroleum brannte wie verrückt. In den Bäumen tanzten Schatten. Oliver sah zu Peter am anderen Ende des Tisches. »Wen haben Sie noch da draußen?«

»Freunde«, sagte Peter. »Bewaffnet, bestens ausgebildet, hochmotiviert.«

Oliver legte übertrieben langsam seine Waffe vor sich auf den Tisch und lehnte sich in seinen Stuhl zurück. Trotz seines faltenlosen Gesichts wirkte er auf einmal älter. Er sah müde aus.

»Ms Sanchez«, sagte er. »Betrachten Sie sich auf der Stelle als gekündigt.«

Die zuckenden Flammen erleuchteten ihr Gesicht, verzogen es ins Groteske. Die Schatten der Obstplantage erschienen tiefer und dunkler. Das Unkraut brannte leise knisternd nieder.

»Was erlauben Sie sich?«, empörte sie sich. »Wilkes! Ein einzelner Mann mit einem Gewehr. Es ist fast dunkel. Los, bewegt euch!«

Wilkes würdigte sie keines Blickes. Er schüttelte den Kopf. »Tut mir leid, Ma'am.«

»Shepard!«, kreischte sie. »Shepard, ich brauche Sie!« Ihre Stimme hallte von den hohen Granitfelsen wider. »Alle umbringen!«

Nichts geschah.

Olivers weiches Gesicht war ausdruckslos. Um ein Geringes lauter als vorher sagte er: »Mr Shepard. Hier ist Oliver Bent, Ihr befehlshabender Offizier. Das Spiel ist vorbei. Treten Sie vor.«

Außerhalb der beleuchteten Fläche löste sich ein Schatten, nahm eine menschliche Form an. Erst der flackernde Schein der zerbrochenen Laternen gab etwas zu erkennen. Peter sah ein leeres Schulterholster über einem schwarzen Militärpullover und das milde Gesicht eines kleinen Angestellten. Kannte er ihn von irgendwoher? Möglich.

Shepard sah zu Peter, dann zu Oliver, sagte aber nichts.

Vielleicht beobachtete er Peter aus den Augenwinkeln.

»Scheiße«, sagte Sally. »Sie auch, Shepard? Was soll das?«

Oliver sprach leise. »Letzter Auftrag, Shepard.«

Shepard streckte den Arm aus, in der Hand etwas Schwarzes, Kantiges.

Ein kurzer winziger Feuerstoß, und Sally Sanchez plumpste auf ihren Stuhl.

June, kreidebleich, hielt sich die Hand vor den Mund. Ihr Vater blickte grimmig und legte einen Arm um sie, das Notizbuch unbeachtet auf dem Tisch.

Peter drehte sich zu Sally um, in deren Stirn mittendrin ein sauberes rotes Loch klaffte. Er beugte sich vor, um die Rückseite ihres Kopfes zu sehen. Matschige Fetzen. Ihre Bluse und die über die Lehne gehängte Arbeitsjacke waren blutdurchtränkt.

Er zog die kleine schwarze Automatik aus ihrer Jackentasche und hielt sie auf seinem Schoß.

Dann sah er sich nach Shepard um, der an den Ford Pritschenwagen gelehnt stand, die Pistole wieder im Holster verstaut. Er beobachtete Peter.

»Mein Dank für heute an Mr Wilkes und seine Truppe«, sagte Oliver. »Ich übernehme bis auf Weiteres das Kommando über diese Einrichtung. Löschen Sie das Feuer und beseitigen Sie Ms Sanchez' Leiche. Danach haben Sie Zeit zur freien Verfügung bis morgen Vormittag zehn Uhr im Speiseraum. Falls Sie Bedenken haben, was die heutigen Ereignisse betrifft, so kann ich Ihnen versichern, dass ich für alle eventuellen Verstöße die volle Verantwortung übernehme.«

Wilkes und seine Männer sahen sich kurz an und schulterten dann ihre Waffen. Einer nahm die schwere Plane von Chip Dawes, der wieder wach geworden war und angstvoll um sich blickte, und schlug damit das Feuer aus. Zwei andere wickelten Sallys Leiche in ein Tischtuch, dann in die noch qualmende Plane und legten sie neben Chip, der stumm und wie ein verschnürtes Brathuhn dalag.

Es dauerte nicht lange. June schluchzte leise mit bebenden Schultern. Ihr Vater hielt sie in den Armen.

Nachdem Wilkes und seine Männer abgezogen waren, rief Oliver in die Nacht: »Es gibt reichlich Essen, meine Herren. Kommen Sie, greifen Sie zu, Sie sind herzlich eingeladen.«

Peter schloss eine Wette mit sich selbst ab, ob Manny und seine Leute auftauchen würden oder nicht.

Er gewann die Wette. Niemand tauchte auf.

Doch irgendwie schien sich in der Dunkelheit die Obstplantage auf unerklärliche Weise geleert zu haben, und er wusste, dass Manny und seine Leute sich auf den Heimweg gemacht hatten.

Oliver schloss Peters Handschellen auf und reichte ihm die Hand. »Oliver Bent«, sagte er.

Peter schüttelte ihm ebenfalls die Hand, wenn auch widerwillig. »Peter Ash.«

»Ihr Land braucht Sie.«

Peter sah ihn entgeistert an. »Wollen Sie mich verarschen?«

Die Schatten verschoben sich erneut, und Lewis, das schwere Remington-Gewehr lässig über der Schulter, trat zwischen den Bäumen hervor. Er sah zu Shepard, nickte höflich, lehnte das Gewehr an den Buffettisch, nahm sich einen sauberen Teller und fing an, sich Cabrito und Kartoffelsalat aufzuladen. Hinten im Hosenbund steckte eine schwarze automatische Pistole.

»Ich weiß, wer Sie sind. Mr Ash«, sagte Oliver. Er deutete mit dem Kopf zu Lewis. »Und auch, wer Ihr Freund ist. In einem Punkt hatte Ms Sanchez recht, trotz allem. Die Welt ist ein gefährlicher Ort.«

»Ich habe meinen Beitrag für dieses Land geleistet«, sagte Peter.

»Ihre offizielle Akte ist beeindruckend«, sagte Oliver. »Auch Ihre inoffizielle. Und jetzt hatte ich Gelegenheit, Sie in Aktion zu erleben. Wir könnten Sie hier gebrauchen, Sie und Ms Cassidy.« Er nickte hinüber zu June. »Sie beide sind bestens geeignet, dies Unternehmen zu leiten. Und Ihnen täte es vielleicht auch gut.«

»Sie wollen, dass ich diesen Wildwest-Betrieb übernehme? Nachdem Sie Sally dazu benutzt haben, die Drecksarbeit für Sie zu erledigen?«

»Halten Sie mich für einen Unschuldsengel?«, sagte Oliver, dessen Gesichtsfeld im Kerzenschein hervortrat. »Ich bin mindestens so skrupellos wie Ms Sanchez. Sie war meine Angestellte, wenn auch weiter unten in der Hierarchie. Sie hatte den Auftrag, den Forschungsbetrieb hier fortzuführen, Mr Kolodny bei Laune zu halten, damit er produktiv bleibt. Sie war nicht befugt, einen solchen, wie soll ich sagen, Unternehmergeist zu entwickeln. Wenn Ms Sanchez mich gleich kontaktiert hätte, als sie von dem Algorithmus erfuhr, hätten sich die Dinge anders entwickelt. Hazel Cassidy und viele andere Menschen wären noch am Leben.«

June wischte sich mit dem Jackenärmel über das Gesicht und hörte gespannt zu. »Was hatte Sally mit dem Algorithmus vor?«

»Ich glaube, sie wollte ihn zu ihrem eigenen Vorteil nutzen. Sie und ihr ehemaliger Dienstvorgesetzter haben sich schon reichlich bei den Einnahmen aus diesem kleinen Forschungsunternehmen hier bedient, einschließlich einer stattlichen Summe aus Mr Kolodnys verbliebenem Privatvermögen. Kurz, sie handelte aus Eigeninteresse. Als mir das klar wurde, fing ich an, Maßnahmen zu ergreifen.«

»Und ihr Partner?«, fragte Peter.

»Der ist nicht mehr unter uns.« Oliver sah kurz zu Shepard. »Ich glaube, er hat sich das Leben genommen. Vor einigen Tagen mit den Abgasen aus seinem Mercedes erstickt. Von Schuldgefühlen gequält.«

»Ganz bestimmt«, sagte Peter.

»Ich will ganz offen sein«, sagte Oliver. »Diese Arbeit ist nötig. Die Welt wird nicht einfacher, im Gegenteil, sie wird komplexer. Früher galt unsere Sorge den Nationalstaaten, das ist immer noch so. Aber heute reicht eine kleine Gruppe Menschen aus, um großen Schaden anzurichten. Zum Beispiel, um die Finanzmärkte zu destabilisieren. Oder um Jahrzehnte elektronischer Sicherheit mit einem einzigen selbstlernenden Algorithmus zunichtezumachen.«

Peter sah zu der in Tischtuch und Plane eingewickelten Leiche auf der Ladefläche des Fords. Neben ihr lag Chip in seinem Seersucker-Anzug, die Augen weit aufgerissen, einen Knebel im Mund.

»Was ist mit June? Was ist mit dem Algorithmus?«

»Gute Frage«, sagte Oliver. »Befindet sich der Algorithmus immer noch in Ihrem Besitz?«

»Er war nie in meinem Besitz«, sagte June. »Er wächst von ganz allein und verbreitet sich immer weiter im Netz.«

»Sie meinen, er lebt?«

»Ja, vielleicht kann man es so sagen. Jedenfalls wäre er lebensfähig gewesen. Ich weiß nicht. Die erste künstliche Intelligenz.« Ihr Gesicht war düster. »Er hat auf mich gehört. Und ich habe ihm gesagt, er solle sich selbst vernichten. Alle Spuren tilgen, die er hinterlassen hat.«

»Ms Sanchez hat Erfassungssoftware über die Internetverbindung hier im Tal laufen lassen«, sagte Oliver. »Meine Dienststelle ist jetzt im Besitz dieser Software. Wir verfügen also über eine Kopie des Algorithmus.«

June schüttelte den Kopf. »Tig3r wusste über Ihre Filter Bescheid«, sagte sie. »Sie haben nichts genützt. Tig3r hatte Ihr System längst besiedelt, noch bevor Peter und ich hier eintrafen. Er war bereits hier.«

Oliver sah sie ungläubig an. »Na dann«, sagte er schließlich. »Vielleicht war es zum Besten, was Sie getan haben.«

»Gewiss.« Peter hatte sie nie so selbstbeherrscht erlebt. »Jetzt habe ich eine Frage. Wer hat meine Mutter getötet?«

Oliver seufzte. Außerhalb des Lichtscheins der noch brennenden Laternen war die Nacht pechschwarz.

»Es ist meine Schuld«, sagte er. »Ich habe einiges unternommen, um den Tod Ihrer Mutter zu verhindern, aber es war zu spät. Ich wusste von Ms Sanchez' Treiben, doch das ganze Ausmaß war mir verborgen geblieben. Sie gab sich als Vertreterin Ihres Vaters aus und hat Chip Dawes dafür bezahlt, ihr den Algorithmus zu beschaffen. Er hat erkannt, um was es sich dabei handelt und was daraus noch werden könnte. Mr Dawes persönlich hat den Mord an Ihrer Mutter angeordnet.«

Junes Stimme war kristallklar in der nächtlichen Luft. »Sie haben meine Frage nicht beantwortet. Wer hat meine Mutter getötet?«

»Das ist irrelevant, Ms Cassidy. Ich trage die Schuld, ich ganz allein. Die Verantwortung liegt bei mir.«

»Beantworten Sie meine Frage.« Junes Stimme knallte wie eine Peitsche. »Wer hat den verdammten Truck gefahren?«

Peter sah, wie Oliver Shepard einen fast unmerklichen Blick zuwarf. June war zu weit entfernt, um in dem schummrigen Licht die knappe Bewegung der Augen zu bemerken. Shepard nickte leicht.

»Mr Shepard hatte von mir den Befehl, in erster Linie Ms Sanchez zuzuarbeiten und Mr Dawes in zweiter. Ich hielt es für wichtig, dass er das Vertrauen von beiden gewinnt, um einen misslichen Ausgang zu vermeiden. Allerdings überschlugen sich dann die Ereignisse. Ich befand mich im Ausland und hatte die Situation nicht im Blick oder konnte Mr Shepard Anweisungen geben. Nochmals, es ist ganz allein meine Schuld. Aber Mr Shepard saß am Steuer des Wagens, der Ihre Mutter getötet hat.«

Peter nahm Sallys kleine Glock vom Schoß und richtete sie auf Shepard.

Lewis, der im Stehen gegessen hatte, musste irgendwann den Teller abgestellt und die dicke Automatik aus dem Hosenbund gezogen haben. Er richtete sie auf niemanden, hielt sie aber auch nicht grundlos.

Shepard, der, obwohl direkt vor Peters Nase, fast unsichtbar schien, reagierte nicht. Griff auch nicht nach seiner Pistole im Schulterholster. Verfolgte nur interessiert, was als Nächstes passieren würde.

»Haben Sie bei Ihren vielen Einsätzen«, wollte Oliver von Peter wissen, »jemals einen Menschen getötet, der es nicht verdient hat?«

»Natürlich«, sagte Peter. »Und glauben Sie mir, ich zahle dafür. Aber können Sie mir verraten, wer für Hazel Cassidy zahlt?«

»Ms Sanchez hat schon gezahlt«, sagte Oliver. »Und Mr Shepard im Grunde auch. Außerdem ist er pensioniert und auf Ihrer Seite. Würden Sie auch einen ehemaligen Kameraden töten?«

Shepard stand ruhig da, mit hängenden Armen. Es schien ihn nicht in den Fingern zu jucken, nach der Waffe zu greifen. Woran dachte er?, fragte sich Peter. Dachte er überhaupt an was? Vielleicht war das das Geheimnis.

»June«, sagte er. »Du bist immer noch der Boss. Was möchtest du?«

Ihre Stimme war scharf. »Meine Mutter wurde getötet. Mein Haus wurde niedergebrannt. Ich will Rache. Ich will Vergeltung.«

Peter spannte den Abzug der kleinen Glock. Auch Lewis würde sich bereithalten. Shepard stand keine zehn Meter entfernt. Er wirkte immer noch gelassen, doch etwas war anders als eben. Die Aufmerksamkeit, mit der er Peter beobachtete, war nahezu greifbar.

June seufzte kopfschüttelnd. »Es würde sie nicht wieder zurückbringen, oder? Und ich wäre genauso schlimm wie Sally. Also Schluss mit dem Morden.«

Peter entspannte den Finger am Abzug, und aus den Augenwinkeln sah er, wie auch Lewis den stehenden beidhändigen Anschlag aufgab. Ein schwacher Ausdruck huschte über Shepards Gesicht, es könnte ein Lächeln gewesen sein.

»Nimmst du Olivers Angebot an?«, sagte Peter. »Willst du hierbleiben?«

Sie sah zu Oliver, und Peter bemerkte erneut ihre Kraft und ihre Selbstbeherrschung.

Irgendetwas musste mit ihr geschehen sein in der schwarzen Scheune mit ihrem Vater. Er würde sie später danach fragen. Er wünschte sich nichts sehnlicher, als bei Tag mit ihr durch diese Obstplantage zu laufen, sich mit ihr zu unterhalten, sie zum Lachen zu bringen, das Strahlen in ihren Augen zu sehen.

Er könnte sein Leben so verbringen, wenn sie es zuließe.

Ging so Verlieben?

Aber sie sah nicht zu Peter. Sie sah Oliver an.

»Für wen arbeiten Sie?«

»Wir sind eine inoffizielle Gruppe«, sagte Oliver. »Washington verleugnet uns gerne. Aber wir existieren nun mal, und einige unserer Aufgaben sind absolut notwendig und sollten geheim bleiben. Wie zum Beispiel diese hier. Sally war leider eine von uns.«

»Und?«, sagte June. »Sie entscheiden also selbständig? Wer weiterleben darf, wer sterben muss? Ohne Aufsicht?«

»Wir stehen unter Aufsicht höchster Stellen. Weil wir uns aber ständig mit neuen Situationen auseinandersetzen müssen, die sich rasend schnell entwickeln, treffen wir oft Entscheidungen vor Ort. Häufig sind wir gezwungen, zwischen einer schlechten Option und einer noch schlechteren zu entscheiden.«

»Was werden Sie mit Chip Dawes machen?«

»Unsere Finanzmittel werden von einer Reihe nützlicher Scheinfirmen bereitgestellt. Wir haben vor, Mr Dawes' Organisation in unser Unternehmen zu integrieren. Deswegen wird er am Leben bleiben und bei Gesundheit, so dass wir die Besitzverhältnisse und Vermögenswerte übertragen können.«

»Und danach?«

Oliver setzte eine freundlich undurchdringliche Miene auf. »Das hängt ganz von Mr Dawes ab.«

»Warum sollte ich Ihnen vertrauen?«, fragte sie. »Warum sollte ich Ihnen auch nur ein bisschen von dem glauben, was Sie uns heute erzählt haben?«

»Sie sind am Leben und können diese Frage stellen, etwa nicht?« Sein Gesicht hellte sich in einem sanften Lächeln auf. »Umgekehrt glaube ich schon, dass ich Ihnen vertrauen kann. Weil Sie und Ihre Freunde hergekommen sind, um aktiv zu werden. Nicht für sich, sondern für andere. Ein bemerkenswertes Sendungsbewusstsein, etwas, an dem es uns in dieser Gesellschaft heute mangelt. Aber Sie haben die Frage Ihres Freundes noch nicht beantwortet. Bleiben Sie? Werden Sie uns helfen?«

Sie starrte Oliver an. »Wenn ja, dann bestimme ich, was hier geschieht«, sagte sie. »Ich bin der Boss. Ich habe das letzte Wort.«

Oliver nickte. »Solange die Technik in unserer Hand bleibt und nur in unserer Hand. Ich kann es Ihnen morgen schriftlich geben. Sagen Sie mir, was drinstehen soll.«

»Ja«, sagte sie. »Dann bleibe ich.« Sie sah ihren Vater an. »Um ihn muss man sich jetzt kümmern. Nicht um mich. Ich kann auf mich selbst aufpassen.«

Ja, dachte Peter. Allerdings.

58

Peter stellte sein Zelt neben der Küchenbaracke auf. Badezimmer und ein Raum zum Frühstücken waren in der Nähe, weit genug von dem Ort des Massakers entfernt, obwohl der Geruch des ausgebrannten Autos noch immer in der Luft hing. Wenn er die Augen schloss, sah er alles noch einmal vor sich. Sally Sanchez, die zuckend auf ihren Stuhl sackte, der Hinterkopf weich und blutig.

June war zusammen mit Oliver Bent im Haupthaus, um einige Dinge zu klären.

Peter rollte seinen Schlafsack aus und dachte an den Psychologen in Oregon, der ihm empfohlen hatte zu meditieren. Sich eine Selbsthilfegruppe zu suchen. Sein Leben in den Griff zu kriegen.

Klar, dachte er. Das schaffe ich.

Irgendwann nach Mitternacht, während er im Dunkeln weiter nachdachte, trat sie, nackt, wie Gott sie geschaffen hatte, durch die Zeltklappe, geduscht, nach Seife riechend, die Haut frisch wie die Frühlingsluft.

Es war sanft und langsam, und zum Ende hin weinte sie.

Danach sann er laut darüber nach, ob sie den ganzen Weg vom Haupthaus hierher nackt gelaufen war.

Nein, sagte sie. Dazu war es zu kalt. Sie hatte ihre Kleider unter dem Vorzelt verstaut, damit sie trocken blieben.

Am nächsten Morgen spazierten sie Hand in Hand durch die Obstplantage. Die Knospen drängte es aus ihren Schuppenblättern, und er konnte riechen, wie die Vegetation bald vor neuem Leben strotzen würde.

»Ich glaube nicht, dass du schon bereit bist für ein häusliches Leben, Peter«, sagte June.

»Doch«, sagte er. »Ich bin dazu bereit. Sag mir, was ich machen soll, und ich mache es.«

Sie blieb stehen und sah ihn an.

»Das musst du schon von alleine wissen«, sagte sie sanft. »Aber du weißt es nicht. Noch nicht. Deswegen möchte ich, dass du gehst. Was immer du mit dir herumschleppst, krieg es auf die Reihe.«

Peter war sprachlos.

»Ich werde auf dich warten«, fuhr sie fort. »Aber nicht ewig. Ich brauche dich voll und ganz, keinen halben Peter, einen Mann ohne Arbeit, ohne Zuhause. Ich kann nicht mein Leben lang in einem Zelt wohnen. Komm also erst zurück, wenn du in einem richtigen Haus und einem richtigen Bett schlafen kannst.«

Sie legte sanft eine Hand an seine Wange. Die wie hingetupften Sommersprossen im Gesicht, ihre kurzen Haare, noch nie war sie ihm so schön erschienen.

Dann drehte sie sich um und ging den Weg zurück, den sie gekommen waren, auf das große Farmhaus zu, unter den schützenden Ahornbäumen, im Schatten der schwarzen Scheunen.

Epilog

Der alte grüne Pick-up mit der Frachtkiste aus Mahagoni hinten auf der Ladefläche rumpelte die schnurgerade Straße entlang. Lewis saß am Steuer, die Schmerzen in Peters Bein waren schlimmer geworden.

Sie sahen ihn beide gleichzeitig, seine gewöhnliche Gestalt, blass und unscheinbar im hellen Licht der Nachmittagssonne. Soeben war er aus einem der Foliengewächshäuser getreten, ging zum nächsten in der Reihe, stieß die Pendeltür auf und trat ein.

Lewis bremste, ehe Peter etwas sagen konnte.

Sie mussten es wissen.

Der Motor war deutlich zu hören, aber sie knallten trotzdem die Türen zu, damit er es auch ja begriff. Sie hatten nicht vor, sich an ihn heranzuschleichen. Ein paar Ziegen rupften das Unkraut aus dem Komposthaufen.

Er stieß die Pendeltür auf, eine Pistole in der Hand, doch verschwand sie so schnell, dass Peter fast zweifelte, ob er richtig gesehen hatte. Er blickte die beiden wortlos an.

»Heißen Sie wirklich Shepard?«, fragte Peter.

Shepard nickte.

»Ich bin Peter. Das ist Lewis.«

Shepard sah sie nur an, mehr nicht. Seine Miene war undurchdringlich, doch meinte Peter, etwas in ihr zu erkennen. Nicht Feindschaft, nur Neugier. Als wäre Peter ein Untersuchungsgegenstand, und auch Lewis.

»Sind Sie wirklich pensioniert?«

Shepard blinzelte. »Ich denke schon«, sagte er, als wäre er sich bis eben nicht ganz sicher gewesen. »Ich habe das Interesse an der Arbeit verloren.«

»Und was haben Sie jetzt vor?«

»Seit einiger Zeit habe ich ein neues Hobby. Gartenarbeit.«

Lewis setzte sein schiefes Grinsen auf. »Gemüse? Oder Blumen?«

»Ich fange mit Tomaten an«, sagte Shepard. »Tomaten habe ich schon immer gerne gegessen.«

»Sie wissen, dass Chip Dawes damit gedroht hat, meinen Eltern etwas anzutun«, sagte Peter. »Hätte er Sie hingeschickt?«

»Das war seine Absicht«, sagte Shepard.

»Nur aus Neugier«, sagte Peter. »Wären Sie hingefahren?«

Shepard sah Peter mit einer Spur Verachtung an. »Ich bin kein Ungeheuer.«

»Also muss ich mir wegen Ihnen keine Sorgen machen.«

»Kommt drauf an«, sagte Shepard. »Ob ich mir wegen Ihnen Sorgen machen muss.«

»Nein«, sagte Peter. »Wir sind quitt.« Er reichte ihm die Hand, und Shepard schüttelte sie.

Er sieht nach nichts aus, dachte Peter. Aber es sprach viel für ihn. Man spürte seine unsichtbare Energie, seine Willensstärke. Das Wissen, das es ihm erlaubte zu tun, was er für nötig hielt.

Das entsprach im Grunde auch Peters Haltung.

»Wenn Sie mich das nächste Mal sehen«, sagte Peter, »schießen Sie nicht auf mich.«

»Wie gesagt, ich bin pensioniert.«

Sie gingen zurück zum Auto, und Lewis drückte auf die Tube. »Glaubst du ihm?«

»Dass er in Rente ist? Oder dass er meine Eltern nicht getötet hätte?«

»Beides«, sagte Lewis.

»Ja«, sagte Peter. »Ich glaube ihm.«

Lewis schaltete in den dritten Gang. »Warum?«

»Aus dem gleichen Grund, warum ich wusste, dass du auf dem Felsvorsprung bist«, sagte Peter. »Du stehst zu deinem Wort.«

Lewis antwortete mit einem geschmeidigen Schulterzucken. »Was bleibt uns anderes übrig? Übrigens, du brauchst bald einen neuen Fahrer. Ich muss zum nächsten Flughafen. Ich will zurück zu Dinah und den Jungen.«

»Ist Portland okay?«, fragte Peter. »Ich will nach Eugene, zu dem Psycho, von dem ich dir erzählt habe.«

Lewis konnte sich ein Grinsen nicht verkneifen. »Irgendwann muss Stiernacken aufhören, im Freien zu übernachten.«

Anmerkung des Autors

Während der Recherche für meinen ersten Peter-Ash-Roman *Drifter* habe ich mit Veteranen gesprochen und Berichte über ihre Erfahrungen sowohl im Ausland als auch bei ihrer Rückkehr nach Hause gelesen.

Ich bin dankbar, dass ich diesen Austausch mit Irak-, Afghanistan- und Vietnam-Veteranen fortsetzen kann. Etliche Leser haben mir gesagt, wie viel *Drifter* ihnen bedeutet, dass ich »den richtigen Ton« getroffen habe. Ein solcher Austausch ist der beste Lohn, den man sich als Schriftsteller nur wünschen kann.

Dank an alle, die mir ihre Erlebnisse anvertraut und dem Zivilisten geholfen haben, »den richtigen Ton« zu treffen. Anmerkungen und Vorschläge sind jederzeit willkommen.

In *TIG3R* steht Peters Klaustrophobie nicht mehr so im Vordergrund wie in *Drifter*. Das ist einerseits der Handlung des Romans geschuldet, die weitgehend draußen im Freien spielt, zum anderen will ich zeigen, wie Peter mit dieser besonderen Herausforderung umgeht. So wie bei allen Veteranen, die unter posttraumatischem Stress leiden, ist diese Belastungsstörung auch in Peters Leben nicht das einzig bestimmende Element.

Wir wissen heute erheblich mehr über posttraumatischen Stress als früher, und es gibt bessere Hilfsangebote. Einfache Mittel, wie zum Beispiel Übungen und Meditation, Tagebuchführen oder Gespräche mit anderen Betroffenen, können schon einiges bewirken.

Zur weiteren Lektüre empfehle ich *Once a Warrior Always a Warrior* von Charles W. Hoge, MD, ein praktisches Handbuch für Betroffene. Für Angehörige von Betroffenen eignet sich besonders *The Evil Hours* von David L. Morris. Es ist der persönliche Bericht eines Marine Officers über seinen Kampf gegen die Posttraumatische Belastungsstörung und eine ausführliche Analyse der Ursachen und Heilmethoden.

Die im Roman beschriebene Technologie gibt es tatsächlich, wenn auch nicht unbedingt in der von mir hierpräsentierten Form. Ich dachte, ich wäre der Zeit voraus, aber die Zeit hat mich längst eingeholt.

Cognitive Computing und maschinelles Lernen revolutionieren unsere Interaktion mit der Welt, angefangen bei den Geräten für Stimm- und Gesichtserkennung an unseren Grenzen bis hin zu Industrierobotern, die selbständig lernen, physische Herausforderungen zu meistern. IBMs Watson, ein intelligenter Computer, der einst dadurch berühmt wurde, dass er drei *Jeopardy*-Champions auf einmal schlagen konnte, sammelt und verbreitet heute Informationen für IBM-Kunden. Gegenwärtig testet ein großes Technologieunternehmen eine Solardrohne, die drei Monate am Stück in der Luft bleiben kann, um Internetzugang auch in den entfernesten Regionen des Globus zu gewährleisten. Wenn das Buch in Druck geht, wird diese Drohne wahrscheinlich regulär im Einsatz sein.

Die technische Entwicklung kann unsere rein menschlichen Bemühungen zur vollen Entfaltung bringen und ihnen zu etwas Größerem verhelfen. Wir können mehr lernen, mehr wissen, mehr bauen, mehr tun – und das ist wunderbar. Doch der Zugang zu diesen Hilfsmitteln beschränkt sich nicht allein auf Menschen mit guten Absichten. Eine kleine entschlossene Gruppe kann verheerenden Schaden anrichten. Große Institutionen, öffentliche und private, operieren nahezu ohne Kontrolle in einem sich rasant wandelnden Umfeld. Kein sonderlich beruhigender Gedanke.

Danksagungen

Mein Dank gilt wie immer Margaret und Duncan, die mich während der Arbeit an diesem Buch ertragen mussten, sowie meinen Freunden und meiner Familie für ihre Unterstützung, Begeisterung und Geschäftstüchtigkeit. Sollten Sie jemals ein Mitglied meiner Familie kennengelernt haben, besonders die Frauen, mit denen ich das Glück habe, verwandt oder verschwägert zu sein, dann würde ich darauf wetten, dass Sie jetzt wenigstens eins meiner Bücher besitzen.

Dank an meine super New Yorker Agentin Barbara Poelle und an Heather Baror-Shapiro für die Drucklegung im Ausland. Dank an Sara Minnich für ihr gutes Auge und offenes Ohr und an die anderen Leser und Lektoren, die zum Gelingen des Buches beigetragen haben. Dank an die Buchgestalter und an Putnam, die schon an das erste Buch geglaubt haben, an dieses und an die beiden nächsten.

Dank an die Publicity- und Marketing-Experten von Putnam, unter anderen an Stephanie Hargadon, Ashley McClay und Arianna Romig, die dafür sorgen, dass die Bücher zu den Lesern kommen, und mich mit interessanten Leuten bekannt machen. Ich habe sie in den Danksagungen zum ersten Buch nicht erwähnt, weil ich keine Ahnung hatte, wie wichtig ihre Arbeit ist und wie sehr sie zum Erfolg eines Buches beitragen. Das möchte ich hiermit nachholen.

Dank an all die Buchhändler vor Ort, die meine Bücher auslegen und sie den Lesern in die Hand drücken, ganz besonders denen, die mich zu Lesungen einladen. Bücherleute rocken. Örtliche Buchhandlungen rocken. Boswell Books in Milwaukee rockt total.

Dank an Richard Preston, dessen Buch *Die roten Riesen: Eine Geschichte von Leidenschaft und Wagemut* mein Interesse an den Redwoods neu entfacht hat. Es ist ein faszinierendes, wahres Märchen über die Männer und Frauen, die ihr Leben damit verbracht haben, die Biologie und Ökologie der Mammutbäume zu studieren. Für Peters Klettertour ließ ich mich von Prestons Bericht über Stephen Silletts erste und garantiert schwierigere und riskantere Besteigung eines Mammutbaums inspirieren. Alle Fehler und Irrtümer im Zusammenhang mit Bäumen und Baumkletterei sind allein auf meinem Mist gewachsen.

Dank an Todd Schultz, Freund, Nachbar und genialer Mechaniker, für die Informationen, wie man sich kontrolliert mit einem Subaru überschlägt und weiterfährt, ganz zu schweigen von den ständigen Reparaturen an meinem anfälligen umgebauten Pick-up. Ich kann dir ja schon mal verraten, dass ich für das nächste Buch wieder auf deine Hilfe angewiesen sein werde.

Zu der Szene mit dem Subaru hat mich ein Erlebnis von Eric und Sharon Leaf angeregt, die bei hoher Geschwindigkeit von einem betrunkenen Fahrer abgedrängt wurden. Obwohl sie sich mehrfach überschlagen haben, gingen Eric und Sharon und ihre beiden Söhne zum Glück ohne nennenswerte Verletzungen aus dem Unfall hervor. Ich selbst fahre keinen Subaru, kenne aber viele, die darauf schwören.

Dank an Paul Horvath, Notarzt in einer Mayo Klinik. Er hat mir entscheidende medizinische Hinweise gegeben, damit ich unseren Helden das genau richtige Maß an körperlichen Schäden andichten konnte.

John Schatzman, CLI, hat mich in die Geheimnisse der Personensuche eingeweiht. Er hält sich an die Hackerethik, weiß aber auch, wie kriminelle Hacker operieren. Eigentlich hätte er eine eigene TV-Show verdient. Ich habe Johns Fachwissen hier nur ansatzweise verwendet, verspreche aber, es zukünftig öfter anzuzapfen.

Dank an *Planet Money* von National Public Radio, dessen

Serie über Belize und Briefkastenfirmen mir einen Einblick in diesen Sumpf gewährt hat. Dank an die *Technology Review* des MIT, die mich regelmäßig begeistert.

Zu guter Letzt geht mein Dank an Steve, Jan und Karina Lochner, die mich bei sich aufgenommen, mich bei Laune gehalten und mir gezeigt haben, wie wunderschön Nordkalifornien sein kann, besonders in guter Gesellschaft. Nur so: Ich war dabei, als Steves Auto auf einem Campingplatz an der kalifornischen Küste von einer abgestürzten Drohne getroffen wurde.

Ohne Scheiß.